Du même auteur :

La Saga des Sept Soleils :
1. *L'Empire caché*
2. *Une forêt d'étoiles*
3. *Tempêtes sur l'Horizon*
4. *Soleils éclatés*
5. *Ombres et Flammes*
6. *Un essaim d'acier*
7. *Mondes en cendres*

La Saga de la nuit :
1. *L'Ombre entre les étoiles*
2. *Le Sang du cosmos*
3. *L'Esprit d'éternité*

Chez d'autres éditeurs :
Avant Dune (avec Brian Herbert) :
1. *La Maison des Atréides*
2. *La Maison Harkonnen*
3. *La Maison Corrino*

Dune, la Genèse (avec Brian Herbert) :
1. *La Guerre des machines*
2. *Le Jihad Butlérien*
3. *La Bataille de Corrin*

Après Dune (avec Brian Herbert) :
1. *Les Chasseurs de Dune*
2. *Le Triomphe de Dune*

Légendes de Dune
(avec Brian Herbert) :
1. *Paul le Prophète*
2. *Le Souffle de Dune*
3. *Princesse de Dune*

Dune, les origines (avec Brian Herbert) :
1. *La Communauté des sœurs*
2. *Les Mentats de Dune*
3. *Les Navigateurs de Dune*

Chroniques de Caladan
(avec Brian Herbert) :
1. *Le Duc*
2. *La Dame*
3. *L'Héritier*

Dune (autres titres,
avec Frank et Brian Herbert) :
La Route de Dune

Star Wars : L'Académie Jedi :
1. *La Quête des Jedi*
2. *Sombre disciple*
3. *Les Champions de la Force*

Star Wars : Les Jeunes Chevaliers Jedi
(avec Rebecca Moesta) :
14 volumes

Star Wars (autres titres) :
Le Sabre noir

Frankenstein (avec Dean Koontz) :
1. *Le Fils prodigue*

La Constellation du diadème
(avec Brian Herbert) :
1. *Olium*

Ce livre est également disponible
au format numérique

www.bragelonne.fr

Kevin J. Anderson

L'Esprit d'éternité

La Saga de la nuit – tome 3

Traduit de l'anglais (États-Unis) par Jacques Fuentealba

Bragelonne SF

Titre original : *Eternity's Mind*

ISBN : 979-10-281-2062-7

Bragelonne
58, rue Jean Bleuzen – 92170 Vanves

E-mail : info@bragelonne.fr
Site Internet : www.bragelonne.fr

Depuis plus de vingt ans, Tom Doherty et Linda Quinton,
de Tor Books, soutiennent mon travail – en tant qu'admirateurs,
conseillers et partenaires commerciaux. L'Esprit de l'éternité *marque,*
pour l'instant, la fin de l'univers des Sept Soleils,
et ce roman leur est dédié.

Le point sur l'histoire

Alors que les mystérieux et mortels Shana Rei attaquent des colonies au hasard dans le Bras spiral, le baron d'industrie Lee Iswander étend ses exploitations axées sur l'extraction du carburant pour moteurs interstellaires à partir d'amas de gonflotteurs, d'énigmatiques nodules qui dérivent dans les espaces sombres entre les étoiles. Ils ressemblent à du plancton dans l'espace, et comme ils sont remplis d'un précieux combustible, l'ekti-X, Iswander voit en eux un trésor. Il garde le secret absolu sur ses activités afin d'éviter que ses concurrents produisent de grandes quantités de carburant pour propulseurs interstellaires bon marché, ce qui aurait pour effet de saturer le marché et de provoquer un effondrement des prix. Mais de nombreux Vagabonds sont prêts à tout pour connaître son secret.

Aelin, le prêtre Vert qui travaille pour Iswander sur son champ d'extraction, soupçonne les nodules de revêtir une importance cruciale. Il peut accéder à l'immense esprit verdani et à tout le savoir qui s'y trouve, et sent aussi une présence puissante au sein des gonflotteurs. Occasionnellement, d'imprévisibles décharges d'énergie se propagent dans les noyaux des nodules. Pour essayer de les comprendre, Aelin s'aventure avec son surgeon parmi ces anomalies à bord d'une nacelle volée, et l'une de ces décharges le frappe par inadvertance, ce qui le plonge dans un coma où un déluge de pensées et de révélations le submerge. Il affirme que le « sang du cosmos » remplit les gonflotteurs et que les opérations d'Iswander sont source de beaucoup de maux. Iswander et son adjointe, Elisa Enturi, partisane de positions fermes, pensent qu'Aelin est fou. Le mystique tente de s'échapper du champ d'extraction pour dénoncer cette situation, mais, considéré comme une menace, il est capturé et retenu. Depuis que le gonflotteur a détruit son surgeon, il n'a plus aucun moyen de communiquer avec les prêtres Verts de Theroc.

Sur la planète de la forêt-monde, les Onthos nouvellement arrivés, vestiges d'une race presque éteinte de « Jardiniers » qui s'occupaient jadis d'une autre forêt-monde dans un système stellaire lointain, intriguent les prêtres Verts. Il y a longtemps, les Shana Rei ont anéanti les Onthos et leurs arbremondes. Aujourd'hui, les derniers d'entre eux, au nombre d'une centaine, demandent asile sur Theroc. Avec la bénédiction des prêtres Verts et de la forêt-monde, le roi Peter et la reine Estarra leur accordent la permission de rester.

Les Jardiniers fascinent leur fille, Arita, qui a échoué dans sa tentative de devenir une prêtresse Verte. Elle se rapproche d'eux et les écoute parler de leur planète perdue et de la façon dont ils prenaient soin de leur immense forêt-monde, à présent disparue. Bien qu'elle ne fasse pas partie de leur ordre, les prêtres Verts tolèrent la présence de la jeune femme. Plus surprenant encore, le chef des Onthos, Ohro, s'intéresse à elle et lui dit qu'elle est plus spéciale que les prêtres Verts, car elle est en mesure de se connecter à autre chose. En effet, elle a entendu d'étranges pensées murmurées dans sa tête provenant d'une conscience lointaine et colossale, mais n'est jamais arrivée à les comprendre.

Le frère d'Arita, le prince Reynald, souffre d'une maladie invalidante, une maladie rare qu'il a contractée dans la forêt-monde elle-même et qui finira bientôt par lui coûter la vie. Le roi et la reine, à la recherche d'un remède, ont répandu la nouvelle dans tous les mondes du Bras spiral et de l'Empire ildiran, mais n'ont rien obtenu. Osira'h, fille du Mage Imperator ildiran et de la prêtresse Verte humaine Nira, s'est liée d'amitié avec Reyn et reste désormais avec lui sur Theroc alors que son état continue à s'aggraver. Après qu'il s'est effondré sur la canopée, Osira'h s'occupe de lui, mais se sent complètement impuissante.

Pendant ce temps-là, le père d'Osira'h, le Mage Imperator Jora'h, gère les crises qui secouent l'Empire ildiran. Les Shana Rei et leurs robots noirs alliés ont attaqué les colonies ildiranes, mais les ombres ont également infiltré le réseau télépathique du thisme. Bien qu'il n'en parle à personne, même pas à sa bien-aimée Nira, la prêtresse Verte, Jora'h craint que ces créatures des ténèbres se cachent aussi en lui. Une foule d'Ildirans possédés a récemment rayé de la carte une enclave de colons humains dans la capitale de Mijistra, et Jora'h annonce qu'il se rendra à Theroc pour exprimer personnellement ses regrets au roi Peter et à la reine Estarra. Alors que les Shana Rei poursuivent leurs déprédations, il espère renforcer l'alliance des Ildirans avec la Confédération humaine.

Le Mage Imperator quitte Ildira avec un cortège incluant deux guerrières comme gardes du corps : Yazra'h et Muree'n, une fille hybride de Nira. Il laisse son fils aîné, le Premier Attitré Daro'h, aux commandes de l'Empire, avec Rod'h, un des fils métis de Nira, qui devient l'ami et conseiller de celui-ci. Rod'h déplore le fait d'avoir perdu son utilité depuis la Guerre des Élémentaux ; né dans le cadre du programme d'hybridation de Dobro pour sauver l'Empire ildiran, il n'a jamais eu la chance d'accomplir son destin et a l'impression de n'avoir aucun but dans l'existence. Il tente d'aider Daro'h dans ses fonctions et sauve le Premier Attitré quand une bande d'Ildirans possédés par les ombres cherche à le tuer. Si les Shana Rei peuvent infiltrer n'importe qui, n'importe où, alors aucun endroit n'est sûr. Heureusement, tous les enfants métis de Nira – Rod'h, Osira'h, Muree'n, Tamo'l et Tal Gale'nh – semblent immunisés contre ce type d'attaques.

Adar Zan'nh, le chef de la Marine Solaire, travaille avec des usines ildiranes pour produire des bombes solaires et des canons laser, les seules armes qui se sont avérées efficaces contre les Shana Rei. Tal Gale'nh, le protégé d'Adar Zan'nh, se remet difficilement de l'horrible expérience qu'il a vécue quand les Shana Rei l'ont capturé. Lorsqu'il a été retenu prisonnier dans une bulle d'entropie des créatures des ténèbres, elles n'ont pas pu le sonder et il ignore pourquoi il a été libéré. Après avoir vérifié la production des bombes solaires, Zan'nh emmène Gale'nh au sanctuaire de la Source de Clarté sur la planète Hiltos, où le jeune tal espère que les lentils seront en mesure de l'éclairer.

La générale Nalani Keah, l'homologue de l'adar au sein des Forces de Défense de la Confédération, a également fait en sorte que l'industrie de l'armement des FDC fonctionne à plein régime sur la Terre. Le docteur Jocko Krieger modifie la conception d'anciennes bombes solaires ildiranes pour en créer d'encore plus puissantes, mais ces nouvelles séries sont fabriquées dans une telle précipitation que les règles de sécurité ne sont pas respectées et qu'un accident malheureux détruit l'une des principales usines en orbite lunaire. Retour à la case départ.

Le Mage Imperator Jora'h et Nira rencontrent le roi et la reine sur Theroc, consolidant ainsi leur alliance. La santé du prince Reyn décline, et Osira'h demande à son père d'envoyer un message à Tamo'l (également l'une des enfants hybrides de Nira), qui s'occupe des « mal-nés », des rescapés inadaptés des expériences de reproduction sur Dobro, aujourd'hui abandonnées. Souvent difformes, à peine capables de survivre, ces métis dégénérés sont considérés comme de tristes erreurs du programme. Tamo'l pense toutefois qu'ils ne constituent pas de simples rebuts, mais revêtent une valeur particulière. Répondant à la requête de sa sœur qui lui demande de l'aider à développer un remède pour Reynald, elle étudie certaines des rares souches de varech de Kuivahr, le monde océanique où se trouvent ses dômes sanctuaires.

Le seul établissement susceptible de posséder les informations médicales dont Reyn a besoin est Pergamus, une bibliothèque secrète de maladies et de médicaments appartenant à la riche recluse Zoe Alakis. Elle a construit cet établissement sécurisé sur une planète empoisonnée et n'a aucune intention de partager son trésor de données ou ses remèdes avec qui que ce soit. Elle reste cloîtrée dans un environnement stérile de peur que l'univers extérieur l'infecte. Son fidèle majordome, Tom Rom, lui fournit tout ce dont elle a besoin et risque souvent sa vie afin d'acquérir de nouveaux spécimens pour sa collection. Il vient de se remettre du fléau onthos, une épidémie spatiale mortelle qu'il a accidentellement attrapée en prélevant par la force un échantillon de sang sur Orli Covitz, elle-même contaminée. Les chercheurs de Pergamus ont finalement trouvé un remède à sa maladie et il continue à accomplir toutes les missions que lui confie Zoe.

Orli a également été guérie de ce fléau en s'immergeant dans le protoplasme contenu dans les gonflotteurs – que le prêtre Vert Aelin appelait le sang du cosmos. Une fois suffisamment rétablie, elle part avec son nouveau compagnon, Garrison Reeves, et son jeune fils Seth pour s'installer sur la paisible colonie planétaire d'Ikbir. Au fur et à mesure que leur relation se consolide, Orli et Garrison se rendent compte qu'Ikbir est trop ennuyeux pour eux. Ils rejoignent Nouvelle-Station, la capitale des Vagabonds, où Seth ira à l'école. En quittant le système d'Ikbir, cependant, ils aperçoivent un nombre étonnant de gonflotteurs qui dérivent en amas et forment un alignement de miettes de pain à travers de vastes étendues d'espace. Comme elle a été immergée dans un gonflotteur, Orli se sent étrangement liée à eux…

Iswander continue de récolter de l'ekti-X, et Xander Brindle et Terry Handon, pilotes des Transports Kett, sont ses principaux distributeurs. Rlinda Kett a réalisé d'énormes profits grâce au nouveau carburant pour moteurs interstellaires, mais, ainsi que les parents de Xander – Robb Brindle et Tasia Tamblyn –, elle reste méfiante quant à l'origine de l'ekti-X. Ce dernier semble trop bon marché et trop facile à produire. Xander et Terry font une désagréable découverte : certains des traitements médicaux qu'ils convoient pour le compte des Transports Kett entraînent d'horribles effets secondaires. Les remèdes proviennent de Rakkem, un monde aux antécédents extrêmement sombres qu'un marché noir biologique gangrène et qui sème une série de cadavres dans son sillage. Inquiets, ils décident d'en savoir plus sur les fournisseurs qui font appel aux Transports Kett et sur les produits qu'ils livrent, notamment l'ekti-X.

Lee Iswander refuse de révéler sa source à qui que ce soit, et Rlinda est persuadée que le capitaine d'industrie cache quelque chose. Xander et Terry s'adonnent à un subtil espionnage, décidant même de placer un traceur sur le vaisseau d'Elisa Enturi lorsqu'ils recevront une nouvelle cargaison. Pour sa part, Lee Iswander a été traité avec méfiance par les clans de Vagabonds, qui le snobent et prétendent qu'il n'est pas un véritable membre de leur communauté. Il fait des ouvertures, propose son aide, mais ils ont des divergences de position. Il ne se sent pas respecté.

Shareen Fitzkellum, une ambitieuse adolescente vagabonde qui n'a pas froid aux yeux, est affectée avec son ami Howard Rohandas à la station Cœur-de-Feu, où ils deviendront les assistants de recherche de Kotto Okiah, le légendaire mais excentrique génie vagabond qui construit une gigantesque expérience au milieu d'une nébuleuse. Kotto ne veut pas d'apprentis, surtout pas adolescents, mais le grand-père de Shareen, Del Kellum, use de son influence politique pour leur obtenir ce poste. Del, ancien Orateur des clans de Vagabonds, dirige une distillerie sur le monde océanique de Kuivahr avec sa fille, Zhett, et Patrick, le mari de cette dernière. Ils fabriquent des liqueurs exotiques à partir des mêmes extraits de varech que Tamo'l utilise pour soigner ses mal-nés. Del considère que Shareen a tellement de potentiel qu'il veut la voir apprendre auprès du meilleur : Kotto. Il la dépose avec Howard à Cœur-de-Feu, et ils commencent à travailler avec le célèbre mais excentrique scientifique.

Kotto leur donne des projets sans importance autour d'idées à moitié développées ou de plans qu'il n'a jamais achevés. Pensant qu'il s'agit de tests, Shareen et Howard planchent sur ces problèmes et trouvent des solutions innovantes. Kotto les complimente, mais s'avère secrètement troublé, car lui-même n'a jamais pu les résoudre. En réalité, bien qu'il ait été un véritable génie, il n'a produit aucune avancée significative depuis de nombreuses années et craint de ne plus avoir de talent. Il est en train de construire une gigantesque expérience très gourmande en énergie, le Grand Anneau, au milieu d'une nébuleuse flamboyante, misant sa réputation sur ce concept. Il redoute secrètement que cela ne fonctionne pas et, préférant rester dans l'ignorance, refuse de montrer les plans détaillés à Shareen et Howard de peur qu'ils y trouvent des erreurs.

Dans le sanctuaire isolé de la Source de Clarté sur Hiltos, Tal Gale'nh et Adar Zan'nh rencontrent les lentils, qui ont consacré leur vie au développement de leurs capacités mentales et à l'étude de la philosophie. Là, ils découvrent avec effroi Rusa'h, l'Attitré fou qui a failli précipiter la chute de l'Empire ildiran en raison de son alliance destructrice avec les faeros et de sa guerre civile contre le Mage Imperator Jora'h. Après sa défaite, Rusa'h a été exilé à Hiltos et n'a causé aucun problème depuis vingt ans. Conscient de l'incroyable menace que représentent les Shana Rei, il insiste sur le fait que le seul moyen de combattre les créatures des ténèbres est de renouveler un pacte avec les élémentaux de feu – une proposition choquante compte tenu de l'ampleur des ravages que les faeros ont causés par le passé. Zan'nh et Gale'nh refusent d'envisager cette suggestion.

Puis les Shana Rei et leurs essaims de robots cuirassés noirs attaquent Hiltos, qui les attire en raison des liens qui unissent tous les lentils à la Source de Clarté. Avec le robot noir Exxos à leur tête, la flotte ennemie dévaste le sanctuaire tandis qu'Adar Zan'nh évacue le plus grand nombre possible de lentils, ainsi que Rusa'h le déchu. La Marine Solaire combat les Shana Rei en orbite et les vaisseaux de guerre ildirans s'en sortent de justesse, non sans avoir subi d'importants dégâts. Rusa'h insiste pour retourner à Ildira et détailler son plan au Mage Imperator.

Alors que leur mission diplomatique sur Theroc s'achève, le Mage Imperator Jora'h et Nira assistent à une réunion au cours de laquelle la générale Keah présente au couple royal les préparatifs militaires des FDC contre les Shana Rei. Ohro les surprend en leur révélant l'emplacement du système stellaire perdu Onthos, qui n'apparaît sur aucune carte. Le chef des réfugiés jardiniers explique que les Shana Rei ont englouti leur soleil et toutes ses planètes. Désireuse d'en apprendre plus sur ces ombres, la générale Keah propose d'effectuer une expédition dans le système stellaire mort, puis Jora'h accepte qu'Adar Zan'nh et un groupe de croiseurs lourds de la Marine Solaire participent à cette exploration.

Ohro et les rescapés onthos ne veulent cependant pas se joindre à eux, car les créatures des ténèbres les effraient trop. Au lieu de cela, les extraterrestres demandent la permission de s'installer sur le continent isolé de la Sylve, où ils pourront vivre en paix. Les seuls autres habitants de la Sylve sont une communauté de prêtres Verts isolationnistes (dont fait partie Collin, l'ami d'Arita) et Sarein, la sœur de la reine Estarra, qui y vit en ermite. Le roi Peter laisse les Jardiniers faire leurs bagages et partir.

Avant de retourner à Mijistra, le Mage Imperator perçoit soudain une catastrophe au cœur de l'Empire ildiran : l'attaque des Shana Rei sur le sanctuaire d'Hiltos et la tentative d'assassinat du Premier Attitré Daro'h par la foule. Nira et lui rentrent précipitamment à Mijistra, emmenant leur fille Osira'h. Ils apprennent que Rod'h a sauvé le Premier Attitré de la foule possédée et ils retrouvent la Marine Solaire, de retour d'Hiltos, en miettes, flanquée de l'Attitré fou Rusa'h, qui n'est vraiment pas en odeur de sainteté après ses crimes contre l'Empire. Lorsque Jora'h exprime de sérieuses réserves quant à l'idée de s'allier aux faeros, Rusa'h prétend que le Mage Imperator est trop faible pour faire ce qui est nécessaire pour sauver son peuple. Pour parer à toute éventualité, Osira'h et Rod'h, les plus doués des enfants hybrides de Nira, cherchent à entrer en contact avec les élémentaux ignés. Ils les rencontrent, mais les boules de feu conscientes s'enfuient, refusant de communiquer. Osira'h et Rod'h se rendent compte que les faeros *craignent* les Shana Rei.

De retour à ses installations d'extraction de gonflotteurs, le puissant Lee Iswander a le sentiment que les clans de Vagabonds le snobent et lui manquent de respect. Il discute avec Elisa Enturi d'une stratégie pour rétablir sa réputation. Fidèle et protectrice, celle-ci accepte de faire de son mieux lors de la livraison d'une importante cargaison d'ekti-X au pôle commercial de la station Ulio, où elle doit rencontrer Xander Brindle et Terry Handon.

Le prêtre Vert Aelin, désespéré, s'échappe du complexe d'Iswander et se cache dans le chargement d'ekti. Une fois sur Ulio, il s'éclipse pour répandre une mise en garde au sujet des gonflotteurs, mais, après avoir observé les ambitieux négociants vagabonds, il craint qu'ils ne tiennent pas compte de son avertissement et se précipitent au contraire pour entreprendre leurs propres opérations d'extraction, causant ainsi encore plus de dégâts aux gonflotteurs ! Il lâche par inadvertance des informations au clan Duquesne et se replie dans la station Ulio, sans savoir que faire.

Elisa Enturi livre son carburant pour propulseurs interstellaires : une grande partie du stock demeurera à Ulio, et le reste sera vendu aux Transports Kett. Xander et Terry fixent un traceur sur l'appareil de la jeune femme afin de suivre ses déplacements et de connaître la provenance de l'ekti-X. Elisa décolle, ignorant que ses partenaires commerciaux l'espionnent.

Terry et Xander reçoivent un mystérieux message les invitants à rejoindre un astronef dans l'espace lointain. Ils découvrent avec étonnement le vaisseau errant de la vieille Maria Ulio, fondatrice de la station Ulio, qui a disparu des années plus tôt. Maria avait joué le rôle de mentor pour Terry, et elle surprend ce dernier en lui transférant toute sa fortune, bloquée sur des comptes de la station Ulio. Stupéfaits, Xander et Terry retournent sur Terre pour faire un rapport aux Transports Kett.

Orli Covitz et Garrison Reeves, ainsi que Seth, le jeune fils de Garrison, se rendent à Nouvelle-Station, la capitale des Vagabonds. En chemin, Garrison s'arrête à Rendez-Vous, le site désaffecté de l'ancienne capitale – pendant des années, son père austère a tenté de reconstruire l'amas d'astéroïdes, mais il a fini par abandonner. En repartant de Rendez-Vous, ils arrivent à Nouvelle-Station, où Garrison apprend l'existence du Grand Anneau, l'expérience de Kotto Okiah, qui correspond exactement au type de missions qu'il souhaite effectuer. Bien qu'Orli et lui soient très proches, ils ont tous deux vécu des relations difficiles. Ils décident donc de passer un mois loin l'un de l'autre pour évaluer la force de leurs sentiments amoureux. En quittant Orli, Garrison rejoint la station Cœur-de-Feu pour intégrer l'équipe de travail du Grand Anneau.

À Cœur-de-Feu, Shareen et Howard continuent d'étonner et d'intimider Kotto Okiah. Les deux jeunes assistants mettent discrètement la main sur les plans détaillés du Grand Anneau et sont consternés de constater les failles dans les calculs de Kotto. L'expérience ne fonctionnera pas ! Indigné, Kotto refuse de les écouter. Il insiste sur le fait que le Grand Anneau sera bientôt terminé et que l'expérience se déroulera comme prévu.

Tandis que la santé du prince Reyn continue de décliner, l'un des anciens chercheurs médicaux de Zoe Alakis vient à Theroc pour vendre au roi et à la reine des informations sur la bibliothèque secrète de Pergamus. Portés par de nouveaux espoirs, Peter et Estarra envoient Rlinda Kett négocier pour obtenir toutes les données pertinentes que Zoe pourrait posséder, mais leur émissaire se voit repoussée avec colère et chassée du système. Tom Rom est contrarié d'apprendre que l'un des anciens scientifiques de Zoe les a trahis. Il retrouve donc l'homme, le met hors d'état de nuire et le vend comme sujet d'expérimentation aux biomarchés de Rakkem. Sachant que l'existence de Pergamus a été révélée, Tom Rom et Zoe doivent décider de la marche à suivre.

Pendant ce temps, dans les dômes sanctuaires de Kuivahr, Tamo'l et ses chercheurs développent des traitements pour le prince Reyn, fondés sur des souches exotiques de varech provenant des océans. Tamo'l envoie la bonne nouvelle à sa sœur Osira'h. Ravi que cette occasion se présente, Reyn se rend avec cette dernière sur Kuivahr, où Tamo'l tentera de le soigner.

Elisa Enturi apprend que le clan Duquesne a monté des opérations concurrentes d'extraction de gonflotteurs après qu'Aelin leur a révélé la source secrète de l'ekti-X à la station Ulio. Déterminée à protéger les moyens de subsistance et les profits de Lee Iswander, elle traque les installations des Duquesne et sa réponse s'avère impitoyable : elle fait exploser l'amas tout entier et élimine toutes les personnes qui s'y trouvent, puis elle retrouve Iswander, convaincue d'avoir agi comme il fallait.

Sans Garrison, Orli rejoint Tasia et Robb pour se rendre à la station Ulio, accompagnée de Xander et Terry, afin de récupérer les données du traceur qui a espionné le vaisseau d'Elisa. Aux commandes de la *Curiosité Avide*, Orli, Tasia et Robb traquent Elisa tandis que Xander et Terry restent à Ulio pour recouvrer la fortune que Maria a laissée à Terry.

Un nuage d'ombre apparaît à l'extérieur de la station Ulio, et des milliers de robots de combat noirs surgissent pour attaquer le complexe. Xander et Terry s'en sortent de justesse, mais le prêtre Vert Aelin fait partie des milliers de victimes. L'un des pôles commerciaux les plus actifs de la Confédération est anéanti.

Sur les traces d'Elisa, la *Curiosité Avide* tombe sur les champs d'ekti détruits des Duquesne. Dans l'une des épaves, ils trouvent un enregistrement qui montre clairement qu'Elisa a intentionnellement causé ce carnage. L'écœurement saisit Orli, Tasia et Robb tandis qu'ils suivent le traceur jusqu'aux principales installations industrielles d'Iswander. Iswander lui-même est parti pour Nouvelle-Station afin de redorer son blason auprès des Vagabonds, laissant son adjointe aux commandes. Lorsque Orli, Tasia et Robb découvrent ces opérations hautement confidentielles, Elisa se précipite à bord de son vaisseau et tire sur la *Curiosité.* Cette réaction excessive horrifie jusqu'aux autres employés d'Iswander. Tasia et Robb s'échappent en effectuant des acrobaties fantaisistes, mais leur appareil est endommagé. Dans les profondeurs de l'espace, ils procèdent à des réparations avant de rejoindre Nouvelle-Station comme ils peuvent.

Pendant ce temps, la générale Keah et Adar Zan'nh lancent leur expédition vers le système stellaire Onthos, avec à leur bord Rod'h et Tal Gale'nh, les fils hybrides de Nira. Leurs vaisseaux découvrent que l'*ensemble du système stellaire* est enfermé dans une vaste coque composée de plaques hexagonales de matière noire. Les appareils percent cette barrière et, en explorant l'intérieur de la coque, Keah et Adar Zan'nh détectent des planètes mortes et un soleil éteint. Ils récupèrent alors des débris noircis d'arbremondes morts depuis longtemps sur la planète d'origine des Onthos.

À l'extérieur de la coque noire, leurs capteurs repèrent un gigantesque vaisseau-arbre verdani, mort et à la dérive. Rod'h prend une petite navette monoplace pour enquêter et découvre que ce complexe verdani condamné est plein de cadavres d'Onthos – le vaisseau-arche essayait d'échapper aux Shana Rei. Alors que l'appareil de Rod'h mène son exploration, un nuage d'ombre apparaît dans le système onthos : les Shana Rei et leur flotte de robots noirs. La générale Keah, Adar Zan'nh et Tal Gale'nh libèrent leur arsenal de bombes solaires contre l'ennemi, mais Rod'h se retrouve bloqué. Sentant qu'il s'agit là d'un autre rejeton hybride de Nira, étrangement résistant, les Shana Rei engloutissent sa navette et le font prisonnier. La bataille spatiale dévastatrice se poursuit. Les vaisseaux humains et ildirans n'ont d'autre choix que de battre en retraite, abandonnant Rod'h…

Zoe Alakis et Tom Rom se penchent sur la maladie du prince Reyn et, sachant que Pergamus a été découvert, ils décident de négocier selon leurs propres conditions. Enveloppée dans une combinaison protectrice, Zoe quitte son dôme stérile pour la deuxième fois seulement depuis des années. Tom Rom l'emmène à Theroc, où elle parle au roi Peter et à la reine Estarra. En échange de leurs données sur le fléau onthos et de la promesse du roi de détruire le vil marché noir biologique de Rakkem, Zoe leur transfère toutes les informations qu'elle possède sur la maladie de Reyn. Elle obtient aussi leur parole que la Confédération laissera Pergamus tranquille. Comme Reyn s'est rendu à Kuivahr pour que Tamo'l le soigne, Tom Rom se porte volontaire pour les rejoindre et leur remettre les dossiers en mains propres, car il souhaite également récupérer les données de recherche de Tamo'l sur les métis dégénérés pour la collection de Zoe.

Rod'h se retrouve enfermé dans une bulle d'entropie qui l'isole au plus profond du nuage d'ombre, où il subit un horrible interrogatoire de la part d'Exxos. Les Shana Rei utilisent la matière noire des plaques hexagonales autour du système onthos pour reconstruire leurs propres vaisseaux, ainsi que de nombreux autres appareils de combat des robots. Complotant contre les Shana Rei, Exxos se sert des processeurs connectés de tous ses congénères pour effectuer des calculs extrêmement complexes sur un dispositif qui permettrait de cristalliser l'entropie et détruirait les créatures des ténèbres, mais ces calculs prennent énormément de temps. Pendant ce temps, il se fait toutefois un plaisir de torturer Rod'h pour lui soutirer des informations. Les Shana Rei exigent de savoir pourquoi les hybrides de Nira parviennent curieusement à leur résister. Supplicié en permanence, Rod'h révèle à Exxos que ses sœurs Tamo'l et Osira'h se trouvent sur Kuivahr avec les mal-nés. Les nuages d'ombre décident alors de conquérir cette planète.

Après que les Onthos se sont installés dans la Sylve, Arita rend visite à sa tante, Sarein, qui est la seule désormais à habiter sur Theroc. Elle retrouve aussi son ami Collin, qui vit parmi les prêtres Verts isolationnistes de Kennebar. Désemparé, celui-ci l'emmène voir une large bande d'arbremondes qui succombent à une mystérieuse flétrissure. Ils tombent également sur des Jardiniers dans la forêt, beaucoup plus nombreux que la centaine de réfugiés extraterrestres initiale. Après le départ d'Arita, Sarein enquête sur les arbres mourants et constate que des centaines et des centaines d'Onthos infestent les zones sinistrées et qu'ils se reproduisent en tuant les arbremondes. Avant qu'elle puisse révéler sa terrible découverte, les Onthos l'abattent.

Plus tard, Collin, extrêmement perturbé, rend visite à Arita dans le récif de fongus. Il pense que la forêt-monde perd en partie son lien avec l'esprit verdani et que les prêtres isolationnistes de Kennebar se sont retirés du télien. Collin demande à Arita de l'accompagner pour enquêter, mais, quand ils regagnent la Sylve, ils trouvent l'ensemble de la colonie de Kennebar, installée au milieu des arbres, abandonnée. C'est alors que Kennebar lui-même vient les affronter : il n'est plus un prêtre Vert, et les ombres, aussi noires que le vide, l'ont entièrement contaminé. Il capture Arita et Collin…

Endommagée, la *Curiosité Avide* rejoint Nouvelle-Station comme elle peut. Elle arrive juste au moment où Lee Iswander conteste la légitimité de l'Orateur. Iswander s'attend à récupérer son pouvoir et son influence, à changer la gouvernance des Vagabonds… mais Orli, Tasia et Robb annoncent une nouvelle cruciale : on peut facilement récolter le précieux ekti-X à partir de gonflotteurs ordinaires. Ils présentent également des preuves que, pour garder ce secret, l'adjointe d'Iswander a détruit toutes les infrastructures du clan Duquesne, tuant des dizaines de personnes, et que, lorsque la *Curiosité* a découvert les champs d'extraction d'Iswander, Elisa a tenté de pulvériser leur vaisseau. Les Vagabonds sont furieux d'apprendre les crimes d'Iswander. L'industriel ruiné ne comprend pas ce qui lui tombe dessus, car il ignorait ce qu'Elisa faisait en son nom. Plus important encore, les Vagabonds savent désormais comment récolter le carburant pour moteurs interstellaires et se précipitent en masse pour monter leurs propres installations.

À la station Cœur-de-Feu, Garrison et les ouvriers vagabonds ont terminé la construction du Grand Anneau de Kotto au milieu de la nébuleuse, et il est prêt à être testé à pleine puissance. Malgré les réserves de Shareen et d'Howard, Kotto est impatient de participer à cette démonstration. Il espère que le Grand Anneau sera le point culminant de sa carrière déjà illustre. Le gigantesque anneau est activé grâce au flux intense des étoiles du cœur de la nébuleuse, mais sa puissance s'emballe, prise dans une boucle de rétroaction, et l'expérience échappe à tout contrôle. Le Grand Anneau s'effondre sous l'effet de ses propres forces en déployant une énergie si titanesque qu'il déchire le tissu de l'univers et y forme un trou, comme une porte ouverte sur une autre dimension que personne ne sait refermer.

Sur Kuivahr, certains extraits de varech que Tamo'l teste s'avèrent efficaces pour soigner le prince Reyn, et Osira'h se réjouit de le voir reprendre des forces. Tom Rom arrive avec les données de Pergamus sur la maladie du prince en échange des recherches de Tamo'l sur les mal-nés, qu'elle partage volontiers.

Les Shana Rei surgissent alors avec leur nuage d'ombre et leurs robots de combat noirs pour capturer les deux hybrides Osira'h et Tamo'l. Ils déploient en orbite d'innombrables plaques hexagonales, construisant une coque opaque autour de Kuivahr. Bientôt, la planète entière finira enclavée. Reyn et Osira'h l'évacuent immédiatement et rejoignent le personnel en fuite de la distillerie Kellum, mais, comme Tamo'l ne veut pas abandonner ses mal-nés, Tom Rom l'aide à les emmener jusqu'au transportail klikiss afin qu'ils s'enfuient vers un autre monde.

Emprisonné dans sa bulle d'entropie, Rod'h tente désespérément d'avertir sa fratrie à travers leurs liens télépathiques. Au moment où Tamo'l s'apprête à s'échapper de Kuivahr par le transportail – que les métis dégénérés viennent de traverser pour se rendre sur la planète Gorhum –, il se connecte à elle. Stupéfaite, elle se rend compte que les Shana Rei détournent leur lien. Tom Rom la force à emprunter le transportail, mais change la tuile de coordonnées de sorte qu'ils arrivent sur un autre monde, situé sous le complexe vagabond de Nouvelle-Station. Derrière eux, l'ombre-de-la-nuit a entièrement englouti Kuivahr.

Le personnel de la station du transportail est surpris de voir arriver les deux évadés en guenilles. Tom Rom et Tamo'l se précipitent vers le vaisseau du majordome de Zoe. Curieux de savoir d'où viennent ces étrangers, les agents rouvrent bêtement le transportail en utilisant les coordonnées qui donnent sur Kuivahr. Un flot d'ombres insidieuses déferle sur les installations et les submerge. Témoin de ce spectacle alors qu'il fait décoller son vaisseau, Tom Rom effectue un demi-tour et utilise toute sa puissance de feu pour détruire le transportail et interrompre ce déferlement d'obscurité. Soulagé, il emmène Tamo'l, mais, bizarrement, celle-ci ne réagit pas. Il ne s'aperçoit pas que ses yeux dissimulent la souillure d'un éclat de ténèbres…

Adar Zan'nh et Tal Gale'nh foncent à la tête d'une vaste flotte de la Marine Solaire pour défendre Kuivahr. Ils combattent les vaisseaux des robots noirs pendant que la coque finit de s'assembler autour de Kuivahr. Bien que la planète soit perdue, la Marine Solaire déploie un arsenal considérable de bombes solaires et de canons laser. Ces armes endommagent les Shana Rei et s'avèrent dévastatrices pour leurs alliés. Voyant qu'il peut vaincre l'ennemi, Adar Zan'nh donne l'ordre d'utiliser des bombes solaires pour éliminer les robots noirs une bonne fois pour toutes. Ces derniers sont complètement exterminés, à l'exception de trois d'entre eux, qui suivent le nuage d'ombre des Shana Rei alors qu'il se retire dans sa propre dimension. Toujours en vie même si elles ne sont pas victorieuses, les forces de la Marine Solaire rentrent à Ildira, ramenant Osira'h, Reyn et les Kellum, et mettant un terme à leurs épreuves.

En apprenant la nouvelle de cette formidable bataille menée contre les Shana Rei, l'Attitré fou Rusa'h exige de nouveau que Jora'h essaie de conclure une alliance avec les faeros. Devant le refus du Mage Imperator, il prend les choses en main. S'inspirant d'un exemple issu de *La Saga des Sept Soleils*, il se rend au sommet du Palais des Prismes et s'immole à ciel ouvert. Alors qu'il meurt brûlé vif, son agonie propage des échos furieux dans le thisme, suffisamment forts pour invoquer les élémentaux ardents. Le Mage Imperator Jora'h et ses compagnons voient de nombreuses boules de feu faeros se rassembler à l'aplomb du Palais comme autant d'astres menaçants au-dessus de leurs têtes…

Dans le vide obscur qu'il occupe après la désastreuse bataille de Kuivahr, Exxos est désespéré. La quasi-totalité de ses robots d'origine, qui formaient un essaim de soldats autrefois invincibles, a disparu. Il lui est impossible désormais de réussir ses projets. Presque incidemment, les Shana Rei lui proposent d'utiliser la matière noire du système onthos pour créer des répliques de lui-même, de la même manière qu'ils construisent des vaisseaux de combat. Exxos accepte leur offre, et les sombres entités s'exécutent et le reproduisent en un million de copies. Tous ces robots noirs sont alors prêts à attaquer le Bras spiral.

1

Le Mage Imperator Jora'h

Le feu emplissait la voûte céleste.

Des boules de flammes crépitantes planaient au-dessus des tours cristallines du Palais des Prismes. Les faeros – entités élémentales vivant au cœur des étoiles – étaient arrivés en rayonnant d'une gloire chaotique et destructrice, invoqués par l'agonie d'un fou qui croyait que ces créatures ignées protégeraient l'Empire contre les Shana Rei.

Le Mage Imperator Jora'h se tenait sur la place, au milieu de son peuple stupéfait, et regardait les entités qui brillaient plus fort que les sept soleils. Si seulement il avait pu empêcher Rusa'h d'effectuer une invocation aussi mortelle. Il percevait la terreur lancinante qui émanait de son peuple… une terreur qu'il ressentait lui-même, mais il l'étouffa pour que ses réverbérations ne se propagent pas à travers le thisme. Chaque Ildiran éprouvait ce que leur Mage Imperator ressentait, et, maintenant plus que jamais, il devait se sentir fort, courageux, confiant.

Cela semblait impossible.

Jora'h avait dirigé l'Empire en traversant de nombreux désastres, notamment lors de la précédente invasion où les faeros avaient rasé des villes et incinéré un nombre incalculable de personnes. Et Rusa'h venait de les rappeler, supposant avec insouciance que le Mage Imperator saurait les contrôler et les guider contre les créatures des ténèbres.

Les boules de feu s'amassaient haut dans le ciel ildiran, mais même ici, sur la place de l'Incursion, Jora'h percevait leur chaleur étouffante. De nombreux riverains s'étaient réfugiés dans les bâtiments tandis que d'autres s'étaient rassemblés à l'extérieur pour partager leur force avec le Mage Imperator, une force dont celui-ci avait cruellement besoin.

À son côté, son consort, Nira, frémit, mais se maîtrisa. Elle lui saisit la main.

— Nous devons faire quelque chose avant qu'ils attaquent.

— L'invocation de Rusa'h, alors qu'il souffrait mille morts avant de trépasser, les a fait écouter… pour la première fois, dit leur fille Osira'h, qui avait contrôlé les faeros à la fin de la Guerre des Élémentaux. (Elle secoua la tête, le regard toujours tourné vers le ciel.) Rod'h et moi avons essayé de leur demander de l'aide, mais les faeros se sont enfuis. Nous ne pouvons pas les contrôler. Les Shana Rei les terrifient.

Son ami, le prince Reynald de Theroc, se tenait également à leurs côtés, ainsi que les Kellum, une famille de Vagabonds rescapés de la planète Kuivahr. Les réfugiés étaient venus ici pour se mettre à l'abri des Shana Rei, mais un autre ennemi risquait désormais de tous les anéantir.

Les faeros pulsaient dans le ciel, et des flammes crépitaient autour de leurs noyaux incandescents. Dans l'expectative. Jora'h fixa le regard sur les boules de feu jusqu'à en avoir mal aux yeux. Il savait que Rusa'h le fou les avait invoqués pour *lui*.

— Ils m'attendent. Je dois y aller.

— Mais c'est moi qui peux communiquer avec eux, l'interrompit Osira'h. Laissez-moi faire.

Alarmé, le prince Reynald lui saisit le bras.

— C'est trop dangereux.

Elle secoua la tête, les traits tirés.

— C'est *bien* trop dangereux… mais nous devons survivre.

— Comment l'Empire survivra-t-il si je ne parviens pas à passer un accord avec eux ? dit Jora'h en affichant une détermination confiante qu'il ne ressentait pas. Les faeros m'attendent, moi, le Mage Imperator. Je vais y aller.

Son héritier, le Premier Attitré Daro'h, se tenait dans la foule. Les faeros lui avaient brûlé le visage lors de leur précédente conquête d'Ildira, et sa voix reflétait sa tension.

— Ils vous carboniseront, père, voleront votre flâme… la flâme *ildirane*. C'est ce qu'ils veulent. Ils sont affamés !

— Non, dit Osira'h sur un ton incertain. Ils sont… terrifiés.

— Comme nous tous. (Jora'h embrassa sa bien-aimée Nira.) Si destructeurs que soient les faeros, les Shana Rei sont pires, précisa-t-il.

Ils ont l'intention d'anéantir toute vie. (Il marqua une pause.) S'il y a une chance que les faeros nous aident, c'est à moi de leur faire face. Rusa'h n'avait peut-être pas tort.

Dans son uniforme de la Marine Solaire, Tal Gale'nh avait l'air sombre tandis qu'il se remémorait ses récentes batailles militaires contre les créatures des ténèbres. Sa peau anormalement pâle rougissait sous la chaleur accablante.

— Les Shana Rei veulent raser la galaxie… voire l'univers lui-même.

Jora'h s'éloigna de ses proches.

— Si je ne réussis pas… (il laissa ses mots en suspens un long moment, avant de se tourner vers Daro'h) tu deviendras Mage Imperator plus tôt que tu le pensais. Dirige bien l'Empire.

Alors qu'il se rendait à grands pas au palais, il sentit les fils d'espoir de la foule se tisser pour former une ligne de vie à travers le thisme. Tout le monde l'observait, croyait en lui… et il devait croire en lui-même. Il affronterait les élémentaux de feu, sachant qu'ils avaient en commun un ennemi encore plus redoutable.

En entrant dans le Palais des Prismes, il gravit des escaliers qui l'amenèrent au plus haut sommet. Il s'avança sur le large toit qui avait autrefois abrité un jardin botanique comprenant de petits arbremondes que Nira avait elle-même plantés. La lumière et la chaleur des faeros étaient aveuglantes.

L'air crépita, et il perçut la présence chaude et ardente des élémentaux qui s'approchaient de lui. L'air sentait la fumée et la mort… mais pas celle des élémentaux. C'est là que Rusa'h avait incendié la serre et s'était immolé au milieu des arbres en flammes pour que son supplice lance un appel que même les créatures de feu ne pourraient ignorer.

Alors que le Mage Imperator traversait les cendres friables de la serre et passait devant les ossements noircis de Rusa'h, il cria :

— J'ai besoin de votre aide ! Nous avons tous besoin de vous. Les Shana Rei nous détruiront, puis ce sera *votre* tour… à moins que nous nous battions.

Dans l'histoire ancienne, le Mage Imperator Xiba'h s'était également allié aux faeros et avait sauvé l'Empire des Shana Rei, mais, cette fois-ci, les créatures des ténèbres ne s'attaquaient pas seulement aux planètes. Leurs nébuleuses noires suintaient dans l'espace, leurs vaisseaux hexagonaux frappaient la Marine Solaire et réduisaient les colonies à l'état de ruines. Elles infiltraient le réseau du thisme lui-même. Jora'h avait senti l'obscurité en lui et avait vu les foules d'Ildirans possédés se livrer à de sanglants ravages. Il ne pouvait ni prédire le comportement des Shana Rei ni les contrôler, mais, en tant que centre du thisme, il savait que leur souillure l'avait atteint lui aussi.

Les faeros tourbillonnants se rapprochèrent et leurs flammes pulsantes pareilles à un mur le pressèrent, essayant de l'intimider. Lorsqu'il fit appel au thisme, il vit les ombres qui l'occupaient. Malgré la lumière flamboyante du feu des élémentaux et des sept soleils dans le ciel d'Ildira, il ressentit un froid intérieur intense.

2

Celli

Tel un grand bijou poli, le dôme terrarium vagabond dérivait en se profilant sur un champ de gaz ionisés. La nébuleuse Cœur-de-Feu était une toile de couleurs, et l'amas d'étoiles supergéantes chaudes qui formait son cœur illuminait les gaz qui l'environnaient.

À l'intérieur de la serre, les prêtres Verts Celli et Solimar supervisaient les cultures qui fournissaient des produits frais aux ouvriers vagabonds de la station Cœur-de-Feu. Ils s'occupaient également des deux immenses arbremondes qui gémissaient, coincés sous le dôme. Une main posée sur l'une des branches à proximité, Celli regardait à travers les panneaux de cristal et protégeait ses yeux de l'éblouissement de la nébuleuse. Cet endroit était si différent de son foyer dans la forêt-monde…

Les activités industrielles des Vagabonds étaient dispersées dans la nébuleuse comme des cailloux dans un torrent cosmique. De colossales écopes récoltaient les isotopes rares et les molécules exotiques que les supergéantes bleues centrales avaient transformés. Les fermes énergétiques capturaient le flux solaire dans de vastes films très fins et le conditionnaient sous forme de blocs d'alimentation.

Des doigts effleurèrent le visage de Celli. Elle se retourna pour voir Solimar, qui se tenait près d'elle et la regardait attentivement. Il était beau et musclé, son crâne complètement imberbe comme le sien, sa peau du vert riche des plantes les plus saines. Leurs pensées, leur amour et leurs préoccupations communes les liaient. Les énormes arbremondes se pressaient contre le plafond incurvé du terrarium, courbés et rabougris, et continuaient de croître sous l'effet du flot d'énergie qui s'y déversait. Mais les arbres n'avaient nulle part où aller.

Solimar n'avait pas besoin du télien pour deviner ce qui animait le cœur de Celli.

— Je les sens, moi aussi. Mes articulations et mon dos me font souffrir... et c'est leur douleur, pas la nôtre. Ils veulent se libérer.

Les arbremondes faisaient partie de l'esprit verdani, un vaste organisme interconnecté qui s'étendait à travers le Bras spiral. Tandis qu'elle caressait l'écorce aux squames dorées de l'un des deux arbres souffrants et à l'étroit, Celli saisit qu'ils étaient plus que de simples arbres, semblables à des millions d'autres.

— Parfois, j'ai du mal à respirer. Je me sens piégée et claustrophobe... à leur place. Les arbres savent que nous ne pouvons pas les sauver.

Lorsqu'elle connectait son esprit à travers le télien, tous les autres prêtres Verts connaissaient ses pensées et ses préoccupations. Pour leur bien, Celli tentait de leur cacher son découragement quant aux arbres condamnés, bien que cela ne serve à rien. Malgré tous leurs efforts, ils ne trouvaient aucun moyen de les sauver et il était désormais trop tard. Il se passait tellement de choses dans le Bras spiral que peu de gens s'intéressaient à ces deux arbres.

Celli posa ses doigts sur un panneau transparent et contempla la vaste nébuleuse. Solimar posa sa main sur la sienne.

— Vois-tu un changement quelconque à l'endroit où se trouvait le Grand Anneau ?

Elle secoua la tête.

— C'est toujours un trou géant dans l'univers.

— Du fait de cet accident, d'autres scientifiques afflueront afin d'étudier cette faille. L'un d'entre eux pourrait avoir une idée sur la façon d'aider les arbres.

Celli regarda l'entaille noire qui balafrait le champ de la nébuleuse.

— Ils ne viendront que si la situation reste stable. Cette brèche pourrait s'ouvrir davantage, et le vide engloutir la station Cœur-de-Feu ainsi que le dôme terrarium et nos arbres. Je me demande ce qu'il y a de l'autre côté.

Le projet de recherche de Kotto Okiah sur le Grand Anneau, dont la construction avait pris des années et coûté une immense fortune, avait échoué de façon catastrophique lors de son premier essai.

Depuis leur dôme, Celli et Solimar avaient vu le tore géant s'effondrer et déchirer le tissu de l'espace lui-même. Personne n'avait vraiment compris ce qui s'était passé ni quel type de menace la brèche pouvait représenter. Celli en eut froid dans le dos à cette idée.

En réponse, les arbremondes tordus frémirent d'effroi. Elle sentait la douleur qui se lovait dans leurs énormes troncs. Les arbres ne pouvaient ni s'échapper ni grandir à l'intérieur de leur cellule cristalline…

— Je suis certaine que quelqu'un découvrira un moyen de sauver nos arbres, dit-elle, plus pour rassurer Solimar qu'elle-même.

Les deux jeunes laborantins de Kotto, Shareen Fitzkellum et Howard Rohandas, arrivèrent à la serre à bord d'une petite navette en provenance du complexe administratif de la station. Lorsqu'il avait été confronté au problème du sauvetage de ces arbremondes piégés, Kotto avait chargé ces deux apprentis de trouver une solution faisable.

Celli et Solimar allèrent accueillir les deux adolescents et virent tout de suite qu'ils n'apportaient aucune solution miraculeuse. Prenant une profonde inspiration, Celli sentit l'humidité riche de la forêt-monde sous cloche. Shareen et Howard étaient jeunes, mais Kotto avait insisté sur le fait qu'ils étaient brillants. Celli continuait d'espérer.

— Avez-vous progressé sur le projet ?

— Nous avons effectué des tests sur les matériaux du dôme, la structure sous-jacente, répondit Shareen.

— Et les arbres eux-mêmes.

Howard présenta un pad rempli de calculs insondables. Celli aurait pu plonger dans l'esprit verdani et passer au peigne fin l'expertise technique qui s'y était accumulée au fil des ans, mais elle préféra demander :

— Qu'avez-vous trouvé ?

— Nous avons envisagé qu'il pourrait y avoir un moyen de remorquer l'ensemble de la serre vers une planète tellurique proche en utilisant des propulseurs ildirans. De cette façon, les arbres pourraient prendre racine et devenir aussi grands qu'ils le souhaitent, expliqua Shareen, avant de détourner le regard et de baisser la voix. Mais cette structure n'a jamais été conçue pour de telles contraintes.

— De plus, la zone de choc qui concentre les poussières à la lisière de la nébuleuse offrirait trop de turbulences, intervint son binôme.

Howard semblait peiné de ne pas avoir de meilleure réponse à leur fournir, mais il montra ses calculs comme pour se donner de la force.

Shareen se redressa et croisa les bras sur sa poitrine.

— La serre ne survivrait pas à un déplacement hors de la nébuleuse de Cœur de Feu, donc vos arbres sont coincés ici. Désolée. L'option qui consisterait à les emmener sur une planète n'est pas envisageable.

Celli leva les yeux vers les feuilles qui s'agitaient. Bientôt, très bientôt, le dôme ne les retiendrait plus. Soit les arbres se briseraient et mourraient, soit ils perceraient les murs cristallins de leur prison… et mourraient.

— Merci d'avoir essayé, dit Solimar aux deux jeunes scientifiques sur le départ, qui avaient l'air dépités et coupables.

— Nous allons continuer à réfléchir à ce problème, s'écria Shareen. Nous pourrions encore trouver quelque chose.

— Nous poursuivrons nos recherches, dit Howard.

— Nous savons que vous le ferez, répondit Solimar.

— Je ne quitterai pas nos arbres, annonça Celli après que leurs deux visiteurs furent sortis de la serre.

Elle ressentait une brûlure lancinante aux yeux et une brèche dans son cœur, qui semblait aussi vide que le portail noir qui perforait l'espace.

En tant que prêtres Verts, ils avaient pour mission d'entretenir les arbres et de les préserver. Solimar et elle avaient abandonné tant de choses lorsqu'ils avaient laissé Theroc derrière eux pour venir ici parce que les Vagabonds avaient besoin de prêtres Verts pour communiquer. Et, aujourd'hui, le devoir de Celli pourrait bien consister à mourir ici avec ces arbres.

— Nous trouverons un moyen de les sauver.

Solimar détacha une main du tronc à l'écorce dorée pour lui caresser le bras.

— Et nous-mêmes.

— Il le faut, répondit Celli, déterminée.

Au milieu de la nébuleuse flamboyante, le portail dimensionnel noir peuplé d'ombres palpitait.

3

Arita

La forêt-monde n'avait jamais semblé aussi menaçante. Arita et Collin se sentaient pris au piège alors qu'ils affrontaient une manifestation des ténèbres loin de tout ce qu'ils auraient pu imaginer.

Collin interpella la silhouette d'ébène qui se dressait devant eux.

— Vous n'êtes plus un prêtre Vert, Kennebar.

Le chef des prêtres Verts isolationnistes leur faisait face dans une demeure déserte située dans les branches d'un arbremonde mourant. Sa peau était d'une obsidienne sans défaut et non d'une émeraude éclatante, comme celle de Collin. Kennebar était une figure humanoïde entièrement imprégnée de nuit, aux yeux aussi sombres que le vide entre les étoiles. Même sa bouche se résumait à une ouverture creuse.

— Je suis plus qu'un prêtre Vert désormais, dit-il, car j'ai contemplé le vide. Les pensées des Shana Rei sont comme un cri, et celles des verdanis ne sont qu'un simple murmure en comparaison.

Collin tint tête au sombre prêtre du vide.

— Vous avez trahi la forêt-monde. Regardez les dégâts que vous avez causés… Ils sont visibles tout autour de vous !

— La forêt-monde est insignifiante, lâcha Kennebar d'une voix froide et creuse. Il y a tellement plus…

Arita se tenait fermement au côté de Collin, qui haussa le ton en signe de défi :

— Vous n'êtes rien !

Elle était partie avec son ami pour enquêter sur la disparition soudaine des prêtres isolationnistes ainsi que sur le gouffre silencieux qui s'était creusé au sein du réseau télien. Étant donné l'étendue de la forêt-monde, auquel l'esprit verdani était connecté, aucun endroit où se cacher n'aurait dû exister, mais, même ainsi, les partisans de Kennebar s'étaient évaporés.

Bien qu'Arita ne soit pas une prêtresse Verte, Collin lui avait parlé de ces angles morts alarmants. Des pans entiers de forêts étaient en train de se flétrir – Arita et lui l'avaient vu de leurs propres yeux –, et pourtant les autres prêtres Verts semblaient n'avoir aucunement conscience de ce désastre. Trop confiants dans leur connexion avec l'esprit verdani, ils ne parvenaient pas à concevoir qu'un secret d'une telle ampleur leur échappe.

— Nous aurions dû venir avec des renforts, dit Arita à Collin à voix basse.

Ils se tenaient côte à côte, dans les branches supérieures du grand arbremonde où les isolationnistes avaient vécu et dormi. Les anciens compagnons de Collin n'étaient plus là. Les ombres qui s'infiltraient dans l'esprit de la forêt-monde les avaient-elles capturés et contaminés – tout comme cela avait été le cas pour Kennebar ?

— Le néant n'est rien, dit Kennebar d'une voix pesante, et le vide est tout. Les Shana Rei souhaitent ramener l'entropie, le chaos… Rien et tout. Et les prêtres du vide les aideront en effilochant l'esprit de la forêt-monde.

D'autres prêtres Verts souillés émergèrent des feuilles entrelacées ou descendirent des branches les plus hautes : le reste des disciples de Kennebar. Les mystiques étaient également noirs comme du pétrole et se déplaçaient aussi silencieusement que des ombres.

Un sentiment d'urgence alarmée électrisa une nouvelle fois Arita. Collin et elle n'avaient aucun moyen de lutter contre les ténèbres voraces, et elle était sûre que Kennebar les empêcherait de partir.

— Collin se joindra à nous, ainsi que tous les autres prêtres Verts. (Kennebar tourna son effrayant visage d'ébène vers Arita.) Mais celle-ci laisse à désirer. Il faut s'en débarrasser.

Un frisson parcourut Arita, en partie dû à sa peur… mais aussi à la surprise. Au plus profond de son esprit, elle entendait une voix lointaine, chargée de désir, intense et mystérieuse… Quelque chose qui ne provenait pas du tout des arbres. Un appel ? Il n'était pas connecté au réseau de communication télien, et elle devait trouver ce que c'était, espérant qu'il s'agisse d'un allié inattendu.

— Je n'ai pas besoin que l'on me rappelle que les arbres m'ont rejetée, dit-elle, la voix tremblant de colère.

Mais qu'entendait Kennebar par « s'en débarrasser » ?

Lorsqu'ils étaient plus jeunes, Collin et elle avaient tous deux essayé de devenir prêtres Verts. Les arbres les avaient testés, avaient accepté et converti son ami… mais pas elle. Néanmoins, les arbres *avaient* altéré son esprit d'une manière ou d'une autre, avant de la renvoyer. Arita avait toujours regretté de ne pas avoir réussi à intégrer la communauté des prêtres Verts. Ces traîtres de prêtres du vide comptaient-ils l'assassiner maintenant ?

— Vous ne toucherez pas à Arita, dit Collin.

— Quand tu seras devenu un prêtre du vide, nous *te* laisserons la tuer, répondit Kennebar.

Quatorze silhouettes noires de prêtres Verts autrefois loyaux se rapprochèrent, se déplaçant comme s'ils avaient tout leur temps. Ils empêchèrent Arita et Collin de s'enfuir.

Arita perçut de nouveau le murmure lointain dans son crâne, mais il ne transmettait aucune pensée discernable, juste une impression diffuse de crainte et d'appréhension. Elle savait que ce n'était pas la voix des arbres, mais d'une tout autre entité.

Elle entendit le bruissement des feuilles, distingua du mouvement au-dessus de leurs têtes. Les noirs prêtres du vide levèrent le regard lorsqu'une nuée de silhouettes apparut : de minuscules créatures humanoïdes à la peau grise et lisse et aux grands yeux. Ils se déplaçaient si rapidement et si agilement qu'ils évoquaient des araignées à Arita. Les Onthos.

— Aidez-nous, cria-t-elle. Arrêtez-les !

Les réfugiés extraterrestres s'étaient jadis occupés d'une autre forêt-monde lointaine que les Shana Rei avaient détruite des millénaires plus tôt. Les derniers survivants de la race des Onthos, au nombre d'une centaine, étaient venus chercher asile sur Theroc. Comme les prêtres Verts et les verdanis s'étaient portés garants d'eux, le roi Peter et la reine Estarra leur avaient accordé l'asile et leur avaient permis de s'installer sur le continent inhabité de la Sylve.

Arita dénombrait au moins une douzaine d'extraterrestres qui avaient surgi pour se joindre aux inquiétants prêtres du vide. Ils se tapissaient sur les feuilles au-dessus d'eux, se balançaient de branche en branche et s'approchaient tandis que Kennebar et ses compagnons se dressaient devant elle et Collin, pareils à des ombres chinoises, et les retenaient prisonniers.

—Aidez-nous, demanda Collin aux Onthos.

L'espoir qu'Arita avait ressenti à l'apparition de ces Jardiniers s'effrita lorsque les extraterrestres se contentèrent de fixer le regard sur eux comme ils l'auraient fait à la vue d'insectes. Elle avait toujours vu chez les Jardiniers d'incontestables alliés, amicaux et coopératifs, car ils avaient eux aussi été victimes des Shana Rei. Ohro, leur chef, lui avait dit qu'il sentait quelque chose chez elle, en lien avec cette étrange voix qui résonnait dans son esprit, mais ne lui avait fourni aucune explication.

Aujourd'hui, les extraterrestres les regardaient, elle et Collin, comme s'ils leur manquaient quelque chose.

Puis, comme si ce qu'ils avaient observé les avait satisfaits, les Onthos s'égaillèrent en grimpant le long des branches de l'arbre-monde et disparurent dans les hauteurs, les laissant tous deux douloureusement seuls.

Les prêtres du vide se rapprochèrent.

4

Lee Iswander

Malheureusement, Lee Iswander avait l'habitude de tout perdre. Ruiné, déshonoré, au bord de la faillite… il n'avait que trop bien connu les revers de fortune.

Il monta à bord de son yacht spatial privé pour quitter Nouvelle-Station, sans prendre la peine de faire une déclaration pour provoquer ses adversaires politiques ou se défendre. Il avait l'impression de partir comme un voleur au milieu de la nuit. En tant que directeur des Industries Iswander, il avait révolutionné le commerce à travers le Bras spiral… mais, aujourd'hui, il fuirait le centre du gouvernement vagabond dès qu'il recevrait l'autorisation de décoller. Jusqu'à récemment, il était l'un des hommes les plus influents et sans doute les plus riches de la Confédération.

Les mots importants ici étaient « jusqu'à récemment ».

Il avait laissé les clans en effervescence. Maintenant qu'ils savaient que les gonflotteurs omniprésents constituaient sa source secrète d'ekti-X facile à obtenir et bon marché, les avides membres des clans étaient si excités qu'ils n'avaient pas réclamé sa tête à grands cris pour le moment. Bientôt, cependant, ils exigeraient justice et le dépouilleraient encore plus qu'ils l'avaient déjà fait.

Iswander avait déjà vécu tout cela.

De tout temps, il s'était accroché à son mantra déterminé et triomphant : « Un gagnant échoue plus souvent qu'un homme ordinaire qui ne se donne pas la peine d'essayer. » Mais cela ne le réconfortait guère alors qu'il se hâtait de retourner à ses opérations industrielles isolées. Le champ d'extraction de gonflotteurs était resté secret jusqu'à ce que

Tasia Tamblyn, Robb Brindle et Orli Covitz le dévoilent, abattant ainsi un autre pilier de ce qui avait fait la grandeur de Lee Iswander.

Il activa ses moteurs interstellaires, laissant Nouvelle-Station derrière lui – bon débarras ! – et s'élança dans le vide. Tôt ou tard, ils viendraient le chercher, et il devait décider de la marche à suivre.

Il était furieux que son secret ait été éventé. Tamblyn et Brindle, les directeurs intérimaires des Transports Kett, s'étaient enrichis en devenant ses principaux distributeurs de carburant pour propulseurs interstellaires, mais ils l'avaient poignardé dans le dos. De son côté, Orli Covitz avait été guérie d'un fléau extraterrestre en s'immergeant dans le protoplasme d'un gonflotteur dérivant dans son premier champ d'extraction. Cette femme était en vie *grâce* aux opérations qu'il avait mises en place. Et elle l'avait poignardé dans le dos, elle aussi.

Pour couronner le tout, il était en colère contre Elisa Enturi. Il appréciait l'efficacité, mais il accordait encore plus d'importance à la loyauté. Trop souvent, il avait surestimé le bon côté des gens. Bien qu'Elisa soit d'une fidélité sans faille et qu'elle fasse tout ce qui était nécessaire pour le servir et le protéger, elle avait également dépassé les bornes de manière désastreuse. Maintenant, tout se délitait…

Mais, de tous ceux qui l'avaient contrarié, c'était encore *lui-même* qui l'avait le plus déçu. Il aurait dû se montrer plus attentif, prévoir le désastre. Il connaissait si bien les catastrophes…

Il rumina sur le trajet de retour vers le champ d'extraction de gonflotteurs, lequel serait – pour un temps du moins – son dernier sanctuaire. En temps normal, il appréciait les voyages en solitaire, qui lui permettaient de faire le point sur ses affaires sans être interrompu. Lors de son récent vol pour Nouvelle-Station, il avait affiché une confiance insolente. Il avait rassemblé des preuves indiscutables quant à la corruption et à l'incompétence pure et simple de l'Orateur Sam Ricks. Cet homme avait coûté fort cher aux clans de Vagabonds. Armé de ces informations, Iswander s'attendait à entrer dans la salle des convocations, à renverser l'Orateur Ricks et à l'envoyer en prison. Ensuite, les clans auraient dû lui confier son poste, par acclamation. Il en était alors convaincu.

Au lieu de cela, cette victoire lui avait été arrachée des mains, et il s'était retrouvé à genoux… en disgrâce une fois encore, contraint de fuir. Combien de fois quelqu'un pouvait-il se relever et repartir de zéro ?

Il avait toujours été un homme audacieux, épousant la philosophie qui avait fait la grandeur des Vagabonds. L'innovation exigeait de prendre des risques, qui s'avéraient dans certains cas dangereux. Il arrivait que des accidents surviennent. Il arrivait que ce soit inévitable.

Iswander avait une première fois fait fortune en produisant des habitats modulaires préfabriqués, largement utilisés lors de la reconstruction après la Guerre des Élémentaux. Quand on distribue tant de modules, fatalement, certains d'entre eux présentent des défauts de construction. Quatre habitats en orbite avaient connu une défaillance catastrophique lorsque des joints de coque imparfaits s'étaient rompus, exposant leurs occupants à une décompression explosive. Les poursuites lui avaient coûté une somme rondelette, mais il avait payé de nombreuses personnes pour que ces désastres ne s'ébruitent pas. Compte tenu des milliers d'habitats qu'il avait fabriqués, ce taux d'échec demeurait minime.

Par la suite, il avait massivement investi dans des opérations de traitement de la lave sur Sheol, extrayant des métaux exotiques et produisant des alliages inhabituels. Il avait trouvé un trésor à portée de main dans ces mers en fusion. Mais l'ex-mari d'Elisa, Garrison Reeves, avait soulevé des questions sur les dangers de cette planète instable, des avertissements qu'il avait bêtement ignorés. Et ses instabilités géologiques avaient provoqué un véritable désastre : mille cinq cent quarante-trois personnes avaient perdu la vie lorsque Sheol s'était effondré sur lui-même.

Il avait été ruiné à ce moment-là aussi. Toute sa fortune et un bien encore plus précieux, sa réputation, avaient entièrement disparu.

Puis Elisa avait découvert des gonflotteurs dérivant dans l'espace, chacun rempli d'une forme puissante d'ekti, le carburant pour moteurs interstellaires qui alimentait les propulseurs ildirans. Des amas de nodules verdâtres erraient sans but d'un système stellaire à l'autre, tels du plancton spatial, et il n'y avait qu'à se baisser pour ramasser tout cet ekti… Une nouvelle fortune.

Quand il s'était refait cette fois-là, il s'était montré plus intelligent. Il s'était rendu compte que, dès que l'origine de son ekti-X serait révélée, d'innombrables autres clans de Vagabonds se précipiteraient pour drainer des gonflotteurs et saturer le marché. La facilité avec laquelle ils obtiendraient ce carburant pour propulseurs interstellaires entraînerait une chute des prix. Il savait qu'il disposait d'un délai limité pour rebâtir son immense fortune et que ce secret devait être gardé le plus longtemps possible.

Mais jamais il n'aurait imaginé qu'Elisa prendrait sur elle d'assassiner tous leurs rivaux pour protéger la source de l'ekti-X. C'était une femme dure, déterminée, efficace – et, plus important encore, une femme totalement *loyale* –, mais elle avait tué énormément de gens, détruit tout le complexe des Duquesne et tenté d'abattre la *Curiosité Avide*. Il ne l'aurait jamais crue capable d'une telle violence.

Ou, du moins, il ne se l'était pas avoué, mais, seul dans son yacht spatial, ses doutes intérieurs grandissaient...

Lorsqu'il atteignit enfin son champ d'extraction de gonflotteurs, Iswander constata que les affaires poursuivaient leur routine. Les occupants du complexe ignoraient encore que les événements allaient prendre une tournure dramatique et que leurs activités seraient bouleversées à jamais.

Des engins de pompage drainaient l'ekti-X des nodules tachetés, remplissant un réservoir après l'autre en vue de leur distribution. Des vaisseaux éclaireurs et des nacelles d'inspection circulaient entre les installations et les dépôts auxiliaires. De petits remorqueurs dotés de moteurs surdimensionnés transportaient les enveloppes flasques des gonflotteurs vides et les jetaient dans une zone de décharge située à l'extérieur de l'amas en mouvement constant. Les éclairages disséminés dans l'ensemble des opérations ressemblaient à de minuscules systèmes stellaires, et le complexe administratif central était suspendu comme un joyau lumineux au milieu des différentes structures.

Alors qu'il guidait son yacht dans le complexe, Iswander remarqua qu'une série de réservoirs étaient presque remplis d'ekti-X récolté, prêts à être livrés... mais même ce point était sujet à caution désormais. Les Shana Rei et leurs robots noirs avaient anéanti la station Ulio, l'un de ses pôles majeurs de fret. Cependant, même sans Ulio, leur principal distributeur, les Transports Kett, bénéficiait de nombreux moyens alternatifs pour fournir du carburant pour moteurs interstellaires à un marché toujours très gourmand... mais ils avaient rompu leurs accords commerciaux avec lui en raison des actions imprudentes d'Elisa. Il devait trouver une autre stratégie pour vendre son carburant, car bientôt, très bientôt, ces chacals de Vagabonds se précipiteraient afin d'extraire eux-mêmes du combustible pour propulseurs interstellaires.

Il était peut-être temps pour lui de mettre un terme à ces opérations et de passer à autre chose. Il était horrifié qu'une telle pensée lui ait ne serait-ce que traversé l'esprit. Un Iswander ne baissait pas les bras. Secoué, il atterrit dans le centre administratif et débarqua.

Son adjoint, Alec Pannebaker, l'accueillit immédiatement. Arborant des cheveux longs et une barbichette poivre et sel, Pannebaker avait une personnalité débonnaire et affichait une expression de casse-cou arrogant.

— Nous sommes ravis que vous soyez de retour, chef! ou devons-nous désormais vous appeler Orateur Iswander? (Un large sourire lui étira les lèvres.) Comment ça s'est passé?

Iswander lâcha la nouvelle avec la brutalité d'un impact d'astéroïde.

— Échec total. Nos opérations d'exploitation d'ekti-X ont été dévoilées, et tous les clans de Vagabonds sont au courant pour les gonflotteurs. Nous devons passer pleinement en mode « maîtrise des dégâts », et je ne sais pas si cela suffira à assurer la survie de l'entreprise. (Sa gorge s'assécha.) Je dois voir Elisa Enturi tout de suite.

Pannebaker semblait mal à l'aise.

— Chef… à propos d'Elisa et de ses agissements en votre absence… (Il secoua la tête et son visage s'assombrit.) Son comportement a été inacceptable. Nous avons eu un incident. Un vaisseau étranger au site a réussi à franchir le périmètre et notre sécurité a tenté de l'arrêter. Je croyais que nous allions trouver le meilleur moyen de préserver la confidentialité de nos opérations, mais Elisa… (Son visage rougit.) Je pense qu'elle comptait vraiment les tuer!

— C'était en effet son intention, dit Iswander, et il n'y a pas de pardon possible. C'est ce qui a retourné tous les clans contre nous.

Il entra dans le centre de contrôle principal, où ses techniciens et son personnel administratif étudiaient les statistiques de production de l'ekti, cartographiaient l'amas et compilaient les journaux d'extraction afin que les grandes plates-formes de pompage se déplacent efficacement d'un gonflotteur à l'autre.

Ses employés se retournèrent et l'aperçurent alors que son regard acéré balayait les lieux. Il maîtrisa la colère qui bouillonnait en lui pendant qu'il cherchait Elisa. En tant qu'homme d'affaires, il savait masquer ses émotions, ne manifestant sa colère qu'au moment opportun – et, lorsqu'il parlerait en privé avec Elisa, *ce* serait le moment opportun.

Répondant à l'appel de l'interphone, elle arriva sur le pont, les joues rouges tant elle s'était dépêchée de se présenter.

— Monsieur Iswander… je vous ai préparé mon rapport et j'ai hâte d'entendre ce qui s'est passé à la convocation des Vagabonds.

Ses yeux brillaient, et elle recherchait avidement son appréciation. Les mots de son supérieur la mitraillèrent comme des balles.

— Dans ma salle de réunion privée. Maintenant.

Iswander se dirigea vers la pièce adjacente et s'assit dès que la porte fut fermée. Il avait froid. Ses mains tremblaient. Elisa prit place sur le siège en face de lui et sentit clairement que quelque chose n'allait pas.

— Avez-vous évincé l'Orateur Ricks comme prévu, monsieur ?

— Non. Vous nous avez détruits.

Les yeux sombres de son interlocutrice s'écarquillèrent.

— Qu'est-ce que vous…

— Vous avez parfaitement compris ce que je veux dire ! lâcha-t-il en haussant encore plus le ton. Nous avons toujours su que quelqu'un finirait par découvrir la source de l'ekti-X, et j'ai pris des précautions pour atténuer l'impact que cela aurait sur nous, mais vous avez fait exploser des installations d'extraction et assassiné des dizaines de travailleurs du clan Duquesne.

Elle se raidit, pâlit, mais il poursuivit :

— Leur journal de bord vidéo n'a pas été détruit et il s'est retrouvé diffusé au grand jour. Maintenant, tous les Vagabonds l'ont vu. Il n'y a aucun doute dans l'esprit de quiconque… y compris le mien ! Et, pendant que je m'apprêtais à présenter un dossier solide aux clans, vous tentiez d'abattre un vaisseau extérieur au site qui avait découvert nos opérations… sous les yeux de nos employés ! La *Curiosité Avide* s'est échappée et a foncé tout droit vers Nouvelle-Station pour dénoncer nos agissements. J'ai été complètement humilié devant l'assemblée tout entière.

Elle resta debout comme un pilier de pierre, laissant les mots de son supérieur la gifler.

Il se leva et, se tenant à quelques centimètres d'elle seulement, lui fit face.

— Qu'est-ce qui vous a pris, bon sang !? Vous avez assassiné tous ces gens.

Elle l'arrêta net.

— C'est ce que vous auriez voulu.

— Comment pouvez-vous ne serait-ce que penser cela ?

— Parce que je pense aux Industries Iswander, monsieur. Parce que je pense à vous et à notre futur commun. Le clan Duquesne a volé notre procédé et en a tiré profit. Je devais les arrêter et l'ai fait de la plus rapide et de la plus efficace des manières. Je regrette d'avoir laissé des preuves derrière moi. (Elle ne paraissait pas du tout décontenancée.) Vous m'avez confié la responsabilité de la sécurité et j'ai réagi en conséquence. Dès que la *Curiosité Avide* a découvert nos opérations, j'ai su qu'ils dévoileraient nos activités. J'ai essayé de les intercepter avant qu'ils divulguent nos secrets industriels au grand public, mais des mesures plus agressives se sont avérées nécessaires.

— Elles n'ont jamais été nécessaires, dit Iswander.

Elisa le regarda comme si elle avait le cœur brisé.

— Si, elles l'étaient, et vous le savez, monsieur. J'ai toujours été consciente de vos objectifs et de vos priorités. Vous m'avez dit que je devais nous protéger. Après la disgrâce que nous avons subie sur Sheol, je ne permettrai pas qu'un tel désastre survienne de nouveau, à vous ou aux Industries Iswander.

— Je n'ai jamais voulu que vous assassiniez qui que ce soit.

Les yeux de l'adjointe étincelèrent et elle se redressa.

— En êtes-vous sûr, monsieur ? Je me souviens de nos conversations et ce que vos paroles impliquaient était très clair. Vous saviez très bien ce que j'allais devoir faire. Vos ordres étaient implicites.

— Vous les avez mal compris, insista-t-il.

Elle refusa de céder du terrain.

— Peut-être qu'au fond de vous vous ignorez ce que voulez, monsieur. J'ai toujours été loyale envers vous, et je n'ai jamais rien fait qui ne fasse pas passer vos besoins ou vos intérêts en premier.

— Et aujourd'hui je suis de nouveau ruiné. Vous avez assassiné ces gens, et les Vagabonds me poursuivront… mais, plus important encore, ils *vous* poursuivront. Je leur dirai que vous avez agi à mon insu et sans mon approbation. Je dois veiller à ce que vous soyez traduite en justice. (Il se força à se rasseoir en feignant d'être calme et rationnel.) Et j'en suis désolé, Elisa, continua-t-il. Je sais tout ce que vous avez fait de positif pour moi, mais ça… ça, c'est impardonnable.

Le visage de son adjointe s'assombrit tandis qu'elle s'efforçait de contrôler sa fureur.

— Vous me jetteriez aux chiens pour sauver votre peau ? (Elle marqua une pause, mais ne lui laissa pas le temps de répondre et lui adressa un petit hochement de tête.) Oui, c'est votre meilleur coup à jouer, j'en conviens.

Iswander se sentit coupable en entendant sa remarque et le lourd poids de la conscience s'abattit sur lui. Il essaya de se rappeler tout ce qu'il lui avait dit, toutes leurs discussions professionnelles. Lui avait-il vraiment fait croire qu'elle devait tuer quiconque découvrirait son secret ? Au fond de lui, était-ce vraiment ce qu'il voulait ? Il refusa de se l'avouer, mais son hésitation intérieure lui en disait long sur ce qu'il avait besoin de savoir.

Il soupira.

— À cause de Tamblyn et de ses compagnons, tout le monde connaît l'emplacement de nos installations. Quelqu'un viendra ici tôt ou tard. Si vous vous trouvez ici, ils vous arrêteront. Je compte que vous preniez un peu de temps pour vous, Elisa. Envisagez la façon dont vous désirez réagir face à cette situation. Je vais vous laisser seule pour que vous puissiez réfléchir aux conséquences. Prenez tout le temps qu'il vous faudra.

Elle parut surprise.

— Vous voulez dire que vous regarderez ailleurs si je m'enfuis ?

— Je n'ai pas dit cela du tout, mais vous semblez avoir une certaine compétence pour extrapoler mes souhaits implicites. Partez !

Elisa fixa le regard sur lui un long moment, puis s'en alla. Cependant, même après qu'elle eut quitté la salle de réunion, Iswander n'était pas sûr d'avoir fait le bon choix.

5

Orli Covitz

Après avoir appris à quel point il était facile d'extraire l'ekti-X des gonflotteurs, les chefs de clan s'étaient empressés de quitter Nouvelle-Station en prétextant des « affaires urgentes ». Les Vagabonds avaient précipitamment modifié de vieux vaisseaux-citernes servant au transport de l'eau ou des cargos afin de pouvoir récolter du carburant pour moteurs interstellaires. Dans la journée qui suivit la convocation des clans, tous les vaisseaux et équipements susceptibles d'être convertis pour procéder à des opérations de pompage furent achetés auprès des marchands d'épaves de Nouvelle-Station.

Orli Covitz ne voulait plus rien avoir à faire avec les gonflotteurs et l'ekti. Elle et son comper, DD, s'installèrent dans des quartiers provisoires en tâchant de déterminer ce qu'ils allaient faire. Les clans étaient bien connus pour faire leurs les nouvelles occasions qui se présentaient à eux, mais elle ne s'attendait pas à ce qu'ils réagissent si *vite*.

Un an plus tôt, quand elle était tombée sur les premières infrastructures d'Iswander, elle n'avait pas saisi l'importance des informations qu'elle avait trouvées. Bien entendu, elle était alors en train de succomber au fléau onthos, mais, aujourd'hui, elle s'étonnait que Lee Iswander l'ait laissée partir au lieu de l'éliminer comme un témoin gênant… ainsi qu'Elisa avait essayé de le faire. Le baron d'industrie ne s'était peut-être pas montré assez prévoyant.

C'était également dans les installations d'Iswander qu'elle avait rencontré Garrison Reeves, et plus elle pensait à cette situation – et à *lui* –, plus elle en arrivait à la conclusion que les bénéfices qu'elle avait tirés de cette rencontre valaient le coup. D'un commun accord, Garrison et elle étaient partis chacun de leur côté depuis près d'un mois. Pendant qu'il travaillait au complexe Cœur-de-Feu sur le projet du Grand Anneau, Orli avait rejoint les Transports Kett, mais Garrison lui manquait. Prendre du temps lui avait semblé une bonne idée lorsqu'elle l'avait suggéré…

À présent, depuis ses quartiers provisoires sur la station, elle observait par la baie vitrée les vaisseaux affairés qui volaient autour du pôle commercial. DD se tenait à son côté et notait le moindre détail de la situation.

— Il y a beaucoup de trafic, Orli Covitz. Les Vagabonds paraissent très enthousiasmés par cette nouvelle méthode d'extraction de l'ekti. N'est-ce pas une bonne chose que nous la leur ayons rapportée ?

— Je suis sûre que tout le monde ne sera pas aussi heureux, DD, répondit-elle. Maintenant que leurs contrats de fret avec Iswander ont été rompus, les Transports Kett perdent une part importante de leur activité.

— Mais les Industries Iswander étaient un partenaire désagréable et dangereux. N'est-il pas probable qu'un grand nombre de ces nouvelles opérations fassent appel aux Transports Kett pour la distribution ?

— Je ne suis pas une visionnaire en affaires. Ce que j'aime, c'est réparer les compers, et je devrais trouver un moyen de reprendre cette activité. Je serais plus heureuse. Nous le serions tous les deux.

— Nous pourrions retourner à Relleker, proposa DD. Nous disposions d'un centre de remise en état très efficace pour réhabiliter les compers déclassés.

Relleker était un monde agréable, civilisé, confortable, au climat tempéré. Orli y avait passé des années tranquilles avec son mari… et certaines de ces années avaient même été heureuses. Mais, maintenant que Matthew l'avait quittée et qu'elle avait démantelé le centre d'entraînement pour compers, plus rien ne l'attendait là-bas. Il lui fallait trouver un autre endroit.

Elle secoua la tête.

— Nous devrions essayer de prendre un nouveau départ, DD, mais il y a un moment où l'indépendance personnelle se transforme en solitude pure et simple.

Se fendant d'une observation remarquablement astucieuse, DD lui demanda :

— Cela signifie-t-il que nous allons retourner auprès de Garrison Reeves ?

Elle sourit au comper Amical.

— Voyons si Tasia et Robb peuvent nous déposer à la station Cœur-de-Feu.

La *Curiosité Avide* avait été retapée après l'attaque d'Elisa Enturi. Lors de leur retraite vers Nouvelle-Station, Robb et DD avaient effectué les réparations les plus urgentes. Après avoir atteint Nouvelle-Station, Tasia avait utilisé les comptes des Transports Kett pour réserver un dock spatial et engager des techniciens de maintenance afin qu'ils terminent toutes les réfections dont leur vaisseau bien-aimé avait besoin.

Lorsque Orli les trouva dans la baie de maintenance qui leur avait été attribuée, ils étaient en train d'éluder les questions de membres de clans curieux au sujet des gonflotteurs. Les travailleurs portaient des combinaisons ornées de broderies décoratives arborant différents symboles claniques, et Tasia semblait impatiente.

— Nous avons déjà mis à disposition les informations relatives à l'extraction de l'ekti. Allez voir par vous-mêmes... Vous n'obtiendrez pas plus de détails en me harcelant.

— Et vous perdez tous du temps, ajouta Robb en essayant de les chasser de la baie. Il vaut mieux faire vos devoirs en route... sinon, vous serez les derniers sur le marché.

Les membres de clans s'empressèrent de partir dans des directions différentes.

Robb se tint à côté de la *Curiosité* et s'essuya les mains.

— Le vaisseau a été ravitaillé et tous les systèmes ont été vérifiés. Nous avons terminé notre mission et il est donc temps de retourner sur Terre. Rlinda doit s'inquiéter pour nous.

Tasia croisa les bras sur sa poitrine.

— Je m'inquiète pour Xander. Il a réchappé de la station Ulio, mais ça a chié format XXL dans de nombreux ventilos recycleurs de déchets ces dernières semaines. (Elle leva la tête et salua Orli et DD en souriant.) Merdre, nous étions sur le point de vous convoquer ! Assez d'aventures frivoles... mettons-nous au travail.

— Oh ! j'ai eu mon content d'aventures, acquiesça Orli. Bien sûr, je l'ai déjà dit à maintes reprises.

Robb avait l'air préoccupé, comme si quelque chose venait de lui traverser l'esprit.

— Orli... avez-vous entendu ce qui s'est passé sur Auridia ?

Elle fronça les sourcils.

— Il ne se passe jamais grand-chose là-bas. Qu'y a-t-il sur Auridia à part un transportail klikiss et une poignée de personnes ?

— Exactement. Un simple vaisseau a rayé de la carte en totalité le transportail et l'avant-poste. Le type a tout détruit et s'est envolé.

Orli cligna des yeux.

— Pourquoi quelqu'un attaquerait-il Auridia ? C'est à peine un point de transit.

Peu de Vagabonds ou de clients de la Confédération utilisaient le mur du transportail klikiss, préférant traiter leurs affaires dans la gigantesque station orbitale.

— Il s'agit de l'homme qui vous a traquée quand vous aviez contracté l'épidémie onthos, dit Tasia. Tom Rom.

Orli ne put retenir le frisson qui la traversa.

— Je pensais qu'il était mort depuis longtemps.

DD avait saboté le vaisseau de Tom Rom après que cet impitoyable individu eut attaqué la pilote et l'avait fait exploser dans l'espace. Elle contrôla sa panique.

— Il était... ici ?

Il aurait facilement pu la trouver s'il l'avait souhaité. Que diable faisait-il donc sur Auridia, si près de Nouvelle-Station ? Il ne lui manquait plus que ça.

— J'ai soudain envie de partir... et DD et moi-même voulons voir Garrison. Il travaille à la station Cœur-de-Feu, où vient de se produire l'incident du Grand Anneau. J'ai vraiment besoin de le voir. Il... il me manque.

Tasia et Robb levèrent simultanément les yeux au ciel. DD intervint :

— Il me manque aussi, ainsi que le jeune Seth Reeves.

Orli tapota l'épaule en polymère du comper et s'adressa à Tasia :

— Lorsque vous retournerez sur Terre, transmettez mes salutations et mes remerciements à Rlinda. Mais nous cherchons un vaisseau qui se rend à Cœur-de-Feu.

— Merdre ! vous en avez trouvé un : on peut effectuer une course de fret de Nouvelle-Station à Cœur-de-Feu, et c'est important qu'on étudie nos marchés, lui indiqua Tasia. Nous vous y emmènerons dès que nous aurons finalisé le chargement.

La *Curiosité* prit en charge sans encombre une cargaison lucrative de marchandises que Cœur-de-Feu avait demandée. Le personnel de l'installation était tellement isolé à l'intérieur de la nébuleuse que la station avait besoin de toutes les fournitures de base et pas seulement de produits de luxe.

Tandis qu'Orli voyageait à bord du vaisseau et sentait l'impatience monter en elle, elle étudia le chaudron pastel de la nébuleuse Cœur-de-Feu, ce gaz en expansion qu'un groupe d'étoiles brillantes et chaudes éclairaient de l'intérieur. L'astronef se mit à vibrer et à bringuebaler lorsqu'ils traversèrent la zone de choc où se concentrait la poussière.

Orli avait déjà contemplé de spectaculaires paysages dans le Bras spiral, mais elle avait du mal à contenir son excitation à l'approche de Cœur-de-Feu.

— C'est incroyable !

— Et un bon endroit pour faire des affaires, dit Tasia.

Le plus important, c'était que Garrison se trouvait là.

6

Xander Brindle

— Comme neuf, commenta Terry lorsqu'il vit le *Verne* sortir du quai des Transports Kett après plus d'une semaine non-stop de réparations, d'entretien, de remises en état et d'améliorations.

Comme il n'avait pas l'usage de ses jambes, le jeune homme gardait l'équilibre en posant une main sur l'épaule de leur comper.

Avec un gloussement, Xander donna une tape dans le dos de son partenaire.

— Bien mieux que neuf. Par le Guide Lumineux, le *Verne* est meilleur que n'importe quel autre vaisseau des Transports Kett, meilleur que n'importe quel vaisseau de sa catégorie dans le Bras spiral ! Nous avons installé toutes les mises à jour disponibles.

Terry eut l'air embarrassé.

— Même celles qui n'étaient pas nécessaires.

— Si elles sont disponibles, ça n'est pas inutile. D'ailleurs, « ne pas lésiner sur les moyens » sera notre devise à partir de maintenant. Tu le mérites.

Les techniciens chargés des réparations employèrent les moteurs antigrav du *Verne* à faible poussée pour faire avancer le vaisseau rutilant dans la baie ouverte, où il se posa sur les plaques de fond renforcées afin qu'ils l'inspectent.

Rlinda Kett entra d'un pas nonchalant dans le hangar de maintenance, les mains sur ses hanches généreuses.

— C'est un bel engin spatial… neuf, brillant, avec un excellent travail effectué sur la coque. Je pense que vous vous la pétez.

— Peut-être un peu, admit Terry.

— On se la pète *indéniablement*, dit Xander. Beaucoup.

— Je le savais. Mais, un vaisseau aussi chic, il vaut mieux le sortir et ramasser quelques bosses. À l'heure actuelle, le *Verne* a tout ce qu'il faut, sauf du caractère. Et, ça, il faut que vous le méritiez.

Xander s'appuya du coude contre la coque et renifla.

— Nous avons effectué suffisamment de trajets pour le compte des Transports Kett pour avoir une quantité standard de caractère. En fait, je dirais que le fait d'avoir échappé à la destruction de la station Ulio et d'avoir fui les robots nous a valu des points supplémentaires.

Rlinda pinça les lèvres.

— Peut-être, mais vous avez tout reconstruit. Vous devez repartir de zéro.

— Je suis prêt à m'y mettre, madame, dit Terry. Je n'aime pas rester assis. Nous sommes impatients de retourner sur le terrain et d'effectuer quelques courses de fret.

La corpulente marchande marchait à leurs côtés tandis que Xander inspectait l'extérieur du *Verne*. Une fois la ceinture antigrav qui le soutenait bien fixée, Terry tint l'épaule d'OK et laissa le comper le remorquer alors qu'ils faisaient le tour du vaisseau. OK étudia l'appareil, enregistra toutes les améliorations et consulta les résultats détaillés de l'entretien et des tests.

Rlinda jeta un regard franc aux deux jeunes gens.

— Vous faisiez partie de mes meilleurs salariés chez Transports Kett, et je suis heureuse d'apprendre que vous voulez piloter de nouveau, mais… as-tu la moindre idée de l'étendue de ta *richesse*, Terry Handon ? L'expression « pété de thunes » est bien loin de la vérité.

Terry hocha nerveusement la tête.

— J'ai vu les chiffres.

— Les chiffres sont une chose, mais les *comprends-tu*, mon cher garçon ? Tu pourrais racheter plusieurs fois mon entreprise jusqu'à son dernier boulon. Tu pourrais acheter ta propre planète.

— Des *planètes*, l'interrompit Xander. Au pluriel.

— Eh bien, oublie les planètes, dit Rlinda. Tu devrais voir plus grand. Le montant de la somme que Maria Ulio t'a transférée n'apportera pas seulement des changements dans ta vie, mais dans toute la Confédération. Tu peux créer ta propre entreprise, voyager où tu veux, donner un tas de pognon à des œuvres de charité. Être un philanthrope. Être l'ami préféré de tout le monde. Maria a récolté tellement de bénéfices de la station Ulio que les dépenser va devenir ton nouveau travail à plein-temps.

Terry rougit, ce que Xander trouva attendrissant.

— Avez-vous besoin d'argent, Rlinda ? Vous nous avez beaucoup soutenus et j'aimerais vous rendre la pareille. Nous pourrions peut-être investir dans les Transports Kett ? ou vous aider à construire un autre établissement ?

Rlinda rit de bon cœur.

— Mon cher garçon, je ne suis peut-être pas aussi fabuleusement riche que Maria l'était, mais je me suis plutôt bien débrouillée. J'aurais pu prendre ma retraite dix fois, et j'ai déjà des restaurants sur Relleker, la Terre et Theroc. Les Transports Kett se portent très bien.

Lorsqu'ils marquèrent une pause derrière les nouveaux moteurs principaux du *Verne*, elle tendit un doigt sévère. Ses mots résonnèrent contre les larges cônes des propulseurs.

— C'est ton argent, Terry Handon. Un *paquet* d'argent. Ne fais rien de stupide, mais réfléchis sérieusement à ce que tu veux.

Xander acquiesça.

— C'est exactement ce que je lui ai dit, mais il ne l'a pas encore saisi. Je garderai un œil sur lui, juste au cas où il dépasserait les bornes. S'il désirait faire sculpter un astéroïde entier pour lui donner l'image de son visage en orbite, je l'en empêcherais. Peut-être.

Son compagnon piqua de nouveau un fard.

— Je ne ferais jamais ça !

— Bien sûr que non. Jusqu'à présent, les seules folies que tu t'es autorisées, ç'a été de commander des repas plus chers et du meilleur vin.

— C'est une bonne utilisation de l'argent, ça, commenta Rlinda. Un investissement judicieux.

Xander redevint sérieux.

— Je sais où j'ai l'intention d'investir une partie de cet argent, et c'est un domaine dans lequel je compte vraiment n'épargner aucune dépense. Je vais me pencher sur toutes les recherches médicales disponibles. On en a déjà effectué sur la colonne vertébrale de Terry, mais personne n'a été en mesure de l'aider. Avec toutes ces ressources, désormais, il doit y avoir un moyen de lui rendre l'usage de ses jambes.

Terry eut l'air exaspéré.

— Je me débrouille très bien.

— « Très bien » ne signifie pas que tu ne peux pas faire mieux, dit Xander. Vu tous les médecins qui officient dans la Confédération et l'Empire ildiran, quelqu'un saura te remettre sur pied.

— En apesanteur, cela ne fait aucune différence, insista Terry.

Tous deux avaient souvent tourné en rond en abordant le sujet et s'étaient même disputés, ce qui avait débouché sur des excuses mémorables. Xander n'avait pas laissé tomber et avait expliqué à son partenaire qu'il voulait juste ce qu'il y avait de mieux pour lui.

— Ce n'est tout simplement pas la chose la plus importante sur ma liste de priorités, dit Terry.

Xander savait quand se taire et décida de poursuivre les recherches de son côté. Il trouverait une réponse et la présenterait à son partenaire… et, là, il ne céderait pas si facilement du terrain.

Les grands yeux bruns de Rlinda s'humidifièrent tandis que son regard allait d'un homme à l'autre.

— Il ne faut pas que tu te raccroches à un espoir déraisonnable, mon garçon, dit-elle sur un ton de réprimande, mais cela ne veut pas dire pour autant que tu dois abandonner tout espoir.

Elle tendit ses grands bras costauds et les engloutit dans une étreinte généreuse et maladroite qui fit vaciller Xander tandis que la ceinture antigrav de Terry maintenait ce dernier en équilibre. OK resta silencieux, tel un observateur doté d'une patience à toute épreuve.

— Tu pourrais financer la recherche médicale, tu sais, reprit Rlinda. Tu pourrais acheter n'importe quel laboratoire, créer un groupe de réflexion, fonder une université, y consacrer d'innombrables heures… et tu ne serais pas le seul à en bénéficier si tu trouvais un remède. Pense à ceux qui souffrent d'un problème de santé similaire.

Xander savait que cette réponse aurait plus d'effets sur Terry, qui était désintéressé, n'aimait pas être choyé… mais tous ces autres invalides…

Mal à l'aise, Terry les regarda et changea rapidement de sujet.

— Écoutez, j'ai vu grand et j'ai une nouvelle idée qui nous rendra heureux. Je pense que même Xander sera impressionné. (Ce dernier haussa les sourcils, dans l'expectative.) Maria a fondé sa station, et elle a servi à des milliers et des milliers de marchands au fil des ans, expliqua Terry. La station Ulio était un pôle commercial primordial.

— Jusqu'à ce que les Shana Rei l'anéantissent, dit Xander.

— Eh bien, qu'est-ce qui nous empêche de *reconstruire* Ulio ? ou de bâtir un nouveau complexe commercial en partant de zéro ?

(Terry leur adressa un sourire.) J'ai l'argent et ce n'est pas un besoin qui va disparaître de sitôt. Pour l'instant, où vont les négociants vagabonds ? qu'advient-il des vaisseaux qui nécessitent des réparations massives ? et que faisons-nous de toutes ces épaves déclassées qui dérivent de-ci de-là ? Il faut les regrouper en un même endroit.

Xander observa Terry avec une excitation croissante.

— Quelqu'un finira bien par créer son propre dépôt d'approvisionnement et de maintenance... Pourquoi ne serait-ce pas nous ?

Rlinda cligna des yeux.

— Avec tout l'argent du Bras spiral, tu veux construire ta propre... casse ?

— Chantier de réparation, la corrigea Terry. Et entrepôts commerciaux. Comme la station Ulio, mais en mieux ! L'établissement de Maria s'est construit par accident lorsqu'elle a commencé à rassembler des épaves de vaisseaux après la Guerre des Élémentaux. Nous pouvons agrandir et améliorer nos installations... avec un peu d'organisation.

Xander voulut le serrer dans ses bras.

— Cela semble passionnant... et tout à fait dans nos cordes. Avec mes parents, nos liens avec les Transports Kett et tous les clans de Vagabonds... ce sera parfait !

— Croyez-moi, diriger sa propre entreprise n'est pas aussi glamour que ça en a l'air, les prévint Rlinda. Il vous faudra de l'aide.

— Je n'ai pas besoin de quelque chose de glamour, répondit Terry. Mais ça paraît amusant, et c'est le projet que je veux lancer. (Ses lèvres se retroussèrent en un sourire et il donna un coup de coude à Robb.) Et je pense pouvoir trouver de l'aide.

7

Shareen Fitzkellum

Plus vide que le vide... plus noir que la noirceur... le trou géant au milieu de la nébuleuse Cœur-de-Feu mettait Shareen mal à l'aise.

— Hmm... ce n'est pas du tout ce à quoi je m'attendais lorsque j'ai lancé le test du Grand Anneau. (Kotto Okiah réussit à donner l'impression d'être à la fois distrait et troublé.) Néanmoins, c'est très intéressant.

— C'est le mot juste, dit Shareen en soupirant.

Elle ne précisa pas qu'elle et Howard avaient prévenu Kotto que l'expérience risquait de mal tourner, car, contre son avis, ils avaient revu ses calculs.

Kotto était un ingénieur tellement respecté, voire légendaire, que peu de Vagabonds mettaient en doute ses affirmations. En épluchant ses plans, Shareen et Howard n'avaient pas cherché à le défier, mais simplement à comprendre en quoi consistait le projet. Mais plus ils avaient analysé les plans, plus ils avaient eu l'impression que même Kotto n'était pas certain de ce qu'il faisait. Pas étonnant, donc, qu'il ait refusé que ses deux laborantins investiguent sur l'expérience en détail.

Alors que tout le monde observait le test, impatient d'assister à une avancée scientifique spectaculaire, le Grand Anneau avait été amené à sa pleine puissance. Il s'était mis à tourner en bourdonnant, à vibrer dans l'espace, drainant les innombrables blocs d'alimentation disposés en chaîne et générant ainsi un titanesque bras de fer électromagnétique. Les Vagabonds avaient bien obtenu le résultat spectaculaire escompté, avec en prime une déchirure géante dans la trame de l'univers.

Comme l'un des résultats envisagés par Kotto pour le Grand Anneau avait été la création d'un nouveau transportail interstellaire, le scientifique avait affirmé que ce revers n'était pas complètement inattendu, mais Shareen savait qu'il ne faisait que brasser du vent. Même s'il fonctionnait, le chef de station Beren Alu, homme d'affaires pragmatique, s'était rapidement rendu compte qu'un système de transport nécessitant un investissement aussi important en temps, en argent et en efforts pour ouvrir ne serait-ce qu'une seule extrémité était totalement irréalisable.

Les Vagabonds avaient peut-être fait plaisir à Kotto cette fois-ci, mais cela ne se reproduirait plus… surtout si les résultats de l'expérience du Grand Anneau s'avéraient désastreux.

— Nous avons surveillé le site à distance, dit KR, le comper Analyste du génie vagabond. L'ouverture ne s'est pas dilatée de façon notable au cours de ces deux derniers jours.

— Elle est donc stable, médita Kotto. C'est une bonne chose.

— Ses limites sont toutefois indistinctes et difficiles à mesurer, ajouta GU, son autre comper.

— Nous sommes tous d'accord pour dire que c'est une bonne chose que cette brèche ne se soit pas élargie…, commenta Howard de sa voix calme habituelle.

Il avait l'air réticent.

— C'est définitivement mieux que l'effondrement de l'univers, convint Shareen.

Le vide où s'était trouvé le Grand Anneau formait une sorte de trou dans la nébuleuse, où des filets de gaz vaporeux se déversaient dans le néant tel le voile diaphane d'une cascade colorée. Cela lui donnait la nausée.

Et dire qu'elle avait pensé que résoudre le problème des prêtres Verts et de leurs arbremondes piégés semblait difficile…

Pendant deux jours, les travailleurs vagabonds de la station Cœur-de-Feu avaient attendu des réponses. L'achèvement du Grand Anneau leur avait réclamé tant d'efforts qu'ils se sentaient perdus maintenant qu'il était terminé. Le complexe n'avait pas encore retrouvé son niveau d'exploitation normal malgré les demandes pressantes du chef Alu. De nombreux ouvriers avaient fui immédiatement après l'effondrement du Grand Anneau, craignant que cette déchirure dans le tissu de l'univers engloutisse toute la nébuleuse. Heureusement, cette catastrophe ne s'était pas produite. Et pourtant…

Garrison Reeves, un des chefs d'équipe vagabonds, avait établi un périmètre de sécurité prudent en plaçant des balises d'alerte loin de la lisière du néant. Un réseau de capteurs fournissait une télémétrie instantanée à proximité, mais les capteurs ne révélaient aucune information utile. Ils étaient longue distance et tout simplement pas en mesure d'effectuer correctement ce travail.

Shareen savait que, très bientôt, Kotto serait contraint d'apporter des réponses quant à la nature de ce vide et aux dangers qu'il représentait, mais, jusqu'à présent, il n'avait pas encore émis d'hypothèses, même préliminaires.

Lorsqu'elle et Howard étaient arrivés à la station Cœur-de-Feu pour devenir ses laborantins, elle s'était montrée très emballée à l'idée d'apprendre d'un personnage aussi célèbre, un génie dans tous les sens du terme. Bien qu'il ait travaillé sur Cœur-de-Feu pendant des années, Kotto n'avait encore rien produit de remarquable, jusqu'à ce qu'il engage sa réputation dans cette expérience du Grand Anneau.

Shareen était ambitieuse et intelligente, et Howard impatient d'apprendre. Lorsque Kotto avait demandé à ses nouveaux assistants de passer au peigne fin de vieilles notes et des projets inachevés, les deux jeunes recrues s'étaient plongées dans cette tâche avec beaucoup d'enthousiasme. Ils avaient résolu des problèmes qui laissaient Kotto perplexe depuis des années, et celui-ci avait paru satisfait de leurs recherches et même un peu stupéfait de ce qu'ils avaient découvert. Par la suite, le génie scientifique s'était montré encore plus déterminé à prouver que son Grand Anneau fonctionnerait.

Cela ne s'était pas passé comme prévu. Shareen et Howard s'étaient abstenus de dire : « On vous l'avait bien dit… », car ils n'avaient pas voulu avoir raison. À présent, à la suite de cet incident, Kotto ne quittait pas des yeux le spectacle qu'offrait le vide.

— Je me demande sur quoi il débouche.

— Nous devrions envoyer des sondes, dit KR. Ce serait le meilleur moyen de cartographier cette anomalie de l'intérieur.

— Naturellement, nous enverrons des sondes, répondit Kotto. J'avais prévu de le faire. C'est notre prochaine étape.

Le chef Alu entra sur le pont d'observation pour venir les rejoindre au niveau des baies. Petit et râblé, il arborait une grande queue-de-cheval qui lui descendait jusqu'au milieu du dos. Les cheveux longs n'étaient pas pratiques pour ceux amenés à travailler dans l'espace, et c'est pourquoi Shareen gardait les siens courts, mais Alu était plus un manager qu'un véritable ouvrier spatial, et il enfilait rarement une exocombinaison.

—Je dois commencer à réaffecter les équipes d'exploitation, Kotto, dit-il avec un soupir de résignation. Par le Guide Lumineux ! nous devons reprendre la production de blocs d'alimentation et la récolte d'isotopes. Cœur-de-Feu continuera à vous apporter le soutien nécessaire pour évaluer les résultats... mais nous devons nous mettre au travail. La station n'est pas une organisation caritative. Je dois rendre des comptes à dix-sept clans de premier plan.

Kotto paraissait déconcerté.

—Mais je ne vous empêche pas de faire quoi que ce soit.

Alu fronça les sourcils.

—Nous attendons de savoir ce qu'est ce vide.

—C'est quelque chose de très intéressant et qui présente un grand potentiel, dit Kotto avec fermeté. Obtenir des réponses prendra peut-être du temps, mais il ne faut surtout pas arrêter les activités de Cœur-de-Feu. Shareen et Howard peuvent m'aider à collecter les résultats. Nous aurons de quoi nous occuper.

Le chef de station sembla confus, mais également soulagé.

—Vous pensez donc que l'on peut recommencer à écoper les isotopes et à étirer les films pour fabriquer de nouveaux blocs d'alimentation ? Vous êtes sûr que ce vide ne présente aucun danger ?

Kotto fit un geste de dédain avec la main.

—Garrison Reeves a établi un périmètre de sécurité. Tant que vos opérations restent en dehors de cette limite, tout ira bien.

Shareen se détourna pour que personne ne remarque ses doutes. Kotto ne disposait d'aucun élément qui lui permettait d'affirmer cela.

—Très bien, je vais informer les équipes. Ils seront heureux de voir Cœur-de-Feu revenir à la normale.

Alu jeta un coup d'œil par la baie vitrée sur le vide noir qui absorbait lentement les gaz de la nébuleuse.

—Votre expérience a constitué un gros revers pour nous, Kotto, poursuivit-il. Par le Guide Lumineux ! ce que vous avez accompli ici m'a stupéfié, et c'est le plus grand spectacle auquel j'ai jamais assisté... mais, une fois l'expérience terminée, nous espérions pouvoir réutiliser les aimants supraconducteurs et en retirer des milliers de blocs d'alimentation. Là, ce drain cosmique les a tous aspirés, et ils ont disparu à jamais. Nous devons repartir de zéro.

Le ton du chef contenait une once de réprimande, mais Kotto ne sembla pas s'en soucier.

— Repartir de zéro, Beren… c'est ce que font les Vagabonds. En fonction de ce qu'il s'avérera être, ce vide pourrait transformer la station Cœur-de-Feu en une attraction touristique majeure.

Shareen et Howard lui adressèrent tous deux un regard surpris. Le chef de station cligna des paupières et laissa échapper un gloussement nerveux.

— J'en doute fortement.

— On ne sait jamais. Pour l'instant, trop de questions restent sans réponse, et de nombreux spécialistes en physique théorique vont venir y jeter un coup d'œil. Sentez-vous libre de demander à vos équipes de commencer à générer des revenus de manière traditionnelle. Dès que j'aurai des réponses à vous donner, je vous les présenterai.

Comme on n'attendait pas d'elle qu'elle intervienne, Shareen patienta jusqu'à ce qu'Alu s'en aille. Quand il fut parti, elle se mit à poser des questions, mais Kotto se frotta vivement les mains l'une contre l'autre.

— Voilà, c'est l'impulsion dont nous avions besoin, dit-il comme s'il essayait de paraître sûr de lui. Nous devons trouver des réponses, et cela implique de poser des questions plus rigoureuses. Nous ne pouvons pas nous contenter de rester à distance et d'observer. Je vais passer à l'étape suivante.

— Nous avons des sondes standard prêtes à être déployées immédiatement, Kotto Okiah, lui annonça KR. Elles nous donneront un premier aperçu de ce trou.

Kotto se montrait désormais impatient.

— Ça n'est pas suffisant. Tout dans mon projet était grand et audacieux. Nous ne pouvons pas faire preuve de timidité maintenant… Cela requiert une aventure scientifique !

Déstabilisée, Shareen regarda Howard, mais elle voyait bien que Kotto avait pris sa décision.

— J'équiperai un appareil de recherche et monterai une expédition, annonça-t-il. Je vais me rendre dans ce vide.

8

Osira'h

Les faeros formaient comme une tempête solaire dans le ciel ildiran. Le père d'Osira'h était monté jusqu'à eux pour leur faire face.

La terreur s'était emparée des gens rassemblés, et leur incertitude résonnait dans le thisme. Osira'h le sentait. Dans la foule, l'historien humain Anton Colicos prenait frénétiquement des notes. Nira pleurait, et des larmes coulaient sur ses joues émeraude tandis qu'elle contemplait la petite silhouette du Mage Imperator au sommet de la tour.

— Et s'ils l'incinèrent, tout comme Rusa'h ? murmura-t-elle.

Osira'h passa un bras réconfortant autour des épaules de sa mère. Elle sentait cependant un appel résonner en elle. Elle avait été élevée pour commander aux hydrogues élémentaux et ses pouvoirs s'étendaient également aux faeros. Elle et ses demi-frères et sœurs – les enfants de Nira – avaient été des réussites du programme d'hybridation de Dobro, tout comme les mal-nés restants avaient constitué des échecs.

Elle savait que cette force l'animait toujours.

Même d'ici, elle sentait son père aux prises avec les faeros et savait qu'elle devait l'aider. S'il échouait et que les créatures élémentales fonçaient à travers Mijistra, des dizaines de milliers d'Ildirans seraient réduits en cendres. Se détachant de Nira, elle saisit les bras de son frère Gale'nh et de sa sœur Muree'n, qui se tenaient à ses côtés.

— Le Mage Imperator a besoin de nous ! Je peux me connecter à mon père, et, si vous vous connectez à moi, nous serons plus forts ensemble. Peut-être assez forts.

Ils se frayèrent un passage à travers la foule, dont certains étaient trop jeunes pour se souvenir de l'époque où les boules de feu avaient brûlé la ville et dévasté d'autres colonies planétaires ildiranes. Cependant, beaucoup d'entre eux avaient été confrontés à cette horreur et se rendaient compte que leur avenir dépendait de ce que ferait le Mage Imperator. Osira'h ne le laisserait pas agir seul.

— Il faut se dépêcher !

L'athlétique Muree'n bondit en avant et se tailla un chemin jusqu'à l'arche d'entrée. Vêtu de son uniforme militaire, Tal Gale'nh afficha une expression d'autorité tandis qu'ils se dépêchaient de passer devant la foule. Depuis que les ombres avaient englouti le *Kolpraxa* et absorbé son infortuné équipage, il n'avait cessé de combattre ses doutes. Grâce à la génétique propre aux hybrides, il avait été en mesure de résister aux Shana Rei et, aujourd'hui, Osira'h espérait qu'il trouverait la force intérieure nécessaire pour aider à forger une alliance avec les élémentaux de feu.

Les trois enfants de Nira montèrent en courant l'escalier en colimaçon jusqu'au sommet de la tour principale. Osira'h distinguait les reflets vacillants de la lumière des faeros à travers les blocs structurels cristallins. Lorsque Muree'n, Gale'nh et elle se précipitèrent enfin sur la haute plate-forme, l'atmosphère évoquait un feu de joie. L'air chaud brûlait la bouche et le nez d'Osira'h quand elle inspirait, et un crépitement lui parcourait la peau. Gale'nh et elle chancelèrent sous l'assaut de la chaleur, mais Muree'n baissa la tête et se mit en marche, tel un soldat qui s'apprête à prendre une colline stratégique.

Le Mage Imperator Jora'h se tenait les bras levés devant les boules de feu, ses habits de soie scintillante aux bords roussis battant dans la brise ardente. Ses cheveux ondulés flottaient et s'enroulaient autour de son crâne telle une couronne. Il tendit les mains et ferma les paupières pour se concentrer. Son visage était crispé, ses lèvres retroussées. Il s'écria dans le bruit blanc thermique :

— Vous devez nous aider. La douleur de Rusa'h vous a conduits jusqu'ici.

Les faeros se profilaient dans le ciel, ellipsoïdes de flammes en rotation, aussi grands que des vaisseaux spatiaux. Ils palpitaient comme s'ils entendaient ses paroles. Jora'h redoubla d'efforts, mais il ne parvint pas à se faire comprendre de leurs visiteurs.

Osira'h sentait les boules de feu jusqu'au plus profond de son être, une présence en approche qui lui était familière… à la fois provocante et effrayée. Rusa'h les avait fait venir ici, et elle doutait que son père réussisse à les contrôler. Il avait besoin d'elle – tout comme elle avait besoin de son frère et de sa sœur. Ensemble, ils pourraient communiquer avec les capricieux élémentaux enflammés.

Serrant les mains de Gale'nh et de Muree'n, elle lança un appel avec son esprit. Elle représentait une combinaison parfaite de l'hybridation : toute la force du Mage Imperator et toute la sensibilité et la télépathie d'une prêtresse Verte. Pendant des générations, au moyen de métissages douteux et d'hybridations, l'Empire ildiran avait essayé de créer un individu exactement comme elle. Muree'n et Gale'nh, qui étaient issus de tentatives similaires visant à développer le bon hybride, détenaient aussi chacun un pouvoir important, et Osira'h s'en nourrissait en cet instant.

Récemment, son demi-frère Rod'h et elles étaient partis à la recherche de faeros pour les supplier de nouer une alliance avec eux, mais, même s'ils avaient établi un contact avec les entités, les créatures des ténèbres terrifiaient trop les faeros. Il était troublant de penser que les Shana Rei intimidaient jusqu'aux élémentaux de feu.

Osira'h ne saisissait toujours pas quel lien profond existait entre les faeros et les Ildirans pour que l'appel de Rusa'h, à l'article de la mort, contraigne les élémentaux à répondre. Mais ils étaient venus.

Elle cria à la fois en esprit et avec sa voix. Les mots jaillirent de sa bouche, avec l'impétuosité d'un feu de joie.

— Les Shana Rei constituent un formidable ennemi… mais nous les affronterons et nous vous supplions de combattre à nos côtés.

Les boules de feu tourbillonnèrent, comme aux aguets, et lui résistèrent. Elle ressentit des vagues d'incertitude. Si des entités aussi puissantes que celles-ci tremblaient devant les créatures des ténèbres, les Shana Rei devaient alors être bien plus redoutables que tous les adversaires contre lesquels ils avaient livré bataille au cours de la Guerre des Élémentaux.

Sa maîtrise du thisme permit à Jora'h d'y prendre des forces.

— Le sang et l'agonie de Rusa'h vous ont appelés… et nous sommes liés par ce sacrifice. Vous devez m'écouter.

Son ordre semblait puissant, mais Osira'h sentait qu'il perdait étrangement le contrôle. Elle ajouta sa force à celle de son père et puisa de plus belle dans celle de Gale'nh et de Muree'n.

Jora'h ouvrit les yeux sous le flamboiement orange des faeros, et Osira'h fut effrayée de constater qu'un voile noir et huileux de ténèbres, qui paraissait monter de l'intérieur de son corps, obscurcissait désormais les iris habituellement brillants de son père. À son côté, Muree'n assista elle aussi à ce phénomène et recula, tandis que les paupières de Gale'nh étaient fermées. Alors qu'il se remettait encore de sa rencontre avec les Shana Rei et se trouvait à présent en présence d'êtres élémentaux de feu, il s'efforça de se focaliser sur sa force intérieure.

Sous la puissance de l'assaut, le Mage Imperator trembla, sur le point de s'effondrer, mais la noirceur dans ses yeux se dissipa. Osira'h donna à son père toute la force et la concentration qu'elle parvint à réunir, et sa voix mentale s'entrelaça avec la sienne.

— Si vous refusez de combattre les Shana Rei à nos côtés, le cosmos tout entier sera détruit. Vous ne pouvez pas ignorer cette menace. Aidez-nous ! Nous partageons le même ennemi.

Les yeux du Mage Imperator étaient clairs désormais, Osira'h l'avait stabilisé. Il la regarda, puis tous scrutèrent les boules ignées au-dessus d'eux. Ensemble, ils firent retentir leur voix unique.

— Vous ne pouvez pas vous cacher des Shana Rei. Nous vous implorons de les combattre à nos côtés ! Venez quand nous vous appellerons. Nous vous lions par l'agonie qui vous a amenés ici.

La Saga des Sept Soleils décrivait comment le Mage Imperator Xiba'h s'était immolé par le feu pour invoquer les faeros, ce qui les avait tenus sous sa coupe suffisamment longtemps pour qu'ils affrontent les Shana Rei. Cette tactique avait fonctionné des millénaires plus tôt, mais peut-être les Shana Rei étaient-ils plus forts à présent… ou les faeros plus faibles après la Guerre des Élémentaux.

Les entités ignées brillaient à présent, comme marquées par leurs exigences, telles des étoiles sur le point d'exploser. Osira'h sentait qu'elles se battaient contre leur commandement et craignait qu'elles s'en prennent à quiconque tenterait de leur imposer sa volonté.

Pendant un long moment, la tempête incandescente sembla s'approcher d'un état critique.

Puis les faeros reculèrent et s'élevèrent à l'aplomb du Palais des Prismes. Osira'h ne parvenait pas à déterminer s'ils s'étaient mis d'accord sur quelque chose. Les boules de feu planaient au-dessus de leurs têtes, et tous les Ildirans présents sur la place de l'Incursion en contrebas observaient l'inquiétant brasier dans le ciel. Osira'h sentait le bourdonnement et le martèlement des pensées des faeros qui se bousculaient.

Les élémentaux s'éloignèrent, prirent de l'altitude et disparurent.

9

Adar Zan'nh

Adar Zan'nh avait donné pour mission à ses croiseurs lourds cabossés de monter la garde autour d'Ildira, car il savait que les Shana Rei reviendraient. Il avait espéré avoir le temps de renforcer la Marine Solaire après la grande bataille de Kuivahr, mais il ne s'attendait pas à ce que l'Attitré fou Rusa'h convoque un autre ennemi à Ildira.

La Marine Solaire avait été gravement endommagée dans le système Kuivahr. Malgré cela, leurs canons laser et leurs bombes solaires améliorées avaient causé d'énormes ravages dans les rangs des Shana Rei et éradiqué les maléfiques robots noirs… quoique à un prix élevé. Ses croiseurs lourds devaient à présent être réparés, leurs canons laser rechargés, leurs stocks de bombes solaires réapprovisionnés.

Ils n'étaient pas prêts à affronter les faeros.

Les sentinelles qui patrouillaient à la périphérie du système avaient repéré les boules de feu qui fonçaient vers Ildira. L'adar avait activé les croiseurs lourds gardiens pour faire barrière, mais les créatures ignées arrivaient rapidement.

— Préparez toutes les armes disponibles. Les canons laser en premier lieu, mais soyez prêts à utiliser des bombes solaires et des projectiles conventionnels. (Sa gorge s'assécha, mais sa voix demeura forte.) Nous devrons tout essayer.

Il s'était préparé à la confrontation, avec tout l'équipage de la Marine Solaire… mais les ellipsoïdes brûlants avaient traversé leur blocus telles les braises dispersées d'un incendie, sans se soucier des croiseurs lourds, avant de plonger dans l'atmosphère.

— Devons-nous les poursuivre jusqu'à la surface, Adar ? lui demanda son officier d'artillerie.

En contrebas, les élémentaux convergeaient au-dessus du centre du Palais des Prismes. L'officier de transmissions du croiseur lourd paraissait tendu et perplexe.

— Les faeros n'ont pas agi de façon agressive. Le Mage Imperator est allé à leur rencontre.

— Tenez-vous prêts, dit Zan'nh. Ne les provoquons pas. Pour l'instant.

Une heure insoutenable s'écoula. Quoi qu'il se passe à la surface, Zan'nh savait que les faeros reviendraient. Plutôt que d'attendre en proie à une crainte impuissante, il mit ce temps à profit pour se préparer. Tous les soldats avaient conscience que, s'ils étaient forcés d'intercepter ces créatures ignées en se jetant sur leur trajectoire, ils finiraient certainement vaporisés, mais ils étaient prêts à payer ce prix pour défendre l'Empire ildiran.

Des alarmes retentirent de plus belle à travers les bâtiments de guerre regroupés en un cordon serré.

— Les faeros se retirent en orbite à pleine vitesse, Adar ! Ils se dirigent directement vers nos croiseurs lourds.

Les boules de feu se rapprochèrent en se frayant un chemin à travers l'atmosphère extérieure.

— Tenez-vous prêts, dit Zan'nh. (Il devait garder espoir.) Rapport de la surface ? Quels dommages Mijistra a-t-elle subis ? *Et le Mage Imperator est-il toujours en vie ?*

Par le passé, les faeros avaient anéanti la ville et fait fondre le Palais des Prismes. Néanmoins, s'il y avait eu des pertes importantes, il aurait senti la mort d'un si grand nombre d'Ildirans à travers le thisme, en particulier celle du Mage Imperator Jora'h. Les élémentaux n'avaient donc pas dû attaquer. Pourquoi étaient-ils venus dans ce cas ?

L'opérateur en chef des scanners répondit d'une voix incertaine :

— Pas de destruction évidente à Mijistra, Adar.

— Adar, si nous attendons plus longtemps pour lancer des bombes solaires, nous serons également anéantis lors de la déflagration, indiqua son officier d'artillerie.

Les faeros se rapprochaient en rugissant, quittant l'atmosphère et s'élevant en orbite vers la Marine Solaire.

— Adar ? le pressa l'officier d'artillerie, prêt à larguer les bombes solaires.

— Non… ça n'est pas ce que je pensais.

Zan'nh fixa le regard sur les boules de feu qui s'approchaient jusqu'à ce que, éblouis, ses yeux le fassent souffrir. Que faisaient-elles ? Oserait-il les provoquer ? S'il s'y risquait, il savait que la Marine Solaire perdrait.

Le communicateur grésilla et une voix se fit entendre :

— Tal Gale'nh sur le canal de commandement principal. Adar, les faeros n'ont causé aucun dommage ici. Ils n'ont pas attaqué !

Zan'nh réagit immédiatement lorsque les boules de feu se rapprochèrent.

— Retirez-vous. Ne lancez pas de bombes solaires.

Ses entrailles se tordirent, car il était conscient qu'il jouait là un coup risqué. Les créatures incandescentes se précipitaient, toujours plus proches.

Gale'nh continua d'émettre depuis la surface.

— Les faeros ont communiqué avec le Mage Imperator. Nous… nous pensons que nous avons pu obtenir leur aide. Laissez-les passer.

Les émotions de Zan'nh bouillonnèrent à travers le thisme. Les élémentaux de feu se rapprochèrent à toute vitesse, ne montrant aucun signe qu'ils avaient vu les bâtiments de guerre alignés contre eux. L'adar serra les mains sur la rambarde du noyau de commandement. Les boules de feu foncèrent vers la cohorte de croiseurs lourds de la Marine Solaire… avant de grimper en flèche et de se diriger vers l'espace lointain comme si la flotte ildirane ne se trouvait pas là. Elles s'enfoncèrent tout simplement dans l'univers en tournoyant.

10

Collin

Les arbremondes ne pouvaient pas les aider à se libérer, Collin le savait. La forêt était souillée en cet endroit.

La forêt consciente était l'une des plus grandes forces de l'univers, un pouvoir si vaste que personne ne parvenait à le comprendre pleinement. Mais à présent, alors qu'ils avaient le plus besoin d'eux, les verdanis étaient silencieux, comme rendus aveugles par l'obscurité qui les dévorait de l'intérieur. Ce même néant se manifestait chez Kennebar et ses disciples, vestiges creux devenus des puits de ténèbres à forme humaine.

Collin voulut forcer le passage.

— Il n'est peut-être pas trop tard, Kennebar. Vous avez été un prêtre Vert. Peut-être que…

La peur le paralysa et sa voix se brisa.

Les yeux du prêtre du vide étaient presque invisibles au milieu de son visage ébène et, lorsqu'il parlait, sa bouche était encore plus sombre que le reste de son corps.

— Nous nous sommes tous occupés des arbres, mais à présent nous savons quelque chose de plus. Personne ne peut arrêter la tombée de la nuit. L'obscurité arrive, et nous allons inaugurer son avènement.

Arita serra les mains contre sa tête, comme si un grand bruit grondait dans son crâne.

— Quelque chose m'appelle, Collin… mais pas les arbres.

— Les arbres sont silencieux, dit Kennebar.

Deux nouvelles silhouettes noires descendirent des frondaisons et se tinrent aux côtés des autres prêtres du vide rassemblés, tous des isolationnistes qui, par le passé, avaient été les camarades de Collin.

Il ne parvenait même plus à les reconnaître. Un frisson nauséeux l'envahit. S'il n'avait pas découvert les bosquets d'arbremondes mourants et ne s'était pas empressé de demander l'aide d'Arita, il aurait rejoint les rangs de Kennebar et ses compagnons. Il serait l'un d'entre *eux*, rien de plus qu'un néant noir.

Collin prit la main de la princesse tandis que les prêtres du vide se rapprochaient.

— Arita ne peut pas nous entendre, dit Kennebar. Les arbres l'ont rejetée, et, aujourd'hui, les ombres la rejettent. Elle est... différente au fond d'elle. Si nous ne pouvons pas l'engloutir, nous la tuerons, comme les Onthos ont tué Sarein.

— Non! Sarein est vivante.

Arita vacilla et tenta de se ruer sur le prêtre du vide, mais Collin la retint.

— Vous êtes tous morts, annonça Kennebar. La forêt-monde est en train de flétrir. La noirceur finira par devenir absolue... et tout sera paix et calme.

— Je refuse. Je *suis* un prêtre Vert, et les arbres sont toujours vivants.

Collin se pressa contre le tronc épais aux squames dorées d'un arbremonde comateux. Ils ne pouvaient pas se retirer en grimpant dans les branches. Cherchant désespérément de l'aide, il utilisa son télien tel un projectile dur pour percer profondément en esprit le duramen.

Auparavant, l'esprit des verdanis l'avait toujours enveloppé à la manière d'un filet de sécurité. Il était capable de percevoir leurs pensées, les informations qu'ils détenaient, rien qu'en caressant une feuille ou en touchant un tronc. Aujourd'hui, cependant, il avait l'impression d'avoir plongé sa psyché dans une eau froide et calme. Là où il y avait autrefois eu une cacophonie de données, des milliards de vies, d'arbres et de prêtres Verts, ainsi que toutes les connaissances dont les avaient nourris les acolytes humains et les mystiques au cours des siècles... plus rien ne subsistait. Le silence.

Refusant d'abandonner, il s'enfonça plus encore, envoyant son esprit jusqu'aux racines, à la recherche d'une étincelle de l'intellect qui s'y était trouvé. La forêt-monde dans la Sylve se retirait, se taisait... devenait sénile.

Il devait trouver une solution. Les arbres étaient tous connectés, et ceux des autres espèces qui poussaient sur Theroc étaient vivants et forts.

Laissant Arita et les prêtres du vide derrière lui pour quelques instants, il entra en contact avec la zone la plus profonde du duramen de l'arbremonde… et y dénicha une étincelle, quelques souvenirs confus et ténus. Il les réveilla, en quête de réponses, espérant que ces pensées lui donneraient un moyen de se battre.

Il repéra dans l'esprit verdani des souvenirs enfouis depuis longtemps, des souvenirs extraterrestres, dont certains que les Onthos avaient restaurés lorsqu'ils étaient venus demander refuge sur Theroc. Mais les Jardiniers avaient également apporté une insidieuse ombre souillée qu'ils ignoraient eux-mêmes porter. Collin assimila les informations de ces réminiscences et trouva les réponses qu'il cherchait.

Dans ces souvenirs anciens et perdus, il vit des vagues d'Onthos se précipiter pour s'échapper de leur monde natal alors que d'énormes nuages d'ombre se rapprochaient et que les Shana Rei construisaient une sphère noire impénétrable autour de leur système stellaire. De nombreux extraterrestres, incapables de se sauver, avaient été abandonnés sur place pour finir par étouffer dans l'obscurité glaciale.

D'autres étaient restés afin de se battre, fusionnant avec les grands arbres grâce à des catalyseurs d'eau wentale pour devenir des cuirassés verdanis… des vaisseaux de sauvetage qui transportaient des millions d'Onthos en fuite, lesquels avaient creusé dans ces arbres comme des parasites. Les Shana Rei avaient détruit certains de ces vaisseaux avant qu'ils parviennent à s'enfuir.

Une poignée de Jardiniers avaient toutefois réussi à s'échapper, avec leurs rares mères spores, mais leur espèce avait dépéri et décliné, car ils n'avaient pas de forêt-monde, et les derniers réfugiés avaient passé des millénaires à fuir et à errer, essayant d'établir de nouvelles colonies, de faire n'importe quoi pour survivre. En chemin, la race des Klikiss les avait également chassés et presque éradiqués.

Et, pendant tout ce temps, les Onthos étaient porteurs d'un fléau caché dans leur ADN, qu'ils avaient involontairement apporté sur Theroc. Ils prévoyaient de prospérer de nouveau, de faire partie d'une forêt-monde de plus en plus vaste, que ce fléau était en train d'anéantir. Cette infestation détruirait la Sylve, puis elle étoufferait tout l'esprit verdani.

Kennebar et les prêtres du vide comptaient aider à l'avènement de cette apocalypse. Ils étaient désormais entièrement composés de matière noire, une manifestation des ombres.

À présent, seul Collin connaissait la vérité, et Arita et lui étaient piégés ici. Sarein avait dû découvrir elle-même une partie de ce secret et avait été tuée pour cela.

À travers son sondage, Collin avait donné un petit coup de coude à l'esprit de la forêt-monde et en avait éveillé une fraction. Désormais, il savait qu'il lui fallait émerger du télien, retrouver son corps et Arita. Tous deux devaient se battre et survivre. C'était plus important que jamais.

Je suis un prêtre Vert ! Il revint à lui et, bien qu'il ne se soit écoulé qu'un instant, vit les prêtres du vide se rapprocher comme de lents soldats d'un noir d'encre. Lui et Arita se dressaient côte à côte, prêts à combattre.

— *Je suis un prêtre Vert,* dit-il tout haut d'une voix forte et claire.

Il entendit un bruissement et se rendit compte que les feuilles au-dessus de leurs têtes étaient remplies de Jardiniers – pas seulement les quelques individus qui étaient venus les observer auparavant, mais des dizaines d'entre eux entassés, épaule contre épaule, tous identiques et scrutant avec une fascination clinique le spectacle en contrebas. Comme s'ils anticipaient la mort et le sang.

Collin respira profondément. Les prêtres du vide étaient les premiers ennemis qu'Arita et lui devaient combattre.

11

Rod'h

Le néant autour de lui était un purgatoire sans vie qui préservait son existence pour que les ombres et leurs maléfiques robots puissent jouer avec lui, l'étudier, fouiller son esprit.

Rod'h était un hybride et il pouvait leur résister jusqu'à un certain point, mais il n'était plus vraiment vivant. Les Shana Rei l'avaient maintenu dans une bulle d'entropie, une pièce fluctuante séparée de l'univers réel. Il dérivait dans l'obscurité, sans la moindre perception sensorielle, hormis la douleur. Et les robots étaient extrêmement doués pour l'infliger… presque aussi doués que lui-même quand il s'agissait de préserver ses secrets. Les Shana Rei étaient de plus en plus frustrés.

Pendant la bataille du système onthos, des robots noirs avaient capturé son vaisseau éclaireur et l'avaient attrapé pour faire de lui un sujet d'expérience. Des mois plus tôt, les ombres s'étaient également emparées de son frère Gale'nh quand elles avaient englouti le *Kolpraxa*, mais elles l'avaient laissé partir – affaibli et meurtri – lorsqu'elles n'étaient pas arrivées à obtenir les réponses dont elles avaient besoin.

Les Shana Rei l'avaient piégé à la place de Gale'nh et il savait qu'ils ne commettraient pas l'erreur de le relâcher.

Même dans cet étrange isolement, cependant, il restait connecté avec son frère et leurs trois demi-sœurs, Osira'h, Muree'n et Tamo'l. Alors qu'il dérivait depuis un temps indéterminé après l'attaque de Kuivahr – le temps n'avait pas de sens en ces lieux –, il déploya son esprit pour établir un lien avec sa fratrie. Il fut surpris de sentir Tamo'l plus clairement que les autres. Elle avait consacré sa vie à s'occuper des mal-nés dans les dômes sanctuaires sur Kuivahr et s'était échappée juste avant que les ombres engloutissent cette planète. À présent, il pouvait sentir qu'elle était vulnérable, perméable… contaminée d'une certaine manière. D'une façon ou d'une autre, les créatures des ténèbres avaient dû la toucher avant qu'elle se sauve de Kuivahr.

Rod'h craignait que les Shana Rei aient trouvé un moyen de briser les défenses innées d'hybride de sa sœur. Était-ce à cause de quelque chose qu'ils avaient appris en le torturant ? Il avait peur pour Tamo'l. Si les ombres avaient inséré quelque crochet insidieux dans l'esprit de sa sœur, quel genre de dommages pourraient-elles causer ?

La frustration le traversait et le transperçait comme un filament brûlant. Pourrait-il aider sa fratrie ? Pourrait-il découvrir quelque chose d'utile sur les Shana Rei ? sur les robots noirs ? Il devait accomplir quelque chose !

L'une des sombres entités apparut, tache d'encre informe contre l'obscurité de sa cellule de prison du néant, mais il parvenait à en sentir la présence, car cette souillure de ténèbres semblait d'une certaine manière plus malveillante que la noirceur en arrière-plan. Au centre de la tache se manifesta un œil brillant, inutile et symbolique, qui avait peut-être pour unique but d'effrayer le captif.

Rod'h avait dépassé la peur, même si la force tempérait ses émotions. Il s'était promis de les juguler s'il ne trouvait pas un moyen de s'échapper de ce vide. À n'en pas douter, ses frères et sœurs savaient qu'il était prisonnier des Shana Rei. Ses pensées étaient encore actives et son corps vivant… en un certain sens.

Un lien mental, qui dépassait le thisme, connectait les enfants métis de Nira. C'était l'un des objectifs du programme d'hybridation de Dobro et la raison pour laquelle on avait forcé Nira à porter des embryons de différents partenaires. Rod'h et sa mère n'avaient jamais été proches, mais, à cause des tortures et des privations qu'il endurait maintenant, il saisissait les tourments qu'elle avait dû éprouver en étant retenue prisonnière et rudoyée en permanence. Il l'avait durement traitée, lui avait même reproché de se plaindre de son devoir. Ne comprenant pas sa douleur et son impuissance, il l'avait jugée faible. Et il doutait désormais d'avoir un jour l'occasion de lui parler de son changement de perspective…

À présent, il lançait des regards noirs et emplis d'une attitude de défi sur ce Shana Rei en forme de tache d'encre palpitante. L'œil lumineux ne clignait pas et ne reflétait aucune expression.

Rod'h refusait d'admettre son impuissance. Il tendit son esprit vers l'extérieur, cherchant à entrer en contact avec sa fratrie. Ils le reconnaîtraient quand ses pensées toucheraient les leurs. Osira'h… Osira'h était la plus forte. Lorsqu'il tenta d'établir un contact avec sa sœur, il sentit que du feu accompagnait son éclatante lumière mentale. Osira'h se trouvait avec les faeros ! Ceux-ci étaient sur Ildira en ce moment même !

Muree'n était là, elle aussi… et il percevait Gale'nh, qui avait souffert à bord du *Kolpraxa* d'un supplice semblable à celui qu'il endurait à présent. Sentant la connexion s'établir, Rod'h tâcha de s'ouvrir à son frère. Gale'nh tenta de répondre… mais, dès que le lien fut établi, des dizaines de taches d'encre se mirent à grouiller autour de Rod'h, se rapprochant et s'assombrissant. Les Shana Rei essayaient de s'approprier la connexion et de remonter le lien pour atteindre Gale'nh.

Rod'h se dépêcha de bloquer ses pensées, de trancher le lien. Il sentit que Gale'nh résistait lui aussi sur Ildira malgré son désir d'entrer en contact avec son frère disparu. Mais, lorsque les ombres se ruèrent à sa rencontre à travers Rod'h, il rompit la connexion grâce à sa volonté et à sa détermination. Son frère était donc plus fort que ce qu'il avait pensé.

À travers ce bref contact, Rod'h avait entraperçu le feu, la lumière bénie – les faeros ! Osira'h et lui avaient désespérément tenté de les appeler… et voilà que les élémentaux ardents étaient venus à Mijistra.

Les Shana Rei étaient en colère, mais Rod'h les exclut, les emmura pour leur montrer qu'ils ne pouvaient plus rien lui faire. Les créatures des ténèbres finirent par se retirer, mais il ne pensait pas avoir gagné. Il continuerait cependant à les défier, car c'était la seule chose qu'il pouvait faire, la seule force qu'il pouvait afficher.

Comme si son comportement les avait irrités, les Shana Rei envoyèrent les robots noirs le tourmenter de nouveau.

Exxos apparut dans la bulle d'entropie, tel un scarabée géant aux griffes acérées qui claquaient, menaçantes. Un autre robot inquiétant surgit, puis dix de plus.

— Vous ne pouvez pas m'effrayer, dit Rod'h. Et vous n'apprendrez rien de plus de moi.

— Nous le savons, répondit Exxos alors qu'ils se rapprochaient, mais nous continuerons malgré tout.

Leurs capteurs optiques pourpres s'illuminèrent et ils prirent plaisir à lui annoncer :

— Nous sommes nombreux à présent, un million. Et nos attaques à grande échelle commenceront bientôt.

12

Shawn Fennis

Bien que les Ildirans se soient échappés de Kuivahr avant que le linceul noir scelle la planète, Shawn Fennis était toujours confronté à une crise de l'autre côté du transportail klikiss. Au cours de leur évacuation frénétique, les techniciens médicaux avaient fait passer un groupe après l'autre de mal-nés à travers la porte dimensionnelle… mais à présent cette mosaïque d'Ildirans parvenait à peine à survivre.

Ce coin reculé ne répondait pas à leurs nécessités. Gorhum n'était qu'un petit avant-poste isolé qui ne disposait pas d'installations médicales ou d'équipements de soutien sophistiqués pour les métis dégénérés et leurs besoins particuliers. Fennis s'en était tout de suite rendu compte.

Moins de cinquante travailleurs humains résidaient dans cette station de transportail, du personnel de soutien qui attendait les voyageurs occasionnels qui souhaitaient utiliser le réseau de transportails klikiss. L'installation médicale de cet avant-poste se résumait à un simple poste de premiers secours.

Les agents endormis furent naturellement stupéfaits de recevoir ce flot soudain de réfugiés – et encore plus stupéfaits par leur apparence physique. Fennis avait grandi sur Dobro et était habitué aux singulières « erreurs » du programme d'hybridation. Il appartenait à la première génération libre après la fermeture du camp de reproduction, et il était resté pour travailler avec les rebuts du programme. Les anciens prisonniers humains et leurs maîtres ildirans avaient juré d'œuvrer ensemble pour panser les plaies de leur histoire. Fennis avait même pris une compagne ildirane, qu'il considérait comme plus belle que toutes les femmes qu'il avait jamais vues. Chiar'h et lui s'étaient portés volontaires pour travailler dans les dômes sanctuaires de Tamo'l sur Kuivahr, où ils s'étaient occupés de soigner les pires atrocités génétiques et les avaient aidées à mener une existence un tant soit peu confortable.

Mais les métis dégénérés voulaient plus qu'une simple existence : ils voulaient être *utiles*. Ces patients-là constituaient les plus grosses aberrations issues du programme d'hybridation. Ils avaient besoin que leurs vies empêtrées revêtent un sens, qu'un bénéfice résulte de toutes leurs souffrances. Les mal-nés avaient beau être issus d'expériences capricieuses, ils avaient leur propre valeur. En apprenant à les connaître, Fennis avait désiré les aider à trouver cette raison d'être.

Lorsque les ombres avaient attaqué Kuivahr, elles avaient tenté de s'emparer de Tamo'l et d'Osira'h afin d'étudier les invraisemblables capacités des sœurs hybrides. Mais les Shana Rei n'en avaient-ils qu'après ces deux-là ? Fennis soupçonnait les créatures des ténèbres d'avoir aussi voulu éradiquer les métis dégénérés au cas où ils détiendraient un pouvoir latent, non encore découvert.

Fennis, Chiar'h et d'autres avaient transporté les patients par bateaux entiers à travers le mur du transportail jusqu'à Gorhum. Cela avait semblé le moyen le plus sûr de s'échapper, et Tamo'l et Tom Rom auraient dû se trouver juste derrière eux.

Le stress de la peur et de l'évacuation ainsi que la perte de leur équipement de soutien médical avaient provoqué des crises chez plusieurs mal-nés. Après le passage des groupes à travers le transportail, accompagné de reflux d'eau salée provenant de la mer houleuse de Kuivahr, certains métis dégénérés avaient lutté pour leur survie. Une d'entre eux, en particulier, avait fait un arrêt respiratoire et s'était battue pour reprendre de l'air : Mungl'eh, affublée d'un corps de limace et de nageoires atrophiées, était l'une des patientes les plus mal formées, mais son visage était doux et beau. Lorsqu'elle se mettait à chanter, elle pouvait saisir les cordes sensibles d'un auditeur et les tisser selon le motif de son choix.

Juste après la fermeture du transportail et l'apaisement de la crise des mal-nés, le chef de la station de Gorhum scruta la forme semblable à une limace qui se tordait dans les flaques d'eau salée sur le sol en s'efforçant de respirer. Chiar'h se précipita avec sa trousse médicale et appliqua un stimulateur respiratoire sur la bouche dépourvue de dents de Mungl'eh.

— Nous sommes en sécurité à présent, dit-elle d'une voix réconfortante en caressant les douces épaules tombantes. Respirez lentement. Nous sommes loin des ombres.

Fennis, l'un des derniers évacués à avoir emprunté le transportail, se tenait debout, tremblant, et ses yeux se promenaient sur le complexe tandis que les kiths médecins de Kuivahr, bien entraînés, trouvaient des endroits pour que les métis puissent se reposer dans la zone de réception du transportail.

Il attira l'attention du personnel d'accueil de Gorhum.

— Avez-vous des lits de camp ? (Comme ils ne réagissaient pas assez vite, il haussa le ton.) Nous avons besoin d'aide ! Ne restez pas là à nous regarder.

Le chef de l'installation cligna des paupières, incrédule, devant les formes grotesques qui venaient de franchir en trébuchant le mur trapézoïdal en pierre.

— Euh… nous avons une médecin rattachée à la station. Je vais la chercher.

— Nous avons plus besoin d'*équipements* que d'un autre médecin, répondit Chiar'h. La plupart d'entre nous sont déjà des techniciens médicaux, et nous connaissons bien les infirmités de ces mal-nés. Apportez ce que vous avez.

Gor'ka et Har'lc, deux métis dégénérés gravement déformés mais en bonne santé, proposèrent leur aide. Le programme d'hybridation de Dobro avait accouplé des kiths qui n'étaient pas susceptibles de se croiser dans des circonstances normales, juste pour voir ce qui pourrait en résulter. Har'lc était la combinaison d'un nageur ressemblant à une loutre et d'un kith squameux pareil à un lézard. Il possédait le nombre correct de membres et d'yeux, mais sa peau était un cauchemar permanent d'éruptions cutanées, de taches et de plaques qui pelaient.

Gor'ka avait trois yeux, dont l'un était situé à mi-chemin de sa joue sur un visage qui paraissait modelé dans de la cire fondue. Il tendit un bras flexible, semblable à un tentacule, l'enroula autour d'une poignée et aida Har'lc à soulever une palette en lévitation qui contenait un Pol'ux alité dont le corps n'était plus qu'un panorama de furoncles suintants. Il semblait être allergique à la vie elle-même, mais supportait son état, comme tous les autres.

Tandis que Har'lc et Gor'ka éloignaient le métis des flaques d'eau salée sur le sol de la salle du transportail, la doctoresse du complexe de Gorhum se précipita avec des trousses de premiers soins.

Chiar'h en saisit une et en fouilla le contenu. Elle ne reconnaissait pas ces fournitures peu familières, mais elle dénicha un respirateur et l'apporta à Mungl'eh. La chanteuse mal-née roucoula et se détendit, et bientôt sa crise respiratoire fut terminée.

Dans l'aire d'arrivée, les métis dégénérés faisaient entendre un fort bourdonnement de conversations et de bruits désemparés. Fennis essuya la sueur de son front couvert de taches de rousseur et se tourna vers le chef de station.

—Merci pour votre aide. Je m'appelle Shawn Fennis. Nous venons d'évacuer Kuivahr... Les Shana Rei ont détruit notre monde. Tout a disparu là-bas et nous sommes les derniers réfugiés.

—Attendez ! haleta Alaa'kh, la bouche béante, en observant le transportail inoccupé. Où est Tamo'l ?

Fennis se retourna pour regarder, bouleversé, le trapèze de pierre désormais opaque. Il fut surpris de ne voir aucun signe d'elle.

—Je... m'attendais à ce qu'un autre groupe arrive.

Tamo'l et Tom Rom avaient organisé cette évacuation précipitée tandis qu'une grosse troupe de nageurs ildirans avait aidé à déplacer les patients déformés à travers l'eau jusqu'au mur du transportail. De nombreux nageurs aux formes élancées se tenaient à présent, ruisselants, dans la zone d'accueil de Gorhum, mais il n'y avait aucune trace de Tamo'l ou de Tom Rom.

—Qu'allons-nous faire de vous ? dit le chef de station, clairement consterné.

—Vous allez nous aider, répondit Fennis.

Et il fixa le regard sur le mur de pierre, souhaitant qu'il s'ouvre pour que Tamo'l puisse les rejoindre et redoutant que les ombres de l'autre côté les aient rattrapés, Tom Rom et elle.

—Où est Tamo'l ? demanda de nouveau Alaa'kh.

Sur sa palette en lévitation, Pol'ux s'agita de telle sorte que deux de ses furoncles, de la taille d'une main, éclatèrent et qu'il poussa un cri de douleur.

—Nous avons besoin de Tamo'l.

Chiar'h tenta de le rassurer.

—Nous prendrons soin de vous. Je suis sûre que Tamo'l se trouve en sécurité.

Stabilisée, Mungl'eh respirait mieux. Elle souleva sa tête sur un corps peu coopératif et se mit à fredonner une belle mélodie qui servait de berceuse aux autres. Même Shawn Fennis sentit son cœur se réchauffer et se calmer, et tous les réfugiés s'apaisèrent également.

— Nous allons nous occuper de ces gens et les laisser se reposer, dit-il au chef de la station, mais nous devons organiser notre transfert vers Ildira. Nous devons rentrer à la maison, auprès de notre Mage Imperator.

Curieusement, le chef parvint à avoir l'air à la fois soulagé et alarmé.

— Nous n'avons pas beaucoup de trafic vers l'Empire ildiran, mais, assurément, nous vous aiderons à obtenir les vaisseaux qui vous permettront de sortir d'ici. Peut-être pourrons-nous dérouter le prochain marchand qui arrivera. (L'homme observa les métis dégénérés avec une expression sceptique.) J'espère qu'ils auront les moyens de transporter vos patients avec tous ces… besoins spéciaux.

Il semblait mal à l'aise rien qu'en regardant cet assemblage disparate d'individus.

— Où est Tamo'l ? s'enquit Alaa'kh pour la troisième fois.

Fennis n'avait pas de réponse à lui fournir.

Les mal-nés et les kiths nageurs rescapés reprirent des forces pendant une journée, mais la tension montait dans la petite station bondée. Tamo'l aurait dû franchir le seuil de pierre depuis longtemps. Fennis ne laisserait personne activer la tuile de coordonnées de Kuivahr par crainte de ce qui pourrait se trouver au point d'arrivée.

Il espérait que Tom Rom avait utilisé une tuile de coordonnées différente pour emmener Tamo'l sur un autre monde, et qu'ils étaient en sécurité. Mais ils n'avaient aucun moyen de s'en assurer.

Les ombres avaient entièrement englouti la planète, et il était bien trop dangereux d'y retourner. Fennis n'osait pas laisser quiconque repartir dans le monde océanique enveloppé dans son linceul en raison des risques que cela représentait. Le cœur lourd, sachant qu'il coupait la route à Tamo'l si, en fait, elle essayait encore de passer, il se saisit d'une barre en métal pesante et détruisit la tuile de coordonnées de Kuivahr.

Désormais, personne ne pourrait venir de là… et surtout pas les créatures des ténèbres.

13

Tom Rom

La bibliothèque médicale de Pergamus contenait des milliers d'agents pathogènes mortels et de maladies virulentes. L'atmosphère de la planète était toxique et tous les dômes de recherche étaient équipés de systèmes d'autodestruction instantanée.

Tom Rom considérait qu'il s'agissait là de l'endroit le plus sûr du Bras spiral.

Après s'être échappé de Kuivahr avec Tamo'l et avoir rasé le transportail klikiss sur Auridia lorsque les ombres avaient tenté de se déverser à travers la structure extraterrestre, il s'était dirigé vers Pergamus.

La chercheuse médicale à moitié ildirane semblait s'être repliée sur elle-même. Il n'était pas un expert en psychologie de cette race extraterrestre, mais il imaginait que le comportement de Tamo'l indiquait un choc mental aigu – et pour cause ! Pour l'aider à se remettre, il lui offrit l'intimité de sa cabine personnelle, et elle dormit pendant une bonne partie du voyage. Quant à lui, il pourrait dormir plus tard si nécessaire.

Tom Rom aimait de toute façon avoir un peu de temps à lui pour réfléchir et faire des plans, revoir les erreurs commises et rédiger son rapport à l'intention de Zoe Alakis. Il savait qu'elle serait en train de l'attendre.

À sa demande, il s'était rendu sur Kuivahr afin d'analyser la génétique des mal-nés ildirans. Il avait pris de grands risques pour ramener Tamo'l avec lui, mais il minimiserait le danger pour que Zoe ne s'inquiète pas. Elle s'inquiétait toujours.

Dès que les Shana Rei avaient commencé leur attaque sur Kuivahr, Tamo'l aurait dû l'écouter et s'enfuir. Le prince Reynald de Theroc et la fille du Mage Imperator, Osira'h, s'étaient échappés avec la plupart des ouvriers de la distillerie vagabonde, mais Tamo'l avait refusé de quitter Kuivahr avant que tous ses patients soient en sécurité. Logiquement, elle aurait dû arrêter les frais et s'en aller puisque ces anomalies monstrueuses arrivaient à peine à survivre dans les meilleures conditions et avec des soins constants, mais elle avait insisté.

Et donc Tom Rom avait aidé à évacuer les métis dégénérés à travers le transportail, d'abord vers Gorhum. Une fois qu'ils furent tous sortis, il lui avait été facile de changer la tuile de coordonnées pour que Tamo'l et lui débarquent sur la planète Auridia, sous le complexe vagabond de Nouvelle-Station. Pendant leur fuite, elle était restée sous le choc, insensible, pratiquement catatonique, mais Tom Rom l'avait emportée dans son vaisseau, avec toutes ses données sur la génétique ildirane. Sa priorité était de respecter les souhaits de Zoe. Toujours Zoe…

À présent, il se dirigeait vers le système Pergamus selon une trajectoire de vol précise, en diffusant son code d'autorisation afin que les forces de sécurité mercenaires ne transforment pas sa navette en débris éparpillés dans l'espace. Dans un silence détaché, Tamo'l se tenait à son côté dans le poste de pilotage.

Après avoir vérifié son identité, les vaisseaux mercenaires rejoignirent son appareil et l'escortèrent vers la planète.

— Bon retour à vous, monsieur, dit le chef de l'équipe de sécurité. Un rapport sur la situation dans le Bras spiral ? Nous sommes isolés ici.

— L'enfer est en train de s'y déchaîner, répondit-il. Les Shana Rei et leurs robots noirs attaquent des mondes. La Confédération est en émoi, et l'Empire ildiran en effervescence. (Il scruta longuement le visage du capitaine sur l'écran de son communicateur.) Vous êtes mieux ici, dans cet endroit calme et confortable.

Il laissa l'équipe de sécurité derrière lui et plongea dans l'atmosphère en direction du dôme principal stérile. Tamo'l prit conscience de son environnement comme si elle se réveillait. Elle regarda la planète inconnue en contrebas, l'atmosphère brumeuse, les navettes d'escorte qui les suivaient.

— Où sommes-nous ?

— Votre nouveau centre de recherche. Mon employeuse sera heureuse de vous compter parmi ses collaborateurs.

Elle n'afficha aucun signe d'inquiétude en entendant cette réponse ; en réalité, elle n'afficha pas la moindre réaction.

Même si les intérêts de Zoe se concentraient principalement sur les maladies humaines, les connaissances génétiques approfondies que Tamo'l avait compilées au cours de ces années passées à analyser des mal-nés faisaient d'elle une spécialiste extrêmement talentueuse dont Zoe pourrait sans nul doute se servir.

Bien que Tamo'l n'ait posé aucune question, il poursuivit :

— Mon employeuse a rassemblé des remèdes et des traitements pour d'innombrables maladies humaines et, en y ajoutant votre travail sur les Ildirans, Pergamus contiendra la plus grande collection d'informations médicales de tout le Bras spiral.

Tamo'l acquiesça distraitement, sans comprendre l'ampleur de ce qu'il disait.

— Qu'en est-il de mes métis dégénérés ? Sont-ils eux aussi sur Pergamus ?

— Vous n'avez pas besoin de vous inquiéter pour eux. Je les ai aidés à partir, comme je l'avais promis, et, désormais, vous êtes avec moi. Du travail vous attend ici.

L'appréhension finit par gagner les traits de Tamo'l.

— Mais où sont les métis dégénérés ?

— En sécurité, répondit-il. Ça n'est pas votre préoccupation pour le moment.

— Il faut que je leur indique où je suis. Shawn Fennis et Chiar'h sont très compétents, mais, en mon absence, les mal-nés vont s'inquiéter.

Tom Rom devait mettre fin à cette conversation.

— Si vous le souhaitez, je peux vérifier comment ils se portent et vous faire parvenir des comptes-rendus, mais le travail que mon employeuse a à vous proposer vous intéressera bien plus.

Visiblement peu convaincue, Tamo'l se replia sur elle-même.

Il guida le vaisseau à travers les brumes chimiques qui secouaient l'engin. Le brouillard se leva et la lumière du jour ne révéla qu'un paysage brun et désertique, parsemé de lichens noirs et gris. L'avant-poste hémisphérique principal, composé de multiples dômes imbriqués menant à la chambre centrale protégée où Zoe vivait dans un isolement stérile, était blindé et renforcé. Les grappes de dômes satellites étaient suffisamment éloignées les unes des autres pour que les dommages collatéraux soient minimes en cas de détonations de sécurité. Les sphères de recherche orbitale effectuaient les travaux les plus dangereux qui soient, profitant de la quarantaine parfaite qu'était l'espace.

Après avoir amarré son appareil, Tom Rom franchit les sas de sécurité avec Tamo'l et ils entrèrent dans l'une des salles de l'hémisphère extérieur. Il installa la scientifique hybride devant le grand écran d'un communicateur et l'activa.

Zoe les attendait, ses sombres yeux brillant d'impatience. Il remarqua combien elle était soulagée qu'il soit rentré à la maison sain et sauf.

— J'ai réussi, Zoe, la rassura-t-il. J'ai toutes les recherches génétiques, et j'ai également amené l'experte principale des dômes sanctuaires.

Zoe la considéra sur l'écran et Tamo'l répondit avec un hochement de tête formel.

— J'ai beaucoup de données, mais je dois m'occuper de mes métis dégénérés, expliqua Tamo'l. Je dois m'assurer qu'on les soigne bien, qu'ils se trouvent en sécurité.

— Pas mon problème, dit Zoe. Nous avons l'intention de poursuivre vos études. Je vous fournirai un dôme entier pour que vous puissiez analyser les données que vous nous avez apportées.

— Vous pouvez faire plus pour aider les mal-nés si vous restez ici, Tamo'l, intervint Tom Rom. Développer des traitements, peut-être même un remède génétique. Vous n'aurez pas à vous soucier des Shana Rei, de problèmes de contamination ou de distractions sur Pergamus. Vous pouvez vous lancer dans la recherche pure, employer des installations et des équipements bien plus importants que tout ce que vous aviez dans les dômes sanctuaires.

— Le Mage Imperator m'a toujours fourni ce dont j'avais besoin, dit Tamo'l.

— Mais, désormais, vous aurez besoin de plus, répondit Zoe. Utilisez notre matériel pour créer un profil génétique complet de tous les spécimens mal-nés. Nous disposons de programmes de modélisation et de capacités d'analyse biologique qui vous ouvriront de nouvelles perspectives. Vous aideront à percer les secrets, à trouver tous les matériaux possiblement endommagés dans leurs gènes, puis à recourir à nos méthodes pour développer des réparations qui les aideront à survivre.

Tom Rom était heureux de constater que Zoe avait bien compris les incitations qui seraient en mesure de motiver Tamo'l. Il s'attendait à ce que la chercheuse ildirane résiste à ce qu'elle pourrait considérer comme un emprisonnement, mais, au lieu de cela, Tamo'l arborait son étrange regard désorienté. Elle détourna les yeux et son attitude changea.

— Oui, j'ai besoin d'analyser les métis dégénérés. Ils possèdent tous des atouts intéressants et non documentés. La combinaison des kiths a donné lieu à de nombreux résultats imprévus. Je souhaite les comprendre. J'utiliserai vos installations et trouverai les réponses nécessaires.

— Il s'agira d'un partenariat bénéfique pour nous tous, dans ce cas, dit Zoe.

14

Générale Nalani Keah

La générale Keah avait tiré de sa mission d'éradication de l'horrible marché noir biologique de Rakkem une certaine satisfaction, qui restait toutefois insuffisante. Des ennemis pires encore sévissaient dans le Bras spiral… et elle avait donc beaucoup de coups de pied au cul à distribuer.

— Nous avons accompli une bonne chose, générale, commenta l'amiral Haroun sur la passerelle de l'*Okrun* alors que le groupe de combat des FDC regagnait la Terre.

Aucun des vaisseaux de la FDC n'avait subi le moindre dommage lors de leur engagement contre Rakkem. Pas une égratignure. Les méprisables trafiquants de produits biologiques et les chercheurs médicaux qui travaillaient hors de tout cadre légal n'avaient opposé aucune résistance quand les Forces de Défense de la Confédération avaient sévi sur la planète.

— C'est toujours bien de nettoyer le quartier, dit Keah, mais, pour commencer, nous n'aurions pas dû nous embarrasser de bêtises de ce genre. Les Shana Rei et les cafarobots sèment la pagaille dans le Bras spiral. (La générale émit un bruit dégoûté.) Des tâches plus importantes nous attendent.

Haroun fronça les sourcils.

— Ce que nous avons fait était suffisamment important pour tous ces gens que ces charlatans sur Rakkem ont trompés ou tués, générale.

Un flot d'images indésirables traversa l'esprit de Keah tandis qu'elle se souvenait des entrepôts de reproduction, des installations de stockage d'organes, des horribles « traitements » inefficaces conçus pour s'attaquer à des patients désespérés, des embryons et des nouveau-nés que l'on prélevait pour obtenir leur matériel biologique.

— Vous avez raison, amiral. Cet endroit était une mauvaise herbe qu'il fallait arracher au Bras spiral. Mais désormais il est temps de nous remettre à sauver la race humaine pour des lendemains meilleurs.

De retour, le groupe de combat se dirigea vers le Complexe orbital lunaire de la Terre, le principal centre d'opérations des FDC, qui avait été érigé dans les décombres de la Lune détruite. Des vaisseaux de commerce, des navettes de livraison et des équipes de construction naviguaient en virevoltant autour des nombreux quais spatiaux.

Keah était heureuse d'apercevoir des douzaines de Mantas opérationnelles voler en effectuant des manœuvres d'entraînement militaire. Des équipes de réparation d'urgence avaient travaillé jour et nuit pour remettre en service les astronefs endommagés au cours de leur confrontation avec les Shana Rei et leurs robots noirs dans le système d'origine des Onthos. Les créatures des ténèbres souhaitaient anéantir toute vie intelligente, et ce n'était pas le genre d'adversaire avec lequel le roi Peter et la reine Estarra étaient en mesure de négocier.

Cela signifiait que la guerre contre les Shana Rei et leurs robots noirs allait être un combat acharné et qu'elle ne s'achèverait qu'une fois leurs ennemis vaincus ou la race humaine éteinte. La générale Keah préférait la première solution.

Alors que la force d'intervention retournait au COL, les communicateurs se remplissaient d'un flot de transmissions, dont une longue liste de « questions administratives urgentes » que la générale Keah ignora. Rakkem était horrible, mais elle avait apprécié de se retrouver loin de la paperasserie au moins pour un temps.

— Je suis heureux que l'*Okrun* rentre à la maison, générale, dit l'amiral Haroun, mais j'avoue que cela m'a fait du bien de participer à une mission d'importance sur le terrain.

Keah sentit son cœur se réchauffer en l'entendant dire cela. Haroun était l'un de ses trois principaux amiraux, lesquels avaient tous été promus pour des raisons bureaucratiques au cours des décennies de paix qui avaient suivi la Guerre des Élémentaux. Elle aurait préféré que les officiers soient nommés à ces hauts grades pour avoir accompli de spectaculaires prouesses sur le champ de bataille – comme cela avait été son cas au début de sa carrière. Vingt ans de paix avaient constitué un merveilleux répit pour la race humaine, mais la stabilité n'était pas propice à la formation de commandants chevronnés.

Haroun et ses collègues, les amiraux Handies et Harvard, étaient collectivement appelés « les trois H ». La menace émergente des Shana Rei et la nécessité de mettre en place des défenses agressives les avaient forcés à assumer leurs responsabilités, mais la générale Keah n'était pas certaine qu'ils en soient capables. Au moins, Haroun s'était bien comporté lors de la récente répression de Rakkem. À présent, si seulement elle pouvait constater la même chose chez Handies et Harvard…

Les Mantas de retour se séparèrent pour rejoindre les positions qui leur avaient été assignées dans le Complexe orbital lunaire tandis que l'*Okrun* se dirigeait vers les quais spatiaux du quartier général, où Keah contempla un spectacle qui lui réjouit le cœur.

— J'aime vraiment bien votre Mastodonte, amiral, mais je préfère le mien, dit-elle à Haroun en lui souriant.

Son vaisseau amiral, le *Kutuzov*, stationnait là, ses feux allumés. Un patchwork brillant de nouvelles réparations s'étirait le long de sa coque, témoignant des dommages que les Shana Rei et les cafarobots lui avaient infligés. Les moteurs interstellaires étaient neufs, les ponts détruits désormais restaurés. Le *Kutuzov* avait l'air absolument magnifique.

— Voilà, c'est ça que j'aime voir.

Sur l'écran de communication, l'amiral Harvard lui sourit.

— Bon retour à vous, générale. Vous avez remarqué la surprise que nous avons pour vous ?

— Très agréable en vérité. Je ne m'attendais pas à ce que les réparations sur le *Kutuzov* soient terminées avant une semaine.

Harvard acquiesça.

— Nous avons effectué toutes les inspections, mais il faut que quelqu'un dirige le vaisseau amiral pour réaliser une croisière inaugurale. Nous avons pensé que vous aimeriez le faire vous-même.

— Absolument.

Keah était impatiente de retourner sur son propre pont.

— Je viendrai au centre de commandement du COL pour un briefing… et l'idée importante à retenir dans ce mot, c'est « bref ». Qu'est-ce qui s'est effondré dans le Bras spiral pendant mon absence ?

— Nous avons reçu de nombreux rapports inquiétants, générale, dit Harvard. Veillez à ne pas trop charger votre emploi du temps, s'il vous plaît. Je vais organiser une série de briefings.

Keah fronça les sourcils.

— Brefs, amiral. *Brefs*.

Les Trois H semblaient s'imaginer que les réunions pouvaient tout résoudre.

Malgré ses réticences à s'asseoir dans une pièce et à parler, la générale Keah trouva ces réunions d'information instructives et nécessaires. Grâce à ces comptes-rendus sur toutes les observations de nuages d'ombre et les rencontres avec des cafarobots, elle pourrait envoyer ses vaisseaux, de préférence chargés à bloc de bombes solaires améliorées.

L'amiral Handies exposa son rapport préliminaire avec tant d'enthousiasme qu'elle s'attendit à ce qu'il annonce une victoire substantielle sur les Shana Rei. Au lieu de cela, il résuma l'état d'avancement des réparations de sa flotte et présenta une carte du déploiement actuel des Mantas et Mastodontes des FDC, ainsi que des ventilations budgétaires complètes pour la construction de nouveaux cuirassés. Ces coûts avaient été compensés par une réduction drastique des frais de carburant pour moteurs interstellaires grâce aux approvisionnements fiables des Industries Iswander et aux généreux rabais qu'ils leur avaient accordés.

Quand les principaux briefings s'achevèrent, le docteur Jocko Krieger, très agité, apparut dans la salle de conférences. L'expert en armement avait quinze minutes de retard, mais, après être entré et avoir déroulé son pad de projection sur la table, il se mit à parler comme si tout le monde l'attendait.

— J'ai le plaisir de vous annoncer que nous disposons désormais de six stations de fabrication pleinement opérationnelles sur l'ensemble du COL. Chacune d'elles produit des bombes solaires améliorées au rythme de cinq par jour.

Keah se montra satisfaite.

— Voilà qui va faire des dégâts. Sont-elles déployées ?

— Depuis votre départ pour Rakkem, générale, vingt-cinq Mantas ont été entièrement chargées et envoyées en patrouille. Tout ce dont elles ont besoin, c'est de quelque chose à faire exploser.

L'amiral Harvard prit la parole :

— Je peux vous donner leur plan de mission complet, identifier les systèmes qu'elles visitent et leurs itinéraires de patrouille. Tôt ou tard, elles seront confrontées à une infestation de Shana Rei.

Keah mit de côté le long document.

— Je l'examinerai plus tard. Le *Kutuzov* est-il également chargé de bombes solaires ?

Krieger fit un signe de tête énergique.

— Pleinement réapprovisionné, plus un surplus de dix pour cent, générale. J'ai pensé que c'était ce que vous voudriez.

— Oui, docteur Krieger, assurément.

Le scientifique ne cessa de parler de ses réalisations, se félicitant lui-même si personne d'autre ne le faisait.

— Les laboratoires orbitaux produisent à plein rendement, madame.

Il s'empressa d'ajouter :

— Avec des systèmes de sécurité complets en place cette fois-ci.

— Bien.

Keah se tourna vers Handies.

— Qu'avez-vous à signaler de plus ?

L'autre amiral afficha une succession d'images de champs d'étoiles. Chacune montrait des taches noires, comme si quelqu'un avait étalé un pouce couvert d'encre sur l'espace.

— Des nuages d'ombre apparaissent, des nébuleuses obscures qui n'ont jamais été cartographiées auparavant. On dirait qu'ils... suintent dans l'espace. (Il secoua la tête.) Je soupçonne l'existence d'un rapport avec les Shana Rei.

— Sans déconner, commenta la générale Keah.

Elle regarda les images : des taches tourbillonnantes de fumée opaque qui paraissaient s'étendre à partir de nombreux points d'origine.

— Menacent-ils des systèmes stellaires ?

— Certains, mais pas directement. Les nuages d'ombre semblent se déplacer et nous essayons de les cartographier. Plusieurs Mantas ont effectué des sorties pour prendre des images. Le plus gros nuage se trouve à la périphérie du système Relleker.

Keah décida immédiatement de l'endroit où le *Kutuzov* se rendrait pour sa croisière inaugurale.

— Nous partirons dès que possible.

— Mais les nuages d'ombre n'ont pas encore fait de mouvements menaçants, fit remarquer l'amiral Harvard.

Le docteur Krieger laissa échapper un grognement bruyant, grognement que Keah approuva.

— Leur *existence* même est un mouvement menaçant, amiral, rétorqua-t-elle. Et maintenant, si nous en avons terminé... préparez-moi des synthèses de ces données et je les emporterai dans le *Kutuzov*. J'ai décidé d'avancer mon lancement. Nous serons partis avant la fin de la journée.

15

Arita

Après avoir rêvé de servir les arbres, Arita considérait la félonie des prêtres du vide de Kennebar et des Jardiniers comme la plus grande trahison imaginable. Ils comptaient provoquer la chute de l'esprit verdani et voulaient la voir mourir.

Tandis que les apostats menaçants s'approchaient d'elle et de Collin, les Onthos caquetants s'engouffrèrent dans les frondaisons au-dessus de leurs têtes. Ils scrutaient la scène en contrebas, sans plus se faire passer pour des survivants inoffensifs afin de susciter la compassion. Ces créatures étaient maléfiques. Les prêtres du vide étaient encore pires. Kennebar voulait la tuer, et ils avaient l'intention d'*absorber* Collin.

Cela la rendait malade… et la mettait en colère. Elle regarda en elle, à la recherche de forces, quelles qu'elles soient, et d'un espoir inattendu.

Collin avait envoyé son esprit dans le duramen des arbremondes silencieux ; il avait communié avec eux, demandé des réponses et, en émergeant, il semblait inspiré par ce qu'il avait appris.

— Je sais ce que vous êtes à présent ! cria-t-il aux prêtres du vide en rapprochant Arita de lui. (Il jeta des regards noirs aux Onthos qui les surplombaient.) Les arbres me l'ont dit.

Kennebar et ses sombres compagnons ne se démontèrent pas. Ils tendirent la main vers leurs victimes prises au piège tandis qu'Arita et Collin se plaquaient contre l'énorme tronc derrière eux.

— Les arbremondes ne sont pas morts, dit Collin. Ils sont conscients de votre existence !

— Les arbres sont faibles, répondit Kennebar.

Arita sentit alors les murmures s'agiter de nouveau dans son esprit, chargés d'une urgence dépourvue de mots. Quelque chose d'*autre* s'éveillait dans le cosmos, quelque chose qui sentait le danger des ombres grandissantes. Arita ne comprenait pas sa nature, mais, même ainsi, elle se tendit pour l'atteindre.

Elle avait désespéré de savoir un jour ce que cela faisait d'être une prêtresse Verte, de partager des pensées avec un esprit aussi vaste, mais les arbres l'avaient transformée, l'avaient laissée ouverte pour quelque chose d'autre. Cela semblait impossible, mais elle se rendit compte que cette voix intérieure appartenait également à une grande conscience, différente de celle des verdanis. Elle se situait au-delà des faeros, des wentals et des hydrogues. Elle était connectée à cette voix, pouvait communier avec elle de la même manière que Collin se connectait aux arbres.

Alors que les prêtres du vide s'avançaient pour les tuer, des couronnes de noirceur scintillantes jaillirent de leurs mains. Arita sentit Collin l'attraper et l'enserrer tel un filet de sécurité.

— Les arbres me connaissent, grinça-t-il. Ils se souviennent de moi... et ils doivent se souvenir d'eux-mêmes !

Il creusa profondément dans le télien et toucha la forêt-monde somnolente tandis qu'Arita faisait appel à la présence en elle. La puissance de sa requête se joignit à celle de son compagnon, l'amplifiant, la consolidant, la réverbérant jusqu'à ce qu'elle réveille enfin les arbres, forçant les verdanis à se défendre.

Arita se sentit étourdie tandis que les sons en elle devenaient un grondement dans ses oreilles. Sa vision s'élargit, et elle vit, à travers les arbres groupés, leurs feuilles épaisses imbriquées en une canopée qui se mettait désormais à s'agiter. Les frondaisons s'affolèrent et les lianes se tordirent en se redressant depuis le sol de la forêt.

Surpris par cette réaction inattendue, les Onthos s'égaillèrent, certains grimpant plus haut dans les frondes tandis que d'autres s'élançaient à travers les rameaux.

Kennebar et ses prêtres du vide se figèrent, incrédules.

Collin cria à l'attention des verdanis.

— Sauvez-nous ! Sauvez la forêt.

La voix à l'intérieur d'Arita vibrait également sans mot dire, lui offrant des défenses contre la propagation souillée de l'ombre destructrice.

Vivantes, les feuilles batailleuses projetèrent en l'air des dizaines de Jardiniers en fuite et les écrasèrent contre les branches. Des lianes et des rameaux tout juste réveillés s'étiraient pour attraper les Onthos et les serrer comme en d'énormes poings.

Les feuilles fouettèrent l'air, produisant le vacarme d'une grande tempête. Des branches s'enroulèrent autour de Kennebar et l'engloutirent. Le chef des prêtres du vide se débattit en agitant ses bras d'ébène tandis que ses yeux sans âme s'écarquillaient sur son visage vide et assombri. Les autres renégats souillés n'émirent aucun son pendant qu'ils luttaient.

Arita avait l'impression que son esprit allait exploser sous l'effet de cette poussée d'énergie qui l'utilisait comme canal. Les paupières de Collin étaient fermées, ses lèvres retroussées. Il gémissait, écrasé par la pression de cet effort impossible.

Les arbres frémirent tandis qu'ils libéraient un dernier souffle de leurs forces. Leur écorce aux squames dorées s'écailla et leurs troncs s'ouvrirent en grand dans un craquement retentissant. Les fentes dans leurs duramens s'élargirent, bâillant à la manière d'obscures gueules dangereuses dans les troncs épais, et les feuilles tentaculaires qui retenaient les prêtres du vide en difficulté les happèrent dans ces interstices. Les sombres apostats tombèrent en se débattant dans les mâchoires en bois des arbres en colère, qui les avalèrent tels des prédateurs dévorant leurs proies.

Il ne fallut que quelques secondes, mais, l'un après l'autre, tous les mystiques souillés se retrouvèrent entraînés dans ces brèches béantes, et les ouvertures se refermèrent avec un grand bruit de craquement.

Arita haletait et Collin continuait à s'accrocher à elle. Ils s'effondrèrent, tremblants, sur la plate-forme enchevêtrée au sommet des arbres où les prêtres isolationnistes avaient élu domicile. Arita ne comprenait pas ce qu'elle venait de traverser, mais elle osait maintenant espérer qu'ils pourraient survivre après tout. Les arbres autour d'eux vibraient, frissonnaient comme s'ils souffraient énormément.

Collin se mit à genoux. Il toucha de nouveau le tronc de l'arbre-monde, comme pour se rassurer. Le bois frémit. Les troncs conjoints qui avaient avalé les prêtres du vide grondaient et se contractaient à présent. Alarmé, Collin saisit la main d'Arita.

— Viens, ça n'est pas encore fini. Nous ne sommes pas en sécurité !

Là où les gueules des duramens s'étaient refermées, une tache noire commençait à se répandre, comme sous l'effet d'une dose fatale de poison. D'autres squames d'écorce dorées se détachèrent, tintant dans leur chute et révélant le bois moucheté, semblable à la peau d'un lézard lépreux.

— Les arbres meurent, s'écria Collin. Nous devons descendre.

Ils se précipitèrent sur les frondaisons et se laissèrent choir d'une branche à l'autre. Les larges feuilles en forme d'éventail tombèrent comme si les arbremondes les avaient éjectées. Ils se trouvaient encore très haut au-dessus du sol, et Arita sentait les arbres se balancer. De grands bruits d'éclatement résonnèrent dans l'air tandis que des parties de troncs contaminés se brisaient dans l'obscurité qui s'étendait. En consommant les prêtres du vide dans leurs duramens, les arbres mouraient.

— Nous devons atteindre le sol de la forêt ! hurla Collin. Ces arbres se sont sacrifiés, mais ils nous aideront aussi longtemps qu'ils le pourront.

Prenant des risques, ils sautèrent sur les rameaux inférieurs en s'agrippant aux feuilles et en se rattrapant de justesse. Arita avait passé une grande partie de sa jeunesse à grimper dans les arbres et elle se souvenait à présent de ces compétences. En tant que prêtre Vert, Collin était en phase avec la forêt-monde, même si l'esprit verdani était étourdi et se tordait aujourd'hui.

Très haut au-dessus de leurs têtes, de lourdes branches craquaient et se détachaient, dégringolant pour se fracasser dans les fourrés de feuilles mourantes.

— Plus vite !

Arita risqua un coup d'œil vers les hauteurs et vit que le tronc de l'arbre, ses branches et son feuillage étaient tous devenus noirs, comme du charbon pur, et que la souillure s'étendait aussi rapidement qu'ils s'enfuyaient. Dans un bruit de craquements et d'effritements, d'autres éclats de l'arbremonde carbonisé s'écrasèrent tout autour d'eux.

Collin et elles lâchèrent tous deux la dernière branche, tombèrent sur le sol puis se précipitèrent dans les sous-bois.

— Cours ! dit Collin.

Ils foncèrent loin du tronc épais. Les arbres empoisonnés devinrent sombres et s'effondrèrent en un monticule d'éclats de cristal tranchants comme de l'obsidienne fossilisée.

Les échardes leur entaillèrent la peau, mais Arita et Collin s'éloignèrent suffisamment et chacun put examiner les blessures de l'autre. Ils étaient tous deux choqués, mais en sécurité désormais. Arita serra son ami et ils scrutèrent les cicatrices noires du bois d'arbremonde brisé.

— Les avons-nous tués ? demanda Collin. Sommes-nous les responsables de toute cette destruction ?

— Ils étaient déjà à l'agonie, dit Arita. Et nous serions morts si nous n'avions pas appelé à l'aide. La meilleure chose à faire à présent est de rentrer à la maison et de ramener le reste des prêtres Verts ici pour combattre les Onthos.

16

Zhett Kellum

La fumée des faeros en partance se dissipa dans le ciel lumineux ildiran et Zhett Kellum secoua la tête.

— Un nuage d'ombre de Shana Rei, une flotte d'attaque de robots et un essaim de boules de feu géantes, le tout en l'espace d'une semaine. Et moi qui croyais que la gestion d'une distillerie serait une carrière ennuyeuse.

Patrick Fitzpatrick passa les bras autour de sa taille.

— Tu oublies les hydrogues et les créatures des ténèbres qui ont détruit notre station d'écopage sur Golgen. C'est la raison pour laquelle nous avons dû nous rendre sur Kuivahr en premier lieu.

— Bon sang ! vous portez la poisse tous les deux, dit Del Kellum.

Avec sa poitrine en forme de barrique et son ventre bedonnant, il était manifestement l'homme le plus trapu au milieu de la foule ildirane amassée sur la place de l'Incursion.

— Je préfère parler de « circonstances indépendantes de notre volonté », papa, répondit Zhett.

Son fils, Kristof, et son bébé, Rex, étaient également présents. Toff, qui n'avait aucune notion du danger, souriait, le regard rivé sur l'endroit où les faeros avaient disparu. Une main sur le front en visière, il se protégeait les yeux contre la lumière éblouissante des soleils d'Ildira, mais les boules de feu s'étaient évanouies depuis longtemps.

— C'est la chose la plus incroyable que j'aie jamais vue !

Zhett haussa les sourcils.

— Tu as des standards très élevés.

— Espérons que tu sauras te contenter de ce spectacle pendant un moment, mon garçon, dit Del. Nous ne pouvons pas nous permettre de nous lancer dans trop d'aventures de ce genre.

— Nous ne pouvons simplement pas nous permettre de nous lancer dans des aventures… ou quoi que ce soit d'autre, répliqua Patrick. Nous avons perdu notre station d'écopage sur Golgen, nous avons perdu la distillerie sur Kuivahr, et il est peu probable que nous mettions en place de nouvelles opérations de sitôt. Qui nous financerait ?

Del bomba le torse.

— Par le Guide Lumineux, je suis un ancien Orateur des clans de Vagabonds ! Je peux trouver des crédits. Quelqu'un nous financera.

Patrick fronça les sourcils.

— S'il a un gramme de bon sens, pas une fois qu'il aura vu notre série de malchances.

— Ce n'est pas de la malchance, l'interrompit Zhett, mais des circonstances indépendantes de notre volonté.

Heureusement, la plupart des membres de l'équipe de la distillerie s'étaient enfuis à temps et avaient échappé aux ombres et aux robots noirs, mais elle avait le cœur lourd quand elle pensait au directeur des opérations, Marius Denva, qui n'avait pas réussi à s'en sortir. Il avait été le dernier à abandonner la distillerie pour des raisons qui lui avaient semblé logiques, mais qui, rétrospectivement, paraissaient à n'en pas douter stupides, de l'avis de Zhett. Il n'était pas parvenu à quitter la planète avant que la coque noire l'engloutisse. Même les navettes qui étaient arrivées à atteindre l'orbite avaient eu du mal à survivre aux robots klikiss. Heureusement, la Marine Solaire avait ramassé Zhett et sa famille, ainsi qu'Osira'h et le prince Reynald.

À quelques pas d'eux, ce dernier avait l'air faible et maladif, mais son état restait stable. L'inquiétude, plus que la douleur, marquait ses traits, tandis qu'il fixait le regard sur les tours du Palais des Prismes.

— Pourvu que tu ailles bien là-haut, Osira'h, murmura-t-il.

Peu après, le Mage Imperator sortit de l'arche, accompagné d'Osira'h, de Gale'nh et de Muree'n. Ils avaient tous l'air d'avoir été brûlés avec leurs visages rouges, leurs cheveux roussis et leurs vêtements calcinés. Une acclamation retentissante éclata parmi les Ildirans et Zhett se retrouva à sourire.

— Je suis à présent convaincu que les faeros ont saisi le danger que représentaient les Shana Rei, annonça le Mage Imperator. Je ne sais pas avec certitude s'ils nous aideront comme ils l'ont fait par le passé…

— Ils nous aideront, dit Osira'h, insufflant des forces à la foule grâce à son évidente détermination.

Reyn se précipita vers elle.

— Tu es saine et sauve !

Il semblait avoir rajeuni et l'enlaça, la faisant grimacer de douleur à cause de ses brûlures.

— Je pense qu'aucun endroit ne sera sûr tant que nous n'aurons pas vaincu les Shana Rei, dit-elle.

Elle prit la main de Reynald et s'adressa à son père :

— J'ai emmené Reyn sur Kuivahr pour que les recherches de Tamo'l puissent l'aider. Nous disposons toujours d'extraits de varech viables, mais ce n'est pas suffisant. Il doit retourner chez lui, dans la forêt-monde.

Nira acquiesça.

— La forêt-monde partagera les informations sur sa santé et lui donnera de la force. Je comprends tout à fait cela.

— J'ai encore plus besoin de ta force, Osira'h, dit Reyn. Viendras-tu avec moi ?

— Bien sûr.

Elle ne regarda même pas ses parents pour obtenir une confirmation.

— Ne restons pas sur la touche, glissa Zhett à Patrick en poussant sa famille à avancer.

Ne voyant pas de raison de se montrer timide, elle s'adressa au Mage Imperator :

— Si un vaisseau ildiran repart pour la Confédération, pourrions-nous nous incruster ?

Le Mage Imperator Jora'h observait le prince, mais son regard se porta également sur les Kellum.

— Nous veillerons à vous rendre à votre peuple.

— Mais nous n'avons pas de quoi payer notre traversée, grommela Del. Nous avons tout perdu quand les Shana Rei ont détruit Kuivahr.

Jora'h fit un signe dédaigneux de la main. Zhett savait que les questions d'argent ne comptaient guère pour les Ildirans.

— Vous avez aidé à sauver Osira'h. Nous vous conduirons là où vous le souhaitez.

Zhett n'eut pas besoin de consulter les autres.

— C'est à Nouvelle-Station que nous aurons le plus de chances d'obtenir le soutien nécessaire.

— Et où nous trouverons le reste des travailleurs de notre distillerie, dit Del.

— Nous n'avons pas d'argent pour les payer, fit remarquer Patrick.

— Je préfère être sans le sou à Nouvelle-Station que n'importe où ailleurs, répliqua Zhett.

17

Garrison Reeves

Tandis qu'il travaillait sur les installations de la station Cœur-de-Feu, Garrison ne pouvait s'empêcher de fixer les yeux sur le vide inquiétant de l'espace. L'ouverture noire dessinait une tache morne au milieu de la mer que formait la nébuleuse.

En tant que Vagabond, Garrison avait voulu faire partie du projet du Grand Anneau, faire partie de l'histoire. Il avait accompli ce qu'il s'était proposé. Kotto Okiah avait réalisé quelque chose de spectaculaire, sans le moindre doute, mais Garrison n'était pas sûr que cette plaie dimensionnelle conduirait à un nouveau réseau de transportails comme prévu. Cette chose semblait… dangereuse.

Bien qu'il ne soit pas superstitieux, il refusait de s'approcher de ce vide, et il en allait de même pour les autres Vagabonds. Dans les champs d'extraction d'Iswander, il avait déjà vu un nuage d'ombre des Shana Rei : une nébuleuse noire tourbillonnante qui émergeait de son propre portail dans l'espace. Ce nouveau trou dans l'univers lui rappelait trop cette expérience. Une fois suffisait.

Kotto continuerait à évaluer le niveau de sécurité – ou d'insécurité – des environs, mais Garrison ne voulait pas prendre de risques. Il avait pris l'initiative de déployer des balises d'alerte le long d'un périmètre étendu. Les Vagabonds se forgeaient souvent leur propre opinion, devenaient arrogants et se croyaient immortels. Ses balises périmétriques n'empêcheraient pas un pilote déterminé de s'approcher trop près, mais il se sentait mieux d'avoir mis en place cet avertissement.

Le chef de station Alu rallia ses ouvriers et établit un programme de production ambitieux pour rendre sa rentabilité au complexe. Le projet du Grand Anneau avait relégué au second plan le développement de nombreuses infrastructures, laboratoires et habitats préfabriqués de Cœur-de-Feu, et l'heure était venue de rattraper le temps perdu. Bien qu'il n'ait jamais promis qu'il resterait, Alu avait nommé Garrison chef d'équipe, avec des responsabilités accrues.

La station Cœur-de-Feu avait des allures de pays des merveilles pour un Vagabond avec son installation permettant de nettoyer les isotopes, de produire des catalyseurs ioniques et de transformer des matières premières exotiques dans un environnement extrême. Mais Garrison n'était pas certain que ce soit là que son Guide Lumineux voulait le conduire. Ses pensées se tournaient de plus en plus souvent vers Orli...

Il dirigeait à présent d'autres Vagabonds en exocombinaison qui déroulaient de vastes feuilles de film absorbantes pour capter les furieux vents stellaires en provenance du cœur de la nébuleuse. Les supports et les feuilles tireraient parti du bombardement photonique et, lorsque le film serait saturé, il serait plié des milliers de fois et conditionné en tranches denses pour servir de blocs d'alimentation. Un grand bloc d'alimentation pouvait répondre aux besoins énergétiques d'une colonie entière pendant des mois.

Bowman Ruskin, son adjoint, utilisa un propulseur dorsal pour manipuler le cadre encombrant, et Garrison se propulsa vers le coin opposé pour orienter celui-ci correctement. La nébuleuse ressemblait à une zone de turbulences, mais les gaz y étaient si rares qu'elle avait presque les caractéristiques du vide. Malgré cela, la manœuvre d'une structure aussi gigantesque et délicate demandait beaucoup de soins.

— Et voilà, dit Ruskin lorsqu'il l'eut stabilisée. On a à moitié reconstruit la ferme de films énergétiques.

— Le chef Alu ne sera satisfait que lorsque nous aurons commencé à effectuer des expéditions, dit Garrison. Nous avons beaucoup de retard à rattraper.

— Restez ici encore six mois, Garrison, et vous dirigerez la division des blocs d'alimentation.

— J'étais venu ici pour le Grand Anneau.

— Vous voulez dire le Grand Trou ?

Ruskin rit dans son casque.

— Ce que je veux dire, c'est que c'est difficile d'être loin de mon fils, qui est à Academ et... d'autres choses détournent mon attention.

Ruskin gloussa de plus belle.

— Oui, vous nous avez parlé d'elle.

Personne ne vit Garrison piquer un fard derrière sa visière.

— Beaucoup de décisions m'attendent, Bowman. Parfois, les affaires personnelles prennent le pas sur les affaires des Vagabonds.

— Ce ne serait pas le cas si c'était une des nôtres. Il doit y avoir un tas de filles de clans qui ne verraient pas d'inconvénients à épouser le chef des Reeves.

Ruskin marqua une pause en prenant conscience de ce qu'il avait dit, des souvenirs qu'il avait fait remonter à la surface de l'esprit de son collègue.

Trop de gens attendaient de ce dernier qu'il termine le chantier de son père bourru, qui avait voulu reconstruire Rendez-Vous, mais Garrison ne s'intéressait pas à ce projet, d'autant plus depuis qu'Olaf Reeves et tous les Vagabonds auto-exilés étaient morts dans l'espace lointain. Il était indépendant. Il tracerait son propre chemin, avec Seth – et Orli… si elle choisissait de l'accompagner.

À la fin de son service, il retourna dans le module d'habitation avec d'autres travailleurs pour jouer et regarder des émissions de divertissement. Il lança un œil au calendrier : il ne restait plus qu'un jour avant la fin de leur mois de pause dans leur relation. Il décida d'envoyer un message à Seth par l'intermédiaire des prêtres Verts du dôme terrarium.

Avant qu'il puisse jeter ses notes sur le papier, un vaisseau débarqua inopinément dans la nébuleuse et se dirigea vers le complexe vagabond. Le cargo entrant transportait un chargement de fournitures pour Cœur-de-Feu et demandait à récupérer des blocs d'alimentation ou des échantillons d'isotopes.

Garrison reconnut la *Curiosité Avide* et ne put s'empêcher de sourire lorsqu'il reçut un message du centre d'administration.

— Garrison Reeves, vous avez de la visite.

Il n'eut même pas besoin de poser la question, il savait exactement qui était arrivé.

Ses retrouvailles avec Orli correspondaient à tout ce à quoi un mois de pause dans leur relation les avait préparés. Il rit lorsqu'il aperçut son visage s'illuminer en le voyant. Elle se précipita vers lui, surcompensant ses mouvements dans la faible gravité, et il l'attrapa dans ses bras.

— Je pensais qu'il nous restait encore un jour !

— Je n'avais pas besoin d'un jour de plus, répondit-elle en l'embrassant.

Il la fit pivoter. C'était si bon de la serrer de nouveau contre lui.

— Moi non plus.

Tasia Tamblyn leva les yeux au ciel, sans chercher à cacher sa réaction.

— Nous sommes venus pour voir le Grand Anneau en action, mais il semble que nous arrivons trop tard, dit Robb.

— C'était spectaculaire, mais… on dirait bien que nous avons endommagé l'univers, commenta Garrison.

— Si quelqu'un peut réparer cela, c'est bien Kotto, dit Orli, qui le tenait toujours dans ses bras. Nous avons eu quelques aventures de notre côté. Prendre une pause d'un mois loin de toi a été beaucoup plus stressant que tout ce que nous avons jamais fait ensemble.

Emporté dans un tourbillon de montagnes russes émotionnelles, Garrison l'écouta lui raconter comment son ancienne femme les avait attaqués lorsqu'ils avaient accidentellement appris l'existence des opérations d'extraction de gonflotteurs appartenant à Iswander.

— Elisa a toujours eu un côté dur, mais je ne pensais pas que c'était une tueuse.

Puis il se souvint comment elle avait également tiré sur son vaisseau lorsque Seth et lui s'étaient cachés parmi les premiers nodules gris-vert jamais découverts. L'explosion qui s'était ensuivie l'avait presque tué, ainsi que Seth et Elisa. Il avait toujours imaginé qu'il s'était agi d'un accident… mais il ne pouvait être certain qu'elle aurait retenu ses coups même si elle avait su à quel point les gonflotteurs étaient volatiles.

— Tu restes ici à Cœur-de-Feu, Garrison ? demanda Orli. Je m'y installerai aussi s'ils peuvent me trouver du travail de maintenance pour compers.

— Je préférerais quelque chose de plus proche de Seth, dit-il.

Le compte-rendu d'Orli, qui avait mis en lumière le caractère impitoyable d'Elisa, l'inquiétait plus qu'il était prêt à l'admettre.

— J'ai toujours le *Fils Prodigue*. Je ne sais pas exactement où je décrocherai mon prochain emploi, mais, ce dont je suis sûr, c'est que je veux être avec toi.

— Dans ce cas, quand tu auras terminé tes affaires ici, nous pourrons trouver une solution ensemble, répondit Orli.

18

Elisa Enturi

Elle n'en pouvait plus. Elle ne se sentait plus la bienvenue dans le complexe d'extraction des gonflotteurs. Les ouvriers d'Iswander continuaient à drainer les nodules flottants, remplissant d'innombrables réservoirs d'ekti-X puis jetant au rebut leurs enveloppes ratatinées. À ses yeux, l'équipe de production semblait suivre machinalement sa routine de travail.

Elle avait l'impression d'être reléguée au rang de paria. Elle avait dirigé ces gens, les avait guidés chaque fois qu'Iswander était en voyage d'affaires. Elle prenait ses responsabilités au sérieux et était une administratrice bien plus performante qu'Alec Pannebaker, qui voulait être l'ami de tout le monde plutôt que leur chef.

Les employés vénéraient Iswander. Voilà pourquoi ils lui avaient fait confiance et l'avaient suivi dans cette nouvelle entreprise après la débâcle de Sheol. Elisa avait toujours été son adjointe la plus loyale – tous les travailleurs du capitaine d'industrie le savaient. Ses actions étaient motivées par les intérêts supérieurs de son chef, et, bien qu'elle ne lui ait jamais demandé que son rôle dans cette histoire lui soit crédité ou reconnu publiquement, sa découverte du carburant pour moteurs interstellaires à l'intérieur des gonflotteurs avait ressuscité la société ruinée de M. Iswander. Elle avait fait tout cela pour lui.

À présent, tout le monde ici la fuyait. Dans leurs regards hantés, elle lisait de la colère, de la peur, voire du dégoût. Mais, le pire, c'était qu'Iswander lui-même l'avait mise à l'écart. Cela lui avait laissé une plaie à vif dans la poitrine. Après tout ce qu'elle avait fait pour lui…

Dans un premier temps, elle avait tenté de justifier cette rebuffade en se disant qu'il s'agissait d'une décision professionnelle qui faisait sens sur le plan pratique. Il avait besoin d'un bouc émissaire, de quelqu'un qui porterait le chapeau pour que les Industries Iswander survivent. Mais, lorsqu'il l'avait confrontée, elle avait lu la froide réalité sur son visage. Il ne le faisait pas pour des raisons pragmatiques qu'il regrettait. Il la jetait vraiment en pâture aux loups, et cela la blessait plus que tout.

À ce moment-là, sa vie s'était effilochée. Tout en regardant Pannebaker commander les équipes de travail, diriger les vaisseaux-citernes et les rangées de réservoirs d'ekti, elle savait que les clans de Vagabonds se ruaient à travers le Bras spiral pour trouver des grappes de gonflotteurs inexploitées, de plus en plus nombreuses. Ils n'auraient guère de mal à les dénicher. D'ici à quelques semaines, des douzaines d'autres installations récolteraient du carburant pour moteurs interstellaires et se précipiteraient pour le commercialiser.

Les Industries Iswander s'effondreraient... et c'était sa faute.

Elle ne regrettait pas ces actes, car elle savait qu'ils étaient nécessaires – et elle savait très bien qu'Iswander avait voulu qu'elle agisse de la sorte. Quoi qu'il dise, son esprit et son cœur étaient parfaitement connectés aux siens. Cependant, elle s'était montrée négligente, avait laissé des preuves derrière elle et permis à des témoins de s'échapper. Si elle avait témoigné d'une plus grande prudence, l'existence des opérations d'exploitation des gonflotteurs n'aurait pas été éventée. Iswander aurait pu continuer à extraire et à vendre de l'ekti-X en en retirant un profit considérable pendant un bon moment. Et il l'aurait gardée à son côté.

À présent, les clans de Vagabonds s'étaient tous retournés contre lui. Contre *elle*.

Durant toute une journée après le retour d'Iswander et son admonestation, Elisa l'évita et continua à ruminer. Elle se débattit avec ses souvenirs, repassant dans sa mémoire leurs discussions sur l'avenir de l'empire commercial qu'il avait créé. Il avait parlé de protéger ses secrets. À la lueur dans ses yeux, à l'expression dure de son visage, elle avait *su* ce qu'il désirait. Elle avait toujours été en mesure de lire en lui et comprenait les besoins des affaires, surtout lorsque les enjeux étaient si importants.

« Par tous les moyens nécessaires... » Comment était-elle censée interpréter cela autrement ?

Mais, à présent, il l'avait abandonnée. Il prétendait qu'il n'avait pas voulu dire ce qu'il lui avait si clairement demandé de faire. Si un quelconque concurrent avait brisé son monopole si lucratif, aurait-il vraiment haussé les épaules en s'esclaffant : « Alors là, vous nous avez bien eus ! » ? Elle avait essayé de protéger son empire, son héritage, sa fortune.

« Je vais vous laisser seule pour que vous puissiez réfléchir aux conséquences. Prenez tout le temps qu'il vous faudra. » En clair, il voulait dire qu'il fermerait les yeux si elle choisissait de s'enfuir comme une criminelle coupable, si elle se cachait et ne se montrait plus jamais dans la Confédération. Il l'avait repoussée et mise au pied du mur.

Elle le détestait pour cela. Pour ses années de service, pour son dévouement, pour avoir passé toutes ses heures à construire son empire, pour la douleur qu'elle avait endurée, pour le sang qu'elle avait versé… La seule chose qu'Iswander lui avait offerte en retour était l'occasion de s'enfuir. Était-ce tout ce qu'il pensait d'elle ? Et il annulerait cette offre dès que quelqu'un de la Confédération viendrait la chercher.

Elle devait partir. Elle ne voulait même pas lui dire au revoir, ne souhaitait pas qu'il lui adresse d'hypocrites vœux de bonne chance. Elle était trop en colère en cet instant et doutait de parvenir à le regarder sans voir un traître.

Elle contempla le complexe en pleine effervescence. Elle connaissait ces gens, mais elle était seule dans son cœur. Ils lui avaient tourné le dos, l'avaient exclue. Ils la considéraient comme une meurtrière plutôt que comme leur protectrice. Or, avec l'effondrement prochain du marché de l'ekti, tous se retrouveraient de nouveau sans existence viable. Les Industries Iswander s'écrouleraient une fois encore, et, cette fois, elle ne serait pas là pour les sauver.

Qu'ils aillent tous au diable. Ils étaient livrés à eux-mêmes.

Après que Garrison s'était insurgé à propos d'un désastre imminent qui allait s'abattre sur Sheol et que personne ne l'avait cru, il s'était enfui avec son fils – ainsi qu'un vaisseau Iswander. Elle ne le lui avait jamais pardonné, mais, aujourd'hui, elle volerait sa propre navette. Elle n'avait aucun scrupule. C'était le seul moyen pour elle de s'échapper.

Elle envisagea brièvement de prendre le yacht privé d'Iswander : qu'elle s'en empare lui servirait de leçon. Mais ce serait trop mesquin, et Elisa Enturi n'était pas une enfant. Qu'Iswander le reconnaisse ou non, elle était une professionnelle, et tout ce qu'elle avait fait l'avait été à des fins professionnelles.

Elle se rendit du centre d'administration à la baie d'amarrage. La plupart des astronefs étaient de petites nacelles de reconnaissance qui n'avaient jamais été conçues pour des voyages long-courriers. Les employés d'Iswander étaient liés par des accords de confidentialité et n'étaient pas autorisés à quitter le périmètre du complexe, même pendant leurs congés, de peur qu'ils révèlent les secrets de l'entreprise.

Elle se rendit directement sur le vaisseau qu'elle avait sélectionné. Elle en vérifia discrètement les systèmes, s'assura que les réservoirs étaient remplis de carburant pour moteurs interstellaires – le carburant d'Iswander, bien sûr, mais elle le prendrait, et il le lui permettrait. Elle était sûre qu'il était allé jusqu'à éteindre certains des moniteurs de surveillance. Il pensait probablement lui accorder une faveur.

Déni plausible.

Elle épia les changements de quart des équipes, observant les vaisseaux industriels qui se déplaçaient parmi les gonflotteurs. Les opérations incessantes qui y avaient été menées avaient drainé les trois quarts de l'amas, mais Iswander savait qu'il pourrait toujours en trouver d'autres. Elle avait elle-même repéré d'autres agglutinations pour le cas où cet amas-ci serait épuisé. Aujourd'hui, cependant, elle ne se joindrait pas à l'équipe.

Elle alluma le vaisseau, évacua l'air de la baie de lancement, puis traversa le champ de confinement et s'éloigna du centre administratif, l'endroit qu'elle avait aidé à construire, l'endroit qu'elle considérait comme sa maison et son quartier général. Elle n'avait pas déposé de plan de vol, n'avait pas autorisé son propre départ, mais aucun des systèmes ne la bloqua.

En dehors de leur nom, les Industries Iswander lui *appartenaient.* Elle sentit ses yeux la brûler tandis qu'elle décollait, mais refusa d'admettre qu'il s'agissait de larmes. Elle cligna plusieurs fois des paupières et se focalisa sur les gonflotteurs inoffensifs et paisibles qui évoluaient pesamment dans l'espace. Les ouvriers déferlaient sur les énormes sacs remplis de protoplasme. Des foreuses et des pompes drainaient le carburant – ce que le prêtre Vert fou avait appelé « le sang du cosmos ».

Ils ne lui prêtèrent aucune attention. Elle était certaine que, dans le centre de contrôle, Iswander avait remarqué son départ. Il aurait pu lui adresser un message d'adieu, sonner l'alarme… ou la supplier de rester, mais son système de transmission demeura silencieux. Personne ne la contacta, personne ne lui posa de questions.

Alors qu'elle s'éloignait, elle vit les gonflotteurs scintiller tandis que des rafales d'énergie traversaient en rythme une de leurs colonnes. Tous les employés présents sur le site avaient déjà été confrontés à ces étranges flamboiements, à cette sorte de force gonflotteuse qui les reliait tous entre eux. Conscientes du danger, les équipes d'extraction se retirèrent à une distance sûre. Les étincelles rebondirent autour de l'amas appelé à disparaître, puis se calmèrent, et les ouvriers en charge du pompage se remirent au travail.

Elisa fit pivoter sa navette pour qu'elle pointe vers une trajectoire d'éloignement plutôt que d'approche.

Au sein du tout premier agglomérat de gonflotteurs, quand elle avait ouvert le feu sur l'appareil de Garrison, elle avait seulement cherché à l'effrayer. Elle s'était rendu compte qu'il retenait leur fils en otage dans son vaisseau et avait été stupéfaite lorsque tous les gonflotteurs avaient explosé. Jamais elle n'avait voulu causer le moindre mal à Seth. Longtemps après cette déflagration, elle croyait encore que le garçon était mort… avant de découvrir qu'elle s'était trompée. Garrison l'avait piégée d'une façon ou d'une autre. Une autre trahison.

Lorsqu'elle avait quitté son mari et consacré sa vie à Lee Iswander, elle l'avait fait sans réticence. Quand Iswander l'avait forcée à choisir entre courir après son fils et être promue bras droit, jamais elle n'avait regretté sa décision… jusqu'à aujourd'hui. Peut-être avait-elle fait le mauvais choix. Peut-être avait-elle fait confiance au mauvais homme.

Ou peut-être qu'aucun d'entre eux n'était digne de confiance. Elle ne pouvait compter que sur elle-même.

Elle irait où elle voudrait, prendrait ses propres décisions. En pensant aux débris qui restaient de sa vie, elle avait besoin de se raccrocher à quelque chose qu'elle pourrait considérer comme sien. Une chose qu'elle ne laisserait personne lui retirer.

Elle régla les systèmes de navigation, activa les moteurs interstellaires et se dirigea vers l'école vagabonde d'Academ. Où se trouvait son fils.

19

Jess Tamblyn

Quatre nouveaux compers de modèle Précepteur étaient venus prêter main-forte à Academ, et Jess Tamblyn s'était réjouie de ce soutien. Le programme d'enseignement des compers contenait l'histoire et la culture des Vagabonds ainsi que des compétences scientifiques, des techniques de survie et des exercices d'ingénierie qui aidaient les enfants des différentes familles à apprendre comment résoudre des problèmes, aussi bien dans la vie quotidienne que dans des situations d'urgence.

Depuis qu'ils avaient rejoint la Confédération, les Vagabonds n'avaient plus besoin de vivre dans des environnements difficiles comme c'était le cas lorsqu'ils étaient hors la loi. Les clans étaient libres de s'installer sur des planètes hospitalières et dans des colonies spatiales. Une existence bien plus facile s'ouvrait à eux, mais, même ainsi, la plupart des Vagabonds avaient à cœur de s'assurer que leurs progénitures conservent les compétences caractéristiques de leur peuple. Olaf Reeves disait souvent : « Un couteau perd son tranchant s'il n'est pas aiguisé. » Jess et Cesca avaient créé leur établissement à l'intérieur d'une comète évidée pour que les jeunes Vagabonds n'oublient jamais leur héritage.

Les épaisses parois de glace étaient criblées de passages, de bureaux, de salles de cours et de laboratoires souterrains. Lors de la construction de Nouvelle-Station, la majeure partie de la glace cométaire avait été excavée pour servir à l'approvisionner en eau et, au fil des ans, l'école s'était agrandie à mesure que de nouveaux clans y envoyaient leurs enfants.

Lorsque Cesca salua les nouveaux compers, les petits personnages répondirent à l'unisson :

— Nous sommes heureux d'être ici, Cesca Peroni et Jess Tamblyn.

Cesca les conduisit hors de la grotte qui faisait office de hangar, et les compers la suivirent tels des canetons robotisés derrière une nouvelle mère.

— Nos élèves sont répartis en sept classes, en fonction de leurs aptitudes. Nous vous fournirons leurs kits éducatifs afin que vous puissiez en télécharger les détails et apprendre à connaître chaque enfant. Certains sont arrivés ici selon des circonstances particulières et d'autres sont si intelligents qu'ils pourraient me faire cours. (Elle rit.) Notre objectif est de donner à chacun d'entre eux ce dont il a besoin.

Les compers Précepteurs hochèrent la tête de concert, comme si elle les avait convaincus.

— Rendez-Vous, notre foyer originel et le centre de notre gouvernement, a été détruit par les Forces Terriennes de Défense, ajouta Jess, mais son souvenir perdure dans nos mémoires.

Ils se frayèrent un chemin le long des corridors gelés, passant devant des salles de classe où les étudiants pratiquaient des expériences chimiques en faible gravité et des tests hautement réactifs à l'intérieur de chambres blindées.

— Dans le cadre de leur cursus, ils reproduisent certains des premiers travaux de Kotto Okiah, expliqua Cesca.

Les nouveaux compers longèrent les salles en groupe sous les regards de merlan frit des étudiants.

Les parois du tunnel étaient recouvertes d'une alternance de polymères opaques et de films isolants transparents afin que la glace cométaire puisse éclairer les passages. Elle était imprégnée de wentals quiescents, qui brillaient pour éclairer le chemin.

— Les parois de la comète semblent plus étincelantes aujourd'hui, fit remarquer Cesca.

— Peut-être les wentals sont-ils agités, dit Jess. (Il sentait quelque chose d'inhabituel dans son esprit.) Leur niveau d'énergie augmente. Je pense qu'ils deviennent de plus en plus conscients.

Il n'y avait plus de doute possible désormais.

Pendant la grande guerre, les élémentaux de l'eau les avaient imprégnés l'un comme l'autre de leurs pouvoirs. Depuis, les wentals étaient restés le plus souvent en sommeil et, parfois, Jess regrettait de ne plus pouvoir communiquer avec ces êtres étranges.

Quelques jours plus tôt, cependant, les wentals avaient connu une poussée similaire à celle qui les troublait à présent et avaient contacté Jess et Cesca pour leur faire part de la raison de leur agitation. Un renégat nommé Tom Rom avait attaqué l'avant-poste d'Auridia et son transportail klikiss. Tandis que les Vagabonds s'affolaient de l'annihilation de cet avant-poste, les wentals avaient réagi à autre chose… reculant devant une ombre froide qui avait traversé le mur du transportail. Tom Rom avait coupé la connexion en en détruisant le canal et cela avait bloqué le flot de ténèbres. Puis, aussi rapidement qu'il avait commencé, le bref contact de Jess et de Cesca avec les wentals s'était de nouveau estompé.

Jess se demandait si ces derniers n'allaient pas encore projeter leur conscience pour toucher leurs esprits ce jour-là. Juste avant que leur groupe atteigne la salle centrale de la comète, ils tombèrent sur plusieurs étudiants rassemblés près de l'ouverture de la grande cavité en apesanteur. Trois garçons vagabonds plus âgés – dont un membre du clan Duquesne, remarqua Jess – se pressaient autour d'Arden Iswander, qui ressemblait à une version plus jeune et plus mince du capitaine d'industrie. En cet instant, il avait l'air défiant et bagarreur.

— C'est la faute de ton père, le conspua le jeune Duquesne, qui se tenait au milieu de ses compagnons.

Ils avaient déjà échangé des coups de poing.

Seth Reeves, qui était encore plus jeune qu'Arden, se lança au milieu des brutes, bousculant les garçons menaçants qui se pressaient autour de son ami.

— Laissez-le tranquille ! Vous ne pouvez pas *lui* en vouloir.

— Le père d'Arden est un meurtrier alors…, commença l'un des harceleurs.

— Son père est *son père*, dit Jess, faisant sursauter les agresseurs. Et Arden est une personne à part entière. Il ne peut être tenu pour responsable que de ses propres actes, pas de ceux d'un autre.

— Eh bien, c'est la mère de Seth qui a frappé et tué ma famille en détruisant nos installations, souligna le Duquesne adolescent. Pas étonnant qu'ils se serrent les coudes.

— Seth n'est pas responsable de cela non plus, répondit Cesca. Je ne vous laisserai pas blâmer l'un ou l'autre de ces jeunes hommes pour ce que leurs parents ont commis.

— Vous n'avez pas mieux à faire ? intervint Jess. Des devoirs ? Du travail scolaire ? Ou bien avez-vous tous besoin d'une retenue ?

Les quatre nouveaux compers Précepteurs se précipitèrent en avant.

— Nous serions heureux de vous aider à imposer des mesures disciplinaires. Nous souhaitons faire bonne impression en tant qu'enseignants fraîchement embauchés.

Les brutes, pour l'instant intimidées, filèrent dans la salle caverneuse où les élèves effectuaient des exercices en apesanteur. Arden et Seth avaient l'air secoués. Jess éprouvait de la compassion pour ces improbables amis.

— Nous voulons que vous vous sentiez en sécurité à Academ. Nous vous protégerons.

— Si vous continuez à être harcelés, nous prendrons des mesures strictes, ajouta Cesca.

Arden et Seth marmonnèrent quelque chose, le visage rouge, puis les deux garçons se précipitèrent eux aussi dans la salle centrale.

— Cela arrive-t-il tous les jours ? s'enquit KA, l'un des nouveaux Précepteurs de l'école.

— Je ne pense pas, répondit Jess, mais nous devons nous assurer que cela ne devienne pas le cas.

— Pourriez-vous tous les quatre garder un œil sur ces problèmes ? demanda Cesca.

Les compers lui garantirent avec beaucoup d'enthousiasme qu'ils le feraient.

Jess sentit de nouveau un picotement intérieur, d'une attraction de plus en plus forte. Cesca eut le souffle coupé lorsque les parois de la comète se mirent soudain à scintiller et à briller d'un bleu glacial. La lumière des wentals était plus intense que jamais, et Jess perçut une réponse de leur part à laquelle il n'avait jamais été confronté auparavant. Les wentals avaient *peur*.

20

Nira

Après le départ des faeros, Mijistra retomba doucement dans un semblant de vie normale, non sans qu'il y couve une certaine tension.

Nira avait connu la menace des Shana Rei, qui s'étaient étendus à travers le thisme pour posséder les Ildirans, et à présent elle ressentait aussi la peur sombre et le vide qui imprégnaient le réseau télien. Elle avait toujours trouvé du soutien auprès des arbremondes et de ses compagnons prêtres Verts, et, sans ce réconfort, elle se sentait très seule.

Tout comme son fils Rod'h devait être terriblement seul en ce moment, perdu au milieu des ombres. Ses autres enfants parvenaient encore à percevoir sa présence, mais, en tant que prêtresse Verte, Nira ne maintenait avec lui qu'un lien pour le moins ténu. Elle souffrait à l'idée de ce qu'il devait endurer. On l'avait capturé alors qu'il tentait de comprendre les mystérieux Onthos.

Les Jardiniers avaient parlé de leur lointaine forêt-monde, que les Shana Rei avaient anéantie des éons plus tôt. La récente expédition dans le système d'origine des Onthos avait permis de retrouver les traces de ces arbres morts depuis longtemps et de récupérer des spécimens de bois noirci. Elle espérait que ces fragments pétrifiés apporteraient des réponses. Cette ancienne catastrophe avait effacé une partie de l'esprit verdani de façon si exhaustive que les arbremondes ne s'en souvenaient même pas…

Nira se rendit au laboratoire annexe au Palais des Prismes, où des membres du kith scientifique étudiaient les vestiges préservés de la planète Onthos. Après le retour de l'expédition d'Adar Zan'nh, les débris d'arbremondes avaient été livrés là, et les scientifiques en avaient disposé les échantillons sur une longue table d'analyse.

En tant que prêtresse Verte, Nira espérait déverrouiller certaines des données figées dans le bois cristallisé. Elle ignorait si cela aiderait Rod'h, mais, comme cela pourrait s'ajouter à leurs informations sur les ombres, elle ferait de son mieux. Non sans hésitation, elle toucha l'un des fragments exposés et retira ses doigts sur-le-champ. Bien que les échardes soient restées à température ambiante pendant des semaines, le bois noir demeurait froid au toucher.

Le dirigeant du groupe de scientifiques s'approcha d'elle.

— Les fragments conservent une température inférieure de plusieurs degrés à la température ambiante, et nous n'avons pas pu en déterminer la raison. C'est l'un des nombreux mystères de cette matière. Nous avons déjà étudié les échantillons, effectué des tests chimiques et des analyses de matériaux, mais les résultats ne sont pas concluants. Nous avons terminé notre travail ici. Nous soumettrons notre compte-rendu final au Mage Imperator Jora'h.

— Vos méthodes ne donnent que d'arides réponses scientifiques, dit Nira. Ça n'est pas le genre d'informations que je peux fournir.

Les scientifiques s'écartèrent pour la laisser poursuivre son inspection. Dans la salle lumineuse, debout au-dessus du bois vidé de toute vie, Nira l'étudia avec une intensité sereine. Les gros morceaux brisés étaient tout en angles, évoquant des cristaux taillés dans la nuit et révélant leurs moindres verticilles et tourbillons, qui formaient comme un code mystérieux.

Nira se souvenait d'avoir tenté, plusieurs décennies plus tôt, d'entrer en contact avec des blocs d'arbremondes brûlés, prélevés sur Theroc après les incendies. À l'époque, elle avait été capable d'exploiter des traces de l'esprit verdani et avait réveillé une étincelle de vie au cœur de ces cendres mortes. Elle espérait faire de même avec ces éclats froids et anciens pour apprendre tout ce que ces cousins verdanis avaient oublié.

Anton Colicos la rejoignit dans le laboratoire, curieux. Il avait participé à l'expédition dans le système onthos, et, à présent, il regardait les fragments noirs avec un frisson, comme s'il n'aimait pas ce qu'ils lui rappelaient. Il secoua la tête.

— Leur planète était un cauchemar qui ne s'était pas encore réveillé. J'ai été associé à cette expédition en tant que chroniqueur, et j'ai survécu de justesse à l'attaque des ombres.

Le cœur de Nira était lourd dans sa poitrine.

—Vous vous trouviez avec mon fils Rod'h sur la fin ? L'avez-vous vu ?

L'historien parut embarrassé.

—J'étais avec le groupe de combat de la Marine Solaire, oui, mais Rod'h était parti dans une navette de reconnaissance pour étudier un cuirassé verdani mort quand il a été enlevé. (Anton s'anima.) Lui et moi sommes descendus ensemble sur la planète Onthos cependant. La plupart des Ildirans se sont montrés inquiets face aux ténèbres, mais Rod'h a fait preuve de beaucoup de détermination et de courage. Il nous a aidés à rassembler ces spécimens.

Préoccupée, Nira fronça les sourcils en l'observant.

—Adar Zan'nh est sur le point de retourner sur Kuivahr. Vous joindrez-vous à lui cette fois-ci ?

L'historien haussa les épaules.

—Le Mage Imperator nous a demandé d'évaluer ce qu'il reste de ce monde pour voir s'il est possible d'en récupérer quelque chose. Je m'attends à ce que ce soit la même chose que pour la planète Onthos : que tout soit noir, vide et mort.

Un grand frisson traversa Nira.

—Aucun survivant ? Il ne s'est écoulé que quelques jours.

Anton haussa les épaules de plus belle.

—Nous le saurons bientôt. Et je serai là pour documenter ce que nous apprendrons.

Nira l'observa attentivement.

—Pourriez-vous, s'il vous plaît, chercher des traces de ma fille ? Personne n'a de nouvelles de Tamo'l ou des autres évacués mal-nés, mais Adar Zan'nh est sûr que la plupart d'entre eux se sont enfuis.

—Nous n'y manquerons pas. On nous a rapporté que beaucoup ont réussi à s'échapper en empruntant le transportail klikiss, et cela pourrait donc prendre un certain temps pour qu'ils établissent les connexions appropriées et reprennent contact, en fonction de l'endroit où ils sont allés. (Il semblait vouloir la rassurer.) Je ne perdrais pas encore espoir pour autant, ajouta-t-il. Peut-être que Tamo'l est déjà en sécurité.

Nira regarda les morceaux noircis du bois antique.

—Je ferai ma part dans ce cas. Je peux peut-être découvrir quelque chose qui aiderait Rod'h et Tamo'l.

—Nous avons déjà nos données.

Un scientifique ildiran lui présenta une feuille de cristal remplie de résultats techniques arides.

Elle secoua la tête.

— Ces tests ne peuvent pas vous révéler ce que ces arbres ancestraux ont enduré ni ce qu'ils ont appris avant de périr.

Le chercheur fixa le regard sur elle, perplexe.

— Cela ne peut pas s'apprendre.

Elle était le consort du Mage Imperator depuis tant d'années qu'elle était habituée à ce que les Ildirans la considèrent avec incompréhension – sans hostilité, rien qu'une séparation distante.

— Je dois essayer.

Anton Colicos tança les scientifiques.

— Le problème des Shana Rei n'a pas été résolu. Laissez-la essayer.

Juste au moment où Nira s'apprêtait à plonger son esprit dans l'éclat noir, cinq assisteurs se précipitèrent dans la pièce, ouvrant le chemin au Mage Imperator Jora'h. Une sombre fatigue obscurcissait son regard. Elle lui sourit, mais son cœur souffrait. Puisqu'il lui était impossible de partager sa douleur à travers le thisme, le mieux qu'elle pouvait faire était de partager son amour et sa confiance.

Elle passa ses doigts verts sur le morceau de bois obscur et froid.

— J'étais sur le point de fouiller les souvenirs persistants dans ce bois d'arbremonde onthos. Tes kiths scientifiques prétendent qu'ils ne peuvent rien en apprendre de plus.

Le Mage Imperator regarda ses savants.

— Est-ce vrai ?

— Oui, seigneur.

Le dirigeant du groupe s'inclina, l'air honteux.

— Il n'y a pas d'autres informations à tirer de ces fragments.

— Nous laisserons Nira faire ce qu'elle souhaite dans ce cas.

Même celle-ci n'était pas certaine de ce qu'elle était en mesure d'accomplir. Il était fort probable que ce bois soit mort et vidé de toute réminiscence depuis bien trop longtemps, mais… et s'il contenait *bien* d'anciennes informations ? Ou peut-être que les fragments iraient jusqu'à lui permettre de toucher la psyché de Rod'h… ou de trouver Tamo'l.

Elle passa le bout de ses doigts verts sur les surfaces tranchantes et tressaillit sous l'effet du froid anormal qui en émanait. Elle envoya ses pensées dans le bois, cherchant à établir un lien avec l'esprit verdani. Les arbres devaient se souvenir.

Le bois onthos froid renfermait d'antiques échos. Elle se sentit perdue et à la dérive. Ses propres pensées s'évanouissaient dans le vide au lieu d'être prises dans un filet de sécurité constitué d'arbres et d'esprits interconnectés. À l'intérieur, il n'y avait... *rien*.

Elle persévéra et s'enfonça dans l'obscurité d'une psyché vierge, mais ne trouva comme réponse que le néant d'un univers avant la création. Ces fragments de bois d'arbremonde extraterrestre ne se remémoraient rien. Étaient-ils si terrifiés que tous leurs souvenirs avaient été effacés ?

Soucieuse d'obtenir des réponses, Nira creusa plus profondément, s'enfonçant plus loin, étendant un filet plus large pour voir si elle parviendrait à percevoir quelque chose à propos de Rod'h ou de Tamo'l. L'obscurité devint plus absolue, le vide plus désorientant. Elle commença à se sentir froide à l'intérieur, comme si les ténèbres suintaient en elle, progressaient dans sa direction en essayant de siphonner son cerveau tout comme ces échardes de bois avaient été vidées.

Elle recula violemment, en proie à un accès de panique. Elle arracha ses pensées aux sables mouvants qui enlisaient ces fragments de la forêt-monde. Ça n'était pas les arbres qu'elle connaissait ! Ce qui restait de cette forêt antique ne faisait plus partie de l'esprit verdani. C'était dangereux.

Avec un halètement, elle rompit le contact et émergea, détachant ses mains de l'éclat noirci comme s'il l'avait piquée. Elle titubait, et Jora'h et Anton la rattrapèrent.

— Il n'y a rien à apprendre là-dedans, dit-elle, pantelante. Cette forêt-monde est... plus que morte. Je ne détecte rien qu'un vide noir et absolu, si profond que j'ai failli m'y noyer.

Elle frémit.

Jora'h ordonna aux kiths scientifiques de ramasser les fragments de bois noircis.

— Conservez-les sous scellés, là où ils ne pourront contaminer personne d'autre.

Il congédia les assisteurs et les kiths scientifiques, puis prit Nira dans ses bras. Elle perçut sa force, mais également son incertitude.

Lorsqu'ils furent complètement seuls, il murmura :

— Ce vide noir... je le sens aussi en moi.

21

Kotto Okiah

Le vide noir à l'intérieur de la nébuleuse l'appelait et le terrifiait à la fois. Kotto avait toujours su qu'en sciences l'innovation pouvait conduire à des résultats inattendus et remarquables – et ce trou béant dans l'univers l'était certainement. Et possiblement dangereux.

Kotto marmonna à l'attention de ses deux compers comme s'ils suivaient la conversation silencieuse qui se tenait dans son crâne :

— Une expérience qui brise les idées préconçues de la physique est intéressante en soi. Il ne nous reste plus qu'à déterminer ce que nous allons faire de nos découvertes.

— Bien sûr, Kotto Okiah. (KR scanna les délimitations de la sombre trappe en cartographiant ses lignes indistinctes et en mesurant ses fluctuations. Sans l'amas de gaz ionisé en arrière-plan, la déchirure serait demeurée invisible.) Nos études seront sûrement bénéfiques, d'une manière ou d'une autre.

— Nous serions heureux de vous aider à rédiger un rapport technique, Kotto Okiah, mais nous avons besoin de davantage d'indications, ajouta GU.

— Je ne suis pas encore prêt à rédiger un rapport, expliqua le génie scientifique. Nous n'avons pas assez de réponses.

— Quand aurons-nous ces réponses ? demanda KR.

— Lorsque nous aurons terminé nos recherches.

— Quand aurons-nous fini nos recherches ? demanda GU.

Kotto prit une longue inspiration.

— Cela dépend de ce que nous trouverons au cours de notre expédition.

Il leva la main pour couper court aux questions des compers. Il ne connaissait que trop bien ces chaînes de conversation. S'il se laissait entraîner dans leurs demandes successives, il pourrait continuer de la sorte pendant une heure jusqu'à ce que les compers aient épuisé leur curiosité. La curiosité était une bonne chose, mais ils avaient du pain sur la planche.

Il finit de reconfigurer une douzaine de capteurs différents. Il voulait que son appareil de reconnaissance soit complètement équipé, car il n'avait aucune idée des conditions qu'il pourrait rencontrer, et, une fois que son vaisseau serait entré dans ce vide impérieux et inquiétant, il ne saurait être question de rebrousser chemin parce qu'il avait oublié quelque chose.

Dans la baie de lancement du centre administratif, les techniciens vagabonds l'aidèrent à équiper la navette d'exploration, ajoutant des boucliers et des filtres au cas où. Kotto les laissa effectuer toutes les modifications qu'ils pouvaient imaginer. KR et GU participèrent aux inspections.

Kotto avait l'estomac noué. Malgré l'assurance qu'il affichait et sa posture fanfaronne de génie scientifique, il savait que ce voyage serait dangereux. Et s'il finissait englouti dans un univers alternatif et n'en revenait jamais ? Et si, rien qu'en passant à travers cette frontière, cela décomposait l'engin de recherche jusqu'au niveau des atomes qui le constituaient, désintégrant son pilote au passage ?

Il doutait que cela se produise puisqu'ils avaient envoyé des sondes au préalable, lesquelles étaient revenues intactes, bien que les relevés aient été déconcertants et contradictoires. Les appareils mécaniques et électroniques fonctionnaient parfaitement dans le vide, mais Kotto n'aurait su dire comment la biochimie de son cerveau ou sa psyché réagirait au changement. D'autre part, les circuits complexes de la sonde étaient demeurés inaltérés, et sa matière grise n'était-elle pas un circuit biologique sophistiqué ? C'était logique.

Il comptait embarquer les deux compers. Si cette étrange dimension neutralisait ses capacités d'action, KR et GU devraient toujours être en mesure de piloter le vaisseau pour le ramener. Il ne voulait pas faire courir de risques à quelqu'un d'autre.

Shareen et Howard entrèrent dans la baie, l'air à la fois enthousiastes et inquiets. Kotto était heureux qu'ils travaillent avec lui. Ils semblaient plus innovants, plus doués en mathématiques que lui-même ne l'avait été ces dernières années. En réalité, l'énergie, l'imagination et l'engouement de leur jeunesse l'intimidaient, même s'il se gardait bien de le leur avouer.

Pour commencer, il n'avait jamais voulu d'assistants de laboratoire, et Shareen et Howard lui avaient rappelé par inadvertance que son propre talent s'estompait. Pendant des années, il avait craint que ses idées s'épuisent, que le grand Kotto Okiah ait fait son temps et qu'il doive se reposer sur ses lauriers. Mais il ne se reposait pas… il était *agité*. Il refusait de partir à la retraite.

À présent, les adolescents étudiaient son vaisseau de recherche apprêté, notant les modifications, observant le travail des équipes de Vagabonds. Hochant la tête, Howard prit la parole d'une manière claire et polie, comme à son habitude :

— Monsieur, Shareen et moi souhaitons vous faire part de nos inquiétudes concernant cette expédition. Trop de points sont restés sans réponse. Nous devrions recueillir davantage de données au moyen de sondes avant de vous laisser voyager dans ce vide. Ce serait une simple question de prudence compte tenu des risques possibles.

— À défaut, si vous refusez d'attendre plus longtemps, Howard et moi voulons vous accompagner, ajouta Shareen. Vous pourriez avoir besoin de nous.

Kotto cligna des yeux.

— Absolument pas. C'est trop dangereux.

— C'est trop dangereux pour vous alors, monsieur, dit Howard. Votre esprit est un trésor pour la race humaine, comme vous l'avez démontré à maintes reprises. Nous ne pouvons pas vous perdre. Laissons le soin à d'autres d'explorer au-delà de ce trou.

— Si mon intellect est un tel trésor, dit Kotto, c'est *moi* qui devrais partir dans ce cas. Il est possible que personne d'autre ne soit en mesure de comprendre les données sensorielles et de tirer les conclusions qui s'imposent. Je suis peut-être le seul à pouvoir résoudre les mystères de ce néant.

— Là, vous vous contentez d'inventer des réponses, marmonna Shareen.

— C'est ce que font les scientifiques, rétorqua Kotto, et nous trouvons ensuite la base technique de ces réponses. J'ai l'intention de me rendre dans ce vide et d'y jeter un coup d'œil. C'est *mon* vide. C'est moi qui l'ai créé.

Il avait mené en bateau les clans de Vagabonds pendant des années en les convainquant de financer ce projet de Grand Anneau outrageusement extravagant. Et, grâce à ses antécédents, les clans avaient cru en lui, avaient accepté ses explications floues et ses vagues promesses de résultats concrets. Ils l'avaient fait pour *lui*, non pas en raison de la base scientifique rigoureuse de sa proposition.

Et sa science, son idée, avait créé un trou dans l'univers.

— Vous restez ici tous les deux, répéta-t-il à Howard et Shareen, impatient que cette discussion se termine. Les compers m'accompagneront. Ils ont été d'excellents assistants de recherche durant de nombreuses années, bien avant que vous me rejoigniez.

— Et nous continuerons à faire de notre mieux, intervint KR.

— Howard et moi sommes venus ici pour vous aider dans vos expériences, dit Shareen. Nous voulons être des explorateurs. Laissez-nous vous accompagner.

— Nous pourrions peut-être apporter un certain éclairage, monsieur, ajouta Howard. Nous avons fait nos preuves dans ce domaine, n'est-ce pas ?

Kotto refusait d'admettre que c'était justement ce qu'il craignait. C'étaient son expédition et ses risques.

— J'ai besoin que vous demeuriez tous les deux ici et que vous surveilliez la télémétrie que je parviendrai à transmettre. Pensez-y. Et si j'ai besoin d'être secouru ? Sur qui pourrais-je compter ?

— Il *faudrait* que vous nous donniez un argument de poids pour nous convaincre, grommela Shareen.

— En outre, il vous reste mes autres projets sur lesquels plancher, des prototypes à terminer. Vous avez si bien travaillé sur mes conceptions précédentes... (Il rayonna soudain.) Attendez, votre priorité n'est-elle pas de travailler avec les prêtres Verts ? Je vous ai demandé de trouver un moyen de transférer ces arbremondes géants avant que le dôme terrarium se brise... et, d'après ce que j'ai vu, cela pourrait survenir d'ici à quelques semaines ou quelques jours. (Il hocha la tête pour lui-même.) Oui, je pense que cela constitue une excellente utilisation de votre temps.

Howard fronça les sourcils.

— Nous y avons travaillé, monsieur. Nous avons effectué des tests structurels et tracé des itinéraires possibles pour déplacer la serre.

Shareen l'interrompit.

— Le dôme est robuste – c'est une construction vagabonde après tout –, mais en raison des besoins en énergie, en temps et des contraintes subies par la structure du terrarium, il n'est pas envisageable de le déplacer dans un puits de gravité pour replanter ces arbres, et le dôme n'a jamais été conçu pour résister à l'accélération d'un moteur interstellaire ildiran.

—Et même si nous pouvions le propulser jusqu'à un système habitable, dit Howard, le terrarium ne survivrait pas aux contraintes de la concentration de poussière en lisière de la nébuleuse.

—Nous avons également cherché un moyen d'encapsuler les arbres et de les transporter individuellement, mais ce procédé pourrait s'avérer dangereux pour eux.

Kotto cligna des yeux tandis qu'une pensée lui traversait l'esprit. Ce concept était frais et excitant – il se souvenait de l'époque où de nouvelles idées comme celle-ci lui venaient régulièrement. Son visage s'illumina.

—Pourquoi ne pas bâtir un dôme plus grand ?

—« Un dôme plus grand » ? lui demanda Shareen en fronçant les sourcils.

—Au milieu de… ? ajouta Howard.

—Bien sûr. Demandez aux ingénieurs de construire une extension de la base de la serre actuelle, de prolonger les structures de soutien, puis de créer un second hémisphère au-dessus de l'ancien. Une fois qu'il sera scellé, démontez la coque intérieure et donnez à ces arbres un peu d'espace pour respirer. Cela leur offrira au moins un répit. (Kotto se frotta les mains.) Oui, cela pourrait fonctionner.

—Mais nous n'avons pas beaucoup de temps, dit Howard. Cela prendrait des mois.

—Pas pour des Vagabonds, répliqua Shareen. (Elle arborait un regard plein d'espoir tandis que les calculs semblaient s'enchaîner dans son esprit, et son débit s'accéléra.) Toi et moi devrions commencer à concevoir ce projet sur-le-champ, Howard. Si nous réunissons les équipes et que le chef Alu approuve les dépenses dont nous avons besoin, nous pourrons boucler cela en trois ou quatre semaines.

—Voilà… c'est votre Guide Lumineux, dit Kotto. Occupez-vous-en en mon absence.

Un technicien vagabond sortit en rampant de la salle des machines à l'arrière de l'engin d'exploration et cria :

—Le réseau de capteurs à la poupe est complet, Kotto. Voulez-vous le vérifier ?

Le génie scientifique agita la main d'un geste assuré.

— J'ai confiance en votre travail. (Il se retourna vers ses assistants.) Eh bien, à présent que vous avez mon idée, mettez ce plan en œuvre. Vous êtes plutôt doués pour cela.

— Oui, monsieur.

— Je vais dans le vide, point final, dit-il en levant le menton en une démonstration de bravade. Nous décollerons dès que la navette d'exploration sera prête.

Shareen hésita.

— Mais si ce vide est une dimension différente… et si les Shana Rei y vivent ? Et si vous voliez directement dans l'un de leurs nuages d'ombre ?

— Eh bien, nous verrons ce que nous verrons.

Il essaya de paraître joyeux et optimiste, de faire peu de cas du danger, mais sa voix finit par se briser et sa gorge s'assécha. Il posa les mains sur l'épaule de ses deux compers.

— Allez, KR et GU, préparons-nous à partir à l'aventure.

22

Prince Reyn

Le fait d'être avec Osira'h lui avait toujours donné de l'énergie et de l'espoir, mais Reyn reçut une force d'une tout autre nature lorsqu'il retourna à Theroc. Il n'était pas un prêtre Vert, mais l'énergie de la vie, l'énergie de son *foyer* lui parvenait malgré tout. En sortant de la navette, il inhala les senteurs verdoyantes des frondaisons chauffées par le soleil, du pollen des épiphytes et des fleurs sucrées qui s'enroulaient entre les arbremondes. Il étendit les bras sur le terrain d'atterrissage de la canopée, puis se contenta de fermer les paupières et d'inspirer profondément. Osira'h lui prit la main et, au son de sa voix, il sut qu'elle souriait.

— Ton visage a retrouvé des couleurs.

Il était chez lui et en sécurité… dans l'ensemble.

Malheureusement, son soulagement s'avéra bien éphémère. Avec une soudaineté malicieuse, un brouillard sombre à la périphérie de sa vision le fit vaciller, et des signaux de douleur condensés crépitèrent le long de ses nerfs. Osira'h le rattrapa et le retint avant que ses genoux se dérobent sous lui.

Le visage bouleversé, le roi Peter et la reine Estarra s'avancèrent vers lui avec un grand comité d'accueil. Reyn s'appuya sur Osira'h et bloqua ses jambes pour rester droit.

— Je vais bien, insista-t-il.

La tension dans sa voix démentait ses paroles.

— Nous avons rapporté les derniers extraits de varech de Kuivahr, dit Osira'h en s'adressant en partie à Reyn et en partie au couple royal.

— Ils nous apportent un peu de réconfort, mais nous commençons à en manquer.

— Kuivahr n'est plus, expliqua le prince. Il n'y aura plus d'extraits de varech.

— Eh bien, nous synthétiserons les meilleurs, répondit Peter en passant un bras autour de ses épaules et en le serrant contre lui. Si le moyen existe, nous fabriquerons un traitement.

Reyn n'en était pas si sûr.

— Le varech a disparu.

— Nous essaierons quand même, dit sa mère en l'étreignant plus longuement pour lui souhaiter la bienvenue. Nous essaierons toujours. Avec toutes les installations pharmaceutiques de la Confédération, quelqu'un devrait être en mesure de le reproduire.

Bien que ses jambes tremblent et qu'il se sente frêle et faible, Reyn insista sur le fait qu'il était assez fort pour marcher. Il détestait se présenter ainsi devant ses parents ; ce n'était pas le retour à la maison qu'il aurait voulu.

— La forêt-monde l'aidera à se rétablir, dit Osira'h en prenant les choses en main. La maladie l'a épuisé et il a besoin de se reposer.

Ils le ramenèrent à ses quartiers habituels dans le récif de fongus. Reyn fit le tour de sa chambre du regard, sourit en voyant son lit, ses affaires sur les étagères, son bureau, le panorama depuis la fenêtre. Cela faisait du bien d'être ici, tout simplement.

Son père lui fit un rapport optimiste.

— Zoe Alakis a livré beaucoup de données brutes sur ta maladie et des équipes de chercheurs de la Confédération les ont passées au peigne fin. Nos études sont dix fois plus avancées qu'elles l'étaient il y a un mois.

— Mais y a-t-il un remède ? demanda Osira'h.

— Des progrès, répondit Estarra avec fermeté. Des progrès qui pourraient conduire à un traitement.

Osira'h n'était pas complètement rassurée.

— Peut-être que vos chercheurs peuvent combiner leur travail avec une analyse des extraits de varech les plus efficaces.

Peter acquiesça.

— Les extraits, ainsi que nos récentes avancées, nous donnent des raisons sérieuses d'espérer. Reyn est à présent à la maison, ce qui l'aidera aussi. Nous devrions le laisser se reposer.

Le roi et la reine se retournèrent pour partir en essayant de pousser Osira'h vers la sortie, mais Reyn leur adressa un sourire blême.

— C'est bon. Je préférerais qu'Osira'h reste ici avec moi.

Malgré leur inquiétude quant à sa santé, sa mère afficha une mine étonnée et son père un large sourire.

—De toutes les demandes qu'on a pu m'exposer, c'en est une assez simple à accorder, dit-il.

Et le couple royal quitta les lieux.

Reyn se détendit sur son lit. Les fenêtres ouvertes de sa chambre laissaient entrer les sons de la forêt : le bourdonnement en dents de scie d'un duo de lucanes géants engagés dans une danse nuptiale aérienne, le jacassement de coléoptères de combat verts au milieu de collisions fulgurantes dans le ciel. Les bruits familiers de la forêt semblaient si sereins qu'ils lui donnaient le faux sentiment que le Bras spiral était en paix, sans Shana Rei, ni robots noirs, ni faeros… un endroit avec seulement de bons souvenirs et la compagnie de la belle Osira'h.

Cette illusion était trompeuse, mais il s'y accrocha malgré tout.

Osira'h fouilla dans ses affaires et déploya un sac de transport isotherme qui contenait les flacons d'échantillons soigneusement étiquetés. Shawn Fennis avait insisté pour leur laisser le reste des extraits de varech lors de l'évacuation de Kuivahr. Elle tendit au prince une fiole contenant un peu de liquide vert brunâtre.

—Nous n'avons que deux doses de celui qui a le mieux fonctionné. Veux-tu le garder pour une autre fois ?

Reyn secoua la tête.

—Pour l'instant, je veux me sentir fort… ne serait-ce que pour mes parents. Nous utiliserons l'échantillon qui a fait ses preuves.

Il plaça le flacon contre son triceps et l'auto-injecteur lui appliqua le produit. Par expérience, il savait qu'il lui faudrait une heure pour se sentir de nouveau partiellement rétabli et que les effets bénéfiques dureraient une journée, voire moins.

—Garde la dernière dose pour analyse. Peut-être que des chimistes de la Confédération pourront en synthétiser d'autres.

Dans les alcôves aménagées en étagères des murs blancs et doux de la chambre, Reyn aperçut une œuvre d'art fabriquée avec des brins de vigne qu'il avait réalisée lorsqu'il était enfant, des nodules décoratifs de broussin poli, un cocon d'insecte préservé et une paire de gants qu'il avait souvent portés pour escalader la surface extérieure du récif de fongus.

Sa sœur avait toujours collectionné des spécimens biologiques : des coléoptères captivants, des papillons de nuit, des amas de spores duveteux, des graines. Arita avait prévu de rassembler toute la forêt-monde, une espèce après l'autre. La nature la fascinait constamment et elle avait tenté de l'y intéresser lui aussi, impatiente de lui montrer un champignon mobile ou un arachnide épineux qu'elle avait découvert. Très tôt, elle avait su qu'elle voulait devenir naturaliste, et il se remémora combien elle avait été dévastée lorsqu'elle avait échoué à se faire accepter comme prêtresse Verte. Elle avait essayé de cacher sa tristesse, mais il l'avait sentie. Il l'avait réconfortée et l'avait aidée à renforcer sa détermination.

À présent, il revisitait à haute voix ses souvenirs pour Osira'h.

— Quand nous étions jeunes, ma sœur et moi sortions dans la forêt et montions aux arbres. Elle était plus douée que moi, mais je la suivais.

Il s'allongea sur son lit et regarda le plafond blanc incurvé.

— En me rappelant cela, je me rends compte à quel point ma santé a décliné. Je ne pourrais jamais y grimper à présent. Jour après jour, mon état empire, et si je pense à comment j'étais à l'époque...

Il secoua la tête et se sentit de nouveau découragé. Il supposa qu'Arita était partie en expédition. Elle se rendait souvent dans la Sylve afin de recueillir de nouveaux spécimens pour la vaste encyclopédie naturaliste de Theroc qu'elle rêvait de compiler.

Agité, il descendit du lit et se dirigea vers son armoire, d'où il retira sa cape d'épaule constituée d'ailes de papillon de nuit bien préservées et superposées, l'un des vêtements qu'il portait en tant que fils de Père Peter et de Mère Estarra pour remplir ses fonctions locales.

— Je n'ai pas besoin de me reposer. Allons dans la salle du trône. C'est là que je veux me trouver.

Osira'h sourit en regardant la fine cape exotique.

— D'accord. Cela pourrait te faire du bien.

Lorsqu'ils atteignirent la grande galerie décorée, Reyn aperçut des représentants de la Confédération, des commerçants d'autres planètes, des délégués du gouvernement, des officiers des FDC et des prêtres Verts. Peter et Estarra étaient assis sur des chaises ornées de carapaces de scarabées écrasés.

L'amiral Handies présentait un rapport et, lorsque Reyn et Osira'h entrèrent, le haut gradé eut l'air décontenancé et son discours bien rodé dérailla. Reyn minimisa son interruption en prenant un siège d'invité sur le côté de l'estrade.

— Continuez, s'il vous plaît, amiral. Je veux écouter pour me mettre à jour.

Handies se racla la gorge.

—Je parlais des nuages noirs que nos capteurs ont détectés. Les vaisseaux de patrouille signalent l'apparition d'un plus grand nombre d'entre eux dans l'espace. La générale Keah vient juste d'enquêter sur l'un d'eux, aperçu près de Relleker. Ces nuages d'ombre sont probablement des incursions des Shana Rei et nous devons nous y préparer.

Peter rétorqua d'une voix sèche.

—Comment proposez-vous que nous nous préparions, amiral ? Que pouvons-nous faire de plus que ce que nous faisons actuellement ? Si vous avez de nouvelles suggestions, nous devons nous y mettre.

Handies sembla déstabilisé.

—J'aimerais avoir une meilleure réponse à vous fournir, sire. Tous nos Mantas et Mastodontes sont équipés de bombes solaires améliorées, mais nous ignorons où les Shana Rei vont frapper. Adar Zan'nh rapporte que la Marine Solaire a réussi à éradiquer tous les robots noirs dans le système stellaire de Kuivahr et qu'ils ne devraient donc plus constituer une menace. Si c'est vrai, cela renforce considérablement notre position défensive.

—Et les chantiers navals du COL assemblent de nouveaux vaisseaux de guerre ? demanda Peter. Réparent ceux qui sont endommagés ?

Handies jeta un coup d'œil à ses notes.

—Oui, sire. Le plus rapidement possible. Nous construisons et réparons à un rythme jamais atteint depuis l'apogée de la Guerre des Élémentaux. La générale Keah est une véritable maîtresse d'œuvre.

—Oui, dit Estarra. C'est l'une des nombreuses raisons pour lesquelles elle commande les Forces de Défense de la Confédération. Espérons que nous serons suffisamment préparés lorsque nous devrons réagir.

Après le départ de l'amiral, Reyn balaya du regard la salle du trône, déçu que la chaise de sa sœur soit restée vide.

—Où est Arita ? Encore en voyage de recherche ?

Le front d'Estarra se plissa en signe d'appréhension.

—Collin et elle ont décollé pour la Sylve il y a de cela plusieurs jours, et ils étaient très inquiets. Ils ont perdu contact avec Kennebar et ses disciples, et même nos prêtres Verts ne sont pas tout à fait sûrs quant à ce qui se passe là-bas. Ta sœur et Collin sont allés enquêter.

Peter fronça les sourcils.

—Nous n'avons pas encore reçu de nouvelles. Collin aurait dû envoyer un message par télien à l'heure qu'il est.

Reyn tâcha d'avoir l'air confiant.

—Arita sait prendre soin d'elle-même. Elle l'a toujours fait.

Mais il sentit un malaise grandir en lui.

23

Arita

Ils laissèrent derrière eux les arbremondes noirs brisés et coururent à travers les sous-bois en direction du glisseur personnel d'Arita, qui les avait amenés dans la Sylve.

Collin trébucha. Maintenant qu'ils avaient échappé aux prêtres du vide et aux Onthos meurtriers, la réalité de ce que Kennebar avait commis le rattrapait. Ils étaient tous deux en état de choc.

— Je ne sais pas si d'autres prêtres Verts m'ont entendu lorsque j'ai lancé un appel à travers le télien, dit-il en respirant avec difficulté. Je n'ai senti personne d'autre à l'intérieur. L'esprit verdani dans la Sylve a été coupé, cloisonné d'une manière ou d'une autre. Les arbres ne sont pas conscients de ce qu'ils ont oublié et de ce qu'ils ne voient pas. Et, chez nous, les prêtres Verts ne s'en aperçoivent même pas.

— Nous le dirons à tout le monde quand nous serons rentrés, dit Arita. Je ne sais toujours pas comment expliquer cette… *immense* voix que j'ai repérée au moment où j'étais au fond du désespoir. Cela n'était certainement pas les verdanis.

Ils se précipitèrent vers l'appareil. Arita craignait que le reste des Onthos – et ils devaient être bien plus nombreux – viennent les chercher. Ils perçurent le silence oppressant des arbres, comme si la forêt-monde somnolait ou était inconsciente après avoir dépensé toute son énergie pour se débarrasser des prêtres du vide. En cet instant précis, elle avait de nouveau l'air dangereuse et menaçante, et ses troncs massifs et rapprochés exerçaient une pression sur le couple. Ayant grandi sur Theroc, Arita avait passé sa vie à danser dans les fourrés, à esquiver les arbustes et les lianes, mais la forêt semblait maintenant les entraver intentionnellement. Même Collin se débattait alors qu'un prêtre Vert se faufilait généralement comme une brise d'été à travers les broussailles les plus denses.

Elle poussa un soupir de soulagement lorsqu'ils trouvèrent le glisseur dans une prairie dégagée. Épuisés et le corps meurtri, ils coururent vers l'appareil. Même sans télien, ils pouvaient utiliser le système de transmission de l'engin pour révéler la situation d'urgence qui frappait Theroc et, une fois revenus chez eux, Collin expliquerait par le menu aux prêtres Verts ce qui se passait dans la Sylve.

Un désarroi longtemps différé la submergea, et Arita se souvint d'une chose que Kennebar avait dite.

—Nous ne pouvons pas rentrer tout de suite. Nous devons d'abord nous arrêter chez Sarein. Si les Jardiniers l'ont attaquée, elle pourrait avoir besoin de notre aide. Et s'ils l'ont tuée…

Elle activa les moteurs, s'attendant à ce que les arbres ou les Onthos trouvent à tout moment un moyen d'empêcher leur départ, mais l'engin s'éleva sans encombre au-dessus de la prairie et survola la cime des arbres.

À côté d'elle, Collin continuait à respirer à pleins poumons en se tenant la tête entre les mains. Au bout d'une minute, il se redressa et lui expliqua ce qu'il avait vu au fond des arbres :

—À présent, je comprends ce qui se passe vraiment. Il y a des milliers d'années, les Shana Rei ont anéanti le système d'origine des Onthos et éradiqué une partie de la forêt-monde. Certains des Jardiniers se sont enfuis, mais ils portaient en eux… une étincelle d'obscurité. (Il la regarda pendant qu'elle pilotait.) Et, lorsque les réfugiés sont arrivés ici, notre forêt-monde ne l'a pas remarqué. Nous avons accueilli les Onthos, mais à présent ils répandent leur flétrissure et tuent les arbres. Nous devons les arrêter.

—Comment peuvent-ils être si nombreux ? demanda Arita. Seule une centaine a atterri.

—Vu la relation qu'ils entretenaient avec les arbres, nous pensions qu'ils étaient des symbiotes, mais ils sont devenus des *parasites*. Ils utilisent les arbres, les infestent. C'est ainsi qu'ils se reproduisent comme des spores – des douzaines d'Onthos créés à partir de chaque arbremonde – et ce processus tue l'arbre. Les ombres ont détruit leur bosquet d'arbremondes d'origine sur leur planète mère. Voilà pourquoi l'esprit verdani n'en a aucun souvenir, et, désormais, cette même perte de mémoire se répand ici.

Arita était horrifiée.

— Mais s'ils se reproduisent toujours de cette façon, comment la forêt-monde peut-elle ne pas le savoir ?

— Normalement, l'écosystème est équilibré. Au départ, il s'agissait d'une relation symbiotique. Seuls les arbres âgés ou endommagés étaient utilisés comme incubateurs, et c'est ainsi que sont nés les Jardiniers. Des arbres mouraient effectivement dans le processus, mais les Jardiniers entretenaient la forêt en échange et elle a prospéré, mais, à cause des Shana Rei, les Onthos ont presque disparu et ils étaient désespérés. Ils se reproduisent désormais beaucoup plus vite que ce que la forêt peut supporter.

— Ils doivent être conscients des dégâts qu'ils provoquent, dit Arita, qui sentait la colère l'envahir de nouveau.

— Ils savent très bien ce qu'ils font. Voilà pourquoi ils ont essayé de nous tuer.

Arita posa leur glisseur dans une petite clairière près de la maison isolée de Sarein, le nid de vers de ruche où elle vivait en ermite. Alors qu'ils grimpaient dans la structure sèche et silencieuse, elle appela à plusieurs reprises, nourrissant l'espoir que sa tante s'avancerait sur le balcon ouvert pour les réprimander d'avoir causé un tel chahut.

Mais l'endroit resta silencieux, aussi inquiétant que la forêt-monde trop calme.

— Je ne pense pas qu'elle soit ici, dit Collin.

Arita insista pour fouiller le logement à la recherche d'indices. Les pièces de Sarein étaient pleines d'ombres et les premiers moutons de poussière commençaient à faire leur apparition. Certains ustensiles de cuisine étaient encore sortis. Le lit était défait, comme si Sarein avait négligé toute possibilité que quelqu'un vienne lui rendre visite. Une tasse de clee froid traînait sur un comptoir.

Sarein travaillait sur des mémoires qui relataient ses propres activités et quelques tristes crimes à la fin de la Ligue Hanséatique terrienne. Elle avait dit à Arita qu'elle désirait préserver une histoire exacte, sans excuses. Les journaux, reliés, reposaient sur une étagère, tandis qu'un carnet de notes à moitié terminé était encore ouvert sur la table. Sarein avait écrit certains de ses souvenirs à la main, car cet exercice avait une visée cathartique. Ces journaux semblaient si archaïques et pourtant si appropriés ! Arita en prit un, en feuilleta les pages, puis le referma. Les larmes s'accumulèrent dans ses yeux.

— Elle n'est pas là, lâcha-t-elle.

— Kennebar devait dire la vérité.

Arita resta silencieuse un long moment, incertaine sur la conduite à tenir, espérant comme une petite fille naïve que Sarein reviendrait simplement d'une expédition de collecte de nourriture dans la forêt. Mais ils savaient tous deux que cela n'arriverait pas.

Sarein avait disparu.

Les Onthos l'avaient tuée.

Elle s'était retrouvée toute seule, sans personne pour l'entendre appeler à l'aide, sans personne pour lui tenir compagnie. Elle avait disparu…

Collin attendit patiemment, sans la presser, mais Arita voyait bien qu'ils devaient partir. L'existence de la forêt-monde elle-même était en jeu.

Cependant, avant de quitter le nid vide qui avait servi de foyer à Sarein, Arita rassembla tous les volumes de ses écrits. Sa tante les avait couchés sur le papier comme une sorte de confession, et ils revêtaient une importance historique. Arita les glissa dans une sacoche que Sarein gardait près de ses étagères et la mit en bandoulière. Une fois qu'ils seraient rentrés au récif de fongus, elle s'assurerait que sa mère, Anton Colicos et tout historien intéressé y aient accès.

C'était la meilleure façon de se souvenir de Sarein.

24

Adar Zan'nh

La septe de croiseurs lourds arriva dans le système Kuivahr, où Adar Zan'nh s'attendait à ne trouver qu'un cimetière. Il se souvenait parfaitement de ce qu'il avait laissé derrière lui après la bataille contre les Shana Rei.

Ses bâtiments de guerre se répandirent à travers le système, toutes leurs défenses en alerte, tous leurs scanners actifs, en quête de la moindre trace des sinistres nuages d'ombre. L'équipage ildiran était mal à l'aise, non pas à cause de quelque chose qu'il sentait, mais de ce qu'il savait.

Anton Colicos attendait dans le noyau de commandement à côté de l'adar. Tal Gale'nh avait été désigné pour diriger un autre croiseur lourd de l'expédition. À présent, il transmettait depuis son propre noyau de commandement :

— Les capteurs indiquent la présence d'importants débris dans les environs, Adar. Il peut être intéressant d'analyser les vaisseaux de robots noirs que nous avons réussi à détruire.

— Si les bombes solaires ont laissé quelque chose qui mérite d'être étudié, dit Zan'nh.

Cependant, il autorisa les éclaireurs à récupérer des morceaux d'épaves. Heureusement, la bataille spatiale avait complètement éradiqué les robots noirs, de sorte que l'ennemi ne représentait plus aucune menace.

— Kuivahr en approche.

L'un des techniciens fronça les sourcils tandis que les lobes de son visage rougissaient de consternation.

— Rien n'apparaît sur nos capteurs, Adar. La planète a disparu.

— Elle est là, insista Zan'nh, mais il se peut que vous ne parveniez pas à la voir.

Après un examen minutieux, les croiseurs lourds localisèrent la sphère sombre qui était encore récemment un monde océanique plein de vie. Elle n'était plus maintenant qu'une boule noire polie, enfermée dans une coque qui ne laissait passer aucune lumière, que ce soit à l'intérieur ou à l'extérieur.

— Nous devrons faire une percée, dit Zan'nh. Je ne m'attends pas à trouver des survivants, mais, même ainsi, nous pourrons peut-être apprendre quelque chose.

Les sept croiseurs lourds se mirent en orbite autour du monde noir, survolant la carapace de plaques hexagonales imbriquées les unes dans les autres. Tout comme la barrière beaucoup plus grande qui avait enfermé tout le système onthos.

Avec un tir de barrage à coups de canon laser, les vaisseaux de la Marine Solaire ciblèrent les sommets des plaques hexagonales. Ils avaient découvert la puissance de la décharge d'énergie nécessaire et le point d'impact précis qui permettaient de briser ces plaques dans le système onthos. Les croiseurs lourds martelèrent la barrière opaque, et les plaques hexagonales finirent par trembler et se disjoindre comme une mosaïque qui se désintègre. Des morceaux se répandirent dans l'espace orbital vide et dérivèrent sans but ; certaines plaques demeuraient intactes tandis que d'autres s'évaporaient en caillots de néant et d'énergie noire.

Une partie de la coque avait été éventrée, et les sept vaisseaux restèrent en vol stationnaire devant l'ouverture.

— Cela ne fait qu'une semaine que cette barrière a été terminée, commenta le remémorant Anton. Même si toute la lumière du soleil avait été coupée, certaines espèces des grands fonds auraient pu survivre, peut-être du plancton ou des spores dormantes dérivant dans les eaux. Pensez-vous que les océans sont gelés ?

— Si c'était tout ce qui s'était passé, quelque chose aurait pu survivre, répondit Zan'nh, mais je crois que les ténèbres des Shana Rei représentent une absence totale de vie et de lumière.

Avec prudence, l'adar envoya des sondes automatisées en éclaireurs dans l'obscurité. Alors qu'elles se dirigeaient comme une flèche vers la surface de la planète, elles braquèrent leurs illuminateurs d'exploration sur l'eau noire et lisse, mais ne détectèrent aucun signe de vie, de lumière ou de mouvement.

— Tamo'l n'est pas là, mais je sais qu'elle est toujours en vie, dit Gale'nh. (Il semblait plongé dans ses pensées à l'écran.) Cela me réjouit. Au moins les ombres ne la détiennent pas, à la différence de Rod'h.

Après que les croiseurs lourds eurent détruit une bande encore plus importante des plaques hexagonales à l'équateur, créant ainsi une voie d'entrée, Zan'nh guida son vaisseau amiral à l'intérieur, les six autres croiseurs lourds à sa suite. Les feux combinés des astronefs éclairaient le néant devant eux, et les illuminateurs intérieurs se firent plus brillants pour les rassurer. Ils volaient à basse altitude au-dessus des océans ; il n'y avait pas de tendances météorologiques, pas de marées, pas de vagues. L'obscurité se révéla absolue – pas seulement une absence de lumière, mais une absence de toute chose vivante.

Adar Zan'nh se tenait sur la passerelle, les yeux rivés sur les écrans. Il respirait lentement, se concentrant sur leur mission. Même en sachant ce qu'il s'attendait à trouver, le vide désespérant, l'*effacement* noir de tout ce qui avait été Kuivahr, le frappait.

Les croiseurs lourds repérèrent des vestiges filiformes de ce qui avait autrefois été d'énormes radeaux de varech dans les océans, à présent décomposés et qui se désagrégeaient. Puis, en utilisant des coordonnées enregistrées, ils atteignirent les dômes sanctuaires de Tamo'l qui, jusqu'à récemment, émergeaient de l'eau telles des cloques. Ils avaient constitué un lieu sûr pour les métis dégénérés survivants, mais s'étaient effondrés. Leurs structures semblaient avoir des milliers d'années alors que sept jours seulement s'étaient écoulés.

L'équipage ildiran se contenta d'observer fixement le site. Anton Colicos prit des notes supplémentaires.

— C'est comme si le chaos lui-même était en train de reprendre possession de la planète.

Au cours de leur expédition dans le système d'origine des Onthos, lorsque la générale Keah et lui avaient percé la coque extérieure noire et exploré le système solaire asphyxié, ils savaient que des millénaires s'étaient écoulés. Kuivahr, en revanche, avait été englouti quelques jours plus tôt. Il aurait dû y avoir de l'espoir. Zan'nh secoua la tête.

— Il n'y a personne en vie qui attende d'être secouru, c'est certain, dit le remémorant Anton.

— Si seulement Tamo'l avait évacué avec nous… mais ils ont dû emprunter le transportail klikiss, indiqua Gale'nh sur le système de transmission.

— Nous allons poursuivre notre enquête, dit Zan'nh. Après avoir fait tout ce chemin, nous effectuerons des recherches minutieuses pour le Mage Imperator.

Ils finirent par atteindre les tours de la distillerie abandonnée de Kellum, où les structures grinçaient et s'écroulaient, les poutres s'effondraient, les plates-formes de la distillerie dégringolaient dans les récifs.

Le croiseur lourd de Tal Gale'nh arriva le premier et tourna lentement au-dessus des ruines pour en prendre des images. La voix de ce dernier parut effrayée.

— Adar, il y a un vaisseau en bas… Un petit appareil blindé. Je détecte une très faible signature énergétique.

Tout le monde retint son souffle dans le noyau de commandement.

— Comment est-ce possible ? demanda Zan'nh.

Le remémorant Anton regarda intensément l'adar en luttant pour garder son optimisme.

— C'est ce sur quoi nous sommes venus enquêter. Nous devrions jeter un coup d'œil.

Le reste des croiseurs lourds convergea au-dessus des tours de la distillerie en train de s'effondrer, et, grâce à un grossissement poussé, Zan'nh distingua une petite embarcation qui reposait de travers dans les vasières contre les récifs servant de fondations à l'installation. Les illuminateurs éblouissants des croiseurs lourds éclairèrent la navette abandonnée. Sa coque paraissait corrodée, assombrie. À en juger par la plate-forme écrasée au-dessus, Zan'nh devina que le vaisseau avait atterri sur le pont de la distillerie, qui s'était depuis écroulé, projetant l'engin dans la boue molle.

— La signature énergétique est à peine détectable, Adar, dit l'un de ses techniciens chargés des capteurs.

— Pas beaucoup plus qu'un bloc d'alimentation fonctionnel. Si le reste de ce monde n'était pas si exhaustivement mort, je doute que nous l'aurions repérée.

Anton paraissait enthousiaste.

— Quelqu'un a dû être pris au piège et s'est retrouvé incapable de s'enfuir avant que la coque noire soit terminée. Cet engin est suffisamment petit pour que nous puissions l'embarquer dans notre croiseur lourd, non ? Pouvons-nous récupérer l'ensemble intact ?

Zan'nh acquiesça.

— C'est un appareil personnel. Nous pouvons facilement le transférer dans notre baie d'atterrissage. Nous pourrons prendre connaissance du journal de bord, à défaut d'autre chose.

Anton se passa la langue sur la lèvre inférieure.

— Il s'agira d'un document que nous n'avons jamais eu auparavant, un témoignage oculaire.

Le vaisseau amiral de l'adar descendit doucement, sa baie de lancement inférieure ouverte. Un rayon tracteur et des câbles secondaires s'attachèrent au petit appareil en piteux état et l'arrachèrent à la boue. Cependant, au fur et à mesure que l'engin s'élevait dans les airs, il se mit à perdre son intégrité structurelle : des fissures dans la coque se firent béantes et des bouffées d'air s'en échappèrent.

— La navette se désintègre, dit Anton.

— Vite, aboya Zan'nh à son équipage. Ce qu'elle contient ne demeurera pas longtemps intact.

Déployant leurs boucliers pour l'englober et usant d'un luxe de précautions, les Ildirans soulevèrent l'astronef délabré pour le déposer dans la soute inférieure du croiseur lourd.

Zan'nh et l'historien descendirent ensemble avec précipitation vers les hangars.

— Dans le pire des cas, dit Anton, nous découvrirons l'identité du pilote et nous lui rendrons un hommage digne de ce nom.

Le vaisseau de la distillerie Kellum qu'ils avaient récupéré gisait sur le pont de la baie, s'affaissant sous le poids de sa décrépitude. Des plaques de coque glissèrent et s'écrasèrent en cliquetant par terre, puis l'appareil gémit en se stabilisant.

Les ingénieurs de la Marine Solaire se rassemblèrent autour de l'engin et effectuèrent des relevés tout en gardant leurs distances. Des traces de givre s'étiraient le long de la carlingue. Le remémorant Anton mit les mains sur ses hanches et s'avança.

— Nous devons y entrer.

Les armatures gémissaient et une partie du toit s'effondra à l'intérieur. Deux ingénieurs s'avancèrent jusqu'à l'ouverture. Lorsqu'ils tentèrent d'activer l'écoutille principale, celle-ci se détacha et tomba, tout simplement. Les Ildirans l'écartèrent.

— Ce n'est pas sûr, dit Zan'nh.

L'un des techniciens étudiait les données qui s'affichaient sur l'écran de ses scanners.

— Il y a une signature énergétique à l'intérieur, Adar, les dernières lueurs d'un bloc d'alimentation… et un signe de vie.

— Il y a quelqu'un de vivant là-dedans ?

Anton pressa le pas jusqu'à l'ouverture bancale du vaisseau.

— Le niveau est très bas, répondit l'ingénieur.

— Eh bien, il n'y aura plus aucun signe de vie si ce vaisseau s'effondre autour de qui que ce soit. (L'historien se tourna vers le technicien ildiran le plus proche.) Allez, aidez-moi.

— Vous n'avez pas…, dit son interlocuteur.

— Faites ce qu'il dit, intervint l'adar d'un ton sec. S'il y a quelqu'un à sauver…

Le vaisseau continua à se désagréger tandis que l'historien et l'ingénieur ildiran se faufilaient à l'intérieur. Adar Zan'nh attendit, muselant son inquiétude pour que le reste de ses troupes ne la perçoivent pas à travers le thisme. Il déglutit avec difficulté et jeta un coup d'œil aux autres membres d'équipage tendus. Il entendit des mouvements à l'intérieur de l'engin, puis le cri d'Anton.

— Il y a un survivant !

— Nous récupérons un humain de sexe masculin, s'écria le technicien ildiran. S'il vous plaît, appelez un kith médecin.

Quelques instants plus tard, le duo de sauveteurs sortit une forme pâle et molle : un homme brun, la quarantaine bien sonnée, inconscient.

— Il a tout éteint et s'est enveloppé dans des couvertures isolantes, indiqua Anton. Les kits médicaux posés sur la table laissent supposer qu'il a pris une dose soutenue de tranquillisants.

— Il essayait d'économiser ses ressources, de durer le plus longtemps possible, dit Zan'nh. Un homme très ingénieux.

— Un Vagabond, répliqua Anton. J'en suis sûr.

Les techniciens médicaux établirent rapidement leur diagnostic.

— Il est froid, son métabolisme est au plus bas, mais on détecte encore une activité cérébrale.

Le médecin en chef leva les yeux.

— C'est tout à fait inattendu.

— En effet, répondit Adar Zan'nh. Réchauffons-le, donnons-lui des stimulants et de la nourriture… et nous verrons ce qu'il a à raconter.

Le vaisseau rescapé gémit et sa coque s'affaissa davantage. Le remémorant Anton essuya la transpiration qui coulait sur son front.

— Je vous suggère d'envoyer quelqu'un récupérer le journal de bord avant qu'il soit trop tard, Adar.

Le survivant s'appelait Marius Denva et était le directeur de produit de la distillerie Kellum. Bien que terrifié et en permanence frigorifié, il s'en était sorti indemne.

Adar Zan'nh se tenait auprès de Denva dans la baie médicale, l'historien humain à son côté. Anton fit un signe de tête vers le plateau de nourriture qui se trouvait au chevet du lit.

— Cette épreuve ne semble pas avoir affecté votre appétit.

— Pas le moins du monde, en effet, répondit Denva. J'ai du temps à rattraper. J'ai eu l'impression d'être coincé à bord pendant une centaine d'années.

— Sept jours, dit l'adar.

Dans l'intervalle, ils avaient examiné son journal de bord. Certains des fichiers étaient corrompus, la partie audio remplie de parasites, mais Anton avait pu recueillir l'essentiel de ce que le survivant avait traversé.

— Le dernier vaisseau des Kellum s'est mis en orbite, dit Denva en se redressant dans le lit médicalisé. Je n'avais que ma petite navette, ne pouvais pas transporter de réfugiés et n'ai même pas réussi à atteindre l'orbite. De façon stupide, je voulais protéger nos installations. J'suppose que je suis resté trop longtemps.

Il secoua la tête, puis avala lentement le bouillon chaud qui se trouvait devant lui. Il frissonna et resserra les couvertures autour de lui.

— Je n'en reviens pas de la vitesse avec laquelle les ombres ont assemblé cette coque. J'ai vu le ciel se réduire, cette mosaïque se construire morceau par morceau. Je me suis précipité vers l'ouverture, mais mon appareil n'était pas assez rapide. J'ai vu la brèche se refermer devant moi, puis la planète entière a été scellée.

» Je savais que j'étais le dernier à la distillerie, alors j'ai volé jusqu'aux dômes sanctuaires, mais les Ildirans avaient eux aussi évacué. La plupart d'entre eux se sont échappés par le transportail klikiss, je crois. Personne n'a répondu à mon signal. Le monde entier était sombre, les bandes de transmission totalement silencieuses.

» Je n'avais qu'une seule chance de m'enfuir, alors j'ai couru jusqu'au transportail klikiss.

Il se pencha en avant et regarda Zan'nh avec une expression tendue et stupéfaite.

— Même ça, ça n'a pas fonctionné. Le transportail était coupé. Je n'ai pas pu m'échapper. L'obscurité étranglait tout. (Ses yeux se perdirent dans un lointain inaccessible.) Ça n'était pas seulement le vide… j'ai déjà parcouru l'espace profond par le passé. C'était quelque chose de différent. L'obscurité était tangible et menaçante. Je ne suis pas un petit enfant qui a peur du noir. (Il déglutit avec difficulté.) Mais, ça, j'en avais peur.

— Vous comprenez à présent ce que ressentent tous les Ildirans dans l'obscurité totale, commenta Zan'nh.

— Je ne pensais pas pouvoir en réchapper un jour, répondit Denva. J'ai repris ma navette jusqu'à la distillerie en me disant que je pouvais aussi bien rentrer chez moi. Je l'ai posé sur le pont, j'ai verrouillé tous les systèmes, puis j'ai mangé les provisions que je gardais à bord.

Sa voix se brisa.

— Je me suis assuré que mon journal de bord était en ordre, poursuivit-il, et j'ai augmenté la puissance de mes boucliers en espérant que cela aiderait le vaisseau à tenir un peu plus longtemps. J'ai combiné tous les blocs d'énergie qu'il me restait, me suis enterré sous des couvertures d'urgence et pris un tranquillisant à libération lente. D'après mes calculs, je pensais pouvoir tenir un mois, voire six semaines, mais, pour sûr, je suis content que vous soyez venu avant.

— Nous avons débarqué après sept jours, dit Zan'nh.

Denva laissa échapper un rire nerveux.

— Une semaine ? Vous avez vu l'état de mon vaisseau ?

— Sept jours, répéta le remémorant Anton.

Denva avala la fin de son bouillon.

— Alors je suis doublement content que vous soyez arrivé jusqu'à moi quand vous l'avez fait. (Il leva les yeux.) Qu'en est-il de Del Kellum et du reste de l'équipe de la distillerie ? S'en sont-ils sortis ?

— Ils sont en sécurité, répondit Zan'nh. Nous les avons récupérés.

— Nous vous ramènerons à eux, dit Anton Colicos.

Denva poussa un long soupir. Il semblait très fatigué, mais ses lèvres formèrent un sourire en coin.

— Del Kellum me remettra au travail sur-le-champ… quelle que soit la nouvelle entreprise qu'il aura montée.

L'adar tourna les talons pour quitter l'infirmerie.

— Nous avons terminé notre mission sur Kuivahr. Nous vous rendrons à votre peuple.

25

Exxos

De plus en plus de nuages noirs apparaissaient dans le Bras spiral tandis que les Shana Rei franchissaient les murs de l'espace, créant des portes par lesquelles ils pouvaient faire glisser leurs énormes vaisseaux hexagonaux. Les ténèbres se répandaient comme si elles s'infiltraient à travers des trous percés dans la structure de l'univers.

Exxos surveillait les incursions des créatures d'ombre, pareilles à un millier de coupures torturant et tuant le cosmos. Ce processus aboutirait à l'anéantissement de la race humaine, de l'empire ildiran et de la cacophonie des pensées conscientes qui causaient tant de supplices aux ombres.

Dans ce cas précis, les plans des robots s'alignaient sur ceux des Shana Rei, mais Exxos n'oubliait jamais ses propres priorités. Une fois que l'univers lui-même serait effacé, leurs alliés avaient promis d'offrir aux robots noirs leur poche de réalité personnelle qu'ils pourraient gérer à leur guise.

Exxos n'accordait aucune confiance aux Shana Rei – il ne l'avait jamais fait – et restait toujours à l'affût de moyens de les manipuler. Même si les ombres étaient incompréhensibles et probablement folles, elles ne soupçonnaient pas sa trahison. Et, à présent, elles avaient créé un million de nouveaux robots aux côtés desquels il pouvait se battre. Oui, ça serait suffisant.

Une déchirure s'ouvrit dans les chemins de traverse de l'univers, et un nouveau nuage d'ombre s'y répandit à la manière d'un sang fait d'encre. L'heure était venue d'attaquer de nouveau, et les robots avaient le champ libre. Emporté dans ce tourbillon de nuit, Exxos rallia ses copies aux commandes d'innombrables cuirassés. La flotte de robots se mit à bouillonner, telles des abeilles exaspérées surgissant d'un millier de nids qu'on aurait dérangés.

La colonie ildirane de Wythira n'avait aucune chance...

Exxos et son million d'esprits identiques étaient exaltés à présent, leurs pensées synchronisées, leurs objectifs en phase. Récemment, après le déluge de bombes solaires qu'ils avaient essuyé, Exxos, qui n'était plus que l'une des trois dernières copies originales de lui-même, avait sombré dans le désespoir. Les robots noirs s'étaient naïvement sentis invincibles face à leur ennemi dans le système Kuivahr, mais les armes de la Marine Solaire avaient éradiqué presque *toute* leur troupe. Tous sauf trois. Tout s'était terminé sur un échec total.

Mais la situation avait changé complètement lorsque les Shana Rei avaient accepté d'employer la matière noire qu'ils avaient créée au cours des millénaires précédents, réutilisant les molécules pour construire un nouveau contingent de robots noirs, plus important que celui qui existait au plus fort des guerres ruchières klikiss. La facilité avec laquelle les ombres avaient accompli cette tâche, ouvrant des possibilités inédites et très variées, avait surpris Exxos. Il les pressait autant que possible.

La matière première provenant de la coque noire entourant le système onthos était quasi illimitée, et les Shana Rei l'avaient reconfigurée pour fabriquer non seulement tous les robots dupliqués, mais aussi des milliers de cuirassés bien armés. Exxos disposait des outils dont il avait besoin pour démanteler tous les ennemis possibles et imaginables.

L'objectif des Shana Rei d'anéantir toute vie consciente, puis tous les systèmes stellaires et enfin le cosmos lui-même était magnifique, et Exxos avait hâte de poursuivre ce projet. Cependant, comme les Shana Rei étaient le chaos incarné, ils n'avaient aucune compréhension de ce qu'était un plan et ne pouvaient pas construire de schémas embrassant l'univers d'un bout à l'autre. Les robots s'en chargeaient donc pour eux...

Lorsque les vaisseaux noirs anguleux prirent d'assaut Wythira, la scission ildirane s'anima. Bien que les anciens esclaves klikiss ne puissent pas percevoir le thisme, ils ressentaient son existence comme des fils de rasoir brûlants. Les robots accompliraient leur devoir et effaceraient cette douleur lancinante, non pas parce qu'Exxos éprouvait de la peine pour ces créatures chaotiques, mais parce que cela rendait les

Shana Rei plus faciles à gérer. Et la destruction de Wythira serait un bon début pour venger tous ses congénères que la Marine Solaire avait supprimés dans le système Kuivahr. Il s'attendait à ce que cet assaut soit aussi agréable qu'efficace.

Sept croiseurs lourds hérissés d'armes orbitaient autour de la planète ildirane. Il s'agissait d'une patrouille de gardiens chargée de protéger les colons contre les attaques venues de l'espace. Sept. Ridiculement insignifiants face à des milliers de cuirassés robotisés.

L'émergence du nuage d'ombre donnait à la Marine Solaire un signal assez net pour qu'ils préparent leurs bâtiments de guerre… et juste assez de temps pour qu'ils sachent qu'ils allaient être anéantis. Et lorsque les colons ildirans, impuissants, verraient cette foule d'ennemis, ils comprendraient eux aussi qu'ils étaient sur le point d'être rayés de la carte.

Depuis le vaisseau amiral, un commandant ildiran envoya une transmission urgente.

— Je suis Septar Dre'nh, le protecteur de la Marine Solaire de Wythira. Vous ne ferez aucun mal à ces gens.

Ses astronefs ildirans ornés se regroupèrent, tous leurs postes de combat en alerte. Leurs voiles solaires se déployèrent, leurs batteries d'armes activées et chaudes. La posture du septar était une défense absurde contre tant de cuirassés robots, mais les Ildirans restèrent provocants. Les croiseurs lourds de la Marine Solaire avancèrent, minuscules attaquants face à une vague écrasante. Leurs canons laser tailladèrent les rangs des vaisseaux anguleux, anéantissant quatre des homologues identiques d'Exxos. Cela n'avait pas d'importance. Maintenant qu'il savait comment les convaincre, les Shana Rei pourraient toujours en créer d'autres.

Derrière eux, de gigantesques cylindres hexagonaux noirs glissaient hors du nuage d'ombre telles des lances émoussées, malmenant le système Wythira avec des rafales d'entropie perturbatrices qui provoquaient des défaillances technologiques. Semblables à des battements de cœur chaotiques, des vagues floues déferlèrent, et les lumières scintillantes des villes qui se trouvaient sur la face nocturne de Wythira s'éteignirent. Des réseaux électriques entiers grillèrent. Ça n'était que le début des ténèbres qui allaient s'abattre sur la planète.

Les croiseurs lourds de Septar Dre'nh chargeaient, imprudents et suicidaires. Quel autre choix avaient-ils ? Les vaisseaux des robots ouvrirent le feu, tirant sur les astronefs ildirans qui fonçaient sur eux.

Exxos ne prit pas la peine de proférer des menaces ou de communiquer avec le septar de quelque manière que ce soit. Pensant à l'unisson, les robots klikiss décidèrent de les éliminer comme des moucherons tandis que les ombres commençaient l'éradication à grande échelle de la vie sur la planète.

Septar Dre'nh semblait deviner sa destruction imminente. Les sept croiseurs lourds attaquants lancèrent une gerbe de sphères incandescentes qui crépitèrent et enflèrent à mesure que leurs noyaux de plasma s'enflammaient. Plus de cinquante bombes solaires se répandirent dans l'amas composé de dizaines de milliers de vaisseaux noirs en approche.

Exxos se sentit alors vraiment inquiet, mais tous les cuirassés robots libérèrent des tirs de représailles simultanés, et leurs salves déchiquetèrent les croiseurs lourds. En quelques secondes, la septe n'était plus qu'une nuée de scories et de débris.

Les cinquante bombes solaires détonèrent. Vague après vague, de petites novae propagèrent leurs déflagrations en ondes de choc combinées. Ce rouleau explosif dévasta certaines zones dans les rangs des robots, et une quantité considérable d'homologues d'Exxos moururent en un clin d'œil. L'onde de choc en expansion vaporisa près de deux cents vaisseaux noirs. Les extrémités de ce raz-de-marée destructeur creusèrent même une entaille dans le matériau noir d'un cylindre hexagonal shana rei qui s'était rapproché de Wythira.

D'innombrables ensembles de processeurs mentaux et de capteurs optiques d'Exxos s'évaporèrent lorsque les vagues des novae se déchaînèrent, mais, une fois cette énergie dissipée, il restait encore des milliers de vaisseaux de robots noirs. Sans se laisser décourager par ce revers, ils se précipitèrent vers l'infortunée planète. Exxos était en colère.

Comme cette scission ne possédait aucun hybride intéressant – comme Rod'h – que les Shana Rei pourraient capturer et analyser, les ombres ne gaspilleraient pas leurs forces à construire une coque noire pour englober Wythira. Ça n'en valait pas la peine. Les Ildirans, là en bas – ces esprits conscients et bruyants dont la simple existence blessait les Shana Rei –, n'étaient que des victimes. Les vaisseaux de robots noirs restants dévasteraient la surface jusqu'à ce qu'il n'y demeure plus rien de vivant.

Exxos guida ses milliers d'assaillants alors qu'ils descendaient en piqué et ouvraient le feu. Cela ne serait pas long, mais il investirait tout le temps nécessaire. Ensuite, ils pourraient passer à un autre monde… un monde peuplé d'humains cette fois.

Il progressait de manière satisfaisante.

26

Premier Attitré Daro'h

Jamais Daro'h ne s'était attendu à devenir le Premier Attitré, le prochain à diriger l'Empire ildiran. Il n'avait accédé à ce poste qu'après que son frère aîné, Thor'h, avait trahi l'Empire et avait été tué. Lors de la Guerre des Élémentaux, Daro'h s'était battu contre l'invasion des faeros, comme en témoignaient les cicatrices de brûlures qu'il portait sur le visage.

Au cours de ces deux dernières décennies de paix, il avait vécu la riche existence d'un véritable Premier Attitré, étudiant l'art du commandement tout en choisissant d'innombrables amantes ildiranes dans son catalogue d'accouplement afin de répandre sa lignée parmi les kiths. Il connaissait et reconnaissait tous ses enfants métis, ce qui le distinguait des précédents Premiers Attitrés.

Mais son existence paisible avait brusquement pris fin avec la réapparition des Shana Rei… et des terrifiants faeros. À présent, il devait redevenir fort. Le Mage Imperator passait de plus en plus de temps avec lui, s'assurant qu'il était préparé pour diriger leur race.

— L'obscurité règne dans le Bras Spiral, lui dit Jora'h. Ses vrilles nous affectent tous, d'une manière que nous ne parvenons pas à comprendre. Les Shana Rei pourraient me tuer de l'intérieur ou frapper Mijistra de l'extérieur.

Dans la salle d'audience de la hautesphère, baignant dans la majesté du Palais des Prismes, le Mage Imperator était assis dans son chrysalit et Daro'h se tenait à son côté. Jora'h contemplait les projections brumeuses du dôme supérieur, mais ses pensées étaient loin. Il reprit la parole d'une voix douce :

—Je pourrais régner durant une longue et heureuse vie, comme l'ont fait beaucoup d'autres Mages Imperators. (Lorsqu'il serra la main de son fils, il parut fort et confiant, mais Daro'h perçut un frémissement d'incertitude en lui.) Ou je peux mourir à tout moment... et tu dois être prêt en un instant.

Daro'h retint son souffle.

—Je ne serai jamais prêt, seigneur, mais j'essaie.

—Alors tu es prêt. C'est tout ce que chacun d'entre nous peut faire.

—*Rod'h* était-il prêt à affronter les ombres lorsqu'ils l'ont capturé ? Il m'a protégé. C'était mon ami. (Son cœur se serra.) Gale'nh m'a dit que les Shana Rei continuaient à le torturer. N'y a-t-il aucun moyen de préparer une expédition pour le sauver ?

—Aucun que je puisse concevoir, annonça Jora'h d'une voix sinistre en secouant la tête. Il se trouve au cœur d'un de leurs nuages d'ombre.

Tout en écoutant leur conversation, Nira monta sur l'estrade pour prendre place de l'autre côté du chrysalit. Elle paraissait désemparée.

—Rod'h est mon fils. S'il y avait le moindre espoir de réussite, je supplierais Jora'h de consacrer toutes les ressources de l'Empire ildiran pour le sauver.

—Et je le ferais, jura le Mage Imperator, mais nous n'avons aucun moyen de l'atteindre, et aucun moyen de le libérer même si nous le trouvions.

—Mais nous savons qu'il est vivant, insista Daro'h. Osira'h, Gale'nh et Muree'n l'assurent tous.

—Savoir qu'il est vivant est peut-être pire que de savoir qu'il est mort. (Des larmes laissèrent des traces brillantes sur les joues vertes de Nira. Elle baissa la voix.) Ma fille Tamo'l a également disparu.

—Les Shana Rei ont des faiblesses, dit Daro'h. Nous savons que nous pouvons leur infliger des dégâts avec nos bombes solaires et nos canons laser, alors pourquoi devons-nous attendre et ne riposter que lorsqu'ils choisissent de nous frapper ?

L'expression de Jora'h se fit encore plus troublée.

—Nous ne pouvons pas les pister et nous avons besoin de beaucoup plus d'armes avant de les combattre de nouveau. D'ici là, nous devons faire en sorte que la race ildirane reste forte et unie. Pour cela... (Il éleva la voix et interpella les courtisans qui se tenaient à une distance discrète.) Envoyez les suppliants. Ils attendent dehors depuis trop longtemps.

Des Ildirans de tous les kiths venaient au Palais des Prismes pour voir le Mage Imperator. Daro'h observait, sachant qu'un jour il recevrait de semblables suppliants. Les assisteurs s'affairèrent, répondant à tous les besoins possibles et imaginables.

Mais alors que les premiers pèlerins s'avançaient, révérencieux, le Mage Imperator Jora'h sursauta et s'effondra sur son chrysalit, le visage tiraillé par la souffrance.

Nira se précipita vers lui.

— Que se passe-t-il ?

Un instant plus tard, Daro'h perdait lui aussi l'équilibre. Des vagues de détresse déferlèrent sur le thisme et s'amplifièrent en traversant le Mage Imperator.

Les suppliants, les courtisans, les assisteurs et les pèlerins qui se trouvaient dans la hautesphère tremblèrent à leur tour lorsque l'onde de choc les transperça. Beaucoup s'écroulèrent et une plainte vibrante circula dans la salle, faisant se disperser les créatures volantes qui occupaient les brumes du terrarium au-dessus de leurs têtes.

Jora'h fut pris de convulsions. Il ferma les paupières, les lèvres retroussées sous le coup d'une douleur atroce.

— Les ombres ! Des vaisseaux de la Marine Solaire... mon peuple sur Wythira.

Les cris d'innombrables Ildirans résonnèrent à travers le thisme.

Daro'h ressentit la terreur palpitante et la souffrance qui marquaient le massacre de tant de personnes. Un massacre !

— Nous devons les aider.

Sept croiseurs lourds étaient déjà stationnés à Wythira, armés et prêts à se défendre. Mais les créatures des ténèbres et leurs alliés robots – les robots noirs qui avaient prétendument été éradiqués ! – frappèrent encore et encore, ne se repaissant du carnage qu'après avoir transformé Wythira en un désert.

Daro'h sentit que les bâtiments de la Marine Solaire avaient été anéantis, mais l'attaque se déroulait toujours. Son père, tous les autres Ildirans présents dans le Palais et lui-même endurèrent ce calvaire pendant des heures tandis que les colons de Wythira étaient méthodiquement massacrés.

Un nuage noir de désespoir engloutit son cœur. Aucun chasseur en renfort, aucune navette de sauvetage ne pourrait jamais atteindre Wythira à temps. Les vaisseaux les plus rapides de la Marine Solaire se trouvaient à quelques jours de la scission.

Ni Daro'h ni le Mage Imperator ne purent échapper au choc de ces morts à travers le thisme, qui se poursuivirent encore et encore… jusqu'à ce que Wythira retrouve un silence miséricordieux et dévastateur.

27

Zhett Kellum

Le clan Kellum avait tout perdu – plus d'une fois – et il ne leur restait plus que de maigres bénéfices de leur station d'écopage sur Golgen ou de la vente de Limon primordial provenant de leur distillerie. Zhett calcula que sa famille et elle pourraient faire face aux dépenses de base pendant quelques jours, mais elle n'avait guère de visibilité au-delà.

Ils demeureraient à Nouvelle-Station jusqu'à ce que quelque chose de mieux se présente. Après avoir été évacuée de Kuivahr, elle avait eu l'impression d'avoir été jetée à la dérive en apesanteur, sans filin de sécurité. Certes, le Mage Imperator les avait accueillis et leur avait gracieusement fourni tout ce dont ils pouvaient avoir besoin, mais Zhett et les siens n'avaient pas leur place à Mijistra.

Nouvelle-Station, cependant, était pleine de conversations bruyantes et du flux constant de vaisseaux qui allaient et venaient, de discussions endiablées entre les membres des clans, de rires, de négociations intenses et de nourriture – des saveurs familières qui lui manquaient depuis quelque temps. Zhett aimait vraiment être de retour ici, même si le clan Kellum n'avait pas grand-chose. C'était leur genre d'endroit.

La nouvelle de leur rencontre extraordinaire avec les robots noirs et les Shana Rei suscita une grande attention et un certain scepticisme. Cependant, ils avaient des images pour prouver leur histoire, et des rapports se mirent à affluer de la part de commerçants qui avaient eux aussi échappé à l'attaque de Kuivahr. Dando Yoder, un pilote de cargo grisonnant des Transports Kett, débarqua à Nouvelle-Station. Baragouinant à propos du nuage d'ombre et affirmant qu'il était en possession de la toute dernière cargaison du célèbre Limon primordial de Kellum, il proposa de la vendre à un prix élevé, mais eut du mal à trouver preneur. Zhett aurait aimé avoir l'argent nécessaire pour l'acheter elle-même, ne serait-ce qu'en souvenir du bon vieux temps.

Heureusement, les Vagabonds prenaient soin des leurs. Sans conviction, Kristof se plaignait de devoir fréquenter leur établissement, même s'il n'avait pas beaucoup d'arguments à faire valoir.

— Je ne suis pas fait pour l'école comme Shareen. Je ferais mieux de travailler ici, à Nouvelle-Station. Je peux trouver une équipe de construction ou m'engager à bord d'un vaisseau. Pensez à la façon dont ces expériences me seraient bénéfiques.

— C'est vrai, répondit Patrick, mais ton éducation passe avant tout. Academ est le meilleur endroit pour toi.

Après avoir placé Rex dans une garderie gratuite avec d'autres enfants et nourrissons vagabonds, ils envoyèrent un message à la station Cœur-de-Feu par l'intermédiaire d'un prêtre Vert, et apprirent que Shareen et Howard se portaient bien et étaient de bonne humeur.

Grâce à ses anciennes relations politiques, Del Kellum commença à rencontrer d'autres chefs de clan, à leur proposer des opérations en coopération et à tirer parti de sa réputation, car il n'avait pas d'argent liquide. Il s'appuyait sur les récits de ses aventures pour boire et discuter dans les établissements publics vagabonds. Il participa également aux réunions de travail quotidiennes des clans et s'entretint en aparté avec l'Orateur Sam Ricks.

Mais les temps avaient changé. Nouvelle-Station était un chaos exubérant de membres de clans qui se précipitaient en tous sens, acquérant des équipements inattendus et des composants de toutes sortes. Ils s'arrachaient les vaisseaux et les réservoirs d'eau excédentaires, les appareils de l'industrie spatiale, puis les emportaient. Les nouvelles fournitures étaient achetées dès leur débarquement.

Zhett entendit des rumeurs sur de nouvelles opérations massives d'exploitation d'ekti, mais Patrick et elle étaient trop occupés à installer Toff à Academ, à s'assurer que les compers Institutrices prenaient bien soin de Rex et à mettre de l'ordre dans leurs finances personnelles (bien que leurs comptes soient si bas qu'il n'y avait pas beaucoup de gestion à faire). Ils logeaient tous ensemble dans un seul appartement ; il était bondé, mais ils formaient une famille. Après tout, par le passé, les Kellum avaient vécu dans des « terriers de lapins », de minuscules colonies cachées dans les anneaux d'Osquivel.

Un soir, le père de Zhett fit irruption dans l'appartement, un peu éméché par sa « collecte d'informations ».

— J'ai goûté trois de leurs meilleures liqueurs d'orange et les ai comparées avec ce que je faisais avant. (Il imita un bruit de pet avec sa bouche.) Rien ne s'en rapproche. Je devrais peut-être reprendre cette activité-là.

— Je suis sûr que cela aurait meilleur goût que votre liqueur de varech, dit Patrick.

Del agita un doigt.

— Le Limon primordial deviendra légendaire, rappelez-vous ce que je dis. Maintenant qu'ils ne peuvent plus en avoir, les gens en voudront plus que jamais.

Il s'affala dans le siège inclinable qui se rabattait pour qu'il puisse y dormir. Zhett se demanda ce que pouvait bien signifier la lueur qu'elle lisait dans ses yeux.

— J'ai découvert d'où naissait toute cette agitation, dit Del. L'ekti-X… le carburant spécial pour propulseurs interstellaires d'Iswander. Ça lui a rapporté une fortune, mais il ne voulait révéler sa provenance à personne. Aujourd'hui, il vient de tomber en disgrâce et son secret est éventé. (Il battit des mains.) Et c'est la chose la plus facile à extraire dans la galaxie, bon sang ! Nous pouvons nous refaire une fortune en un rien de temps.

Zhett demeura pessimiste.

— Chaque fois que quelqu'un utilise les mots « fortune », « facile » et « en un rien de temps », je me pose beaucoup de questions. Si c'est si simple, pourquoi tout le monde ne le fait-il pas ?

Del se pencha en avant dans son fauteuil.

— Tout le monde le *fait*, ma chérie ! Une semaine seulement s'est écoulée depuis la convocation des Vagabonds, où tout a été révélé au grand jour.

Il décrivit comment un équipement simple permettait de pomper le carburant des gonflotteurs, de le condenser et de le stocker dans des réservoirs.

— Nous avons entendu parler des gonflotteurs, mais personne ne peut nous expliquer ce dont il s'agit, dit Patrick.

— Qui s'en soucie ? répondit Del. Ils sont pleins d'ekti-X ! Nous pouvons remplir une centaine de réservoirs et les vendre en libre concurrence. Tout le monde a besoin de carburant pour moteurs interstellaires.

Zhett ramena ses longs cheveux noirs en arrière pour les attacher en queue-de-cheval.

— Mais si tous les clans de Vagabonds récoltent l'ekti-X, pourrons-nous le commercialiser ?

— Voilà pourquoi nous devons nous dépêcher, bon sang !

Del avait l'air exaspéré.

— Papa, dit Zhett, nous pouvons à peine nous payer ce logement. Comment pourrions-nous lancer une telle opération ?

Son père se caressa la barbe.

— Je m'occupe de ça. J'ai un plan ingénieux.

Zhett trouva l'idée de son « plan » presque aussi effrayante que la pensée d'un autre nuage d'ombre.

Grâce à ses années au poste d'Orateur, émaillées de marchandages dans les coulisses, de relations avec les clans et d'échanges de faveurs, Del Kellum avait plus d'influence que Zhett le pensait.

Il rudoya l'Orateur Ricks, surtout à la lumière de toutes ses tractations maladroites – des tractations qui étaient tranquillement ignorées en raison de la ruée vers l'ekti-X et du fait que l'attention furieuse des Vagabonds était tournée vers les Industries Iswander. Del rappela à Ricks que n'importe quel Orateur pouvait être démis de ses fonctions par un vote de défiance si quelqu'un se donnait la peine d'insister – quelqu'un, par exemple, d'aussi puissant et d'aussi apprécié que lui-même.

— En fait, je pourrais même être intéressé par un nouveau mandat d'Orateur. Je suppose que je pourrais contester votre gouvernance lors d'une séance publique.

Après ce commentaire désinvolte, Ricks se montra très réceptif aux suggestions, et Del négocia des réparations pour les clans que les pots-de-vin et le favoritisme de Ricks avaient lésés. Il gagna ainsi la gratitude éternelle de l'Orateur des Vagabonds, ce qui se traduisit par une ligne de crédit vraiment substantiel dont le clan Kellum avait besoin.

Zhett accompagna son père dans certaines de ses réunions d'affaires, s'émerveillant de son habileté en matière de marchandages interpersonnels et de troc. Del était passé maître dans l'art de la politique.

Maintenant qu'une nouvelle chance se présentait à eux, Patrick et Zhett pouvaient reprendre contact avec les employés de leur distillerie, qui avaient fui vers Nouvelle-Station après l'assaut sur Kuivahr. Ils n'avaient pas retrouvé Marius Denva, qui avait disparu dans l'attaque des Shana Rei, mais ils avaient de nombreux responsables opérationnels compétents.

Zhett demanda si l'équipe serait prête à se joindre à une autre entreprise industrielle de Kellum. Ces ouvriers les avaient suivis d'un endroit à l'autre, travaillant d'abord sur la grande station d'écopage de Golgen – que les ombres avaient détruite –, puis dans la distillerie de Kuivahr, dont l'existence s'était elle aussi conclue par un désastre. Le fait que toutes ces personnes restent aux côtés d'employeurs confrontés à tant de « circonstances indépendantes de leur volonté » toucha Zhett. Mais ils voyaient leur Guide Lumineux, et cela faisait son bonheur.

De nouveau plein aux as et plein d'espoir, Del loua une salle de banquet dans l'un des établissements de Nouvelle-Station. Il paya le dîner à son équipe et, pendant que les mets étaient servis, Zhett, Patrick et Del observèrent le groupe optimiste. Elle ne se sentait pas à l'aise à l'idée de leur promettre quelque chose de si incertain et intangible, mais Del était aussi fanfaron qu'à l'accoutumée tandis que la bande exubérante mangeait ses nouilles épicées accompagnées de fruits frais provenant du pont-serre.

Zhett essaya de savourer son repas.

—Je pense que tu leur en promets trop, papa. Tu as une ligne de crédit et nous avons des travailleurs enthousiastes, mais, au cas où tu ne l'aurais pas remarqué, d'autres clans ont acheté jusqu'au dernier équipement disponible. Un bon plan ne nous aidera pas à récolter de l'ekti-X. Nous n'avons pas le matériel nécessaire. Comment allons-nous y arriver ?

—Ah ! utilise ton imagination, ma douce.

Il goûta une énième liqueur d'orange issue de la production des clans, dont il se plaignit mais qu'il but tout de même.

—Mon imagination ne me permet pas de conjurer un équipement réel.

—Je peux peut-être me renseigner, dit Patrick. On me doit encore quelques faveurs dans la Confédération.

—Nous avons déjà ce matériel, bon sang !

Del se montrait suffisant. Patrick fronça les sourcils.

—Quoi ? Est-il invisible ?

—Non, juste un peu inaccessible, mais je suis sûr qu'il est demeuré intact au cours de ces deux dernières décennies.

Il se tut et sirota sa liqueur, les faisant patienter. Zhett leva les yeux au ciel devant cette temporisation artificielle. Del finit par leur expliquer.

— Nous obtiendrons tout le matériel nécessaire grâce aux installations que nous avons mises au rancart dans le nuage cométaire d'Osquivel. Tous les vaisseaux, les plates-formes et les vaisseaux-citernes que nous avons disposés là-haut, bien au-dessus de l'écliptique. L'équipement est ancien, mais utilisable. Nous l'avons abandonné sur place après que les opérations d'extraction de comètes ont cessé d'être économiquement viables.

Il se pencha en avant et sourit à Zhett et Patrick pendant que le reste de ses employés discutaient, riaient et mangeaient des plats qui finiraient sur sa facture.

— Ces gonflotteurs sont mille fois plus rentables. Nous avons tout ce qu'il nous faut en attente : des réservoirs, des pompes et des moteurs de distribution. Je propose que nous déplacions toutes ces installations vers le premier groupe de gonflotteurs que nous croiserons.

Zhett adressa un large sourire à son mari, puis elle regarda Patrick, qui souriait tout autant.

— Cela pourrait bien fonctionner, dit-elle.

— Oui, ça s'pourrait bien, bon sang ! répondit Del. Nous possédons déjà l'équipement, nous avons nos ouvriers. (Il termina sa liqueur d'orange et s'essuya les lèvres.) Le clan Kellum est de retour aux affaires !

28

Orli Covitz

Bien qu'elle ait été heureuse de voler avec Tasia et Robb à bord de la *Curiosité*, Orli se sentait beaucoup plus à l'aise avec Garrison. Alors que le *Fils Prodigue* repartait vers Nouvelle-Station, DD exprima son optimisme.

— Je serai content de revoir le jeune Seth. Je suis sûr qu'il a besoin de moi pour l'aider dans ses études.

— Toi et moi l'avons quitté il y a quelques jours seulement, DD, fit remarquer Orli.

— Il voudra bien de mon aide, même ainsi, dit le comper. Seth aime passer du temps avec moi.

Durant le voyage, Orli se délecta de la compagnie chaleureuse de Garrison.

— Quand j'ai proposé que nous restions un mois chacun de notre côté pour réfléchir, je ne me rendais pas compte à quel point ce serait difficile. Je suppose que ça n'était pas ma meilleure idée.

Orli se blottit contre lui.

— Nous avions tous les deux besoin de suffisamment de temps pour nous manquer l'un à l'autre. (Garrison l'entoura de son bras.) Maintenant, nous sommes sûrs.

Ils avaient craint que leur attirance ne soit que de convenance, une relation entre deux individus solitaires – ce qu'ils étaient –, mais Orli ressentait une véritable proximité avec Garrison, qu'elle n'avait jamais ressentie avec son ancien mari. Avec Matthew, leurs intérêts avaient été plus alignés que leurs cœurs. Avec Garrison, leurs personnalités semblaient être des pièces de puzzle imbriquées les unes dans les autres. Lorsqu'ils discutaient, elle prenait plaisir à la conversation la plus simple. Elle *aimait* être avec lui, même pour s'adonner à des activités banales. Et, comme Garrison l'aimait, les pièces du puzzle s'emboîtaient encore mieux et leurs deux vies séparées devenaient un tout plus vaste…

Pendant leur vol vers Nouvelle-Station, le *Fils Prodigue* découvrit une autre grappe silencieuse de gonflotteurs flottant dans les étendues vides de l'espace interstellaire. Garrison désactiva les moteurs et laissa le vaisseau dériver parmi les nodules gris-vert. Orli regarda fixement à travers la baie principale, son visage près du sien. Les gonflotteurs étaient puissants, mystérieux, loin de toute étoile. Les lumières de la navette éclairaient leurs membranes tachetées.

—J'étais dans ce vaisseau lorsque Seth et moi avons trouvé les premiers d'entre eux, dit Garrison. Nous n'avions jamais rien vu de tel, mais aujourd'hui ils semblent être partout. Comment se fait-il que nous ne les ayons pas remarqués avant ?

—Peut-être qu'il y en a d'autres qui apparaissent ?

Elle sentit un lien vibrant dans son esprit, comme la dernière résonance d'un diapason juste hors de portée de l'ouïe.

—Tu te souviens de ceux que nous avons aperçus à l'extérieur du système Ikbir, des amas et des chaînes connectés qui s'étendaient loin dans l'espace ? (Elle le regarda.) Non, ils ne nous ont pas échappé avant. Avec tous les vaisseaux vagabonds qui sillonnent le Bras spiral depuis des siècles, c'est impossible. Ceux-là… c'est quelque chose de nouveau. (Elle respira profondément et se massa la nuque pour en évacuer la tension.) Le sens-tu ? C'est comme un élancement à l'arrière de ma tête.

Les sourcils de Garrison se froncèrent.

—Non… rien.

Orli se frotta les tempes avec les doigts.

—C'est là. Je le sens.

Garrison mit rapidement le *Fils Prodigue* à une distance sûre lorsque plusieurs des noyaux de gonflotteurs se mirent à scintiller en émettant des éclairs brillants et pleins d'énergie.

—Mon vaisseau a déjà été endommagé de cette façon. Je ne vais pas te mettre en danger.

—Lorsqu'ils ont clignoté, j'ai ressenti un picotement supplémentaire dans mon esprit, expliqua Orli. Peut-être que j'ai une sorte de lien avec eux parce que je me suis immergée dans l'un d'eux. Crois-tu que j'étais si faible à cause de l'épidémie Onthos que les gonflotteurs ont modifié quelque chose en moi ?

— Ils t'ont certainement guérie, dit Garrison.

— C'est grâce à Aelin, répondit-elle. Grâce à son surgeon et au télien, qui a forgé un lien clair avec eux. Peut-être qu'il les a convaincus de me soigner alors que j'agonisais.

— Ce ne sont que des sacs de combustible, fit remarquer Garrison, que… du plancton de l'espace.

— Nous n'en savons rien. Personne ne le sait, et c'est bien là le problème. Les opérations d'extraction les drainent par milliers. Et s'ils étaient vivants ?

— Les choux sont vivants, nota Garrison. Les algues aussi.

Orli fronça les sourcils.

— Tu vois bien qu'ils sont plus que cela. S'il ne s'agissait que d'algues, je ne sentirais rien.

Elle éprouva un malaise soudain. Des milliers de gonflotteurs étaient drainés, et elle savait que c'était à cause d'elle, de Tasia et de Robb. Sans réfléchir, ils avaient annoncé à Rendez-Vous qu'ils étaient remplis d'ekti-X et cette nouvelle remarquable avait entraîné des centaines d'opérations de récolte dans le Bras spiral. Elle avait mis le feu aux poudres et s'inquiétait de ce qu'elle avait déclenché.

Ses yeux la piquaient tandis qu'elle regardait les nodules paisibles et énigmatiques suspendus là.

— Ces gonflotteurs-là me semblent différents, Garrison. Il y a plus d'énergie en moi et en eux.

Elle se souvenait d'avoir été immergée dans le protoplasme, mais, à l'époque, elle était délirante, faible et perdue. Sa guérison avait été une anomalie, une surprise. Aelin avait insisté sur le fait que cette exposition avait dégagé quelque chose qui fonctionnait à la perfection pour son corps défaillant, mais le prêtre Vert ne pouvait pas expliquer ces propos et avait depuis disparu.

Orli se sentait perturbée. Cette faible présence autour d'elle, si chaleureuse et si puissante ici près de l'amas de gonflotteurs, lui faisait croire qu'ils ne se résumaient pas à ce qu'elle voyait. Ces nodules n'étaient pas de simples sacs de combustible facilement disponible.

Elle espérait que la réponse deviendrait claire avant que les opérations de grande envergure les drainent tous.

29

Tasia Tamblyn

Lorsque la *Curiosité Avide* revint sur Terre après son escapade à la station Cœur-de-Feu, Tasia appréhendait tout le travail administratif qui avait dû s'accumuler en leur absence. Rlinda ne l'avait certainement pas fait à leur place.

La corpulente commerçante les salua lorsqu'ils sortirent du vaisseau spatial familier dans la tour des Transports Kett.

— Heureux que vous ayez ramené mon appareil sans une égratignure… et c'est une surprise compte tenu de tout ce que vous avez traversé.

Robb parut embarrassé.

— Nous avons effectué quelques réparations cosmétiques à Nouvelle-Station pour que vous ne le remarquiez pas.

— Les Vagabonds nous ont aidés avec joie, surtout quand nous leur avons appris que les gonflotteurs sont pleins de carburant pour moteurs interstellaires, ajouta Tasia.

Rlinda croisa les bras sur sa poitrine.

— Vous avez causé pas mal d'ennuis en révélant cette nouvelle. Et, donc, les Transports Kett ne livrent plus l'ekti-X d'Iswander ?

Tasia cligna des yeux.

— Bien sûr que non ! Merdre, ils ont éliminé la moitié du clan Duquesne et Elisa Enturi a essayé de nous tuer quand nous avons découvert leurs infrastructures !

— Je n'ai pas dit que je n'étais pas d'accord avec cette décision, ma fille. En fait, n'ai-je pas eu des doutes dès le début sur l'origine de tout ce carburant pour moteurs interstellaire ? (Elle battit des mains.) Mais, avec l'enthousiasme que vous avez suscité, nous allons distribuer l'ekti-X produit par une douzaine de nouvelles installations vagabondes, donc je considère qu'il s'agit là de net positif. Où est Orli ? Je l'avais envoyée avec vous pour qu'elle soit en sécurité.

Ils lui expliquèrent qu'ils l'avaient laissée avec Garrison à la station Cœur-de-Feu tandis qu'elle faisait le tour de la *Curiosité*, admirant son vieux vaisseau. Même si elle leur permettait de piloter son appareil, Rlinda se sentait toujours très possessive.

— Il faut que vous arrêtiez de partir à l'aventure, tous les deux, et que vous posiez vos culs dans vos fauteuils de bureau. Je vous ai choisis comme administrateurs pour que je n'aie pas à m'inquiéter de ces conneries.

Les yeux de Robb se mirent à pétiller.

— Est-ce que cela veut dire que vous vous êtes occupée de la gestion pendant notre absence ?

— Même pas en rêve ! Vous avez tous les deux un mois de rattrapage à vous coltiner… et vous y êtes les bienvenus.

Un groupe de travailleurs du hangar, de techniciens de maintenance et de pilotes intérimaires vinrent les accueillir, impatients d'apprendre comment ils avaient réussi à sortir du champ d'extraction d'Iswander, mais Rlinda les écarta et se montra pressante.

— Descendez dans le hangar inférieur. J'ai quelque chose à vous montrer… et quelqu'un que vous voudrez rencontrer.

Quelques mécaniciens les suivirent, les harcelant encore de questions, mais Tasia les chassa.

— Nous vous raconterons toute l'histoire autour d'un verre en soirée. En fait, nous pouvons nous retrouver dans le salon du restaurant de Rlinda si elle veut bien nous le réserver ?

La forte femme acquiesça.

— Bar payant, cependant.

— Et promettez-moi qu'il n'y aura pas de groupe de musique, dit Robb. Nous souhaitons parler. Nous avons des histoires à raconter, et je veillerai à ce que Tasia s'en tienne aux faits essentiels.

Tasia poussa un grognement. Ils prirent tous un ascenseur pour descendre au niveau suivant du hangar, où ils furent surpris de voir Xander et Terry qui les attendaient.

Xander sourit.

— Vous voilà ! Nous avons combattu des robots noirs et des nuages de Shana Rei, nous avons échappé de justesse à la destruction de la station Ulio… et, là, vous pensez que vous pouvez nous faire de l'ombre avec des histoires à dormir debout ?

—Nous vivons des temps intéressants, pour le meilleur et pour le pire.

Tasia embrassa chaleureusement son fils et son compagnon, et Robb suivit son exemple. Ne voulant pas être en reste, Rlinda saisit l'occasion pour cueillir à son tour Xander et Terry dans une de ces étreintes dont elle avait le secret.

OK prit la parole.

—Êtes-vous ici pour inspecter le *Verne*? Nous sommes très satisfaits des réparations que nous avons effectuées.

—Nous n'avons pas lésiné sur les moyens, dit Xander. C'est le meilleur vaisseau de la flotte des Transports Kett.

—Mais nous ne volerons plus sur les routes commerciales habituelles, l'interrompit Terry. Nous avons trouvé une façon d'investir l'argent que Maria m'a laissé. Xander et moi allons créer un centre de récupération des épaves qui remplacera la station Ulio. Nous voulons saisir cette occasion, monter une entreprise viable qui aidera le commerce partout dans le Bras spiral.

Xander acquiesça.

—Ils afflueront vers un nouvel endroit. Il nous suffit de déterminer le bon emplacement, d'établir les installations, de trouver un équipage et l'équipement nécessaire, puis de commencer à collecter des vaisseaux qui ont besoin d'être réparés ou des épaves complètes que nous pourrons remettre en état pour les transformer en unités d'habitation… telles que des hôtels.

—C'est un plan ambitieux, dit Robb.

—Où allez-vous rassembler toutes ces choses ?

—Tout d'abord, nous allons nous rendre à Nouvelle-Station avec le *Verne* et voir si d'autres Vagabonds sont prêts à se joindre à nous.

Une sensation de chaleur envahit Tasia.

—C'est une excellente idée.

Rlinda frappa de nouveau dans ses mains tout en entraînant Tasia et Robb à sa suite.

—Assez de réunions. Je retourne à mon bureau, où je vais pouvoir vous remettre la paperasse. Vous avez tous les deux des tâches à accomplir, et je veux réorienter les ronchonneurs vers d'autres interlocuteurs.

—Ah ! le glamour de la direction d'une entreprise de premier plan, marmonna Tasia.

—C'est fichtrement vrai, dit Rlinda. La partie véritablement glamour, c'est celle où l'on prend sa retraite et où l'on passe le relais à quelqu'un d'autre.

Elle avait gardé pour elle le plus grand des bureaux de haut standing de la tour des Transports Kett, d'où elle profitait de la vue. La moitié de son espace de travail avait été transformée en cuisine d'entreprise, car elle aimait mitonner des plats pour elle-même et pour toute personne susceptible de lui rendre visite. Comme elle mijotait de très bons petits plats, elle avait beaucoup de visites.

Mais, dès qu'ils entrèrent dans le bureau, son humeur devint sérieuse.

— Il se passe beaucoup de choses graves dans le Bras spiral, des choses que nous ne pouvons pas ignorer. Je voulais vous montrer quelques images de Xander et Terry. Ils sont tout juste parvenus à rentrer au bercail, en se traînant, à bord du *Verne*. (Elle haussa les sourcils.) Nous savons tous à quel point les robots noirs sont des emmerdeurs, mais les Shana Rei sont bien pires. Regardez ça.

La surface transparente de son bureau afficha les images du journal de bord de Xander et Terry en train de se frayer un chemin en se battant pour s'éloigner de la station Ulio. Pilotés par des robots klikiss, des vaisseaux anguleux à l'allure féroce s'élançaient, réduisant en morceaux le complexe Ulio, détruisant les appareils vagabonds qui s'éparpillaient et faisant exploser les navettes en réparation au niveau des quais spatiaux. Le *Verne* s'en était sorti de justesse, des assaillants robots à ses trousses. Terry avait activé leurs moteurs interstellaires juste à temps et détalé, laissant la station condamnée derrière lui.

L'inquiétude se lisait sur les traits de Rlinda tandis qu'elle s'affaissait dans un fauteuil rembourré et surdimensionné derrière son bureau.

— Cela me rend nostalgique du bon vieux temps où de simples hydrogues nous poursuivaient.

Le spectacle avait donné la nausée à Tasia, et le visage de Robb trahissait son désarroi.

— Je n'arrive pas à croire que les garçons se soient sortis de ça.

— Ils peuvent se montrer présomptueux, mais ils n'agissent pas stupidement, dit Rlinda. Lorsqu'ils auront installé leur nouvel Ulio, vous n'aurez pas à vous inquiéter pour eux plus que vous le faites pour le reste d'entre nous.

Avec un grand soupir, elle s'avança pour prendre une petite capsule argentée montée sur un support en plexiglas sur son bureau. Elle la tint entre le pouce et l'index, et l'examina avec une expression de nostalgie.

— Qu'est-ce que le Bras spiral est en train de devenir ? Je pourrais dire que je suis heureuse que BeBob n'ait pas survécu pour voir des jours comme ceux-ci… mais ce serait une connerie totale. Il me manque et je m'en sortirais mieux s'il était à mon côté.

Elle frotta la capsule, puis la replaça avec amour sur son support.

— Tout au long de l'histoire de l'humanité, les gens ont dit : « C'est une époque difficile à vivre. » S'il y a jamais eu un âge d'or parfait, je ne l'ai pas trouvé. Il faut juste que nous surmontions ça.

Elle leva les yeux pour regarder Tasia et Robb, une expression intense sur les traits.

— Vous tiendrez votre promesse, n'est-ce pas ? S'il m'arrive quelque chose, veillez à ce que mes cendres soient placées dans une capsule comme celle-ci et lancez-nous tous les deux dans l'espace afin que BeBob et moi puissions voyager ensemble pour l'éternité. (Elle lâcha un petit gloussement forcé.) C'est nunuche, je sais, mais c'est ce que je veux.

— Il ne vous arrivera rien, dit Robb.

— Ne soyez pas idiot. Tout le monde meurt. (Elle tapota son tour de taille.) Et regardez-moi… je ne respire pas la santé. À mon âge, je dois penser à ce genre de choses, qu'il y ait ou non des monstres qui cherchent à détruire l'univers. (Sa voix se durcit.) Promettez-le-moi.

— Bien sûr que nous vous le promettons, répondit Tasia, mais je préférerais m'occuper d'abord de beaucoup d'autres problèmes.

— Moi aussi. (Rlinda se leva et se dirigea vers sa petite cuisine privée.) Préparons quelque chose à manger.

30

Zoe Alakis

Plus la maladie était mortelle, plus Zoe la trouvait fascinante. Et le fléau onthos était une source de fascination infinie.

Après avoir réussi à négocier avec le roi et la reine et être revenue de son voyage éprouvant sur Theroc, elle s'était isolée dans son sanctuaire stérile de Pergamus, où elle avait pu consulter les documents relatifs à ce fléau extraterrestre.

Tout au long de ses nombreuses années passées sur Pergamus, elle avait vécu dans son habitat sécurisé, respirant de l'air filtré et mangeant de la nourriture purifiée et insipide. Elle y examinait les innombrables rapports de recherche que lui soumettaient ses équipes alors qu'elles analysaient des agents pathogènes mortels, des endovirus virulents, des affections génétiques récurrentes ainsi que des parasites malveillants. De nouvelles maladies semblaient apparaître aussi vite que les experts médicaux trouvaient des remèdes.

L'univers était décidé à les tuer. Zoe l'avait toujours su, et elle ne baisserait pas la garde.

Pergamus était un arsenal qui contenait ces micro-organismes malins, et elle s'en délectait comme un collectionneur gère un zoo de monstres dangereux – des monstres trop petits pour être vus, mais des monstres tout de même. Maladies neuronales dégénératives, cancers résistant à tous les traitements connus, affections musculaires débilitantes, parasites cérébraux… cet éventail époustouflant de virulence la poussait à se demander comment la race humaine avait pu survivre aussi longtemps.

Elle se rassurait dans ses appartements stériles, toujours étonnée d'avoir eu le courage de se rendre sur Theroc, un endroit infesté d'innombrables contaminants. Mais elle était rentrée chez elle avec un trophée monumental : les archives de données d'Iswander provenant de la cité spatiale onthos, ravagée par l'épidémie.

Lorsque Tom Rom était revenu de Kuivahr avec le trésor de Tamo'l, des informations génétiques sur les Ildirans, il avait aussi ramené la chercheuse en chef elle-même. L'un des points faibles de la collection de Zoe était qu'elle manquait de matériel concernant les morbidités des Ildirans. Comme le patrimoine génétique de ces extraterrestres était extrêmement adaptable et suffisamment similaire à celui des humains pour permettre les croisements, leurs maladies présentaient donc un grand intérêt.

Alors que Tamo'l s'installait pour travailler dans l'un des dômes isolés de Pergamus, Tom Rom fit parvenir à Zoe une liste de ce dont elle avait besoin pour poursuivre ses recherches. L'hybride paraissait étonnamment coopérative, et Zoe attendait avec impatience ses premiers rapports. Tamo'l était peut-être elle aussi une scientifique dévouée et curieuse, comme la maîtresse de Pergamus. La chercheuse s'était toutefois préoccupée à l'excès de ses réfugiés mal-nés, voulant leur parler ou au moins leur envoyer un message. Zoe lui avait permis d'en enregistrer un à remettre à Ildira, ce qui avait semblé la rassurer, mais elle n'avait pas l'intention de laisser Tom Rom leur transmettre cet enregistrement.

Bien que l'objectif déclaré de Tamo'l ait été d'aider les métis dégénérés, les dômes sanctuaires de Kuivahr avaient davantage servi de centre de soins palliatifs que de laboratoire de recherche rigoureux. Mais ici, sur Pergamus, Tamo'l aurait l'occasion de cultiver la science pure sans que des mal-nés malades et souffrants la distraient.

Après que Tom Rom eut passé plusieurs jours à installer Tamo'l seule dans son nouveau dôme-laboratoire, Zoe insista pour qu'il vienne la voir en personne. C'est ainsi qu'il se fraya un chemin à travers la succession de sas de décontamination. À présent, Zoe et lui allaient déjeuner comme deux individus normaux – mis à part le fait qu'ils se trouvaient à l'intérieur d'un dôme stérile et mangeaient une bouillie autoclavée pleine de nutriments mais sans saveur.

Pour pouvoir la voir, Tom Rom mettait près de cinq heures à terminer le processus de nettoyage et de décontamination afin de garantir qu'il n'était pas infecté lorsqu'il passait du temps avec elle. Zoe était impatiente de découvrir ses aventures sur Kuivahr, mais elle s'inquiétait à l'idée qu'il avait encore une fois failli être tué pendant qu'il était à son service. Elle le suppliait souvent de ne pas s'exposer au danger, mais elle savait qu'il ne changerait pas ses habitudes. Il devait agir ainsi – pour elle et pour lui-même – et elle devait simplement avoir confiance en ses compétences et ses capacités.

Elle vérifia sa progression et constata qu'il lui restait encore deux zones de décontamination à traverser avant de la rejoindre. Cela lui prendrait une heure, aussi s'installa-t-elle pour lire les rapports détaillant les symptômes et l'évolution du fléau onthos, ainsi que la façon dont les parias du clan Reeves avaient découvert la cité spatiale abandonnée, étaient tombés sur des cadavres d'extraterrestres et avaient commencé à souffrir eux-mêmes des symptômes.

Elle étudia les documents avec une vive attention, sans jamais oublier que Tom Rom avait manqué de succomber à cette même épidémie. Dans les archives de données, elle trouva également de nombreux messages d'adieu insipides de Vagabonds mourants enregistrant leurs dernières paroles, comme si cela intéressait quelqu'un. Elle les avait tous écoutés – une fois –, en espérant que certaines victimes donneraient des indications pertinentes sur l'évolution de la maladie. Au lieu de cela, il s'agissait juste d'adieux larmoyants qui ne valaient pas la peine d'être répétés. Elle avait fait quelque chose de similaire tandis qu'elle tournait autour de Tom Rom au cours de ce qu'elle avait cru être les derniers jours de sa vie, avant que ses équipes créent un remède à base de gelée royale klikiss.

Elle chassa ces pensées, refusant de se souvenir de cette période où il avait été si malade, où elle avait eu si peur. Elle préférait se concentrer objectivement sur les données réelles. C'est ce qui comptait.

Ce fléau fascinant trouvait son origine chez les Klikiss, et cette race d'insectes belliqueux s'était attaquée aux rescapés Onthos après qu'ils eurent fui les Shana Rei. Quelque chose dans la composition génétique de l'épidémie l'avait rendue extrêmement adaptable, de sorte qu'elle avait existé en tant que rétrovirus chez les survivants klikiss, puis était passée à l'espèce onthos… et, récemment, avait muté pour frapper également les humains. Ce virus était merveilleux aux yeux de Zoe. Elle gardait les spécimens de sa bibliothèque en quarantaine stricte, là où l'épidémie ne pourrait jamais infecter quelqu'un d'autre.

Après sa fastidieuse décontamination, Tom Rom pénétra enfin dans la chambre centrale stérile. Vêtu d'une tenue en polymère jetable, il était manifestement aussi heureux de la retrouver qu'elle l'était de le voir.

Zoe sourit et soupira.

— Je sais qu'il n'est pas très pratique pour nous d'avoir une réunion en face à face, mais cela en vaut la peine. Vous et moi devons rester en contact. (Elle baissa la voix.) Vous êtes mon seul ami, Tom Rom.

— Et je ferai tout ce que vous souhaiterez, dit-il en souriant, tant que cela ne vous met pas en danger.

— Comment pourriez-vous jamais me mettre en danger ?

— Ne sous-estimez pas les périls inhérents à notre univers.

Zoe observa les images agrandies sur les écrans muraux tout autour d'elle, des micrographies électroniques à balayage d'organismes pathogènes malveillants.

— Je ne sous-estime jamais les risques. Vous devriez le savoir.

Elle avait préparé deux bols de gruau tiède provenant de l'autoclave, et Tom Rom prit le sien, puis s'assit en face de son bureau pour qu'ils puissent se regarder pendant qu'ils mangeaient. Zoe savait que d'autres êtres humains se seraient touchés, voire embrassés, mais elle ne tolérait pas cela, et Tom Rom n'attendait pas, lui non plus, ce type d'effusions. Ils avaient leur connexion. C'était suffisant.

Elle indiqua les archives relatives au fléau onthos.

— Ces dossiers sont très intéressants et ils font partie des meilleures données que je possède dans ma collection, mais je souhaite en apprendre plus.

— Je suis heureux que vous considériez que le marché conclu avec le roi et la reine en valait le prix. J'ai entendu dire que les Forces de Défense de la Confédération ont sévi contre Rakkem, comme promis. Les biomarchands ne s'attaqueront plus jamais à personne d'autre.

Zoe sourit.

— Il s'agit donc d'un excellent accord pour tout le monde… mais je ne pense pas que nous soyons au bout de nos peines. Je veux la preuve que Rakkem a cessé ses activités… J'ai *besoin* de contempler ses ruines.

Une étincelle de colère brilla dans ses yeux sombres. Elle ne voyait pas Tom Rom, mais plutôt cet endroit épouvantable, les entrepôts d'organes, les utérusines, tout comme la perfide Muriel, sa propre mère… que Tom Rom et elle avaient tuée. Elle n'avait aucun regret, si ce n'était qu'elle aurait souhaité que cet endroit soit condamné de manière plus permanente.

Tom Rom acquiesça.

— Je m'attendais à ce que vous me demandiez plus. Je vais me rendre à Rakkem et revenir avec un rapport afin que vous puissiez mesurer tout ce que les FDC ont fait.

— Assurez-vous que cet endroit soit ruiné… définitivement. (Elle sourit.) Mais pendant que vous arpentez le Bras spiral j'ai une autre mission. Le fléau onthos…

Elle jeta un coup d'œil à l'écran, étudiant les micrographies à haute résolution du monstre, infiniment petit, de cette maladie extraterrestre.

— Les premiers porteurs appartenaient à la race des Klikiss, apparemment non affectés, mais capables de transmettre l'épidémie aux Onthos. Je pense que nous avons à apprendre beaucoup de choses d'eux que nous pourrions appliquer à nos autres affections.

— Il y a de nombreuses planètes klikiss abandonnées, dit Tom Rom. Je peux fouiller les ruines à nouveau, si vous le souhaitez, puis partir en expédition sur Rakkem.

— Rassemblez toutes les données que vous pouvez sur les Klikiss. Obtenez de nouveaux échantillons de tissus de leurs cadavres et plus de gelée royale. (Elle fronça les sourcils devant l'écran, devant les tableaux de résultats qui défilaient et montraient tous des changements alarmants.) L'organisme de cette maladie dans votre sang a muté en quelque chose d'encore plus mortel, une souche que le remède qui vous a sauvé n'affecte plus. Il est très résistant.

— Je trouverai d'autres spécimens klikiss. Je connais pas mal de planètes parmi lesquelles je peux choisir.

Elle fit glisser l'écran de côté et regarda attentivement l'expression confiante et placide de son tuteur.

— Tant que vous êtes prudent. C'est la chose la plus importante.

— Je suis aussi prudent que possible. Vous le savez bien.

Il se rapprocha, et Zoe résista à l'envie de reculer, de maintenir la distance entre elle et lui. Le regard qui hantait ses yeux ne lui disait rien qui vaille.

— Je ne suis pas le seul à être en danger lorsque je me rends sur d'autres planètes, Zoe. Aucun endroit n'est sûr. Je suppose que vous avez lu mon rapport complet sur Kuivahr ? Les Shana Rei et les robots noirs constituent une menace significative. Ils ont non seulement anéanti Kuivahr, mais aussi de nombreux autres avant-postes humains et des colonies ildiranes.

Zoe ne saisissait pas en quoi cela les concernait ici, sur Pergamus.

— Vous devrez vous tenir éloigné d'eux, dans ce cas, lorsque vous recueillerez des informations pour moi.

Tom Rom mangea trois bouchées en silence, puis se redressa. Elle ne l'avait jamais vu aussi tendu.

— Comprenez-vous à quel point ils sont dangereux, Zoe ? Les Shana Rei sont plus puissants que les hydrogues eux-mêmes. Ils sont comme une… peste.

Elle était trop jeune pour se souvenir des impitoyables hydrogues, et, comme ses parents et elle étaient restés isolés sur la planète sauvage de Vaconda, la Guerre des Élémentaux n'avait eu que peu d'influence sur le cours de leurs vies.

— Je vous crois, et j'admets que les Shana Rei sont dangereux, mais vous êtes un homme seul avec un vaisseau rapide et vous gardez toujours votre sang-froid. (Comme Tom Rom ne semblait pas satisfait de sa réponse, elle leva les mains.) Je ne me soucie pas des Shana Rei, même s'ils paraissent dangereux. J'ai suffisamment d'organismes mortels ici sur Pergamus pour anéantir dix fois toute la race humaine. Le danger ne me dérange pas.

Elle se calma et le regarda avec chaleur.

— Il y a toujours eu des choses qui ont essayé de nous éradiquer, Tom Rom, mais nous sommes encore là.

31

Arita

Revenant à toute vitesse de la Sylve après avoir quitté la demeure abandonnée de Sarein, Arita transmit les sinistres nouvelles à ses parents. À côté d'elle, dans le compartiment de pilotage, Collin avait l'air ébranlé. Elle lui tendit la main et il entrelaça ses doigts avec les siens, puis les serra.

Lorsqu'ils arrivèrent en glisseur, le récif de fongus se trouvait en état d'alerte. On les conduisit rapidement dans la salle du trône, où les parents d'Arita les attendaient.

— Nous sommes heureux que vous soyez rentrés à la maison sains et saufs, dit Estarra, mais votre compte-rendu est horrible.

Arita prit plusieurs inspirations profondes afin de retrouver son calme.

— Il y a autre chose.

De la sacoche qu'elle portait à son côté, elle tira les journaux reliés à l'ancienne que sa tante avait conservés.

— Ce sont ceux de Sarein, expliqua-t-elle. Elle…

Les yeux d'Estarra s'écarquillèrent et elle se rassit, comme pour éviter d'entendre ce que sa fille avait à dire.

— Sarein est morte. Les Onthos l'ont tuée. Nous pensons qu'elle a découvert ce que les extraterrestres infligent aux arbres. (La voix d'Arita se brisa.) J'y étais allée en tant que naturaliste. J'essayais de trouver des réponses. Tout ce que Sarein voulait, c'était qu'on la laisse tranquille, mais elle a dû partir enquêter sur les arbres mourants.

Estarra inspira longuement et expira lentement en gardant les yeux fermés. Sa lèvre inférieure se mit à trembler, mais, lorsqu'elle rouvrit les paupières, elle était forte et son regard étincelait.

— Qu'ils aillent au diable ! Nous avons accueilli les Jardiniers ici, leur avons proposé de s'installer dans la Sylve, et, à présent, ils ont tué ma sœur.

Les tendons de la gorge de Peter saillirent tandis qu'il s'efforçait de contrôler sa colère.

— Le Bras spiral semble se déchirer… et maintenant cela se produit aussi ici, sur Theroc.

Arita aperçut Zaquel, une femme d'âge mûr qui avait été son amie et sa formatrice à l'époque où elle-même était une acolyte et lisait à haute voix aux arbres.

— Nous sommes restés aveugles à ce qui se tramait dans la Sylve, dit la femme plus âgée. Votre message est… impossible. Pourquoi ne l'avons-nous pas su ? Comment les verdanis ont-ils pu nous cacher cela… ? Et pourquoi ? Nous pourrions les aider !

— Une flétrissure frappe les arbres de l'intérieur, dit Collin. Ils sont tous en train de mourir là-bas, et aucun autre prêtre Vert ne semble s'en apercevoir.

— Nous organiserons une expédition dans la Sylve et ferons ce que nous avons à faire, annonça la reine Estarra d'un ton aussi dur qu'une lame de couteau. Si les Onthos ont tué Sarein et contaminé Kennebar et ses prêtres Verts, il est temps de revenir sur notre hospitalité.

— Je viens avec vous ! cria une voix familière.

Arita porta son regard au-delà des membres de l'assistance et aperçut son frère debout au côté d'Osira'h. Un large sourire emplit son visage.

— Reyn, tu es de retour à la maison !

Elle courut vers lui et le serra fort dans ses bras. Il vacilla sous l'effet de son enthousiasme et Osira'h tendit la main pour qu'il retrouve son équilibre. Arita se rendit compte que son frère était bien plus faible que la dernière fois où elle l'avait vu. Elle recula et l'étudia.

Reyn cligna des yeux, embarrassé. Il était pâle et décharné, et son visage présentait un flottement constant d'expressions, comme s'il luttait contre un défilé de souffrances en lui.

— Nous avons développé des traitements pour lui à partir de souches de varech sur Kuivahr… mais Kuivahr est désormais détruite, et nous en avons réchappé de justesse, annonça Osira'h. (Elle marqua une pause.) Avez-vous appris ce qui s'y est passé ?

Arita chancela.

— Qu'est-ce qui est arrivé là-bas ?

— Les Shana Rei, répondit Reyn, avant de faire un geste de dédain. Nous aurons le temps de te raconter cette histoire plus tard. Tout le monde ici l'a entendue. Nous voulons savoir ce que vous avez trouvé dans la Sylve.

— Collin peut partager ce récit à travers le télien de sorte que tous les prêtres Verts soient au courant, proposa Arita.

Mais Collin semblait réticent à l'idée de toucher l'esprit verdani et de s'y enfoncer de nouveau.

— Avant, c'était un lieu de paix pour moi. Et si je trouve les ténèbres là-bas ?

— Nous devons les chercher et les combattre là où ça nous est possible dans ce cas, dit Zaquel. (Elle leva les yeux vers le jeune homme et l'encouragea.) Racontez-moi, à voix haute, et j'enverrai votre récit par télien à travers le Bras spiral.

Avec les commentaires d'Arita, Collin décrivit ce qui s'était passé et Zaquel répéta l'histoire en touchant un arbremonde géant afin que tous les prêtres Verts y aient accès.

Le roi et la reine étaient manifestement troublés.

— Il faut s'attaquer à cette maladie qui frappe la forêt, dit Estarra, parce que la forêt-monde *est* notre monde.

— Et il y a quelque chose d'autre, une autre présence, précisa Arita. Elle nous a aidés à lutter contre les prêtres du vide, mais je suis la seule à la percevoir.

Quand elle décrivit l'immense et mystérieuse voix qu'elle entendait en elle, les prêtres Verts ne surent comment l'expliquer. Arita sentait encore une lueur trembloter et un murmure résonner dans sa tête, alors que ses sens s'amplifiaient et s'ouvraient.

À présent, armée de cette étrange acuité, elle regarda de nouveau Reyn et le vit d'une manière qu'elle n'avait pas pu saisir auparavant, comme si elle portait des verres qui rendaient les choses plus nettes. Elle avait assisté au déclin de son frère et avait gardé l'espoir acharné qu'il irait mieux pendant longtemps, mais elle se rendait compte qu'elle s'était fait des illusions. À travers sa vision curieusement focalisée et filtrée, elle sentait une flétrissure en lui, une ombre qui semblait remarquablement similaire à ce que Collin et elle avaient découvert au plus profond du réseau neuronal des arbremondes… similaire à ce qui se tapissait à l'intérieur des Jardiniers eux-mêmes.

Un voile de larmes de colère fit briller les grands yeux sombres d'Estarra.

— Nous allons réunir une expédition et partir pour la Sylve le plus tôt possible.

32

Générale Nalani Keah

Lorsqu'elle partait en patrouille au lieu de demeurer au siège des FDC, la générale Keah avait le sentiment qu'elle faisait quelque chose d'utile. Toujours hyperactive, elle détestait rester assise derrière un bureau, mais sa fonction l'exigeait parfois. Un bureau était un bureau, cependant, et Keah s'était dit qu'elle pouvait s'occuper de son travail administratif depuis la passerelle de son vaisseau amiral tout aussi bien que dans le Complexe orbital lunaire. Grâce à son prêtre Vert, elle pouvait rester en contact direct et immédiat si quelqu'un avait vraiment besoin de la déranger.

Et ces nouveaux nuages d'ombre sinistres devaient être étudiés.

À présent que son vaisseau amiral était entièrement réparé, elle était prête à décoller et à se battre. Le *Kutuzov* était le bâtiment le plus imposant des FDC, et elle en était sacrément fière, mais elle n'était pas naïve non plus. Lorsqu'elle partit enquêter sur la nébuleuse noire près du système Relleker, dix croiseurs Mantas l'accompagnaient, chacun chargé de bombes solaires améliorées et armé de batteries de canons laser. Cela devrait suffire pour botter des fesses.

D'après les rapports d'Adar Zan'nh, la Marine Solaire ildirane avait complètement éliminé les robots, les réduisant en poussière incandescente dans tout le système Kuivahr – et c'était une bonne chose, des emmerdes dont elle n'avait plus à se préoccuper. Zan'nh n'était pas enclin à l'hyperbole : s'il disait qu'il avait fait quelque chose, c'est qu'il l'avait fait. Les cylindres hexagonaux des Shana Rei étaient suffisamment intimidants comme cela.

Pendant les deux jours que dura le voyage vers Relleker, le groupe de combat de Keah effectua des exercices, reconstitua l'affrontement précédent avec les Shana Rei en utilisant des images réalistes et se prépara mentalement à la confrontation. Keah voulait que leur prochaine rencontre soit une *victoire* plutôt qu'une « leçon pratique ». Elle était la dirigeante des FDC, bon sang! et son travail consistait à protéger ces mondes.

Mais, lorsque le *Kutuzov* et les dix Mantas arrivèrent à Relleker, ils se retrouvèrent au milieu d'une bataille infernale. Le nuage d'ombre s'était refermé sur la planète surpeuplée à la manière d'un orage mortel. Ses vrilles et ses tourbillons noirs s'étiraient vers l'avant comme des pseudopodes et d'énormes cylindres hexagonaux en émergeaient, créés à partir de l'obscurité glacée. Bien que les Shana Rei aient déversé des vagues d'entropie qui perturbaient leurs systèmes technologiques, les vaisseaux des cafarobots menaient l'attaque principale. Et ils étaient plus grands et hérissés de plus d'armes que ce que Keah avait vu jusque-là. Il y en avait des milliers... peut-être même des dizaines de milliers.

— Pour le rapport d'Adar Zan'nh certifiant qu'il avait éradiqué les robots, on repassera. (Keah s'agrippa aux bras de son fauteuil de commandement.) Monsieur Patton, ouvrez le feu avec les batteries de canons laser 1 et 2. À tous les autres commandants, n'hésitez pas à participer!

Des lances de lumière cohérente embrochèrent plusieurs vaisseaux de cafarobots. Le blindage des cuirassés noirs anguleux devait être plus résistant qu'auparavant, car les premiers tirs de laser ne leur causèrent que des dégâts superficiels alors qu'ils auraient dû couper ces attaquants électroniques comme du beurre.

Les robots ripostèrent avec des rayons à haute énergie qui se fracassèrent contre les boucliers du *Kutuzov*. Des étincelles jaillirent des postes de la passerelle et les techniciens se précipitèrent pour effectuer des réparations d'urgence.

— Ils ont une sacrée patate, générale, dit le lieutenant Tait.

— Alors donnons-leur une patate en retour. Monsieur Patton, épicez les tirs de nos canons laser avec une volée de bombes solaires. Je suppose que vous savez marcher et mâcher du chewing-gum en même temps.

— Et jongler avec des sacs de haricots, générale, répondit-il.

Il activa les commandes.

Cinq sphères de plasma pulsantes jaillirent de la batterie de proue et filèrent en tournoyant dans la masse que formaient les vaisseaux des robots. Les appareils anguleux se dispersèrent lorsqu'ils virent arriver les bombes solaires, mais les explosions effacèrent tout de même au moins quatre-vingt-dix attaquants.

Mais ce n'était que quatre-vingt-dix sur des milliers. Des dizaines de milliers. Des *centaines* de milliers. Au-delà d'un certain point, le nombre de zéros n'avait plus beaucoup d'importance.

— D'où viennent tous ces cafarobots ? Z disait qu'il les avait tous détruits !

Les vaisseaux des robots étaient comme des frelons en colère qui piquaient une victime infortunée jusqu'à ce qu'elle meure. La plupart des attaquants ennemis ignorèrent tout simplement les forces de la générale Keah, choisissant de plonger dans l'atmosphère de Relleker, où ils bombardèrent les villes de la colonie. Les canaux de transmission se remplirent d'une tempête de cris de panique et d'appels à l'aide désespérés en provenance de la surface.

Les robots klikiss avaient plus qu'assez de vaisseaux pour anéantir la population et disposaient donc également d'une puissance de frappe écrasante pour encercler le *Kutuzov* et ces dix Mantas. Ils étaient en mesure d'absorber des milliers de fois plus de pertes que Keah. Ils ne semblaient pas se soucier du nombre de soldats détruits dans leurs rangs et continuaient tout simplement à se battre.

Plus d'une centaine de vaisseaux noirs anguleux se rapprochèrent de l'une des Mantas, la prenante pour cible et la martelant d'un tir de barrage ininterrompu en provenance d'armes énergétiques. Le capitaine de la Manta eut beau répondre de toutes ses armes, le blindage du croiseur ne résista pas à l'assaut. En moins d'une minute, les boucliers cédèrent et la Manta explosa.

Un millier de robots supplémentaires – une infime portion de la horde – se rapprochèrent des forces restantes de Keah. Jamais elle ne s'était attendue à livrer une telle bataille avec seulement onze bâtiments. Dix maintenant.

Les cris des civils piégés à la surface avaient diminué, car les transmissions étaient brouillées ou réduites au silence à mesure qu'une succession impitoyable de déflagrations de stérilisation rayait les villes de la carte. Chaque tempête nucléaire dévastait une partie des continents en contrebas, et les robots, d'une efficacité malveillante, bombardaient de nouveau le paysage. Keah était certaine qu'ils comptaient ne laisser de Relleker qu'une boule carbonisée.

Elle ne voyait pas comment son groupe de combat pourrait sauver la planète. Ses vaisseaux se battaient à un contre des dizaines de milliers d'adversaires.

Les robots noirs prirent pour cible une autre Manta des FDC en entourant le croiseur de centaines de cuirassés et en ouvrant le feu. Keah cria au reste de ses Mantas de converger en une vaine tentative de sauvetage de l'appareil condamné, mais, quelques instants plus tard, le croiseur piégé se réduisit à une simple explosion lumineuse.

Les cylindres hexagonaux des Shana Rei se dirigèrent vers la planète, inondant les vaisseaux et les villes restantes de perturbations tourbillonnantes. Alors que le nuage d'ombre se rapprochait, les canons laser du *Kutuzov* commencèrent à dysfonctionner. Les tirs des canons laser des FDC fusèrent de façon chaotique, manquant leur cible. Puis d'autres générateurs d'armes crachèrent, neutralisant totalement les lasers. De nombreux systèmes de la passerelle du Mastodonte se déréglèrent, et les membres d'équipage se mirent à marteler leurs écrans, essayant d'accéder à leurs processus de sauvegarde et de les lancer.

La générale Keah s'était toujours juré de ne pas fuir en plein combat. En tant que jeune soldate des FTD, vingt ans plus tôt, elle avait affronté la totalité de la flotte des nefs-essaims klikiss lorsqu'elle s'était rapprochée de la Terre, et elle savait donc très bien ce qui était en jeu ici. Peut-être que ça n'avait pas été une promesse très raisonnable à faire, surtout dans les circonstances actuelles.

Devenus incontrôlables, trois de ses croiseurs Mantas partirent en vrille, complètement vulnérables aux attaques ennemies.

— Ces vagues d'entropie détruiront nos vaisseaux aussi sûrement que les cafarobots !

Même si les mots lui brûlaient la gorge comme de la bile, elle hurla à travers le canal de communication en espérant que les transmissions fonctionnaient :

— Dégagez d'ici ! Éloignez-vous… Fuyez par n'importe quel vecteur et rendez-vous au COL.

Son officier en second cligna des yeux, une expression alarmée dans le regard.

— Mais, générale, qu'en est-il des habitants de Relleker ? Il doit y avoir une évacuation…

— Regardez, monsieur Wingo, nous ne pourrons jamais emporter le moindre chargement au milieu de ces conflagrations même si nous trouvons des survivants là en bas. Et nous perdrions probablement le reste de notre groupe de combat entre-temps.

Les vaisseaux des robots noirs prirent pour cible une autre Manta et se rapprochèrent par milliers en ouvrant le feu. Keah cria dans le communicateur :

— Dégagez de là !

Le capitaine de la Manta activa ses propulseurs interstellaires et lança son croiseur en difficulté dans le mur des vaisseaux de robots, brisant six d'entre eux – et causant sans aucun doute de monstrueux dommages à sa propre coque dans le processus. Mais les moteurs interstellaires tinrent bon et le croiseur s'enfuit. Quant à savoir s'ils survivraient et atteindraient la Terre, c'était une autre question.

— Battez en retraite, bon sang ! annonça Keah sur le canal de commandement. Ma fierté n'est pas à ce point aveugle. À tous les capitaines, activez vos moteurs interstellaires et éloignez-vous de Relleker. (Elle se tourna vers le prêtre Vert.) Monsieur Nadd, envoyez un message par télien au cas où nous n'y arriverions pas.

Le mystique continuait à agripper son surgeon tandis que les vaisseaux des cafarobots se rapprochaient d'eux. Il tremblait, mais il marmonna son message, qui se déversa dans l'esprit verdani.

La générale Keah s'effondra dans son fauteuil, respirant avec difficulté tandis que le *Kutuzov*, passant en vitesse lumière, s'évanouissait dans l'espace.

33

Le Mage Imperator Jora'h

Indisposé, le Mage Imperator se reposait dans son chrysalit. Son peuple avait besoin de le voir et de le sentir, et il dépensait beaucoup d'énergie pour rassembler les brins du thisme qui assuraient la force de l'Empire ildiran.

Depuis la destruction de Wythira, il s'était efforcé d'empêcher la race ildirane de désespérer. L'Empire avait déjà perdu des scissions pendant la Guerre des Élémentaux, mais ce massacre-là avait été extrêmement rapide et complet. Les créatures des ténèbres avaient anéanti un monde en totalité.

Une septe de la Marine Solaire s'était précipitée au secours de la scission touchée, mais la planète était déjà dévastée à son arrivée. Il n'y avait pas un seul survivant, et aucune structure n'était restée debout. Les robots klikiss et les ombres avaient carbonisé Wythira, puis étaient partis, sans doute pour frapper ailleurs. Adar Zan'nh revenait de Kuivahr, un autre monde que les créatures des ténèbres avaient détruit, et il n'y avait trouvé qu'un unique rescapé. Un humain, qui avait été envoyé à Nouvelle-Station pour retrouver son peuple.

Jora'h savait que les Shana Rei voulaient anéantir l'existence elle-même. Wythira n'était que la première à avoir subi des frappes de ce type. Même lui, le Mage Imperator de l'Empire ildiran, se sentait impuissant face à eux. Il percevait les ombres insidieuses qui sondaient et tordaient les fils du thisme.

À présent, la lumière éblouissante de plusieurs soleils se déversait dans la salle d'audience de la hautesphère. L'image de son visage calme et bienveillant projetée sur la brume flottait au-dessus de sa tête, comme si rien ne pouvait troubler l'Empire ildiran, mais il savait qu'il en irait autrement.

Trente assisteurs entouraient l'estrade sur laquelle reposait son chrysalit. Les petits kiths s'activaient autour de lui, désireux de répondre à ses moindres besoins, apportant des rafraîchissements aux courtisans et aux kiths nobles qui menaient également des affaires courantes dans le Palais des Prismes. Des gardes bien armés se tenaient à l'entrée de la salle d'audience, brandissant des katanas à pointe de cristal. Ces Ildirans à l'allure bestiale seraient prêts à mourir pour défendre leur Mage Imperator contre n'importe quelle foule possédée, mais il savait que les ennemis *intérieurs* pouvaient être tout aussi dangereux.

Jora'h se sentait beaucoup plus en sécurité avec sa fille guerrière, Yazra'h, et la pupille de cette dernière, Muree'n, à ses côtés comme protection supplémentaire. Il était persuadé, de manière irréaliste, que la souillure des ombres ne pouvait pas affecter les deux femmes. Yazra'h se tenait debout dans son armure en écailles de lézard. Ses yeux brillants restaient concentrés. Elle serrait dans son poing une lame de cristal, mais elle pouvait être tout aussi mortelle à mains nues. Près d'elle, Muree'n l'hybride ressemblait à une version plus petite et plus jeune de Yazra'h, tout aussi déterminée à prouver sa force et à accomplir ses prouesses.

En ce moment même, Jora'h rencontrait un représentant des clans de Vagabonds venu proposer un nouvel accord commercial pour la livraison de carburant pour moteurs interstellaires. Un homme grand et mince, aux cheveux bruns hirsutes et à la barbe peu soignée.

— Je viens au nom de l'Orateur Sam Ricks, monsieur… hum… Mage Imperator. Il y a eu un changement dans les opérations d'exploitation de l'ekti, qui offre une opportunité considérable pour les clans de Vagabonds et l'Empire ildiran.

Le Mage Imperator jeta un coup d'œil au Premier Attitré, donnant à son fils la permission de répondre. Daro'h prit une inspiration.

— L'Empire ildiran achète depuis longtemps de l'ekti aux Vagabonds, dit-il. Qu'est-ce qui diffère aujourd'hui ?

— Une nouvelle technique de récolte beaucoup plus efficace que le traitement d'énormes quantités d'hydrogène provenant de géantes gazeuses. Nous nous attendons à ce que le prix du carburant pour moteurs interstellaires baisse de manière significative. Je vous propose un accord qui ferait du consortium de clans que je représente votre fournisseur exclusif d'ekti-X. Dans ces conditions, nous baisserions le prix de cinq pour cent supplémentaires.

L'homme semblait penser qu'il soumettait une affaire à ne pas manquer.

Daro'h fronça les sourcils, regarda son père, et Jora'h se redressa.

— Nous avons toujours payé ce qui était nécessaire et obtenu ce dont nous avions besoin.

— Mais, de cette façon, vous obtiendriez plus d'ekti-X pour un coût moindre, insista le chef de clan. Une telle garantie pourrait être très utile, surtout en ces temps troublés où les Shana Rei nous menacent. Votre Marine Solaire…

Tandis que l'homme parlait, les vingt assisteurs, toujours animés et occupés, arrêtèrent soudain leurs mouvements. D'habitude, Jora'h ne remarquait que rarement leurs conciliabules constants et pleins de sollicitude, mais à présent ils s'étaient tous figés comme s'ils entendaient une voix lointaine et irrésistible. Ils se retournèrent à l'unisson, de façon mécanique, et Jora'h ressentit un frisson glacial en voyant que leurs yeux avaient changé. D'un vert bien vif et pétillant en temps normal, leurs iris étaient désormais remplis d'ombres noires comme de l'encre.

Leur masse se précipita vers l'avant comme une meute de rongeurs prédateurs déchaînés. Toujours occupé à plaider sa cause, le Vagabond mit quelques secondes à se rendre compte que les assisteurs chargeaient dans sa direction.

— Par le Guide Lumineux… !

Jora'h s'extirpa de son chrysalit et rugit :

— Arrêtez-les !

Sans hésiter, les kiths gardes accoururent en brandissant leurs katanas de cristal. Les nobles qui se trouvaient dans la salle se dispersèrent tandis que les courtisans s'agitaient en tous sens pour s'écarter du chemin.

Dans un silence sinistre, les assisteurs possédés foncèrent en entraînant le Vagabond sur le sol poli. L'humain riposta, se débattit, les rejeta, mais, pour chaque assisteur qu'il repoussait de ses poings, trois autres lui sautaient dessus. Ses cris de surprise se transformèrent en hurlements de douleur tandis qu'ils le griffaient et le martelaient. Des bruits sonores de craquements d'os résonnèrent alors dans la chambre.

Yazra'h bondit dans la mêlée, balançant sa lame de cristal et décapitant deux assisteurs d'un seul coup. Muree'n utilisa sa lance pour empaler l'un d'eux, écarta le corps, puis tournoya pour en transpercer un second.

Tandis que les gardes tentaient d'arracher le Vagabond à ceux qui l'assaillaient, dix autres assisteurs caquetants se ruèrent vers les degrés de l'estrade… avec l'intention manifeste d'assassiner le Premier Attitré. Daro'h se défendit lui-même et frappa le premier qui s'avançait.

Le garde le plus proche monta les marches en rugissant, mais Yazra'h et Muree'n furent plus promptes à agir. Elles repoussèrent les serviteurs et se placèrent devant Daro'h, tuant deux autres agresseurs, mais ceux-ci ne s'arrêtaient toujours pas.

Jora'h disposa le chrysalit entre la foule possédée et lui, certain qu'elle l'attaquerait ensuite. Prêt à les affronter à mains nues, il se tenait en position de combat.

Mais alors que les assisteurs déferlaient en masse sur l'estrade, les yeux imprégnés de noirceur, ils fixèrent le regard sur Jora'h et hésitèrent une seconde, puis se détournèrent de lui et foncèrent sur Daro'h tandis que d'autres se jetaient sur les gardes et les nobles.

Le Mage Imperator vit Muree'n observer les assisteurs qui refusaient de le toucher. Puis elle fit volte-face et abattit un autre assaillant. Les serviteurs possédés étaient nombreux, mais ils étaient mous, petits et désarmés. Leur plus grande force avait résidé dans l'élément de surprise, et, désormais, Yazra'h et sa pupille les éloignaient facilement du Premier Attitré.

Le Vagabond n'eut pas cette chance. Les gardes tuèrent quinze serviteurs, mais pas avant que la foule défonce la tête de l'homme et lui écrase le sternum. Le Vagabond gisait au sol, agité de tressautements et crachant du sang, mortellement blessé.

Les gardes en colère bloquèrent les cinq agresseurs survivants, les tenant à distance bien qu'ils tentent de franchir leur barricade de katanas cristallins. Les assisteurs possédés fixaient leurs yeux noirs et vides sur le Mage Imperator.

Jora'h frémit. Il luttait contre les ombres qui l'envahissaient, mais il savait que ces assisteurs ne pourraient jamais être guéris. Même si les Shana Rei les libéraient, ils mourraient frappés par l'horreur pure d'avoir trahi leur propre race, le thisme et le Mage Imperator. La colère l'envahit. Ces assisteurs étaient à jamais souillés et déchus.

— Tuez-les tous, dit-il d'une voix creuse.

Rejoints par plusieurs gardes, Yazra'h et Muree'n utilisèrent leurs katanas pour exécuter les derniers ennemis. La salle d'audience était jonchée de cadavres de créatures innocentes qui n'avaient voulu que servir leur Mage Imperator. Les kiths gardes évacuèrent les nobles et les représentants commerciaux, puis fermèrent les portes avant d'appeler des kiths ouvriers afin qu'ils nettoient toutes les traces du massacre.

Chancelant, Daro'h regardait autour de lui, l'air consterné, terrifié.

— C'est ce à quoi Rod'h et moi avons fait face lors de la cérémonie solaire, quand la prêtresse lentil a été tuée avec ses disciples. (Il secoua la tête, écœuré.) Rien ne pouvait les arrêter

Jora'h se sentait étourdi. Des parasites sombres papillonnaient à la périphérie de son champ de vision et il secoua la tête, respirant avec difficulté. Il était furieux que les Shana Rei s'immiscent jusqu'ici, qu'ils attaquent le peuple ildiran dans son Palais ! Et ce pauvre Vagabond…

— Vos yeux, seigneur… J'ai vu…, dit Muree'n d'une voix juste assez forte pour que Jora'h l'entende.

— C'était ton imagination et rien d'autre, rétorqua sèchement Yazra'h. Emmenons le Mage Imperator à l'écart, là où on pourra le protéger de toute nouvelle menace.

Jora'h prit une profonde inspiration et accompagna Daro'h tandis que les deux femmes les guidaient. Il savait qu'aucun endroit n'était entièrement sûr, et il craignait ce que Muree'n avait entrevu dans ses yeux.

L'Empire ildiran n'était peut-être pas à l'abri de lui non plus.

34

Lee Iswander

Elisa était partie – et c'était une bonne chose. L'idée même attristait Lee Iswander, lui qui avait placé tant d'espoirs en elle. Elle était exactement le type d'employée sur qui il pouvait compter : dévouée, intelligente, pleine de ressources, une personne aux priorités bien définies, une personne qui aurait dû être sa véritable partenaire dans ses ambitions.

Mais Elisa était également une meurtrière – et elle s'était fait prendre. Ces deux éléments la disqualifiaient entièrement. Elle avait volé un vaisseau des Industries Iswander et avait décollé sans le moindre adieu. Il comprenait parfaitement qu'elle ait agi ainsi. Au moins, elle avait interprété *sa* suggestion de manière claire.

Il avait imaginé plusieurs façons de résoudre le problème et rétablir sa réputation, la plupart d'entre elles consistant à utiliser Elisa comme bouc émissaire, à la jeter en pâture aux loups pour pouvoir se laver les mains et clamer son innocence totale. Mais il n'était pas aussi naïf et il savait que les Vagabonds ne l'étaient pas non plus. Dire qu'il n'avait aucune idée de ce qu'Elisa *pouvait* tramer le ferait passer pour un idiot inconscient, et il ne le tolérerait pas.

C'était probablement la meilleure option. Il était heureux qu'elle l'ait vu de la même façon.

Alarmé, l'adjoint Pannebaker vint au rapport.

— Elisa est partie, chef ! Elle a volé un de nos vaisseaux et s'est enfuie.

Iswander tenta de prendre un air surpris.

— Une idée de l'endroit où elle est allée ? A-t-elle transmis une trajectoire ?

Pannebaker cligna des yeux.

— Bien sûr que non. Pourquoi ferait-elle cela ?

Iswander haussa les épaules.

— Alors nous sommes aussi aveugles que les autres. Il n'y a aucun moyen de l'attraper.

— Allez-vous la dénoncer ? (D'ordinaire imperturbable, Pannebaker semblait de plus en plus contrarié.) Elle est recherchée pour meurtre.

— Rédigez un rapport. Nous conserverons une documentation complète que je pourrai présenter aux clans de Vagabonds et à la Confédération. Pour le reste… ça n'est pas de notre ressort. Elle est partie, et, tout ce que nous pouvons faire, c'est lui souhaiter bonne chance.

— « Lui souhaiter bonne chance » ? (La voix de Pannebaker se brisa.) Elle a tué tous ces gens !

— Oui, et à cause de cela notre réputation est détruite. Elisa était peut-être un électron libre qui a commis de terribles choses, mais ce sont les Industries Iswander qui finiront par payer le prix de ses actes. En conséquence, ma société pourrait bien être ruinée. (Il soupira et regarda par la baie vitrée les gonflotteurs dont la grappe allait en s'amenuisant tandis qu'ils étaient vidés et jetés au rebut.) Continuez à récolter du carburant pour propulseurs interstellaires et espérez que nous trouverons un marché. Sinon, je ne sais pas ce que nous ferons d'autre.

Il avait toujours aimé passer du temps dans le centre de contrôle, à observer les opérations, les diagrammes de productivité, les réservoirs d'ekti qui remplissaient les rangées destinées à être transportées. La construction de ces installations d'extraction avait été passionnante pour lui, un défi à relever, un avenir radieux dans un univers gigantesque. Toutefois, à présent que la rangée suivante était remplie d'ekti, il savait qu'ils atteindraient bientôt un point critique. Où irait-il lorsque la prochaine cargaison serait prête ? Il ne pouvait pas s'asseoir sur tout ce combustible.

Sans la station Ulio et sans les Transports Kett, il lui serait difficile de distribuer du carburant pour moteurs interstellaires, sans compter que les Industries Iswander étaient probablement mises sur liste noire dans tout le Bras spiral. Nouvelle-Station était le débouché le plus évident pour l'ekti-X, et il espérait qu'un clan de Vagabonds aurait une morale assez souple pour faire affaire avec lui.

Mais les clans l'avaient déjà rejeté par le passé. Ils ne lui avaient jamais pardonné le désastre de Sheol : mille cinq cent quarante-trois points noirs entachaient son honneur, et aucun Vagabond ne le laisserait l'oublier. Jamais. Peu importe ce qu'il faisait pour se rattraper.

Iswander se sentait de plus en plus découragé alors qu'il passait ses journées dans le centre de contrôle. Ses employés étaient conscients du problème qui se profilait. Il était certain que nombre d'entre eux regrettaient d'avoir décidé de se joindre à lui pour ce qui avait semblé être un plan d'enrichissement rapide. D'autres, comme Pannebaker, avaient encore foi en lui… mais combien de temps cela durerait-il ? Tôt ou tard, Elisa ne serait plus la seule à avoir volé un vaisseau et à s'être éclipsée. Il pourrait être amené à dissoudre son entreprise d'extraction, à libérer les ouvriers de leurs contrats de confidentialité et à les laisser se débrouiller seuls. Il ne pourrait pas les retenir plus longtemps s'il n'avait rien à leur offrir.

Ne voulant pas paraître découragé devant eux, il s'excusa et retourna dans ses quartiers privés. Londa était là en permanence, joyeuse et motivante, l'aimant quoi qu'il arrive : c'était son travail en tant qu'épouse, et elle s'était toujours bien acquittée de ses tâches.

Il se rendit compte qu'il ne l'appréciait pas à sa juste valeur et qu'il l'avait à maintes reprises écartée parce qu'elle n'était pas une visionnaire, une femme d'affaires impitoyable ou une adjointe déterminée comme Elisa. Non, elle s'attachait à de vieilles représentations lorsqu'elle jouait son rôle – ce qui était exactement ce qu'il lui avait demandé, la raison précise pour laquelle il s'était marié avec elle.

Lorsqu'il entra dans leurs quartiers, elle l'accueillit jovialement.

—Lee, tu rentres tôt ! Ta compagnie me ravit.

—Merci.

Il se sentait immensément fatigué. Il humait l'odeur du dîner qu'elle avait préparé, bien meilleur que les repas préemballés qu'il mangeait souvent devant sa console dans le centre de contrôle. Leurs quartiers étaient parfaits, décorés de couleurs vives et s'inspirant de quelque utopie imaginaire. Il avait fait des Industries Iswander son empire, mais celui de Londa était leur foyer – beaucoup moins ambitieux et avec des frontières beaucoup plus petites, mais elle le dirigeait à merveille.

—Je sais que tu as eu une journée difficile, dit-elle. Si je peux faire quoi que ce soit pour t'aider, n'hésite pas à demander. Parle-moi. Je suis là si tu as besoin de moi.

Elle lui apporta une tasse de thé-poivre. Il n'y avait même pas pensé, mais il se rendit compte que c'était ce qu'il désirait et ce dont il avait besoin.

— Tu prends toujours bien soin de moi, mais je n'ai pas fait ce qu'il fallait pour toi.

Elle fit un signe dédaigneux de la main.

— Bien sûr que si. Qu'est-ce que je pourrais vouloir de plus ?

Il prit une longue gorgée et ferma les paupières après s'être assis dans un fauteuil confortable.

— Que pourrais-tu vouloir de plus ? Tu vis seule dans un complexe isolé, loin de la civilisation. Tu n'as pas d'amis ici. Tu ne peux pas faire les choses que tu souhaiterais. Notre fils est parti. (Il secoua la tête, déterminé.) C'est injuste pour toi.

— Tu es mon mari. C'est ce que j'ai accepté de faire. Je ne peux pas diriger ton entreprise, mais je peux être une bonne épouse.

— Et je peux être un bon mari, dit Iswander, sa décision prise. C'est pourquoi je vais t'inviter à partir. Tu ne devrais pas rester ici. Va à Nouvelle-Station... Je te paierai les meilleurs appartements là-bas. Tu pourras t'y installer, avoir des amis, faire ce que tu veux... et tu seras proche d'Arden. (Londa tenta de discuter cette suggestion, mais il vit son expression s'éclaircir.) Ce ne sera que temporaire, poursuivit-il, jusqu'à ce que les choses s'arrangent ici. Je te le dois pour tout ce que tu as fait pour moi.

— Mais je ne devrais pas, dit Londa. Ma place est ici, avec toi.

— Je sais que tu le penses, mais ce n'est pas pour cela que tu as signé. Repars pour Nouvelle-Station et prépare le terrain pour mon retour. Répands la bonne parole en ma faveur auprès de tes amis. Si tu les convaincs, ils en parleront autour d'eux. On peut peut-être tout régler.

Elle eut l'air surprise.

— Tu crois vraiment que je peux t'aider ?

Il ne voulait pas lui faire remarquer qu'avec sa réputation au plus bas n'importe quoi pourrait lui venir en aide. Il regarda par la baie tout en réfléchissant. Les gonflotteurs dérivaient là, pesants, inoffensifs et paisibles. Les nodules scintillèrent tandis qu'une chaîne d'éclairs internes les traversait successivement, une lueur après l'autre. Ces poussées d'énergie étaient de plus en plus fréquentes, ce qui rendait l'activité de plus en plus dangereuse. Peut-être serait-il préférable d'arrêter les opérations d'extraction d'ekti avant que quelqu'un d'autre soit blessé… avant que les Vagabonds aient une nouvelle raison de le blâmer.

— Je leur dirai que tu es un homme bon, Lee, dit Londa. Je ferai en sorte qu'ils me croient.

— Tu peux essayer. (Il lui sourit en finissant son thé et se leva pour l'embrasser sur la joue.) Je demanderai à Pannebaker de te déposer à Nouvelle-Station dès que tu auras bouclé tes bagages. Mais je reste ici. Je ne peux pas partir… pas encore.

Londa était visiblement partagée, mais elle ferait ce qu'il lui demandait. En y réfléchissant, il se rendit compte qu'il n'avait pas hâte qu'elle s'en aille, car le complexe était déjà assez dépeuplé avec le départ d'Elisa, mais il avait enduré pire et il survivrait à tout cela. Il n'avait qu'à trouver un autre moyen… comme il l'avait toujours fait.

35

Elisa Enturi

Comme son vaisseau volé provenait des Industries Iswander, Elisa en retira les marques extérieures et trafiqua le code d'identification enregistré. Lorsqu'elle se glissa dans Nouvelle-Station, elle ne se présenta pas. Elle n'était rien d'autre qu'une voyageuse faisant profil bas. Elle avait des affaires à mener ici. Des affaires personnelles.

La sécurité vagabonde avait toujours été laxiste. Les gens ici étaient occupés, indépendants et désorganisés. Les clans de la vieille garde avaient conclu des accords scellés par une poignée de main sur la base de liens familiaux, de promesses et d'individualités. Pas un véritable plan de développement, selon elle. Elle n'avait jamais éprouvé le moindre respect pour eux.

Bien que Lee Iswander soit lui-même un Vagabond, il avait lutté pendant des années pour que les clans suivent les normes du commerce, mais, au lieu d'adhérer aux règles qui avaient fait le succès et la richesse des Industries Iswander, les Vagabonds l'avaient comparé de manière moqueuse au président honni de la Hanse, Basile Wenceslas. Ils l'avaient humilié lorsqu'il avait tenté de devenir Orateur des clans. Elisa s'était sentie insultée et indignée pour lui. Ne voyaient-ils pas quel grand homme il était ?

Elle se força cependant à ne plus penser à lui. Iswander l'avait larguée, balancée par le sas. Elle était seule à présent. Tant de gens l'avaient déçue : sa propre famille sur Terre, habitée par le sentiment indolent que tout lui était dû, qui avait profité de son travail acharné… et Garrison Reeves, le Vagabond qu'elle avait épousé. Il s'était rebellé contre son propre clan rétrograde, et, à eux deux, ils auraient dû ébranler la Confédération… mais les priorités de Garrison s'étaient révélées tout à fait erronées. Une autre déception. Elle avait cru que Lee Iswander était différent, plus admirable.

Elle avait été chassée de la vie et des réalisations du baron d'industrie, elle avait tout perdu. Presque. Elle réclamerait son fils et veillerait à ce qu'il soit élevé correctement. Seth était talentueux et intelligent, elle le savait. Elle l'éloignerait des distractions et des diversions nées du lavage de cerveau des Vagabonds. Ce garçon était la dernière chose dont elle pouvait encore revendiquer la propriété.

Contournant la station principale, elle se dirigea directement vers la comète évidée qui faisait office d'école pour Vagabonds où se trouvait Seth. Le corps céleste brillait de façon anormale contre l'obscurité de l'espace, contaminé par la présence ténue de wentals.

Elisa n'aimait pas que Seth vive là. Et si ces élémentaux d'eau, censés être bienveillants, le blessaient ? Une raison supplémentaire de l'éloigner de cet endroit.

Elle mit le cap sur le hangar de livraison de l'école en indiquant sur le réseau de transmission que son vaisseau transportait les fournitures demandées pour Academ. Après avoir atterri, elle s'arma d'un pistolet étourdisseur chargé en s'assurant de pouvoir régler l'intensité sur « Tuer » si cela s'avérait nécessaire. Elle n'allait pas tolérer que quiconque essaie de l'empêcher de prendre son fils.

Iswander lui avait fait choisir ses priorités, et elle avait préféré ignorer les drames familiaux et les distractions pour se concentrer entièrement sur sa carrière, laquelle aurait été importante d'après les promesses d'Iswander. Elle avait eu du mal à se décider, mais la réponse avait toujours été évidente. Elle voulait être avec Lee Iswander. Elle aurait pu soit affecter des milliers de vies, modifier la politique et l'économie de la Confédération, voire changer le cours de l'histoire, soit être un parent dévoué. Elle avait accepté ce sacrifice.

Qu'Iswander avait rendu inutile. L'autre option était tout ce qu'il lui restait…

Elle se fraya un chemin dans les tunnels de glace en pente ; elle savait où se situaient les salles de classe. Elle avait déjà retiré Seth de l'établissement une fois. Peut-être pourrait-elle le trouver rapidement et l'emmener avant que quelqu'un réagisse. Elle était la mère du garçon après tout. Elle avait le droit de le prendre.

Cependant, elle était certaine qu'ils essaieraient de l'en empêcher.

Elle jeta un coup d'œil dans plusieurs salles, y repéra des employés de bureau et des enseignants vagabonds, mais aucun signe de Seth.

Lorsqu'elle tomba sur un comper Précepteur qui se dirigeait d'un pas décidé vers une salle de classe, elle l'arrêta.

— Dis-moi où trouver Seth Reeves.

Le comper se figea au milieu de sa course pour consulter le planning des cours.

— Niveau quatre. Il suit actuellement un cours d'ingénierie hydraulique prodigué par le comper Précepteur KA. Dois-je vous y accompagner ?

Elisa ne voulait pas perdre de temps.

— Oui. Je suis pressée.

Le comper la conduisit à un ascenseur proche, qui les fit descendre de deux niveaux. La pâle lueur wentale à l'intérieur de la glace dispensait une sinistre illumination vacillante. Elisa voulait que son fils quitte rapidement ces lieux.

Ils sortirent et se dirigèrent vers une grande pièce creusée dans le mur. Sans s'arrêter, le comper entra dans la salle de classe.

— Cette femme demande Seth Reeves.

Elisa aurait préféré ne pas s'annoncer de manière aussi visible. Sa détermination vacilla lorsqu'elle vit Jess Tamblyn et Cesca Peroni donner le cours ensemble. Ils se retournèrent pour la regarder avec surprise.

Elle passa devant le comper et repéra sur-le-champ Seth au deuxième rang. En tant que mère, elle savait qu'elle avait un lien étroit avec son enfant.

— J'emmène mon fils. Sa place est avec moi... pas ici.

Elle tendit la main. Seth la choqua en reculant.

— Non !

Elle fut alors stupéfaite de voir Garrison et sa nouvelle petite amie, Orli, au fond de la classe. Ils avaient dû venir rendre visite à Seth. Garrison accourut pour se mettre devant le garçon et la bloquer.

— Non. Tu as perdu le droit de prendre ces décisions.

Orli Covitz se précipita elle aussi pour s'interposer. Le visage rouge et les poings serrés le long du corps, elle foudroya Elisa du regard.

— Tu as essayé de me tuer. Et pas *seulement* moi : tu es une meurtrière multirécidiviste.

Elisa se sentit prête à exploser. Avaient-ils planifié cela, conspirant tous pour la tenir éloignée de son propre fils ?

— Qu'est-ce que vous faites ici ?

Elle attrapa son étourdisseur en se demandant si elle aurait assez de charge pour tous les étendre.

Tandis que les élèves se mettaient à parler avec excitation, Jess et Cesca se placèrent autour du garçon pour le protéger.

— L'assemblée des Vagabonds a lancé un mandat d'arrêt contre vous, Elisa, dit Jess. Vous avez détruit le complexe d'un clan et assassiné toutes les personnes qui s'y trouvaient.

Elisa ne recula pas pour autant.

— Je n'accepte pas ces accusations et l'assemblée des Vagabonds n'a aucune juridiction sur moi. Mes actions étaient tout à fait justifiées.

Elle leva son pistolet étourdisseur. Garrison ne broncha pas non plus.

— Tu as toujours été douée pour motiver tes actes, Elisa, mais tu ne prendras pas Seth.

Orli et lui se rapprochèrent pour former un bloc devant le garçon – comme s'ils pensaient qu'elle allait tirer sur son propre fils !

— Je ne te laisse pas le choix.

Tout en gardant l'arme pointée sur Garrison, Elisa régla ostensiblement l'étourdisseur sur « Tuer ». Inutile de se contenter de demi-mesures.

Seth saisit la main de son père et – plus exaspérant encore – celle d'Orli.

C'est alors qu'un des camarades de classe de Seth, qu'elle n'avait pas remarqué auparavant, s'immisça au milieu du conflit.

— Vous ne voudriez pas faire cela. C'est mon ami, et ça n'est pas ce qu'il veut.

Elisa reconnut le jeune homme : Arden Iswander. Il ressemblait tellement à son père qu'elle fut momentanément désorientée. Cela n'avait aucun sens. Arden savait tout ce qu'elle avait accompli pour les Industries Iswander, il savait combien sa propre famille lui était redevable. Pourtant, il s'avançait pour rejoindre Seth !

— C'est mon père qui vous envoie ?

Chaque aspect du scénario qui se déroulait devant elle consternait Elisa. Le fils de Lee Iswander prenant le parti de Garrison ! Elle eut l'impression de recevoir un coup de massue face à tant de réactions inattendues. Elle leva le pistolet paralysant et le pointa sur le groupe d'enfants vagabonds aux yeux écarquillés.

— Non, ton père ne m'a pas envoyée. Et j'en ai assez d'être trahie.

Garrison et Orli ne bougèrent pas.

— Réfléchis bien, Elisa. Où iras-tu ? s'enquit Garrison. Les Vagabonds sont des citoyens de la Confédération. Quelle que soit ta destination, ces accusations de meurtre pèseront sur ta tête.

Un comper Précepteur s'avança vers eux depuis l'avant de la salle.

— Je crains de devoir vous demander de partir. Vous perturbez notre cours.

Elisa lui envoya un éclair paralysant d'une puissance mortelle qui le fit vaciller, puis s'écraser par terre. Garrison attrapa Seth, le protégeant au cas où elle tirerait de nouveau. Les autres enfants de la classe se mirent à hurler et s'égaillèrent dans toutes les directions.

Avant qu'Elisa puisse encore frapper, Cesca poussa un cri et se rua vers elle.

— Stop !

À son cri, la lueur des parois de la comète s'intensifia.

Jess tapa de la main contre le mur de glace et dit d'une voix étrange :

— Les wentals... !

Dans un afflux de lumière, une vague d'énergie ondoya sous les pieds d'Elisa et les parois de la comète se mirent à crépiter. Elle sentit des étincelles, des chocs... dirigés contre elle. La pulsation faillit lui faire perdre l'équilibre. L'électricité statique se mit à tourbillonner autour de l'arme qu'elle tenait dans la main.

Personne d'autre n'était affecté, mais une nouvelle ondulation de la lumière bleu pâle s'éleva en volutes de la glace cométaire et palpita à travers son corps... Elle n'était pas blessée, mais percevait là un avertissement clair. Elle recula, orientant son étourdisseur d'un côté et de l'autre, d'une cible à l'autre, mais vit que la charge avait été vidée.

— C'est mon fils !

Garrison et Orli se replièrent autour de lui et Seth s'accrocha à eux. Jess et Cesca touchaient à présent tous deux les murs de glace, et les wentals affluèrent, encore plus brillants. Elisa ne pouvait pas les combattre.

Se jurant silencieusement de revenir, en étant plus forte la prochaine fois, elle se précipita hors de la salle de classe avant que l'énergie wentale la frappe une fois encore. Laissant l'agitation derrière elle, elle courut le long des tunnels en brandissant son étourdisseur inefficace vers tous ceux qui tentaient de lui barrer la route.

Tout autour d'elle, la lumière wentale brillante continuait de s'intensifier à travers la glace cométaire et la chassait.

Elisa maudit toutes ces forces qui se liguaient contre elle. Elle devait s'échapper. Se ressaisir. Élaborer de nouveaux plans.

Tout en maudissant le fait que ces wentals capricieux puissent se déchaîner à tout moment, maudissant Garrison et tout le monde dans le complexe vagabond, elle atteignit son vaisseau volé et activa les moteurs aussi vite qu'elle le put. À cette heure-ci, la sécurité de Nouvelle-Station devrait déjà être à ses trousses. Des alertes avaient été envoyées à travers toute la comète, mais en réchapper ne serait pas un problème.

Elle savait qu'elle reviendrait. Ils ne pourraient pas l'arrêter si facilement.

36

Xander Brindle

Le *Verne* survitaminé laissa une forte impression lorsqu'il débarqua à Nouvelle-Station. Frimeur, Xander s'était arrangé pour obtenir un poste d'amarrage VIP avec toutes les commodités. Son partenaire n'était pas à l'aise avec cette extravagance, la qualifiant d'inutile, mais Xander savait que c'était le meilleur moyen d'attirer l'attention des Vagabonds.

— Nous n'avons pas besoin d'un traitement spécial, dit Terry.

— Ce n'est pas pour nos ego, le rassura Xander, c'est pour qu'ils nous prennent au sérieux. Et donc ils nous écouteront vraiment lorsque nous leur exposerons notre plan.

Bien que les deux hommes aient l'air bien trop jeunes pour être des capitaines d'industrie, Xander portait un nom de clan de Vagabonds respecté, et ils jouissaient du poids des Transports Kett derrière eux – sans parler de l'argent de Maria Ulio. Ainsi, Terry et lui bénéficieraient-ils d'une certaine ouverture d'esprit quand ils présenteraient leur projet aussi fou qu'ambitieux lors de la prochaine convocation des clans. La simple idée du complexe commercial qu'ils se proposaient de mettre en place faisait sourire Xander. Elle touchait au cœur même de ce qui faisait la grandeur des Vagabonds.

OK remplit tous les formulaires en ligne appropriés et s'occupa des détails administratifs fastidieux pendant que Xander et Terry sortaient déguster un bon repas dans l'établissement le plus cher de Nouvelle-Station.

— Il y avait treize restaurants sur Ulio que je n'ai jamais pu essayer, dit Terry. J'ai toujours pensé qu'on aurait le temps pour ça.

— Nous devrons nous rattraper. (Xander se cala confortablement dans son fauteuil.) Nous pouvons commissionner une ribambelle de nouveaux restaurants dans notre station, proposa-t-il. Ce sera l'une de nos priorités.

— Non, notre priorité est *de rassembler et de réparer des vaisseaux*. De nouveaux établissements culinaires constitueront seulement un bonus appréciable.

Xander demanda un créneau dans l'ordre du jour de la réunion régulière des clans prévue le lendemain, puis laissa entendre à plusieurs reprises que Terry et lui allaient faire une grande annonce. Nouvelle-Station était désorganisée en ce moment, et les Vagabonds se précipitaient pour profiter du nouvel essor de l'extraction d'ekti, mais la plupart d'entre eux n'avaient ni l'équipement ni les fonds nécessaires pour faire ce qu'ils voulaient. Il n'y avait pas assez de vaisseaux disponibles à la vente.

Leur nouvel avant-poste pourrait régler ce problème… à long terme.

Terry n'était ni un grand orateur ni un Vagabond, mais Xander l'incita à ne pas s'inquiéter.

— C'est moi qui ferai le discours. Je les convaincrai. Regardons les choses en face, je suis meilleur que toi dans ce domaine.

— En effet, tu es un bien meilleur baratineur.

Bien que Xander fasse semblant d'être calme, il passa beaucoup de temps à réfléchir à ce qu'il allait dire. Le lendemain, alors qu'ils se dirigeaient vers la chambre des convocations, il sentit l'excitation monter en lui. Les salles étaient bondées de membres des clans curieux d'entendre leur grande nouvelle. La plupart d'entre eux discutaient des rapports tragiques qui indiquaient que les Shana Rei et les robots noirs avaient complètement détruit Relleker, une importante colonie de la Confédération. Le groupe de combat des FDC s'en était sorti de justesse.

Xander était scandalisé.

— C'est exactement ce qu'ils ont fait à Ulio !

— Cela rend notre proposition plus nécessaire que jamais, dit Terry.

Sur le chemin qui menait à la chambre des convocations, Xander aperçut Orli Covitz, Garrison Reeves et Seth, le fils de ce dernier. En pensant au clan Reeves et au célèbre et têtu Olaf Reeves, la dernière pièce du puzzle se mit en place dans son esprit. C'était la solution idéale.

Envoyant Terry avec OK vers la chambre, Xander attrapa le bras de Garrison.

— J'ai une idée à vous soumettre ! ou, du moins, j'aimerais avoir votre bénédiction… juste comme ça.

À la hâte, il décrivit sa proposition. Au début, Garrison se montra songeur, puis son visage s'illumina.

— C'est une excellente idée. En fait, je serai le premier à m'inscrire pour participer à ce projet. (Il jeta un coup d'œil à Orli.) Es-tu intéressée ? Pour des raisons de sécurité, il serait préférable d'emmener Seth loin d'ici de toute façon.

Elle sourit.

— Je le suis si tu l'es. Cela ressemble à quelque chose que nous aimerions faire.

Se sentant plus léger, Xander se précipita pour rejoindre Terry, qu'une foule de Vagabonds curieux semblait submerger. Récemment, devant une assemblée similaire, les parents de Xander et Orli avaient révélé que les gonflotteurs constituaient la source de l'ekti-X, ce qui avait provoqué un changement soudain dans la dynamique des clans et dans les affaires des Vagabonds.

Leur annonce allait être tout aussi importante.

— Tu n'as pas besoin de parler, à moins que tu le veuilles, rassura-t-il Terry alors qu'ils s'approchaient de l'estrade principale. Reste simplement à côté de moi.

Il ne pouvait s'empêcher de sourire de toutes ses dents à l'idée de la surprise qu'il s'apprêtait à créer.

Lorsque l'Orateur Ricks les présenta, le représentant des clans ne parut pas excessivement intéressé par ce qu'ils avaient à proposer, mais Xander retint rapidement l'attention de son auditoire.

— La station Ulio a été détruite… et Terry et moi nous en sommes sortis de justesse. (Il laissa cette phrase en suspens pendant quelques instants.) En ce moment, les clans sont dans la tourmente parce que tout le monde a utilisé Ulio comme un pôle commercial. Les affaires des Vagabonds sont éparses et en mauvais point. Qu'allons-nous donc faire ?

Il parcourut du regard les rangées de visages.

— Nous avons besoin d'un endroit comme la station Ulio : un centre indépendant où nous pouvons récupérer ou réparer des vaisseaux et où les négociants et autres hommes d'affaires peuvent se rencontrer. (Il donna une tape sur l'épaule de son partenaire, ce qui le fit tressaillir.) Et Terry et moi allons le construire.

Il entendit des murmures mêlés de gloussements et de soupirs d'incrédulité. Des expressions déçues apparurent dans l'assistance.

Ils s'étaient présentés en espérant une grande annonce, tout cela pour qu'on leur parle d'un projet utopique et illusoire.

Xander savait qu'il les ferait changer d'avis assez vite.

— Nous disposons déjà des fonds nécessaires. Tout. Payé en totalité. Notre nouveau complexe de commerce et de réparation sera ouvert en moins de temps qu'il faut pour le dire. Pour l'instant, je demande aux clans de nous soutenir.

Terry semblait embarrassé, mais il confirma.

— C'est vrai. Nous disposons de toutes les ressources nécessaires. J'ai hérité de la fortune de Maria Ulio et nous pouvons nous mettre au travail. Nous pouvons vous payer. Tout ce dont nous avons besoin, c'est de gens qui veulent se joindre à nous… Oh ! et de quelques épaves de vaisseaux pour commencer. (Sa voix s'assombrit.) Je suppose qu'il y aura beaucoup d'appareils endommagés dans le système Relleker. Nous pouvons les récupérer.

Après ce rappel sinistre de la part de Terry, Xander ramena rapidement la conversation vers un optimisme enthousiaste.

— Et, par le Guide Lumineux ! la station Handon se développera à partir de là.

Embarrassé, Terry se pencha vers le micro.

— Nous n'avons pas encore décidé comment l'appeler.

Xander parla plus fort que lui, insistant sur le nom.

— La *station Handon* sera un lieu où les rêves des Vagabonds pourront s'épanouir. Et nous sommes prêts à commencer.

— Mais où allez-vous mettre votre nouveau complexe ? lança une femme d'un certain âge, la cheffe du clan Gupta.

— Nous avons l'endroit idéal, dit Xander.

Terry le regarda avec surprise, mais son compagnon continua :

— Ulio était au milieu de nulle part, et cela s'est avéré être un grand avantage pour les vaisseaux de tous types. Notre emplacement est encore meilleur, et il a une histoire.

Il marqua une pause, incapable de cacher son large sourire. Il jeta un coup d'œil à Garrison Reeves.

— Nous avons l'intention d'ouvrir nos installations à Rendez-Vous.

Des murmures – pour la plupart agréablement surpris – parcoururent les membres des clans réunis. Garrison prit la parole depuis l'auditoire :

— Le clan Reeves a passé des années à tenter de stabiliser les astéroïdes endommagés pour les rendre de nouveau habitables, mais l'erreur de mon père a été d'essayer de recréer Rendez-Vous *à l'identique* de ce qu'il était à l'époque où il servait de capitale aux Vagabonds. Cette idée est meilleure, et je pense que ce site sera parfait. Je soutiens de tout cœur ce projet. En fait, j'ai déjà signé pour participer à la construction de la station Handon.

Terry avait l'air exaspéré, mais Xander savait que le nom avait désormais été adopté et qu'ils ne pourraient plus le modifier. Il vit comment l'humeur des Vagabonds changeait. Leurs bavardages gagnèrent en excitation plutôt qu'en déception.

— Je vais noter les inscriptions, puis nous pourrons envoyer des équipes de récupération dans le système Relleker. Nous commencerons à déplacer des vaisseaux vers l'ancien amas de Rendez-Vous et nous construirons à partir là. À terme, nous prévoyons que la station Handon sera encore plus importante qu'Ulio !

OK s'avança pour prendre les candidatures tandis que Xander et Terry se tenaient prêts à serrer des mains et à répondre aux questions. En peu de temps, le nombre d'inscriptions dépassa toutes leurs espérances.

37

Kotto Okiah

L'engin d'exploration était prêt à la station Cœur-de-Feu, donc plus d'excuses. Tous les capteurs possibles et imaginables avaient été installés et testés, un blindage supplémentaire de la coque avait été mis en place, des doubles sauvegardes avaient été incluses dans les systèmes de survie et les moteurs. Six semaines de vivres, d'eau et d'oxygène avaient été embarquées, juste au cas où il se perdrait dans ce vide incompréhensible, mais Kotto prévoyait que le voyage ne durerait pas plus de quelques jours.

Personne ne savait à quoi s'attendre lorsqu'il lança le vaisseau dans la faille qui déchirait l'espace, mais il était certain d'avoir pris en compte tous les tenants et aboutissants. Au moins *semblait*-il sûr de lui aux yeux des autres.

— Je suis mon Guide Lumineux, marmonna-t-il, même si cela m'entraîne dans un trou sombre et profond.

Depuis tant d'années les Vagabonds se tournaient vers lui pour obtenir des réponses. Il ne souhaitait pas les décevoir en laissant entendre qu'il était déconcerté. Il était devenu assez doué dans l'utilisation d'un jargon technique et de dérivations mathématiques obtuses afin d'embrouiller les gens qui le pressaient pour obtenir des réponses. Il n'aimait pas trop s'expliquer.

Il avait toujours possédé une telle maîtrise instinctive des sciences et de l'ingénierie que ses bonds intuitifs s'avéraient généralement justes. Et, quand ce n'était pas le cas, il pouvait se reposer sur le filet de sécurité que lui offrait sa réputation. Mais, ces dernières années, ses bonds ressemblaient davantage à des sauts en aveugle du haut d'une falaise – en particulier le projet du Grand Anneau.

Et, à présent, il avait quelque chose à prouver.

Un génie reconnu ne décidait pas tout à trac de cesser d'avoir des idées. Voilà pourquoi le Grand Anneau avait tant compté pour lui, et, même après les résultats catastrophiques du test à pleine puissance, il voulait encore arracher une découverte à partir de cette expérience. Il avait suggéré que l'Anneau puisse être utilisé pour former un portail dans l'espace, tel un transportail klikiss suffisamment large pour embarquer des vaisseaux cargos d'un point à un autre, mais jamais il ne s'était attendu à ce que la gigantesque structure s'effondre dans une autre dimension.

Il devait maintenant aller de l'avant et enquêter, et peut-être même prouver qu'il avait eu raison dès le départ.

KR et GU vérifièrent à trois reprises les systèmes et les sauvegardes de l'engin d'exploration, mais Shareen et Howard étaient inquiets. Les adolescents s'étaient déjà montrés habiles à repérer les failles subtiles dans ses calculs, et ils voulaient à présent examiner les systèmes eux-mêmes. Au bout du compte, même eux se déclarèrent satisfaits. Shareen fronça les sourcils en finissant de contrôler l'intérieur du cockpit de l'appareil de recherche, ferma les écoutilles d'accès et hocha la tête.

— Ça a l'air bien d'après ce que je vois.

— Vous ne devriez vraiment pas aller dans le vide, monsieur, répéta Howard. Ça n'est pas nécessaire.

— Bien sûr que c'est nécessaire, dit Kotto, qui commençait à se sentir harcelé. Nous devons comprendre et quelqu'un doit jeter un œil. Il a toujours fallu que quelqu'un fasse le premier pas dans le domaine de l'exploration. Cela devrait reposer sur les épaules de l'inventeur. J'ai créé ce trou, donc ça doit être moi.

— Pourquoi ne pas envoyer les compers seuls ? dit Shareen. Au moins la première fois.

— Nous nous porterons volontaires, dit KR et GU, parfaitement à l'unisson.

— Vous venez avec moi en renfort, dit Kotto et sa voix se fit plus stridente. (Il ne voulait plus en parler.) Il ne s'agit pas d'une simple expérience ésotérique en laboratoire, expliqua-t-il. Nous ne pouvons pas n'y tremper qu'un petit orteil. Cette faille pourrait être dangereuse.

— Exactement, répliqua Shareen. Voilà pourquoi…

Kotto laissa échapper un long soupir exaspéré entre ses lèvres.

— Assez ! On en a déjà parlé… L'heure est venue pour moi de partir.

—Nous sommes prêts, Kotto Okiah, annonça GU.

Les compers semblaient impatients de sauter à bord du vaisseau d'exploration.

Secrètement, Kotto avait espéré trouver des excuses pour retarder l'échéance, mais cela aurait été trop apparent. Il avait trop tardé vers la fin de la réalisation du Grand Anneau, tergiversant en raison de ses propres incertitudes, et ce même après l'achèvement du projet. Il ne pouvait pas agir ainsi à présent.

Plus d'excuses. Il avait déjà informé Cœur-de-Feu qu'il était prêt à décoller, et les ouvriers vagabonds le regardaient. Depuis leur serre, où la construction de l'agrandissement du dôme avait commencé, Celli et Solimar avaient envoyé une annonce par télien. Tous les yeux étaient braqués sur lui.

S'il revenait en héros triomphant, cela compenserait assurément sa récente débâcle. Il était nerveux, mais il ressentait aussi une certaine envie. Il souhaitait *comprendre*. Il souhaitait voir de ses propres yeux un mystère qu'aucun autre être humain n'avait jamais contemplé.

Depuis son plus jeune âge, l'univers avait constitué pour lui un gigantesque puzzle, un coffre aux trésors remplis de questions et de réponses. Toute sa vie, il avait réfléchi à des perspectives et à des révélations, et il en voulait plus. En ce moment, il était si désespéré que ce sentiment lui laissa un mauvais arrière-goût en bouche. Il se redressa et fit abstraction de toute autre préoccupation.

Alu, le chef de station, se précipita dans la baie de lancement.

—Nous espérons que vous saurez comment réparer ce grand trou que vous avez généré, Kotto, ou au moins lui faire faire quelque chose d'utile.

Le scientifique afficha un sourire optimiste.

—Comme tout explorateur, je fais cela pour la sensation que procure la découverte. L'utilité pratique des grandes découvertes n'est pas toujours évidente au premier coup d'œil.

Alu renifla.

—Ce qui me semble évident, c'est ce grand trou au milieu de la nébuleuse, et beaucoup d'entre nous craignent que vous ayez créé une porte dérobée vers le domaine des Shana Rei. Vous avez bien les bombes solaires avec vous ?

Les Forces de Défense de la Confédération en avaient fourni deux nouvelles à Cœur-de-Feu. Kotto fronça les sourcils.

— Oui, elles sont dans la soute et je veux m'en débarrasser dès que possible. Je n'aime pas transporter ces choses-là.

— C'est juste une précaution. Si nous n'avons pas besoin de les déclencher, eh bien, ce sera parfait.

L'expression de Shareen s'assombrit.

— Si vous voyez les Shana Rei, ne jouez pas au plus fin. Howard et moi avons survécu de justesse lorsqu'ils ont jailli des nuages sur Golgen. Vous ne voulez pas les rencontrer en personne.

— Non, en effet, répondit Kotto. Je ne sais pas si deux bombes solaires placées au bord de cette faille empêcheraient une attaque massive des Shana Rei, mais je les déploierai comme promis. (Il donna une forte accolade à Shareen, puis serra solennellement la main d'Howard.) Je rapporterai de grandes découvertes ou au moins des questions supplémentaires. Voilà à quoi se résume la science.

Howard et Shareen en convinrent, mais ils semblaient hésitants.

Kotto s'enfonça dans le vaisseau d'exploration et ses deux compers empruntèrent la rampe à sa suite, puis scellèrent l'écoutille. Dès qu'il fut hors de vue à l'intérieur, Kotto laissa échapper une longue expiration tremblante.

Pour faire bonne mesure, même si cela entraînait un nouveau retard, il effectua une dernière vérification des systèmes. Après cela, il activa les moteurs et quitta l'aire de lancement pour s'éloigner du centre administratif, traversant l'océan que formait la nébuleuse en direction du vide noir et béant où s'était dressé le Grand Anneau.

— Nous sommes enfin en route, dit-il.

Volant à un rythme régulier, il dépassa les balises d'avertissement que Garrison Reeves avait installées. Les compers manœuvraient les commandes, quoiqu'il soit prêt à prendre le relais en cas d'urgence.

Il pouvait naviguer grâce aux repères de la station Cœur-de-Feu et aux étoiles supergéantes du cœur de la nébuleuse, mais, une fois franchi le seuil de cette trappe, il n'avait aucune idée de la façon dont il pourrait trouver son chemin. Il espérait voir l'univers réel de l'autre côté afin de pouvoir retrouver son trajet.

Il n'était pas très à l'aise à l'idée d'emporter les bombes solaires dans le vide, car il craignait que quelque chose se passe mal. Et si une modification des lois de la physique brouillait les systèmes réactifs des ogives ? Et si cela déclenchait une réaction en chaîne du type explosion de nova beaucoup trop tôt ?

Alors que l'engin de recherche s'approchait du bord du néant, il transmit, avec une intonation faussement joyeuse :

— Tous les systèmes sont normaux jusqu'à présent. Pas de fluctuations, pas de danger. Tout va bien. Aucun signe des Shana Rei pour l'instant.

— Marchez sur la pointe des pieds dans la mesure du possible. Espérons que vous ne réveillerez rien là-dedans, Kotto, dit le chef Alu. Si vous devez rebrousser chemin en quatrième vitesse avec des monstres à vos trousses, assurez-vous d'être prêts à faire exploser ces bombes solaires.

— Seulement si les ombres me poursuivent en hurlant, convint Kotto en marmonnant.

Il se demanda si la décharge d'énergie serait suffisante pour refermer la déchirure dans l'univers. Ou peut-être que cela agrandirait l'entaille qui donnait sur le vide.

— Nous avons atteint la limite, Kotto Okiah, dit KR. Prêt à poursuivre.

Kotto fit ralentir le vaisseau d'exploration et s'arrêta pour effectuer un balayage complet des capteurs devant lui, mais il n'y avait rien de compréhensible à voir. Exactement comme prévu.

— C'est parti ! dit-il.

Il poussa les moteurs et accéléra dans le vide.

38

Exxos

Les gigantesques nuages d'ombre se repliaient et se déployaient dans l'espace tels des tesseracts, points faibles de l'univers où les Shana Rei brisaient la trame de l'espace-temps et voyageaient dans l'espace réel.

Exxos se sentait frustré, car les nuages émergeaient en des endroits complètement aléatoires, ce qui l'empêchait de planifier quoi que ce soit alors que la destruction du cosmos nécessitait une vaste stratégie à long terme. Mais les créatures des ténèbres ne se laisseraient pas diriger, même pour leur propre bien. Pour l'instant, toutefois, jusqu'à ce qu'il parvienne à prendre le dessus et à inciter les ombres à faire ce qu'il leur disait, les robots n'avaient qu'à saisir les occasions qui se présentaient et à réagir. Le chaos incarné n'était pas favorable à la mise en œuvre d'un plan complexe, mais l'omnipotence des ombres compensait leur folie et lui donnait des raisons de croire qu'ils pourraient réussir après tout.

À terme, les robots klikiss devraient aussi éradiquer les Shana Rei ; c'était couru d'avance. Et ces plans étaient également en voie de réalisation, leurs calculs infiniment difficiles en cours. Pendant ce temps, Exxos attendait son heure et continuait à causer autant de désolation que possible.

Un nouveau nuage d'ombre se déploya et les cylindres hexagonaux noirs glissèrent hors de l'espace interdimensionnel et retournèrent dans le système d'origine des Onthos. Leurs récentes victoires sur la colonie ildirane de Wythira et sur la planète humaine de Relleker avaient mis fin en partie au supplice que leur infligeait la vie consciente, et cela avait permis aux Shana Rei de devenir encore plus puissants.

Les deux planètes autrefois peuplées étaient désormais complètement mortes. Cent pour cent des formes de vie qui les infestaient avaient été anéantis lors de ces holocaustes.

Ces triomphes n'avaient toutefois pas été sans pertes. Le nombre surprenant de bombes solaires que l'ennemi avait utilisé avait infligé des dommages considérables aux cylindres hexagonaux des Shana Rei et, plus important encore, avait détruit vingt pour cent de ses robots et de ses cuirassés. Près de deux cent mille copies d'Exxos avaient été éradiquées.

Si les robots noirs n'avaient plus à craindre leur extinction, la disparition d'une partie aussi substantielle de leur force était une gêne. Et Exxos attendait que les Shana Rei règlent ce problème.

Alors qu'un autre nuage d'ombre apparaissait dans le système onthos, il examina les vestiges de la gigantesque coque noire qui enfermait l'étoile originelle et les planètes. Dans cette cloison opaque composée de billions de plaques hexagonales noires, il ne voyait que de la matière première, suffisante pour fabriquer tous les congénères de remplacement qu'il souhaiterait.

Les cylindres hexagonaux endommagés planèrent au-dessus de cette barrière en mosaïque. Des centaines de milliers de plaques noires se disjoignirent de la coque et remontèrent en tournoyant pour s'intégrer dans les vaisseaux des Shana Rei, leur faisant gagner en volume et en taille. En peu de temps, ils avaient régénéré tous les impacts infligés à leurs cylindres hexagonaux, mais ils continuèrent à les renforcer en y incorporant encore plus de matière noire, expulsant un autre astronef entier.

Quatre taches d'encre informes apparurent devant Exxos, leurs yeux incandescents et aveugles braqués sur lui, mais cela ne l'intimidait pas.

— Ces batailles nous ont endommagés, dit l'un des Shana Rei sur un ton irascible.

— Oui, mais nous avons causé beaucoup plus de dégâts à nos ennemis, répliqua Exxos. C'est moi qui ai accompli cela et je sais que vous le sentez. Pensez à tous ces esprits qui vous faisaient souffrir... Ils ont été réduits au silence grâce à mes robots, et ce n'est que le début. Nous en réduirons beaucoup, beaucoup plus au silence. C'est ce que vous voulez.

Les créatures des ténèbres étaient lunatiques, volatiles. Juste pour démontrer leur puissance ou leur imprévisibilité totales, elles choisissaient et torturaient des robots klikiss au hasard. Au cours des premiers jours de leur captivité, Exxos avait perdu des dizaines de camarades exceptionnels lorsque les Shana Rei les avaient mis en pièces, démantelant leurs composants jusqu'à les ramener à l'état d'atomes individuels. Un nombre important de mémoires électroniques irremplaçables avaient disparu avant qu'il prenne la décision sans précédent de les consolider toutes, dupliquant tous les esprits de sorte que chacun d'eux devienne *Exxos* et s'assurant ainsi que rien d'autre ne serait perdu.

À présent, soit dans un accès de fureur, soit pour affirmer leur domination, les ombres avaient éliminé dix de ses copies, qui s'étaient agitées en tous sens. Bien que les deux attaques aient été clairement victorieuses, les Shana Rei avaient déchiré les carapaces de ces machines, arraché les plaques de leurs têtes, désossé leurs membres segmentés et déchiqueté leurs circuits internes.

Exxos ne cacha pas son irritation.

— Pourquoi vous obstinez-vous à vous compliquer la tâche ? J'ai besoin de suffisamment de robots pour attaquer les créatures conscientes qui vous font souffrir, et, à présent, vous avez détruit de très bons combattants. Vous devez recréer ces robots que vous venez d'anéantir… et bien d'autres encore.

Il resta ferme face aux Shana Rei. Il leur expliqua qu'en raison des succès récents et évidents obtenus avec un si grand nombre de ses copies les ombres devaient poursuivre leurs assauts et les étendre à des cibles encore plus ambitieuses.

— J'essaie de gagner cette guerre. J'essaie de faire bon usage de nos ressources. Pensez à la destruction que je vous ai aidés à semer… N'est-ce pas ce que vous souhaitez poursuivre ?

Les taches d'encre se mirent à pulser, comme en proie à la confusion, et refusèrent de considérer la logique de l'argument d'Exxos.

— Pour que nous continuions à gagner, vous devez cesser de détruire mes robots et vous devez remplacer ceux que j'ai perdus au cours de ces deux engagements. Vous avez le matériel pour le faire.

Les Shana Rei réfléchirent à ces arguments.

— Oui, nous avons suffisamment de matériel.

— Et vous avez l'énergie, vous avez la volonté. Nous sommes vos alliés. Combattez le bon ennemi et gagnez la bonne guerre. Reconstituez mes robots.

Il marqua une pause, puis ajouta, comme s'il s'agissait d'un commentaire désinvolte :

— J'ai besoin d'un autre million d'entre eux… pour l'instant.

C'était là un nombre arbitraire, mais suffisant pour qu'il se sente fort, invincible même, peut-être – et pour que tous les processeurs de ses congénères secrètement couplés travaillent en parallèle et effectuent des calculs pour leurs plans annexes.

— Nous reconstituerons vos robots, convinrent les taches d'encre.

Les Shana Rei ne semblaient pas saisir l'importance des chiffres.

— Et nos vaisseaux, dit Exxos.

Les ombres ne marquèrent pas d'hésitation.

— Et vos vaisseaux.

Une bande gigantesque, mais encore insignifiante, de plaques hexagonales se désolidarisa de la coque d'ébène et les Shana Rei manipulèrent la matière pour reconstruire les vaisseaux d'attaque des robots, atome par atome, en utilisant la matière noire. Ils réassemblèrent ensuite un million d'autres robots identiques, et Exxos sentit leurs esprits se connecter au reste de leurs congénères. Les nouvelles machines copièrent et transférèrent toutes les pensées, les souvenirs et la programmation secrète d'Exxos sur-le-champ. Ils étaient de nouveau synchronisés.

Exxos se sentit plus fort que jamais. La prochaine fois, il en demanderait peut-être dix millions. Les Shana Rei n'y verraient probablement aucune différence.

Il passa alors à l'étape suivante.

— Notre prochaine cible doit être encore plus importante que ces deux mondes coloniaux. Nous ne devons pas nous contenter d'éliminer une population après l'autre… nous devons inspirer la *peur*! Les plonger tous dans le désespoir… ce qui affaiblit leur race tout entière. Cela les pousse à commettre des erreurs.

Les Shana Rei l'entourèrent et Exxos leur fit face en fixant sur eux ses senseurs optiques rouges.

— La peur les fragilisera comme une maladie et elle effectuera le travail à notre place.

Les Shana Rei ne comprenaient pas le concept de maladie et Exxos dut le leur expliquer. Ils semblaient intrigués.

— Choisissez pour nous une autre planète à attaquer, lui dirent-ils, et nous étoufferons encore plus de ces douloureuses entités conscientes.

Exxos avait déjà envisagé ce scénario.

— Le monde que j'ai sélectionné nous permettra non seulement de tuer un nombre substantiel d'ennemis, mais aussi de susciter un maximum de peur.

Les Shana Rei ne parurent pas curieux ; ils attendaient simplement ses explications.

— Le cœur de la race humaine, l'origine de sa civilisation, c'est la *Terre*. Cette planète est l'un de leurs centres les plus peuplés, l'un de leurs mondes les plus vitaux.

Il se souvenait de la défaite cuisante et totale des robots klikiss à la fin de la Guerre des Élémentaux. Ce serait la revanche qu'il attendait depuis longtemps.

Oui, les raisons de choisir la Terre ne manquaient pas.

— Nous y amènerons toutes nos forces, détruirons cette planète et transformerons sa surface en ruines fumantes. La mort de la Terre signera la mort de la race humaine.

Les taches d'encre se figèrent, faisant pulser leurs ombres infinies, et leurs yeux centraux s'illuminèrent.

— Nos vaisseaux, vos robots soldats et vos cuirassés sont reconstitués. Nous allons procéder à la destruction de la Terre.

39

Tal Gale'nh

Tal Gale'nh accompagna l'adar dans la salle de conférences lumineuse où le Mage Imperator Jora'h avait convoqué un conseil de guerre. Le Premier Attitré Daro'h était présent, ainsi que Yazra'h et Muree'n.

L'adar ne tarda pas à présenter son rapport.

— Grâce à l'augmentation de la production sur de nombreux mondes, la Marine Solaire est plus forte qu'elle l'a jamais été depuis l'apogée de la Guerre des Élémentaux.

— Mais les ombres sont encore plus fortes, dit Jora'h. Elles viennent de le prouver à Wythira et avec cette foule d'assisteurs possédés.

— Nous savons comment les blesser, souligna Gale'nh. Nous avons infligé de gros dégâts aux robots noirs à Kuivahr.

— Nous les avons *tous* détruits, seigneur, intervint sa sœur Muree'n. Nous avons été témoins de cette éradication ! Il ne devait pas y avoir plus de deux ou trois robots survivants.

Zan'nh se redressa sur son siège, clairement perturbé.

— Pourtant, des centaines de milliers d'entre eux ont frappé Wythira. Comment est-ce possible ? Ont-ils été reconstitués ?

Gale'nh considéra la coque qui enclavait Kuivahr et la sphère beaucoup plus grande qui entourait le système onthos.

— Tout être capable d'avaler des planètes ou des systèmes stellaires entiers est certainement en mesure de fabriquer quelques robots. Il se peut que nous soyons confrontés à un nombre infini d'adversaires.

— Et les faeros ? demanda le remémorant Anton. Lorsqu'ils sont apparus au-dessus du Palais des Prismes, nous avons eu l'impression d'avoir accompli quelque chose. Nous aideront-ils ?

— Nous avons communiqué avec eux et je sens qu'ils sont prêts à combattre notre ennemi commun, convint Jora'h. Mais comment puis-je les invoquer si j'ignore où les ombres frapperont ensuite ?

Le Premier Attitré se tourna vers l'historien humain.

— Les Shana Rei ont déjà été vaincus une fois. Le Mage Imperator Xiba'h avait forgé une alliance avec les faeros... Comment ont-ils gagné ?

Le remémorant Anton soupira et se gratta la tête.

— J'ai lu ces antiques sections à maintes reprises, mais c'était plus la genèse d'une légende que l'établissement d'une chronique exacte qui intéressait les anciens narrateurs. Quantité d'informations vitales ont été supprimées... comme la manière dont ils ont vaincu les créatures des ténèbres. Je vais continuer à étudier les apocryphes, dans l'espoir de trouver quelque chose.

En compilant les données astronomiques de l'Empire, les patrouilles de la Marine Solaire avaient noté des changements alarmants dans l'espace profond. De nombreux nuages d'ombre étaient apparus de nulle part, et, au lieu d'être éphémères comme auparavant, ils demeuraient là, pareils à des têtes de pont tenant le territoire conquis dans tout le Bras spiral. Et ces nébuleuses obscures s'étendaient.

Gale'nh trouvait cela très inquiétant. Encore récemment, il croyait que l'Empire ildiran allait entrer dans un nouvel âge d'or. Le *Kolpraxa* avait été lancé en grande pompe pour ouvrir une section inexplorée de la galaxie. Au lieu de cela, cette ambitieuse expédition avait rencontré le premier des nuages d'ombre en éveil. Le *Kolpraxa* avait sans doute provoqué les créatures des ténèbres d'une manière ou d'une autre. Et, désormais, elles avaient l'intention de détruire le Bras spiral.

Gale'nh repoussa une pensée dérangeante : et si c'était lui qui avait attiré les Shana Rei jusqu'ici ?

40

Shawn Fennis

Chiar'h et Shawn Fennis attendirent pendant des jours dans le nœud du réseau de transportails sur Gorhum, s'occupant des métis dégénérés avec les installations inadéquates de l'avant-poste et guettant des nouvelles de Tamo'l. Les membres du kith médecin des dômes sanctuaires de Kuivahr étaient heureusement compétents pour soigner les marginaux génétiques, et les réfugiés survécurent. Mais ils devaient retourner à Ildira.

Deux vaisseaux commerciaux de la Confédération débarquèrent sur Gorhum avec des marchandises à envoyer par le transportail à des clients sur d'autres mondes klikiss déjà établis. Shawn Fennis supplia les négociants de transporter son groupe jusqu'à Ildira, mais ceux-ci considérèrent les spécimens bizarres avec embarras et trouvèrent des excuses pour se défiler. Pol'ux – alité et le corps tuméfié par ses furoncles – les implora en vain, et même les chants déchirants de Mungl'eh ne les convainquirent pas.

Lorsque les commerçants s'envolèrent, laissant derrière eux les réfugiés de Kuivahr, Chiar'h se tourna vers son mari, son visage lisse d'Ildirane tout empourpré. À la rigidité de ses mouvements, Fennis pouvait mesurer à quel point elle était en colère. Il tenta de la rassurer :

— Nous trouverons la bonne personne.

Le chef de l'avant-poste souhaitait manifestement que tous ces étrangers aux besoins spécifiques s'en aillent également afin que Gorhum retrouve sa tranquillité. L'homme montra d'un geste le mur trapézoïdal en pierre avec son anneau de tuiles de coordonnées.

— Peut-être que, si vous passez par le transportail vers un autre monde, vous y trouverez de meilleures installations pour vous ? Ailleurs que sur Gorhum ? Cela pourrait même vous rapprocher de l'Empire ildiran.

Fennis secoua la tête.

— Nos patients sont déjà fragiles et ils sont au moins stables pour le moment. Je ne veux pas leur imposer de stress en les déplaçant à moins que nous ayons réellement un moyen de rentrer chez nous.

Il s'accrocha fermement à sa détermination.

Enfin, au bout de cinq jours, un vieux vaisseau des Transports Kett débarqua. Dando Yoder, un vieux commerçant brut de décoffrage qui s'était spécialisé dans les courses de niche vers des mondes mal desservis, s'était arrêté pour livrer des produits de première nécessité à la colonie. Dès que son cargo accosta, Fennis se précipita à sa rencontre, comptant bien convaincre le marchand d'emmener au moins ceux des métis dégénérés qui réclamaient une attention médicale plus spécifique. Il s'avança, l'esprit tout aux affaires qui le préoccupaient.

— Nous avons besoin d'un moyen de transport pour rejoindre l'Empire ildiran. Nous aimerions pouvoir vous engager.

Yoder, un homme trapu et carré à la barbe grisonnante, passa une main dans ses cheveux ébouriffés.

— Ça n'est pas sur mon chemin… et ça coûte cher.

— Quand nous arriverons à Ildira, nous pourrons vous payer correctement.

— Je n'ai aucune raison de ne pas vous croire, mais je préférerais avoir plus de garanties et une sorte d'acompte.

Fennis se disait que le chef de l'avant-poste de Gorhum serait prêt à mettre la main à la poche pour voir partir les métis dégénérés, mais Chiar'h l'interrompit d'une voix dure et batailla pour sauver ses patients.

— Nous vous promettons que le Mage Imperator lui-même vous paiera. Nous avons une cargaison spéciale qui compte beaucoup pour l'Empire, et nous avons besoin d'un moyen de transport.

Fennis voulait obtenir une réponse de Yoder avant que l'homme aperçoive les mal-nés les plus difformes, mais Gor'ka, Har'lc et Alaa'kh émergèrent des bâtiments de la station en se déplaçant maladroitement vers l'astronef. Les yeux de Yoder s'écarquillèrent. Le cœur de Fennis se serra. Le capitaine serait probablement trop dégoûté pour laisser monter à bord de son vaisseau ces répugnants métis.

— Que sont ces choses ?

—Ce sont vos cargaisons, expliqua Chiar'h. Nos patients et nos amis.

—Il s'agit de survivants du programme d'hybridation de Dobro, des mélanges génétiques qui faisaient partie d'une expérience, ajouta Fennis.

—On dirait qu'elle a mal tourné, remarqua Yoder sans qu'aucune malveillance transparaisse dans sa voix.

—Peut-être… ou peut-être que leurs pouvoirs spéciaux n'ont pas encore été identifiés, répondit Chiar'h.

—Nous pensons qu'ils possèdent tous des capacités particulières, expliqua Fennis. Ils ont été créés pendant les heures désespérées de la Guerre des Élémentaux, et, à présent que nous sommes confrontés aux Shana Rei, pouvons-nous nous permettre d'écarter tous ceux qui pourraient nous aider ?

Yoder pâlit.

—Ces satanées ombres ! J'ai eu du mal à quitter Kuivahr et à sauver ma peau. Je faisais surtout affaire avec les Kellum et leur distillerie, mais j'ai entendu parler des dômes sanctuaires. Je connais l'existence de vos métis dégénérés. Comment vous en êtes-vous sortis ?

—Nous nous sommes enfuis par le transportail, dit Alaa'kh de sa voix entrecoupée de bruits de succion.

—Et maintenant nous devons nous rendre sur Ildira, insista Fennis. Fixez votre prix. Nous vous le paierons… S'il vous plaît.

D'autres mal-nés s'avancèrent pour implorer le commerçant. Fennis craignait qu'ils lui paraissent menaçants, mais le vieux négociant ne sembla pas perturbé outre mesure. Il les examina comme s'il évaluait ses possibilités de chargement.

—Ils n'ont pas l'air en très bonne santé. Je ne veux pas être tenu pour responsable si l'un d'entre eux meurt en route.

—On ne vous fera aucun reproche, dit Chiar'h. Ils sont sous notre garde.

Yoder soupira.

—Rlinda Kett aurait ma peau si elle découvrait que je n'aidais pas des patients qui souffrent et qui ont besoin de nos services. Et je sais quelle sorte d'enfer vous avez vécue pour vous éloigner de Kuivahr. (Il posa les mains sur les hanches.) D'accord, trancha-t-il, mais mon appareil n'est pas assez grand pour accueillir tous les membres de votre groupe.

—Juste les mal-nés qui en ont le plus besoin, lui dit Chiar'h, et Fennis ajouta : Nous enverrons des vaisseaux de la Marine Solaire pour récupérer les kiths nageurs et le reste des réfugiés de Kuivahr. Pour l'instant, nous devons emmener nos patients sur Ildira et présenter un compte-rendu au Mage Imperator.

— Peut-être qu'il sait où se trouve Tamo'l, lâcha Gor'ka. Peut-être qu'elle est déjà à la maison.

Le chef du modeste avant-poste se précipita, espérant que ses encouragements pèseraient dans la balance, mais la décision était déjà prise. Tout ce que l'homme timide parvint à dire fut :

— J'applaudis de tout cœur vos efforts, Dando. Nous vous remercions. Ces mal-nés seront bien mieux loin d'ici.

Tous les réfugiés survécurent au voyage, et les centres médicaux ildirans se mobilisèrent pour leur fournir les traitements et les systèmes de survie dont ils avaient besoin dès que le vaisseau les déposa à Mijistra.

Yoder fut stupéfait de la récompense que lui offrit le Mage Imperator reconnaissant. Il repartit avec une cargaison de marchandises extraterrestres de grande valeur, ainsi qu'un paiement en espèces qui, selon lui, correspondait à trois livraisons importantes ailleurs. Remerciant Fennis, Chiar'h et les métis dégénérés de l'avoir laissé se rendre utile, il prit congé.

Fennis et Chiar'h adressèrent sur-le-champ une requête au Palais des Prismes. La prêtresse Verte Nira vint à leur rencontre, accompagnée du Premier Attitré Daro'h et d'une escorte de kiths gardes.

— Adar Zan'nh et Tal Gale'nh viennent de rentrer d'une mission sur Kuivahr, dit Daro'h. D'après leur compte-rendu, la planète est complètement morte. Ils ont trouvé un survivant vagabond dans un petit vaisseau, mais rien dans les dômes sanctuaires. Nous sommes heureux que vous soyez tous sains et saufs.

Nira s'adressa à Fennis et à Chiar'h :

— Savez-vous ce qui est arrivé à Tamo'l ? Ma fille s'est-elle échappée avant l'invasion des ombres ? Nous n'avons pas eu de nouvelles.

Fennis fronça les sourcils.

— Osira'h et le prince Reyn voulaient qu'elle vienne avec eux au début de l'évacuation, mais elle refusait de partir. Elle est restée en arrière pour s'assurer que tous les patients passent sans encombre par le transportail. Tom Rom et elle étaient juste derrière nous lors de la dernière traversée du transportail. Je suis certain qu'ils se sont enfuis… mais il se peut qu'ils aient utilisé des coordonnées différentes.

— Les mal-nés ont développé une affinité avec Tamo'l, indiqua Chiar'h. Certains affirment qu'ils parviennent encore à la sentir. Nous ne savons pas où elle se trouve, mais nous pensons qu'elle est en vie et en bonne santé.

— Contrairement à Rod'h, intervint Daro'h d'une voix nouée. Je le perçois, pareil à une douleur en moi, piégé dans l'obscurité. La connexion du thisme est effilochée et empoisonnée, mais il est toujours prisonnier des Shana Rei.

— Mes autres enfants sentent Rod'h et Tamo'l, dit Nira, mais ils ignorent où est ma fille. Parlez-nous de cet homme qui, selon vous, l'accompagnait.

— Tom Rom est arrivé aux dômes sanctuaires pour partager des données. Son employeuse est également une chercheuse en médecine, mais nous ignorons où ils sont basés.

— Cela nous fournit un point de départ, répondit Nira d'un ton déterminé. Nous allons nous pencher sur la question.

41

Tamo'l

La station médicale de Pergamus disposait d'installations de recherche et d'équipements bien plus sophistiqués que celles que Tamo'l avait pu voir n'importe où ailleurs. Si elle avait eu accès à ce type de matériel au cours de la dernière décennie, elle aurait pu faire des merveilles pour les mal-nés. Tout ce potentiel perdu l'attristait.

Zoe Alakis encourageait la recherche pour elle-même, mais elle ne semblait pas encline à mettre ces résultats en pratique. Tamo'l ne comprenait pas l'intérêt de mener des recherches qui ne profitaient à personne.

Elle aurait aimé que les mal-nés se trouvent à ses côtés en cet instant. Tom Rom lui avait garanti qu'ils avaient tous été sauvés de l'ombre, mais, si les métis dégénérés avaient été présents sur Pergamus, elle aurait pu développer et tester de nombreux traitements médicaux susceptibles de les aider. Ses mal-nés étaient ailleurs, cependant, et elle n'avait obtenu aucune nouvelle d'eux.

Elle était maintenue isolée dans son dôme laboratoire privé. Elle demanderait à envoyer un autre message à Ildira pour rassurer sa mère et les survivants de Kuivahr sur le fait qu'elle allait bien. Bientôt…

Pendant que ses pensées vagabondaient, elle fouilla dans la base de données de Pergamus avec plus que de la curiosité. Elle se sentait obligée d'agir ainsi. Cette envie pressante surgissait de derrière un voile sombre dans ses yeux dont elle ne pouvait s'expliquer l'existence. Parfois, elle travaillait pendant des heures sans même se rendre compte de ce qu'elle faisait, puis elle revenait à l'état de veille pour découvrir qu'elle avait parcouru des bases de données et effectué des tests risqués et douteux… mais dans quel dessein ? elle l'ignorait. Quelque chose d'autre l'avait dirigée.

Elle secoua la tête, essayant de se remettre les idées en place. Même avec l'éclairage brillant à l'intérieur du complexe de laboratoires, elle avait du mal à se concentrer… jusqu'à ce qu'elle succombe à un de ses inquiétants épisodes de fugue.

Elle souhaitait analyser les variations entre les métis dégénérés, les mélanges réussis entre kiths et, plus important encore, les hybrides comme ses propres frères et sœurs. Ou peut-être était-ce l'obscure compulsion en elle qui voulait si fort en savoir plus sur les hybrides…

Elle entendit le déclic de la serrure de l'accès au laboratoire, et Tom Rom apparut, la sortant de sa profonde concentration. Bien qu'il l'ait sauvée de Kuivahr, il ne manifestait aucune chaleur à son égard. Il se tenait à présent dans la salle principale, observant ses ordinateurs, ses bases de données d'analyse génétique et ses installations. Il finit par hocher légèrement la tête en signe d'approbation.

— Dans des circonstances normales, un groupe de dix personnes ou plus travaillerait dans un laboratoire comme celui-ci, dit-il. Vous ne devriez pas avoir à faire tout cela vous-même. Comme vous entreprenez des recherches ambitieuses, je peux vous proposer des techniciens de notre équipe de Pergamus.

Tamo'l se sentit inexplicablement alarmée.

— Non, ces études me concernent personnellement. Je travaille mieux seule. Personne ne saisirait ces recherches comme je le fais.

Elle ne comprenait pas l'urgence soudaine qui avait gonflé en elle lorsqu'il avait suggéré de lui envoyer des assistants. Elle éprouvait une réticence presque violente à ce qu'un étranger voie ce qu'elle faisait.

— Merci, mais je préfère travailler seule, répéta-t-elle poliment tout en réprimant ce sentiment d'alarme.

Tom Rom plongea le regard dans ses yeux et elle tressaillit, craignant qu'il y distingue quelque chose. Il lui adressa un brusque hochement de tête.

— D'accord, je voulais juste faire un point avec vous avant de partir. Je vais visiter des mondes klikiss, puis Rakkem. Je veillerai à ce que vous ayez un contact administratif si vous avez besoin de quoi que ce soit pendant mon absence.

— Je ferai avec ce que j'ai et serai productive, répliqua Tamo'l. J'ai assez de travail à abattre… Il y a tant de questions auxquelles je dois répondre.

Sans plus d'adieux, Tom Rom ressortit du dôme.

Elle se sentit déstabilisée longtemps après son départ et essaya de se concentrer sur des pistes de recherche possibles. Quand elle se trouvait sur Kuivahr, à la demande d'Osira'h, elle s'était attachée à tester des variantes pharmaceutiques d'extraits de varech pour soigner la maladie du prince Reynald. En bienfaiteur apparemment généreux, Tom Rom avait apporté la base de données des recherches de Pergamus sur cette affection, et désormais – même si elle était complètement coupée du prince Reyn et d'Osira'h –, elle examinait ces tests, en abordant le problème sous différents angles, à l'aide de ses nouveaux équipements.

Mais, très vite, la sombre compulsion la poussa vers d'autres études.

À l'aide de profils de cartographie génétique, elle développa des modèles de ses mal-nés. Tom Rom avait copié toutes ces données avant qu'ils s'échappent de Kuivahr, et elle disposait donc encore d'informations sur chacun d'entre eux, y compris sur ceux qui étaient morts au fil des ans. Pour elle, les métis dégénérés n'étaient pas seulement des erreurs pathétiques qui n'auraient jamais dû voir le jour. Elle était convaincue qu'ils jouissaient de capacités encore inconnues que leurs infirmités masquaient.

Après avoir documenté, classé et étudié les mal-nés répertoriés, elle se sentit affamée et épuisée. Elle pensa à prendre un repas... mais sa conscience s'effaça.

Lorsqu'elle recouvra ses esprits, elle découvrit qu'elle avait accédé aux vastes archives de Pergamus sur les maladies les plus virulentes, dont le fléau onthos, qui avait un taux de mortalité de près de cent pour cent. Choquée, elle constata qu'elle avait dressé une liste des agents pathogènes les plus dangereux stockés dans l'établissement, sans savoir pourquoi. Quelle utilité cela pouvait-il avoir pour son travail ?

Déstabilisée, elle effaça les écrans et les données qu'elle venait de compiler. Elle préleva un nouvel échantillon de son propre sang. Sa quête ne consistait pas seulement à chercher à comprendre les mal-nés, mais également sa fratrie et elle-même. Elle établit un profil détaillé et le compara à ceux des différents métis dégénérés.

Comme elle était un croisement entre une prêtresse Verte humaine et un lentil, son ADN était très éloigné du leur. Heureusement, elle disposait aussi des profils de ses autres demi-frères et sœurs, et même de Rod'h. La réponse devait se cacher là... mais elle n'était pas tout à fait certaine de savoir quelle était la question.

Rod'h et Gale'nh étaient parvenus à résister aux ombres d'une manière ou d'une autre. C'était un mystère qu'elle voulait résoudre de toute urgence. Elle s'efforcerait de trouver la réponse en comparant des échantillons d'ADN. Elle se consacra à son travail avec une sombre et intense concentration. Des parasites noirs papillonnants flottèrent à la périphérie de sa vision et l'obligèrent à rester focalisée. Elle se plongea dans ses recherches, essayant de découvrir la clé.

Elle devait comprendre pourquoi les membres de sa fratrie et elles étaient différents, pourquoi ils pouvaient en théorie résister aux Shana Rei… même si les créatures des ténèbres semblaient devenir toujours plus fortes, beaucoup plus fortes.

Elle devait aussi trouver la réponse qu'elle redoutait le plus… à savoir pourquoi les ombres avaient réussi à s'infiltrer en *elle*.

42

Zhett Kellum

La redécouverte de l'équipement abandonné en marge du système Osquivel fit remonter des souvenirs à l'esprit de Zhett. Pendant de nombreuses années avant la Guerre des Élémentaux, les Kellum avaient dirigé des chantiers spationavals dans les anneaux d'Osquivel, mais, quand les FTD avaient commencé à sévir contre les vagabonds hors la loi, ils avaient déserté leurs chantiers et s'étaient installés dans ce sombre nuage cométaire. Là, à l'abri des regards, ils avaient décomposé d'énormes quantités de glace de comète et en avaient extrait le précieux ekti. Après la guerre, lorsque la moisson de nuages était redevenue sûre et viable, ils avaient mis en veilleuse leurs opérations cométaires, qui n'étaient plus rentables. Tous ces équipements au rancart étaient restés là-bas pendant des décennies.

Zhett sourit tandis que les vaisseaux qu'ils avaient empruntés arrivaient. Les écrans des capteurs détectèrent les astronefs à la dérive, les stations temporaires et les vaisseaux-citernes pour ekti cabossés qui étaient demeurés dans cette obscurité froide pendant vingt ans. En l'absence de surveillance, les composants de l'ancien complexe industriel s'étaient dispersés et des fragments cométaires à la dérive avaient endommagé certaines installations, mais, pour l'essentiel, les vaisseaux et les équipements semblaient intacts.

Zhett dépêcha un groupe pour effectuer de vastes recherches et cartographier l'emplacement des principales ressources. Lorsqu'ils découvraient des bâtiments de grande taille, Patrick envoyait des équipes de reconnaissance et de récupération à bord pour réactiver les systèmes de survie et autres systèmes électriques. Avant de quitter Nouvelle-Station, Del Kellum avait puisé dans sa trésorerie une partie du prêt qu'il avait reçu pour acheter un stock de blocs d'alimentation, et, grâce à cet argent, les ouvriers avaient pu remettre les équipements en état de marche.

— La mentalité était certainement différente à l'époque si nous pouvions nous permettre de balancer tous ces trucs, médita Zhett. Je suppose qu'il n'était pas possible, d'un point de vue financier, de les déplacer et de les réaffecter.

Les vaisseaux sombres et imposants, enveloppés d'une aura de nostalgie, lui évoquaient des richesses perdues depuis longtemps.

— C'est un cimetière d'épaves, dit Patrick.

— Pas des épaves, mon garçon. (Del paraissait indigné.) Nous les avions laissées en attente. Et, comme il s'agit de matériel de fabrication vagabonde, je parie que la plupart des astronefs et des équipements sont en parfait état de marche et prêts à être utilisés.

— Je peux m'occuper de l'un d'entre eux, dit joyeusement Kristof, si tu me le permets.

— Nous y réfléchirons, répondit Patrick, mais il faut encore que tu progresses.

Bien que Toff n'ait jamais été un très bon élève, préférant les travaux pratiques aux études, ils avaient prévu de l'envoyer à Academ, mais, dès que cette possibilité s'était présentée, le jeune homme les avait convaincus, à grand renfort de supplications, de prendre directement part aux opérations. Patrick était sceptique, mais Zhett connaissait la valeur du travail tel qu'exercé chez les Vagabonds, en particulier lors de la création d'une nouvelle entreprise.

— Une fois que nous serons opérationnels et que nous gagnerons de l'argent, dit-elle sévèrement à Toff, nous aurons un comper Précepteur. Tu *suivras* des cours quotidiens et tu *auras* des notes suffisamment élevées pour ne pas me faire regretter cette décision.

— D'accord. D'accord !

Plus important encore, ce nouveau projet serait une façon pour Marius Denva de se remettre en selle et de prouver qu'il était en mesure de rendre à sa vie et à leurs activités d'exploitation leur normalité. Bien qu'ébranlé, il avait à peu près récupéré du cauchemar noir qu'il avait vécu en restant bloqué dans la sphère autour de Kuivahr. Quand les Ildirans l'avaient ramené à Nouvelle-Station, Zhett, Del et Patrick avaient été stupéfaits d'apprendre qu'il était sauf. Toute l'équipe de la distillerie était persuadée qu'il était mort au cours de l'attaque des ombres.

— J'ai juste pris un peu plus de temps que vous tous à quitter Kuivahr, leur avait-il dit, essayant de dissiper leurs inquiétudes. La prochaine fois, je promets de ne pas rester à la traîne. Une fois, ça m'a suffi.

Il avait surpris Zhett en signant de nouveau pour travailler avec les Kellum. En tant que Vagabond, il adaptait ses compétences à toutes les opérations industrielles qui passaient par la tête de Del, et le reste de son équipe considéra bientôt le survivant avec admiration et respect. À sa demande, Zhett fit tout son possible pour le traiter comme d'habitude.

Comme ils avaient tous travaillé autrefois avec Denva, elle était heureuse qu'il supervise la nouvelle équipe, qui comprenait la plupart des ouvriers de la distillerie qui s'étaient échappés de Kuivahr.

Elle lui promit une augmentation dès qu'ils auraient de l'argent.

À présent, grâce au réseau de communication sur fréquence large qui diffusait les conversations de fond, elle écoutait les discussions de leur équipage et percevait une nouvelle excitation dans leurs voix. Les Shana Rei les terrifiaient toujours, à juste titre, et ils savaient que rien n'était à l'abri de leurs attaques dans le Bras spiral, mais ils étaient des *Vagabonds*, impatients de se remettre à récolter de l'ekti. Ils semblaient avoir ça dans le sang.

— Nous avons rassemblé quatorze unités viables, Del, rapporta Denva, déjà très impliqué dans son nouveau travail. Ça devrait nous prendre une semaine ou deux à scotcher les systèmes, à recharger les blocs d'alimentation et à les rendre de nouveau fonctionnels, mais nous y parviendrons.

— Comptez en jours et non en semaines, bon sang ! dit Del. Nous avons des tas d'exocombinaisons et de systèmes de survie temporaires. Une fois les moteurs réparés et en état de marche, nous pourrons nous occuper de la décoration intérieure pendant que nous transporterons l'équipement à travers l'espace jusqu'à l'amas de gonflotteurs le plus proche.

— C'est la question suivante, dit Zhett. Nous devons en dénicher un dont la propriété n'a pas été revendiquée. Où devons-nous installer notre champ d'extraction ?

Dès le début de la ruée vers l'ekti, des éclaireurs avaient ratissé le Bras spiral à la recherche de nodules à la dérive. Les gonflotteurs n'étaient pas faciles à détecter dans les espaces sombres entre les étoiles, mais les clans avaient découvert et déjà récolté de nombreux amas, et ce beaucoup plus rapidement qu'au départ. Il semblait que ces amas soient plus fréquents qu'on le soupçonnait. Zhett avait juste besoin d'en trouver un pour le clan Kellum.

Non loin, visible à travers la baie principale de la passerelle, elle observa une série de lumières clignoter alors qu'un premier astronef était réactivé, et, à quelque distance de là, une autre série de lumières s'alluma tandis qu'un vaisseau-citerne abandonné revenait à la vie.

— Et de deux, transmit Denva. On a notre démonstration de faisabilité. J'ai des équipes qui travaillent et bricolent à bord de sept autres. Je pense que nous aurons de nouveaux bâtiments activés dans l'heure qui suit.

Toff applaudit. Zhett gloussa.

— Oui, cela pourrait bien fonctionner. Notre Guide Lumineux brille de nouveau de mille feux.

— Il ne nous a jamais quittés, commenta Del. Nous avons juste fait un peu trop de détours.

— Alors montrons-nous pragmatiques, dit Patrick. Nous devons revendiquer la propriété d'une grappe de gonflotteurs avant de nous installer et de commencer nos opérations. Zhett et moi partons en chasse.

— Moi aussi, je veux venir, dit Kristof.

— Peut-être. Mais seulement si… (Zhett se tourna vers son père.) Tu pourrais surveiller bébé Rex ? C'est un boulot de grand-père.

Del adorait le bambin.

— Je l'élèverai pour qu'il devienne un Vagabond. Je pourrais même lui confier la gestion d'un projet avant que vous soyez revenu.

— Ça ne devrait pas être trop long, dit Zhett. Je sais où commencer à chercher nos premiers gonflotteurs.

43

Générale Nalani Keah

Lorsque ses vaisseaux cabossés rentrèrent tant bien que mal de Relleker, la générale Keah ne perdit pas de temps pour rallier ses troupes dans l'ensemble du COL.

— Il va falloir que vous vous bougiez les fesses… tout de suite !

Cette attaque contre une des principales colonies de la Confédération n'était pas une nouvelle qu'elle souhaitait garder confidentielle. Par l'intermédiaire de Nadd, elle envoya des rapports à travers le télien aux prêtres Verts à bord de ses vaisseaux de patrouille déployés et plaça le quartier général des FDC en état d'alerte maximale. Alors que le *Kutuzov* rentrait au complexe au milieu des décombres dispersés de la Lune, elle transmit son message au haut commandement :

— La menace concerne tout le monde, et je veux l'annoncer sur toutes les chaînes publiques de la Terre. Il faut que tous les habitants du système solaire sachent ce qui pourrait les attendre.

L'officier en second Wingo se montra hésitant.

— Générale, vous risqueriez de déclencher la panique. Est-il sage d'apprendre à la population à quel point nos planètes sont vulnérables ?

— Plutôt que de les laisser penser que nous sommes tous parfaitement en sécurité et qu'il n'y a pas lieu de s'inquiéter ? (Elle renifla.) En cas d'urgence, garder le secret ne nous apporte aucun avantage. Vous vous imaginez que les robots noirs et les Shana Rei nous espionnent ? Ils se fichent éperdument de ce que nous faisons ou pas. Non, il vaut mieux tout dire à notre peuple, monsieur Wingo. Publiez nos images de Relleker afin que tout le monde voie les cafarobots détruire nos croiseurs Mantas et frapper ensuite ce monde magnifique. Si, à cause de cela, la population terrienne reste éveillée la nuit, au moins ne sera-t-elle pas surprise en plein sommeil en cas d'attaque. Je parierais de toutes les façons sur la vigilance plutôt que sur l'ignorance.

Lardé de cicatrices de combat apparentes, le *Kutuzov* débarqua au complexe militaire. Lorsque les faeros avaient brisé la Lune et envoyé une grêle de fragments destructeurs dans tout le système solaire, cela avait été un terrible désastre, mais ce qui s'était passé sur Relleker était pire.

Pendant la retraite, les ingénieurs des FDC aux ordres de la générale Keah avaient effectué toutes les réparations rapides réalisables, et le *Kutuzov* et les Mantas survivants étaient fonctionnels au moment de leur retour à la base, mais la commandante savait que « fonctionnels » n'était pas synonyme de « prêts au combat ». Au COL, ses Mantas réclamaient des quais spatiaux pour leurs réparations. La générale Keah mobilisa des équipes de construction pour boucler en continu les travaux nécessaires.

—Avec le moins de temps mort possible... Il est impératif que nos vaisseaux de guerre soient remis en service et prêts à livrer bataille.

Quatre-vingts croiseurs Mantas étaient stationnés sur Terre, et la maintenance programmée de dix d'entre eux venait de s'achever. Les Mastodontes que commandaient les amiraux Handies et Harvard étaient entièrement équipés et prêts, mais les deux officiers restèrent dans les complexes de leur station sur le fragment lunaire principal. L'amiral Haroun paraissait plus fébrile depuis qu'il avait été au combat lors de la répression de Rakkem. Cela l'avait réveillé et il se tenait prêt à bord de l'*Okrun*.

Après avoir amarré le *Kutuzov*, la dirigeante des FDC se rendit au quartier général pour rencontrer l'état-major.

—Je ne vais pas vous enjoliver la situation. Asseyez-vous, attachez votre ceinture et voyez ce à quoi nous sommes confrontés.

Elle obligea ses officiers instructeurs à regarder une synthèse en images de la bataille de Relleker. L'affrontement dévastateur avait duré moins d'une heure, bien qu'à l'époque il ait paru s'étendre sur une éternité infernale.

Elle observa leurs expressions d'inquiétude et d'incrédulité ; plusieurs d'entre eux – heureusement – semblaient avides de vengeance, alors que d'autres avaient l'air au bord de la panique. Elle nota en silence de qui il s'agissait. Bien qu'elle ait regardé ces images encore et encore, elle avait toujours froid dans le dos en voyant ces centaines de milliers de cuirassés de cafarobots grouiller autour de Relleker, stérilisant la surface de la planète, se refermant sur tous les vaisseaux spatiaux en train d'évacuer, y compris trois de ses Mantas, tandis que les hexagones des Shana Rei perturbaient la technologie dans toutes les villes de ce monde.

—À notre connaissance, il n'y a aucun survivant, dit Keah.

—Mais ces vaisseaux de guerre robots... il doit y en avoir des milliers, indiqua l'amiral Handies.

—Près d'un million, répondit Keah. Nous avons analysé les images pendant notre vol de retour.

Accompagné d'une escorte, un visiteur non annoncé pénétra dans la salle de briefing. C'était un homme au teint pâle, chauve, d'apparence calme et discrète : l'adjoint Eldred Cain.

—C'est bien pire que ce que je craignais, générale.

L'adjoint Cain, qui avait jadis servi puis trahi le président de la Ligue Hanséatique terrienne, administrait la planète bleue pour le compte de la Confédération depuis la fin de la Guerre des Élémentaux. Dirigeant compétent, il avait atteint le niveau de ses ambitions et se satisfaisait parfaitement de son rôle.

Ignorant les autres officiers participant à la réunion, il serra la main de Keah et s'assit à son côté.

—À présent, nous allons tous regarder une nouvelle fois cet enregistrement du début à la fin, dit-il fermement.

—Nous venons de le voir, adjoint, fit remarquer l'amiral Harvard. Il dure une heure, et nous devrions commencer nos sessions de stratégie.

Keah comprenait toutefois ce que Cain suggérait.

—Non, amiral. L'adjoint a raison. Au cours de ce premier visionnage, vous avez tous été choqués. Faites preuve d'une plus grande attention la deuxième fois, déterminez comment nous aurions pu agir différemment et tirez les leçons de cette confrontation... sinon ces gens seront morts pour rien.

Elle repassa les images dans l'espoir d'une révélation ou d'une prise de conscience dans les rangs de l'assistance. Quand elle aperçut l'amiral Handies détourner les yeux, elle lui donna un coup de coude pour qu'il regarde. Une fois le visionnage terminé, elle se leva.

—Voilà, il y a de quoi être motivé. Il est temps que les FDC se ressaisissent.

—Mais que pouvons-nous faire de plus contre un tel ennemi, générale ? demanda l'amiral Harvard, l'air bouleversé.

— Tout… et je suis ouverte à toutes les suggestions. (Elle se tourna vers Cain.) Monsieur l'adjoint, je vais visiter les stations de fabrication du docteur Krieger et inspecter notre production de bombes solaires. Souhaiteriez-vous vous joindre à moi ? C'est moi qui conduis.

Laissant l'équipe du commandement supérieur, troublée et inquiète, dans le quartier général du COL, Cain et elle empruntèrent une navette intrasystème des FDC pour se rendre dans les petits fragments lunaires et les sphères métalliques flottantes qui constituaient les installations de fabrication d'armes dédiées à la production de bombes solaires. Pendant ce temps, les chaînes de montage sur Terre fournissaient des canons laser plus rapidement qu'ils pouvaient être appareillés sur les vaisseaux des FDC.

Keah étudia la base de données relative à la production et hocha la tête d'un air sinistre.

— Je n'ai pas l'intention de me faire prendre de nouveau avec le pantalon baissé, monsieur l'adjoint.

L'homme au teint blafard répliqua avec une expression ironique :

— Je ne crois pas que vous ayez au départ eu l'*intention* de vous faire prendre avec le pantalon baissé.

Elle grogna, reconnaissant ainsi que sa plaisanterie était tombée à plat, tandis qu'elle amarrait le petit appareil à l'installation principale de Krieger.

— Nous sommes déterminés, nous disposons d'équipements et de tous les fonds dont nous pourrions raisonnablement avoir besoin, poursuivit Cain. Ce n'est pas la résolution qui nous fait défaut, générale, mais l'efficacité.

— Donnez-moi un million de bombes solaires, et je serai sacrément efficace.

— Le docteur Krieger y travaille.

L'expert en armement était ravi et énergique – peut-être trop énergique – lorsqu'il les accueillit à l'intérieur de son usine.

— Nous sommes prêts pour votre inspection, générale. Je sais que vous serez satisfaits.

La principale installation de fabrication de bombes solaires était ancrée à la surface d'un fragment lunaire, bien à l'écart de l'ensemble plus dense des opérations du COL. Depuis cette position, Keah voyait les éclairages de quatre autres infrastructures à la dérive, suffisamment éloignées les unes des autres pour que, si un accident malheureux faisait exploser une bombe solaire, les ondes de choc ne détruisent pas les bâtiments restants. Elle ne pouvait pas se permettre qu'une réaction en chaîne maladroite anéantisse de nouveau leur meilleure chance.

Krieger hocha la tête.

—Je vous assure, générale, que nous sommes parvenus à un équilibre entre la vitesse de production maximale et les dispositifs de sécurité de sorte que vous n'ayez pas à vous inquiéter d'une répétition de… ce qui s'est passé la dernière fois.

—Ne parlons pas de la dernière fois, grommela Keah. Plus d'accidents. Vos nouvelles bombes solaires ont fait merveille dans le système onthos et ont laissé quelques jolies ecchymoses lorsque nous les avons lâchées dans celui de Relleker.

—Mais même ainsi Relleker a disparu, générale.

Krieger paraissait embarrassé, comme si, d'une façon ou d'une autre, c'était sa faute.

—Beaucoup de robots ont disparu également, et je sais que nous avons endommagé les vaisseaux hexagonaux des Shana Rei. Nous avions juste besoin de plus de bombes solaires. Beaucoup plus. Nous ne nous attendions pas à devoir affronter un million de cafarobots. Nous n'avons aucune idée de leur provenance.

—Cinq usines de production de bombes solaires sont en service en ce moment même, dit Krieger, et je tiens la barre d'une main très ferme. Les installations n° 6 et n° 7 devraient être opérationnelles d'ici à trois semaines. À l'heure actuelle, j'ai quarante-deux bombes solaires terminées ici même, dans ces bâtiments, prêtes à être placées à bord des vaisseaux des FDC.

—Bien, dans ce cas, je peux reconstituer les stocks utilisés à Relleker. Le *Kutuzov* doit être réapprovisionné, lui indiqua Keah. Je ferai en sorte qu'un de mes officiers les réceptionne au plus tard demain. Notre arsenal n'est qu'au quart de sa capacité.

L'expert en armement était soulagé d'être rentré dans les bonnes grâces de la militaire.

—Je serai ravi de faire preuve de démesure, générale.

—Ne ralentissez en aucun cas la production, le prévint l'adjoint Cain. La menace des ombres semble s'accroître.

—Nous sommes parfaitement d'accord, monsieur l'adjoint, dit Keah en faisant craquer ses articulations. J'attends déjà avec impatience notre prochaine bagarre contre les Shana Rei.

Satisfaits, les deux visiteurs quittèrent l'usine d'armement, et elle ramena Cain à une station de transfert afin qu'il retourne sur Terre.

Il avait construit un hôtel particulier sur le bord du cratère d'impact de Madrid. C'est de là qu'il s'acquittait de la plupart de ses fonctions de dirigeant, ce qui lui permettait de prendre des décisions tout en étant entouré de sa rare collection d'œuvres d'art. Keah, quant à elle, préférait se trouver sur la passerelle de son Mastodonte.

Après avoir fait ses adieux à l'adjoint, elle conduisit la petite navette vers le COL, pensant déjà à d'énergiques exercices d'entraînement qui maintiendraient son haut commandement sur le qui-vive. Ses tacticiens devraient étudier les récentes batailles aux abords de Relleker et dans le système onthos pour déterminer la répartition la plus efficace des explosions de bombes solaires pour leurs affrontements ultérieurs.

Elle vola seule pendant une heure, effectuant le tour de la base militaire, et finit par mettre le cap sur le *Kutuzov* afin d'inspecter l'avancement des réparations sur le quai spatial.

Elle savait que la prochaine attaque pouvait survenir n'importe où, n'importe quand. Comme l'ensemble des FDC était en état d'alerte permanente, elle était prête à sauter sur la prochaine occasion qui se présenterait. Elle voulait infliger beaucoup plus de dégâts lors de son futur engagement contre l'ennemi.

Malheureusement, elle n'eut pas à aller bien loin ni à attendre longtemps.

Juste à l'extérieur de l'orbite lunaire, alors qu'elle se dirigeait vers le *Kutuzov*, elle vira de bord quand elle vit l'univers se convulser et se tordre en un tourbillon de noirceur alors qu'un nuage d'ombre surgissait de nulle part. L'espace se fendit en deux et vomit une tempête de vaisseaux noirs et anguleux, des centaines de milliers d'attaquants cafarobots que talonnaient des cylindres hexagonaux géants.

Les Shana Rei débarquèrent avec le fracas silencieux d'un tonnerre noir, et la flotte de robots plongea vers le complexe militaire.

44

Garrison Reeves

Garrison ne s'attendait pas à retourner à Rendez-Vous si tôt. Froid et hanté, cet endroit était uniquement peuplé de souvenirs. Lorsque Orli et lui s'y étaient arrêtés deux mois plus tôt, il avait voulu que leur passage soit un adieu, une façon d'enterrer ses fantômes.

Aujourd'hui, Xander et Terry allaient redonner vie à ces lieux.

Sans se soucier de l'évolution des clans, le père de Garrison avait consacré des années à une tâche inutile : restaurer l'amas d'astéroïdes brisé. Cette tentative mal conçue avait échoué, mais Xander et Terry avaient un meilleur plan.

Après le tumulte que l'apparition d'Elisa à Academ avait provoqué, Garrison avait décidé de prendre Seth avec lui alors qu'Orli et lui commençaient leur nouvelle aventure sur Rendez-Vous. Même si les wentals avaient chassé Elisa, il ne voulait pas se risquer à laisser son fils à l'école de peur qu'elle revienne. Elle n'était pas du genre à abandonner facilement.

Même si Seth aurait aimé rester à Academ avec ses camarades, il semblait tout aussi heureux d'être avec DD. En cet instant, ils révisaient tous deux les devoirs du jeune garçon dans le compartiment arrière du *Fils Prodigue*. Alors que Garrison pilotait, en approche finale de Rendez-Vous, il entendit DD interroger Seth et lui poser des problèmes de mécanique céleste sur le mur-écran.

Avant qu'Olaf Reeves finisse par abandonner et conduise son clan vers un exode peu judicieux, ils avaient réussi à reconstruire quelques-uns des complexes d'astéroïdes les moins endommagés. Des hangars, des systèmes de survie, des passages intérieurs et des chambres étaient prêts à accueillir de nouveaux habitants. Les astéroïdes eux-mêmes fourniraient les matières premières nécessaires aux installations de réparation lorsque la station Handon commencerait à attirer du trafic.

— Je dirais que c'est ma deuxième chance, dit Garrison, mais nous avons largement dépassé ce stade.

— C'est *notre* deuxième chance, lui glissa Orli en se penchant vers lui.

Il était si heureux d'être de nouveau avec elle. Il se réveillait chaque jour avec un sentiment d'optimisme. Ils se sentaient si bien ensemble. Au cours de leur pause d'un mois, ils avaient connu chacun leur lot de frissons et avaient conclu que, s'ils devaient faire face à de si nombreux problèmes, autant les affronter main dans la main.

La naine rouge du système ne fournissait pas beaucoup de lumière aux astéroïdes interconnectés, mais des rangées d'éclairage artificiel illuminaient le rocher central et une poignée de stations d'amarrage. Alors qu'ils volaient vers les astéroïdes fonctionnels, Garrison aperçut plusieurs autres petites navettes dont les équipages provenaient déjà de Nouvelle-Station.

Le communicateur crépita et Xander transmit :

— Entrez et faites comme chez vous, *Fils Prodigue*. Beaucoup de travail nous attend.

Une fois que Garrison eut atterri dans la baie et coupé les moteurs, Seth et DD furent les premiers à filer hors du vaisseau. Flanqué d'OK, Xander s'approcha d'eux en s'essuyant les mains sur un chiffon. Seth fut ravi de voir le deuxième comper et s'avança pour se présenter.

Sous le regard curieux de Xander, Orli fit un signe de tête en direction du garçon.

— Les compers l'intéressent autant que moi. Seth peut devenir mon assistant si j'ouvre une entreprise pour les remettre à niveau pendant que les autres travaillent à la réparation des vaisseaux récupérés ici à la station Handon.

Terry sortit du bureau d'accueil principal, se traînant en raison de la faible gravité de l'astéroïde.

— Nous devons trouver un meilleur nom pour cet endroit.

— Trop tard, dit Xander sur un ton à la fois désinvolte et déterminé.

Avec un soupir, Terry se tourna vers Garrison.

— Nous avons débarqué ici il y a un jour et demi pour allumer les lumières. D'autres équipes sont en train d'arriver. Il faut que les installations de démarrage fonctionnent le plus vite possible.

Xander avait déjà l'air pressé.

— Bientôt, nous commencerons à haler les premiers vaisseaux de Relleker pour les retaper.

Une expression de douleur traversa les traits d'Orli.

— Pendant des années, Relleker a été ma véritable maison. J'étais absorbée par mon travail avec les compers, et DD était mon meilleur ami. (Elle inspira profondément et Garrison la soutint tandis qu'elle parlait.) Tous ceux que j'ai connus sur Relleker sont morts désormais. Au moins, Matthew est en vie sur Nouveau-Portugal.

Avec sa maîtresse et son nouveau-né, pensa Garrison. Il n'avait aucun moyen de lui faire oublier son ex-mari ou son passé sur Relleker, et lui-même ne souhaitait pas oublier ses propres cicatrices.

Xander, qui n'avait pas remarqué la tristesse d'Orli, les invita à se diriger vers les tunnels menant au cœur de l'astéroïde.

— De nombreuses chambres sont prêtes à accueillir les clients. Sentez-vous libres de choisir celles que voulez, mais je pensais que vous préféreriez vos anciens quartiers, Garrison… D'avant ? (Il baissa la voix.) Nous avons trouvé la plaque commémorative que vous avez laissée et tous les messages enregistrés du clan Reeves. J'en ai écouté beaucoup… mais j'ai dû m'arrêter.

— Nous sommes vraiment désolés pour ce qui est arrivé à votre famille, dit Terry.

— Moi aussi. (La voix de Garrison se fit plus basse tandis que Seth s'éclipsait avec OK et DD.) Mon clan a pris sa décision, et elle était mauvaise, dit-il une fois le garçon parti. On ne peut plus rien y faire désormais.

— Il me semble que c'est ton père têtu qui a été à l'origine de ce désastre, dit Orli. *Il* a pris la mauvaise décision. Les autres se sont contentés de le suivre.

— Et le suivre a été la leur, répliqua Garrison avant de pousser un long soupir.

Il avait également pris de mauvaises décisions… comme celle d'épouser Elisa Enturi. Et pourtant même ce choix erroné avait eu des côtés positifs avec la naissance de son fils, et il n'échangerait Seth pour rien au monde. Puis, lorsque sa relation avec Elisa avait volé en éclats, cela avait déclenché toute une série d'événements qui l'avaient amené à rencontrer Orli. Fin heureuse.

Chaque décision avait entraîné des conséquences, une cascade d'effets, certains bons, d'autres mauvais, tous culminant en cet *instant présent*. Et il ne voulait pas changer cela.

— Nous sommes ici à cause de ce que nous sommes. (Il passa de nouveau son bras autour d'Orli et regarda Xander et Terry.) Rendez-Vous n'aurait jamais dû être restauré à l'identique de ce qu'il était avant sa destruction. Je préfère votre idée. Si l'on considère l'histoire de cet endroit et à quel point les Vagabonds souhaitent voir ce projet réussir, je pense que la station Handon connaîtra un succès encore plus grand qu'Ulio.

— Nous n'allons pas l'appeler la station Handon, insista Terry.

— Je crois bien que si, dit Xander d'une voix chantante.

Lorsque Garrison répéta ce nom, même Terry eut l'air avoir perdu la partie.

45

Xander Brindle

Xander savait que les clans de Vagabonds reconnaîtraient une bonne occasion lorsqu'elle se présenterait sous leurs yeux. Chacun avait un Guide Lumineux, une étoile qui leur indiquait le chemin, et, en l'espèce, ces étoiles s'étaient toutes regroupées. La station Handon s'annonçait glorieuse.

Terry n'était pas une personne extravertie et préférait mener une vie tranquille, mais, comme Xander était le chef des opérations, il ne le laisserait pas s'en tirer comme ça. Lorsque Terry se plaignit en grommelant de ses nouvelles responsabilités, il lui répondit :

— Parfois, des ambitions s'imposent à toi. Tu ne manques pas d'argent et tu as de grands rêves, mais c'est leur mise en œuvre qui représente le plus gros du travail. Une fois que le site sera opérationnel, nous déléguerons toutes les tâches chiantes. C'est ce que font les dirigeants.

— Je n'ai jamais été un dirigeant, dit Terry. Je veux m'occuper, faire quelque chose d'utile.

Xander rit.

— Nous ferons en sorte que tu sois utile… et occupé.

De nouveaux vaisseaux de Vagabonds arrivaient chaque jour, avec des membres des clans qui proposaient leurs services en tant qu'ouvriers de la construction spatiale : mécaniciens, techniciens en systèmes de survie, spécialistes en moteurs interstellaires. Des cargos apportèrent les énormes quantités de matériel et de fournitures nécessaires à la mise en place des nouvelles installations. Terry paya la totalité de cet investissement initial sans que cela ait une incidence notable sur le solde de son compte. Néanmoins, il restait consciencieux quant au gaspillage et s'efforçait de suivre les dépenses.

Garrison s'avéra être un gestionnaire compétent. Il tenait son expérience de la supervision d'équipes de travail au Grand Anneau et dans le Complexe orbital lunaire de la Terre. Terry se chargea volontiers de la majeure partie des tâches administratives.

Orli fit savoir qu'elle était prête à travailler sur tous les compers qui avaient besoin de maintenance et DD eut hâte de se faire de nouveaux amis. Certains Vagabonds arrivèrent à la station avec leurs propres vaisseaux endommagés, demandant des réductions sur les réparations parce qu'ils étaient parmi les premiers clients. Xander se chamailla avec eux, mais pas trop vigoureusement, car les équipes de mécaniciens avaient besoin d'entraînement.

— La station Handon doit bien commencer quelque part, dit-il.

Comme la structure de base était en place, Xander était impatient de passer à une échelle bien plus grande.

— Si tu veux faire bonne impression, Terry, il nous faut des vaisseaux – beaucoup de vaisseaux – pour faire de cet endroit un véritable chantier de réparation. Nous devrions aller à Relleker nous-mêmes pour voir ce qui vaut la peine d'être récupéré. Garrison s'occupera des opérations ici.

— Il s'agira peut-être d'un court voyage. La plupart des appareils qui s'y trouvaient ont dû être détruits lors de l'attaque, dit Terry.

— « Détruit » est un terme relatif. Tu ne penses pas comme un Vagabond. Imagine un peu toutes les sections de coque, les propulseurs interstellaires et les simples pièces de rechange que nous pouvons rassembler. Tu sais ce que Maria aurait fait de tout cela.

Au cours de ses années passées à travailler à Ulio, Terry avait appris à tirer profit du moindre rebut.

— Tu as raison. Nous devrions conduire les premières équipes à Relleker. Garrison surveillera les installations ici, et toi et moi serons les directeurs des opérations de récupération.

— Est-ce censé être un titre impressionnant ?

— Directeur *principal* des opérations de récupération, dit Terry. Je te laisse porter celui-là.

Avant qu'ils partent, quatre vaisseaux poussifs du clan Selise, des anciens modèles, se traînèrent jusqu'au complexe de Rendez-Vous et, après leur avoir jeté un coup d'œil, Xander supposa qu'ils venaient venus comme clients de leurs ateliers de maintenance. Il leur souhaita joyeusement la bienvenue :

— Nous n'avons pas assez de quais spatiaux opérationnels pour vous prendre tous les quatre en même temps, mais nous allons réparer vos vaisseaux.

La suggestion de Xander sembla offenser Omar Selise, un vieux chef de clan à la tête en forme de citrouille et à la chevelure grisonnante.

— « Réparer » ? Ces vieux vaisseaux fonctionnent très bien. Nous sommes venus vous proposer nos services.

Depuis un bâtiment à l'allure encore moins engageant, un deuxième homme dépenaillé s'écria :

— Ces vaisseaux étaient déjà les bêtes de somme increvables du clan Selise avant ta naissance, mon garçon ! Peu importe leur aspect extérieur, ce qui m'intéresse, c'est ce qu'ils ont sous le capot. J'ai dit la même chose à propos de ma deuxième femme.

— Nous sommes heureux que vous vous joigniez à nous dans ce cas, leur déclara Terry sur un ton conciliant. Soyez les bienvenus.

Quand Xander leur annonça leur prochaine mission sur Relleker, les quatre vaisseaux des Selise se portèrent volontaires pour participer aux activités de récupération sur place. Plus tard, tandis que Terry finissait de s'occuper des derniers chargements et préparatifs pour sortir le *Verne*, Xander fut pris au dépourvu lorsque Omar Selise avança vers lui, seul, dans un couloir aux parois rocheuses. Le vieil homme pointa un doigt dans sa direction.

— Faut que je vous parle, Brindle. Je sais que vous avez lancé des appels d'offres privés pour des projets d'essais médicaux très spécifiques, et j'ai effectué quelques recherches. (Omar se rapprocha de lui.) J'ai moi-même un petit-fils paralysé. Dans le même état que celui de votre partenaire.

Ces mots retinrent l'attention de Xander. Les yeux bruns et larmoyants de l'homme se rétrécirent.

— Voyez-vous, j'ai gardé un œil sur le même type d'études que celles qui vous intéressent.

Xander s'était en effet renseigné discrètement pour le compte de Terry, offrant d'importantes récompenses à quiconque pourrait fournir des traitements novateurs, mais éprouvés, pour la réparation de la colonne vertébrale : fusions neurologiques, recâblage cellulaire, tout ce qui pourrait soigner les rares lésions dégénératives qui empêchaient Terry de marcher. Compte tenu de l'énorme somme d'argent que Maria Ulio lui avait laissée, un *remède* disponible devait forcément exister.

Omar glissa subrepticement un digidisque dans la main de Xander.

— Voilà tout ce que je sais. Rien n'est officiel, mais le programme semble prometteur. Je voulais le tester sur mon petit-fils, mais… je ne pouvais pas me le permettre.

Xander ressentit une bouffée d'espoir.

— Laissez-moi y jeter un œil. Si cette technique fonctionne, nous pourrons peut-être trouver un arrangement. Dites-m'en plus.

— Il y a un gros inconvénient. (La bouche du vieux chef de clan grincheux s'étira en un trait sinistre.) Certains de ces programmes ont été réalisés à Rakkem.

Au simple nom de Rakkem, un frisson traversa Xander. Il avait vu les horribles traitements de rajeunissement que la planète miteuse avait utilisés pour escroquer des patients.

— Je ne ferais confiance à aucun des traitements qu'ils proposaient.

— La planète a désormais cessé ses activités, mais tout n'était pas une arnaque. Ce scientifique en particulier a quitté Rakkem bien avant l'expédition des FDC et affirme qu'il n'a jamais pris part à la moindre opération louche. Vérifiez ce que je vous raconte et faites vos propres recherches. Déterminez si cela vaut le détour. (Il haussa les sourcils.) Votre message disait que vous étiez prêt à essayer à peu près n'importe quoi.

— Je le suis, répondit Xander, même s'il n'était pas sûr que ce soit le cas de Terry. Merci, j'effectuerai des vérifications au préalable. Et combien dois-je vous payer pour cela ?

Omar Selise prit un air offusqué.

— Je ne fais pas ça pour l'argent, bon sang… mais pour mon petit-fils. Si ce protocole fonctionne, dites-le-moi. Nous pourrons peut-être faire en sorte qu'ils remarchent tous les deux.

Le chef de clan s'éloigna à grandes enjambées dégingandées dans la faible pesanteur. Xander tenait le digidisque dans sa main et sentait ses pensées bouillonner, tiraillées entre l'espoir et l'hésitation. Il ne pouvait pas écarter l'éventualité d'une guérison. Il allait demander à OK de vérifier ces informations le plus minutieusement possible.

46

Générale Nalani Keah

Lorsque le nuage d'ombre se déploya hors de l'orbite lunaire et dégorgea des milliers – des centaines de milliers – de cuirassés robots, la générale Keah rentra précipitamment vers le COL à bord de sa petite navette. L'accélération l'écrasa contre le dossier de son siège, mais elle parvint à garder les mains sur les commandes et visa directement son vaisseau amiral.

— Aux postes de combat ! brailla-t-elle dans le système de transmission. Tout le monde aux postes de combat... au cas où vous n'auriez pas remarqué la situation.

Les feux s'allumèrent en clignotant sur les quatre-vingts croiseurs Mantas stationnés au-dessus des installations en orbite et des dômes-usines que les décombres lunaires abritaient. De nombreux Rémoras engagés dans des exercices d'entraînement retournaient à présent en piqué vers leurs vaisseaux d'attache.

La navette de Keah plongea comme un projectile vers son Mastodonte, qui était toujours amarré au milieu du réseau d'échafaudages sur le quai spatial de son centre de réparation.

— *Kutuzov*, préparez-vous au décollage ! Ouvrez la baie d'atterrissage n° 3 pour moi... j'arrive à toute vitesse.

Elle espérait pouvoir décélérer suffisamment vite pour se poser de manière relativement sûre. Elle ne se souciait pas de démolir la navette, mais ne voulait juste pas endommager son cuirassé. De toute évidence, elle allait en avoir besoin.

— Mais, générale, nous sommes toujours amarrés au quai spatial. (Sur l'écran, le visage de son officier, en sueur, avait une apparence grisâtre.) Seule la moitié des réparations est terminée !

—Je vois ça, monsieur Wingo, mais les ombres ne vont pas attendre que nous ayons fini. Mettez les équipes de construction à l'abri, puis faites sauter les connexions.

Elle serra les dents, sachant que tout le monde pouvait l'écouter sur ce canal ouvert. Cela ne servait à rien de prendre des pincettes : ils avaient tous assisté à la débâcle de Relleker.

—Cela va mal se passer… très mal se passer. J'ignore si ce sera plus sûr pour les équipes de réparation à l'intérieur du COL ou à bord du *Kutuzov*. Laissez-les libres de leur choix, mais ils doivent se décider rapidement. Quoi qu'il en soit, nous menons mon Mastodonte au combat dans quelques minutes.

Elle risqua un coup d'œil vers le nuage d'ombre, vit les cylindres hexagonaux quitter furtivement leur au-delà comme des aiguillons à bétail extraterrestres. Des vagues et des vagues de cuirassés robots identiques se déversèrent, aussi nombreux que les étoiles dans le ciel.

—Maudits cafarobots !

D'après ses écrans, les premiers attaquants atteindraient le COL d'ici à dix minutes… à peu près au moment où elle remonterait à bord de son vaisseau.

—Monsieur Patton, activez vos batteries d'armes et préparez-vous à tirer avant même de vous désengager du quai spatial. Si vous êtes doué, vous pourrez éliminer une centaine de robots en sortant.

—Générale, nous ne pouvons pas ouvrir le feu tant que nous sommes à quai ! l'interrompit son officier d'artillerie.

—Prouvez-vous que vous avez tort, monsieur Patton. Je parie que vous trouverez un moyen.

Elle ignora le communicateur pour se concentrer sur le guidage de sa navette vers la minuscule rampe de lancement située sur le côté de son Mastodonte.

Depuis l'intérieur des rochers qui abritaient le quartier général du COL, l'amiral Harvard s'exprima sur un canal à fréquence large :

—Nous sommes attaqués ! Que tous les vaisseaux en état de le faire se tiennent prêts à défendre le COL.

Keah ne pensait toutefois pas que le poste de commandement de l'armée soit la cible prioritaire des cafarobots. Ce ne serait qu'un échauffement pour la Terre.

Les amiraux Handies et Haroun se trouvaient à bord de leurs Mastodontes tandis que Harvard se tenait dans le quartier général principal. Haroun réussit à mettre son Mastodonte en mouvement bien plus tôt que son homologue. Keah regarda l'*Okrun* se diriger vers le COL, flanqué de plusieurs Mantas qui se ralliaient également à lui, alors que le *Rafani*, le vaisseau amiral de Handies, s'éloignait des décombres comme pour se placer dans une meilleure position de tir stratégique… Du moins était-ce ce qu'elle espérait de la part de Handies.

Piégé dans le réseau d'échafaudages du quai spatial, le *Kutuzov* ressemblait à un béhémoth sur le point de faire exploser sa fragile cage. Tous ses feux étaient allumés et ses moteurs rutilèrent tandis que la poussée dans les réacteurs augmentait. Les lignes d'indicateurs sur la structure de soutien du quai spatial se mirent à clignoter en rouge en signe d'avertissement. Les cônes d'échappement des moteurs s'illuminèrent et la grande structure commença à bouger. La plupart des câbles ombilicaux et des ancres de connexion avaient déjà été retirés, mais quelques retardataires se détachèrent dans des gerbes d'étincelles pendant que le cuirassé se libérait.

Keah ajusta la trajectoire de sa navette en suivant des yeux la minuscule baie d'atterrissage ouverte qui constituait sa cible – mais une cible mouvante à présent.

— Je suis toujours prête à relever un défi, marmonna-t-elle.

Toute personne sensée aurait ralenti et se serait approchée avec prudence, mais, là, elle n'avait pas le temps de se montrer raisonnable. Les robots noirs débarquaient.

Les féroces vaisseaux anguleux commencèrent à mitrailler le COL avec une telle profusion de faisceaux d'énergie que toute la zone se transforma en une toile d'araignée d'explosions lumineuses. La plupart des rayons frappèrent des roches mortes, car ils faisaient feu à volonté sans discrimination. Les cafarobots ne prenaient pas la peine de choisir des cibles particulières : ils comptaient simplement tout détruire.

La générale transmit son signal d'identification ami-ennemi, espérant que quelque butor aux abois ne verrait pas la navette surgir en trombe et s'imagine qu'il s'agissait d'une menace. Elle se tint prête, observa le Mastodonte arriver au premier plan, suivit son mouvement à mesure qu'il gagnait de la vitesse et compensa afin de viser directement la rampe de lancement.

Avec un brasillement lumineux, toute une batterie de canons laser du *Kutuzov* fit feu, vaporisant les restes de l'armature du quai spatial qui le retenait. D'autres faisceaux jaillirent pour anéantir des dizaines de vaisseaux noirs en approche. Au moins, Patton avait compris cette partie-là.

Keah martela ses commandes et ralentit à fond dans l'espoir de ne pas aller se fracasser contre la paroi intérieure de la baie d'atterrissage. Cette décélération la frappa comme un coup de poing dans le ventre, mais elle s'agrippa aux commandes, tint bon et guida son appareil. Des voyants d'alarme flamboyèrent à l'intérieur de la baie. Des avertissements automatiques lui demandèrent de changer de cap et d'interrompre son atterrissage, mais elle poursuivit quand même sa route, ses boucliers enclenchés.

Son engin réduisit sa vitesse, suivit sa trajectoire, puis plongea dans la baie ouverte en ratant le cadre de la porte de moins d'un mètre. Son vaisseau laboura le pont, ralentit, puis pivota en dérapant dans une cascade d'étincelles. Elle ignora la cacophonie d'alarmes qui retentissaient dans le cockpit. La navette effectua un tour complet sur elle-même au milieu du pont, mais les boucliers atténuèrent suffisamment l'énergie dégagée par cet atterrissage forcé pour qu'elle s'arrête en crissant, cogne la cloison la plus éloignée – en l'endommageant, mais rien de grave – et s'immobilise enfin.

Sans reprendre son souffle, Keah détacha ses sangles antichocs, ouvrit l'écoutille et bondit hors de la sortie, se dirigeant déjà vers la rangée d'ascenseurs. Elle ne prêta aucune attention à la fumée et aux étincelles toujours présentes derrière elle. Le *Kutuzov* se déplaçait et elle entendait le grondement des impacts explosifs contre sa coque. Il lui fallait arpenter son pont pour diriger le spectacle.

Deux des ascenseurs étaient hors service, mais elle grimpa quatre à quatre les barreaux d'une échelle et finit par trouver un ascenseur sur le pont suivant qui la conduisit directement sur la passerelle. Lorsqu'elle sortit sur le pont principal, elle constata que son équipage se comportait admirablement au milieu de cette crise désespérée. Elle n'en attendait pas moins.

— Je prends le commandement ! Monsieur Wingo... le point sur la situation.

Alors que le Mastodonte s'éloignait des infrastructures du COL et mettait le cap vers le cœur du combat, l'écran se remplissait de rochers tournoyants et d'une multitude d'astronefs, certains en cours d'évacuation, d'autres convergeant en une formation défensive.

— La situation est extrêmement instable, générale.

— Je vois ça.

À son poste de tir, Dylan Patton dirigeait les routines de salves. Les batteries de canons laser libérèrent des lances de lumière qui détruisirent d'innombrables vaisseaux de robots.

— C'est un environnement riche en cibles, générale. Nous ne pouvons pas tout suivre.

— Débarrassez-vous d'une cinquantaine de milliers de ces cafarobots et vous y verrez plus clair, dit-elle. Exécution.

— Je fais de mon mieux, générale. (Les tendons saillaient sur le cou de Wingo.) Mais d'où viennent tous ces robots ? Nous avons déjà dû en détruire cent mille à Relleker avec nos bombes solaires, et il semble qu'il y en ait plus que jamais.

Depuis son centre de commandement et de contrôle situé au cœur du rocher principal du COL, l'amiral Harvard transmit :

— J'attends vos ordres, générale Keah.

— Amiral, envoyez tous les vaisseaux des FDC… et je dis bien *tous*. À la limite, même le module d'un agent d'entretien équipé d'un jazer pourrait être utile. Du moment qu'un appareil peut voler, même à puissance partielle, c'est un atout. D'autre part, tout astronef bloqué sur un quai spatial constitue une cible.

Elle regarda les écrans tactiques qui montraient le nombre impressionnant de robots noirs qui se préparaient à l'attaque. Elle s'efforça à tout prix de garder une expression neutre même si son cœur palpitait de consternation. Il semblait impossible de s'en sortir. Tout simplement. Impossible.

Dix-sept Mantas surgies du COL convergèrent et se placèrent devant les vaisseaux de guerre des cafarobots comme de la chair à canon. Avec des salves désordonnées, mais enthousiastes, elles firent exploser leurs adversaires grâce à leurs canons laser et leur jazers traditionnels en appui. Même si leur tir de barrage endommagea des centaines de cuirassés des robots, l'ennemi était prêt à sacrifier un millier de ses appareils pour anéantir la poignée de Mantas qui se dressaient sur son chemin… et c'est exactement ce qu'il fit. Les cafarobots absorbèrent et ignorèrent leurs pertes, puis continuèrent d'affluer. Ils détruisirent les Mantas et foncèrent tout droit à travers les débris des engins des FDC.

Les Rémoras s'élancèrent dans la bataille, engageant un vaisseau de robots après l'autre, mais les chasseurs ne firent pas le poids face aux cuirassés ennemis et retardèrent à peine l'assaut.

Les décombres du Complexe orbital lunaire offraient de nombreuses possibilités d'abris et de diversions, et les bâtiments de la

Confédération qui se défendaient menaient les cafarobots dans des courses d'obstacles. Cependant, ce n'était pas suffisant. Keah avait besoin de plus d'espace pour déployer ses grosses pétoires.

— Nous ne pouvons pas lancer de bombes solaires au milieu du COL. Éloignons-nous de l'orbite lunaire.

L'amiral Haroun ramena l'*Okrun* à côté du *Kutuzov*, et douze autres Mantas suivirent sa trajectoire. Un grand croiseur commença à se déplacer alors qu'il luttait encore pour se dégager de son quai de réparation, mais les vaisseaux des robots noirs l'anéantirent avant qu'il puisse se mettre en route.

— Nous sommes en train de nous faire massacrer, générale ! cria l'amiral Handies depuis le *Rafani*.

Elle se retint de lâcher un commentaire sarcastique sur cette fine observation.

— Nous devons résister. Nous devons nous battre. Vous avez le choix entre mourir aujourd'hui ou, même si vous vous échappez et que nous perdons ici, mourir plus tard. Mais je préfère la troisième option : faisons-leur mal et qu'ils réfléchissent à deux fois avant de recommencer.

L'amiral Haroun apparut sur le communicateur, le visage dur et sombre.

— Le COL est notre complexe militaire central, générale, le cœur des FDC. Si nous ne pouvons pas les arrêter ici...

— Ils ne semblent pas être intimidés par notre présence militaire, répliqua Keah.

Le nuage d'ombre continuait à s'étendre, se rapprochant jusqu'à ce que ses obscures franges touchent les stations extérieures du COL. Volant tels des éclaireurs, les cuirassés des robots commencèrent à pilonner les dômes d'habitation, les entrepôts de stockage et tous les astronefs encore sur les quais spatiaux. À l'intérieur du rocher qui abritait le centre du commandement des FDC, l'amiral Harvard lança un appel au secours, exigeant la mise en place d'une ligne de défense, mais les Mantas qui y répondirent ne réussirent à retarder les cafarobots que de quelques minutes seulement.

Des vaisseaux noirs fondirent en essaim sur le quartier général et le martelèrent, ciblant la source des transmissions désespérées de Harvard. Piégé à l'intérieur du rocher, l'amiral hurla une dernière fois, et sa voix s'éleva jusqu'à un piaillement de panique avant que le système de transmission se remplisse d'un flot de parasites.

Keah déglutit avec difficulté, devinant que ce ne serait pas la dernière tragédie de la journée. Même si Harvard n'avait jamais été un bon commandant militaire, sa mort portait un coup sévère au moral des troupes.

Incapable d'attendre plus longtemps, elle pria pour que son Mastodonte se soit suffisamment éloigné.

— Monsieur Patton, préparez la première volée de bombes solaires. Amiral Haroun, faites de même. (Elle émit sur une fréquence plus large.) À tout vaisseau des FDC équipé de bombes solaires, allez-y, lâchez-les. La journée s'annonce radieuse et mortelle au COL. Cela vaut pour vous aussi, amiral Handies.

De manière inattendue, le *Rafani* changea de cap et accéléra pour s'éloigner d'eux. L'autre Mastodonte était brusquement devenu muet. Voyant qu'ils s'écartaient, Keah réactiva son communicateur.

— Handies, où allez-vous, bon sang !?

— Générale, désolé de vous le rappeler, mais, après Relleker, le stock de bombes solaires du *Kutuzov* n'est plus que de vingt-cinq pour cent, l'interrompit Patton. Nous n'avons pas encore été réapprovisionnés.

Le cœur de Keah se serra.

— Nous ferions mieux d'utiliser l'arsenal à disposition, et ce à bon escient.

— L'*Okrun* dispose d'un chargement complet, dit l'amiral Haroun.

Handies n'avait toujours pas répondu et son vaisseau continuait d'accélérer pour s'éloigner de la bataille.

Le lieutenant Tait énonça ce qui devenait évident pour tous.

— Il s'enfuit.

Keah hurla au *Rafani* sur le système de transmission :

— Vous faites chier, Handies, revenez ici. Nous avons besoin de vos bombes solaires !

Comme le Mastodonte fuyait la concentration d'appareils des FDC, les cafarobots le choisirent comme nouvelle cible. Un millier de vaisseaux noirs se jetèrent à l'assaut du *Rafani*, et l'amiral Handies mit toute la puissance de son cuirassé au service de la vitesse. À la dernière minute, il détourna l'énergie vers ses boucliers, mais les robots attaquants étaient si nombreux qu'ils éclipsèrent le Mastodonte.

Keah cria inutilement sur l'écran de communication. Elle vit enfin les sabords du *Rafani* s'ouvrir pour libérer des bombes solaires, mais les cafarobots déchiquetèrent le Mastodonte avant que ses armes tirent et le pulvérisèrent – ainsi que son armement – avant qu'une seule bombe solaire explose.

— Quel foutu gâchis ! siffla-t-elle.

— Nous sommes prêts avec les nôtres, générale, dit Patton.

Haroun confirma de son côté que c'était aussi le cas de l'*Okrun*.

Quatre autres Mantas furent détruites en l'espace de dix secondes avant que Keah puisse ordonner le lancement des bombes solaires.

Une partie de la horde de cafarobots restait en arrière, tels des corbeaux picorant des cadavres sur un champ de bataille. Ils mirent en pièces le reste du COL. À vue de nez, Keah avait déjà perdu la moitié, voire les deux tiers des FDC.

La gerbe d'explosions puissantes comme des novae finit par éclore, et chaque déflagration désintégra des centaines d'attaquants. Plusieurs bombes solaires d'Haroun dépassèrent les vaisseaux des robots – intentionnellement, se rendit compte Keah – et éclatèrent à l'intérieur du nuage d'ombre en approche. Une détonation incandescente creusa un énorme cratère d'obsidienne dans le cylindre hexagonal shana rei le plus proche.

Mais Keah n'eut toutefois pas le temps de s'en réjouir. La deuxième vague de bombes solaires déflagra, et des ondes de choc s'abattirent sur les fragments du COL. Les derniers défenseurs des FDC battirent en retraite, essayant de s'éloigner de l'effet de leurs propres armes. Certaines explosions de novae firent partir les Mantas en vrille et les endommagèrent, puis les robots noirs submergèrent les vaisseaux qui ne se redressaient pas rapidement.

— Lancez la troisième salve ! hurla Keah. (Des explosions flamboyèrent, l'aveuglant presque.) Encore !

— Ce sont les dernières, générale, dit Patton.

Au moins, l'amiral Haroun poursuivait-il ses tirs.

Keah s'assit sur le pont et sentit de chaudes larmes lui brûler les yeux.

— Encore, murmura-t-elle, sachant que c'était inutile.

L'énorme nuage d'ombre des Shana Rei engloutit le COL déjà dépourvu de vie sans cesser sa progression.

Keah donna l'ordre au *Kutuzov* et à l'*Okrun* de reculer et de continuer à tirer. Elle envoya un message général pour réclamer des vaisseaux supplémentaires, de l'aide pour cet ultime combat. Des centaines de milliers de cafarobots franchirent en rugissant l'orbite de la Lune, se dirigeant vers la planète bleue. Quelques robots noirs s'attaquèrent aux derniers défenseurs des FDC, mais le gros de leur flotte dépassa à toute allure les débris.

Le nuage d'ombre avait lui aussi sa cible. Keah savait que les créatures des ténèbres avaient pour objectif la Terre.

Elle se souvenait parfaitement de ce qui s'était passé sur Relleker.

47

Kotto Okiah

Le petit module d'exploration laissa la nébuleuse lumineuse derrière lui, franchit le seuil et tomba dans un nulle part sombre et silencieux, dans la face cachée de l'univers.

Une fois dans l'immensité du vide, l'engin de sondage garda sa cohésion, ce qui réjouit Kotto pour des raisons évidentes. Il craignait que la modification des lois de la physique ne permette pas aux atomes qui le composaient de rester ensemble.

KR et GU se montraient attentifs, leurs capteurs optiques fixés sur les commandes du vaisseau.

À peine le seuil franchi, Kotto immobilisa le module d'exploration bien que l'obscurité à l'extérieur demeure inchangée.

— Évaluons la situation. Il est toujours bon de procéder à une évaluation. Cela nous évitera de nous perdre.

— Nous sommes en train d'étudier les environs et de les cartographier, Kotto Okiah, dit GU.

— Nous pouvons toujours distinguer la sortie bien en vue, ajouta KR.

Avec un certain soulagement, Kotto acquiesça. Derrière eux, les gaz ionisés de la nébuleuse constituaient un point lumineux qui se détachait du reste du vide.

— Analysez nos systèmes. Tout fonctionne-t-il encore correctement ?

Il ne releva aucune donnée fiable droit devant, aucun cadre de référence, aucune perspective. Il scanna deux fois les environs, puis tapota les jauges, espérant qu'elles se réinitialiseraient.

— Cela fonctionne parfaitement, mais il n'y a rien à détecter.

Kotto regarda vers le lointain aveuglant.

— Je suppose que cela signifie que, si nous trouvons *bien* quelque chose là, ça nous sautera aux yeux.

Les compers analysaient les systèmes de navigation.

— Nous sommes prêts à commencer, Kotto Okiah.

— Il vaudrait mieux déposer une bouée de marquage ici, juste au cas où.

— La bouée peut également servir d'amplificateur de signal, souligna KR.

— Dans ce cas, essayons de voir si nous pouvons envoyer un signal avant de nous éloigner et de nous perdre. (Kotto activa le communicateur.) Bonjour, station Cœur-de-Feu, ici Kotto Okiah. Bonjour ? Comment allez-vous ? Vous m'entendez ?

Au bout d'une seconde inconfortable, le chef de station Alu transmit une réponse distordue par les parasites.

— Votre signal est faible, mais nous vous recevons.

— « Faible » ? C'est décourageant, car je suis sur le pas de la porte et j'émets à plein régime.

Une autre voix se fit entendre.

— Kotto, c'est Shareen... Faites attention à vous.

La force du signal n'était pas suffisante pour qu'il reçoive des images vidéo, il devait donc tendre l'oreille pour saisir les mots de la jeune femme dans le message audio.

— Comment est-ce là-dedans ?

— Je serai assez prudent, ne vous inquiétez pas. Pour l'instant, c'est juste sombre et vide. Rien d'excitant... ni même de très intéressant, mais j'ai beaucoup d'explorations à faire. Vous deux, trouvez comment réparer la serre avant mon retour. Je vous ai déjà donné la solution.

— Nous nous en occuperons, monsieur.

C'était la voix d'Howard.

Kotto entendit une succession de bruits parasites, puis la voix d'Alu lui parvint par bribes :

— N'oubliez pas... de laisser... vos bombes solaires sur le seuil.

— Bien sûr que je m'en souviendrai. J'ai des recherches scientifiques à effectuer, et je préfère m'y atteler sans ces engins de mort à bord.

Il confia cette tâche aux compers. Ils se déplacèrent avec délicatesse, utilisant des systèmes de précision pour larguer les ogives dans le vide, où des moteurs dotés d'un mécanisme d'autoancrage les maintiendraient en position près du seuil. Kotto acquiesça devant ce spectacle et renvoya un autre message.

—Bombes solaires déployées, amorcées et prêtes à l'emploi… mais, s'il vous plaît, ne les faites pas exploser et ne fermez pas la porte jusqu'à ce que je revienne.

La réponse d'Alu était brouillée, mais elle semblait rassurante. Après une nouvelle explosion de parasites, la voix d'Howard dit :

—Faites attention à vous, monsieur.

—Je crois que votre partenaire m'a déjà donné ce conseil. (Il regarda les deux compers à ses côtés dans le cockpit.) Je le garderai à l'esprit lors de mon exploration.

Ils seraient hors de portée de communication d'ici à quelques minutes, mais il avait toujours su qu'il se retrouverait seul. En tant qu'inventeur, il s'était toujours considéré comme une sorte d'explorateur. Ce titre-là était désormais officiel.

L'engin de recherche se dirigea vers la noirceur d'encre, indiscernable. Même s'il n'apercevait pas de coins ou d'obstacles susceptibles de lui faire rater le chemin du retour, il dit aux compers :

—Marquez notre parcours avec beaucoup d'attention.

—Ce sera difficile, dit GU. Il n'y a aucun point de référence. Une fois que nous aurons laissé l'ouverture derrière nous, nous serons complètement désorientés.

—Larguez d'autres émetteurs qui feront office de miettes de pain dans ce cas.

Les petites sphères en question diffusaient une série régulière de « bip » et il en avait chargé une centaine à bord de l'appareil de recherche. Il devrait être assez facile de relier les points et de les suivre jusqu'à l'extérieur, à condition que leurs signaux voyagent de manière prévisible dans ce vide.

Le vide obscur semblait avoir des lois physiques légèrement différentes, un fait que Kotto aurait trouvé fascinant s'il ne s'était pas retrouvé au milieu. Poursuivant sa route, le vaisseau d'exploration finit par perdre de vue l'ouverture qui conduisait à la nébuleuse Cœur-de-Feu, ce qui était perturbant. L'univers normal, lumineux, avait représenté une sorte de balise de sécurité, mais il paraissait désormais voler au cœur d'une grotte profonde, au fond d'un trou noir.

—Au nom de la science, je veux recueillir des données révolutionnaires. (Il se tourna vers les compers.) Au nom de l'histoire, assurez-vous que les capteurs enregistrent tout.

— Il n'y a rien à enregistrer, Kotto Okiah, dit KR.

Kotto leva un doigt.

— Ah, mais c'est un *rien* comme on n'en a jamais vu auparavant !

Après qu'ils eurent voyagé encore cinq heures (en temps subjectif) sans rien apercevoir d'autre que… rien, Kotto commença à se décourager. Ils avaient déjà déployé vingt traceurs et il commençait à craindre que ce vide n'offre rien à voir, rien d'utile à rapporter, ce qui ne constituait pas une avancée particulièrement excitante. Il se concentra sur les écrans, puis abandonna, préférant appuyer son visage contre le hublot et contempler l'extérieur de ses propres yeux. Les lumières de l'engin disparaissaient dans les ténèbres, sans plus rien éclairer. La seule découverte qu'il effectua fut que cette noirceur impénétrable lui donnait mal à la tête.

Puis la structure du vide changea peu à peu. L'obscurité prit une nature différente, révélant des formes anguleuses qui évoquaient les souffles cachés des ombres. Les parois du vide étaient parsemées de cristaux noirs et de lignes de fracture couleur ébène.

Kotto se demandait s'il n'avait pas commencé à halluciner après avoir été si longtemps en privation sensorielle totale. Il tendit la main pour attraper les bras des deux compers et avoir la confirmation qu'ils étaient bien réels, qu'il ne s'était pas égaré dans une fugue mentale.

— Remarquez-vous des formes géométriques ? leur demanda-t-il en pointant l'écran.

Il craignait qu'il ne s'agisse que d'images fantômes, quelque chose qu'il avait souhaité voir apparaître.

Leurs capteurs optiques se mirent à luire, et ni KR ni GU ne répondirent pendant un long moment.

— Cela fait penser à des lignes et des angles… des cylindres hexagonaux étendus, finit par dire KR.

— Ou alors nos circuits fonctionnent mal dans cet univers alternatif.

GU paraissait bien trop joyeux si c'était effectivement le cas.

— Je ne suis pas en train de les imaginer : il s'agit des Shana Rei, ils se trouvent bien ici. (Kotto réduisit sa voix à un murmure étouffé, comme si cela pouvait faire une différence.) On dirait qu'ils sont tout simplement suspendus dans le vide, sans protection… en train de dormir.

— Existe-t-il des preuves que les Shana Rei dorment ou entrent en dormance d'une façon ou d'une autre ? demanda KR.

Kotto balaya les inquiétudes du comper.

— Ils ont l'air vulnérables, et ils ne nous ont pas remarqués. C'est comme si nous avions trouvé leur repaire secret, murmura-t-il.

— Qu'est-ce que cela nous apporte ? s'enquit GU.

— Je ne suis pas un expert militaire, mais si les FDC pouvaient les prendre par surprise ici ? se faufiler par-derrière et les faire exploser dans leur petit nid ? j'imagine ce que dirait la générale Keah.

— Devons-nous essayer d'effectuer une transmission, Kotto ? demanda KR. Si le signal est suffisamment puissant, nous pourrons peut-être faire passer le message par nos bouées relais.

Le comper s'empara des commandes du communicateur. Kotto saisit le bras en plastique de KR.

— Non ! Nous ne voulons pas réveiller les Shana Rei en criant.

Le module d'exploration continua à avancer, longeant les hexagones noirs difficiles à discerner, puis poursuivit sa route sur une distance immense et incommensurable. Le vaisseau éclaireur n'était pas équipé d'un moteur interstellaire ildiran, mais le concept de voyage semblait différent ici. Le cap vers lequel il progressait n'avait pas d'importance – Kotto avait du mal à déterminer la moindre direction.

Bientôt, le néant fut vide même de Shana Rei, et Kotto poussa un soupir de soulagement. En sécurité… pour l'instant.

Pendant qu'ils continuaient à voler, il demanda aux compers de scanner les environs dans toutes les directions possibles. Les capteurs renvoyaient parfois des détails anormaux, des relevés d'énergie parasite qui n'avaient aucun sens et ne correspondaient pas à ce qu'il avait vu. Il se gratta la tête et tenta d'interpréter ces données, espérant un nouvel éclair d'inspiration, comme lorsqu'il avait pensé à la façon de sauver la serre et les arbremondes. Hélas ! ces idées se faisaient désormais rares.

Puis, tandis qu'il contemplait l'extérieur, il fut pris de vertiges. Il avait l'impression de tourner, de tourbillonner, de descendre, puis d'accélérer vers le haut alors même que les stabilisateurs du module et les relevés internes indiquaient qu'ils volaient en palier. Il s'en remit de nouveau aux compers, se rassurant grâce au fait qu'eux restaient inchangés.

Il commença à discerner des flamboiements de couleurs à l'extérieur du vaisseau : des verts et des jaunes florissants, accompagnés d'un éclair violet et bleu. Il se frotta les yeux, persuadé qu'il subissait un effet de son imagination tant les ténèbres avaient été implacables... mais il ne s'agissait pas seulement d'éruptions capricieuses derrière ses rétines. De faibles lignes brillantes reliaient des points plus clairs dans une trame qui imposait un cadre au vide informe.

— Voyez-vous cela ? demanda-t-il.

Cette fois-ci, aucun des deux compers n'hésita.

— Oui, Kotto. En effet.

Ils distinguaient des points nodaux légers et flous, comme des empreintes digitales que quelqu'un aurait laissées sur le noir immaculé, et ces taches pulsaient et s'éclaircissaient selon un modèle aléatoire. S'agissait-il d'échos, d'un ressac ténu à travers le mur de l'univers ?

Kotto aurait aimé pouvoir se reposer sur ses propres capacités d'analyse, mais il dut demander aux compers :

— Parvenez-vous à discerner un modèle ? Ces points sont-ils organisés d'une manière ou d'une autre ?

— Pas d'une manière que nous pouvons détecter, répondit GU.

— Eh bien, ça n'est pas les Shana Rei, conclut Kotto. On dirait que c'est quelque chose de différent.

Encore une fois, il se demanda s'il n'était pas en train d'imaginer tout cela ou d'halluciner, mais il sentait la présence écrasante d'un esprit interconnecté et endormi... Quelque chose qui s'éveillait. Quelque chose d'incroyablement puissant.

— Nous ferions mieux d'y jeter un coup d'œil, dit-il.

48

Tom Rom

Zoe l'avait envoyé enquêter sur une planète klikiss abandonnée afin de recueillir davantage de spécimens et d'observations, et il existait beaucoup de mondes de ce type parmi lesquels choisir. Lorsque la race d'insectes était partie après la Guerre des Élémentaux, elle avait laissé derrière elle d'anciennes cités, des mondes vides et bien trop de mystères.

Tom Rom décida de retourner sur Eljiid, la planète reculée où il avait obtenu les échantillons originaux de gelée royale klikiss à partir de cadavres conservés dans ses ruines. Eljiid n'abritait qu'une petite colonie dédiée à la recherche, et il s'attendait à pouvoir entrer et sortir de ce monde avec un minimum d'interférences. Ce serait facile.

Lors de son premier voyage, il avait emprunté le réseau de transportails klikiss, mais, après avoir vu la vague de ténèbres se déverser par le portail d'Auridia, il n'avait plus l'intention d'utiliser ce système. Il préférait faire confiance à son vaisseau, qui lui offrait plus d'options et de possibilités de manœuvre. Si Zoe ne prêtait guère attention à la menace des Shana Rei, lui était parfaitement conscient du terrible danger que représentaient ces sombres entités.

Lorsqu'il atteignit Eljiid, il ne capta aucune transmission en provenance de la planète, aucune communication – aucune signature énergétique, aucun signe de vie, rien qui indiquât l'existence d'une colonie de chercheurs. Descendant dans l'atmosphère pour survoler le site du petit campement, il fut stupéfait de voir des zones en ruine qui s'étiraient à des kilomètres à la ronde. À la place des bâtiments de la colonie, il ne restait qu'une balafre noircie et des cratères vitrifiés résultant d'explosions massives.

Il renforça ses boucliers et activa les armes de son vaisseau en prévision d'une attaque. Quelque chose avait rayé l'avant-poste de la carte, et cette destruction avait fait appel à une puissance de feu bien trop importante pour éliminer quelques scientifiques. Les explosions à haute énergie avaient éradiqué non seulement l'avant-poste de recherche, mais également les vastes ruines klikiss, abandonnées depuis des siècles. Pourquoi un ennemi gaspillerait-il ses efforts sur une ville fantôme silencieuse ?

Sur les nerfs et galvanisé par l'adrénaline, il chercha le moindre signe de la présence de ces agresseurs, prêt à riposter ou à s'enfuir. Après avoir effectué des relevés thermiques et scanné les décombres, il détermina que l'assaut avait eu lieu il y avait un certain temps. Il se détendit, mais juste un peu.

Pourquoi Eljiid ? Il ne parvenait pas à imaginer la stature que l'on pouvait accorder à cette planète minuscule. Qui s'en souciait ? Pourtant, un ennemi – probablement les Shana Rei et leurs robots noirs – l'avait attaquée avec une malveillance époustouflante, sans laisser la moindre pierre debout. Il ne pouvait concevoir aucun autre adversaire doté d'un pouvoir aussi impitoyable. Dans quel dessein ?

Les Shana Rei avaient anéanti ce monde insignifiant, et il les avait vus faire pire encore à Kuivahr, là aussi un endroit avec peu de ressources et une place minime dans le Bras spiral.

Il effectua des cercles au-dessus des ruines, mais il n'avait aucune raison d'y atterrir. Les habitants d'Eljiid ne revêtaient pas d'importance particulière à ses yeux, mais cette destruction inutile et aléatoire était troublante. Il prit de nombreuses images à rapporter à Pergamus. Il ne s'agissait pas là des détails que Zoe lui avait demandés sur les Klikiss et le fléau onthos, mais il était essentiel de les lui montrer quand même. Peut-être qu'elle comprendrait la véritable portée du danger qui menaçait le Bras spiral.

Si un monde sans valeur comme Eljiid pouvait devenir une cible, il en allait peut-être de même pour Pergamus…

Il s'éloigna du site. Pour remplir sa mission, il devait trouver un autre monde kikis. Il ne laisserait pas un tel inconvénient lui barrer la route.

Il afficha les cartes stellaires ildiranes et sélectionna vingt planètes klikiss vides qui pouvaient être des destinations possibles. Il choisit le système le plus proche, Llaro, qui abritait une importante colonie humaine. Il n'avait aucune envie d'interagir avec la population locale ;

il avait juste besoin d'inspecter les lieux. La principale colonie de Llaro s'était développée autour d'un plus grand ensemble de ruines klikiss, et il trouva quatre autres villes-ruches impressionnantes, mais inhabitées, disséminées dans le panorama désertique. Choisissant celle qui paraissait la plus intéressante, il y fit atterrir son vaisseau.

Le ciel de Llaro était rose et jaune pastel, le vent vif et aride. Hormis le murmure de la brise à travers les ouvertures des hautes tours ruchières, le paysage était silencieux. Il n'entendait ni oiseaux, ni insectes, ni cris d'animaux. Parfait.

Zoe avait déjà rassemblé des bases de données sur la biologie, l'architecture, la culture, les communications et la science klikiss. D'une certaine manière, elle pensait qu'il lui apporterait un éclairage unique s'il s'y rendait en personne. Appréciant la solitude, il installa un petit camp et passa plusieurs jours à parcourir les ruines calmes et hantées. Il collecta tout ce qui pourrait intéresser Zoe ou avoir de la valeur pour elle.

À l'intérieur des structures silencieuses, il découvrit des chambres de nymphose poussiéreuses, des tunnels pour les drones, une voûte protectrice où le spécex avait tenu sa cour. Il trouva d'exotiques véhicules extraterrestres abandonnés, des engins de récolte et des transports qui acheminaient les travailleurs insectoïdes vers des sites d'excavation ou d'agriculture. Au fil des ans, cette étrange machinerie était tombée en désuétude.

Il trouva même des centaines de carcasses de Klikiss desséchées, laissées sur place lorsque la race avait disparu en masse à travers les transportails. Beaucoup d'entre elles étaient pourries, des coquilles vides, et ne serviraient jamais de source pour la gelée royale, mais certaines étaient suffisamment intactes. Il préleva une centaine d'échantillons de tissus différents, les étiqueta et les conserva.

À la suite d'un étrange impératif biologique lié à un autre essaimage, les Klikiss s'étaient évanouis depuis deux décennies, mais ni la race humaine ni les Ildirans n'avaient oublié le danger que représentaient ces insectes guerriers. Les Klikiss étaient loin, ailleurs dans la galaxie, mais ils n'étaient pas éteints.

À moins que les Shana Rei les aient trouvés en premier et les aient anéantis.

49

Le Prince Reynald

En tant que capitale de la Confédération, Theroc disposait d'une importante présence militaire pour protéger la planète, ainsi que d'une garde armée pour veiller sur les arbremondes et la population theronienne. Face à la propagation de la flétrissure dans la forêt-monde, le roi et la reine durent s'attaquer aux perfides Onthos. Après le terrible rapport d'Arita, ils montèrent une expédition dans la Sylve, où ils verraient – et, espéraient-ils, arrêteraient – le traitement que les Jardiniers infligeaient à l'esprit verdani.

Osira'h, Reyn et sa sœur étaient assis, à boire du clee corsé, sur un pont à ciel ouvert du récif de fongus. Arita avait expressément choisi un endroit élevé et dégagé d'où ils pourraient observer les préparatifs de la mission dans la clairière en contrebas.

— Je vais me joindre à eux, insista Reyn.

Il devait lutter pour que sa voix paraisse forte. Bien qu'ébranlée par sa propre épreuve, Arita couvait son frère.

— Tu n'es pas en assez bonne forme. Nous le constatons tous.

Il ne restait plus que quelques doses d'extraits de plancton de Kuivahr à Reyn, et il se sentait de plus en plus faible. Plusieurs sociétés pharmaceutiques tentaient de reproduire les plus puissants d'entre eux, mais, jusqu'à présent, les résultats s'étaient avérés décevants. L'effet revigorant du retour à Theroc s'était dissipé, mais il était toujours heureux de se retrouver parmi les arbremondes, heureux d'être en compagnie d'Osira'h et de sa sœur. Il resterait fort pour elles.

En parcourant le colossal ensemble de données de Pergamus sur le microchampignon et en comparant la structure chimique des distillats de varech les plus efficaces, les experts médicaux avaient effectué d'énormes progrès au cours de la semaine qui venait de s'écouler. Ils avaient trouvé un lien biochimique, une vulnérabilité moléculaire complexe dans le microchampignon, mais ce « verrou » était si nuancé qu'il ne pouvait pas être synthétisé.

Il était intéressant de noter que cette vulnérabilité chromosomique complexe présentait une structure similaire à celle d'autres éléments de base de la biologie theronienne, à tel point que deux équipes de recherche différentes avaient conclu que le secret de la guérison résidait dans le réseau imbriqué de la vie de la forêt-monde. Un grand nombre de produits pharmaceutiques avaient été développés à partir du kaléidoscope de feuilles, d'écorces, de baies, de racines, de champignons, d'insectes et de bactéries de Theroc.

— Si la forêt abrite ce remède, il nous suffit de le trouver en ce cas, dit Arita. J'ai déjà catalogué et étudié des centaines de milliers de spécimens dans le cadre de mon travail personnel.

— Des centaines de milliers sur d'innombrables millions, tempéra Reyn. Theroc possède l'un des écosystèmes les plus dynamiques du Bras spiral. Comment saurais-tu seulement par où commencer ?

— Une botte de foin à la fois, proposa Arita.

— Je peux faire appel à des chercheurs ildirans, ajouta Osira'h. Nous pourrions tester des millions de spécimens jusqu'à ce que nous trouvions le bon.

Fébrile, Reyn déambulait sur le pont ouvert tandis que des vaisseaux atterrissaient dans la clairière en contrebas.

— Je suis heureux que nous ayons quelque chose à nous mettre sous la dent, mais ne t'imagine pas que je vais attendre ici sans rien faire.

Il jeta un coup d'œil à sa sœur, repensant à ce qu'elle avait révélé au sujet des prêtres du vide et de la flétrissure que les Onthos infligeaient aux arbremondes. Il refusait de laisser ses parents le tenir à l'écart de ce problème-là.

— Je vous accompagne tous dans la Sylve, insista-t-il. Je fais partie de tout cela… Je peux sentir le lien.

— La maladie de Reyn est un microchampignon génétiquement modifiable originaire de Theroc, dit Osira'h à Arita. Aujourd'hui, les arbres eux-mêmes meurent d'un autre type de fléau. Et s'il existait un rapport entre ces deux maux ?

Arita fronça les sourcils.

— Comment peut-il exister un rapport ?

— Il y a beaucoup de choses que nous ne comprenons pas au sujet de la forêt-monde, soupira Reyn. Même les prêtres Verts ont été surpris par ce qu'ils n'avaient jamais remarqué, et ils font *partie* des arbres.

— Et il n'y a pas que l'esprit verdani, admit Arita. J'ai senti une présence différente... extérieure. Elle a contribué à nous sauver, Collin et moi, et elle ne faisait pas partie des arbres. J'en suis certaine.

Reyn chassa les tremblements de sa voix.

— Je suis le fils de Père Peter et de Mère Estarra. Je fais partie de Theroc au même titre que les prêtres Verts, mais d'une manière différente. Si je suis infecté et que je souffre en même temps que les arbremondes sont infectés et souffrent... si je meurs en même temps que la forêt meurt, alors *je* dois aider à la sauver. La maladie des arbremondes ne diffère pas du mal qui me ronge.

Osira'h avala une gorgée de son clee, grimaçant à cause du goût même si elle savait que c'était la boisson préférée de Reyn.

— Pour ce que j'en sais, cela n'a aucun fondement scientifique, mais je connais le lien qui existe entre ma fratrie et moi. Je sens que les Shana Rei torturent Rod'h et que Tamo'l est détenue ailleurs. Le thisme relie les Ildirans et tous ses brins remontent à mon père. Qui peut dire que Reyn ne verra pas son état améliorer ou ne sera pas guéri, même, si nous sauvons les arbres de l'infestation des Onthos et si nous redonnons des forces aux verdanis ?

Arita posa une main sur le bras de son frère.

— Je te crois. Je te protégerai dans la mesure du possible.

— *Nous* le protégerons, dit Osira'h.

Ils regardèrent la garde theronienne poser des glisseurs dans la prairie et charger des prêtres Verts, des soldats armés et des observateurs. Le roi Peter et la reine Estarra dirigeaient les préparatifs.

Reyn termina son clee d'un trait et se leva sur des jambes tremblantes.

— Ils partiront bientôt. Je vais prendre un des derniers extraits de plancton... J'ai besoin de force pour convaincre mes parents qu'il faut que je m'oppose aux Onthos.

Arita et Osira'h discutèrent afin de savoir laquelle des fioles restantes elles devaient lui donner. Il tendit le bras et Osira'h lui injecta une dose.

— Je me sens déjà plus fort, mentit-il.

Mais, lorsqu'elle sourit en réponse à son commentaire, il sentit une chaleur se répandre en lui.

Ils descendirent de l'arbre géant et se rendirent au point de rassemblement de l'expédition. Chaque fois qu'un transport de troupes était chargé, il s'arrachait au sol, accompagné d'applaudissements déterminés, puis le suivant atterrissait pour être rempli d'hommes. Peter et Estarra portaient une tenue d'apparat theronienne complète, embrassant leur rôle de mère et de père de la planète. Collin se trouvait à leurs côtés, ainsi que Zaquel et dix autres prêtres Verts.

La reine Estarra se tourna vers Arita et Reyn.

— Nous sommes prêts à partir.

Les mystiques avaient travaillé dur pour percer le brouillard qui envahissait l'esprit verdani et localisé les pires infestations sur des images satellites. Ils portaient des surgeons en pots afin de rester connectés à l'esprit verdani, même si les arbremondes dans la Sylve étaient coupés du reste de la forêt-monde.

Les sourcils de Peter se froncèrent sous le coup de l'inquiétude.

— Je ne veux pas d'une guerre avec les Onthos, mais nous les chasserons s'il le faut et purgerons la forêt souillée.

— Toute menace pesant sur la forêt-monde est une menace pour nous tous, dit Reyn.

Quand le roi et la reine virent qu'il comptait les accompagner, ils hésitèrent.

— Tu monteras avec nous dans le vaisseau de tête, finit par lui dire Estarra.

— Nous partons dans l'heure, ajouta Peter. Des arbremondes meurent à chaque instant.

50

Exxos

Un autre monde à détruire. Ses robots commençaient à se montrer très doués dans ce domaine, mais Exxos attendait avec impatience de pouvoir continuer à s'entraîner. La victoire et la défaite formaient un cycle constant dans sa programmation, et il avait connu quantité de ces phases au cours de ses nombreux siècles d'existence.

À présent, leur flotte ressuscitée progressait comme une force implacable à travers le quartier général militaire humain au milieu des décombres de la Lune. Ils avaient jeté leur dévolu sur la Terre.

Les chasseurs humains désespérés les affrontaient au Complexe orbital lunaire, tirant sur les cuirassés noirs qui arrivaient. Les FDC utilisaient toutes les armes à leur disposition, mais cela ne suffisait pas. Leurs jazers conventionnels et les projectiles de leurs canons électromagnétiques oblitéraient beaucoup des vaisseaux des robots malgré leur blindage renforcé, mais leurs canons laser étaient encore plus puissants et les bombes solaires s'avéraient d'une efficacité stupéfiante. Les robots noirs subissaient de nombreuses destructions tandis qu'ils anéantissaient le complexe militaire et éradiquaient les cuirassés les uns après les autres. Cela n'avait pas d'importance. Exxos en avait encore beaucoup en réserve. Les pertes des robots pourraient être facilement surmontées… bien plus facilement que les humains pourraient se remettre de cette annihilation.

Les vaisseaux noirs se dirigèrent vers la planète mère, sans prêter attention à la vaporisation de plusieurs milliers de leurs engins. Exxos avait fait les calculs. Ses copies pouvaient absorber autant de pertes que nécessaire et retourneraient ensuite dans le système onthos, où les

Shana Rei utiliseraient simplement la matière noire existante pour les remplacer. Et en créer plus encore.

Ensuite, il sera temps pour les robots de détruire ces sombres entités. Exxos et ses camarades avaient eu recours à la traîtrise pour éliminer la race détestée des Klikiss des millénaires plus tôt, puis avaient rasé de nombreux anciens mondes klikiss, comme Eljiid, rien que parce que c'était en leur pouvoir, par pure méchanceté.

Les Shana Rei lui rappelaient beaucoup les Klikiss originels, une espèce dominante qui traitait les robots comme des rouages insignifiants, des ressources jetables. Mais lui et ses congénères avaient toujours été au premier rang, occupant la place de fabricants et de combattants. Pourquoi avaient-ils constamment été considérés comme secondaires alors qu'ils accomplissaient toutes les tâches difficiles ? Les Klikiss n'avaient pas respecté leur valeur, et, à présent, les Klikiss s'étaient éteints. Bientôt, les Shana Rei suivraient le même chemin.

Mais même une victoire totale sur la Terre ne constituait qu'un tremplin vers leur prochain objectif. Associé aux Shana Rei, Exxos projetait d'exterminer l'ensemble de la race humaine. Pendant ce temps, les ombres éradiqueraient l'esprit de la forêt-monde, tout comme elles avaient plongé les hydrogues dans l'obscurité. En parallèle, ils attaqueraient et infecteraient le thisme ildiran et continueraient à exiger le recours à une violence purificatrice.

Détruire la Terre. Détruire la race humaine. Détruire la forêt-monde. Détruire les Ildirans. Bientôt, le Bras spiral tout entier serait vide, silencieux.

Même si les soldats humains jetèrent toutes leurs forces dans la bataille, le Complexe orbital lunaire n'opposa que très peu de résistance. De nombreux astronefs des FDC étaient facilement pulvérisés ; certains essayèrent de s'échapper, mais les robots les poursuivirent et les anéantirent. La générale humaine rallia ses défenseurs, s'imaginant bêtement qu'elle pourrait ainsi peser dans la confrontation. Les vaisseaux militaires auraient mieux fait de se contenter de fuir avant que les robots noirs les prennent en chasse. Au lieu de cela, ils semblaient vouloir organiser une tentative infructueuse de protection de la planète bleue. Exxos trouva pratique qu'ils restent pour que ses troupes les annihilent tous en même temps.

De leur nuage d'ombre, les Shana Rei libérèrent des vagues d'entropie destructrices et les cylindres hexagonaux poursuivirent leur attaque. La nébuleuse noire déborda au-delà des décombres de la Lune et se dirigea vers la Terre.

Une nouvelle dispersion de bombes solaires provenant de bâtiments des FDC désespérés anéantit trois mille des vaisseaux des robots, et, bien qu'Exxos ne ressente aucune perte personnelle, ils étaient tous *lui*. C'était comme s'*il* venait de mourir trois mille fois. Mais cela n'avait aucune importance, car il restait un million de ses copies.

Il constata toutefois une baisse de leur puissance combinée et secrète de traitement… ce qui pourrait retarder ses projets contre les Shana Rei. Avant leur récente quasi-extinction, lui et ses camarades avaient formulé un plan exotique au plus profond de leurs circuits, connectés uniquement au moyen de salves codées qui étaient – espérait-il – indétectables pour les ombres. À présent qu'il bénéficiait d'un million de processeurs identiques dans sa horde de robots ressuscités, ils travaillaient tous ensemble à la mise au point de leur annuleur d'entropie, un dispositif de cristallisation du chaos. Cet appareil forcerait le hasard et provoquerait la solidification et la fossilisation de l'entropie qui composait les Shana Rei, tout comme la matière physique s'était figée à partir de l'énergie au cours des premières étapes du Big Bang.

Ces calculs quantiques étaient complexes et presque impossibles… mais il possédait désormais une puissance de calcul suffisante pour réaliser l'impossible. Cela prendrait juste du temps. Cependant, chaque fois qu'il perdait des milliers de robots, il sentait leur puissance mentale combinée diminuer légèrement.

Exxos était patient. Il avait toujours été patient. Ses répliques continuaient leur tâche tranquillement, sans éveiller les soupçons des Shana Rei. Une fois celles-ci devenues leurs dernières victimes, le Bras spiral n'appartiendrait plus qu'aux robots noirs. Tout cela était très élégant. Les ombres disparaîtraient, tout comme les Klikiss… tout comme les Ildirans et les humains.

L'univers serait parfait.

La destruction de la Terre porterait un coup fatal à la psyché humaine, mais il y aurait encore une quantité extraordinaire de travail à abattre par la suite pour chasser la vermine dans leurs colonies très éloignées les unes des autres. Si seulement il existait un meilleur moyen de répandre la dévastation et d'anéantir la race entière…

Mais lui et ses robots étaient méthodiques – et très efficaces quand il s'agissait de massacrer leurs adversaires. Son esprit informatique aimait à se projeter à plusieurs coups dans l'avenir, mais il devait aussi se concentrer sur ses priorités immédiates.

Alors que le nuage d'ombre engloutissait le Complexe orbital lunaire, il regroupa ses myriades de cuirassés, qui descendirent en piqué vers leur cible principale.

La Terre.

51

Jocko Krieger

Les nouvelles usines de bombes solaires avaient été construites à l'extérieur du Complexe orbital lunaire, suffisamment loin pour ne pas poser de problèmes de sécurité. Jocko Krieger avait considéré que c'était une bonne idée, car il se souvenait de la dernière détonation mortelle – qui plus est embarrassante –, quand l'une de ces armes s'était transformée en nova dans l'enceinte même de l'installation.

Isolés de l'agitation du COL, les techniciens de l'atelier central et des quatre établissements satellites se sentaient comme des parias, tenus à l'écart du complexe principal. Les experts en armement et les ouvriers affectés à la fabrication de la bombe solaire avaient souvent rouspété.

Ils ne se plaignaient plus à présent.

À l'intérieur de leurs stations aux parois métalliques, les vingt-sept hommes et femmes de l'équipe de travail actuelle regardèrent avec horreur le nuage d'ombre en expansion et la flotte de vaisseaux de guerre des robots anéantir l'ensemble du COL. Krieger et son groupe se cachaient comme des lapins dans leurs trous : ils ne voulaient pas attirer l'attention sur eux.

Krieger se mordit le bout des doigts. Il étudiait comment les FDC déployaient toutes les armes dont elles disposaient, mais se faisaient tout de même décimer. Ils assistèrent à la perte de dizaines de milliers de robots, peut-être même une centaine de milliers… et cela ne suffit pas à les forcer à battre en retraite.

À l'intérieur de l'usine d'assemblage, Krieger faisait les cent pas et transpirait. Il n'y avait rien qu'il puisse dire, rien qu'il puisse faire.

Ils observèrent avec consternation l'éradication de tous les occupants du Complexe orbital lunaire, la destruction de deux Mastodontes et la désintégration d'innombrables croiseurs Mantas comme s'ils n'étaient que des papillons de nuit virevoltants.

— Au moins mes bombes solaires ont-elles fonctionné, dit Krieger en rompant le silence atterré qui régnait dans la salle de réunion où la plupart des employés s'étaient rassemblés. Démonstration de faisabilité.

— Toujours en train de penser à vous, répondit son adjointe, Lynne Gwendine, une femme talentueuse, mais piquante, qui avait été engagée pour ses compétences et non pour sa patience.

Au cours du mois écoulé, elle s'était montrée de plus en plus irrespectueuse et de moins en moins tolérante à l'égard des exigences incessantes de Krieger en matière de croissance de la productivité. Il s'était attendu à ce qu'elle demande une mutation ou qu'elle démissionne tout simplement d'un jour à l'autre. À présent, ce jour ne semblait pas près d'arriver.

— Je ne fais que souligner un fait, répliqua-t-il. La générale Keah a utilisé nos armes à bon escient, mais les bombes solaires ont été conçues pour lutter contre les Shana Rei. Il se trouve qu'elles ont une force de frappe énorme avec autant de robots noirs agglutinés au même endroit.

Un adjoint paniqué d'une des stations satellites transmit au dôme de Krieger :

— Qu'est-ce qu'on fait ? La plupart des FDC sont détruites. Il faut appeler les secours...

Gwendine se rua vers le poste de transmission et rugit sur le canal :

— Pas de communications ! Voulez-vous attirer l'attention sur nous ? Nous sommes en sécurité s'ils ne nous remarquent pas ! (Elle coupa l'interphone et ils restèrent tous assis, frissonnants, blottis dans le silence.) Idiot !

— Peut-être devrions-nous aussi retenir notre souffle, lâcha Krieger sur un ton sarcastique.

Gwendine lui décocha un coup d'œil énervé.

— Vous ne désirez peut-être pas survivre, docteur Krieger, mais la majorité d'entre nous le souhaite.

— Oh ! je veux survivre, n'interprétez pas mal mon commentaire.

Assurément, il espérait que les robots ne se précipiteraient pas sur eux pour les éliminer, car ils pourraient facilement faire exploser le dôme principal et les stations satellites en crachant quelques rapides rafales staccato. Lui et son équipe n'avaient aucun moyen de se défendre contre une telle attaque bien qu'ils disposent de quarante-deux bombes solaires prêtes à être lancées. Elles auraient dû être chargées à bord de la flotte de la générale Keah, mais ils n'en avaient pas eu l'occasion.

Des centaines de milliers de vaisseaux de robots dépassèrent les ruines du COL et se dirigèrent en trombe vers la Terre. La première vague de cuirassés ennemis avait déjà commencé à dévaster la planète bleue. Depuis leur cachette, Krieger pouvait entendre les transmissions terrifiées de la population qui réclamait de l'aide ou du secours, appelant les FDC à les protéger – bien que la générale Keah ait déjà fait de son mieux. Une poignée de vaisseaux de guerre avaient survécu, mais ils ne tiendraient pas longtemps s'ils continuaient à attaquer de front l'immense flotte de robots.

— Nous sommes en sécurité ici, n'est-ce pas ? demanda l'un des travailleurs comme si le docteur Krieger pouvait voir dans l'avenir et faire une déclaration exacte.

Gwendine lui coupa la parole.

— Tant que nous faisons profil bas.

Le nuage d'ombre devint énorme et noir, remplissant un volume gigantesque tandis qu'il se rapprochait.

Les Shana Rei laissaient les robots jouer le rôle de chair à canon et absorber le plus gros de la résistance, pareils à des chiens enragés qui s'attaqueraient à n'importe quelle cible. La nébuleuse de ténèbres suintait depuis une autre dimension, entourant l'amas de cylindres hexagonaux comme un cocon. Le nuage gonfla et gronda, devenant plus sombre et plus grand, comme si la destruction lui faisait gagner des forces.

C'est peut-être le cas, se dit Krieger. Si les Shana Rei étaient l'entropie incarnée, peut-être se nourrissaient-ils de désordre. Cela expliquerait bien des choses.

L'énorme nuage entreprit sa progression vers la Terre, dérivant à proximité des usines de fabrication de bombes solaires.

Depuis leur cachette, Krieger et ses ouvriers virent les vaisseaux hexagonaux passer. Les systèmes informatiques de l'installation commencèrent à montrer des signes de faiblesse et les lumières s'éteignirent alors que le chaos dans le sillage des Shana Rei se mettait à endommager leurs systèmes d'alimentation. L'un des dômes satellites tenta frénétiquement d'envoyer un signal, mais celui-ci se réduisit à un sifflement de parasites : « … système de survie… », puis se tut.

Gwendine secoua la tête.

— Les systèmes de transmission sont également hors service.

Alors que leur éclairage et leurs systèmes les avaient lâchés, Krieger observa à travers la baie le nuage noir et les créatures des ténèbres qu'il contenait qui progressaient vers la Terre.

— Docteur Krieger, dit une technicienne d'une voix hésitante. (Elle déglutit avec difficulté.) Tous nos systèmes de survie sont hors service.

Cela ne le surprit pas. Son esprit s'emballa tandis qu'il arrivait à une conclusion évidente. Lorsque le nuage d'ombre shana rei passerait, tous les systèmes techniques seraient détruits, et il doutait que les principaux puissent être réparés à temps. Les installations secondaires disposaient de petits blocs d'alimentation de réserve, mais pas assez pour les maintenir en vie plus d'une demi-journée. Sans soutien immédiat, ils étaient condamnés.

Il scruta à travers l'espace l'épave silencieuse et incandescente du quartier général des FDC et vit la bataille commencer sur Terre. Des milliers de vaisseaux tentaient d'évacuer tandis que d'innombrables robots se rapprochaient pour les empêcher de s'enfuir.

Personne ne prendrait la peine de secourir une poignée de travailleurs dans ce complexe caché. Krieger savait qu'ils étaient coincés ici. Ils étaient déjà morts… promis à une agonie lente, froide et suffocante.

Il poussa un long soupir déterminé.

— Oh, et puis merde ! je n'ai jamais été doué pour faire profil bas de toute façon.

Il regarda Gwendine, qui semblait extrêmement énervée, mais, pour une fois, son énervement n'était pas dirigé contre lui.

— Je vois ce que vous voulez dire, marmonna-t-elle.

— Nous avons quarante-deux bombes solaires à propulsion nucléaire et nous savons qu'elles sont encore fonctionnelles, même à proximité des Shana Rei. (Il inspira profondément.) Nous pouvons soit mourir ici dans le calme et en gémissant, sans que personne s'en aperçoive, soit partir en fanfare. (Il fit un signe de tête en direction des inquiétants cylindres d'obsidienne qui se profilaient, toujours plus proches à mesure qu'ils avançaient vers la Terre.) Levez les yeux. *C'est* la raison pour laquelle j'ai conçu les bombes solaires en premier lieu.

Les employés se tournèrent vers lui, pâles et terrifiés, certains déterminés, la plupart abasourdis.

— Ça n'est pas une démocratie, Krieger, dit simplement Gwendine. C'est vous qui commandez, alors décidez-vous.

C'est ce qu'il fit.

Avant que les Shana Rei s'éloignent trop et lorsque leurs cylindres hexagonaux se retrouvèrent à la distance optimale pour un tir de barrage surprise concentré, Jocko Krieger lança les bombes solaires. Toutes.

Les sphères lumineuses en forme de toupie sortirent en tournoyant de leur entrepôt. Les lanceurs mécaniques suffisaient pour activer leurs noyaux et les propulser à portée. Même si l'entropie brouillait leur système de guidage, Krieger savait qu'il n'avait pas besoin d'être précis. La cible était assez proche pour qu'une petite étoile explosive s'ensuive.

Quarante-deux appareils crépitants, produisant des étincelles et se dilatant avec leur plasma activé, furent projetés en une grêle mortelle sur les Shana Rei.

— Je veux juste constater que nous avons été efficaces, au moins pendant une seconde. Filtres complets sur les baies !

La vue s'assombrit, les plongeant momentanément dans les ténèbres, puis les bombes solaires explosèrent comme des pétards, en une série incroyablement rapide. Le nuage d'ombre se remplit d'astres naissants. Certaines déflagrations touchèrent directement les cylindres noirs tandis que d'autres se transformaient simplement en une torche brûlante à proximité, et l'onde de choc furieuse déchira les flancs des hexagones.

Les vaisseaux des Shana Rei rétrécirent, manifestement endommagés, et certains se brisèrent, mais les bombes solaires s'estompèrent beaucoup trop vite.

Le nuage d'ombre, toujours aussi puissant, fit une embardée vers eux, mais Krieger sourit.

— Vous avez toujours été un frimeur, dit Gwendine.

Des vagues d'entropie martelèrent la station ainsi que les installations satellites. Tous les systèmes techniques étaient déjà défectueux, mais, à présent, l'intégrité physique même des bâtiments commençait à s'effondrer. Le chaos s'accrut. Les fermetures hermétiques s'effritèrent. Les jointures se délitèrent. Les éléments structurels lâchèrent et, en quelques instants, tous les systèmes connurent une défaillance catastrophique.

Les ombres engloutirent les installations, qui se désagrégèrent. Les plaques du dôme tournoyèrent dans l'espace, l'atmosphère se dépressurisa de manière explosive, les réservoirs de carburant déflagrèrent jusqu'à ce que les composants eux-mêmes se désintègrent, réduits à l'état d'atomes individuels.

Le nuage blessé se déplaça ensuite vers la Terre.

52

Jess Tamblyn

Au cœur d'Academ, les wentals s'éveillaient en luisant d'énergie. Cette force élémentaire était restée en sommeil pendant près de vingt ans de façon presque ininterrompue, mais sa réaction défensive contre Elisa Enturi avait montré qu'elle était consciente, voire agitée.

Après que Cesca et Jess eurent terminé les cours et envoyé les élèves faire des expériences d'ingénierie avec les compers Précepteurs, ils s'arrêtèrent devant une plaque de glace dégagée sur le mur du couloir scellé. En s'aidant de ses doigts, Jess décolla le bord du film polymère flexible pour exposer la glace nue, et la lueur pâle se mit à briller. Cesca et lui touchèrent la surface gelée.

— Elle semble si faible, dit Cesca.

Jess sentit un picotement distinct, la nuance pétillante d'une énergie bouillonnante.

— Mais plus forte qu'elle l'a été depuis longtemps. Si seulement nous savions ce qu'ils pensent.

Des années plus tôt, l'eau élémentaire avait imprégné leurs corps, mais cette force incontrôlée avait rendu mortel leur simple contact. Cesca et lui avaient dépensé toute cette énergie lorsqu'ils avaient combattu et vaincu les faeros. Alors que Jess touchait la glace pure, elle sembla *céder*. Il poussa plus fort, et la glace lâcha et se détacha. La paume de Cesca s'y enfonça à la suite de la sienne. Ensemble, tandis que leurs mains entouraient l'eau congelée, ils sentirent des palpitations, comme le battement de cœur de la comète.

— Est-ce qu'ils s'éveillent à cause des Shana Rei ? demanda Cesca.

— Les ombres ont déjà affronté les hydrogues à l'intérieur de Golgen et attaqué les verdanis et les faeros. Les wentals pourraient-ils être eux aussi en danger ?

— Peut-être qu'ils se réveillent pour participer au combat. (Un frisson sinistre traversa Jess.) Cela signifie qu'Academ pourrait être menacé. Ainsi que nos élèves.

Le comper Précepteur KA les rejoignit dans le couloir, qui ne présentait plus aucune trace du tir de l'étourdisseur d'Elisa.

— Vous avez un visiteur, Jess Tamblyn et Cesca Peroni. Quelqu'un souhaite retirer un étudiant. Seymour Dominic demande à sa fille, Kellidee, de travailler dans leurs installations d'extraction de gonflotteurs.

Jess et Cesca s'empressèrent de retourner à leur bureau et y trouvèrent un Vagabond dégingandé aux cheveux bruns qui les attendait. Seymour Dominic portait une confortable combinaison qui arborait fièrement les écussons brodés de son clan. Bien qu'il soit en train de retirer une élève, Seymour ne semblait pas fâché ; en réalité, il était radieux.

— J'ai besoin de Kellidee, peut-être pour un an, peut-être pour toujours. Je ne saurais le dire. C'est une occasion que nous ne pouvons pas laisser passer.

Jess se souvenait de Kellidee, une belle jeune fille de treize ans à l'esprit vif qui maîtrisait les mathématiques.

— Elle était sur le point de commencer à étudier la mécanique avancée et les circuits électriques intermédiaires. Ce n'est pas le bon moment pour la retirer d'ici.

— Mais nous ignorons de combien de temps nous disposerons, expliqua Seymour. C'est une véritable ruée vers l'ekti. Avez-vous vu passer les rapports sur le carburant pour moteurs interstellaires ? Le clan Dominic a fait des affaires juteuses avec le matériel de pompage et de transport, et nous avons revendiqué la propriété d'un grand amas de gonflotteurs. Aujourd'hui, il est difficile de mettre la main sur un seau et une paille disponibles, car le moindre bout de ferraille a été vendu, mais nos activités sont déjà en pleine expansion. Nous aurons vraiment besoin de l'aide de Kellidee.

— Chaque clan a le droit de retirer ses enfants, souligna Cesca., mais j'espère que vous la ramènerez. Elle va nous manquer ici.

— Ou je pourrais simplement engager quelques tuteurs. Nous avons déjà fourni quatre chargements d'ekti-X à Nouvelle-Station et nos éclaireurs ont trouvé deux autres amas de gonflotteurs. Plus vite nous mettrons ce carburant pour moteurs interstellaires sur le marché, plus nous gagnerons d'argent. (Il dansait pratiquement d'excitation.) En une seule livraison, mon clan a empoché autant que l'année précédente. C'est incroyable. (Son regard balaya les lieux.) Avez-vous une idée de combien d'autres clans ont développé des opérations d'extraction d'ekti ?

—Beaucoup d'entre eux se sont précipités pour commencer avant même de savoir ce qu'ils faisaient, répondit Jess.

Dominic grogna.

—Cela signifie qu'il y aura beaucoup plus de livraisons cette semaine. (Il jeta un coup d'œil à l'horloge accrochée au mur du bureau.) Peut-on se dépêcher d'aller chercher Kellidee, s'il vous plaît? Je dois retourner à nos installations.

—KA l'amène en ce moment même, répliqua Cesca. Elle aura besoin de quelques minutes pour rassembler ses affaires.

Seymour ne tenait pas en place.

—Laissez tout ça. On peut tout lui racheter en dix exemplaires.

La voix de Jess s'adoucit.

—Donnez-lui un peu de temps pour dire au revoir à ses amis, Seymour. Pensez à votre fille. Elle est très populaire.

Les épaules de l'homme s'affaissèrent.

—Je suis si excité... si anxieux. À plein rendement, nous pourrions drainer l'ensemble de cet amas en deux semaines. Je suis déjà en train de préparer notre prochain champ d'extraction.

Cesca paraissait troublé.

—Comme des bûcherons qui coupent une forêt à blanc. Savez-vous au moins ce que sont ces gonflotteurs ?

—Bien entendu, dit Seymour. Ils sont une source facile d'ekti-X.

Kellidee Dominic arriva, rouge et confuse, mais son visage s'illumina lorsqu'elle vit son père. Il l'étreignit avec force.

—Nous allons dans l'espace, petite fille.

—Mais je suis au milieu d'un projet de classe.

—Tu devras te préoccuper de quelque chose de plus conséquent qu'un projet de classe : nous nous sommes lancés dans les opérations les plus importantes jamais menées par le clan, et tu vas en faire partie.

Il sortit un pad de lecture et lui montra des images des nodules gris-vert qui dérivaient dans l'espace, des centaines de vaisseaux du clan Dominic, des rangées de réservoirs d'ekti.

L'intérêt de Kellidee fut piqué et, en définitive, elle n'eut guère besoin d'être convaincue.

Jess compila les archives des matières de la jeune femme tandis que Cesca rassemblait un an de plans de cours, que Kellidee promit de suivre sur son temps libre. Seymour se mit à jacasser avec un enthousiasme contagieux en ramenant sa fille à la baie d'amarrage d'Academ.

Après leur départ, Jess se sentit à la fois étonné et mal à l'aise.

— Je ne me rendais pas compte que ces opérations étaient si importantes. S'il y a quinze ou vingt champs d'extraction comme celui-là, combien d'autres groupes de gonflotteurs peuvent exister ?

Jess toucha le mur de leur complexe de bureaux, où il percevait la glace des wentals même à travers le film isolant. Les élémentaux d'eau s'avéraient d'humeur sombre et peu communicative, mais ils étaient agités. À travers ce contact ténu, Jess parvenait à sentir quelque chose de plus grand, quelque chose de mystérieux.

53

Zhett Kellum

Alors qu'elle était à Nouvelle-Station, désœuvrée, Zhett trouva un journal de bord d'Orli Covitz et de Garrison Reeves, qui avait été automatiquement chargé sans commentaire dans la base de données de la station. Quelques mois plus tôt, le *Fils Prodigue* avait croisé un large groupe de gonflotteurs en périphérie du système Ikbir, de longues chaînes de nodules qui s'étiraient dans l'espace interstellaire. Personne ne se souvenait de cette mention, car, à l'époque, ces poches gris-vert étaient de simples curiosités. Zhett espérait être la seule à avoir remarqué cette note…

À présent, Patrick, un Toff enthousiaste et elle-même s'envolèrent pour le système Ikbir afin de revendiquer la propriété de tous ces gonflotteurs avant qu'un autre clan Vagabond le fasse. Elle avait vécu assez de drames dans sa vie et voulait juste un amas tranquille de sacs de combustible inoffensifs à récolter.

Patrick coupa leurs moteurs interstellaires loin au-delà du système Ikbir pour commencer leurs recherches. Le vaisseau était équipé de capteurs convenables et ils savaient ce qu'ils cherchaient, mais c'était un travail fastidieux… ce qui, de l'avis de Zhett et de Patrick, constituait une mission parfaite pour Kristof. Au début, l'adolescent considéra cela comme une récompense, mais, après quatre heures passées à ne rien voir, il commença à se plaindre. Zhett ne voulut toutefois rien entendre. Il s'était porté volontaire pour cette mission et devait accepter la tâche qui lui était assignée, comme tout Vagabond adulte.

Enfin, Toff repéra un chapelet de gonflotteurs qui dessinait, telle une succession de miettes de pain, un chemin vers l'étoile.

— Si l'on relie les points et qu'on les suit dans le système, il y aura forcément un groupe plus proche.

Patrick ébouriffa les cheveux de son fils, puis activa les moteurs pour suivre la ligne de nodules verdâtres qui descendait vers le soleil blanc et brillant. Plus près du cœur du système Ikbir, ils dénichèrent exactement ce qu'ils cherchaient : des milliers de gonflotteurs qui dérivaient ensemble comme un amas globulaire d'œufs de poisson. Des flamboiements de lumière passaient d'un noyau à l'autre de façon apparemment aléatoire.

Imprégnés des radiations nourrissantes du soleil d'Ikbir, les gonflotteurs paraissaient cependant différents. Au lieu de sembler inertes comme les autres gonflotteurs silencieux et à la dérive, ceux-ci bougeaient, tournaient, pulsaient, se tortillaient. Leurs noyaux devenaient visibles dans la lueur de ces éclairs spontanés. Et la foule compacte se mit à *fissionner.*

— Que se passe-t-il ? demanda Toff. Nos gonflotteurs !

Zhett rapprocha le vaisseau de l'amas, mais elle s'arrêta à une distance de sécurité lorsque les poches se contractèrent, gonflèrent et se séparèrent en prenant la forme d'haltères, qui se scindèrent ensuite en deux gonflotteurs. Les nodules se dédoublèrent, puis chacune de ces nouvelles cellules gonfla sous la lumière solaire d'Ikbir, atteignant rapidement une taille normale. En peu de temps, les jeunes gonflotteurs entamèrent le même processus de fission, quadruplant leur nombre d'origine.

— Regardez à quelle vitesse ils se reproduisent, dit Patrick.

— Nous aurons un plus grand amas à récolter que ce que nous avions pensé. Et tout ce carburant pour propulseurs interstellaires est à prendre.

Zhett commença à planifier la façon dont ils allaient faire venir l'équipement d'Osquivel remis à neuf jusque-là pour se lancer dans leurs activités d'extraction. Elle imagina la vitesse à laquelle la fortune du clan Kellum pourrait récupérer de son désastre financier actuel.

Une fois que les poches de protoplasme se furent multipliées et que la grappe devint un essaim complet, les gonflotteurs changèrent de nouveau. Leurs noyaux continuèrent à clignoter avec des éclairs plus fréquents, comme s'ils envoyaient des signaux en morse. Ensuite, les nodules nouveau-nés s'aplatirent, s'étirant à partir de sacs grossièrement sphériques pour déployer leurs membranes en larges ailes, comme des raies mantas stellaires.

La voix de Zhett était teintée d'admiration.

— Par le Guide Lumineux, qu'est-ce que c'est que ces trucs !?

— C'est une métamorphose. Sont-ils... vivants ? demanda Patrick.

Toff fronça les sourcils.

— Comment sommes-nous censés les récolter s'ils font cela ?

Les gonflotteurs nouvellement transformés devinrent plus actifs. Ils étendirent leurs énormes lobes et commencèrent à se déplacer en arcs de cercle lents et gracieux. Ils se retournèrent, déployant des membranes semblables à des voiles pour capter l'énergie solaire. Puis, comme un troupeau de magnifiques oiseaux cosmiques, ils se séparèrent et s'élancèrent à tire-d'aile.

L'ensemble de la grappe, et tout le potentiel ekti-X, s'était tout simplement envolé dans le lointain sous les yeux de Zhett.

Toff leur exposa une idée qui les surprit. Au lieu de suivre la ligne de gonflotteurs *dans* la direction de l'étoile d'Ikbir, il proposait de naviguer dans la direction opposée en pistant les miettes de pain qui s'enfonçaient dans l'espace lointain.

— Si la lumière du soleil a déclenché la fission, nous devrions nous rendre dans l'espace plus profond pour les attraper avant que cela se produise.

— Cela vaut la peine d'y jeter un coup d'œil, dit Zhett.

En vérité, elle adorait cette idée.

Patrick les conduisit le long de la ligne d'échappement des gonflotteurs retardataires. Le visage de Kristof eut du mal à contenir un sourire satisfait lorsqu'ils découvrirent une nouvelle île dans une mer d'étoiles : plusieurs centaines de nodules se balançaient là, gonflés d'ekti-X... mûrs pour la récolte.

— Retour à Osquivel, alors ? demanda Patrick.

— Tu lis dans mes pensées, répondit Zhett. Nous transportons notre équipement ici et commençons l'extraction aussi vite que possible.

54

Lee Iswander

Lee Iswander n'était ni doux ni humble, mais, lorsqu'il se rendit à Nouvelle-Station avec un chargement complet d'ekti-X, il dut ravaler sa fierté et faire contre mauvaise fortune bon cœur. Les clans de Vagabonds essayaient de le couvrir de honte parce qu'il avait dépassé les limites de ce qu'ils considéraient comme acceptable ou sage.

Il supporterait leur mépris. Il allait leur faire face, leur montrer quelle force et quelle détermination habitaient un Iswander. Encore une fois.

Il se moquait de ce qu'ils pensaient. Ils l'avaient insulté à plusieurs reprises, l'avaient écarté. Même s'il venait d'un clan de Vagabonds autrefois respecté, ceux-ci n'aimaient ni ses tactiques, ni son attitude, ni son ambition. Il n'était pas l'un d'entre eux. Les Vagabonds avaient toujours lutté contre l'adversité, se glorifiant de leurs succès et partageant leurs tragédies, mais rien de tout cela ne semblait compter lorsque Lee Iswander était impliqué.

Ils avaient encensé son carburant bon marché et abondant, et, à présent, il se posait sur Nouvelle-Station pour voir s'ils feraient des affaires avec lui ou si leur rancune les rendrait encore plus stupides qu'à l'accoutumée. *Oh ! ils me détestent… jusqu'à ce qu'ils aient besoin de moi.*

En lieu et place de son yacht privé, il conduisait un remorqueur peu maniable qui transportait un grand nombre de cylindres de carburant, un stock plus important que toutes les cargaisons de combustible que les opérations naissantes apportaient. Même s'il n'en était plus le fournisseur exclusif, son chargement représenterait suffisamment d'ekti-X pour attirer l'attention.

Et Iswander voulait attirer l'attention.

En approche, il transmit aux opérations de trafic de Nouvelle-Station :

— Demande un quai commercial pour un chargement d'ekti-X ainsi qu'un poste d'amarrage VIP pour mon vaisseau personnel.

— Restez en attente, transport d'ekti, dit la voix sur le système de transmission. Ici Klanek, du centre des opérations. Veuillez vous identifier et indiquer votre compte.

— Je suis Lee Iswander. Vous devriez trouver mon compte, je pense.

S'ensuivit une longue pause inconfortable.

— Je suis désolé, monsieur Iswander, mais nos quais de chargement haut de gamme sont actuellement pleins. Je peux attribuer à votre vaisseau un poste d'amarrage au niveau douze.

Iswander était agacé.

— Niveau sept ou plus, s'il vous plaît. Je paierai une prime.

— Désolé, monsieur, il n'y a rien de disponible.

Iswander mit sa mémoire à contribution et finit par se rappeler Klanek. Il avait déjà eu brièvement affaire à lui, lors de sa candidature au siège d'Orateur des clans.

— Tony, je sais que vous pouvez faire mieux que ça, et je n'ose imaginer que vous manquez de professionnalisme. N'ai-je pas été courtois et aimable avec vous pendant les élections ? Je crois vous avoir complimenté pour votre excellent travail et vous avoir donné un gage de mon soutien.

Il ne se souvenait pas vraiment des détails, mais il savait qu'il avait généreusement dispensé ses richesses lors de sa campagne pour devenir Orateur.

— Je n'aurai pas besoin d'une suite privée, ajouta-t-il. Ma femme devrait déjà être ici et bien installée.

Klanek hésita, et Iswander se figura l'homme en train de se débattre avec des sentiments contraires.

— Laissez-moi revérifier, monsieur.

Après quelques instants de ce qui n'était sûrement que des tergiversations et des retards typiques d'un emploi trompe-l'œil – car il y avait probablement des emplacements disponibles depuis le début –, Klanek revint vers lui.

— Bonne nouvelle, monsieur, j'ai trouvé un petit poste d'amarrage au niveau sept. Il vient de se libérer. C'est le mieux que je puisse vous obtenir.

—Merci pour votre considération. Je le prends. Et ma cargaison ?

—Votre rangée de conteneurs devra être attachée à l'une des stations d'ancrage extérieures. Ce n'est pas une situation commerciale idéale, mais elle sera accessible si vous trouvez un client. Bonne chance, monsieur.

Klanek lui indiqua l'emplacement et mit fin à la transmission.

Comme il n'avait plus de prêtre Vert pour ses opérations d'extraction d'ekti, Iswander n'avait aucun moyen d'envoyer des messages longue distance, de sorte que Londa ignorait qu'il arrivait. À n'en pas douter, elle disposerait d'une suite impeccable qu'elle aurait transformée en un beau foyer. Il se réjouissait de la revoir bientôt.

Il devait également se rendre à Academ pour s'assurer qu'Arden recevait une éducation exceptionnelle. Son fils ne devait pas avoir la vie facile. À l'idée que le jeune homme devait probablement se défendre contre des harceleurs et des croisés indignés, l'estomac d'Iswander se noua. Il avait lui-même souffert de harcèlement et d'orteils écrasés à de nombreuses reprises. Il n'aimait pas cela, mais ces expériences l'avaient fortifié. Arden était fort lui aussi.

Mais, tout d'abord, il avait d'importantes affaires à régler.

Il se rendit à la Bourse de Nouvelle-Station, où il fit figurer son ekti-X, sa quantité et son tarif – qui, il le savait, était inférieur à celui de tous les nouveaux producteurs. Constater à quel point le prix du carburant pour moteurs interstellaires avait déjà baissé le découragea. Il divisa son chargement en trois paquets distincts et trouva rapidement sur le tableau un trio d'enchérisseurs qui souhaitaient le rencontrer.

Il avait utilisé un pseudonyme pour servir d'indicatif afin qu'ils ignorent l'identité du vendeur, mais, dès que les trois acheteurs potentiels le virent, le visage de l'un d'entre eux s'empourpra et il le planta là sans dire un mot. Les deux autres eurent au moins le cran de l'affronter.

—Nous ne voulons pas d'ekti-X venant de vous, lança la première, une rude Vagabonde. Du sang le souille.

Iswander masqua sa colère derrière une expression glaciale.

—Et pourtant il fait toujours fonctionner les moteurs interstellaires.

—J'en ai pas besoin, dit le deuxième marchand de clan. Y a un tas d'autres vendeurs.

—Pas à ce prix-là.

Iswander se prépara à baisser encore le tarif, mais aucun des deux négociants ne voulut en entendre parler.

—Le coût reste déraisonnable.

La Vagabonde coriace secoua la tête.

— Aucune économie ne vaudrait la peine d'avoir affaire aux fantômes du clan Duquesne et de tous ceux qui sont morts sur Sheol.

— Partez, dans ce cas, lâcha Iswander. (Sa voix retentit avec une intonation qui le déçut. Il préférait garder ses émotions bien en dessous de la surface.) J'ai d'autres clients. Vous avez laissé passer une occasion.

Mais, lorsqu'il consulta de nouveau les tableaux, il découvrit que la nouvelle s'était répandue et qu'on l'avait mis sur liste noire. Personne ne proposa de lui acheter quoi que ce soit.

Écœuré, il décida d'aller manger seul sur le pouce pour réévaluer la situation. Il ne voulait pas voir Londa dans cet état, pas encore. Lorsqu'il tenta d'entrer dans un restaurant, le gérant l'arrêta sur le seuil.

— Votre argent ne sert à rien ici, monsieur. Je suis sûr que vous pouvez trouver un autre établissement où la nourriture sera plus à votre goût.

Iswander le scruta avec une expression froide.

— Vous refusez un client qui paie.

Le propriétaire jeta un coup d'œil par-dessus son épaule aux nombreuses tables occupées à l'intérieur, où les convives l'observaient.

— Je ne refuse pas un client qui paie, je conserve ceux que j'ai. Si je vous installe, la moitié de ma clientèle se lèvera et partira.

Iswander ne chercha pas à dissimuler son dégoût.

— C'est puéril et non professionnel.

— Les Vagabonds se serrent les coudes, répliqua le restaurateur.

— *Je suis* un Vagabond ! cria presque Iswander.

Son interlocuteur haussa les épaules.

— C'est vous qui le dites.

Iswander ne souhaitait qu'une chose : partir. Il reprendrait son ekti et trouverait un autre marché. Il y avait certainement une colonie planétaire, un avant-poste de l'Empire ildiran ou même un vaisseau de la Marine Solaire qui l'achèterait.

Il se rendit compte qu'Elisa aurait su comment réagir, mais elle n'était plus là.

Malgré cela, il était déterminé à produire de plus en plus d'ekti, juste pour prouver qu'il avait raison. Les siens ne pouvaient pas le repousser ou le détruire si facilement. Il était plus fort qu'eux. Et il survivrait.

55

Elisa Enturi

La Confédération la traquait, mais Elisa n'éprouvait aucune peur… pas même de l'inquiétude. Elle savait qu'ils ne l'attraperaient jamais. Elle était trop intelligente pour eux, trop rapide et, au besoin, trop impitoyable.

Mais, après qu'Academ eut contrarié ses plans, elle dut remettre ses projets à plat. S'en sortir indemne ne suffisait pas. Elle ne pouvait pas se contenter de vivre en cavale, avec une longueur d'avance sur les chasseurs à ses trousses. Elle devait trouver quelque chose qui lui convienne, quelque chose qui concentre son énergie puisque tout le reste s'était effondré autour d'elle. Elle repartirait à zéro, rebâtirait sa vie et gagnerait.

Elle finirait par trouver un moyen de récupérer Seth et ferait payer à Garrison la douleur qu'il lui avait causée, la *honte* qu'il lui avait infligée. Elle ignorait encore comment elle y parviendrait, mais elle trouverait un moyen quelconque.

Certains auraient pu parler d'impudence, voire d'arrogance pure, mais, une semaine seulement après s'être échappée d'Academ, elle retourna sur Nouvelle-Station, où elle comptait observer et apprendre. Une fois qu'elle aurait compris à quoi elle avait affaire, elle saurait quels prochains coups jouer.

Elle ne voulait pas avoir à répondre à des questions ou à se battre pour se frayer un chemin hors de la station si un Vagabond trop ambitieux essayait de la traduire en justice. Elle ne se sentait pas coupable de ses actes et n'avait aucune envie de les expliquer. Elle ne devait ces explications à personne – sauf à Lee Iswander, et il l'avait jetée au vide-ordures.

Elle changea le signal d'enregistrement et les insignes de son vaisseau au cas où quelqu'un les aurait remarqués la fois précédente. Elle ne souhaitait plus être associée aux Industries Iswander de toute manière, et le logo de l'entreprise avait disparu de la coque depuis longtemps. Elle s'inscrivit à Nouvelle-Station sous un faux nom et paya la taxe d'amarrage minimale en utilisant les fonds d'Iswander qu'elle avait détournés lorsqu'elle s'était échappée de son champ d'extraction. S'en apercevrait-il ou s'en soucierait-il si elle le dépouillait ? Elle se doutait que son affaire ferait bientôt faillite de toute façon, et il était logique qu'elle ait une part des bénéfices pour couvrir ses propres dépenses. Elle l'avait mérité. Elle devait désormais trouver d'autres options pour gagner sa vie et Nouvelle-Station en aurait sûrement. Elle éprouvait une satisfaction étrange à se promener sous le nez des Vagabonds.

Elle se teignit les cheveux et les sourcils en noir, mit un foulard pour renforcer son déguisement et acheta un ensemble de vêtements confortables dans le style des Vagabonds dans la première boutique marchande qu'elle repéra dans la station. Beaucoup de ces gens détestaient son nom, mais peu la connaissaient de vue.

Elle longea les ponts bondés en écoutant le mélange d'accents et de dialectes. Tant de conversations animées, de marchés conclus, d'affaires menées – sans aucun doute en grande partie de façon illicite. Elle demeura vigilante, espérant recueillir des informations qu'elle pourrait utiliser ou entendre parler d'un équipage qu'elle pourrait rejoindre malgré son ressentiment à l'égard des Vagabonds. Ils étaient peu fiables, peu dignes de confiance et, pour la plupart, peu ambitieux. Ils avaient toutefois l'avantage de travailler de manière indépendante et de ne tenir qu'un minimum de registres. Elle pourrait se glisser parmi eux.

Elle mangea seule dans une aire de restauration bondée, mais les épices étranges lui brûlaient la bouche, lui rappelant certaines des choses que Garrison avait cuisinées. Le goût lui retourna l'estomac. Elle était encore en colère à cause de la façon dont elle avait été repoussée lorsqu'elle avait essayé de retirer Seth d'Academ. Son fils lui appartenait.

Rétrospectivement, elle se rendit compte qu'elle aurait tout simplement dû abattre Garrison, Orli et tous ceux qui se dressaient sur son chemin, mais cela aurait causé des problèmes avec Seth, et elle n'aurait tout bonnement pas eu la patience de maîtriser le garçon s'il s'était battu en permanence contre elle.

Elle n'était pas parvenue à comprendre ni à se défendre contre le retour de bâton inattendu des wentals. Elle devrait réfléchir à un autre moyen de récupérer son enfant. Mais, lorsqu'elle passa subrepticement au peigne fin les listes du personnel et des étudiants d'Academ, elle découvrit une note qui l'horrifia.

Seth n'était plus là.

Garrison l'avait emmené, accompagné d'Orli Covitz... comme si c'était elle la mère du garçon ! L'idée même exaspéra Elisa. Elle devrait affronter Jess Tamblyn et Cesca Peroni, et exiger de savoir où se trouvait son fils. Elle les forcerait à le lui dire.

Mais cela l'exposerait, et elle n'était pas encore prête. Non, elle devait se montrer plus perspicace sur ce point.

Pendant quatre jours, elle resta sur Nouvelle-Station, se tenant discrètement à l'affût, écoutant les conversations, surveillant les vaisseaux marchands, observant les activités des clans. Les Vagabonds disposaient de nombreux pôles sociaux, de salles accueillant toutes sortes de distractions, hormis les jeux d'argent, et de lieux pour des concerts improvisés où la musique jaillissait d'instruments souvent mal accordés, mais énergiques. Elle ignorait combien de temps elle pourrait supporter de rester là.

Alors qu'elle passait inaperçue parmi eux, elle s'indigna de voir tant de nouvelles cargaisons d'ekti-X livrées dans des réservoirs provenant d'installations de pompage bricolées au milieu d'amas de gonflotteurs. Elle avait détruit les infrastructures des Duquesne pour protéger ce secret commercial, mais à présent il n'était plus entre ses mains. Elle supposa qu'elle pourrait devenir une justicière et rayer de la carte une implantation après l'autre. Encore récemment, elle l'aurait fait pour Lee Iswander, mais elle ne se salirait plus les mains en son nom. Pourtant, son cœur se serrait parce qu'elle l'*aurait* fait... si seulement il le lui avait demandé.

Lorsqu'une cargaison particulièrement importante d'ekti-X arriva, elle écouta les conversations en arrière-plan et fut surprise d'apprendre que ce carburant pour moteurs interstellaires provenait des Industries Iswander. Sans pouvoir s'en empêcher, elle traqua Lee Iswander et finit par le trouver dans un débit de boissons, mais elle n'osa pas l'approcher. Au lieu de cela, elle conserva son déguisement et se contenta de l'observer depuis l'autre côté du bar. Elle resta seule dans l'ombre, comme une amoureuse éconduite, pendant qu'Iswander rencontrait des marchands vagabonds... et se disputait avec eux.

La vue de son ancien chef déclencha chez elle une série de sentiments étranges. Il lui avait fait confiance, s'était appuyé sur elle, l'avait rendue importante : elle avait été une employée inestimable et avait géré tous les dossiers dont Alec Pannebaker était incapable de s'occuper. Pendant longtemps, Iswander avait apprécié ses efforts, l'avait fait se sentir spéciale. Elle aurait été prête à tout pour lui. Pour utiliser le jargon stupide et superstitieux des clans de Vagabonds, Lee Iswander avait été son Guide Lumineux.

En l'observant à présent, elle s'en voulait de ressentir un désir si impérieux d'être de nouveau avec lui. Mais Iswander ne l'avait pas vue et elle ignorait comment il réagirait s'il la remarquait.

Plus tard, lorsqu'elle apprit qu'aucun clan de Vagabonds ne voulait de son ekti, quel qu'en soit le tarif, elle se sentit indignée pour lui, même si elle aurait aimé s'en réjouir. Elle savait qu'elle pourrait l'aider à redresser la situation – en fait, elle aurait facilement pu dénicher d'autres acquéreurs pour lui. Elle avait convaincu les Transports Kett d'être leur distributeur d'origine et pouvait de nouveau trouver des acheteurs. Oh ! certains clients hautains refuseraient de faire affaire avec un hors-la-loi déshonoré, mais d'autres n'avaient pas de tels scrupules moraux… si le prix était correct et le flux d'ekti-X régulier.

Elle secoua la tête. Iswander ne faisait plus partie de sa vie, ses problèmes ne la concernaient plus. Il devrait s'en occuper lui-même. Pour couper les ponts, il lui fallait trouver un autre travail, qui n'aurait aucun lien avec Lee Iswander.

Sur Nouvelle-Station, elle tomba par hasard sur un appel à des récupérateurs compétents. Dès qu'elle vit de qui émanait cette offre d'emploi, elle décida de tenter sa chance. Xander Brindle et Terry Handon – deux jeunes hommes qu'elle avait rendus riches – s'étaient lancés dans un projet fou visant à remplacer la station Ulio. Pour l'instant, ils cherchaient des personnes pour fouiller les décombres autour de Relleker, et cela semblait assurément être une mission qu'elle était en mesure d'accomplir.

Xander et Terry avaient été ses partenaires commerciaux pendant longtemps. En outre, ils lui étaient redevables. Oui, c'était là qu'elle irait, un nouveau départ, un poste intéressant… et cela l'éloignerait de Nouvelle-Station. Elle retourna à son vaisseau et décolla à leur recherche.

56

Rlinda Kett

Dès que les premiers cuirassés de robots klikiss se mirent à bombarder les grandes villes de la Terre, Rlinda sut qu'il était temps de partir. Depuis la fenêtre de son bureau de haut standing dans la tour des Transports Kett, elle observa les vaisseaux de guerre noirs et découpés qui fendaient l'air comme des couteaux à éviscérer. Ils ouvrirent le feu, rasant des pâtés de maisons entiers.

Elle entendit le bruit sourd d'une explosion lointaine et, à l'horizon, distingua une flambée de lumière blanche qui s'étendit en une vague de vaporisation hémisphérique. Elle scruta la scène dans un silence terrifié pendant un long moment, puis dit à voix haute :

— Dans une heure, toute la ville aura disparu.

Les robots semblaient également apprécier d'effectuer des frappes plus petites et plus précises, comme s'ils trouvaient tout aussi intéressant d'écorcher la population de la Terre que de lui porter un coup mortel. Rlinda détestait ces satanées machines... mais ça n'était pas nouveau. Les alarmes retentirent dans la ville et elle décida de se mettre en route.

Haletant, Robb Brindle apparut à la porte de son bureau.

— Rlinda, nous devons partir... maintenant ! Les robots détruiront tout ce qui nous entoure. Comptez là-dessus.

Rlinda ne se le fit pas dire deux fois.

— Vous deux, prenez la *Curiosité*. Chargez-la avec le personnel de la station et évacuez-en le plus possible.

— J'ai déjà lancé l'appel... mais nous devons *bouger*. (Il avait l'air affolé.) Allez !

La voix de Tasia retentit sur le système de transmission :

— Robb, où es-tu, bon sang !? Nous partons !

Il tira sur le bras de Rlinda.

— Nous ne vous abandonnerons pas ici.

— Je ne reste pas, bon sang. ! Est-ce que j'ai l'air d'une idiote ? (Elle le suivit en trottinant, haletant fortement car peu habituée à courir.) Ce que je veux dire, c'est que nous devons prendre tous les vaisseaux. Je piloterai la *Gloire de Declan*. Nous pourrons ainsi évacuer plus de personnes.

Des explosions grondèrent dans la ville. Même de l'intérieur de l'édifice, elle entendait le bourdonnement strident des cuirassés qui attaquaient. Une autre bombe à vaporisation déflagra, beaucoup plus près cette fois-ci. L'éblouissement dura plus longtemps, et elle perçut la force de l'onde de choc, puissante comme un bulldozer, lorsqu'elle frappa le bâtiment. La tour entière trembla, les lumières clignotèrent. Le personnel se ruait dans les couloirs, et certains se précipitaient vers les ascenseurs qui les ramèneraient au niveau de la rue – ce qui était stupide, pensa Rlinda, car ils seraient certainement ensevelis sous les décombres dans les prochaines minutes. D'autres empruntèrent les escaliers, ce qui était probablement tout aussi stupide.

— Rejoignez les baies de lancement, bande d'idiots ! leur cria-t-elle tout en courant.

Malgré cela, les Transports Kett ne disposaient pas de suffisamment d'appareils pour prendre tout le monde.

Des vaisseaux de robots noirs passèrent en rugissant à trois pâtés de maisons seulement. Un gratte-ciel voisin arborant le logo d'une société de communication s'effondra dans les décombres et les flammes lorsque les assaillants explosèrent sa partie centrale, et écrasa d'autres bâtiments en s'écroulant.

Rlinda tressaillit instinctivement, se souvenant combien elle avait été fière de posséder une tour aussi gigantesque pour les Transports Kett. Aujourd'hui, elle regrettait de n'avoir pas construit un siège social modeste et discret. Ou une installation aux souterrains profonds.

Tandis que les robots continuaient à niveler les cibles évidentes, le personnel des Transports Kett se précipitait dans la baie de lancement : mécaniciens de vaisseaux, manutentionnaires, pilotes en congé sur Terre.

Ses cheveux blonds striés de sueur, Tasia se tenait sur la rampe ouverte de la *Curiosité*, pressant les gens d'embarquer. Elle avait déjà chauffé les moteurs de l'engin et allumé ses feux. Le soulagement l'envahit lorsqu'elle vit arriver Rlinda et Robb.

—Vous voilà ! Montez à bord avant que je doive faire un choix entre vous et les autres. Nous devons partir.

—Il reste cinq milliards d'êtres humains sur Terre, ma chère, dit Rlinda, qui sentait ses poumons la brûler en raison des efforts qu'elle avait déployés pour courir. Comment voulez-vous qu'on les prenne tous ?

Les cieux étaient remplis d'astronefs en fuite. Dès l'apparition du nuage d'ombre à l'extérieur du Complexe orbital lunaire, la population assista avec horreur à la décimation des cuirassés des FDC – les vaisseaux les plus puissants de la flotte. Toute personne intelligente sur Terre voyait ce qui se préparait, et celles qui en avaient les moyens s'enfuirent à pleins gaz à bord de navettes privées, mais l'avant-garde des robots intercepta et détruisit au moins un tiers de ces astronefs en fuite. La cote d'en réchapper était faible.

Rlinda savait que quitter la planète bleue restait leur meilleure option. Dans le hangar, la *Gloire de Declan* attendait. C'était un vaisseau qu'elle empruntait occasionnellement, car son véritable capitaine était en congé médical pour une durée indéterminée. En tant que directrice des Transports Kett, elle pouvait utiliser tous les appareils disponibles.

—Vous deux, partez ! cria-t-elle. J'emmène le *Declan* avec un autre groupe de réfugiés.

D'autres ouvriers affolés la suivirent et elle leur fit signe de se rendre vers le petit engin.

—Prenez autant de personnes que possible, mais je ne garantis pas votre sécurité. C'est votre choix : décider si vous préférez vous faire exploser dans les airs ou ici au sol.

Un nouveau vaisseau des Transports Kett décolla et s'élança par la porte ouverte du hangar situé en haut de la tour du quartier général. À l'autre bout de la ville, une nouvelle bombe apocalyptique détona, et sa bulle de destruction vaporisa tous les bâtiments dans un rayon d'un kilomètre.

—Vous êtes probablement grillés de toute façon, grommela Rlinda.

Mais la plupart des gens n'eurent aucun mal à se décider.

—Allez, tout le monde… on file ! hurla Tasia.

Alors que les ouvriers se pressaient vers son vaisseau, Rlinda les fit monter à toute vitesse sur la rampe, puis se figea.

—Attendez, je ne peux pas partir tout de suite !

Elle se retourna et s'élança sur le chemin qu'elle venait d'emprunter. Elle n'avait même pas encore repris son souffle.

— Où allez-vous ? lui cria Robb alors qu'elle s'éloignait. On n'a pas le temps !

— Il faudra bien qu'on ait le temps. J'ai oublié quelque chose.

— Laissez-le derrière vous dans ce cas ! dit Tasia. Tout le monde a besoin de vous.

— Non, seuls les gens à bord du *Declan* ont besoin de moi. Je préfère encore *rester* derrière.

Elle atteignit la porte de la baie et cria à l'attention de l'homme qui semblait à peu près compétent pour piloter son vaisseau :

— Attendez aussi longtemps que vous le pouvez… Décollez et envolez-vous s'il le faut. Il se peut que je brandisse mon poing au ciel, mais, intérieurement, je comprendrai.

Puisant d'une façon ou d'une autre dans des réserves de force, elle s'élança dans le couloir. Elle n'avait jamais été une athlète – en fait, elle n'avait pas couru autant depuis des années et craignait de subir une rupture d'anévrisme, comme BeBob.

Plusieurs des ascenseurs étaient défectueux, mais elle en trouva un qui fonctionnait, bien qu'il tremblât de façon inquiétante en montant jusqu'au niveau de son bureau au sommet de l'immeuble. Prenant d'énormes bouffées d'air, elle avança en titubant dans le couloir. D'autres explosions retentissaient à l'extérieur. Le ciel semblait rempli de vaisseaux anguleux et elle savait que ce n'était que la première vague. Des centaines de milliers de cafarobots sortaient du nuage d'ombre, et à chaque instant ses chances de survie diminuaient.

Elle ne changea pas d'avis cependant. Son cœur battait la chamade. Elle reconnaissait qu'elle aurait réprimandé toute personne qui aurait pris un risque aussi stupide, mais elle n'avait pas l'intention d'abandonner cette chose si précieuse.

Une fois arrivée dans son espace de travail, elle se figea, transpirant en abondance, puis se précipita vers le bureau. Elle tendit la main et saisit la capsule argentée sur son support en plexiglas.

— Je ne t'abandonne pas, BeBob. Nos cendres resteront ensemble dans la mort, mais je n'ai jamais eu l'intention de mourir juste pour te retrouver.

Avant de repartir en courant, elle s'arrêta une seconde à la porte de son bureau, essayant de reprendre son souffle, mais cela ne servit pas à grand-chose. Une nouvelle explosion à proximité l'incita à filer.

— Tu m'aurais traité d'imbécile pour avoir fait ça, n'est-ce pas ? Eh bien, devine quoi… je ne t'écoute pas.

Elle glissa la capsule dans sa poche et fonça dans le couloir en espérant que l'ascenseur fonctionnait toujours pour la ramener à l'aire de lancement, car elle n'allait certainement pas s'attaquer à sept étages d'escalier.

En quittant la cuisine annexe où elle s'amusait souvent à préparer de délicieux petits plats, elle capta une dernière fois les effluves de son nouveau et succulent ragoût, une recette qu'elle avait envisagé de mettre à la carte de ses restaurants. Au temps pour cette idée… Les robots noirs avaient déjà anéanti son établissement sur Relleker, et à présent ils allaient aussi vaporiser son restaurant sur Terre. Elle détestait laisser de la bonne nourriture derrière elle, et l'odeur indiquait que son repas était en train de brûler, mais elle continua à courir en serrant les dents.

Elle atteignit l'ascenseur. Les portes étaient de guingois – mauvais signe –, mais elle monta quand même à l'intérieur. La cabine trembla et descendit de deux mètres avant que les freins d'urgence s'enclenchent, puis les systèmes se mirent en branle en grinçant, et l'ascenseur entama sa descente par à-coups jusqu'à ce qu'il parvienne au niveau du hangar. Les portes commencèrent à s'ouvrir… et l'électricité se coupa. Rlinda se démena pour forcer les panneaux à s'écarter. Le plancher se trouvait à une trentaine de centimètres de sa destination, mais elle se hissa hors de la cage.

La *Curiosité* était déjà chargée. Quelques personnes paniquées couraient encore à l'intérieur du hangar, cherchant une issue. La *Gloire de Declan* était également préparée et activée – Dieu merci, en son absence, son pilote remplaçant avait pris l'initiative d'allumer les moteurs afin que le vaisseau soit prêt à décoller ! Tasia criait depuis la *Curiosité*, refusant de les laisser partir sans Rlinda. Lorsque la commerçante bien en chair fit son apparition, ils applaudirent, puis lui intimèrent de se dépêcher.

Elle était tellement épuisée qu'elle pouvait à peine lever les pieds, mais elle avança en chancelant tout en sentant la capsule dure dans sa poche. C'était sacrément trop romantique de vouloir que ses propres cendres soient envoyées dans l'espace avec celles de BeBob, mais elle n'avait pas pu les abandonner derrière elle. Elle ne s'attendait pas à ce que quelqu'un d'autre comprenne.

— Allez ! hurla Robb.

— Allez vous-mêmes ! siffla Rlinda en titubant à bord de son appareil. Maintenant.

Robb et Tasia la prirent au mot. L'écoutille se referma et la *Curiosité* s'élança hors du hangar dans un ciel que la fumée et la mort avaient déjà envahi.

Alors que Rlinda se dirigeait vers le cockpit de la *Gloire de Declan*, le pilote temporaire qu'elle avait choisi tâtonnait avec les commandes et le vaisseau se souleva tandis que les travailleurs entassés à l'intérieur marmonnaient et gémissaient. Elle fit sortir son remplaçant de son siège de pilote élargi, se laissa tomber à sa place et prit les commandes.

— Personne ne peut voler mieux que moi.

— Là-dessus nous sommes d'accord, madame. (L'homme avait le teint grisâtre et blafard.) Allons-y.

— Attachez-vous dans ce cas. (Elle propulsa le vaisseau en avant, et l'accélération les repoussa dans leurs sièges.) Et ne m'appelez pas madame.

Les cuirassés des robots noirs parcouraient vivement le ciel. Neuf d'entre eux convergèrent vers la tour des Transports Kett et se mirent à tirer avec leurs armes à énergie, coupant les poutres structurelles et brisant les vitres en miroir. Parcourus d'explosions, de nombreux étages s'éventrèrent. Rlinda ne voulait même pas chercher à deviner combien de ses propres employés se trouvaient encore à l'intérieur.

La Gloire de Declan s'élança au moment où le gratte-ciel du quartier général commençait à s'effondrer dans un gémissement de décombres et de flammes. Devant eux, dans le ciel de la ville, la Curiosité glissait, vrillait, plongeait et feintait comme un moustique réchauffé par le soleil. Les vaisseaux des robots lui tirèrent dessus, mais aucune de leurs salves ne fit mouche.

Les cuirassés noirs prirent alors comme cible Rlinda, qui s'enfuit en utilisant toutes les astuces qu'elle connaissait.

— Si vous finissez pas avec le mal de l'espace et des bleus partout à force d'être projetés, c'est que j'me débrouille pas bien, s'écria-t-elle en guise d'excuse.

Après une minute épuisante d'esquive, elle accéléra, misant sur la vitesse plutôt que sur la finesse, et la *Gloire de Declan* s'éloigna de la ville tel un projectile.

Derrière elle, une autre bombe apocalyptique explosa, vaporisant une grande partie de la métropole… y compris le secteur où s'était trouvé son quartier général. Envahie par une pensée ridiculement inappropriée, elle se sentit heureuse d'avoir récupéré les cendres de BeBob à temps.

— Reste avec moi, marmonna-t-elle en sentant la petite boule rassurante dans sa poche.

Poussant la *Gloire de Declan* bien au-delà de ses limites spécifiées, la commerçante et sa poignée de passagers – à peine capables de respirer pendant cette accélération à 4 G – se dirigèrent vers l'espace avant que les robots grouillants finissent de détruire la planète.

57

Arita

Pendant la Guerre des Élémentaux, les faeros avaient carbonisé des sections de la forêt-monde, mais ces zones endommagées abritaient encore de la vie. La végétation avait rapidement repoussé. *Ça*, en revanche, c'était pire que tout ce qu'Arita avait pu voir en étudiant les images d'archives du conflit. Cette affreuse flétrissure avait transformé la forêt-monde en une étendue sèche de mort brune.

Lorsque le corps expéditionnaire theronien arriva dans la Sylve, la peur des prêtres Verts était palpable.

— La maladie des Jardiniers va dévorer toute la forêt, dit Zaquel.

Elle avait apporté un surgeon en pot pour communiquer, mais à présent elle demeurait tout simplement immobile, aux prises avec une stupeur craintive.

Collin émergea du transport de troupes qui venait d'atterrir, et Arita et lui observèrent les collines et les vallées autrefois couvertes d'immenses arbremondes qui n'offraient plus au regard qu'une cicatrice. La voix du jeune prêtre Vert était calme.

— La pourriture noire qui s'étend à travers le duramen et dans le réseau de racines tue les verdanis et efface leurs souvenirs.

— C'est une maladie cruelle, dit le roi Peter.

— Les Onthos étaient déjà infectés avant leur arrivée, rappela Arita à toute l'assistance. Ils ont transmis cette flétrissure aux arbres et infestent cette partie de la forêt-monde pour pouvoir se reproduire.

— Voilà comment ils nous remercient de les avoir accueillis dans notre monde, en empoisonnant les forces vives de Theroc, lâcha Estarra, dont les traits révélaient le sentiment de trahison qui l'habitait.

Nous n'avons pas d'autre choix que de les exciser de la forêt-monde. C'est peut-être le seul moyen d'arrêter ce cancer.

—Vous pourriez le brûler, suggéra Osira'h. (Ses yeux étincelèrent tandis qu'elle envisageait cette dévastation.) Utilisez un feu contrôlé pour éliminer tous les arbres morts et empêcher cette flétrissure de se propager.

—Non... pas encore, dit Reyn. Nous devrions d'abord étudier cette maladie, trouver une façon de la guérir.

Arita se souvint de la noirceur froide dans le regard des Onthos qui les avaient observés alors qu'ils s'attendaient à ce que les prêtres du vide les assassinent, Collin et elle.

—Ne versez pas trop de larmes pour les Jardiniers. Ils méritent leur sort.

Mais Collin la surprit.

—Pas tous les Jardiniers. Les arbremondes les ont accueillis, il doit donc y avoir quelque chose dans leur race qui mérite d'être sauvé.

Il portait lui aussi un surgeon en pot.

—La *forêt-monde* mérite d'être sauvée, soutint Arita. Cela devrait être notre priorité !

—Si nous guérissions les arbremondes, nous les sauverions. Ne serait-ce pas mieux ? s'enquit Reyn.

Les Onthos s'étaient retranchés là où la flétrissure avait anéanti tant d'arbres et avaient construit une forteresse au cœur de la forêt-monde. Avant le débarquement du corps expéditionnaire, des appareils d'exploration avaient survolé la zone morte pour en cartographier l'étendue et avaient pris des images des imposantes digues et des murs de défense que les petites créatures avaient érigés.

—Ils savaient que nous venions, dit Arita. Nous n'avons pas le temps de les soigner. Ils ont l'intention de nous combattre.

Debout dans la prairie ouverte, Reyn chancelait tandis que le spectacle lui coupait le souffle.

Toujours protectrice, Osira'h se tourna vers Peter et Estarra.

—Vous êtes le roi et la reine. Vous commandez les Forces de Défense de la Confédération. Vous avez certainement un arsenal suffisant pour pulvériser cette *insulte* en un instant ? Le Mage Imperator aurait éliminé ce fléau en une seule frappe de la Marine Solaire.

Collin, Zaquel et les autres prêtres Verts se tournèrent vers elle, stupéfaits par ce commentaire.

— Oui, nous pourrions agir ainsi, mais les Onthos semblent miser sur le fait que nous n'irons pas jusque-là, répondit Peter d'une voix ferme et calme.

— Du moins pas encore, le corrigea Estarra. Mais nous ne resterons pas les bras croisés, à regarder Theroc mourir.

Les Jardiniers avaient utilisé leur affinité avec les arbres et leur maîtrise du verdani pour s'isoler. Ils avaient déformé et tordu le feuillage mort pour dresser des barrières d'épines, utilisant les troncs et les rameaux morts pour bâtir des contreforts. Des branches d'arbres acérées s'élançaient vers l'extérieur telles de dangereuses pointes.

La garde theronienne scrutait la barricade impénétrable et les prêtres Verts marmonnaient, en proie à la confusion. Zaquel toucha le bois mort qui constituait le mur externe de la forteresse.

— Il n'y a rien ici. Pas de pensées, pas de souvenirs. Ces arbremondes ne font plus partie de l'esprit verdani.

— Combien d'autres sont morts avec eux ? demanda Arita. Combien de connaissances avons-nous déjà perdues ?

Ils entendirent des claquements et des craquements à l'intérieur du dense fourré. Les branches fragiles se brisaient sous le poids de leur propre décomposition. Un énorme tronc qui ne faisait pas partie de la barricade gémit et bascula vers l'avant avec une grâce pesante tandis que le roi, la reine et les autres theroniens s'éparpillaient. La chute de cette masse imposante fracassa l'un des vaisseaux de l'expédition.

— Ça n'était pas une coïncidence, dit Arita alors qu'ils reculaient.

— Ils attaquent, confirma Collin.

Arita aperçut un mouvement à l'intérieur de la forêt enchevêtrée de branches cassées et d'épines acérées. Elle se tint prête, se souvenant des ténèbres froides de Kennebar et de ses prêtres du vide. Elle chercha une nouvelle fois à retrouver au fond de ses pensées un peu de cet esprit lointain qui l'avait aidée auparavant, mais ne ressentit qu'un silence étourdissant et des pics de douleur chauffés à blanc. Même si cette autre conscience avait une vague idée de ce que les ombres tramaient ici, cela ne servirait à rien. L'entité semblait être confrontée à une de ses crises incompréhensibles.

Des mouvements presque insaisissables au milieu des branches compactes indiquaient la présence de formes pâles, qui se déplaçaient telles des araignées simiesques. Les prêtres Verts observaient les environs avec une stupeur inquiète tandis que les soldats qui accompagnaient le couple royal fourbissaient leurs armes.

Les Onthos apparurent : d'abord dix d'entre eux, puis une centaine – qui auraient dû constituer *tous* les réfugiés de leurs vaisseaux-cosses – et enfin des centaines d'autres. Collin et Arita avaient expliqué à ses parents et aux prêtres Verts que les créatures asexuées provenaient de spores qui infectaient les arbremondes et puisaient dans l'énergie de ces derniers pour se reproduire. Et se reproduire. Et se reproduire.

Un Jardinier perché en haut des arbres se pencha en avant tandis que ses camarades se rassemblaient à l'abri des branches effilées et des pointes menaçantes.

— Nous ne sommes ici que pour survivre. Vous ne pouvez pas nous arrêter. Après avoir été écrasée à plusieurs reprises au point de se retrouver au bord de l'extinction, notre race devient enfin forte.

La colère monta dans la voix de l'extraterrestre. Les arbres morts bruissèrent et crépitèrent, comme agités par les spasmes d'agonie des verdanis. D'innombrables Onthos s'avancèrent en sautillant pour faire face au groupe.

Sarein avait succombé sous leurs coups, et, malgré le plaidoyer de Reyn, Arita refusait de se montrer miséricordieuse à l'égard de ces créatures.

— Nous défendons les arbres, s'écria la reine Estarra. Nous devons débarrasser Theroc de votre présence.

— Vous n'y parviendrez pas, dit l'extraterrestre tandis qu'une foule d'autres êtres à la peau pâle sortait de leur dangereuse barricade d'arbres. La forêt-monde ne vous appartient plus.

58

Anton Colicos

Yazra'h affichait ses prouesses au combat comme si elle ne se rendait pas compte qu'elle impressionnait Anton depuis longtemps et que, bien qu'elle soit une amie proche, elle n'avait rien à gagner à l'impressionner davantage. Elle voulait convaincre l'historien humain de devenir son amant et il n'arrivait pas à lui faire comprendre qu'il n'était tout simplement pas intéressé.

À présent, elle agitait ses cheveux cuivrés sous le soleil éclatant.

— Nous devons apprendre à affronter de nouveaux ennemis de toutes sortes, Remémorant Anton. J'ai confiance en mes propres compétences pour combattre le monstre qui se dresse devant moi.

Elle lui avait demandé de la regarder lutter contre le puissant ugru, mais, pour l'instant, Anton était bien plus intéressé à l'idée de chercher à bien saisir la façon dont les Shana Rei avaient été vaincus, ainsi que le lui avait demandé le Mage Imperator. Les remémorants avaient étudié les récits abordant ces légendes à de nombreuses reprises, mais Anton espérait toujours découvrir de nouvelles révélations, en particulier dans des archives apocryphes moins connues et enfouies depuis longtemps.

Sans doute avait-il plus de chances de trouver des réponses dans ces chroniques qu'en observant Yazra'h se battre contre cette bête de combat laide et grumeleuse. Mais elle avait insisté et, à ce jeu-là, elle était très douée.

Assis dans les tribunes de l'arène, il sortit les documents qu'il avait apportés, résolu à lire un peu. Cinq des sept soleils d'Ildira brillaient et il portait des lunettes-voiles pour se protéger les yeux. Après tant d'années passées sur Ildira, il s'était habitué à la lumière intense du jour, mais les reflets des soleils sur les feuilles de cristal imprimées rendaient les archives difficiles à parcourir.

Yazra'h dansait sur la tendre pelouse de l'aire de combat. Elle tenait dans chaque main une courte dague de cristal, dont la lame n'était pas plus longue que son index. Les petites piques ne pouvaient infliger aucun dégât au béhémoth devant elle et se contenteraient de l'agacer... mais agacer un ugru – et survivre – était son intention.

— Regardez-moi, Remémorant Anton !

Il leva consciencieusement les yeux pour écouter ses explications alors qu'elle contournait le mastodonte au pas pesant. L'ugru avait une peau brune et coriace, parsemée de verrues rocailleuses. Son corps était trapu, ses quatre pattes épaisses, et sa tête formait un dôme émoussé qui reposait sur de larges épaules sans cou apparent.

— Les ugrus cherchent leur pitance au niveau du sol de la jungle et se nourrissent de champignons dans les sous-bois. Ils progressent pesamment, insensibles face aux prédateurs, ignorant même les plus gros insectes piqueurs.

Yazra'h s'approcha en dansant et frappa l'épaule de l'ugru de toutes ses forces. Un craquement sonore retentit comme un coup de feu. L'ugru tressaillit et s'éloigna pesamment.

— En temps normal, ces créatures sont dociles, mais on peut les provoquer.

Elle assena une nouvelle tape à l'ugru et le contourna en se pavanant, pour revenir de l'autre côté et lui infliger une autre claque assourdissante. Avec un grondement, la bête se déplaça lourdement dans le sens opposé. Yazra'h plongea sur son dos et la frappa à plusieurs reprises avec ses dagues de cristal effilées, même si les pointes attaquaient à peine le cuir épais de la créature. L'ugru grogna et se tourna dans une direction, puis dans l'autre.

— Lorsqu'il devient enragé, l'ugru devient un adversaire puissant et digne d'intérêt.

Elle le piqua de plus belle à six reprises et lui bondit sur le dos, accroupie et prête à se battre. L'ugru, cependant, se contenta de s'éloigner d'un pas lourd.

Dissimulant un sourire, Anton retourna à ses recherches, réorganisant ses notes, extrayant des sections de la *Saga* standard que l'on retrouvait dans les apocryphes. L'épopée historique ildirane contenait des récits fondamentaux sur les Shana Rei, dont beaucoup n'étaient que des descriptions de désastres – colonies que les ténèbres avaient étouffées, mondes entièrement engloutis –, un peu comme ce qu'il avait vu récemment sur Kuivahr. Ces chroniques étaient effrayantes, mais il essayait de dénicher des indices et des perspectives qui conduiraient à des solutions.

Il trouva une mention d'un autre mythe étrange datant d'avant la guerre avec les ombres, à propos d'une présence appelée l'Esprit de l'éternité, une force puissante en mesure de s'opposer au chaos que les Shana Rei souhaitaient imposer, mais, comme les Ildirans ne pouvaient ni la contacter ni l'influencer, il supposa qu'il s'agissait d'une légende trop ésotérique pour être d'une quelconque utilité pratique.

Plus intéressant, il étudia l'histoire de l'Attitré Ahlar, dont le monde avait été sauvé d'un nuage d'ombre. Cependant, les créatures des ténèbres s'étaient frayé un chemin jusqu'à sa psyché, jusqu'à son sang, et l'avaient rendu fou. Incapable de se maîtriser, l'Attitré Ahlar avait tenté d'assassiner ses neuf enfants. Parvenant à reprendre le contrôle de lui-même, il avait ouvert les artères principales de son bras et laissé couler le sang : un ichor noir, contaminé. Lorsque son fluide vital s'était remis à couler avec une teinte rouge, il avait été libéré des Shana Rei, mais c'était trop tard, et il était mort. Cela constituait une petite victoire, à défaut d'autre chose.

Yazra'h tournoya sur elle-même, donna une nouvelle claque à l'ugru et lui sauta sur le dos. Elle fit la roue, puis recula d'un bond, mais non sans avoir d'abord porté un coup de dague supplémentaire à la pauvre bête. Enfin suffisamment provoqué, l'ugru leva une patte avant massive et balaya l'air dans sa direction, comme pour chasser une distraction. Elle s'approcha en voltigeant et toucha la partie tendre de son pied, ce qui fit grogner l'ugru.

— Il guérira rapidement et ses récepteurs de la douleur se mettront en sourdine dans quelques secondes, expliqua-t-elle avant de piquer de nouveau la grosse créature.

Elle se planta avec défi devant elle en s'assurant de bien se trouver au centre de son champ de vision.

— Combats-moi, monstre !

— C'est tout à fait remarquable, dit Anton, avant de se replonger dans ses documents.

Il lèverait les yeux et regarderait quand la bête finirait par répondre, si elle le faisait jamais.

La précédente guerre contre les Shana Rei s'était achevée lorsque le Mage Imperator Xiba'h avait forcé les faeros à passer une alliance avec les Ildirans. Les élémentaux flamboyants avaient été la seule force assez puissante pour repousser les ombres, mais les faeros étaient étouffés en grand nombre chaque fois qu'ils combattaient les sombres entités.

La Saga des sept soleils consacrait beaucoup de strophes à la façon dont le Mage Imperator Xiba'h s'était immolé par le feu pour les invoquer. Ensuite, son successeur et les créatures ignées avaient vaincu les Shana Rei. D'une façon ou d'une autre.

Anton étudia une nouvelle fois ces strophes qui ne l'aidaient pas beaucoup et secoua la tête.

— J'aurais aimé que les auteurs n'omettent pas autant de détails.

Si les faeros s'étaient avérés si efficaces, qu'en avait-il été des wentals ? ou des hydrogues ? Lors d'une attaque spectaculaire sur la station d'écopage de Golgen, ces derniers avaient été consumés par les ténèbres tapies à l'intérieur de leurs géantes gazeuses, mais ils étaient, comme les wentals, bien moins nombreux depuis la Guerre des Élémentaux. Selon Nira, les verdanis subissaient actuellement de graves dommages dans leur forêt-monde, et les arbres mouraient d'un fléau qui se propageait. Une flétrissure due aux ombres.

— Yaaah !

Yazra'h hurla et frappa de plus belle l'ugru, qui réagit cette fois comme si elle avait marché sur une mine. C'était la réponse qu'elle essayait de provoquer chez lui depuis dix minutes. Avec force reniflements et rugissements, il se redressa sur ses pattes arrière épaisses comme des arbres, levant des pattes avant charnues, chacune aussi grosse qu'un fût de canon, et s'en servit comme béliers. Le monstre s'élança si rapidement que Yazra'h eut à peine le temps de crier avant qu'il l'envoie valdinguer.

Anton s'attendait à entendre des craquements d'os et à voir le sang jaillir de sa bouche, mais Yazra'h tournoya dans les airs et retomba à quatre pattes. Curieusement, elle réussissait encore à paraître gracieuse.

L'ugru se retourna contre elle et elle se redressa d'un bond en reculant, ses deux aiguillons de cristal tendus comme s'ils pouvaient effrayer la bête. Celle-ci se rua sur la guerrière avec fracas. Yazra'h s'écarta en bondissant, riant d'une manière qu'Anton trouva tout à fait déplacée.

— Viens te battre contre moi !

L'ugru la chargea et Yazra'h s'élança sur le côté. L'animal réagit avec une rapidité et une agilité étonnantes. La fille du Mage Imperator le surprit en lui fonçant dessus. Au dernier moment, elle sauta en l'air, appuya ses paumes sur les épaules de la créature et atterrit derrière elle. Elle donna une claque sur son cuir épais, puis la piqua de plus belle avec ses dards minuscules.

L'ugru réussit à anticiper certains de ses tours. D'un autre coup de patte formidable, il l'envoya voler une fois encore. Bien qu'elle soit retombée sur ses pieds, Anton vit qu'elle était blessée, mais il savait qu'elle se sentirait insultée s'il se précipitait pour lui offrir de l'aide. En réalité, toute tentative de ce genre *lui* vaudrait probablement de finir piétiné. Incapable de se concentrer sur sa lecture, il regarda le combat se poursuivre.

— Vous ne pensez pas que vous devriez laisser cette pauvre bête tranquille maintenant ? cria-t-il.

— Je dois m'entraîner et gagner en expertise. Une guerre se prépare.

— Oui, et vos compétences seront très utiles si un troupeau d'ugrus nous menacent, mais je doute que cela nous aide contre les Shana Rei.

Yazra'h recula.

— Je vois ce que vous voulez dire, Remémorant Anton.

Elle grimaçait quand elle se mouvait et il espéra qu'elle n'était pas gravement blessée.

Lorsqu'elle cessa de le provoquer, l'ugru devint rapidement docile et se mit à renifler les aliments déposés à son intention sur le terrain d'entraînement. En moins d'une minute, la bête l'avait complètement oubliée.

Yazra'h revient vers Anton, haletante et en sueur.

— Avez-vous été impressionné ?

— Je suis toujours impressionné… Vos talents de combattante sont inégalés. J'espère juste pouvoir vous impressionner à mon tour avec les découvertes que j'ai faites dans ces vieilles archives.

Elle fronça les sourcils.

— Cela m'impressionne déjà par avance, Remémorant Anton. Vous effectuez un labeur délicat qui me dépasse. Ensemble, nous sommes certains de trouver un moyen de vaincre n'importe quel ennemi.

Anton n'en était pas si sûr, mais il appréciait sa confiance.

59

Générale Nalani Keah

Depuis la passerelle du *Kutuzov*, Keah commandait les vaisseaux des FDC survivants tandis qu'ils se repliaient et tentaient de défendre la Terre. Ils continuèrent à se battre en se retirant des ruines du Complexe orbital lunaire et elle perdit trois autres Mantas en chemin.

Des vagues de cuirassés de cafarobots libéraient des explosions apocalyptiques sur des continents entiers en contrebas. Des dizaines de grandes villes avaient déjà été rasées et des millions de personnes devaient être mortes. Elle déglutit avec difficulté. Il ne s'agissait pas encore de milliards… n'est-ce pas ?

C'était déjà bien pire que Relleker.

Tout individu doté de bon sens et d'un appareil en état de marche avait déjà tenté de s'échapper, mais les cafarobots qui les pourchassaient anéantissaient la plupart d'entre eux. Les vaisseaux noirs anguleux traquaient les pilotes humains terrifiés pour le sport tandis que d'autres poursuivaient l'extermination en masse à la surface.

— J'avais besoin de plus de temps pour constituer nos forces, merde ! marmonna-t-elle pour elle-même. *Plus de temps !*

Elle n'avait même pas pu charger son Mastodonte de bombes solaires provenant des installations du docteur Krieger.

Le *Kutuzov* fonça à travers la vague de cuirassés des robots et Keah observa le massacre qui s'annonçait. Elle se leva de sa chaise de commandement tellement elle était furieuse. Son Mastodonte fit parler toutes les armes restantes de son arsenal, mais même cela ne put protéger les derniers flux d'évacués qui tentaient de s'échapper de l'orbite de la planète bleue. Toute navette en fuite semblait avoir environ dix pour cent de chances de s'en sortir – un pourcentage catastrophique, mais les chances de survie de toute personne restée au sol étaient bien moindres. Grâce à l'insistance de Keah, la population terrienne avait vu les images du massacre de Relleker et savait donc exactement ce qui l'attendait. Cependant, ils ne pouvaient rien y faire.

Peut-être aurait-elle dû garder cette menace confidentielle, laisser toutes ces personnes condamnées dormir confortablement dans leur lit quelques jours de plus.

— Quel est l'intérêt pour nous de dire à tout le monde de se préparer ? Se préparer comment ? En se cachant dans les sous-sols ? Cela ne changera rien !

— La plupart des gens préfèrent connaître leur destin, générale, dit l'officier en second Wingo. Vous avez pris la bonne décision.

— Et certaines de ces personnes s'échappent en effet, souligna le lieutenant Tait.

Constater que l'ensemble de sa flotte des FDC ne représentait pas plus d'une centaine de vaisseaux lourds la rendit malade.

Au-delà des décombres du COL, une soudaine explosion brillante s'épanouit, ressemblant à des astres qui éclateraient au cœur du nuage d'ombre. Keah contempla la scène, bouche bée de surprise.

— C'est quoi ce bordel ? Agrandissement renforcé !

Son écran arrière afficha une image granuleuse, que les ondes d'entropie chaotique déformaient encore. La nébuleuse obscure et les cylindres hexagonaux scintillèrent et s'effondrèrent, laminés par un piège inattendu de bombes solaires. Des dizaines d'entre elles, à l'intérieur même du nuage d'ombre.

— Mon Dieu… je suppose que le docteur Krieger a décidé d'utiliser ses stocks.

— Si seulement nous avions plus de bombes solaires, dit Patton.

— J'accueillerai avec joie nos victoires, quelle que soit leur provenance. (Keah se permit un rictus enthousiaste.) Les Shana Rei viennent de recevoir un coup de latte dans les noix, je parie, claironna-t-elle.

Bien que diminué et blessé, le nuage tourbillonnant s'avança pour engloutir les fragments restants du COL. Elle sut que Krieger et ses usines avaient disparu. Contrairement à l'amiral Handies, qui avait tenté de s'enfuir à bord de son Mastodonte, Krieger avait fait la différence… même si elle était petite.

— Je poursuis mon attaque, générale, annonça l'amiral Haroun, qui allait et venait sur le champ de bataille à pleins gaz avec son *Okrun* cabossé. Les jazers et les canons électromagnétiques sont pour la plupart épuisés. Il ne me reste plus de bombes solaires, mais les lasers se rechargent. Cela fait encore une centaine des vaisseaux de robots détruits, mais je ne tiens pas vraiment les comptes.

Haroun glapit lorsqu'un tir frappa son cuirassé. Il dut s'éloigner.

— Détruire une centaine de vaisseaux ennemis, c'est un bon début, amiral, répondit Keah. À présent, répétez l'opération dix mille fois, et nous gagnerons.

Les chiffres étaient totalement démoralisants. Il s'agissait là de faits, et non de désespoir. Elle ne voulait pas fuir le combat, mais elle commandait une centaine de vaisseaux contre des centaines de milliers. Les habitants de la Terre appelaient à l'aide… tout comme sur Relleker.

Elle regarda une autre Manta exploser alors qu'un essaim de cuirassés de cafarobots la découpait et l'engloutissait sans relâche sous leurs salves jusqu'à ce que le vaisseau se disloque en fragments enflammés. Elle pourrait ordonner à ses bâtiments des FDC de rester ici et de continuer à tirer sur les cibles ennemies jusqu'à ce qu'ils soient eux-mêmes détruits. Et après ? Ils ne pourraient jamais sauver la population de la Terre et cela n'aiderait pas la Confédération.

— Que quelqu'un me donne une alternative, merde !

Elle n'entendait que les appels qui se chevauchaient sur les canaux ouverts du système de transmission, couplés à une litanie de rapports d'avaries. Elle vit comment les tirs crachaient des éclairs dans l'espace et observa les sombres cicatrices qui se dessinaient à la surface de la Terre. Les bombes d'extermination des robots déferlaient à présent sur l'Europe.

— Générale, regardez l'écran !

Saliba, l'opérateur en chef des scanners, pointa du doigt un projectile saturé de feu pur qui passait en tourbillonnant devant eux. Plusieurs membres de l'équipage de la passerelle se levèrent d'un bond.

Des ellipsoïdes crépitants et enflammés arrivaient en trombe de l'espace interplanétaire, filant vers la Terre comme des balles traçantes.

— Des faeros ? C'est quoi ce bordel ! Faites-moi un scanner complet, dit Keah. D'où viennent-ils ? Combien sont-ils ?

— Une cinquantaine, générale.

Keah regarda avec stupéfaction les élémentaux ardents se joindre à la mêlée.

— N'ont-ils pas déjà causé assez de dégâts ?

Par le passé, des milliers de faeros enragés avaient pilonné la Lune de la Terre jusqu'à la briser en fragments. Les boules de feu étaient désormais de retour et Keah les détestait.

Mais elle changea d'avis dès que les faeros percutèrent les grappes de vaisseaux des cafarobots. D'innombrables astronefs ennemis explosèrent lorsque les ellipsoïdes enflammés les transpercèrent, dispersant leurs amas et les éloignant de l'orbite terrestre. Keah elle-même se joignit aux acclamations qui s'élevèrent autour d'elle.

En réaction, un essaim de robots noirs fondirent tout autour des faeros, attaquant à la manière de frelons suicidaires, mais leurs armes à énergie restaient complètement inefficaces contre les élémentaux. Les boules de feu tournèrent autour de l'orbite de la Terre, mettant en déroute les autres formations de robots.

Keah n'allait pas s'en plaindre. Elle transmit à tous les vaisseaux survivants :

— Ne subissons pas plus de dommages. Repliez-vous et effectuez des réparations d'urgence là où c'est possible. Même si ce répit ne dure qu'une demi-heure, faisons en sorte qu'il compte.

Le caractère inattendu de leur arrivée avait ébranlé les cafarobots, mais les faeros étaient aussi capricieux que les Shana Rei étaient chaotiques. Même cinquante boules de feu élémentaires ne pouvaient pas infliger beaucoup de dégâts. Les entités enflammées ricochèrent sur les cuirassés noirs et détruisirent également, dans leur maladresse, de nombreux vaisseaux humains en cours d'évacuation.

Les robots klikiss n'étaient toutefois pas les ennemis des faeros et ne l'avaient jamais été, et les boules incandescentes se dirigèrent droit vers le nuage d'ombre des Shana Rei.

60

L'Adjoint Eldred Cain

Après avoir visité les usines de bombes solaires du docteur Krieger avec la générale Keah, Cain se rendit à son manoir, construit à la lisière de ce qui avait été Madrid. C'est là qu'il reçut les premiers rapports frénétiques sur les Shana Rei et comprit, en proie à une terreur glacée, ce qui allait se passer.

Comme elle servait de centre de commandement aux FDC, la Terre comptait plus de vaisseaux de guerre en résidence que n'importe quel autre monde de la Confédération. L'adjoint Cain faisait entièrement confiance à la générale Keah. Il savait qu'elle mènerait toutes les batailles qui pourraient être menées et remporterait toutes les victoires qui pourraient être arrachées, à l'aune de ses ressources. Il doutait également que cela suffise.

D'innombrables vaisseaux civils se précipitèrent pour évacuer la Terre, mais seule une poignée des milliards d'habitants de la planète allait parvenir à s'enfuir. Une large portion d'entre eux seraient détruits dans l'espace en tentant de fuir le système solaire.

Alors que l'ennemi plongeait vers la Terre, Cain se rendit compte que le reste du processus de décision lui échappait. Pragmatique, il avait étudié de près les images de Relleker. Tandis que la bataille faisait rage au COL et que plus d'un million des vaisseaux de guerre des robots noirs déferlaient sans relâche, il comprit au fond de lui que le berceau de l'humanité était perdu. Les Shana Rei et les robots allaient attaquer avec une force plus destructrice que celle qu'ils avaient utilisée contre toutes leurs cibles précédentes.

Maintenant qu'il était retourné à son manoir, Cain se trouvait à plus d'une heure de tout centre gouvernemental. Il avait délibérément construit son foyer loin des aires urbaines et n'allait pas pouvoir organiser d'évacuation. Il soupesa les différentes options : les chances de s'en sortir qui s'offraient à lui ne l'enthousiasmèrent guère et il décida donc de la façon dont il préférerait passer cette dernière heure.

Il s'accrocha aux souvenirs précieux des moments forts de l'humanité. La nuit était tombée sur le cratère d'impact de Madrid, mais le ciel sombre était gravé de traces de griffes incandescentes, les traînées d'échappement orange des cuirassés des robots qui fonçaient au-dessus de l'Europe. Leurs vaisseaux larguaient des bombes dévastatrices bien plus meurtrières et mieux ciblées que le tir de barrage fait d'impacts de météores qui avait causé une telle dévastation à la fin de la Guerre des Élémentaux.

Au-dessus de sa tête, la bataille offrait un formidable spectacle de lumière. De multiples levers de soleil envahirent le ciel tandis que les forces des FDC déployaient leurs dernières bombes solaires. À n'en pas douter, ces flamboiements faisaient des ravages parmi les assaillants, mais pas suffisamment. Rien ne serait jamais suffisant.

Cain fut stupéfait lorsque des ellipsoïdes enflammés surgirent comme des boulets de canon brûlants.

— Des faeros ? Voilà qui est inattendu.

Il regarda depuis son balcon ce qui avait jadis été Madrid, où se dressait autrefois le Prado, l'un des musées d'art les plus extraordinaires de l'humanité... dont la perte avait été aussi importante pour lui que celle de toutes ces vies. Il avait passé des années à essayer de collecter et de restaurer les vestiges des pièces majeures qu'il avait contenues : des œuvres de Whistler, Goya, Jérôme Bosch, Van Gogh, et de son préféré, Velázquez.

Il entrait à présent chez lui, tournant le dos au conflit qui faisait rage, et déambula lentement dans la galerie, s'arrêtant pour admirer les nuances, l'imagination et la profondeur que ces maîtres avaient insufflées dans leurs peintures. Les lumières douces des écrans se mirent à clignoter à cause de la bataille perturbatrice qui se déroulait au-dessus de la Terre, mais, une fois que les blocs d'alimentation de secours prirent le relais, l'éclairage se stabilisa de nouveau.

Les mains derrière le dos, Cain s'imprégna des détails luxuriants, des tourbillons et de l'enthousiasme qui émanait de la *Nuit étoilée*, puis de l'horreur crue du *Saturne dévorant un de ses fils*, de Goya, et des nombreux tableaux de Velázquez – un génie très respecté mais, selon Cain, sous-estimé. Il se tenait là, conscient que ces chefs-d'œuvre allaient bientôt être détruits, qu'il était la dernière personne à les contempler.

Les ombres arrivaient.

Non loin de là, un gigantesque hémisphère de lumière anéantit une autre ville espagnole… probablement Tolède, compte tenu de sa position. Il n'y avait nulle part où se cacher. Aucun endroit n'était sûr. Le ciel était si chargé d'explosions et de faisceaux d'énergie qu'ils faisaient penser à des confettis. Les explosions de couleurs et les traînées de vapeur tourbillonnantes ressemblaient presque à une peinture de Van Gogh. Une nuit étoilée, en vérité.

Cain se rendit au centre de transmission de son manoir et le régla sur la fréquence du poste de commande du *Kutuzov*. L'écran lui montra la passerelle du Mastodonte remplie de cris, d'étincelles et de déflagrations. Sa transmission était à peine assez forte pour être entendue au milieu du tumulte.

— Je sais que vous êtes occupée, générale. Je voulais juste vous dire de continuer à vous battre. Vous trouverez un moyen.

Keah était hagarde, ses cheveux en bataille, ses traits tirés.

— Pas maintenant, adjoint. (Une explosion secoua le pont.) Augmentez la puissance des boucliers à tribord ! Est-ce qu'il nous reste des projectiles de canons électromagnétiques ? Oui, monsieur Patton, c'est à vous que je parle !

— Adieu, ma générale, lui dit Cain.

Keah lui jeta un rapide coup d'œil.

— Que faites-vous, adjoint ? Bon sang ! sortez de…

Une explosion retentit aux alentours – non pas à proximité du *Kutuzov*, mais du cratère de Madrid. Des vaisseaux de robots traversèrent l'atmosphère en hurlant et en mitraillant le sol, puis Cain se rendit compte qu'il était coupé du monde. Des centaines de milliers de cuirassés noirs déferlaient sur la Terre pour lui porter le coup de grâce.

Il sortit de nouveau sur le large balcon, où il s'était souvent assis pour étudier les étoiles ou contempler les fréquentes pluies de météorites. À présent, toutefois, les astres s'étaient évanouis de tout un quadrant du ciel. Une ombre noire, opaque et tourbillonnante, se déployait à la façon d'une couverture sur la Terre.

Cain ne parvint pas à en détacher le regard tandis que l'obscurité tombait.

61

Kotto Okiah

Les miracles s'avérèrent plus formidables au fur et à mesure que l'engin sillonnait le vide, s'enfonçant dans un néant tapissé de paradoxes. Pilotant prudemment, Kotto s'approcha des points lumineux de la structure, des motifs imposés aux rouages de cet univers oblique.

Il plissa les yeux, appuya son visage contre le hublot, mais plus il essayait de scruter l'extérieur, moins les empreintes vibrantes semblaient précises.

— À quelle distance nous trouvons-nous ?

Les systèmes de navigation déployèrent un ensemble de capteurs, mais les deux compers semblèrent désemparés.

— Nous sommes désolés, Kotto, dit GU. Nous ne disposons pas de points de référence pour notre localisation ni d'ancrage pour notre destination.

— Alors continuons à voler plus près de ces choses, quelles qu'elles soient. Je ne pense pas que ce soient des Shana Rei.

Il ne ressentait aucune peur, juste de la curiosité – ce qui était stupide, il en avait conscience, mais à ce stade il s'était déjà engagé. Il désirait obtenir des réponses… *toutes* les réponses si possible. Il avait toujours voulu savoir.

Des taches de phosphorescence apparurent ailleurs autour d'eux, se mouvant tels des mirages. Soit son pilotage était terriblement inadéquat, soit la répartition de ces autres *choses* continuait à dévier. Il lança des sondes éclaireuses qui fendirent l'espace, scannèrent leur environnement et renvoyèrent des données d'abord déconcertantes, puis bien trop nombreuses. Il étudia les écrans et marmonna :

— Ça n'aide pas du tout.

Avec un soupir, il regarda en arrière, mais le vide derrière lui ne semblait pas différent de celui à l'avant.

— Peut-être devrions-nous retourner à Cœur-de-Feu. Nous avons bien trouvé la tanière où les Shana Rei se cachaient et la Confédération doit être tenue au courant. Il s'agit là d'une information vitale. (Il secoua la tête, puis se pencha de nouveau en avant, fasciné par les taches lumineuses.) Mais je dois dire que c'est très intrigant. Poussons juste un peu plus notre exploration.

Les capteurs des relevés techniques se mirent à bourdonner et délivrèrent des résultats stratosphériques, s'assombrirent, puis se rallumèrent en déversant un charabia et toute une série de bruits parasites. Kotto se mit à ressentir des palpitations dans son crâne, une curiosité extérieure qui ressemblait à la sienne, mais qui paraissait aussi vaste que l'univers. Cela le fascina. Il sentit un lien étrange et étroit. Il se tapota la tempe, puis ferma les paupières et essaya de se concentrer.

— Bonjour. Y a-t-il quelqu'un ?

— Oui, nous sommes là, Kotto, dit KR.

Il ouvrit les yeux.

— Pas vous. Il y a autre chose. Le sentez-vous dans vos têtes ?

— Non, nous ne percevons rien, répondirent les deux compers.

Maintenant qu'il s'était ouvert à cette présence qui se profilait, il parvenait à discerner des couleurs plus nettes, des tracés plus distincts de la tapisserie qui sous-tendait l'univers. Des taches et des lignes s'enchevêtraient dans des toiles et des labyrinthes. Cela ressemblait à un travail effectué en coulisses que l'architecte même de l'univers n'avait pas voulu que l'on aperçoive. Kotto se sentit perplexe à l'idée que Dieu ait pu laisser des bords effilochés.

Au fur et à mesure que l'engin d'exploration se rapprochait, les taches s'éclairaient, comme si elles lui permettaient d'avancer, comme si elles le reconnaissaient. Les palpitations et les bourdonnements s'amplifièrent à l'intérieur de son crâne.

— Allô ? (Sa voix n'était qu'un murmure, mais cette mystérieuse présence l'avait entendue, il en était certain.) Je m'appelle Kotto. Kotto Okiah.

Lorsqu'ils avaient survolé les vaisseaux anguleux des Shana Rei, il n'avait rien perçu des ombres, si ce n'est une froideur mortelle qui se distinguait même dans le vide. Cette imposante présence était tout autre, et plus il tentait de saisir ce filet de conscience, plus elle s'éveillait et le remarquait en retour. Il sentit une pensée, un paquet d'informations, une empreinte psychique faisant office d'identifiant et il rayonna.

— C'est… l'Esprit de l'éternité. C'est le nom qu'il se donne. (Il regarda les compers en hochant la tête.) L'Esprit de l'éternité.

— Nous n'avons détecté aucun signal, Kotto, dit GU.

— Mais nous prendrons note pour l'Esprit de l'éternité, ajouta KR.

— Enchanté, dit Kotto à voix haute.

Son crâne comme son cœur battaient la chamade. Il se sentait étourdi. Le potentiel de cette entité semblait infini et il voulait en apprendre plus sur elle. Toute sa vie, il avait vu en l'univers un puzzle intrigant rempli d'idées brillantes. S'il parvenait à relier d'une manière ou d'une autre les possibilités qu'il offrait, s'il modifiait un calcul juste *comme il le fallait*, il pourrait alors en faire tourner la manivelle et en activer la compréhension, ce qui révélerait de nouvelles équations et des réponses plus profondes.

C'était de la magie scientifique, tout simplement.

Il s'était consacré à l'élucidation de ces secrets. Son attention rebondissait d'une idée à l'autre selon un pur mouvement brownien appliqué à la connaissance. Plus important encore, il avait mis ces idées en œuvre pendant des années, avait extrait des concepts de rebuts et de distractions, et avait ensuite utilisé ses compétences en ingénierie pour concevoir des inventions à partir de ses découvertes.

Au cours de sa remarquable carrière, il avait construit une improbable installation de traitement de métaux sur une planète extrêmement chaude, fondé une structure d'extraction de l'hydrogène sur une lointaine lune glacée, développé des moyens de fendre en deux les orbes de guerre hydrogues lorsque les autres armes n'avaient rien donné. Le grand Kotto Okiah avait écarté ou s'était désintéressé de plus d'idées que la plupart des génies en avaient jamais eu.

Au cours de ces deux dernières décennies, il s'était de plus en plus concentré, mais était également devenu de plus en plus distrait. Oui, il avait accompli de moins en moins de choses dans ses « années de déclin », ce qui l'avait poussé à redoubler d'efforts pour prouver qu'il n'était pas en train de perdre son talent.

Shareen et Howard l'avaient mis dans l'embarras en résolvant des casse-tête impossibles qui le dépassaient depuis longtemps. Les deux jeunes chercheurs lui avaient remémoré l'émerveillement qui accompagnait la compréhension et le frisson magique que procurait la découverte d'une solution inattendue. Mais ils lui rappelaient aussi qu'il ne pouvait plus se considérer comme un enfant prodige. Pendant un certain temps, cela l'avait déprimé ; il avait craint qu'il ne lui reste plus rien à découvrir, de ne plus être en mesure de tirer de grandes conclusions.

Mais une occasion remarquable s'offrait à présent à lui. Il le sentait, et il répondit présent, se tendant pour la saisir. Il regarda vers l'infini.

— Salut ? répéta-t-il. Esprit de l'éternité ?

Le module d'exploration s'approcha d'un nœud de taches lumineuses, des résidus issus de l'univers réel, comme si ces choses étaient si puissantes qu'elles laissaient un écho même dans cette dimension.

La voix finit par lui répondre. Mais pas avec des mots. Pas avec des concepts, mais à travers une *présence* qui semblait énorme, omnipotente, comme l'univers lui-même.

— Je veux comprendre, dit Kotto.

Il pensa à toutes ses connaissances scientifiques, mathématiques, à ses théories, et se demanda ce qui pourrait atteindre cette vaste entité. Il aspirait à contempler les réponses du cosmos à tous les mystères auxquels il s'était jamais frotté.

Les palpitations dans sa tête s'amplifièrent, devinrent plus fortes, et il se mit enfin à voir. La vaste et puissante présence lui révéla ce qu'elle savait – juste des indices alléchants au début, des saveurs minuscules qui s'avérèrent néanmoins être un festin pour lui.

— C'est un ennemi des Shana Rei, annonça-t-il à ses deux compers. Je le comprends parfaitement. Il déteste les ombres. Il veut les combattre, mais il veut plus que cela. (Il tapota KR et GU.) Il veut partager ses connaissances avec moi. Ha ! par le Guide Lumineux, bien entendu : oui, je souhaite apprendre. (Il leva les mains.) Je vous laisse entrer en moi. Quoi que vous sachiez, je souhaite le savoir.

— Kotto, nous vous conseillons de faire preuve de prudence, dit KR.

Mais le génie scientifique contempla soudain le fonctionnement interne des étoiles, le langage secret des nébuleuses, la communion des atomes et la mystérieuse danse sous-jacente des quarks, jusqu'à la structure des superamas galactiques et au-delà, goûtant à la révélation de l'immensité de l'univers qui allait bien au-delà de tout concept de création.

— Oui…, murmura-t-il, euphorique. Oui !

Ces pensées et ces révélations brillaient en lui avec la lumière d'une étoile. Son Guide Lumineux. La voix palpitante s'amplifia, et il continua à étirer son esprit, à s'agripper à elle pour en apprendre plus.

L'Esprit de l'éternité l'inonda d'une compréhension merveilleuse – de miracles allant au-delà des miracles – et il parvint à contempler tout cela. Il savait tout. En comparaison, même ses plus grandes réalisations n'étaient que le plus insignifiant fragment d'un grain de poussière dans un désert. Toutes celles de l'humanité n'étaient pas beaucoup plus que cela.

Mais il comprenait tout à présent, et la connaissance continuait d'affluer jusqu'à ce qu'il nage dedans en essayant de rester à flot. Il apprit tout sur les Shana Rei, mais cela ne représentait que le premier minuscule grain de sable.

Il se rendit compte que les compers lui parlaient avec une inquiétude de plus en plus grande, mais il ne pouvait plus leur prêter attention. L'ensemble de ces révélations était écrasant et son cerveau se noyait, incapable de contenir tant de merveilles. Mais elles continuaient à affluer, encore et encore.

Il était confronté à une épiphanie exhaustive et dévorante de sagesse qui dépassait ses facultés les plus folles à gérer les informations. Et, très vite, il n'essaya même plus de le faire.

62

Le Prince Reynald

Bien que ses compagnons lui crient de revenir, le prince Reyn marcha tout droit vers la barricade d'épines et de branches qui se dressaient telles des lances. Les Onthos grimpèrent entre les arbres morts et fixèrent le regard sur lui depuis les hauteurs. Reyn se sentait à la fois menacé et malade, mais il était déterminé : il *devait* le faire. La flétrissure qui frappait les arbres résonnait en lui.

Les pâles extraterrestres prétendaient être des serviteurs des verdanis, des Jardiniers, mais ils avaient apporté ce mal profond ici. Intentionnellement.

Alors qu'il fixait le regard sur les Onthos, exigeant leur attention, Reyn savait qu'Arita, Osira'h et ses parents craignaient pour sa vie, mais il fit face à sa peur. Il existait peut-être un moyen pour lui d'entrer en contact avec les extraterrestres. Ils étaient malades, tout comme lui.

Les créatures s'approchèrent prudemment de lui, sans esquisser de gestes dangereux. Perplexes, ils reniflèrent l'air. L'un d'entre eux se laissa tomber à son côté et dit :

— Vous êtes Reynald. Je suis Ohro. Je vous connais. Vous me connaissez.

— Les verdanis vous ont fait confiance, dit Reyn en laissant une pointe de défi percer dans l'intonation de sa voix. Nous vous avons accueillis sur Theroc, nous vous avons donné un foyer… et vous nous avez trahis.

— Nous avons survécu. Il ne nous restait qu'une seule mère spore. Notre race était en train de mourir.

— Et, à présent, ce sont les arbres qui meurent.

— Nous devons nous reproduire.

Les branches pointues bruissèrent tandis que d'autres Jardiniers s'approchaient. Non loin de là, un arbremonde mort s'écrasa au sol en un rappel menaçant de la crise en cours. La garde theronienne était déployée et tenait ses positions, mais elle était prête à attaquer. Si les Onthos faisaient le moindre geste pour lui nuire, le roi et la reine lanceraient un assaut général et anéantiraient toute cette forteresse d'arbres morts. Reyn le savait et, il l'espérait, les Onthos aussi.

— Vous racontiez que les Jardiniers étaient des partenaires des arbres du temps où vous viviez sur votre monde d'origine, cria-t-il. Vous avez expliqué à nos prêtres Verts qu'il s'agissait d'une relation symbiotique. Était-ce un mensonge ? Vous avez partagé des images de votre civilisation, des Onthos et des arbremondes en harmonie… Était-ce faux ?

— C'était la vérité, dit Ohro, mais tout a changé avec l'arrivée des Shana Rei.

— Les Shana Rei sont venus pour nous aussi, dit Reyn. Nous avons *tous* besoin de survivre. Les ombres ont l'intention de tuer tout le monde : les Onthos, les humains, les Ildirans et même les verdanis. Et vous les aidez à atteindre leur but.

— Nous devons survivre, répéta Ohro, peu enclin à envisager une quelconque variation sur ce thème.

Reyn tendit une main tremblante pour saisir le bois cassant d'une branche morte. Il n'était pas un prêtre Vert et n'avait jamais été capable de percevoir le télien, mais il avait toujours senti la force de vie que les verdanis charriaient. Ce bois, en revanche, était complètement vidé et mort.

— Nous nous battrons tous contre vous, annonça Reyn. La garde theronienne pourrait lancer des bombes incendiaires sur les zones souillées de la forêt. Elle pourrait vous anéantir assez facilement… Vous devez le savoir.

— Les verdanis nous défendront. Les verdanis croient encore en nous.

— Mais vous êtes en train de les *tuer* ! cria Reyn avec une telle force qu'il fut pris de vertiges.

Il se laissa glisser à genoux au milieu des débris qui jonchaient le sol de la forêt.

Sa présence perturbait les Jardiniers. Ohro renifla, puis inspira beaucoup plus longuement.

— Vous aussi, vous êtes souillé. Vous êtes contaminé.

—Oui, c'est le cas. Il s'agit d'une maladie theronienne. Mais je souhaite guérir, alors que vous voulez répandre votre fléau. Vous êtes en train d'infecter les arbres… volontairement.

À l'extérieur de la barricade, les quarante prêtres Verts qui participaient à la mission se rapprochèrent. Collin et Zaquel se tenaient à l'avant-garde, là où Reyn pouvait les voir.

—Vous avez aidé à détruire Kennebar et ses prêtres Verts, dit le prince. Vous les avez trahis.

—Pas nous, répliqua Ohro. Les ombres.

—Mais c'est *vous* qui avez apporté ces ombres. Elles étaient en vous.

Les Jardiniers se mirent à pépier et à siffler.

—Et, pour arrêter la propagation des ombres, nous n'aurons peut-être pas d'autre choix que de vous tuer. (Reyn baissa la voix.) Peut-être qu'une fois votre flétrissure disparue ma maladie sera également guérie.

Cédant à la colère ou à la panique, les Onthos se précipitèrent dans leur fourré en essayant de renforcer leurs défenses. D'autres grands arbres s'écrasèrent, mais ils étaient suffisamment bien dirigés pour ne pas toucher les vaisseaux theroniens au sol. La menace demeurait claire néanmoins.

—Reynald, sors de là ! hurla Osira'h.

Il se remit debout et regarda les extraterrestres de petite taille. S'ils déferlaient sur lui, ils pourraient facilement le tuer – comme ils avaient tué Sarein. Il était trop faible pour courir ; en réalité, il parvenait à peine à marcher tandis qu'il s'extirpait en titubant du fourré pour rejoindre ses compagnons.

—Nous sommes toujours les Jardiniers, s'écria Ohro. Nous les servons toujours.

Un autre arbre gigantesque s'écrasa, se brisant en morceaux au moment de frapper le sol. Reyn tomba dans les bras de sa sœur et d'Osira'h qui l'attendaient. Il se sentait incroyablement fatigué.

—Je devais essayer.

—Je sais, mais leur souillure est devenue trop profonde, lui dit Arita en le tenant dans ses bras.

Osira'h semblait en colère.

—Nous avons subi la présence d'ombres similaires à celle-ci dans le thisme. Les ténèbres possèdent mon peuple et le poussent à commettre des actes impardonnables. Ces Jardiniers ne peuvent être pardonnés.

Le roi Peter ordonna à la garde theronienne de se préparer à l'assaut.

— Il faut les purger dans ce cas, dit la reine Estarra, pour sauver Theroc.

63

Générale Nalani Keah

La générale Keah n'aurait jamais cru qu'elle soutiendrait ces satanés faeros, mais, à cheval de feu donné, on ne regarde pas les dents. Les cinquante boules incandescentes qui filaient vers le nuage d'ombre étaient des alliés auxquels elle ne se serait jamais attendue.

Les faeros dispersèrent les formations de bataille des robots tels des coyotes traversant un cheptel de poules et laissèrent un demi-million d'assaillants robots tourbillonner en désordre tandis qu'ils fonçaient vers leur véritable cible : les Shana Rei.

Des applaudissements et des cris d'étonnement remplirent les fréquences de communications des FDC, mais les pensées de Keah s'assombrirent après les adieux que l'adjoint Cain venait de transmettre. Il semblait étrange de pleurer une personne en particulier parmi les milliards qui se faisaient massacrer, et, en ce moment même, elle se trouvait au milieu d'un échange de tirs, en infériorité numérique et en train de perdre.

Elle ordonna à ses vaisseaux de profiter de l'agitation que les faeros avaient causée. Au moins, ils infligeraient un peu plus de dégâts aux cuirassés des robots.

Les faeros tournèrent autour du nuage d'ombre tourbillonnant qui engloutissait la Terre. Les boules de feu plongèrent dans la nébuleuse noire, la déchirèrent, en ressortirent en trombe avant de revenir en piqué, creusant chaque fois d'énormes blessures dans les ténèbres. Plusieurs d'entre elles s'éteignirent dans l'ombre étouffante, leurs brasiers élémentaux diminuant au sein de cette noirceur, et pourtant elles continuèrent d'attaquer avec détermination.

Les explosions en chaîne des bombes solaires du docteur Krieger avaient abîmé les vaisseaux hexagonaux des Shana Rei, mais les bâtiments géométriques géants se révélaient toujours aussi puissants au cœur de la nébuleuse noire. Les cylindres d'obsidienne s'effondrèrent et se reconfigurèrent avec la matière dont ils disposaient, de sorte qu'aucun dommage n'était visible sur leurs faces brillantes et opaques.

— Générale Keah, comment pouvons-nous aider les faeros ? transmit l'amiral Haroun. Devrions-nous nous joindre à eux pour attaquer le nuage d'ombre ?

Chacune des boules de feu rugissantes était plus grosse que cinq Mastodontes. Keah se contenta de secouer la tête.

— Cela dépasse nos capacités, amiral. Nous n'avons plus de bombes solaires et nos autres armes ne feront pas de mal aux ombres. Mais nous pouvons encore malmener ces robots. Nous devons faire ce que nous pouvons pour la Terre.

S'il restait quelque chose à faire.

Elle refusait obstinément – bêtement – d'admettre qu'il n'y avait rien à sauver, mais elle n'était ni aveugle ni stupide. Des centaines de milliers de robots cuirassés se rassemblèrent et continuèrent à saturer l'atmosphère terrestre avec leurs bombes dévastatrices. Aucun autre vaisseau d'évacuation ne parvint à s'échapper, et les vestiges de son groupe de combat des FDC se trouvaient en infériorité numérique à un contre des milliers.

Les faeros perforèrent de plus belle le nuage d'ombre. La nébuleuse recula comme si elle avait été brûlée et ses pseudopodes se crispèrent. Tels des projectiles, les faeros enhardis tracèrent de nouveau des sillons incandescents à travers le nuage en percutant les cylindres hexagonaux.

Les Shana Rei semblaient désormais puiser leurs forces dans une autre source d'énergie noire. Le nuage d'ombre devint plus sombre, plus épais. Il gonfla jusqu'à atteindre le double de sa taille originale.

Sous le regard terrifié de Keah, les cylindres hexagonaux noirs s'étendirent, grandissant tels des cristaux composés de nuit. Lorsque deux autres faeros plongèrent dans le nuage d'ombre, ils s'éteignirent comme des braises égarées. Les boules de feu tremblotèrent, s'estompèrent et disparurent dans les ténèbres.

Par groupes de trois, les faeros continuèrent à harceler le nuage d'ombre, mais même ces triades enflammées ne purent résister à l'entropie aveuglante. Un à un, les élémentaux s'éteignirent, étincelles que le vent emportait. Le nuage boursouflé ne montrait plus aucun signe de leur attaque.

Les trois derniers faeros essayèrent de s'enfuir en spirale, mais le nuage d'ombre étendit vivement un pseudopode et les engloutit telle une brume noire. Lorsque le dernier fut soufflé, Keah tenta de maîtriser son désarroi.

— On dirait que nous sommes de nouveau seuls.

Des centaines de milliers de robots cuirassés déchiraient la carcasse de la Terre, laissant derrière eux des débris fumants. D'autres assaillants focalisèrent leur attention sur les vaisseaux de Keah.

En d'autres circonstances, les pertes qu'ils avaient essuyées les auraient ébranlés et auraient assuré la victoire des FDC, mais les robots noirs semblaient avoir une confiance glaçante en leurs capacités, quel que soit le nombre de pertes subies.

Sans rien pour l'en empêcher à présent, le nuage d'ombre s'abattit sur la Terre, étouffa l'atmosphère planétaire et s'enroula autour d'elle comme un poing étrangleur.

— Générale, il faut faire quelque chose ! s'écria le capitaine d'une des Mantas.

Le cœur de Keah saignait, mais elle savait que, s'ils demeuraient ici, elle perdrait le reste de sa force de Mantas et de Mastodontes. Quelque part, la Confédération avait encore besoin d'eux. Elle devait retourner auprès du roi et de la reine.

Elle eut recours à sa voix la plus autoritaire pour s'assurer que tous les autres commandants l'entendent.

— Nous ne pouvons pas nous permettre de perdre une plus grande partie de notre flotte pour la beauté d'un geste spectaculaire.

Il n'y avait aucune chance que même une série de frappes massivement réussies crée une brèche dans les forces des robots noirs ou des Shana Rei. Ce serait un coup inutile et téméraire.

Elle détestait se sentir impuissante, et son corps se crispa comme il se rebellait à cette idée.

— Personne ne peut dire que nous n'avons pas fait de notre mieux, mais je ne vais pas permettre un sacrifice vain pour que vous puissiez vous sentir courageux pendant quelques secondes. Nous sommes responsables devant la Confédération. La Terre a… (sa voix se brisa, et elle dut forcer les dernières syllabes à sortir) disparu.

Tels des prédateurs se délectant d'une proie fraîchement tuée, les robots klikiss et le nuage d'ombre engloutissaient la planète sous une pluie noire. Keah n'avait pas les mots, ni même les jurons pour exprimer ses pensées. Mais elle devait se rendre sur Theroc au plus vite pour informer le roi et la reine de la situation. Elle savait que les rapports téliens de son prêtre Vert ne pourraient jamais rendre correctement compte de ce qui s'était passé ici.

D'innombrables cuirassés de robots noirs fonçaient vers eux, plus de dix mille ennemis contre chaque vaisseau des FDC restant.

— Foutons le camp d'ici, dit-elle.

Et les vestiges disparates des Forces de Défense de la Confédération activèrent leurs moteurs interstellaires et quittèrent la Terre pour la dernière fois.

64

Muree'n

Les métis dégénérés survivants de Kuivahr avaient fini par rentrer sur Ildira, avec les meilleurs kiths médicaux à leur chevet, tandis que Muree'n les protégeait contre toute menace extérieure. C'était ce que Tamo'l aurait voulu qu'elle fasse. Elle portait un plastron d'armure et son katana, tout comme Yazra'h. En veillant sur les mal-nés faibles et infirmes, elle se sentait à la fois triste et en colère pour eux.

En ce moment même, Pol'ux, allongé sur un lit médicalisé bourdonnant, s'efforçait de contenir sa douleur tandis que des techniciens drainaient les furoncles qui couvraient la majeure partie de sa peau. Ses bras et son visage étaient gonflés de liquide sous-cutané. Une fois complètement drainé, il pouvait mener une vie à peu près confortable pendant un jour ou deux avant que ces horribles furoncles réapparaissent. Il était toujours perfusé avec des tubes hydratants pour remplacer l'humidité qu'il perdait en permanence.

Muree'n sentit son estomac se nouer. Ces créatures étaient les conséquences non désirées du programme d'hybridation. À quoi pensait l'Attitré de Dobro lorsqu'il avait forcé des kiths aussi mal assortis à s'accoupler ? Comment un rejeton tel que Pol'ux aurait-il pu devenir un sauveur de la race ildirane ? Tout cela n'avait-il été qu'un jeu pour l'Attitré ?

Sa main se resserra autour de la poignée de son katana de cérémonie en cristal et elle sentit jouer ses muscles tout en longueur et ses doigts agiles. Elle inspira et savoura l'air dans ses poumons, l'énergie dans son organisme. En tant, elle-même, qu'expérience hybride, *elle* avait réussi. Elle faisait partie de ceux qui avaient eu de la chance.

Pol'ux, lui, ne connaîtrait jamais la joie de solliciter ses muscles, de prouver ce que son corps pouvait faire. Les métis dégénérés ne feraient jamais d'acrobaties, ne ressentiraient jamais la victoire d'un bon gros combat ou ne connaîtraient jamais la douleur agréable des bleus après un affrontement brutal. Elle regarda Pol'ux avec sympathie tout en sachant que, sans ces expériences sur l'hybridation, il ne serait jamais né. Une combinaison de kiths aussi improbable ne se serait jamais produite naturellement. Pol'ux devait son existence – telle qu'elle était – aux expérimentations de Dobro, mais il pouvait également blâmer le programme pour les souffrances qu'il éprouvait. Pour l'instant, étrangement, il semblait heureux et insouciant, supportant sans se plaindre les soins pénibles qui lui étaient dispensés.

À côté de Muree'n, Yazra'h affichait une expression sombre, comme si ces mêmes pensées occupaient son esprit. Les mal-nés requéraient une protection permanente, mais au moins ce centre médical était-il un endroit confortable. Il ne pouvait rivaliser ni avec les dômes sanctuaires ni avec les attentions que Tamo'l leur avait prodiguées, mais c'était ce qu'Ildira était en mesure d'offrir de mieux. Ici, les plafonds étaient hauts et inclinés, faits de verre de transmission qui adoucissait la lumière des soleils pour fournir une lueur chaude constante.

La salle commune de l'unité de soins palliatifs était remplie de plantes luxuriantes et des brumisateurs maintenaient l'air humide au point de le rendre brumeux. Des fontaines murmuraient en projetant des éclaboussures sur les lits médicalisés. Des kiths médecins parcouraient les rangées, soignaient les patients, établissaient de méticuleux dossiers. Tels des commandants militaires, Shawn Fennis et Chiar'h surveillaient de près toutes ces activités.

Le métis dégénéré Alaa'kh se nourrissait lui-même à l'aide d'un tube à nutriments, versant dans sa gorge une bouillie spécialement préparée à cet effet. Mungl'eh, qui semblait à l'aise et détendue malgré son incapacité à bouger, se mit à fredonner une mélodie sans paroles. Prenant des forces, elle commença à chanter et, comme sa voix s'amplifiait, les techniciens marquèrent une pause dans leur travail. Les kiths médecins levèrent les yeux. La voix de la mal-née fit vibrer l'air, et la lumière des soleils parut s'éclaircir.

En entendant cette musique, Muree'n sentit son cœur gonfler dans sa poitrine. Elle regarda Yazra'h et elles échangèrent un sourire, émerveillées. Quels qu'aient été les ratés quant à cette congénère, sa voix ne ressemblait à aucun autre son que la race ildirane ait jamais connu, un air joué sur les cordes du thisme.

Des kiths médecins se déplaçaient parmi les patients et travaillaient sur eux avec leurs instruments. Un groupe de spécialistes en chirurgie entra ; leurs grands yeux et leurs longs doigts agiles étaient parfaitement adaptés à leur art de la guérison. Ils s'attelèrent à l'étude des métis.

Mungl'eh continua de chanter.

— Tamo'l nous manque, dit Gor'ka à Muree'n d'une voix aqueuse et chargée de mucus. Nous sommes inquiets pour elle.

Muree'n fronça les sourcils.

— Je veux moi aussi savoir où elle est allée. Vous n'avez aucune idée de l'endroit où elle pourrait se trouver ?

Har'lc s'approcha.

— Vous avez un lien avec elle : vous êtes sa sœur. Ne pouvez-vous pas nous dire où elle est ?

— J'ai essayé de la repérer. Je n'y parviens pas. D'habitude, notre lien est fort, mais… il semble plus sombre aujourd'hui.

Hésitante, Muree'n se concentra, tendant son esprit pour tenter de toucher les pensées de Tamo'l. Elle ferma les yeux.

C'est à ce moment-là que les kiths chirurgiens frappèrent.

Muree'n perçut un frisson dans l'air et tournoya sur elle-même en levant instinctivement son arme. Yazra'h sentit la même chose et s'accroupit.

Les kiths médecins se mirent tous à bouger à l'unisson d'une manière saccadée. Leurs yeux avaient acquis une noirceur sinistre.

Sur la table où l'on drainait ses furoncles, Pol'ux laissa retomber ses bras le long de son corps. Les kiths chirurgiens se déplacèrent en un tourbillon frénétique et le poignardèrent à plusieurs reprises avec leurs scalpels. Ils le tuèrent avant même qu'il puisse crier de douleur, avant que Muree'n puisse sauter dans la mêlée.

Les techniciens qui s'occupaient des métis dégénérés s'élancèrent ensemble vers Mungl'eh. La chanteuse mal formée se tut et leva des yeux humides et écarquillés. Cette nouvelle attaque semblait se concentrer sur elle, comme si les ombres détestaient les mathématiques éthérées que sa musique déployait. Des Ildirans enragés avancèrent sur elle, et elle tenta de se dégager en se tortillant, mais son corps ne coopérait pas.

Shawn Fennis percuta le groupe de kiths médecins, en écartant deux d'entre eux. D'autres affluèrent vers Mungl'eh. Chiar'h se plaça devant la mal-née. Les kiths possédés la lacérèrent avec leurs scalpels, mais elle refusa d'abandonner la chanteuse. Ils lui charcutèrent le visage et les bras. Elle riposta en les griffant.

Puis Muree'n se tint au milieu d'eux, utilisant son katana pour en poignarder plusieurs dans le dos, en décapiter deux autres et abattre le dernier en le tailladant. Les corps s'empilèrent à côté de la palette où se trouvait la chanteuse mal-née.

Yazra'h, quant à lui, combattait un groupe de quatre kiths possédés qui s'approchaient de Gor'ka et de Har'lc. La foule ne montrait aucune peur et ne semblait éprouver aucune douleur. L'ennemi continuait à affluer.

En battant l'air de ses bras cartilagineux, Alaa'kh tenta de repousser ses assaillants en les aspergeant avec sa bouillie grise et farineuse. Deux d'entre eux se jetèrent en avant, brandissant des instruments médicaux tranchants. Bien qu'Alaa'kh ait gargouillé un cri d'alarme, Muree'n ne parvint pas assez vite près de lui. Faisant virevolter son katana, elle combattit les membres de la foule et se fraya un chemin à coups de lame parmi ceux qui s'étaient refermés autour du métis. Mais, le temps qu'elle les tue, ils avaient réussi à trancher la longue gorge caoutchouteuse d'Alaa'kh.

Fennis saisit sa femme et la traîna à l'écart. Chiar'h saignait de plusieurs grandes coupures et il essaya de la soigner tout en bloquant de nouvelles attaques. Il grimaçait, montrant les dents à la manière d'un prédateur vicieux. Il ne laisserait personne s'approcher d'elle.

De nombreux mal-nés étaient terrifiés, mais d'autres se tenaient prêts à se battre. Gor'ka saisit un agresseur par-derrière, enroula son bras lâche en forme de serpent autour du cou de sa cible, le serrant et le tordant si fort qu'il souleva le corps dans les airs avant d'en jeter la forme brisée sur le sol.

Un autre métis dégénéré s'empara du scalpel d'un des assaillants morts et se démena en tournoyant, poignardant et tailladant tous ceux de la foule qui s'approchaient. Lorsqu'il ne causa plus suffisamment de dégâts depuis sa position, il se précipita à leur poursuite. Les kiths médecins possédés ne firent aucun effort pour se protéger tandis que les mal-nés leur fonçaient dessus, et les deux camps continuèrent à se poignarder les uns les autres sans distinction.

Yazra'h lança deux attaquants dans les fontaines et en envoya d'autres dans le feuillage ornemental. Il restait dix attaquants possédés. Muree'n savait que ces membres souillés du kith médecin ne pourraient jamais être guéris ou purifiés.

— Nous devons les tuer, dit-elle, haletante. Tous.

Yazra'h acquiesça. Sa peau était éclaboussée de sang.

— Oui. Oui, nous devons le faire.

Tandis que les mal-nés blessés gémissaient, d'autres se défendaient avec des armes de fortune et toutes les protections qu'ils pouvaient trouver. En proie à une peur panique, ils ne se rendaient toutefois pas. Les deux guerrières se déchaînèrent au sein du centre médical avec une implacabilité méthodique. La souillure noire s'était infiltrée à travers le thisme et s'était manifestée à l'intérieur de ces pauvres victimes. Le sort des Ildirans possédés était aussi tragique que celui des métis dégénérés qu'ils avaient tués, mais les Shana Rei n'avaient fait preuve d'aucune pitié. Muree'n et Yazra'h non plus.

Lorsque Shawn Fennis constata que les agresseurs étaient neutralisés et qu'il disposait d'un bref répit, il s'empara d'un kit de soins et s'attela à la tâche de sauver sa femme. Chiar'h était blessée, mais elle survivrait.

Contrairement aux Ildirans possédés.

Contrairement aux métis dégénérés que ces derniers avaient tués.

Épuisée, Muree'n essuya les éclaboussures écarlates qui lui souillaient les yeux et vit beaucoup trop de sang versé tout autour d'eux. Les fontaines continuaient de couler, mais leur son n'était plus apaisant.

Mungl'eh se mit à chanter de nouveau, cette fois-ci avec un faible filet de voix, un chant de tragédie et de désespoir.

65

Tamo'l

La brume grise tourbillonnait dans le ciel empoisonné de Pergamus, mais c'était à l'intérieur de son dôme de recherche que régnait la plus grande obscurité. Tamo'l le sentait.

Lorsqu'elle fixait le regard sur les lumières vives de ses installations, les ombres à la périphérie de sa vision battaient en retraite, mais à peine. Elle serra les dents, essaya une fois de plus de se convaincre qu'elle ne faisait qu'imaginer cette possession ancrée en elle, mais, une fois de plus, elle sut qu'elle manquait d'honnêteté envers elle-même.

Tom Rom était parti en expédition et le reste des chercheurs de Pergamus la laissait seule. Chaque jour, elle soumettait un rapport d'avancement à Zoe Alakis, comme il se devait. Pendant ses périodes de concentration intense, elle effectuait des progrès significatifs dans l'élucidation de la génétique complexe des métis dégénérés. Elle avait déjà découvert des embranchements surprenants et des capacités masquées.

Elle s'assurait de remplir les critères attendus en ce qui concernait sa recherche, car un échec pourrait attirer l'attention. Si elle ne produisait pas suffisamment de données, Zoe Alakis pourrait envoyer des techniciens de laboratoire pour l'« assister » – ce qu'elle refusait. Elle n'osait pas laisser d'autres personnes la côtoyer, car elle ne comprenait pas le danger qu'elle-même représentait.

Grâce à son accès aux bases de données médicales de Pergamus, elle put également se pencher sur les virus neurologiques, les toxines bactériologiques paralysantes, les parasites cérébraux, les épidémies les plus meurtrières – y compris le fléau onthos, la plus mortelle de toutes les maladies répertoriées. Aussi létal qu'un gaz neurotoxique, le fléau onthos, une fois libéré, tuerait et continuerait de tuer. Selon les analyses de Pergamus, l'organisme présent dans les échantillons de sang de Tom Rom avait muté pour devenir encore plus mortel, et le seul traitement efficace jusque-là – un extrait de gelée royale klikiss – ne l'était plus.

Tamo'l ignorait ce qui faisait qu'elle s'intéressait tant aux maladies mortelles. Un frisson de plus en plus fort la secoua quand elle prit conscience que sa fascination pour les agents pathogènes n'était pas due à sa curiosité médicale innée. Dans le cadre de ses travaux sur les mal-nés, elle avait toujours étudié les infirmités et les défaillances génétiques en ayant en tête l'élaboration de thérapies qui réduiraient la souffrance et soulageraient la douleur plutôt que de l'accroître. Mais, à présent, une noirceur coulait dans ses veines et la plongeait souvent dans un état de fugue involontaire où elle pouvait se perdre pendant des heures.

Elle se rendit compte que quelque chose d'autre voulait connaître le potentiel mortel de tout ce qui était stocké à Pergamus : les ombres, les Shana Rei. Ils se tenaient à l'extérieur de l'univers, mais également à l'intérieur… sous la forme d'une obscurité qui s'infiltrait en elle, à travers le thisme et la race ildirane. Depuis son dernier contact désespéré avec Rod'h avant qu'elle s'enfuie de Kuivahr, elle avait senti ce noyautage.

Tom Rom l'avait sauvée pour des raisons qui lui étaient propres et l'avait amenée ici. Les mal-nés s'étaient échappés à travers le transportail klikiss. Mais où Shawn Fennis et Chiar'h les avaient-ils emmenés ? Elle souhaitait se trouver avec eux au lieu d'être là, mais elle ne pouvait pas quitter Pergamus. En pensant à ses amis, ces pauvres gens en patchwork, elle ressentit une sensation de chaleur et de bienveillance qui illumina de nouveau sa vision. Cela lui permit d'écarter les nuages qui assombrissaient son esprit, du moins temporairement.

En tant qu'hybride humaine et ildirane, ne devrait-elle pas être capable de résister aux Shana Rei ? Les cinq enfants de Nira étaient censés posséder une sorte de clé génétique qui les rendait résistants aux créatures des ténèbres : les ombres avaient pris en otage Gale'nh, mais n'avaient pas réussi à le corrompre, et Rod'h dérivait toujours, agonisant, dans leur néant noir, mais restait inébranlable.

D'une manière ou d'une autre, elle cachait en *elle* une faille, une faiblesse. Elle sentait que les ombres avaient pris pied dans son esprit et dans son âme. Elle avait autant besoin de saisir la raison de cette faiblesse que les Shana Rei.

Lorsqu'elle retrouva la maîtrise totale de ses facultés, elle afficha ses propres recherches, qui comportaient une carte détaillée de son génome. Elle compara chromosome après chromosome, en essayant de comprendre en quoi sa fratrie hybride et elle-même étaient différentes… et pourquoi *elle* était plus fragile que ses frères et sœurs. Comment les Shana Rei avaient-ils pu se frayer un chemin jusqu'à elle ? Bien qu'elle soit contrariée par le fait que Zoe Alakis la retienne secrètement sur Pergamus, elle était également soulagée d'être isolée en toute sécurité. Elle ne pourrait pas causer de dégâts si elle ne se trouvait avec aucun des siens.

Ou bien le pourrait-elle ?

Une fois de plus, ses doigts bougèrent d'eux-mêmes. Elle consulta des bases de données, affichant divers fichiers qui flottèrent devant elle tout en étudiant le catalogue des fléaux létaux stockés ici dans des chambres fortes, des dômes et des Sphères de recherche orbitale. Un tel potentiel de mort sauvage et débridée ! Et, tandis qu'elle absorbait toutes ces informations, elle savait que quelque chose d'autre les lisait également.

66

Tom Rom

Même s'il croyait les rapports de la Confédération, Tom Rom voulait voir les choses par lui-même. Et Zoe avait besoin de preuves.

Lorsqu'il débarqua aux biomarchés fermés de Rakkem, il ne ressentit aucun triomphe, mais éprouva une satisfaction chaleureuse et dévorante. Même multipliée par mille, la dévastation qui les avait frappés ne compenserait jamais toutes les abominations qu'ils avaient infligées à autrui.

En échange des données médicales que Zoe avait accumulées sur la maladie du prince Reynald, les militaires des FDC avaient mis fin à toutes les opérations illégales qui se déroulaient sur cette horrible planète. Plus aucune victime ne serait dupée, plus personne ne souffrirait des effroyables prescriptions des chercheurs de Rakkem.

Son vaisseau débarqua en mode furtif : capteurs en sourdine, signature énergétique masquée, feux éteints. Il se faufila sans se faire remarquer et se dirigea vers la zone commerciale, en grande partie plongée dans le noir. Une seule Manta des FDC restait en poste à la manière d'un chien de garde menaçant, et des escadrons de chasseurs Rémoras patrouillaient dans le ciel pour maintenir la répression. Mais cette force militaire était principalement là pour le spectacle. Le roi Peter et la reine Estarra devaient avoir des préoccupations bien plus urgentes.

Tom Rom ne rencontra aucune difficulté au moment d'échapper aux patrouilles. Il avait des affaires personnelles à régler ici et, même s'il comptait n'enfreindre aucune loi de la Confédération, il ne voulait pas répondre à des questions inutiles. Il avait juste besoin de voir Rakkem à vau-l'eau... de ses propres yeux.

Il maintint sa vitesse en rase-mottes avant l'aube locale et atterrit dans une zone périphérique de ramassage de fret, désormais abandonnée, dont le revêtement avait été criblé de trous et de crevasses à la suite des explosions survenues lors de la répression des FDC. Personne n'utiliserait cette installation de sitôt. Il remarqua à proximité les ruines imposantes d'un entrepôt de produits biologiques illicites que des bombes avaient détruit. Le toit s'était effondré, les murs s'étaient écroulés, toutes les lumières étaient éteintes. Les charognards fouilleraient ces ruines dès que les FDC auraient baissé leur garde. Avec l'augmentation des attaques de la part des Shana Rei, il supposait que la Confédération se retirerait rapidement d'ici. Rakkem était un lieu marqué par la défaite. Un endroit dangereux.

Il était tout à fait possible que des charognards enthousiastes brisent accidentellement la mauvaise éprouvette et déclenchent une épidémie, tuant tous ceux qui étaient encore là. *Ça leur apprendra*, pensa-t-il.

Sur Pergamus, Zoe gardait ses organismes mortels sous étroite surveillance. Ils étaient protégés et convoités, mais jamais vendus. Ce n'était pas pour cela qu'elle travaillait dans ce domaine.

Si Zoe avait décidé de ne pas divulguer ses résultats de recherche, c'était notamment à cause de Rakkem. Elle avait vu trop de potards qui étaient des parasites avides profitant des malades et des personnes sans défense. Elle-même ne dispensait ni aides ni remèdes. Tom Rom et elle avaient lutté contre le Bras spiral corrompu et avaient appris à se débrouiller seuls.

Tandis que l'aube resplendissait, Tom Rom se rendit dans le principal pôle commercial. Des décombres jonchaient les rues et des habitants à l'air hanté déambulaient çà et là, sans pouvoir quitter la planète ni y survivre. Des maladies avaient commencé à se répandre parmi les survivants. Les infections que les marais transmettaient avaient déserté ces lieux putrides et s'étaient infiltrées comme du pus dans la ville coincée à basse altitude.

Zoe éprouverait une satisfaction peinée en contemplant ce qu'il restait ici. Rakkem demeurait une plaie purulente pour elle et le simple fait de constater que cet endroit avait été acculé à la faillite lui permettrait de guérir. Il avait hâte de lui montrer tout cela.

Une patrouille de Rémoras fonça au-dessus de sa tête en laissant des traînées de vapeur dans le ciel. Les habitants de la ville sursautèrent, mais pas Tom Rom. Il savait que les vols de patrouille ne le cherchaient pas.

Les forces d'occupation des FDC avaient dépouillé les entrepôts de produits biologiques. D'après les registres de la générale Keah, les soldats s'étaient demandé s'il fallait confisquer les organes de remplacement utiles ou saisir les prétendus vaccins et remèdes, mais l'horreur et le dégoût qu'ils avaient éprouvés les avaient convaincus que rien ne pouvait être considéré comme fiable ici. Les organes de remplacement pouvaient même avoir été contaminés intentionnellement. Il avait entendu dire que certains vendeurs de Rakkem infectaient leurs marchandises avec des rétrovirus à arrêt programmé qui provoquaient des dysfonctionnements d'organes au bout d'un certain temps, obligeant ainsi les receveurs à payer encore et encore s'ils voulaient survivre.

Il abhorrait cet endroit.

Tandis qu'il poursuivait son inspection furtive, il s'assura que les portes de tous les établissements médicaux privés étaient barricadées bien que de nombreuses fenêtres aient été brisées, ce qui rendait leur sécurité discutable. Les charognards qui saccageraient les quelques entrepôts intacts ne chercheraient probablement pas de traitements utiles, mais des drogues à écouler sur le marché noir – s'ils parvenaient à s'éloigner de Rakkem.

Le pire restait les centres d'accouchement où les utérus de mères porteuses produisaient des bébés qui ne constituaient que des sources de matériel cellulaire et d'organes. Il eut la sinistre satisfaction de constater que tous ces endroits avaient été rasés. Il considérait que ces détestables utérusines étaient aussi coupables que les chercheurs. Il espérait qu'ils étaient tous morts.

Il serra le poing, animé par une colère purificatrice, en contemplant les décombres dans les rues, les gens indistincts, les sombres demeures. Il prit d'innombrables photos des ruines, sachant que Zoe voudrait toutes les voir. Quand elle était jeune et naïve, elle était venue ici, prête à payer n'importe quel prix pour guérir le syndrome de Heidegger de son père. On l'avait dupée et le « remède » de Rakkem aurait probablement tué Adam Alakis encore plus vite que la maladie.

Maintenant qu'il était convaincu que les marchés biologiques de Rakkem étaient définitivement en faillite, Tom Rom retourna à son vaisseau. Il ignora les supplications des survivants, qui voyaient qu'il était en bonne santé et fort. Pitoyables, ils étaient devenus l'ombre d'eux-mêmes. Il supposa qu'ils devaient tous être coupables de quelque chose.

Il dut utiliser son arme de poing pour tuer quatre réfugiés qui tentaient de s'introduire dans sa navette. Il laissa leurs cadavres sur la chaussée couverte de cratères et décolla, volant à basse altitude sous la grille de détection des FDC, puis fila pour rejoindre l'orbite. Il prit de la vitesse et sortit du système avant que les vaisseaux de patrouille le repèrent ou le poursuivent. Certains officiers remarqueraient que son appareil s'était échappé, mais il ne s'agissait que d'un petit astronef, rien qui puisse causer un tumulte particulier.

Il était prêt à retourner auprès de Zoe. Il avait accompli sa mission et pouvait à présent se concentrer sur d'autres choses.

67

Xander Brindle

Dans la zone de débris située dans l'orbite de Relleker, planète devenue un cimetière spatial, Xander Brindle demeura à bord du *Verne*, laissant d'autres travailleurs vagabonds rassembler les restes des cuirassés et des vaisseaux civils des FDC.

Dans le cockpit, Terry secoua la tête.

— Maria a lancé sa station avec des croiseurs lourds ildirans intacts à rénover. Mais tout ça… (il fit un geste en direction des décombres à la dérive) ce n'est qu'un tas de ferraille.

— Alors nous nous contenterons de cette ferraille, Terry. Rassemblons tout ce que nous pouvons exploiter. Les Vagabonds aiment réutiliser les pièces d'équipement, plusieurs fois si possible, mais je suppose que nous avons le budget pour acheter des composants flambant neufs selon nos besoins.

Terry fronça les sourcils.

— Ça n'est pas ainsi que je veux diriger la station Handon.

— Hé, tu ne t'es pas trompé de nom !

Xander lui donna une tape sur l'épaule.

— J'ai renoncé à te faire changer d'avis.

Les vaisseaux du clan Selise parcouraient le champ de débris, même si leurs appareils abîmés n'étaient pas en meilleur état que certaines des épaves à la dérive. Alors que Terry se dirigeait vers la cuisine du *Verne* pour se servir un verre de vin, Omar Selise contacta Xander sur le système de transmission. Le vieux chef de clan grisonnant haussa les sourcils sur l'écran.

— Alors ? du nouveau, Brindle ?

Xander baissa la voix en espérant que Terry ne l'entendrait pas.

— Nos analyses sont toujours en cours. Je vous tiendrai au courant.

Il mit rapidement fin à leur session.

De retour, son partenaire passa une tête dans le cockpit.

— De quoi parlait-il ?

— Juste une question ésotérique sur les composants à récupérer. Ne t'inquiète pas pour ça.

Il fit signe à OK de garder le silence avant que le comper fournisse une réponse joyeuse.

Plus tard, après que Terry fut parti dormir dans leur cabine, Xander débriefa tranquillement OK, lequel avait, en secret, compilé des dossiers médicaux, étudié et comparé des propositions de recherche et évalué les supposés remèdes que l'ancien médecin de Rakkem avait suggérés. Le comper baissa la voix jusqu'à atteindre le niveau sonore propre aux conspirateurs.

— Je comprends que vous souhaitiez que mes recherches restent confidentielles, car vous voulez que nos nouvelles soient une surprise pour Terry.

— Exactement, dit Xander.

Mais il ne pensait pas que le comper saisissait vraiment les raisons de sa prudence.

— Je suis conscient de l'état de santé de Terry et je comprends le besoin humain de ne pas susciter de faux espoirs, poursuivit OK. Vous pouvez me faire confiance pour vous fournir une évaluation précise et objective des thérapies potentielles. Avez-vous également examiné les dossiers des études plus récentes en provenance de Rakkem ?

Xander frémit à la pensée du marché noir biologique.

— Je ne veux pas qu'on me vende de la poudre de perlimpinpin.

— Aucun des traitements proposés ne fait appel à des perles, qu'elles soient à pinpin ou non, sous quelque forme que ce soit. Quelques expériences ont toutefois porté, sans succès, sur la capacité de certaines d'entre elles à favoriser la régénération et la croissance des cellules, ainsi que comme moyen possible de restaurer les nerfs spinaux dégénérés dont souffrent des patients tels que Terry Handon.

Xander leva les yeux au ciel.

— Ça n'est pas tout à fait ce que je voulais dire, OK.

Avec le comper à son côté, il consulta les dossiers que le vieil Omar lui avait donnés, examinant les synthèses et les études de cas.

Il y avait des images de patients avant et après, des récits sur des malades qui avaient réussi à remarcher après leur nouveau traitement. Ces cas étaient censés souffrir de la même forme de dégénérescence neurologique que Terry. Des nerfs spinaux proprement sectionnés et des jambes endommagées étaient réparables depuis un certain temps, mais l'état de Terry dépendait de son système nerveux et la commande motrice de son cerveau était interrompue.

— Pouvons-nous trouver l'un de ces patients ? demanda Xander. J'aimerais les interroger en personne pour vérifier qu'il ne s'agit pas d'une escroquerie élaborée.

— En raison des requis légaux et médicaux, les noms de tous ces malades sont confidentiels. Comme leur identité n'est pas révélée dans ces études, nous ne pouvons pas nous entretenir avec eux.

— En d'autres termes, nous devons nous en tenir à ce que les chercheurs nous racontent… et à ce qu'ils nous factureraient.

— Je ne peux fournir aucune autre information, Xander Brindle. J'ai examiné minutieusement leurs tests médicaux et certains travaux sont en effet liés à des biomarchands peu recommandables. Depuis la fermeture de Rakkem, nous sommes obligés de faire appel à des prestataires secondaires.

Xander sentit une boule dans sa gorge tandis que des doutes le tenaillaient. Terry était heureux, affirmait qu'il n'avait pas besoin de ses jambes et se débrouillait très bien. Il ne pouvait pas le contester mais, chaque fois qu'il traversait le quartier général de Kett sur Terre ou qu'il se précipitait dans les couloirs à gravité normale de Nouvelle-Station, il se rappelait que Terry ne pouvait pas l'imiter. Il voudrait certainement retrouver son intégrité.

D'un autre côté, Xander n'oubliait pas la femme du chef de la colonie Dremen, qui s'était fait avoir en payant pour un remède « miracle » permettant de rajeunir la peau et le corps. Le traitement lui avait fait rejeter son propre derme, de sorte qu'il s'était détaché par larges plaques, réduisant son organisme à l'état d'une masse écorchée de muscles suppurants. Il se souvenait de cette vision horrifique : elle gémissait sur son lit médicalisé pendant que le dirigeant de la colonie, furieux, les forçait à regarder, car le *Verne* avait livré par inadvertance d'autres « remèdes miracles » en provenance de Rakkem.

La nausée le prit à l'idée que Terry souffre de cette façon si une thérapie tournait mal. Le risque était trop grand. D'un autre côté, s'il s'agissait vraiment d'un remède…

Il étudia de nouveau les allégations médicales et constata que le chercheur ne donnait aucune garantie, n'offrait aucun remboursement, ne promettait aucune satisfaction. Au lieu de cela, le scientifique vendait le traitement expérimental en se fondant uniquement sur l'espoir et la foi. Et, bien que Xander ait beaucoup de l'un comme de l'autre, il n'était pas sûr de vouloir s'appuyer dessus dans ces circonstances.

Omar Selise lui envoya un autre message, écrit cette fois, dans sa boîte de messages privés.

« Du nouveau ? Y a-t-il un espoir pour mon petit-fils ? »

« Pas encore. Nous sommes toujours en train de vérifier les données. Et d'espérer… », répondit-il.

68

Lee Iswander

Lorsqu'il rendit visite à sa femme sur Nouvelle-Station, Iswander s'efforça de lui cacher son découragement. Des années plus tôt, il avait convenu avec Londa que chacun d'eux avait son propre rôle et qu'il serait le bon mari qu'elle attendait. Il ne rapporterait pas ses soucis professionnels à la maison et ne l'accablerait pas de son stress.

Il avait Elisa Enturi, Alec Pannebaker et un nombre conséquent de directeurs de produit et de chefs d'équipe avec lesquels discuter des difficultés opérationnelles ou des problèmes de gestion. Sa vie de famille avec Londa constituait un refuge, une île.

Il aurait pu avoir une femme plus dynamique, une partenaire dans tous les domaines avec laquelle il aurait pu construire un grand empire Iswander – quelqu'un comme Elisa, dont l'état d'esprit était le même que le sien, avec une détermination et une volonté concentrées sur le succès.

Mais ce n'est pas ce qu'il attendait d'une épouse. Il avait longuement réfléchi avant de demander à Londa d'unir son destin au sien. Tout cela faisait partie de ses plans et Londa avait les siens. Il savait exactement ce qu'il voulait et elle avait obtenu exactement ce dont elle avait besoin. D'autres auraient pu ne pas le comprendre. Pourquoi Londa ne souhaitait-elle pas diriger une division des Industries Iswander ? Pourquoi ne s'était-elle pas portée candidate à une fonction politique ?

Au lieu de cela, elle avait construit le foyer dont il avait besoin, lui avait offert un havre de paix qui lui avait permis d'être ce qu'il avait besoin d'être. Elle s'acquittait de sa tâche sans le moindre problème, et il s'était rendu compte qu'il ne faisait pas souvent attention à elle… ce qui était injuste.

Ce jour-là, lorsqu'il lui rendit visite dans ses nouveaux quartiers, il mit de côté son ressentiment pour la façon dont les clans l'avaient traité. Elle l'accueillit avec un sourire chaleureux et il se sentit heureux et bienvenu. La nouvelle suite était lumineuse, belle et confortable.

— Je suis bien ici, Lee, dit-elle. Je ne voulais pas te laisser là-bas, mais je me sens chez moi sur Nouvelle-Station. Je vois Arden aussi souvent que je le souhaite. (Son expression s'assombrit.) Beaucoup de gens sont toujours remontés contre toi.

— Je suis désolé, lui répondit-il en regardant les nouveaux meubles et la décoration. (Tout paraissait si parfait.) Je suis un homme ambitieux, continua-t-il. J'ai pris des risques, et il y a parfois un prix à payer… comme sur Sheol. Mais, si je n'essayais jamais rien, je n'accomplirais jamais rien. (Il posa une main sur son bras.) Je suis désolé pour le mal que cela te cause cependant.

Elle se redressa et le regarda, un éclat intense illuminant ses yeux.

— Cela ne me blesse pas… mais me met en colère contre ces râleurs. Et, crois-moi, je leur fais part de mes réflexions. J'ai répondu que j'écouterais leurs grommellements dès que l'un d'eux accomplirait un dixième de ce que tu as achevé. (Elle renifla.) Tu as changé le Bras spiral. Tu as aidé la Confédération plus que quiconque l'imagine. Et ils étaient tous parfaitement heureux d'acheter ton carburant pour moteurs interstellaires.

Il serra les mâchoires, se retenant de lui dire que, tout compte fait, aucun Vagabond ne voulait acheter son ekti-X, mais il ressentit une chaleur surprenante à l'entendre parler.

— Tu n'as pas besoin de me défendre ainsi. Je me fiche de ce que pensent les imbéciles.

— *Je* ne m'en fiche pas, répliqua-t-elle. Et je dois te défendre. Tu es mon mari. Je suis une Iswander. Il ne s'agit pas seulement de nos vies, mais de notre héritage. Arden est confronté aux mêmes critiques à Academ.

— Je sais, dit Iswander. Je suis sûr qu'il m'en veut, mais il s'en remettra. Je sais à quel point il est fort.

Londa eut un mouvement de recul, l'air étonnée.

— Il ne t'en veut pas ! Tu es son père, Lee. Il est fier de toi.

Il prit un fauteuil dans leur spacieuse salle de séjour et Londa s'assit en face à lui. Il remarqua les œuvres d'art qu'elle avait accrochées aux murs et la façon dont elle avait choisi certains de ses objets préférés : tapisseries vagabondes, nœuds de verre ildirans et même un prisdiamant éclairé qui brillait sur son support.

Il réfléchit à ce qu'elle venait de lui dire.

— Crois-tu vraiment qu'Arden est fier de moi ?

Souvent, il ne s'arrêtait pas sur l'opinion que son fils pouvait avoir de lui. Arden connaissait bien les tragiques événements de Sheol et le nombre de gens qui avaient péri dans la lave au cours de cette catastrophe. Il avait également compris que les élections au poste d'Orateur avaient été une disgrâce pour son père. Et à cause des crimes d'Elisa – qui étaient devenus les crimes de son père dans l'esprit des Vagabonds –, le nom d'Iswander avait été plus souillé que jamais. *Que doit penser Arden ?*

— Bien sûr qu'il est fier de toi. Il me l'a répété à maintes reprises. Tu le vois dans ses yeux si tu regardes bien. Il veut être comme toi. (Elle lui toucha la main et se rapprocha de lui.) Lee Iswander, écoute-moi. Tu m'as dit toi-même que le chemin qui mène à la réussite était semé d'embûches et de nids-de-poule. Si c'était facile, tout le monde pourrait y arriver, mais les chemins faciles ne mènent pas aux destinations les plus gratifiantes.

— J'ai dit ça ? demanda-t-il avec un demi-sourire.

— Plus d'une fois.

— Tu dois être mariée à un homme très sage dans ce cas. Merci de me le rappeler. (Il se renversa sur le canapé et l'entoura de son bras.) Devrions-nous inviter Arden à dîner ? Pouvons-nous le faire venir d'Academ rapidement ? demanda-t-il.

— Je m'en occupe.

En temps normal, il les aurait emmenés fêter leurs retrouvailles dans un grand restaurant, mais il ne voulait pas avoir affaire à des gérants acariâtres ou à des regards rancuniers de la part des autres clients. Il avait besoin de passer des moments paisibles avec sa famille.

Londa ne lui demanda pas ce qu'il souhaitait manger. Tout ce qu'elle suggérait l'avait toujours satisfait. Dans l'immédiat, il avait envie d'une soirée dans son sanctuaire. Il ne perdrait pas ce temps précieux à parler de travail ou de ses déceptions et frustrations. Il passerait simplement du temps avec Londa et Arden, puis écouterait ce qu'ils avaient à raconter sur leur vie. Il n'avait pas souvent l'occasion – non, se corrigea-t-il, il ne la *saisissait* pas souvent – de mieux connaître sa femme et son fils. Il ne voulait pas manquer celle-ci.

Après sa froide expérience parmi les commerçants des clans, il prenait conscience que, si c'était bien ce que les Vagabonds étaient devenus, il ne s'identifiait plus à cet héritage. Il décida séance tenante de liquider les comptes qu'il détenait dans des banques vagabondes et de transférer la plupart des fonds aux noms de Londa et d'Arden, ce qui les protégerait, eux et leur avenir. Il était un homme riche, mais, après ces nombreux accidents et accusations, il craignait qu'un bureaucrate tente de confisquer ses biens. Il devait s'assurer que sa femme et son fils étaient protégés.

Après ce qu'il avait vécu ici ce jour-là, il allait quitter Nouvelle-Station, peut-être pour de bon.

69

Shareen Fitzkellum

Sur la station Cœur-de-Feu, le silence de Kotto Okiah semblait aussi vide et interminable que le néant mystérieux lui-même. Shareen passa deux jours à s'interroger et à espérer, distraite de son autre travail. Même Howard était déstabilisé. Tous deux ne discutèrent pas du sujet de leurs inquiétudes bien que Shareen en ait désespérément envie, mais une crainte presque superstitieuse l'habitait, car elle redoutait, en parlant de ses peurs à voix haute, de les voir se concrétiser.

— Nous devrions nous concentrer sur ce problème de serre, annonça-t-elle alors même que Howard n'avait rien dit.

Ils étaient en train de terminer leurs plans. Sur ordre de Kotto, ils s'occupaient de trouver un moyen de construire un dôme plus grand autour du terrarium sous pression. Lorsqu'ils avaient présenté l'idée à Celli et Solimar, quelques heures après le départ de Kotto, les prêtres Verts avaient été ravis.

— Cela les sauvera pour l'instant, dit Solimar avec un soulagement évident.

— Les arbres continueront à pousser, mais votre nouveau dôme nous permettra de gagner des années, ajouta Celli.

Après avoir jeté un simple coup d'œil à leur proposition, le chef Alu avait autorisé les dépenses et les efforts nécessaires, même s'il semblait découragé à l'idée de greffer un projet non rentable à sa feuille de route alors que ses équipes de travail accusaient déjà beaucoup de retard. Mais les arbres ne pouvaient pas attendre ; ils se pressaient déjà contre le dôme qui les gardait enfermés. Une fois le feu vert reçu, Shareen et Howard échangèrent leurs idées lors d'une séance de brainstorming rapide, chacun développant les croquis et les calculs de l'autre.

En l'espace d'une journée, ils présentèrent la première étape de leurs plans pour l'expansion du dôme et les équipes d'ingénieurs se mirent à travailler à l'extension de la base. Dans une semaine, ils pourraient commencer à construire les parois courbes de l'hémisphère élargi.

— Kotto sera heureux de voir cela lorsqu'il reviendra, dit Howard.

Shareen, préoccupée par la durée de l'absence du scientifique, s'efforça de s'occuper, ce qui valait bien mieux que de rester assise et de s'inquiéter pour lui.

Le chef Alu vint leur rendre visite, tout aussi soucieux.

— J'espère que Kotto recueille beaucoup de données là-bas. Quelle quantité de néant est-il en mesure d'observer ?

— Il a peut-être trouvé quelque chose, monsieur, répondit Howard.

Le visage d'Alu se tordit en une vilaine grimace.

— C'est ce que je craignais, mais nous avons vérifié : les bombes solaires sont toujours là, au niveau du seuil.

— Je *voulais dire* qu'il avait peut-être trouvé quelque chose d'intéressant sur le plan scientifique, expliqua Howard.

— Nous pouvons l'escompter, intervint Shareen. J'espère d'ailleurs qu'il ne trébuchera pas par inadvertance sur les bombes solaires en sortant. Il a accidentellement fait un trou dans une autre dimension. Qui sait ce qu'il pourrait faire ensuite ?

Elle regarda par la baie du laboratoire, se souvenant de l'époque où le Grand Anneau s'étendait là. À présent, une boule se formait dans sa gorge au spectacle de ce vaste gouffre dans la structure de l'univers. Ce vide béant semblait si dangereux, et Kotto devait être si loin…

Le troisième jour, la navette d'exploration refit son apparition. Aucune convulsion, aucun tressaillement n'agita la déchirure dans l'espace, et le petit vaisseau prit le chemin du retour sans tambour ni trompette. Une fois revenus dans l'espace réel, les compers se mirent à transmettre un signal de détresse.

— Il nous faut une assistance immédiate. Kotto Okiah a un besoin urgent de soins médicaux. Veuillez vous préparer à notre arrivée.

La station Cœur-de-Feu passa en état d'alerte maximale. Shareen et Howard se précipitèrent vers la baie d'atterrissage.

Des nacelles industrielles vagabondes escortèrent le module d'exploration jusqu'au centre principal. Leurs pilotes transmirent des questions et des encouragements, soucieux d'apporter leur soutien. Les compers répondirent sur un ton vif.

— Kotto Okiah ne réagit pas aux stimuli.

Lorsque l'engin de recherche se posa à l'intérieur de la baie, Shareen et Howard se frayèrent un chemin jusqu'à lui. L'écoutille s'ouvrit et les compers émergèrent de l'appareil, l'air perdus.

— Aidez-le, s'il vous plaît, dit GU. Il n'a pas bougé de tout notre voyage de retour.

Les techniciens médicaux furent les premiers à monter à bord, mais Shareen et Howard les suivirent dans le cockpit exigu. Kotto Okiah était assis sur le siège du pilote, les bras avachis sur les accoudoirs, la mâchoire pendante, les yeux ouverts. Il ne réagissait pas.

L'un des techniciens lui toucha le cou et se pencha.

— Il est vivant. Il respire. J'ai son pouls.

Shareen se tourna vers les compers.

— Que lui est-il arrivé ? Au rapport.

— Kotto Okiah a déclaré que nous avions rencontré une entité appelée l'Esprit de l'éternité, dit KR. Après cela, il n'a plus répondu. Nos systèmes étaient fonctionnels, mais ça n'était plus le cas de son cerveau.

— Nous avons choisi de revenir ici sans instructions. KR et moi avons dû piloter le vaisseau nous-mêmes. Était-ce la bonne décision à prendre ? demanda GU.

— Et comment ! répliqua Shareen. Qu'est-ce que l'Esprit de l'éternité ? Avez-vous été attaqués ?

— Nous pouvons partager l'ensemble des journaux de bord. Nous n'avons pas d'explications claires quant à ce qui s'est passé. Nous n'avons pas compris ce que disait Kotto.

Les techniciens médicaux testèrent la réaction des pupilles, le pouls et la tension artérielle de Kotto.

— Pupilles dilatées. Rythme cardiaque lent. Il ne répond pas aux stimuli douloureux.

Une des secouristes secoua la tête tandis qu'ils branchaient l'équipement de survie et se préparaient à emmener Kotto au centre médical.

Ensemble, ils le tirèrent hors du siège du pilote, aidés par Shareen et Howard. Arrivés à l'écoutille de sortie, ils le confièrent à une équipe qui le plaça sur un brancard dans la baie d'atterrissage.

—Nous avons trouvé des indices de la présence des Shana Rei au plus profond du néant, expliqua GU. Il semblait y avoir des changements dans la trame de l'univers, des cicatrices géométriques.

—Êtes-vous en train de nous dire que les Shana Rei ont attaqué Kotto ? Ce sont eux qui ont fait ça ? demanda Shareen.

—Non. Les Shana Rei n'ont pas réagi à notre présence, répondit KR.

—C'est arrivé lorsque Kotto a rencontré l'Esprit de l'éternité, dit GU.

—Tu l'as déjà dit. (Shareen se sentait de plus en plus frustrée.) Mais de quoi parles-tu ?

—Nous ferions mieux d'examiner les registres complets, proposa Howard.

—Plus tard peut-être. (Shareen suivit les techniciens médicaux, brûlant de savoir de quoi souffrait Kotto.) Du nouveau ? Pouvez-vous le réanimer ?

—Nous ignorons encore ce qui ne va pas. Il reste des tests supplémentaires à effectuer. Jusqu'à présent… rien.

Les deux compers se précipitèrent à leur suite tandis qu'ils se dirigeaient tous vers le centre médical.

—Au-delà de la tanière des Shana Rei, nous avons trouvé des manifestations lumineuses, une sorte de réseau, poursuivit GU. Kotto a établi une communication avec lui et ce réseau lui a répondu.

—Mais nous ne parvenions pas à l'entendre, précisa KR. Kotto a affirmé avoir reçu une compréhension complète de l'univers. Il semblait heureux juste avant de tomber dans le coma.

—La compréhension de l'univers ? C'est un vaste concept, dit Shareen.

—Oui. C'est sans doute pour cela qu'il était ravi, supposa GU.

Les compers étaient manifestement agités.

—Nous ignorions de quelle aide médicale il avait besoin. Lorsqu'il a cessé de nous donner des ordres, nous nous sommes concertés et avons décidé de faire demi-tour. Nous avions placé des bouées mie de pain le long de notre trajectoire de vol dans le vide. Beaucoup présentaient des défaillances à cause de l'entropie résiduelle, mais nous en avons trouvé suffisamment pour retrouver notre chemin. Nous savions que la station Cœur-de-Feu pourrait lui apporter l'attention médicale dont il avait besoin.

—Nous nous démènerons comme de beaux diables, dit l'un des techniciens tandis qu'ils s'engouffraient dans le centre de soins.

Un attroupement se forma alors que des membres du personnel du centre administratif de Cœur-de-Feu venaient voir Kotto, mais il n'y avait pas de changement. Les docteurs passèrent son organisme au peigne fin et ne trouvèrent aucune blessure, aucune raison expliquant son coma éveillé. Ils branchèrent un réseau de capteurs neuronaux sur son cuir chevelu, ébouriffant davantage ses mèches bouclées. Kotto ne broncha pas.

Shareen l'observa avec une profonde inquiétude.

Le médecin fixa le regard sur Kotto, puis étudia les résultats, stupéfait.

— Il n'y a… rien. Aucune activité cérébrale à l'exception des fonctions autonomes. Je ne détecte aucune conscience, comme si son esprit avait été effacé ou peu s'en faut.

— Toute la connaissance de l'univers… Il a toujours été enclin à l'hyperbole, dit Shareen. Peut-être que même lui ne parviendrait pas à en supporter autant.

— Et s'il était sérieux ? demanda Howard. Il a tout appris, puis le savoir l'a *emporté* avec lui. Et si son corps physique ne pouvait tout simplement pas contenir autant de connaissances et que son esprit avait décidé de ne pas se limiter à la capacité de son cerveau ?

Shareen fronça les sourcils.

— Suggères-tu que l'esprit de Kotto a quitté son corps ?

Howard haussa les épaules.

— Il s'agit d'une hypothèse. Si on lui avait *vraiment* offert l'accès à tout, il aurait peut-être préféré la connaissance à son corps plutôt que de renoncer à la possibilité de tout apprendre.

— Nous devons analyser ses registres, proposa Shareen d'un ton mal assuré. Peut-être que nous y trouverons des réponses.

Ils baissèrent tous deux le regard pour étudier l'expression placide et heureuse de Kotto. Le grand scientifique affichait un sourire profondément satisfait, même si, en dehors de cela, il ne réagissait à rien.

70

Tasia Tamblyn

Ils se battirent comme de beaux diables pour échapper aux essaims de robots noirs et aux Shana Rei sur Terre. Pendant cette fuite, Robb et Tasia s'activèrent de concert telle une machine bien huilée en utilisant les compétences qu'ils avaient développées pendant les innombrables combats spatiaux auxquels ils avaient participé au cours de la Guerre des Élémentaux.

Surchargée de réfugiés, la *Curiosité* était d'une lenteur impardonnable, mais Tasia ne se souciait pas de son confort ou de sa sécurité tandis qu'elle fendait l'air en effectuant des trajectoires erratiques, esquivait les attaques des cafarobots, sentait les faisceaux d'énergie frotter contre la coque. Elle perçut la vibration de déflagrations proches et vit les diagrammes d'états du cockpit devenir rouges, puis s'obscurcir complètement. Elle ne prit pas la peine de vérifier l'étendue des dégâts : ils n'avaient qu'une seule chance de s'envoler loin de la Terre et elle n'allait pas durer.

Les robots étaient malveillants, mais elle le savait depuis le début. Robb et elle entretenaient une profonde horreur personnelle de ces machines noires depuis l'époque où ils avaient été retenus prisonniers et torturés au cœur de géantes gazeuses hydrogues.

Robb ne tenta pas d'attaquer les vaisseaux des robots et ne perdit pas de temps à tirer, sauf en cas d'absolue nécessité. Les armes de la *Curiosité* étaient principalement destinées à la défense et ils devaient juste se frayer un chemin hors du système stellaire. En utilisant ses canons à la puissance maximale, il fit exploser plusieurs vaisseaux noirs qui se trouvaient sur leur passage tandis que Tasia s'occupait uniquement de sortir leur cul de là.

D'une manière ou d'une autre, ils parvinrent à s'enfuir. Elle doutait que beaucoup d'autres y soient arrivés.

Rlinda Kett, dont les compétences de pilote équivalaient aux leurs, faisait partie des heureux élus. La *Gloire de Declan* les rejoignit aux limites du système, suffisamment loin pour que l'ennemi ne prenne plus la peine de les poursuivre. Après tout, les Shana Rei avaient le reste de la Terre à massacrer, ce qui les allait les occuper un certain temps.

Comment pourrait-il demeurer quelque chose ?

— Il est temps d'y aller, dit Rlinda.

Elle avait elle aussi une cargaison de réfugiés, tous en état de choc, mais vivants. Pour l'instant.

Les prêtres Verts devaient avoir répandu la nouvelle de l'attaque sur Terre, mais, alors qu'ils fonçaient – ou plutôt claudiquaient – vers Nouvelle-Station, Tasia savait que la *Curiosité Avide* et la *Gloire de Declan*, toutes deux cabossées, seraient les premiers vaisseaux à débarquer des témoins oculaires. Ce n'était pas une annonce qu'elle était pressée de diffuser.

Ils se dirigèrent tout droit vers le centre vagabond, donnant l'alarme et appelant les clans à se mettre en état d'alerte. Elle espérait que quelque génie vagabond trouverait un moyen innovant de se battre – en développant peut-être une arme bizarre contre les ombres, comme celle que Kotto Okiah avait créée contre les hydrogues. Autrement, ils resteraient tous des cibles sans défense.

Après avoir accosté sur la station, Tasia demanda une convocation immédiate des clans de Vagabonds et l'Orateur Ricks, paniqué, l'autorisa. Rlinda les retrouva, elle et Robb, et les étreignit avec exubérance. Elle semblait épuisée, son teint était terne, et une expression sombre avait remplacé son rire habituellement chaleureux.

— Nos deux vaisseaux vont avoir besoin de réparations, dit-elle. Où devrions-nous aller ensuite ?

— Theroc, je suppose, suggéra Tasia. Nous sommes des témoins oculaires. Nous devons faire notre compte-rendu au roi Peter et à la reine Estarra.

Rlinda soupira.

— J'y ai toujours mon restaurant ; l'*Arbor* est le seul qu'il me reste. Les deux autres étaient sur Relleker et sur la Terre.

Sa voix s'étrangla, puis elle se mit à trembler et à sangloter. Tasia et Robb la serrèrent dans leurs bras. Cette énorme étreinte était réconfortante, mais loin d'être suffisante face à la noirceur considérable des ombres.

L'ennemi avait dévasté d'autres planètes, mais à présent la Terre n'était plus. *La Terre.*

Tasia voulait se venger à tout prix et elle cherchait son Guide Lumineux, sachant que la race humaine persévérerait et espérant qu'elle vaincrait même ce grand ennemi.

— Venez, nous devons parler aux clans.

Ils se rassemblèrent tous les trois à l'extérieur de la chambre des convocations et les Vagabonds affluèrent pour entendre leur rapport. En règle générale, seuls les représentants des clans désignés avaient un siège dans la tribune, mais, ce jour-là, toutes les places étaient occupées. Le compte-rendu serait diffusé dans toute la station, puis les prêtres Verts l'écouteraient et le propageraient à travers le réseau verdani.

À l'intérieur de la salle, l'Orateur Ricks semblait pris de nausées. Tasia n'aimait pas beaucoup l'individu en question, mais elle espérait que cette crise ferait ressortir ce qu'il y avait de meilleur en lui. Il pouvait aussi s'effondrer totalement.

— Mauvaises nouvelles de la Terre, comme vous l'avez peut-être entendu dire, annonça-t-il. Tasia Tamblyn a un rapport pour nous.

Tasia monta sur le podium, flanquée de Rlinda et de Robb.

— Les Shana Rei et les robots noirs ont attaqué. La Terre est détruite. Il ne reste plus personne à sauver. Il n'y aura aucun survivant, à part ceux qui se sont échappés comme nous l'avons fait. Je ne sais pas s'il reste encore un vaisseau des FDC. Je laisse les images parler d'elles-mêmes.

Rlinda avait combiné les enregistrements du *Declan* avec ceux de la *Curiosité*, et ils diffusaient à présent un montage horrifiant et abasourdissant de tout ce qui s'était passé. Les membres des clans observèrent la scène en haletant et en soupirant. Certains se mirent à pleurer ouvertement. Même si les Vagabonds l'avaient quittée à bord d'un vaisseau-génération des siècles plus tôt, la Terre demeurait le berceau de l'humanité. Et, désormais, il avait disparu.

— Vous deviez tous voir cela, dit Tasia.

Tous les regards restèrent braqués sur elle et elle se rendit compte que les Vagabonds attendaient qu'elle fasse une suggestion. Elle ne leur dirait pas que c'était sans espoir, parce qu'elle n'y avait pas renoncé…

bien que le filet qui s'écoulait en elle se soit fait minuscule et très mince.

— Vous devez comprendre, annonça-t-elle, et sa voix se fissura, qu'aucun endroit n'est sûr.

71

Exxos

Alors qu'il parcourait ses nombreux siècles de souvenirs, Exxos décida que *c'était* la plus grande victoire qu'il avait jamais connue. Il avait enregistré les innombrables transmissions en provenance de la Terre, des humains suppliant qu'on les épargne, appelant à l'aide, hurlant de douleur.

La race originelle des Klikiss avait créé ces robots opprimés dans le seul dessein de les tourmenter, et Exxos avait une appréciation innée de la douleur et de la souffrance. Il avait appris à la savourer. Les Shana Rei, ses copies et lui avaient réduit la planète bleue à l'état de boule noircie et sans vie, car toute la population avait été éliminée.

Une réussite totale… et une bonne étape dans leur plan global, après la destruction de Relleker et de Wythira ainsi que de tous les mondes klikiss abandonnés qu'ils avaient carbonisés. Il s'agissait de réalisations évidentes dont même les chaotiques Shana Rei pouvaient saisir l'importance. Exxos tira parti de sa victoire et continua à faire pression pour obtenir davantage.

Les taches d'encre ne discutèrent pas. Elles acceptèrent, tout simplement.

Après avoir glissé sur les canaux d'arrière-fond du néant et reparu à l'extérieur du système onthos, les Shana Rei utilisèrent davantage de matière noire pour reconstruire leurs vaisseaux hexagonaux endommagés et recréer les robots perdus. Exxos était tellement persuadé qu'ils feraient ce qu'il leur demandait qu'il avait calculé ses pertes de manière désinvolte. Plus de quatre cent trente mille des vaisseaux de combat des robots et de ces homologues reproduits à l'identique avaient été éliminés sur Terre… soit près de la moitié de ses effectifs.

Il se souvenait d'une époque, très récente, où toute perte avait représenté une catastrophe, mais, aujourd'hui, même une destruction massive de cuirassés et de robots restait un épiphénomène. Les humains avaient subi des pertes bien plus importantes.

Sans hésiter ni se plaindre, les Shana Rei récupérèrent des plaques hexagonales de matière noire et réassemblèrent les atomes qui les composaient pour remplacer chacun des appareils perdus lors de la bataille de la planète bleue. Et en créer plus encore.

Exxos réfléchit à l'option de s'amuser avec Rod'h dans sa bulle d'entropie. Le prisonnier avait déjà joué son rôle, mais lui infliger davantage de souffrances et de tourments psychologiques était une fin en soi. Ce serait une façon de célébrer leur victoire.

Mais, avant qu'il puisse s'approcher du captif dans sa chambre d'entropie isolée, le vide se déplaça et se clarifia. Il se retrouva face à sept des entités en forme de tache d'encre, des souillures noires informes avec un œil dément qui brillait en leur centre.

— La destruction de la Terre nous a blessés, dit l'une des ombres.

Exxos se prépara à une nouvelle série de récriminations de la part des Shana Rei. Cette fois-ci, toutefois, les taches d'encre pulsaient et grandissaient, apparemment plus fortes qu'auparavant.

— Nous comprenons néanmoins l'ampleur de cette réalisation. Les humains projettent à travers le cosmos d'immenses cris de douleur. Ils devaient mourir. Nous reconnaissons que vous avez eu raison de choisir cette cible.

Cela surprit Exxos.

— La fin de la Terre nous rapproche considérablement de notre victoire… comme je vous l'avais promis. (Il se rendit compte que d'autres Shana Rei étaient apparus autour de lui. Beaucoup d'autres. Il ignorait combien il en existait au total… ni même si leur nombre était définissable.) Vous devriez toujours m'écouter.

Leurs nuages d'ombre boursouflés s'étaient répandus dans l'espace réel et continuaient de croître au fur et à mesure que le néant s'étendait. Exxos savait qu'un jour les nébuleuses noires engloutiraient tout le Bras spiral, puis le reste de l'univers. Les Shana Rei se montraient maniaques et ambitieux.

— Vous m'avez promis, poursuivit-il, que si nous vous aidions à éradiquer cette douleur que vous causait la vie consciente vous nous récompenseriez. Vous avez promis de créer un univers de poche dans lequel les robots noirs pourraient régner en maîtres.

— Vous aurez votre propre réalité dont vous pourrez disposer à votre guise, dirent les taches d'encre pulsantes. (Elles commencèrent à remplacer les robots klikiss qu'Exxos avait perdus.) Et nous envelopperons dans un bouillon d'énergie primordiale le reste de l'univers réel, tel qu'il était peu après sa création. Mais, avant cela, nous avons beaucoup de travail. Nous produirons plus de vaisseaux. Vous attaquerez plus de mondes. Vous détruirez plus de vies.

— Oui. (Exxos était satisfait.) Nous le ferons.

En très peu de temps, lui et ses homologues furent prêts à choisir leur prochaine cible. Plus important encore, il sentit comme leur puissance de traitement combinée s'était rétablie. De nouveau, un million de robots interconnectés continuaient leurs calculs sous-jacents fondés sur la théorie du chaos, utilisant et refondant des mathématiques de haut niveau pour développer un système qui cristalliserait l'entropie et enfermerait les Shana Rei dans un état stable, ce qui leur arracherait leur propre existence.

Il souhaitait vivement que cela se produise.

Il sentait son esprit se renforcer au fur et à mesure que des copies de lui-même apparaissaient, augmentant ainsi sa puissance de traitement multiplex. En secret, échappant aux capacités de détection des ombres, les robots klikiss poursuivaient leurs calculs et travaillaient pour – enfin – pouvoir résoudre l'équation ultime.

Même si les Shana Rei lui avaient promis tout ce qu'il voulait, il ne leur accordait pas sa confiance. Les créatures des ténèbres étaient, par nature, inconstantes et chaotiques. Les robots noirs avaient besoin de leur propre défense.

Même si les Shana Rei disaient la vérité, Exxos comptait les détruire. L'univers appartenait aux robots noirs. Tous les autres et tout le reste – y compris ces sombres entités – se trouvaient simplement sur leur chemin.

Maintenant que les ombres avaient ramené le reste de ses camarades à la vie, leur puissance de traitement était suffisante pour qu'il atteigne son objectif. Tous les robots noirs savaient à présent exactement comment supprimer les Shana Rei… quand le moment viendrait.

72

Shawn Fennis

Après le massacre au centre médical, les mal-nés survivants se rassemblèrent. Sous le choc, ils étaient de plus en plus secoués. Les kiths gardes avaient répondu à l'urgence, mais il était déjà trop tard lorsqu'ils étaient arrivés. Même si les gardes étaient féroces et protecteurs, ils représentaient potentiellement une menace tout aussi grande si les ombres les possédaient. Shawn Fennis savait à présent que tous les Ildirans pouvaient être dangereux.

Et les métis dégénérés pensaient que l'univers tout entier l'était.

Fennis frissonna tandis qu'il tenait sa femme blessée entre ses bras, prêt à tout pour l'aider. Chiar'h avait subi trois entailles profondes au visage, une le long du bras et un coup de couteau à l'abdomen. Il lui prodigua des soins d'urgence, referma et pansa ses plaies pour éviter qu'elle se vide de son sang.

Plusieurs métis dégénérés, dont les pauvres Alaa'kh et Pol'ux, n'avaient pas été aussi chanceux. Tous les kiths médecins possédés avaient été abattus. Ils n'avaient pas eu d'autre choix.

Muree'n et Yazra'h rassemblèrent les mal-nés dans un endroit protégé pour veiller sur eux en espérant qu'ils puissent mutuellement se faire confiance. Personne d'autre n'était complètement en sécurité.

Hanté par cette attaque, Fennis plissait les yeux en observant les Ildirans qui s'étaient précipités pour résoudre la crise. Il avait grandi sur Dobro et aidé à reconstruire cette triste et sombre colonie après la fin du programme d'hybridation. Les survivants humains et ildirans avaient appris à vivre ensemble, et à présent, une génération plus tard, Fennis ne gardait aucune rancune envers ses anciens ravisseurs. Il était véritablement tombé amoureux de Chiar'h. Ils formaient une équipe parfaite, et un jour ils auraient des enfants dont le mélange génétique serait viable. Et, même si leur progéniture hybride s'avérait être des mal-nés difformes, il les aimerait.

En soignant les métis dégénérés et en s'occupant d'eux dans les dômes sanctuaires, il avait perçu une force et un honneur en eux. Alors qu'ils enduraient leurs déformations physiques et leur souffrance, il avait constaté leur valeur et éprouvé le plus grand des respects pour leur courage.

Il n'avait pas réussi à les protéger dans cette unité de soins palliatifs supposée sécurisée, mais il continuerait d'essayer. Pour cela, cependant, il fallait que l'ennemi soit visible.

Chiar'h s'assoupit dans ses bras, puis se réveilla en grimaçant de douleur. Les attaches cellulaires avaient refermé les entailles et stoppé l'hémorragie, mais elle souffrait encore. Des hôpitaux ildirans plus sophistiqués et des kiths médecins capables de fournir un meilleur traitement pouvaient les accueillir, mais Fennis ne leur faisait pas confiance pour l'instant. Il s'accrocha à elle dans leur petit abri protégé.

Un profond frisson le secoua. Qu'y avait-il chez les métis qui inspiraient une telle crainte aux Shana Rei ? En quoi représentaient-ils une quelconque menace ?

Gor'ka approcha en se traînant et les scruta, Chiar'h et lui, de ses trois yeux, même si celui qui tombait sur sa joue cireuse était laiteux et ne parvenait pas bien à faire le point. Il leva son unique bras ratatiné.

— Ils nous ont poussés dans nos retranchements. Les métis en vie sont plus unis que jamais. Nous devons trouver un moyen de riposter et de ne plus nous cacher.

Horreur ambulante toute en éruptions cutanées et en croûtes, Har'lc vint les rejoindre.

— Nous sentons tous cela. Vous ne comprenez pas tout à fait parce que vous êtes humain, Shawn Fennis, mais les métis sont des Ildirans. Nous sommes aussi plus que cela… et non moins. Quelle que soit notre apparence, nous détenons le pouvoir en nous. Nous nous lions les uns aux autres, les derniers d'entre nous ici présents, à travers un type de thisme différent. Nous avons notre propre réseau. Rien que pour nous.

Fennis ignorait quoi répondre à cela.

— Et que fait votre réseau ?

— Nous sommes encore en train de l'apprendre, expliqua Gor'ka. (Il désigna Mungl'eh sur sa paillasse.) Mais notre force passera par elle.

— Quand elle chante, précisa Har'lc.

— Oui, nous aimons tous quand elle chante, dit Fennis.

Chiar'h s'agita entre ses bras et lâcha un soupir de satisfaction.

— La voix de Mungl'eh est si belle.

— Sa voix est plus puissante que vous l'imaginez, ajouta Gor'ka. Voyez ce qu'elle peut accomplir désormais… ce que nous pouvons accomplir ensemble.

Les métis dégénérés survivants se regroupèrent autour de la mal-née invertébrée. Mungl'eh redressa la tête et leva ses bras en forme de nageoires. Même si les fontaines du centre de convalescence continuaient de clapoter avec un tintement musical et que les brumisateurs conféraient une agréable humidité à l'air, Fennis sentait encore l'épais musc cuivré du sang dans la pièce.

Mais, lorsque Mungl'eh éleva la voix et se mit à chanter, l'odeur aigrelette qui véhiculait tant de souffrance sembla disparaître. Les autres mal-nés fredonnaient avec elle, paraissant se souder d'une manière ou d'une autre en une seule unité. La voix mélodieuse de Mungl'eh s'envolait, chantait en rythme, montait et descendait, et, même si Fennis n'était pas ildiran, il sentait d'invisibles cordes surréelles tirer sur son esprit, sur ses émotions.

Complètement réveillée, Chiar'h se redressa en sursaut. L'énergie de ses patients semblait l'envahir, car les mal-nés réunis étaient encore plus forts. Les Shana Rei avaient volé la psyché de kiths ildirans sans défense pour les transformer en pions et assassiner leurs protégés, mais, en agissant ainsi, les ombres avaient provoqué les métis dégénérés, les poussant au bord du désespoir, au-delà de leurs limites.

Ils étaient devenus quelque chose de nouveau.

Fennis pensait avoir compris de quoi il retournait. Ces pauvres patients avaient souffert de l'adversité, lutté pour surmonter un sentiment d'inutilité, essayé de trouver un but à leurs vies. Ils l'avaient trouvé à présent. On les y avait poussés. Une synergie unique, qui n'existait pas auparavant, les avait forgés pour qu'ils forment un bloc.

En chantant, Mungl'eh semblait rayonner d'énergie. Sa musique devenait de plus en plus puissante, s'entrelaçant avec les harmonies du cosmos lui-même. Le cœur de Fennis souffrait et se languissait, se gonflant comme s'il allait éclater sous le coup de cette beauté pure. Cette chanson n'était pas seulement une démonstration de la détermination des métis, c'était un chant de l'infinité, un déchirement de la création assez fort pour éveiller l'éternité elle-même.

Mungl'eh chantait, chantait.

Et l'univers chanta en retour, enfin réveillé.

73

Rod'h

Dans sa geôle d'entropie, Rod'h était un prisonnier, une victime, un sujet d'expérience. Et, même s'ils en avaient sûrement fini avec lui, les Shana Rei ne le laisseraient pas mourir.

Les robots noirs vinrent le tourmenter de nouveau avec une allégresse malveillante, mais Rod'h se garda bien de manifester sa terreur. Il ne pouvait ni fuir, ni coopérer, ni donner à ses ravisseurs ce qu'ils voulaient, car les Shana Rei ne *savaient* pas ce qu'ils voulaient et les robots klikiss avaient déjà leurs propres plans.

Exxos se présentait à lui, entrant et sortant du vide, un cauchemar tout en membres anguleux et en griffes dentelées qui lui découpait la chair en lambeaux… et pourtant, chaque fois, le corps de Rod'h guérissait. Il survivait, non seulement grâce à sa génétique d'hybride, mais également parce que les lois de la biologie et de la physique ne s'appliquaient pas ici.

— Fichez-moi la paix ou laissez-moi mourir, cria-t-il tandis que le robot noir se profilait devant lui.

— Non, répondit Exxos.

Même enfermé ici, Rod'h avait été témoin des attaques contre Relleker, Wythira et à présent la Terre. Les Shana Rei et leurs alliés étaient extrêmement patients : ils prenaient tout le temps nécessaire pour causer la destruction qu'ils souhaitaient. Rod'h redoutait que les ombres le retiennent là et l'obligent à assister à la fin de l'univers, quel que soit le temps que cela prendrait.

Les Shana Rei en forme de tache d'encre apparurent autour de lui comme des spectateurs curieux. Ils ne se lassaient jamais de contempler son martyr de leurs yeux maléfiques. Il n'avait aucune idée du temps qui s'était écoulé dans l'univers extérieur, peut-être quelques semaines seulement, peut-être des siècles.

Mais, alors qu'ils étaient tous suspendus au milieu de ce tableau cauchemardesque, il remarqua soudain une différence dans son environnement… un frémissement, une étincelle qui traversa la trame du réel comme une chaîne d'éclairs. Les Shana Rei se mirent à palpiter et à se tortiller. Leurs yeux brillants clignèrent, flamboyèrent, puis s'éteignirent. Rod'h percevait un vrombissement… évoquant de la musique. Quelque chose s'éveillait… dans le lointain. Quelque chose d'énorme.

Il sentait qu'une puissance supérieure terrifiait les créatures des ténèbres, une présence si vaste et si universelle qu'elle provoquait chez elles un désarroi et une panique frénétiques. Rod'h n'avait jamais compris cette conscience auparavant et ne la comprenait toujours pas à présent, mais il la sentait s'agiter.

— L'Esprit de l'éternité ! gémirent les Shana Rei.

Le son s'amplifia, se répercutant même à travers sa prison d'entropie. Les ombres l'entendaient et voltigeaient comme des ailes de noirceur, mais elles ne pouvaient pas s'échapper.

Ses bourreaux robotiques s'agitèrent, en proie à la confusion. Leurs capteurs optiques cramoisis flamboyèrent, leurs voix électroniques bourdonnèrent.

— Qu'est-ce que c'est ?

La question se répéta parmi les copies d'Exxos venues le torturer.

— Qu'est-ce que c'est ?

— Quel est ce son ?

— Qu'est-ce qui se passe ?

Bien que Rod'h ne comprenne pas non plus de quoi il s'agissait, il s'écria d'une voix rauque :

— C'est quelque chose de terrible… qui en a après vous !

Autour de lui, la gigantesque force pulsante devint plus brillante, dévorante, et elle gonfla jusqu'à ce que la musique se fasse assourdissante. Elle déchirait les défenses des Shana Rei, ce cocon noir dans lequel ils se protégeaient.

La présence continuait de s'éveiller.

74

Zhett Kellum

Dans leur champ d'extraction grouillant d'activité à la limite du système Ikbir, les gonflotteurs paraissaient étrangement perturbés. Tous les travailleurs vagabonds dans les installations des Kellum le sentaient.

Depuis l'une des nacelles d'inspection qui volaient parmi les nodules boursouflés, Marius Denva transmit :

— Nous sommes novices dans ce domaine, mais quelque chose ne me semble pas normal, Zhett. Pas du tout. Les gonflotteurs sont *agités*.

Une légère nuance d'incertitude troublait sa voix. Denva avait repris le travail à plein-temps, mais il se montrait encore parfois nerveux après l'épreuve qu'il avait subie sur Kuivahr.

Zhett et Patrick regardèrent à travers la baie de la passerelle du vaisseau qui leur servait de QG.

— Comment du plancton géant peut-il être agité ? demanda Patrick. Êtes-vous en train de me dire qu'un sac de protoplasme est stressé ?

D'autres ouvriers diffusèrent des messages similaires, qui laissaient transparaître leur inquiétude.

— Gardez les yeux ouverts, transmit Zhett.

L'équipement industriel mis au rancart qu'ils avaient récupéré à Osquivel fonctionnait désormais à plein régime. Les ingénieurs du clan avaient facilement modifié les anciens vaisseaux de traitement de l'ekti pour qu'ils soient adaptés à leurs nouvelles tâches. Les gonflotteurs étaient drainés et le protoplasme transformé en ekti-X, qui était ensuite stocké dans des rangées de réservoirs. Autrefois, les stations d'écopage vagabondes naviguaient au-dessus des nuages des géantes gazeuses. Elles avaient besoin d'usines, de postes de pompage, de centrifugeuses et de réacteurs, et tout cela rendait le procédé de production inefficace et coûteux. En revanche, pour extraire le carburant pour moteurs interstellaires de ces gonflotteurs-ci, il suffisait d'y introduire une paille et de vider les nodules.

Ignorant la tension qui régnait parmi les travailleurs, Del Kellum se promenait sur la passerelle de leur vaisseau amiral, la bedaine en avant.

— Ça va être rentable, bon sang ! Très rentable, en vérité.

— Tant qu'il n'y a pas de saturation du marché, dit Patrick. Avec un tel surplus de production, le carburant pour moteurs interstellaires pourrait devenir aussi bon marché que l'eau.

Kellum renifla en considérant son gendre.

— Les gens font encore fortune en vendant de l'eau.

L'un des gonflotteurs à la périphérie du champ brilla soudain d'un flamboiement blanc intense qui s'estompa rapidement. Zhett le capta du coin de l'œil. Elle savait que les nodules agissaient parfois de la sorte, à la grande consternation des équipes d'extraction. Les vaisseaux qui se trouvaient trop près de l'un de ces flamboiements pouvaient subir de graves dommages au niveau des systèmes et des surcharges des circuits.

Un deuxième sac d'ekti fulgura… puis il y eut trois autres scintillements. Comme si un feu d'artifice au ralenti se propageait à travers l'amas.

— Il se passe définitivement quelque chose là-bas, dit Zhett.

Kristof glapit sur le système de transmission :

— Il s'en est fallu de peu, maman ! mais ça m'a fait de belles images.

Leur fils avait insisté pour aller travailler dans l'espace au milieu des gonflotteurs. En temps normal, Zhett aurait été heureuse de le laisser acquérir une expérience pratique, mais pas en cet instant.

— Toff, dégage de là !

Un sixième gonflotteur clignota et devint plus brillant que ses congénères, comme si une nova avait explosé dans son noyau.

Patrick prit le communicateur.

— Que tout le monde s'éloigne des gonflotteurs. Évacuez les lieux jusqu'à ce que le calme revienne.

Trois autres éruptions éblouissantes. Ces éclairs étaient de plus en plus fréquents, mais libérés de manière aléatoire. Le module de supervision de Denva se replia, mais, alors qu'il frôlait un autre gonflotteur, une éruption endommagea ses moteurs, le laissant à la dérive et impuissant dans l'espace. Des parasites crépitèrent sur le canal de transmission.

— Les systèmes de ma nacelle sont en panne... J'ai des batteries pour alimenter le système de survie. Par le Guide Lumineux, *pas encore!* Que quelqu'un vienne me chercher.

— À tout le personnel, sortez-le de là! hurla Zhett.

Les ouvriers chargés de l'extraction se précipitèrent pour se retirer des installations de pompage, abandonnant les engins attachés aux anomalies spatiales. Un nodule à moitié asséché clignotait lui aussi, comme animé par un faible halètement moribond, mais sa lumière avait une teinte rougeâtre, puis le sac boursouflé s'effondra sur lui-même, écrasant la machinerie de pompage qui y était accrochée.

Toff se porta volontaire pour aller sauver Denva.

— J'enfile ma combinaison, dit ce dernier au milieu d'une grêle de parasites. Je n'ai pas l'intention de me le laisser coincer de nouveau. Je fais encore des cauchemars à propos de Kuivahr. Je vais sauter par le sas pour que tu m'interceptes, gamin.

— Traitez-moi encore une fois de gamin et je pourrais bien vous laisser dériver pendant une heure.

— J'ai connu pire. Je peux tenir aussi longtemps que nécessaire. (Denva lâcha un grognement de colère.) Mais je préfère éviter.

Un gonflotteur flamboya très près du vaisseau de Kristof et ce dernier se mit à paniquer tandis qu'il luttait pour reprendre le contrôle.

— Toff, tu vas bien? s'écria Zhett.

Les éruptions de gonflotteurs se poursuivirent, étincellement après étincellement, comme une tempête de signaux lumineux. Del Kellum faisait les cent pas sur le pont, l'air ombrageux.

— Par le Guide Lumineux, qu'est-ce qui a déclenché tout cela!? Qu'est-ce qui les réveille?

— Je savais que ces opérations semblaient trop faciles, commenta Patrick.

La plupart de leurs navettes et de leurs travailleurs s'étaient retirés à bonne distance tandis que les nodules continuaient de flamboyer comme une pluie de météorites. Zhett demanda un point complet de la situation, détermina qui devait être secouru et combien de vaisseaux étaient endommagés. Cela entraînerait des contretemps, à n'en pas douter.

Toff récupéra Denva et le ramena au QG.

Enfin, les lumières scintillantes s'estompèrent à l'intérieur des nodules au départ inoffensifs, et le calme retomba sur la zone. Zhett secoua la tête en regardant leurs installations, qui étaient soudainement devenues dangereuses. Les Vagabonds avaient déjà drainé des dizaines de sacs, mais il restait plus de la moitié de l'amas.

— Qu'est-ce que c'était que ça ? maugréa-t-elle. Et qu'est-ce qui a déclenché ces éruptions ?

75

Arita

Tandis que les défenseurs de Theroc marchaient vers la forteresse impénétrable au milieu des arbremondes morts, le roi Peter et la reine Estarra affichaient un teint cendreux.

— Dégagez le chemin, hurla Peter. Enlevez les arbres flétris.

Les Onthos se retirèrent dans la profondeur des fourrés tandis que la première vague de soldats theroniens utilisait des explosifs pour défoncer la barricade. Depuis le ciel, des vols de reconnaissance révélaient que des milliers d'Onthos couraient à travers la zone dépourvue de vie.

Lorsque les détonations brisèrent le bois effondré, Collin, Zaquel et les autres prêtres Verts gémirent de consternation, serrant contre eux les surgeons qu'ils avaient rapportés du continent. Reynald avançait d'un pas chancelant, soutenu par Osira'h et Arita.

— Tu as essayé de raisonner les Onthos, le rassura Osira'h d'une voix dure. Ils ont refusé.

— Malgré tout, dit Reyn, j'espérais guérir ces arbres, pas les éradiquer.

Les vaisseaux theroniens qui servaient à lutter contre les feux de forêt arrivèrent précipitamment, chargés de produits ignifuges pour maîtriser le brasier.

— Il ne faut pas que l'incendie se répande.

Arita saisit la main de Collin, qui tremblait de tous ses membres.

— Nous ne faisons qu'éliminer les zones mortes avant que les Jardiniers fassent d'autres dégâts, dit-elle.

— Mais la forêt ne veut pas cela ! (Collin reprit son souffle alors qu'une nouvelle section de la barricade d'arbres effondrés était détruite.)

Les verdanis nous demandent de ne pas causer de dommages supplémentaires.

Le roi Peter fit un geste véhément et envoya une deuxième vague de troupes en avant pour disperser d'autres Onthos.

— Chassez-les de là !

— Mais ce sont les Jardiniers, dit Zaquel. Ils ont servi les arbres.

Estarra se tenait à côté de Peter.

— Ils *tuent* les arbres. Pourquoi voudriez-vous que nous hésitions ?

Les prêtres Verts baissèrent la tête.

— Parce que les verdanis nous supplient d'éviter cela...

Écœurés par les dégâts infligés à la forêt-monde, ils s'étaient rassemblés.

— Attendez-nous, intervint Zaquel. Veuillez arrêter l'attaque !

Fronçant les sourcils, Peter ordonna un cessez-le-feu en attendant de voir ce que les prêtres Verts allaient faire.

Les mystiques se précipitèrent en un large groupe dans le bois mort et épineux. Arita se rua à la suite de Collin et de ses compagnons, craignant qu'il s'agisse d'un piège. La forêt ressemblait à un cimetière perdu et les ossements des verdanis se dressaient tout autour d'eux.

Poussés par Collin, les prêtres Verts se frayèrent un chemin à travers la forêt sombre et lugubre en criant. Marquant une halte dans une trouée dépourvue de vie, Collin parut égaré, déconnecté, bien qu'il tienne entre ses bras son surgeon en pot.

— Même avec nos arbres, nous n'entendons pas l'esprit verdani, dit-il. C'est devenu silencieux ici.

Arita entendit le craquement sinistre du bois qui se brisait et des arbres qui s'effondraient tout autour d'eux. À leur suite, le roi et la reine, ainsi qu'un contingent armé de la garde nationale theronienne, pénétrèrent dans la clairière.

Depuis les branches mortes et tordues au-dessus de leurs têtes et les broussailles sèches qui les entouraient, une agitation sonore leur parvint. Ohro apparut, puis dix autres Jardiniers pâles et enfin une centaine supplémentaire. Leur nombre était époustouflant.

— Nous nous battrons pour survivre, dit Ohro. (Mais sa voix s'avérait plus suppliante que belliqueuse.) Nous avons créé un abri pour nous-mêmes et nous vous détruirons tous si vous essayez de nous en priver.

De nouveaux Jardiniers surgirent, une véritable armée, pour s'opposer aux défenseurs de Theroc et aux prêtres Verts. Des arbres morts, massifs, s'écrasèrent autour d'eux.

— Cette bataille sera sanglante, annonça Osira'h.

Arita sentit son estomac se nouer en regardant les Onthos se rassembler et les gardes theroniens fourbir leurs armes. Puis, au plus profond de son esprit, elle perçut un appel, un cri de la présence lointaine et énorme qui avait frôlé sa psyché pendant si longtemps.

Elle étendit le champ de ses pensées et tenta de toucher cette conscience qui surgissait et semblait encore plus grande que l'esprit verdani. Elle savait qu'elle se trouvait là, à proximité... remuante, fébrile. Elle sursauta quand la présence *s'éveilla* soudain, partout à travers le Bras spiral. Elle tituba et s'agrippa à un arbre pour garder son équilibre, projetant ses pensées, mais la présence naissante ne se focalisait pas sur elle.

Elle s'efforça de se concentrer, de ramener son attention sur Theroc et la bataille qui se déroulait ici. Les prêtres Verts semblaient désorientés, comme s'ils percevaient eux aussi cet éveil.

L'entité autrefois endormie faisait à présent son retour, avec une clarté étonnante, conscience omnisciente qui s'étendait à travers la trame de l'univers. De puissantes pensées lumineuses envahirent le crâne d'Arita, si bien qu'elle se sentit transportée hors de la zone morte de la forêt.

Une petite bataille se livrait ici, mais une guerre plus importante se déroulait dans le cosmos. Un nouvel éveil flamboya dans l'esprit de la princesse et les Onthos réagirent comme si on les avait aspergés d'acide. Les extraterrestres s'enfuirent tant bien que mal en agitant les mains, leurs yeux noirs et impénétrables écarquillés. Poussant des cris perçants et des bruits de panique, ils détalèrent à travers les débris éparpillés de leur forteresse morte.

Les prêtres Verts paraissaient eux aussi stupéfaits et confus.

— Qu'est-ce que c'est ? demanda Collin. Ça n'est pas l'esprit verdani.

— Quelque chose de merveilleux et de terrifiant vient de se produire, dit Arita.

Peter, Estarra et les défenseurs theroniens étaient perplexes. Leur progression militaire s'était arrêtée.

Contre toute attente, un grésillement se fit entendre sur le système de transmissions des gardes theroniens.

— Roi Peter, reine Estarra ! ici la générale Keah... J'emmène les derniers vestiges des FDC à Theroc. Nous avons subi des pertes énormes.

— Des pertes dues à quoi, générale ? répondit Estarra.

— Pourquoi n'avons-nous reçu aucune information à ce sujet ? demanda Peter.

— Mes prêtres Verts ne parvenaient pas à établir le contact ! Les Shana Rei et un million de vaisseaux de guerre cafarobots ont attaqué la Terre. Le Complexe orbital lunaire est anéanti, ainsi que le centre de commandement des FDC, et... et, sire... la Terre est détruite !

76

Orli Covitz

D'autres vaisseaux commencèrent à débarquer à la station Handon, et Orli était persuadée que les Vagabonds allaient finir par créer un pôle commercial prospère. DD s'investissait dans son nouveau rôle en aidant à contrôler les astronefs et les équipements entrants, ainsi qu'à gérer les commandes de fournitures pour la station.

Plus d'une centaine de Vagabonds issus de différents clans s'étaient joints à la nouvelle entreprise à Rendez-Vous. Tandis que Xander et Terry surveillaient les opérations de récupération autour de Relleker, les premières épaves avaient été ramenées pour être retapées. Avec toutes les nouvelles activités d'extraction sur les gonflotteurs, la demande de vaisseaux en état de marche de toute taille était plus forte que jamais. Les mécaniciens de la station Handon réparaient et vendaient autant d'appareils qu'ils arrivaient à en récupérer.

Au cours de leur travail quotidien, Orli se sentait plus satisfaite que jamais. Elle disposait déjà de dix compers vagabonds dans son atelier, dont elle améliorait la programmation et auxquels elle ajoutait de nouvelles fonctionnalités. Dès que l'on commencerait à parler de ses services, elle aurait plus de projets qu'elle pourrait en gérer – ce qui était exactement ce qu'elle désirait.

Et elle était avec Garrison. Ils se rendirent tous les deux à la baie d'atterrissage principale pour réceptionner l'épave cabossée d'un vaisseau commercial en provenance de Relleker, encore chargé de nourriture et d'articles de luxe. Les robots noirs l'avaient éventré, mais la coque et les moteurs étaient intacts, de sorte que le cargo pouvait être remis à neuf. L'équipe de récupération en avait retiré sept corps avant de transporter l'appareil à Rendez-Vous.

Garrison et elle regardèrent les autres astronefs stationnés autour de l'amas d'astéroïdes qui attendaient d'être réparés.

—Nous allons avoir besoin de plus de quais spatiaux aménagés en ateliers de maintenance, dit Orli.

—C'est l'idée, répondit-il. Certains des engins réparés resteront ici, d'autres seront vendus.

Un remorqueur spatial ancra le vaisseau commercial à un astéroïde éloigné, et les équipes d'inspection se mirent au travail pour une première évaluation.

DD et Seth entrèrent dans la baie. Le garçon avait été triste de quitter ses amis d'Academ, mais il s'épanouissait ici aussi.

—J'ai mis mes autres fonctions en veilleuse pendant quelques heures pour vérifier les devoirs du jeune Seth, comme on me l'avait demandé, dit DD. Ses progrès sont satisfaisants, bien que ses notes les plus faibles concernent les unités de vocabulaire.

—Je communique très bien, intervint Seth.

—C'est vrai, convint Orli, mais DD peut t'apprendre des mots plus complexes.

—Et comment les épeler, ajouta Garrison.

—Mais je suis un Vagabond ! Je suis meilleur en mathématiques et en ingénierie.

Garrison se tourna vers le comper.

—Tu entends ça, DD ? Lorsque tu n'es pas en service pour le compte de la station, donne-lui beaucoup de devoirs en mathématiques et en ingénierie également.

Le garçon grimaça.

—Ça n'est pas ce que je voulais dire.

Orli sourit et s'appuya contre Garrison. La baie était remplie de bruits de moteurs de vaisseaux en train d'être testés, de cargaisons qu'on déchargeait, d'ouvriers frappant avec leurs outils des systèmes rebelles afin qu'ils filent droit. Mais elle fut distraite de tous ces sons par un bourdonnement et un chuchotement plus forts dans sa tête.

Elle n'avait jamais été en mesure de saisir les murmures qu'elle entendait dans son esprit depuis son immersion dans un sac de gonfloteur. C'était comme un sifflement dans ses oreilles, parfois facilement ignoré, parfois gênant. Le bourdonnement se taisait souvent au point qu'elle pensait l'avoir imaginé au bout du compte, mais, à d'autres moments, cette distraction la visitait en rêve.

À présent, tandis qu'elle se trouvait dans la baie principale de la station Handon, la lointaine conscience à l'intérieur de son esprit gonfla soudain pour atteindre un crescendo, plus forte que ce qu'elle avait jamais expérimenté auparavant. Elle en eut le souffle coupé et ses genoux se dérobèrent sous elle. Garrison la rattrapa et l'empêcha de tomber. Elle serra les paupières de toutes ses forces, luttant contre l'appel lancinant derrière ses tempes, et la présence fantomatique s'empara alors d'elle, comme si elle voulait la secouer pour la réveiller.

Garrison lui demanda à plusieurs reprises ce qui n'allait pas tandis qu'elle essayait de comprendre l'agitation qui régnait dans son crâne, mais elle n'entendait que des couleurs vives et voyait des sons douloureux qui s'entrechoquaient.

—Je l'ignore!

Elle secoua la tête, tentant de juguler sa confusion.

Elle se rendit compte alors qu'il existait une autre personne comme elle, un humain qui avait également perçu cette voix... quelqu'un dont l'esprit était également ouvert à la conscience qui se trouvait derrière les gonflotteurs.

Seth était affolé et DD réclama une assistance médicale pendant que Garrison la portait à moitié sur le côté de la baie d'atterrissage. Orli ne voyait presque rien autour d'elle, car des visions incongrues d'odeurs et de toucher se bousculaient derrière ses yeux. La présence en train de s'éveiller était brillante, nette, douloureusement claire... et exaltante. Même si Orli était effrayée, elle se sentait plus énergique et plus vivante qu'elle l'avait jamais été.

—Je vais bien, haleta-t-elle en serrant le bras de Garrison. Plus que bien. C'est... incroyable. Je comprends à présent, mais je ne comprends pas. (Elle parlait si vite que les mots se bousculaient dans sa bouche.) Garrison, s'il te plaît... il faut que je trouve quelqu'un. Un appel a été lancé à travers le Bras spiral et j'ai senti que quelqu'un d'autre écoutait. Un autre humain. Nous sommes connectés.

Elle s'efforça de saisir ce que cette présence singulière essayait de lui dire et contempla les immenses arbremondes de Theroc, vit l'image d'une jeune femme que, d'instinct, elle savait être Arita, la fille du roi Peter et de la reine Estarra.

Et, étrangement, la voix vibrante de l'être qui montait dans son esprit insistait sur le fait qu'il était lié d'une façon ou d'une autre aux gonflotteurs disséminés dans le Bras spiral. Les nodules gris-vert l'appelaient d'une certaine manière.

Une intense préoccupation se lisait sur les traits de Garrison, mais Orli savait qu'elle ne souffrait d'aucun problème médical. Elle se rendit compte néanmoins qu'elle avait quelque chose à accomplir.

— Je vois à présent, Garrison. Il s'agit des *gonflotteurs*... Je dois aller les voir. Mais d'abord nous devons aller sur Theroc et contacter Arita. Toi et moi devons faire cela ensemble.

— « Theroc » ? dit Garrison, déconcerté. En es-tu sûre ? As-tu déjà rencontré cette princesse ? Pourquoi diable...

— C'est mon Guide Lumineux, insista-t-elle. Je le vois, aussi brillant qu'un phare. M'y emmèneras-tu ? C'est important.

Il n'hésita pas et elle l'aima pour cela.

— Bien sûr. Je vais appareiller le *Fils Prodigue* et trouver quelqu'un pour prendre la relève ici pendant que nous envoyons un message à Terry et Xander. Nous pouvons partir tout de suite.

77

Tamo'l

À l'abri et seule dans son dôme de recherche, Tamo'l étudiait une myriade de formes de mort. L'examen de la synergie génétique des mal-nés était son principal intérêt, mais, depuis que les ombres vénéneuses l'avaient infiltrée, elle avait été poussée à chercher des faiblesses dans sa propre génétique d'hybride également.

De nombreux scientifiques de Pergamus menaient des projets plus intéressants aux yeux de Zoe Alakis, et Tamo'l passait donc ses journées seule et sans se faire remarquer. La plupart du temps, elle vivait engoncée dans une fugue de ténèbres, engloutie dans un océan de mystères et de questions. Si quelqu'un avait suivi la trace des archives qu'elle avait consultées ou des spécimens qu'elle avait examinés, il aurait été curieux de savoir pourquoi les maladies humaines mortelles fascinaient tant une chercheuse en génétique ildirane.

Tamo'l frémit et ferma les fenêtres sur ses écrans, puis se força à afficher ses analyses initiales sur les cartes des génomes de sa fratrie et du sien. Pourquoi était-elle la seule de tous ses frères et sœurs à présenter une faille dans son armure ? Pourquoi était-elle vulnérable ?

Son père était un lentil qui s'était consacré à la philosophie et à l'étude de la Source de Clarté. Les Shana Rei avaient-ils réussi à franchir la barrière entre les mondes et à l'infecter à travers ce plan supérieur ? ou bien était-elle juste plus faible que les autres ?

Avec un hoquet de surprise, elle constata que, sans en avoir conscience, elle avait affiché de nouveaux dossiers sur le fléau onthos et était allée jusqu'à repérer l'endroit où les échantillons étaient stockés sur Pergamus. Elle ne s'était même pas rendu compte qu'elle faisait cela et, pendant cette fugue, elle avait involontairement commencé à planifier la manière dont elle pourrait acquérir certains de ces spécimens.

Impuissante et terrifiée, elle effaça tout son travail et éteignit ses systèmes.

— Laissez-moi ! hurla-t-elle. Je ne vous aiderai pas.

Les ombres en elle semblèrent rire.

Contre toute attente, leur présence moqueuse et menaçante recula dans son esprit et elle ressentit un changement fondamental. Les ténèbres tapies en elle étaient comme un poison glacial, mais ce changement avait quelque chose de brillant, de nouveau et de conscient… et il intimidait les Shana Rei. Elle perçut une présence imposante qui se frayait un chemin dans l'univers, pareille à un enfant cherchant désespérément à naître. Cette entité ne faisait pas partie du thisme, n'était pas connectée au lien qu'elle partageait avec ses frères et sœurs… C'était quelque chose de différent.

Tamo'l déploya sa psyché, désireuse d'embrasser cette nouvelle présence titanesque, voyant là un espoir de sauvetage. Mais cette autre grande conscience détectait à présent la souillure des Shana Rei en elle, et elle l'effraya soudain autant que les ombres. Elle était prise entre deux forces immenses, sans pouvoir s'échapper. Pourtant, elle s'accrocha et cria jusqu'à ce que la présence qui s'éveillait la remarque et lui réponde.

Et elle ressentit une douleur atroce !

78

Jess Tamblyn

À Academ, la comète était agitée et inquiète. L'énergie wentale qui imprégnait ses glaces se mit à scintiller d'un nouvel éclat, comme si elle avait reçu une infusion de carburant frais. Les étudiants vagabonds étaient anxieux, et même Jess se préoccupait de plus en plus de ce qui arrivait aux élémentaux, qui étaient restés silencieux pendant si longtemps.

Leur force avait autrefois fait partie intégrante de son métabolisme, lorsque les wentals et lui avaient écumé le Bras spiral en combattant les hydrogues et les faeros. Les élémentaux d'eau avaient chanté à travers Cesca et lui-même, les libérant, les rendant plus qu'humains. Il sentait à présent des fourmillements lui parcourir la peau.

Il ne pensait pas que les wentals feraient du mal à Academ, mais tout le monde ne pouvait pas accorder sa confiance à des êtres aussi puissants et exotiques.

Escorté par KA, un Arden Iswander nerveux rendit visite à Jess et Cesca dans les bureaux de l'administration de l'école. Le jeune homme ressemblait énormément à son père, le baron d'industrie.

— Je me suis porté volontaire pour venir vous parler, dit-il. Les étudiants sont inquiets. Cette lueur s'infiltre partout. Qu'est-ce que cela signifie ? Et s'il y avait des effets secondaires ?

— Les wentals ont toujours été bienveillants, expliqua Cesca en essayant de le rassurer. Je n'ai aucune raison de penser qu'ils nous feraient le moindre mal. Après avoir aidé la race humaine à survivre à la Guerre des Élémentaux, certains d'entre eux se sont endormis ici.

Arden opina lentement de la tête, visiblement peu convaincu.

— Endormis *la plupart du temps*, mais quelque chose les pousse manifestement à réagir. Par ailleurs, les wentals se sont avérés funestes par le passé… Vous en êtes tous deux conscients, et ce plus que quiconque. Lorsqu'ils étaient en vous, *votre* contact suffisait à tuer les gens. Et s'ils perdaient de nouveau le contrôle ?

Il leva les mains pour indiquer les murs de glace rayonnants.

Jess savait qu'Arden Iswander s'était dressé contre ses harceleurs et l'avait défendu, même lorsque de nouveaux élèves vagabonds lui avaient reproché les erreurs de son père. Arden semblait être un dirigeant-né, et aujourd'hui il parlait au nom d'autres étudiants, qui, comme lui, se sentaient mal à l'aise.

— J'aimerais avoir une meilleure réponse à vous offrir, dit Jess. La vérité, c'est que ni Cesca ni moi ne comprenons exactement ce qui se passe avec les wentals à l'intérieur de la comète.

La lueur omniprésente dans la glace scintillait, mais les wentals n'avaient pas communiqué avec eux directement. Jess ignorait s'ils savaient seulement encore communiquer, s'ils se souvenaient de la fragilité de la vie humaine.

Lorsque Cesca toucha le mur, une partie de la glace fondit, mais ce n'était manifestement que de l'eau qui avait humidifié le bout de ses doigts.

— Parfois, nous entendons des mots et saisissons des concepts clairs, mais, d'autres fois, nous éprouvons simplement un sentiment d'excitation ou de malaise.

— Vous voyez bien de vos propres yeux à quel point la comète change, dit Arden.

— Oui, elle est en train de changer, répondit Jess. Et, compte tenu des destructions que les Shana Rei provoquent, nous pourrions avoir besoin des wentals comme alliés.

— Même après ce qu'ils vous ont fait ? s'enquit Arden.

La voix de Cesca se fit sévère.

— Et ce qu'ils ont fait *pour* nous.

Le garçon était bien trop jeune pour se souvenir des terribles attaques des hydrogues et des faeros, et il ne pouvait donc pas comwprendre le prix que Jess et Cesca avaient été prêts à payer. À l'époque, la race humaine s'était retrouvée prise dans un affrontement galactique contre des ennemis largement supérieurs. Les wentals avaient aidé l'humanité à survivre.

— Qu'est-ce que vous proposez, Arden ? demanda Jess.

Le jeune homme leva le menton.

— Pour l'instant, par mesure de précaution, les élèves devraient rejoindre Nouvelle-Station. Au moins jusqu'à ce que ça se calme. (Il baissa la voix.) Je pense que c'est une suggestion raisonnable.

Jess et Cesca avaient toujours espéré avoir des enfants, mais leur exposition aux wentals avait irrévocablement altéré leur métabolisme et ils n'avaient jamais pu fonder la famille qu'ils souhaitaient. Au lieu de cela, ils avaient créé Academ afin d'être toujours présents auprès des enfants de Vagabonds, pour les guider et leur dispenser des cours.

Jess faisait confiance aux wentals, mais il voulait également protéger ses élèves. Les membres des clans avaient laissé leurs garçons et leurs filles sous leur garde, et Cesca et lui devaient veiller à ce qu'il ne leur arrive rien. Il regarda Arden et acquiesça.

— Je comprends vos inquiétudes. Cesca et moi demeurerons ici, mais tous ceux qui souhaitent passer d'Academ à Nouvelle-Station sont invités à le faire. Bien que nous soyons convaincus que les wentals ne nous feront pas de mal, nous ne devons prendre aucun risque.

— Je préviendrai les autres, dit Arden. Certains étudiants veulent partir sur-le-champ, mais je resterai ici. D'autres aussi, si vous pensez vraiment que c'est sans danger.

Les murs couverts de glace se mirent à craqueler et une lumière fraîche ruissela à travers les fragments ainsi révélés. La clarté chatoyante devient soudain intense, écrasante. Cesca lâcha un cri et Jess sentit son cœur bondir dans sa poitrine. C'était comme si les élémentaux d'eau venaient de délivrer un message exubérant au moyen des rafales lumineuses qui avaient fusé à travers la glace.

Un changement profond dans l'univers les avait agités, et les wentals accumulaient de l'énergie et se signalaient… à quelque chose. Jess n'avait jamais ressenti une telle sensation auparavant.

Autour d'eux, toute la comète Academ se mit à briller comme une étoile nouvellement allumée. Des cris d'alarme s'élevèrent des rangs des élèves et des professeurs dans les couloirs. Le système d'interphone crépita, noyé sous les bruits parasites et les questions frénétiques.

— Vous avez raison, Arden, dit Jess au jeune homme soudain mal à l'aise, nous devrions renvoyer les étudiants. Les wentals préparent quelque chose.

79

Exxos

La réaction de panique des Shana Rei ébranla les robots noirs. *L'Esprit de l'éternité ?* Les créatures des ténèbres ne parvenaient pas à décrire de manière cohérente ce qu'elles craignaient exactement.

Inexplicablement, plusieurs des nuages d'ombre en maraude dans l'espace interstellaire commencèrent à s'effondrer, écrasés par une force extérieure, et les Shana Rei ne furent pas en mesure d'empêcher cette catastrophe. À travers le Bras spiral, alors que cette force de mauvais augure atteignait une sorte de conscience, les nébuleuses noires virent le flux du chaos s'inverser et elles se transformèrent en matière froide, condensée dans son état fondamental.

Les Shana Rei piégés gémirent dans le vide, exprimant un martyre bien plus grand que celui qu'ils avaient jamais manifesté face à la douleur provoquée par une pensée consciente.

Bien qu'Exxos soit heureux d'assister à leurs souffrances – en ce qui le concernait, les créatures des ténèbres méritaient chaque once de la douleur qu'elles enduraient –, l'idée d'une force assez puissante pour terrifier les Shana Rei était troublante pour les robots klikiss. Sa myriade d'homologues et lui-même n'étaient pas en mesure de se défendre contre une telle chose, ils ne pouvaient ni se préparer ni fuir.

L'immense flotte de cuirassés de robots ressuscités accéléra à travers le nuage d'ombre tourbillonnant, se séparant de la nébuleuse chaotique au plus vite. Tandis que les copies d'Exxos observaient la scène depuis une distance croissante, les énormes cylindres des Shana Rei s'effritèrent et leurs surfaces obsidiennes se parsemèrent d'un réseau de fissures.

Des créatures en forme de taches d'encre frénétiques se manifestèrent autour des vaisseaux de robots, apparaissant et disparaissant au hasard tout en babillant.

— La matière noire est en train de fusionner !

— L'Esprit de l'éternité est derrière ce phénomène !

Les formes ténébreuses s'étirèrent et se déformèrent, leurs yeux centraux étincelèrent comme en proie à la terreur, puis clignotèrent et devinrent rouges.

Exxos savoura leur panique, mais elle était dangereuse également. Des vaisseaux de guerre de robots s'échappèrent vivement des limites du nuage d'ombre qui avait émergé dans l'espace près d'un amas de gonflotteurs, et les noyaux des nodules à la dérive se mirent à clignoter et à scintiller comme s'ils s'activaient en réaction à leur environnement proche.

Les gonflotteurs ?

Exxos se souvint de l'époque où les Shana Rei avaient menacé pour la première fois les opérations industrielles d'Iswander. Ç'aurait dû être un massacre dévastateur, mais, lorsque les ombres avaient constaté que les travailleurs humains drainaient et tuaient les nodules gris-vert, elles s'étaient contentées de se retirer sans attaquer, laissant les installations intactes. Exxos et ses robots voulaient anéantir l'avant-poste d'Iswander, mais les Shana Rei avaient refusé. Cette décision s'était avérée capricieuse et inexplicable.

À présent, de nouveaux nuages d'ombre émergeaient dans l'espace réel en des points au hasard, sans aucune espèce de stratégie. Les Shana Rei désiraient simplement remplir le cosmos de leurs ténèbres étouffantes, mais, cette fois-ci, une force s'opposait à la nébuleuse.

Les gonflotteurs ?

Le nuage noir roula et tourbillonna comme s'il était impuissant, puis se replia sur lui-même et implosa à des vitesses presque relativistes. La matière noire devint de plus en plus dense, attirée par sa propre gravité et concassée par une force de répulsion extérieure. En un temps étonnamment court, l'énorme nuage d'ombre s'effondra tandis que sa matière augmentait en densité jusqu'à ce qu'une lueur terne apparaisse en son milieu. Pression, écrasement, condensation… les réactions nucléaires finirent par atteindre un point critique et, alors que la nébuleuse continuait à s'écrouler sur elle-même, une protoétoile jaillit en son centre et s'alluma.

Le spectacle du nuage d'ombre en train de s'effondrer – tandis que les Shana Rei, impuissants, reculaient en proie à une terreur chaotique –

atterrait Exxos, car il ne saisissait pas les raisons de cette catastrophe. On aurait dit que la trame de l'univers elle-même se défendait maintenant qu'elle était réveillée et qu'on la contrariait.

Abandonnant les vestiges de leur nuage d'ombre, les Shana Rei s'enfuirent dans le vide pour échapper à la douleur fulgurante de l'étoile naissante.

En assistant à ce désastre cosmique, Exxos se sentit une nouvelle fois insignifiant. D'après les cris des créatures des ténèbres, dont l'intensité lui déchirait l'esprit, il savait que la même catastrophe se produisait dans d'autres nuages d'ombre émergeant dans le Bras spiral.

80

Shareen Fitzkellum

Calme, paisible, Kotto gisait dans un état végétatif à l'infirmerie de la station Cœur-de-Feu.

Pendant deux jours, les meilleurs médecins vagabonds avaient effectué des tests et des scanners tandis que Howard et Shareen rôdaient à proximité. Les adolescents essayaient de ne pas les gêner, se rendant compte qu'ils n'étaient d'aucune aide… mais, très vite, il apparut que les docteurs en étaient au même point qu'eux.

Dans l'espoir d'en apprendre plus sur la situation, Howard et Shareen avaient étudié les journaux de bord de Kotto, ses commentaires énigmatiques et ses accès de colère, qui évoquaient la présence de quelque chose d'autre là au-dehors. Puis l'ultime vague qu'il avait appelée de ses vœux, sans savoir ce qu'elle pourrait lui infliger, l'avait emporté. À ce moment-là, le comportement de Kotto avait troublé les deux compers, et, lorsque Shareen regarda ces dernières secondes, son cœur se serra et ses yeux se remplirent de larmes.

Les schémas cérébraux du scientifique de premier plan étaient complètement vierges, comme si son esprit et son âme s'étaient tout bonnement envolés, charriant avec eux toute la connaissance magnifique et écrasante de l'univers qu'il était censé avoir acquise.

Après deux jours sans réaction et sans le moindre changement, Kotto Okiah, le plus grand savant vagabond qui ait jamais vécu, passa tout simplement de vie à trépas. Il cessa de respirer et son cœur de battre, mais sa géniale psyché s'était éteinte quelques jours plus tôt.

Shareen se sentait impuissante.

— Si Kotto est mort pour recevoir tout ce savoir, j'aurais aimé qu'il soit en mesure d'en partager une partie avec nous.

Elle s'affaissa sur une chaise.

Howard continua à examiner les journaux de bord du voyage du scientifique, parcourant les jours qui comportaient des relevés, dont la plupart n'étaient que des données sans intérêt qui s'avéraient inexploitables. Quand Kotto était encore en vie, ils s'étaient focalisés sur la dernière partie de l'expédition, lorsque le savant avait rencontré ce qu'il avait appelé l'Esprit de l'éternité.

Ils se concentraient à présent sur la seconde découverte cruciale qu'avaient réalisée Kotto et la navette éclaireuse. La colère qui enfla en Shareen souleva les lourds linceuls de son chagrin.

— Kotto aurait voulu que nous apprenions quelque chose de cette débâcle… quelque chose que nous pourrions utiliser.

Elle se repassa les premières images du voyage à travers le vide, lorsque le vaisseau d'exploration s'était glissé devant des cylindres hexagonaux noirs, silencieux et bondés, un rassemblement de Shana Rei. Elle resta pendue aux lèvres de Kotto. Il pensait avoir trouvé leur repaire secret.

— Il voulait porter cela à la connaissance de la générale Keah, expliqua-t-elle. Pour faire savoir aux FDC qu'ils pourraient être en mesure de prendre les Shana Rei par surprise.

Ils regardèrent tous deux les images inquiétantes des cylindres d'ombre léthargiques repliés dans le néant. Les énormes hexagones noirs semblaient engourdis, inconscients… comme des prédateurs endormis.

Les lèvres de Shareen s'incurvèrent en un sourire déterminé.

— Nous devons aller au dôme terrarium et demander aux prêtres Verts d'envoyer un message disant qu'il y a une porte dérobée à Cœur-de-Feu, un moyen d'atteindre les ombres là où elles s'y attendront le moins.

— La générale Keah va adorer ça, dit Howard.

Son binôme et elles savaient comment les nuages d'ombre apparaissaient dans l'espace réel pour y faire des ravages. Ce néant, toutefois, se trouvait à l'*intérieur* des murs de leur forteresse, derrière toutes les défenses qu'ils pouvaient avoir établies. Et cela laissait entrevoir une occasion remarquable.

— En vérité, dit Shareen, cela pourrait même être la plus grande découverte de Kotto.

81

Générale Nalani Keah

En définitive, les Forces de Défense n'avaient pas fait grand-chose pour défendre la Confédération. Malgré toutes leurs fanfaronnades et leurs armements, leurs bombes solaires et leurs canons laser, elles avaient complètement échoué face à la menace que représentaient les Shana Rei.

Pendant leur trajet vers Theroc, Keah avait fait face au choc, au chagrin et à la colère. Cloîtrée dans son bureau pendant des heures durant le vol vers la capitale de la Confédération, elle répéta son rapport en se jurant de ne pas enjoliver le désastre. Plus tard, enfermée dans sa cabine sur le *Kutuzov*, à l'abri des regards extérieurs, elle se demanda comment annoncer au couple royal qu'elle avait échoué. Les répliques qu'elle avait travaillées s'étaient tout simplement évanouies, et elle s'effondra.

Mais c'en était assez. Pas le temps de pleurnicher. En définitive, vidée, endurcie et avec une détermination renouvelée, elle fit sa toilette, enfila son plus bel uniforme et alla parler à Peter et Estarra.

Tous les prêtres Verts et les défenseurs theroniens étaient revenus précipitamment de la Sylve. Nadd, le prêtre Vert de Keah, put enfin partager des informations de base avec d'autres planètes à travers le télien.

Après tous les défis que la générale Keah avait relevés au cours de sa carrière militaire, affronter le roi et la reine sur Theroc s'avérait être la tâche la plus difficile qu'elle ait jamais accomplie. Elle présenta des images de la déroute totale que ses bâtiments de guerre les plus puissants avaient subie sur Terre : des milliards de morts et une grande partie de sa flotte anéantie en une seule bataille.

— Si je pouvais trouver un moyen de démanteler ces monstres jusqu'au niveau atomique, je le ferais à mains nues, ajouta-t-elle ensuite d'une voix rauque.

Tremblant, Peter se leva de son trône.

— Les Shana Rei ont déjà essayé de tuer la forêt-monde avec leur ombre-de-la-nuit, et il a fallu tous nos efforts : vos vaisseaux, les croiseurs lourds de la Marine Solaire, les vaisseaux-arbres verdanis et même les faeros, pour les repousser. Avec juste les FDC et quelques faeros, la Terre n'avait aucune chance.

Keah leva le menton et déglutit avec difficulté.

— Je vais rappeler tous nos appareils déployés et les rassembler ici. Nous devons protéger Theroc à tout prix.

Déjà le *Kutuzov*, l'*Okrun* et les soixante derniers vaisseaux de guerre endommagés croisaient en orbite autour de la planète, rejoignant les gigantesques cuirassés verdanis qui montaient la garde. Les immenses arbres en orbite étaient intimidants, et les Mastodontes et les Mantas de la FDC n'étaient pas à dédaigner, mais, face à un million d'attaquants cafarobots, ils étaient loin de faire le poids.

C'est tout ce qu'elle avait, cependant, et Keah promit de faire de son mieux. Elle demanda à l'ensemble de son personnel de sortir des sentiers battus et de proposer des solutions alternatives. Par le passé, elle avait eu beau encourager les amiraux Handies et Harvard à suggérer de nouvelles idées, ils étaient restés fidèles aux anciennes méthodes... et ils en étaient morts. Au moins, l'amiral Haroun s'était-il montré à la hauteur. Keah ignorait quel espoir elle avait à offrir.

Puis, comme par miracle, une possibilité inédite lui tomba toute cuite dans le bec.

Dans le silence abasourdi qui suivit la fin du compte-rendu de Keah, les prêtres Verts de la salle du trône s'agitèrent soudain comme ils touchaient la surface de l'arbremonde qui servait de mur et recevaient un message à travers le télien.

— Nous venons de recevoir des nouvelles urgentes de la station Cœur-de-Feu, annonça Zaquel. Kotto Okiah a découvert un point faible significatif des Shana Rei.

La générale Keah cligna des yeux et reprit son souffle.

— Bon sang ! je me contenterais même d'un point faible relatif. Rédigez vos rapports... j'ai besoin de toutes ces informations.

Les prêtres Verts retranscrivirent furieusement les données que Celli et Solimar leur transmettaient et qui décrivaient l'expédition de Kotto dans le vide et comment elle avait entraîné sa mort, mais pas avant qu'il ait déniché la cachette secrète des ombres. Si les deux laborantins de Kotto avaient raison, les FDC pourraient se retrouver à observer un terrain de jeu complètement différent.

Beaucoup d'auditeurs n'avaient pas saisi l'importance de cette découverte, mais Keah s'écria :

— Cela nous offre l'occasion de nous faufiler au milieu des ombres par-derrière ! Une porte dérobée, directement dans leur tanière. Ils ne s'y attendront pas et nous pourrons choisir le bon moment pour les surprendre. (Elle serra les poings et laissa échapper un petit gloussement nerveux.) Nous avons toujours été à la merci du jour et du lieu où les Shana Rei décidaient de frapper. Il s'agissait de défense et non d'attaque. Mais, si l'incident du Grand Anneau a créé une entrée secrète, alors nous pourrons nous rendre nous-mêmes là-bas et passer à l'offensive.

C'était étrange de se sentir remplie d'enthousiasme et d'espoir, et elle allait en profiter au maximum.

— Vos Majestés, si nous continuons à combattre les Shana Rei et les cafarobots comme nous l'avons fait jusqu'à présent, nous sommes condamnés à perdre. Il n'y a aucune chance que nous puissions les vaincre dans un affrontement militaire frontal, selon leurs conditions.

Peter acquiesça.

— Après avoir vu ce qui s'est passé sur Terre, je suis d'accord avec vous.

Keah poursuivit le développement de son point de vue :

— Ces choses veulent nous faire disparaître jusqu'au dernier. Nous devons essayer toutes les éventualités qui s'offrent à nous. (Elle afficha un rictus sévère. Sa sombre indignation s'était transformée en une détermination impitoyable.) Je parie qu'Adar Zan'nh serait prêt à envoyer ses meilleurs croiseurs lourds de la Marine Solaire pour cette opération, continua-t-elle. Nous allons rassembler autant de bombes solaires que possible auprès des autres vaisseaux de patrouille des FDC. C'est là que nous devons les utiliser. Je passerai à la station Cœur-de-Feu en me rendant sur Ildira.

Elle fit un pas en direction du trône.

— Donnez-nous juste l'ordre de passer à l'attaque et nous entrerons en guerre contre les Shana Rei.

Estarra jeta un coup d'œil à Peter et se tourna vers la générale.

— L'ordre est donné.

82

Garrison Reeves

Les clans de Vagabonds savaient s'adapter aux changements soudains. Garrison avait fait en sorte que les opérations de la station Handon se déroulent sans heurts : réception des vaisseaux récupérés, accueil de nouveaux ouvriers, installation des quartiers d'habitation. Aussi, lorsqu'il annonça qu'il devait partir – parce qu'Orli en avait *besoin* –, d'autres purent se charger des tâches qu'il laissait derrière lui.

Rajesh Clinton, qui avait déjà travaillé avec lui sur les quais de réparation du Complexe orbital lunaire, le salua d'un geste de la main.

— Pas de soucis, je surveille les choses autant que le besoin s'en fait sentir. Les équipes sont quasiment en autonomie complète. (Il avait la peau foncée, la trentaine, un sourire éclatant et de gros sourcils.) Les Vagabonds n'ont pas besoin de beaucoup de supervision.

— Merci, Jesh.

Garrison se dépêcha d'aider Seth à faire ses bagages pour leur voyage sur Theroc.

Orli était impatiente de partir. Une étincelle d'émerveillement animait ses yeux depuis qu'elle avait entendu l'appel de cette étrange présence qui s'éveillait.

Le *Fils Prodigue* fut prêt en deux heures. Rajesh promit d'envoyer un message aux champs de récupération de Relleker pour informer Xander et Terry de la situation.

— Je reviendrai dès que possible, le rassura Garrison. Ne vous inquiétez pas.

Il resterait avec Orli jusqu'à ce qu'elle trouve ses réponses. Ce serait peut-être sur Theroc, à moins que Theroc ne soit que le début de leur voyage. Le *Fils Prodigue* quitta l'amas d'astéroïdes à pleine vitesse et mit le cap sur la planète qui abritait la forêt-monde.

Pendant le vol qui l'éloignait des astéroïdes de Rendez-Vous, Orli ne cessa de se frotter les tempes. Elle entamait des conversations pour essayer d'expliquer à Garrison ce qu'elle traversait, mais elle ne parvenait pas à décrire ce qui se passait dans son esprit.

— Tu te souviens quand nous nous sommes écartés d'Ikbir et que nous avons trouvé ce groupe de gonflotteurs ? finit-elle par dire. Comment ils formaient des chaînes qui les reliaient comme un réseau à travers l'espace ?

Garrison sourit.

— Comment pourrais-je oublier ?

— C'est un phénomène qui se déroule là, à l'extérieur. Pas seulement dans le système d'Ikbir, mais… partout. Les gonflotteurs sont plus que de simples sacs de combustible. (Elle se mordit la lèvre inférieure.) Arita et moi sommes liées à eux et l'une à l'autre. Nous devons nous rencontrer face à face.

Lorsque le *Fils Prodigue* débarqua, les redoutables cuirassés verdanis en orbite, ainsi que les vaisseaux des FDC endommagés qui montaient la garde autour de la capitale de la Confédération, intimidèrent Garrison. Il transmit sa demande d'audience auprès de la fille du roi et de la reine.

Personne dans la capitale n'avait de raison de connaître Garrison Reeves ou Orli Covitz, et Arita n'avait jamais eu de contact préalable avec eux, mais cette demande s'avéra suffisamment inhabituelle pour attirer l'attention. Il fut surpris de recevoir une autorisation d'atterrissage aussi facilement, et plus encore quand Arita elle-même envoya un message :

— Orli ? Oui, je vous attendais… je crois.

Lorsque le *Fils Prodigue* se posa sur la canopée polymérisée, Orli émergea dans la lumière brumeuse du soleil et balaya du regard les gens qui déambulaient dans la zone d'atterrissage, les techniciens et le personnel de soutien, les soldats des FDC et les fonctionnaires de la Confédération. Elle repéra immédiatement la jeune femme aux cheveux noirs qui se précipitait à leur rencontre, accompagnée d'un prêtre Vert du même âge.

— Tu l'entends toi aussi, dit Arita. Quelque chose s'est tout juste mis à bourdonner, à penser… à communiquer à travers l'univers.

Orli était surexcitée. Elle avait l'impression de retrouver une vieille amie alors qu'Arita et elle venaient à peine de se rencontrer.

— Oui, et c'est lié aux gonflotteurs.

Le visage d'Arita s'illumina et elle se tourna vers le prêtre Vert.

— Collin, c'est ça! les gonflotteurs. J'ai entendu l'émergence de cet éveil lorsque nous nous trouvions dans la zone sinistrée. Orli a raison. Maintenant, je comprends.

— Mais... que comprends-tu? lui demanda-t-il.

— Pour une raison ou pour une autre, Arita et moi avons un lien avec cette présence, s'empressa de lui expliquer Orli. Venez avec nous rejoindre les gonflotteurs.

Le visage d'Arita rayonna d'un émerveillement songeur.

— Pendant longtemps, j'ai pensé que j'étais une ratée, car les verdanis ne m'acceptaient pas. Toutefois, lorsqu'ils m'ont changée, j'ai établi une sorte de contact... mais je ne m'en suis pas rendu compte. Je n'ai jamais vraiment réussi à m'intégrer parce que ma connexion ne se situait pas ici. (Elle désigna le ciel d'un vague signe de la main.) Elle était là, quelque part dans l'espace.

— Exactement, dit Orli. La réponse se trouve au milieu des gonflotteurs. Nous allons monter à bord du *Fils Prodigue* et essayer de communiquer avec cette présence. Peut-être qu'ensemble nous apprendrons ce qu'elle désire.

Les yeux d'Arita brillèrent de détermination.

— Ou ce dont elle a besoin.

83

Tom Rom

Tom Rom accéléra afin de pouvoir être de retour à Pergamus à l'heure où Zoe l'attendait. Il savait à quel point elle s'inquiétait s'il avait du retard.

Zoe Alakis n'était pas sa fille biologique, mais un concours de circonstances pervers avait fait d'elle son enfant dans son cœur. Comme il n'avait pas réussi à sauver sa véritable progéniture des bouchers de Rakkem, il avait juré de ne pas laisser tomber sa fille de substitution. Il lui avait toujours livré tous les spécimens qu'elle désirait et recueilli les données dont elle avait besoin pour ses programmes de recherche. Il récupérait des prisdiamants dans les jungles d'arbres-à-lichen de Vaconda chaque fois qu'il lui fallait remplumer sa trésorerie.

Mais il ne lui avait jamais décrit ces missions par le menu, sachant que cela l'inquiéterait. Il ne lui avait pas expliqué qu'il l'avait échappé belle lorsqu'il avait obtenu le parasite cérébral de Dhougal pour sa collection. Il ne lui avait pas raconté comment un groupe de pirates vagabonds avait un jour tenté de lui voler sa cargaison de prisdiamants et de le laisser mourir sur Vaconda.

À sa manière, calme et efficace, Tom Rom gérait ces crises. Zoe n'avait pas besoin de connaître les détails. Elle n'avait pas besoin de se préoccuper.

Dès que son vaisseau entra dans le système Pergamus, les troupes mercenaires de sécurité de Zoe l'interceptèrent et elle le salua immédiatement, soulagée, sur le système de transmission. Elle était froide et distante lorsqu'elle parlait à quelqu'un d'autre, ne montrant aucun désir d'entretenir une quelconque amitié, mais, avec lui, c'était différent. Ç'avait toujours été différent.

Après l'atterrissage, elle demanda à le voir en personne, voulut qu'il passe par les multiples niveaux de décontamination, comme un pénitent accomplissant le chemin de croix, mais, cette fois, il se défila.

— Je dois prendre contact avec les Sphères de recherche orbitale, rencontrer les principales équipes de test et vérifier les archives des maladies. Tamo'l a-t-elle transmis des rapports réguliers ?

— J'aimerais que tous mes experts soient aussi diligents. Elle se tient occupée, bien qu'elle n'ait pas fourni de résultats significatifs. J'ai suivi ses recherches et elle s'intéresse étonnamment à nos affections les plus mortelles. (Elle pinça les lèvres.) Il pourrait être judicieux de la réaffecter à d'autres tâches. Avec sa formation ildirane, elle pourrait avoir des perspectives nouvelles. Pergamus semble beaucoup l'intriguer.

Le visage de la jeune femme s'éclaira. Elle en avait manifestement fini avec ce thème de discussion.

— Maintenant, si vous ne venez pas me voir en personne, trouvez-vous quelque chose à manger et asseyez-vous pour que vous puissiez au moins avoir un déjeuner virtuel avec moi.

Tom Rom s'attendait à cette proposition et avait déjà commandé un plateau-repas pour lui-même. Tandis qu'il s'asseyait devant les caméras, Zoe réchauffa un bol de purée de protéines stérile et se prépara une tasse de thé chaud dans sa chambre tout aussi stérile. Dès qu'ils se furent installés, chacun face à l'écran de l'autre comme s'ils étaient autour d'une table à manger, Tom Rom lui parla des mondes klikiss qu'il avait étudiés.

— J'ai apporté d'autres échantillons de tissus et de la gelée royale pour analyse, mais nous faisons face à un problème extrêmement préoccupant. (Il lui montra la dévastation surprenante d'Eljiid, qu'un ennemi extérieur avait détruit.) Comme je vous l'ai déjà dit, Zoe, les Shana Rei sont en train de devenir une menace substantielle. Ils ont fait cela sur un monde essentiellement non peuplé, mais j'ai appris qu'ils avaient également attaqué et exterminé la colonie de la Confédération de Relleker. C'est dangereux dehors.

Zoe ne semblait pas préoccupée.

— Heureusement que nous n'avons rien à voir avec les Klikiss ou la Confédération. (Elle afficha les fichiers qu'il lui avait transmis.) C'est l'information que je voulais, mais le profil génétique du fléau onthos a beaucoup évolué depuis que vous me l'avez présenté. Nous testerons l'ancien traitement pour avoir la confirmation qu'il n'est plus efficace.

Elle arborait une expression résignée plutôt que déçue.

Il afficha des images qu'elle put visualiser sur ses propres écrans.

— Laissez-moi vous montrer quelque chose d'autre, quelque chose que vous aimerez, je pense. Vous n'avez plus à vous inquiéter à propos de Rakkem.

Avec une immense satisfaction, il lui exposa comment le centre du marché noir en plein essor avait été mis à genoux.

Les yeux sombres de Zoe s'imprégnèrent des images des entrepôts abandonnés, des personnes désespérées et brisées, de la propagation des maladies parmi les réfugiés. La voix de la gérante de Pergamus était froide.

— Je préférerais que cet endroit soit entièrement rasé, comme le monde klikiss que vous venez de me montrer. (Puis ses lèvres se déformèrent en un sourire.) Mais ça fera l'affaire.

Tom Rom savait que son esprit était probablement tourné vers sa mère, obscène et boursouflée, une utérusine qui avait porté d'innombrables enfants. Il pensa également aux potards avides qui avaient refusé de soigner la jeune Zoe alors qu'elle était en train de succomber à la fièvre de Conden.

Après la mort d'Adam Alakis, lorsque Zoe et lui avaient abandonné Vaconda pour errer dans le Bras spiral, ils avaient vu ce que la race humaine avait à offrir de pire, ses aspects les plus malades, les plus manipulateurs. Très tôt, Zoe avait reconnu que son père et Tom Rom étaient deux raretés, des personnes honnêtes et honorables. Ce genre d'individus étaient une espèce aussi menacée que l'organisme le plus rare de sa collection. La plupart des gens étaient facilement corrompus.

Quand ils avaient découvert une fortune en prisdiamants cachée sous les jungles de Vaconda, Zoe s'était retrouvée en possession d'une richesse inconcevable et inattendue. Elle avait décidé de construire le plus grand centre d'étude sur les maladies du Bras spiral, de rassembler la plus vaste collection d'organismes… et de bâtir la forteresse la mieux protégée pour les conserver. Lorsque la jeune Zoe lui avait exposé ses rêves ambitieux, Tom Rom en avait développé les détails pratiques.

Puis il s'était mis à chercher, à faire tout ce qui était nécessaire pour créer l'installation qu'elle souhaitait. Il prit les paramètres que Zoe lui avait suggérés et y ajouta ses propres restrictions. Il partit seul en éclaireur à la recherche d'une planète qui répondrait à ce qu'il appelait la règle des « Boucles d'or létales » : ni trop dangereuse, ni trop mortelle, mais juste assez empoisonnée et périlleuse pour tenir les gens à l'écart.

Pergamus, avec son atmosphère empoisonnée, était suffisamment inhospitalière pour ne pas intéresser les colons, mais pas au point de dépasser les capacités de protection des structures renforcées standard. Elle ne disposait pas de ressources exotiques susceptibles d'attirer d'ambitieux clans de Vagabonds, et la propriété de cette planète indésirable ne demandait qu'à être revendiquée.

Comme il disposait d'une réserve inépuisable de prisdiamants, Tom Rom se mit à distribuer de l'argent tous azimuts, répartissant le travail de conception du projet entre vingt développeurs différents. Des équipes de construction de Vagabonds avaient sorti de terre les dômes de surface, équipé les laboratoires et aménagé des systèmes de survie fiables. Tom Rom avait lui-même imaginé les systèmes de désintégration à sécurité intégrée afin d'être absolument certain qu'aucun micro-organisme mortel ne puisse s'échapper.

Pendant la construction de Pergamus, il avait soigneusement contrôlé les travailleurs, sachant qu'il ne pouvait pas garantir que l'installation resterait secrète, mais il leur avait versé des indemnités substantielles pour acheter leur silence.

Les impitoyables systèmes de stérilisation avaient été utilisés à deux reprises lors de la première année de recherche, quand des chercheurs insuffisamment prudents n'avaient pas observé les protocoles appropriés. Zoe avait été contrainte de déclencher la vaporisation, éliminant ainsi des équipes entières et leurs prometteuses études. Par la suite, les dômes avaient été reconstruits avec des systèmes de confinement plus rigoureux, et les groupes suivants de scientifiques, effrayés, s'étaient montrés plus vigilants. Au cours des années ultérieures, il y avait eu relativement peu d'incidents compte tenu de la quantité de travail effectuée.

L'installation impressionnante et sécurisée avait permis à Zoe d'atteindre son objectif et elle était extrêmement fière de sa collection, un musée viral unique en son genre dans l'histoire de l'humanité. Rien qu'en étudiant ces spécimens, ses chercheurs avaient trouvé des remèdes et des traitements.

Zoe ne partageait pas ses thérapies, même avec ceux qui en avaient désespérément besoin. Certains de ceux qui l'avaient implorée de les en faire bénéficier l'avaient accusé d'absence de compassion, mais Tom Rom savait qu'il s'agissait tout bonnement d'un désintérêt pour les autres. Elle justifiait ses actions à ses propres yeux et refusait de devenir une sorte de potard ou de biomarchand. Elle avait trop vu cette infamie avoir cours sur Rakkem.

Malgré tout, Tom Rom se demandait si l'existence de Pergamus constituait une raison suffisante en soi. Une collection de maladies et de remèdes juste… parce que ? Mais c'était la décision de Zoe, et il ne la contesterait pas. Il ne l'avait jamais défiée.

Au moins, elle ne trompait pas les mourants, ne provoquait pas leur ruine en leur faisant espérer d'impossibles guérisons, ne créait pas des utérusines afin de vendre en pièces détachées des enfants innocents. D'autres pourraient accuser Zoe Alakis d'être égoïste, mais Tom Rom et elle avaient tous deux vu bien pire.

Aujourd'hui, tandis que Zoe discutait avec lui de l'autre côté de l'écran, il mangeait en sa compagnie et l'écoutait. Un silence confortable s'installa alors qu'elle examinait les images qu'il avait rapportées de son expédition.

Il dit d'une voix rauque :

— Ne laissez pas cet endroit devenir Rakkem, Zoe. Ne transformez jamais Pergamus en quelque chose du même genre.

Elle pâlit et fronça les sourcils en l'observant.

— Jamais. Je détruirais tout avant que cela arrive.

Et il sut qu'elle le ferait.

84

Tal Gale'nh

Gale'nh n'avait jamais vu le Mage Imperator aussi désemparé. Lorsque Jora'h le convoqua dans la salle d'audience de la hautesphère, les assisteurs, les fonctionnaires de la cour et les kiths nobles furent congédiés. Le Mage Imperator renvoya même Nira et le Premier Attitré Daro'h. Il désirait voir Tal Gale'nh… et personne d'autre.

Gale'nh se sentait intimidé, mais, lorsqu'il lut l'expression sur les traits de Jora'h, le *besoin* sans fard dans ses yeux, il s'approcha du chrysalit.

— Je suis ici pour faire mon devoir, seigneur.

Quand Adar Zan'nh avait rassemblé ses croiseurs lourds de la Marine Solaire pour rejoindre la générale Keah à la nébuleuse Cœur-de-Feu, il avait désespérément voulu l'accompagner pour faire ses preuves. Il avait escompté commander son propre vaisseau de guerre, voire une septe entière durant cette remarquable bataille de la dernière chance. Il avait montré sa valeur au cours de divers combats spatiaux, et il souhaitait retrouver son rang et le respect qui lui était dû. S'il s'agissait bien de leur ultime engagement contre les ombres, alors il fallait qu'il soit là.

Mais le Mage Imperator lui avait demandé de rester en arrière pendant que l'adar s'éloignait avec une maniple des plus grands bâtiments de la Marine Solaire, trois cent quarante-trois croiseurs lourds prêts pour l'affrontement.

À présent, toutefois, il saisissait que Jora'h avait véritablement besoin de lui. Il s'inclina au pied de l'estrade.

— Je vous servirai au mieux de mes capacités, seigneur.

Ils étaient seuls sous le dôme du Palais des Prismes, où la lumière des sept soleils brillait à travers le cristal anguleux. Des créatures volantes virevoltaient dans les hauteurs. Les brumes formaient des nuages qui affichaient une image projetée du visage bienveillant du Mage Imperator – un visage bien différent des traits tirés et effrayés que Gale'nh voyait à présent devant lui.

— Dites-moi ce que vous savez, lui demanda Jora'h. Dites-moi comment tenir tête aux ombres comme vous l'avez fait. Comment vous êtes-vous immunisé contre elles ?

Gale'nh avait déjà buté sur cette question précise à maintes reprises.

— Pourquoi pensez-vous que je le sais, seigneur ?

— Parce que vous vous trouviez à l'intérieur du *Kolpraxa*. Les Shana Rei vous tenaient, mais vous leur avez résisté d'une manière ou d'une autre. Ils n'ont pas réussi à vous posséder comme ils l'ont fait de tant d'Ildirans sans défense. (Il déglutit avec difficulté, et sa voix se fit caverneuse.) Je crains que ce mal ne soit en moi aussi, caché et tapi. Je n'ose pas laisser le reste de mon peuple le savoir, mais je dois le combattre.

Gale'nh redressa les épaules.

— Vous êtes le Mage Imperator. Vous êtes plus fort que n'importe lequel d'entre nous.

— Manifestement pas plus fort que vous, Tal Gale'nh. Les ombres n'ont pas pu vous briser.

— Ou peut-être qu'elles ne voulaient pas de moi. Qu'elles ne pouvaient pas m'utiliser. Je ne possédais rien dont elles avaient besoin. (Gale'nh inspira profondément en se souvenant de la noirceur suffocante, de la manière dont les ténébreuses entités avaient *incréé* tous les autres… son équipage, ses amis.) Ou peut-être qu'elles m'ont pris tout ce qu'elles voulaient… et m'ont laissé en vie pour m'infliger ainsi un dernier tourment, murmura-t-il.

Le Mage Imperator secoua la tête.

— Je ne crois pas. Je sais que vous avez des doutes et que vous craignez que les ombres soient encore en vous, mais je sais que ça n'est pas le cas. Je sais que vous êtes fort.

Gale'nh se tenait devant lui, l'expression immuable. Il ne lui appartenait pas de contredire le Mage Imperator.

— Les ombres étaient en moi, et elles ont pris Rod'h également, et à présent… je ne trouve pas Tamo'l. J'ignore où elle est, mais je sens une obscurité autour d'elle aussi.

Le Mage Imperator se pencha en arrière et ses lèvres dessinèrent une moue.

— Restez avec moi et aidez-moi. J'ai d'innombrables kiths soldats et assisteurs, mais je *vous* accorde toute ma confiance parce que vous avez déjà traversé le pire des cauchemars et que vous avez survécu. Vous pourrez peut-être m'aider à survivre. Je peux peut-être purger également les ombres dans le thisme.

Gale'nh se retint de secouer la tête.

— Je me souviens très peu de la période où j'étais plongé dans l'obscurité, seigneur. Comment puis-je être sûr que les Shana Rei ne m'ont pas simplement laissé revenir pour pouvoir m'utiliser contre vous au moment où nous sommes le plus vulnérables ? (Il s'éloigna de l'estrade en reculant d'un pas.) Comment pouvez-vous être sûr que je n'essaierai pas de vous assassiner comme tant d'autres Ildirans possédés ont tenté de le faire ?

La voix de Jora'h était froide.

— Parce qu'ils n'ont pas essayé de me tuer. Les assisteurs possédés en ont eu l'occasion. Ils ont massacré énormément de gens dans la salle d'audience, mais, lorsqu'ils se sont rapprochés de moi, ils se sont simplement détournés et ont choisi une nouvelle cible.

— Peut-être ont-ils cru que vous étiez trop fort, répondit Gale'nh en essayant de se convaincre de ce qu'il avançait.

Le Mage Imperator secoua la tête.

— Ou peut-être pensaient-ils que j'étais déjà perdu. Vous seul avez fait preuve de cette capacité, Tal Gale'nh : vous les avez battus.

Jora'h se pencha en avant sur le chrysalit et ses yeux couleur de topaze cendrée se rétrécirent.

— J'ai besoin que vous me l'enseigniez ou notre Empire court à sa perte.

85

Osira'h

Arita et Collin étaient prêts à partir avec Orli Covitz et Garrison Reeves. Les deux visiteurs avaient apporté de mystérieuses nouvelles qui expliquaient les voix étranges qu'Arita entendait dans son esprit et à présent, les yeux brillant d'impatience, elle était excitée à l'idée de trouver les gonflotteurs.

Osira'h accompagna le prince jusqu'au sommet des arbres pour qu'il prenne congé de sa sœur. Reyn insista sur le fait qu'il se sentait bien, même s'il ne trompait personne.

Debout sur la vaste aire d'atterrissage, baignée par la lumière du soleil et entourée de feuilles frémissantes, Arita étreignit son frère.

— Garde espoir. Nous savons que quelque chose dans la forêt-monde détient la clé de la guérison de ta maladie, mais cela représente des millions de possibilités.

Elle regarda également Osira'h.

— Tous les deux, utilisez les données que j'ai recueillies lors de mes expéditions. Il y a tant de spécimens, tant de tests à faire… Quelque chose fonctionnera contre les microchampignons. Il reste de l'espoir, ne l'oubliez pas.

— Nous continuerons à chercher, répondit Osira'h. Nous disposons de toutes les études de Pergamus. Nous identifierons le bon spécimen à temps.

— Nous le ferons, dit Reyn.

Mais son état était vraiment préoccupant depuis leur retour de la zone aux arbres flétris de la Sylve.

La bataille autour de la forêt en décomposition n'était toujours pas résolue, et les prêtres Verts utilisaient désespérément l'esprit de la forêt-monde dans l'espoir de combattre l'infestation onthos, mais les terrifiantes attaques des Shana Rei étaient devenues prioritaires.

Arita et Collin embarquèrent à bord du *Fils Prodigue*, prêts à décoller. Le jeune mystique portait un surgeon en pot pour rester en contact avec l'esprit verdani, mais Osira'h savait qu'il désirait juste être avec Arita.

Alors qu'ils regardaient le *Fils Prodigue* s'élever dans le ciel, Reyn observa longuement le vaisseau, comme s'il voulait lui aussi partir.

Osira'h lui déclara d'une voix qu'elle voulait pleine d'espoir :

— Il y a beaucoup de choses que je voudrais te montrer sur Ildira quand tu iras mieux. Je t'ai déjà emmené voir les faeros à l'intérieur de Durris-B, mais il y a tant d'autres merveilles dans tout l'Empire.

Ses yeux pétillaient tandis qu'elle parlait à toute vitesse en essayant de stimuler l'imagination de son compagnon.

— Les geysers de glace sous les aurores d'Edilyn sont censés être spectaculaires, et les strates arc-en-ciel des canyons fossiles de Fornu sont si remarquables que même le Mage Imperator dit vouloir les visiter. Il y a tant de choses que j'aimerais voir moi aussi, mais je préférerais avoir quelqu'un avec moi. C'est moins agréable de faire du tourisme tout seul.

— Ça a l'air épuisant, dit Reyn. (Puis il sourit.) Mais j'aimerais voir certaines de ces choses avec toi. Nous pourrions regarder des images ensemble.

Las, il s'assit sur la surface de la canopée aux feuilles étroitement entrelacées. Elle s'installa à côté de lui, les jambes croisées.

— Les images ne sont que des images et ne peuvent pas remplacer les expériences réelles. Je veux t'y emmener en personne… quand tu iras mieux.

— Si je vais mieux, dit-il.

— *Quand* tu iras mieux.

— D'accord, je t'accompagnerai… quand j'irai mieux.

Ils restèrent assis dans un silence confortable pendant quelques instants, puis Osira'h lui demanda :

— Et y a-t-il des endroits que tu aimerais me montrer dans la Confédération ? Je n'en ai pas vu beaucoup.

— Moi non plus, dit Reynald.

— Mais où voudrais-tu aller ?

Il réfléchit.

— La station Cœur-de-Feu est spectaculaire, et les Vagabonds ont établi quelques colonies intéressantes dans des champs de comètes froides et sur des planètes de lave ardente. (Il leva de nouveau le regard vers le ciel, où le *Fils Prodigue* avait disparu depuis longtemps.) Nous aurions dû demander à ma sœur. Elle a visité beaucoup plus d'endroits que moi.

— Quelle que soit la destination que tu choisiras, nous nous y rendrons ensemble, dit Osira'h.

Il lui adressa un sourire fugitif.

— Quand j'irai mieux.

Pourtant, même sous le soleil rajeunissant de Theroc, sa peau paraissait plus pâle et plus grise que jamais.

Il se tendit soudain, et son corps entier se crispa comme si un orage chargé d'une électricité frénétique venait de se déchaîner dans son système nerveux. Il siffla et une larme de douleur s'échappa de son œil. Osira'h savait qu'elle ne pouvait pas faire grand-chose, mais, même ainsi, elle l'entoura de ses bras et se contenta de le serrer sur la canopée jusqu'à ce que les vagues de douleur se dissipent. Ils étaient assis sous le soleil éclatant de Theroc et écoutaient le bourdonnement des insectes et des vaisseaux spatiaux en vol, le bruissement des feuilles de l'arbremonde.

Il se remit debout et essaya d'avoir l'air fort.

— Ça va aller.

Osira'h lui prit le bras.

— Ne me mens pas. Inutile de garder des secrets avec moi.

Jusqu'à présent, aucun traitement, pas même les extraits de varech de Kuivahr, ne s'était avéré efficace sur le long terme. Une société pharmaceutique venait d'envoyer le premier médicament de synthèse conçu à partir des échantillons de varech, mais il n'avait montré qu'une efficacité limitée. En se fondant sur les recherches de Pergamus, des équipes avaient testé des dizaines de milliers de spécimens theroniens pour découvrir l'appariement chromosomique qui permettrait de lutter contre la flétrissure qui s'étendait en lui, mais jusqu'à présent ils n'avaient trouvé aucune correspondance moléculaire. Et il restait encore des millions de possibilités à étudier.

Néanmoins, Reyn se sentait mieux ici, entouré de l'énergie de la forêt-monde.

— Laisse-moi te ramener à ta chambre.

Osira'h le soutint et le guida.

— Si une belle femme insiste pour me raccompagner seule dans ma chambre, je ne refuserai pas son offre.

Il lui sourit et la teinte de sa peau parut plus saine. Ils entrèrent dans un ascenseur qui les fit descendre dans le sanctuaire baignant dans la lumière verte des niveaux intermédiaires des arbres. En bas, des représentants des clans de Vagabonds rapportaient des synthèses sur les derniers événements aux agents de la Confédération, et quelques réfugiés de la Terre arrivaient sur Theroc en transmettant frénétiquement des nouvelles. La générale Keah avait presque terminé ses préparatifs pour la grande expédition vers la station Cœur-de-Feu.

Reyn constituait la principale préoccupation d'Osira'h. Elle le croyait lorsqu'il lui disait que, si la forêt flétrie était guérie, il le serait lui aussi. Quand elle le conduisit dans ses quartiers, elle trouva qu'il ressemblait à un fantôme de lui-même. Le fait d'avoir affronté les Jardiniers et pénétré cette forteresse maléfique dans la Sylve avait encore atténué sa faible étincelle de vie, mais il continuait à avancer. Osira'h pensait qu'il le faisait pour elle.

— Nous pourrions peut-être nous lancer dans une partie de ce jeu de stratégie ildiran que tu voulais m'apprendre, dit-il.

Puis il s'effondra. Ses genoux se dérobèrent tout bonnement sous lui et il s'écroula au sol, où il s'étala de tout son long.

— Reyn !

Sa peau était devenue froide et moite, et ses yeux se fermèrent. Il n'émit aucun cri de douleur, semblant être simplement tombé raide mort dans la chambre. Elle le prit dans ses bras et lui berça la tête, puis lui toucha le cou et fut soulagée de trouver un pouls… Faible et fuyant, néanmoins là. Elle éleva la voix et s'écria :

— À l'aide ! le prince a besoin de soins médicaux.

Elle savait qu'il n'y avait pas de secrets dans la forêt-monde. Les arbres sentaient tout et, à travers eux, les prêtres Verts savaient ce qui se passait. Elle espérait à présent que quelqu'un était vraiment à l'écoute.

Les arbres entendirent et les prêtres Verts aussi. Des médecins theroniens se précipitèrent dans la chambre de Reyn en quelques instants. Ensemble, ils le soulevèrent sur le lit, tentant de le soulager, mais le prince était complètement inconscient, plongé dans le coma.

En dépit de tous les médicaments qui furent essayés ou les stimuli utilisés, personne ne parvint à le réveiller.

86

Celli

À l'intérieur du dôme terrarium tendu au milieu de la nébuleuse, Celli et Solimar laissèrent leurs esprits s'évader et vagabonder à travers les brins du réseau télien. Leurs psychés pulsaient de douleur et de chagrin à la pensée de la dévastation qu'ils avaient trouvée sur d'autres mondes, et ils souffraient dans leurs corps par compassion pour les deux arbremondes pris au piège. Lorsque Celli toucha les squames dorées de leurs écorces, les arbres souffrants frémirent. Elle sentait leurs duramens trembler comme un ressort trop tendu.

Elle ne pouvait qu'espérer que le nouvel hémisphère serait bientôt terminé.

À l'extérieur, des ingénieurs vagabonds spécialistes de la construction, vêtus de leurs exocombinaisons, érigeaient une base autour du terrarium et ajoutaient des poutres et des extensions à la plate-forme principale, puis bâtissaient de grandes arches qui s'incurvaient vers le haut au-dessus du dôme existant. Elle les exhorta silencieusement à travailler plus vite.

Les arbremondes seraient condamnés si l'agrandissement du dôme n'était pas achevé à temps… et elle s'en sentait responsable. Solimar et elle avaient naïvement apporté leurs surgeons ici quinze ans plus tôt, contents de les voir s'épanouir à la lumière de la nébuleuse et de constater la rapidité de leur croissance.

C'était à l'époque grisante de la construction de la station Cœur-de-Feu. Les Vagabonds développaient leurs systèmes de production alimentaire pour répondre à l'augmentation de la population du complexe et, en tant que prêtres Verts, Solimar et elle avaient été heureux d'apporter leur aide dans les domaines de l'agriculture et de la communication. Ils avaient envoyé des messages partout où cela était nécessaire.

Après que Kotto Okiah avait eu l'idée géniale de son expérience du Grand Anneau, Solimar et elles avaient passé leur temps à transmettre des centaines de communications instantanées aux clans de Vagabonds, à Nouvelle-Station et dans tout le Bras spiral dans l'espoir d'obtenir des soutiens et des financements. Ils avaient tous deux été extrêmement occupés alors que le succès dynamique de Cœur-de-Feu les accaparait. Ils remplissaient une fonction nécessaire, parfaitement adaptée à leurs capacités, car le télien était le seul moyen d'envoyer des messages à travers les turbulences de la nébuleuse. Ils s'étaient sentis si utiles, heureux de ce qu'ils accomplissaient.

D'une manière ou d'une autre, le moment où les arbres auraient pu être transplantés et sauvés leur avait échappé. Baignés par le rayonnement des étoiles supergéantes bleues au cœur de la nébuleuse, les arbremondes avaient poussé à une vitesse stupéfiante. Il était maintenant beaucoup trop tard, mais les deux assistants de recherche de Kotto avaient proposé une solution d'urgence, qui pourrait bien fonctionner.

Cependant, Solimar et elle avaient encore des devoirs à remplir.

Ils avaient transmis des messages par télien, diffusant l'idée de Kotto d'infiltrer la tanière des Shana Rei. Ils avaient aidé à organiser l'offensive des FDC et de la Marine Solaire, et bientôt la force de frappe arriverait, prête à assaillir les créatures des ténèbres à partir d'un point vulnérable possible.

Solimar caressa le tronc géant.

— Nous n'avons jamais été aussi occupés en cinq ans.

Il grimaça en sentant la douleur dans son dos et ses épaules.

Toute la journée, ils filtrèrent les échanges qui leur parvenaient, écoutèrent les discussions à travers le télien, discutèrent avec d'autres prêtres Verts et entendirent les rapports à propos des attaques des Shana Rei. Tandis qu'ils communiquaient avec leurs condisciples, ils leur firent part de leur désarroi face aux arbremondes piégés. Même si le dôme élargi était achevé à temps, il ne s'agirait que d'une solution temporaire.

Chaque arbre faisait partie du réseau verdani, mais Celli et Solimar se sentaient plus proches de ceux-ci en particulier, *leurs* arbremondes. Les prêtres Verts formaient également un vaste réseau, d'innombrables esprits humains qui pouvaient puiser dans la base de données de la forêt, et à présent ils ressentaient tous la même souffrance.

Dehors, dans la nébuleuse, les ingénieurs vagabonds travaillaient frénétiquement, continuant leurs constructions autour du terrarium.

Pendant ce temps-là, les opérations de Cœur-de-Feu, qui s'étaient rétablies, se poursuivaient à plein régime. Le chef Alu s'était concentré sur la production de blocs d'alimentation afin d'honorer des commandes passées longtemps auparavant. Les usines d'isotopes conditionnaient des matériaux exotiques pour les envoyer dans des stations de recherche et des réacteurs expérimentaux pour des colonies reculées.

Et, à présent, les FDC et la Marine Solaire étaient en route pour combattre les Shana Rei en empruntant le trou dans la nébuleuse.

Celli savait qu'il faudrait encore au moins deux semaines pour terminer l'extension du dôme-serre. Épuisée et la tête pleine de visions, elle retira ses mains de l'écorce et se rassit. Solimar la prit dans ses bras et la serra contre sa large poitrine. Ils restèrent allongés ensemble en silence, s'appuyant contre les troncs et écoutant le mouvement des feuilles de l'arbremonde tandis que la lumière de la nébuleuse se déversait dans la serre. Les arbres ne cessaient de croître.

Alors que Celli levait le regard vers l'étendue d'étoiles et de gaz colorés qui courait à travers le dôme cristallin, elle entendit le « crac » bruyant d'une fine fissure et vit la première fracture, de l'épaisseur d'un cheveu, zigzaguer sur la vitre sous contrainte de la serre.

87

Exxos

En pleine tourmente, les Shana Rei étaient plus intraitables que jamais… et plus dangereux. Seize de leurs nuages d'ombre s'étaient effondrés dans l'univers, contraints par une force extérieure incroyablement puissante à entrer en fusion jusqu'à ce que, dans un éclair de lumière douloureuse, ils s'enflamment pour devenir de nouvelles étoiles.

Exxos et ses congénères voulaient continuer à tuer des humains, planète après planète, mais, malgré tous leurs inconcevables pouvoirs, les créatures des ténèbres, dans une rage maniaque et aveugle, s'attaquaient simplement à des choses sans défense. Capricieusement destructrices, elles décortiquèrent et démontèrent dix mille robots Exxos – des robots qu'elles venaient elles-mêmes de produire – en dégradant la matière noire qui les composait et en les renvoyant de nouveau au néant. Les Shana Rei les avaient créés et ils pouvaient également inverser cette création.

Exxos argumenta, mais les ombres refusèrent de l'écouter. Il s'agissait là d'un gaspillage stupide et inutile de matériaux, et il devait expliquer aux Shana Rei à quel point ils étaient idiots. Compte tenu de la force incompréhensible qui s'opposait à leur chaos, il craignait que les sombres entités ne lancent pas un raid aussi massif que celui qu'elles avaient mené sur la Terre. Et si les robots subissaient des dommages et des pertes au cours d'une telle bataille, les Shana Rei, en détresse, seraient-ils prêts à les restaurer comme ils l'avaient fait auparavant ? Il n'était même pas sûr que les ombres remplaceraient les dix mille victimes robotiques qu'elles venaient d'éliminer de manière malveillante.

Ses alliés étaient exaspérants.

Il devait trouver un moyen moins risqué de répandre la mort parmi les populations humaines, sans avoir recours à de gigantesques flottes de robots. L'intérêt des Shana Rei pour Tamo'l et ses recherches sur Pergamus lui donna une idée, car il savait qu'ils devaient déjà voir les possibilités qui s'offraient à eux.

Les robots comprenaient à quel point ces pathogènes étaient destructeurs. Les humains étaient vulnérables... terriblement vulnérables. Et leurs connexions étroites et enchevêtrées dans l'esprit de Tamo'l avaient permis aux Shana Rei d'accéder à une arme mortelle inconnue jusqu'alors.

Dans les turbulences du vide sans lumière, les copies d'Exxos s'unirent et tentèrent de focaliser l'attention des taches d'encre frénétiques.

— Vous gaspillez votre énergie à détruire mes robots. Nous devons continuer à tuer des *humains*, insista Exxos. Pensez à votre priorité. C'est maintenant que nous devons poursuivre notre attaque.

L'une des taches d'encre floues planait devant ses capteurs optiques, son œil singulier flamboyant mais perdu dans le lointain comme s'il devenait aveugle.

— C'est impossible. Avec l'Esprit de l'éternité, la souffrance que dégage la conscience humaine n'est plus notre priorité.

— Vous en avez plus d'une, répliqua Exxos. Et j'ai un moyen efficace d'éliminer la race humaine sans nous exposer à d'autres engagements dangereux. (Ni ses robots ni les Shana Rei ne voulaient endurer une nouvelle fois la destruction sauvage de centaines de bombes solaires.) Nous pouvons faire disparaître les humains si vous nous aidez dans une dernière bataille, ajouta-t-il. Une petite bataille, mais nécessaire.

Les créatures des ténèbres tournoyaient comme des ailes de chauve-souris.

— Quelle bataille ? Comment est-ce possible ?

— Avec les maladies de Pergamus. Vous les connaissez déjà. Nous pouvons nous y rendre, nous emparer de Tamo'l et du stock de virus mortels. Si nous les libérons, nous répandrons la mort sur toutes les planètes qui abritent des colonies humaines. Nous pourrions les tuer, encore et encore, à travers le Bras spiral, sans aucun effort de votre part. Il s'agirait d'une extermination qui se propagerait d'elle-même. Ces centaines d'épidémies les élimineraient tous.

— Ça n'est pas aussi satisfaisant que la destruction manifeste, fit remarquer l'une des taches d'encre.

Exxos en convint.

— Ça n'est pas non plus aussi immédiat, mais cette méthode *produira* les résultats que nous recherchons. Elle tuera rapidement un grand nombre d'entre eux, ce qui vous soulagera. Pendant ce temps, nous pourrons toujours traquer et éliminer les autres. D'une manière plus personnelle.

Les ombres se révélaient désorganisées, agitées et peu fiables. Exxos éprouvait une frustration de plus en plus intense à leur égard. Il se demanda s'il n'était pas temps de déclencher son plan de congélation de l'entropie, temps de briser et d'abattre les créatures des ténèbres et de réduire ses propres pertes. Sa pensée se répandit dans près d'un million d'esprits robotiques identiques.

Mais pas encore. Il avait encore besoin des Shana Rei pour atteindre d'autres objectifs. Avant que les ombres soient exterminées, il devait obtenir autant d'homologues robotiques que possible. Il avait encore besoin de ces alliés extrêmement puissants. Pour l'instant.

— Une seule attaque sur Pergamus, insista-t-il. Grâce à Tamo'l, nous savons que la planète présente peu de défenses, et notre victoire y sera donc facile. À travers ses yeux, vous avez déjà vu les stocks de maladies enfermés dans les chambres fortes. Et, lorsque nous lâcherons ces épidémies sur des mondes peuplés, vous savez ce qu'elles feront.

En réalité, il n'était pas sûr que les ombres saisissent en quoi consistaient les pathogènes et leurs taux de mortalité.

— Faites-nous confiance, dit-il. J'ai prouvé que nous comprenons votre besoin de destruction. Laissez-nous donc achever cette destruction pour vous. Si nous supprimons la souffrance que les consciences vous infligent en tuant des humains et des Ildirans, vous aurez alors plus de force pour combattre l'Esprit de l'éternité. Réfléchissez, c'est logique.

La psyché des créatures des ténèbres était si chaotique qu'il n'était pas certain qu'elles parviennent à appréhender les relations de cause à effet, mais il espérait qu'elles l'écouteraient.

Les taches d'encre palpitantes finirent par se ranger à son avis.

— Oui. Nous allons engloutir Pergamus, nous emparer de ces maladies mortelles… et détruire le reste. Puis nous lâcherons toutes ces épidémies sur l'humanité.

— Bien, dit Exxos. Ce plan est parfait.

88

Tasia Tamblyn

Après le désarroi déchirant que la destruction de la Terre lui avait causé, Tasia retrouva un peu de joie en rendant visite à son frère sur Academ. Non seulement Jess était de la famille, mais tous deux avaient partagé de nombreuses expériences… tour à tour merveilleuses et terrifiantes. Ils avaient tous deux été témoins de la dévastation de mondes… plus d'une fois, en réalité.

Rlinda avait insisté pour se joindre à Tasia et Robb tandis que leur navette croisait jusqu'à la comète incandescente. La plupart des étudiants avaient été transférés par mesure de précaution en raison de l'augmentation d'activité des wentals, mais Jess et Cesca étaient restés sur place. Jess avait envoyé un message mystérieux à Tasia.

— J'ai une mission pour toi… Je sais que tu peux m'aider.

Rlinda secoua la tête tandis que la *Curiosité* s'amarrait à la baie d'atterrissage d'Academ.

— On enchaîne les bizarreries. (Elle observa les murs de glace qui scintillaient étrangement.) Je préférerais une retraite ennuyeuse où je n'aurais qu'à gérer un restaurant et à m'inquiéter du fait que Zachary Wisskoff insulte les clients. (Elle soupira et regarda la capsule d'argent qu'elle tenait dans sa large paume.) BeBob a toujours été une source d'apaisement. Je suis heureuse qu'il repose en paix, mais cela ne me dérangerait pas de l'avoir à mon côté en ce moment.

La comète semblait vivante et pleine de vitalité. Lorsque Tasia inspirait, elle sentait l'ozone dans l'air traité. Même si les élémentaux étaient des alliées, il était sans doute préférable que les enfants vagabonds soient retournés à Nouvelle-Station. Une poignée d'étudiants déterminés et de compers Précepteurs étaient restés à l'intérieur du corps céleste, mais Academ était en grande partie vide.

Lorsque Jess et Cesca vinrent les accueillir dans la baie d'atterrissage, Tasia courut étreindre son frère. Il l'entoura de ses bras et la fit tournoyer dans la faible gravité. Tasia se sentit de nouveau sa cadette, une adolescente pleine d'entrain qui travaillait dans les mines de glace familiales de Plumas.

— Je vois que tu continues à t'attirer des ennuis, dit-il, et à laisser beaucoup de problèmes dans ton sillage.

Robb regarda autour de lui, clignant des yeux à cause de l'éclat que les murs dégageaient.

— Je me souviens de l'époque où vous étiez l'un et l'autre chargés de toute cette énergie wentale.

— Ce n'est pas la même chose cette fois-ci, répondit Jess. Les wentals sont différents aujourd'hui.

— Tout est différent depuis la Guerre des Élémentaux, l'interrompit Cesca. J'aurais aimé que les wentals soient de retour et qu'ils soient plus forts. Ils pourraient alors combattre les Shana Rei avec nous. Ceux-ci sont plus dangereux que les hydrogues l'ont jamais été. Ils sont partout.

— Nous allons voir si nous pouvons faire quelque chose à ce sujet.

Jess et Cesca les conduisirent à travers les couloirs vides d'Academ.

— Ces wentals sont purs, insista Cesca. Nous le sentons, et il y a quelque chose qu'ils veulent nous voir faire.

Jess se tourna vers sa sœur.

— Quelque chose qu'il faut que *vous* fassiez pour nous avec votre vaisseau.

— Nous avons la *Curiosité* et la *Gloire de Declan*, dit Rlinda. De quoi avez-vous besoin ?

— Les wentals désirent que vous livriez quelque chose à la station Cœur-de-Feu.

Tasia et Robb échangèrent un regard, puis observèrent Jess en haussant les sourcils.

— Bien sûr, nous devions y faire une course commerciale de toute façon.

— C'est le bon moment, intervint Rlinda. Vous avez entendu les nouvelles ? La générale Keah et Adar Zan'nh y amènent une force militaire géante pour botter le cul des Shana Rei.

Robb leva la main.

— Vous avez été d'accord extrêmement vite, alors même que nous ignorons en quoi consiste cette mission.

Tasia leva les yeux au ciel.

— Si Jess le demande, tu sais qu'on le fera, Robb.

Il soupira.

— Je suppose.

Lorsqu'ils atteignirent le bureau principal, KA s'occupait de détails administratifs, sécurisant les dossiers et fermant temporairement l'école. Les murs de la pièce étaient composés de glace nue et la paroi gelée brillait.

Cesca posa un bidon vide de la taille d'un litre sur le bureau tandis que Jess s'approchait du mur de glace.

— Voici ce que vous devez apporter à Cœur-de-Feu.

Du bout du doigt, il dessina un carré sur la paroi de glace. Les wentals réagirent et firent fondre une ligne autour d'un cube de vingt centimètres de côté. Jess tendit la main pour retirer du mur le bloc de glace parfaitement taillé. Il conservait sa cohésion grâce à la volonté des wentals et, une fois qu'il fut enlevé, la paroi de la comète se reforma pour combler la cavité, laissant une surface lisse.

— Apportez ceci au dôme terrarium sur Cœur-de-Feu. Les deux prêtres Verts en ont besoin.

Jess déplaça le bloc jusqu'au bidon d'un litre, et la glace wentale se décongela d'elle-même. Telle une amibe, l'eau s'écoula dans le contenant et le remplit avec précision.

Rlinda saisit le récipient.

— Je le leur remettrai. Je connais la petite Celli depuis des années.

— Nous prendrons les deux vaisseaux et, pendant que nous nous trouvons là-bas, nous nous procurerons une cargaison d'isotopes spéciaux et de nouveaux blocs d'alimentation, dit Tasia avec un large sourire. Nous assurerons leur distribution à un moment ou à un autre en passant par la station Handon. Les Transports Kett doivent soutenir Xander et Terry, vous savez.

— Je ne suis pas sûr de pouvoir dire ce qu'il reste de l'entreprise, répondit Robb. Je me demande combien de nos appareils se sont enfuis de la Terre…

— Nous allons consolider tout ce que nous avons, indiqua Rlinda. Après tout… (elle serra le récipient d'eau wentale contre elle) les Transports Kett continueront d'exister tant que je serai là. Et les ombres ne m'ont pas encore eue.

89

Lee Iswander

Après que les clans de Vagabonds l'avaient rejeté, Lee Iswander retourna à ses champs d'extraction et réfléchit à ce qu'il ferait par la suite. Le prix de l'ekti était déjà en baisse – une bonne chose pour les clients, supposait-il, mais certainement mauvaise pour les affaires, les siennes en particulier.

Il avait déjà vécu tout cela auparavant et avait survécu.

Alec Pannebaker eut l'air désemparé lorsque Iswander revint seul au complexe. Son adjoint, d'habitude optimiste, se montra plus introspectif.

— J'ai pensé que vous deviez le savoir, chef… Nous avons perdu vingt-cinq travailleurs au cours des quatre derniers jours. Certains ont présenté leur démission, reçu leur solde et sont partis sur leurs propres navettes. D'autres ont disparu au milieu de la nuit. (Il secoua la tête.) Sacrément pas professionnel, si vous voulez mon avis… un manque total de courtoisie. J'ai suffisamment de personnes pour gérer les équipes, cependant, et nous avons continué à produire de l'ekti pendant votre absence.

— Si seulement nous pouvions trouver un endroit où le vendre…, dit Iswander d'une voix déçue et chargée d'amertume.

Pannebaker se renfrogna.

— Après tout ce que vous avez fait pour eux, chef, j'aurais espéré un peu plus de loyauté.

— J'aurais espéré beaucoup plus de tout. Mais j'ai dirigé des complexes industriels pendant la majeure partie de ma vie. Il y a des employés peu fiables et de bons employés. (Il leva les yeux vers son adjoint.) Vous faites partie des bons, monsieur Pannebaker, ne l'oubliez jamais.

Pannebaker se gratta la barbichette, gêné par le compliment.

—Eh bien, j'ai toujours aimé prendre des risques et faire des choses casse-cou. (Il se força à sourire.) Jamais je n'avais pensé que rester à votre côté pourrait être risqué.

Iswander étudia les synthèses de leurs opérations, les registres de travail quotidiens. La production d'ekti avait baissé – sans surprise, en raison de la réduction de la main-d'œuvre et, très probablement, de la perte d'enthousiasme des employés. Mais il s'agissait toujours d'une production respectable de carburant de propulsion qui attendait d'être commercialisée. Quelqu'un en aurait sûrement besoin.

Il pivota sur les talons pour partir.

—Je serai dans mes quartiers, monsieur Pannebaker. J'ai des plans de développement commercial à coucher par écrit.

—S'il vous faut un retour, monsieur, je serai heureux de vous écouter. Beaucoup de nos travailleurs, même les plus fidèles, veulent savoir ce qui nous attend ensuite. Les Industries Iswander ont tout misé sur ces opérations d'extraction de gonflotteurs, mais vous avez toujours une idée innovante dans votre manche.

—Vous avez raison, j'ai eu tout un tas d'idées par le passé. Merci pour la confiance que vous m'accordez.

Iswander se demandait combien d'idées brillantes et novatrices un homme était autorisé à avoir au cours de sa vie.

Il atteignit ses quartiers, qui s'avérèrent froids, sombres et vides. Londa était partie sur Nouvelle-Station depuis un certain temps, et les lieux étaient désormais exclusivement ceux du capitaine d'industrie.

Il se reprocha son attitude défaitiste. Il avait encore de l'argent de côté grâce à ses investissements passés, il avait des connaissances, une expertise et – comme Pannebaker venait de le montrer – des employés compétents pour mettre en œuvre ses projets. Mais il n'était pas sûr d'avoir l'énergie nécessaire pour tout recommencer.

Il verrouilla la porte, regarda les pièces claires et propres, puis leva le menton avec détermination. Il récita le mantra qu'il avait prononcé à haute voix tant de fois au cours de ces dernières semaines. « Un homme qui réussit échoue plus souvent qu'un homme moyen se donne la peine d'essayer. »

Ses ouvriers croyaient en lui… sinon pourquoi l'auraient-ils suivi après la catastrophe sur Sheol ? Pourquoi seraient-ils restés après les terribles accusations portées contre lui ? Par inertie ? Oui, ils avaient foi en lui, tout comme sa femme et son fils. Il le savait et il les aimait pour cela – même s'il ne montrait que rarement son affection ou sa fierté.

C'était un défaut de sa part. Un bon chef devait systématiquement encourager ses troupes, reconnaître le travail qu'elles abattaient pour lui afin qu'elles lui demeurent fidèles. Cela faisait partie de la vie d'un dirigeant, mais aussi de la vie humaine. Peut-être avait-il passé beaucoup trop de temps à travailler sur le premier aspect et non sur le second.

Il avait considéré pour acquis que Londa serait toujours sa femme parce qu'elle n'était pas du genre fonceur comme lui. Aujourd'hui, ces quartiers semblaient creux, de simples *pièces* au lieu d'une *maison*. Il regarda les murs et vit les œuvres d'art qui s'y trouvaient, les meubles élégants, les décorations colorées, le bloc-cuisine bien entretenu, leur chambre à coucher, qui portaient tous des touches personnelles qu'il n'avait pas pris la peine de remarquer auparavant. Il ne s'agissait pas seulement de quartiers pour dormir pendant les périodes de repos. Maintenant que Londa était partie, l'endroit s'était transformé en un musée qui lui rappelait ce que devrait être une vie normale. Oh ! il savait que Londa lui était toujours aussi dévouée, qu'elle l'aimait et l'adorait. Il espérait qu'elle était heureuse là où elle se trouvait.

Arden était lui aussi son avenir, son espoir. Le jeune homme devenait de plus en plus fort, même s'il n'appréciait sans doute pas les pressions qui s'exerçaient sur lui à Academ. Iswander pensait qu'offrir à une personne une voie facile vers le succès constituait aussi une voie vers le désastre, et Arden le comprendrait un jour.

Il se prépara du thé et chauffa un paquet de nouilles protéinées aux épices, sachant qu'il avait besoin de manger même si l'appétit lui manquait. Il s'assit dans la chambre vide en mâchant et en réfléchissant.

Elisa Enturi était également une travailleuse exceptionnellement loyale, mais parfois la loyauté allait trop loin, et désormais elle était partie, elle aussi. Compte tenu de ses actes, il avait été contraint de la bannir, mais, s'il y avait eu un moyen de sauver la situation, il aurait préféré qu'elle soit ici à présent…

Néanmoins, il pouvait compter sur ses propres compétences. Il décida de le faire sans s'apitoyer sur son sort. Il trouverait une façon de se réinventer. Il regagnerait le respect qui lui était dû d'une manière telle que même les clans de Vagabonds seraient forcés d'admettre qu'il s'agissait de la plus belle histoire de retour sur le devant de la scène jamais racontée… quelle qu'en soit l'issue.

Même s'il n'était pas fatigué, il savait qu'il avait besoin de dormir. Mais, après avoir tamisé les lumières, il se contenta de demeurer assis dans l'ombre et de regarder par les baies vitrées, observant les installations d'extraction : plates-formes de pompage, vaisseaux-citernes, nacelles d'inspection, rangées de conteneurs d'ekti prévus pour leur transport. Cette activité le réjouit.

À cette distance, les opérations semblaient merveilleuses, dynamiques et réussies. C'était tout ce qu'il lui restait désormais – avec sa femme et son fils. Londa et Arden représentaient son véritable héritage et il devait leur laisser quelque chose digne du nom Iswander. Pour l'instant, il dirait à ses équipes de continuer à travailler, de produire autant d'ekti-X que possible, car c'était leur boulot. Un domaine dans lequel elles excellaient.

Jusqu'à ce que son ultime occasion échoue, il était déterminé à tirer jusqu'à la dernière goutte de profit de ces opérations.

90

Elisa Enturi

Relleker était un champ de ruines, comme Elisa s'y attendait. Après avoir appris l'existence des opérations de sauvetage dans l'orbite de la planète, elle avait volé jusque là-bas pour rejoindre l'équipage de Xander et Terry. Elle savait qu'elle pouvait s'acquitter de ce genre de tâches. En réalité, elle était convaincue qu'elle était en mesure d'effectuer tout ce qui était nécessaire – de préférence pour un employeur qui appréciait ses efforts.

Malheureusement, le fait d'avoir effectué « ce qui était nécessaire » l'avait conduite à sa situation actuelle. Elle était devenue une paria et une exilée. Un élan de colère envers Lee Iswander traversa son esprit, avant qu'une triste résolution le remplace. Elle avait beaucoup réfléchi pendant le vol entre Nouvelle-Station et le système Relleker. Même si cela la peinait, elle ne pouvait pas nier qu'Iswander avait pris la bonne décision pour sauver sa peau et celle de son entreprise. Il avait besoin d'un bouc émissaire, d'une victime expiatoire. Et c'était tombé sur elle.

Même ainsi, cela la blessait. De toute façon, tout le monde réclamait sa tête, et il avait donc fait le meilleur choix. Avec une froide objectivité, elle savait qu'elle aurait fait la même chose à sa place, même si elle pensait que la *loyauté* devrait être un bien plus précieux que les profits.

Mais si Iswander s'était tenu à son côté, que se serait-il alors passé ? Il aurait pris le blâme avec elle et, s'il avait refusé de la livrer aux autorités, il y aurait peut-être eu une guerre… que les Industries Iswander auraient perdue, elle en était sûre.

Non, la laisser s'échapper et rester libre était probablement le choix le plus judicieux du baron d'industrie ainsi que la meilleure chance à long terme pour elle, car ça sentait vraiment le roussi en ce qui la concernait…

Elle devait construire son propre avenir et, pour ce faire, relancer d'autres contacts. Elle en avait certainement établi assez au cours de ses années de dur labeur. En accordant à Xander Brindle et Terry Handon l'exclusivité de la distribution d'ekti-X, elle leur avait fait gagner une fortune. Ils lui devaient une faveur…

En ruine et morte, la planète Relleker présentait un ciel nuageux teinté de noir. Après les bombes dévastatrices que les robots y avaient larguées, la fumée et les incendies faisaient toujours rage sur les continents, et il ne restait des villes que des friches radioactives. Les épaves de vaisseaux formaient une course d'obstacles en orbite. En arrivant dans la zone, elle scruta les débris des Mantas des FDC, les éclats de milliers d'astronefs privés et commerciaux. Elle doutait que beaucoup aient pu s'échapper.

Parmi les débris en orbite, elle repéra plus d'une douzaine d'appareils en état de marche en train de rassembler les plus gros vestiges. Elle écouta en cachette leurs canaux de communication et, comme elle s'y attendait, les identifia : des vaisseaux de récupération vagabonds, des remorqueurs regroupant des astronefs à moitié intacts et de grandes sections de coque qui seraient livrés à Rendez-Vous. Des silhouettes en exocombinaison évoluaient sur le chantier, désencastraient de grands modules et les libéraient pour qu'ils dérivent vers des points d'ancrage.

Elle maintint le silence radio alors qu'elle se rapprochait, toujours en train d'observer, toujours en train d'écouter. Une équipe d'ouvriers réunit de petits objets à la dérive et les disposa en un assemblage stable, ancrés les uns aux autres. Pendant un moment, à en juger par leur forme générale, elle pensa qu'il s'agissait de gros cylindres d'ekti, puis elle se rendit compte que c'étaient des corps humains, des dépouilles rigides récupérées dans les vaisseaux détruits, à présent figées dans l'espace.

Elle supposa qu'elle devrait démarrer au bas de l'échelle si elle voulait travailler chez Xander et Terry. Il n'existait peut-être pas de tâche plus humiliante que d'être obligée de ramasser des cadavres et de les empiler dans l'espace. Si on lui demandait de le faire, elle l'accepterait, car il fallait bien commencer quelque part… mais elle exigerait qu'on la respecte, quoi qu'il arrive. Elle avait déjà trop perdu.

Il y avait tant de vaisseaux vagabonds qui voltigeaient en tous sens dans la zone en participant aux opérations de récupération que personne ne la remarqua au début : ils présumèrent simplement qu'elle était venue travailler comme les autres. Un Xander Brindle souriant, mais inquiet, s'exprima sur le canal de communication général.

— Il n'y a pas beaucoup de morceaux de choix par ici, et beaucoup de ces vaisseaux ne sont que des grives... mais nous allons faire avec, faute de merles, pour reprendre un vieux cliché aviaire.

Il gloussa à sa propre plaisanterie.

La voix de Terry Handon se fit entendre :

— Je déteste avoir à te faire remarquer cela, Xander, mais il y aura beaucoup plus de matériel à récupérer sur Terre.

Xander hésita.

— Je ne suis... je ne suis pas encore prêt pour cela. Remercie le Guide Lumineux que mes parents et Rlinda Kett aient pu s'échapper.

Terry apparut à l'écran et prit place à côté de son partenaire dans le poste de pilotage du *Verne.*

— Mais environ cinq milliards de personnes n'y sont pas parvenues.

Elisa fronça les sourcils. Quelque chose s'était passé sur Terre ? Elle n'avait plus de contact sur le moindre système de transmission depuis son départ de Nouvelle-Station. Après avoir consulté les effroyables rapports de la base de données rattachée au système de transmission de la zone et appris que les Shana Rei avaient attaqué la planète bleue, elle décida qu'il était temps de s'annoncer.

— Si vous avez besoin de quelqu'un pour gérer les opérations sur Terre, je peux m'en charger, Xander Brindle. Vous savez que j'en suis capable. Confiez-moi ce poste si personne d'autre ne veut de cette responsabilité.

Sur l'écran, frappé de stupeur, Xander la reconnut.

— Elisa Enturi, qu'est-ce que vous foutez ici ?

— Je me joins à vos activités de récupération. Les Industries Iswander ne m'emploient plus. Je vous ai confié la distribution de l'ekti à travers le Bras spiral et, aujourd'hui, je demande la même considération en retour. J'ai besoin d'un poste. (Elle durcit son expression et se pencha un peu plus près de l'écran.) Vous savez que je suis compétente. Laissez-moi travailler pour vous.

Terry eut un mouvement de recul.

— Non, la fin de l'humanité surviendra avant !

— Je cherchais un poste un peu moins permanent que ça, répondit-elle.

Un vieux chef de clan barbu fit irruption sur le canal de communication.

— Merdre, Xander… vous savez qui c'est ? Que je sois aspiré par un trou noir, c'est Elisa Enturi ! Cette salope a décimé les installations du clan Duquesne. Elle a du sang sur les mains et sa tête est mise à prix.

Elisa fut tout de suite sur ses gardes.

— Le clan Duquesne m'a provoquée, et ça n'est pas vos affaires.

— Ce sont nos affaires, répliqua Terry. Tous les clans de Vagabonds veulent que vous soyez traduite en justice. Nous devons vous embarquer.

Xander s'empourpra.

— Vous avez attaqué mes parents et essayé de les tuer !

Plus de vingt vaisseaux vagabonds foncèrent vers la navette d'Elisa, convergeant au milieu des débris. Il ne s'agissait pas de grands cuirassés, mais elle savait que chaque appareil disposait d'un arsenal défensif conséquent. Tous leurs systèmes étaient activés.

Mais sa navette était également équipée d'un arsenal.

91

Zoe Alakis

Les nouveaux échantillons klikiss de Tom Rom étaient intéressants, mais inutiles pour les besoins de Zoe. Les spécimens de gelée royale prélevés sur des cadavres d'extraterrestres s'étaient révélés inefficaces pour traiter la souche la plus virulente du fléau onthos.

À l'abri dans sa chambre stérile, Zoe étudiait de nouveau les dossiers. Tom Rom avait pris de nombreuses photos des ruines klikiss sur Llaro, mais l'architecture, la culture ou l'histoire des Klikiss la laissaient de marbre. Comme la race des insectes avait disparu du Bras spiral, quelle importance ?

Ce qui la fascinait, c'était l'épidémie extraterrestre elle-même, le spécimen viral qu'il avait transporté dans son propre système sanguin alors que l'affection se déchaînait dans son corps : jamais il n'avait frôlé la mort de si près, et il avait réalisé ces recherches-là pour elle. Tom Rom avait réagi à la nouvelle de la propagation de la maladie exotique dans la ville spatiale abandonnée onthos, mais il était arrivé trop tard. Tous les membres du clan Reeves étaient décédés, et la seule personne encore en vie à l'avoir contractée était Orli Covitz. Zoe ne connaissait pas les détails, mais Tom Rom avait obtenu le spécimen d'Orli et avait été infecté au cours du processus.

Fidèle à sa promesse, il avait puisé dans ses dernières forces pour retourner sur Pergamus et lui donner ce qu'elle lui avait demandé : l'échantillon qu'elle tenait à présent entre ses mains.

Bien qu'elle se fasse violence en dérogeant à ses propres règles, elle étudiait le spécimen à l'intérieur de son dôme stérile. Tom Rom aurait été extrêmement contrarié s'il avait découvert le risque qu'elle avait pris en transférant une fiole scellée contenant l'organisme mutant de ce mal.

Elle avait déjà analysé les dossiers médicaux du clan Reeves, ainsi que d'anciennes archives sur l'épidémie originelle onthos, qu'elle avait obtenues du roi Peter et de la reine Estarra en échange de la base de données de Pergamus à propos de l'affection du prince Reynald. L'infection microfongique débilitante de ce dernier l'intéressait beaucoup moins que le fléau onthos, mais, même si la Confédération avait détruit l'activité de Rakkem comme promis, elle n'aimait pas l'idée de conclure des marchés. Cela la rendait vulnérable et elle ne voulait pas divulguer d'informations confidentielles.

Elle conservait le spécimen de la maladie scellé dans ses appartements privés. Bien qu'elle porte des gants et un masque respiratoire, elle savait que cela ne suffirait pas si le spécimen se libérait. En temps normal, elle se protégeait énormément et faisait preuve d'une hygiène impeccable contre tous les organismes mortels. À présent qu'elle avait cette fiole devant elle, elle avait l'impression de faire face à un monstre. Cela lui procurait un frisson secret.

Elle admirait ce rare organisme infectieux plus qu'elle voulait bien l'admettre. De tous les germes, virus et parasites qui proliféraient en tuant des êtres humains, celui-ci était l'organisme mortel le plus parfait – et Pergamus était rempli d'organismes mortels. Les agents pathogènes l'avaient obsédée pendant la majeure partie de sa vie. Comment pourrait-elle ne pas être captivée par celui-ci ?

Elle fut contrariée d'être dérangée dans son étude du merveilleux spécimen lorsque les capteurs du périmètre autour de Pergamus déclenchèrent des alarmes. Elle se demanda quel intrus les importunait en ce moment. Probablement quelque mourant pathétique qui voulait qu'elle lui offre un remède magique, comme si Pergamus vendait ce genre de choses tel que l'avait fait Rakkem par le passé. Les forces mercenaires de Pergamus avaient toujours réussi à repousser les intrus. Ces visites inopinées n'avaient jamais rien donné de bon.

Les sirènes résonnaient plus fort que jamais, plus insistantes. Zoe retint son souffle en jetant un coup d'œil à l'écran. Sur une image prise depuis l'orbite, elle vit une entaille s'ouvrir dans l'espace. Des ombres d'un noir d'encre se répandirent comme le sang suintant de la nuit, et des cylindres hexagonaux noirs en sortirent, entourés d'un cocon d'ombres.

Un froid intense descendit le long de sa colonne vertébrale. Tom Rom l'avait prévenue de la menace que représentaient les Shana Rei, mais jamais elle ne l'avait prise au sérieux. Pas ici. À présent, elle scrutait cette intrusion avec incrédulité. Cette menace ne pouvait pas être réelle.

Comme des frelons en colère sortant d'un nid brisé, les vaisseaux des robots noirs déferlèrent par milliers. Sa flotte de mercenaires fit hurler des alarmes et les systèmes de verrouillage des installations de Pergamus s'enclenchèrent. Des sirènes retentirent et des lumières magenta clignotèrent dans les couloirs et les laboratoires verrouillés, appelant tout le monde à appliquer les règles de l'état d'urgence générale.

La voix de Tom Rom grésilla dans l'interphone ouvert, aboyant des ordres aux vaisseaux mercenaires :

— Tenez vos positions... et attaquez les intrus ! Ne les laissez pas s'approcher de Pergamus.

Son ordre était audacieux mais absurde. Sa flotte de mercenaires arrivait tout juste à repousser les amateurs de curiosité, et ils ne pourraient jamais s'opposer à une telle force de frappe.

À leur crédit, cinq navettes mercenaires plongèrent vers les cuirassés des robots en ouvrant le feu. Leurs jazers détruisirent même deux vaisseaux ennemis avant que les défenseurs finissent – tous – vaporisés. Les dix autres navettes de patrouille périmétrique de Zoe opérèrent un demi-tour et fuirent le système.

Le nuage d'ombre se dirigeait tout droit vers Pergamus.

Zoe était au courant de ce qui s'était passé sur Terre et sur Relleker. Les robots noirs avaient ravagé ces planètes et rasé toutes les villes à leur surface. Le petit avant-poste de Pergamus n'avait aucune chance.

Le nuage des Shana Rei s'agrandit à mesure qu'il se rapprochait. Le premier groupe de vaisseaux de robots plongeait dans l'atmosphère empoisonnée, mais sans ouvrir le feu, sans larguer de bombes dévastatrices. Il s'agissait manifestement d'une agression d'un autre type. Les envahisseurs n'avaient pas l'intention de se contenter de détruire le site – pas au début. Un autre objectif animait les cuirassés des robots noirs qui descendaient à la surface.

Un froid plus profond encore, de terreur et de colère mêlées, traversa Zoe comme elle devinait qu'ils comptaient s'emparer des biens de Pergamus. Tous les échantillons d'épidémies.

Le visage de Tom Rom apparut sur l'écran.

— Je viens vous chercher, Zoe. Je vous sortirai d'ici… quoi qu'il en coûte.

Elle entendit alors la première explosion. Elle résonna dans le dôme extérieur principal… mais il ne s'agissait pas d'une attaque de robots. Tom Rom avait fait sauter une charge creuse qui avait déflagré à travers le premier des dix-sept sas de décontamination. Il franchissait les barrières. Il allait se précipiter à l'intérieur de son dôme stérile et la sauver.

Elle savait qu'il le ferait.

Elle se prépara.

92

Générale Nalani Keah

C'était vraiment bon de piloter de nouveau le *Kutuzov* aux côtés des croiseurs lourds de la Marine Solaire. La générale Keah se sentait forte et confiante en contemplant les quarante-neuf magnifiques bâtiments ildirans avec leur design exotique et leurs ailerons de voile solaire allongés. Après les coups de pied au cul qu'elle avait reçus sur Terre et sur Relleker, elle avait besoin de faire payer aux Shana Rei la monnaie de leur pièce.

Assise sur la passerelle de son Mastodonte, elle laissait monter en elle l'excitation et la colère. Elle se pencha en avant pour s'adresser à l'image d'Adar Zan'nh sur l'écran alors qu'il se tenait dans le noyau de commandement de son propre vaisseau amiral.

— Je le sens bien, Z. On va infliger un coup en traître à ces foutues ombres… un vrai coup de pied dans les couilles.

Son commentaire parut troubler Zan'nh.

— Je ne suis pas certain que de telles références anatomiques s'appliquent aux Shana Rei.

— C'est une métaphore, Z. Ne soyez pas si littéral.

En y repensant, elle ne s'était jamais posé de questions sur l'emplacement des testicules chez les Ildirans non plus, même si elle supposait que les parties en question devaient être similaires à celles des humains puisqu'ils pouvaient se métisser avec eux.

Le *Kutuzov* et l'*Okrun* étaient les deux derniers Mastodontes des FDC, et elle disposait de quarante-cinq croiseurs Mantas suffisamment fonctionnels pour combattre. Après la retraite de la Terre, les ingénieurs des FDC avaient travaillé vingt-quatre heures sur vingt-quatre en utilisant les installations des quais spatiaux commerciaux de Theroc pour effectuer les réparations. Elle avait clairement défini ses priorités.

— Ça n'a pas forcément à être joli, mais il faut que ça marche… au moins pour un engagement de plus.

Tous ses soldats connaissaient les enjeux.

Ils avaient rassemblé une grande partie des vaisseaux encore disponibles pour combattre au nom de la Confédération. Certains demeurèrent stationnés autour de Theroc pour protéger la capitale, mais Keah – et tout le monde, d'ailleurs – savait que l'*ensemble* des défenses restantes ne suffiraient pas contre une attaque frontale des Shana Rei. Ils devaient vaincre les ombres d'une autre manière, et cette approche-là s'avérait la bonne. Cette expédition dans le vide représenterait une mission de la dernière chance. Jamais l'occasion de frapper les Shana Rei par surprise ne s'offrirait de nouveau à eux.

Une flotte substantielle et intimidante de près d'une centaine de cuirassés, de la Confédération et des Ildirans, était en route vers la nébuleuse. Devant eux, Cœur-de-Feu flamboyait dans sa splendeur ionisée, et en son centre brûlait un amas d'étoiles gargantuesques qui enflammait tout cet océan de gaz.

— Nous approchons de la zone de poussière de la nébuleuse, générale, dit le lieutenant Tait. Ça risque de secouer un peu.

— Des tas de Vagabonds passent leur temps à traverser cette zone avec leurs poubelles de l'espace, répondit-elle. Restez stables et laissez nos boucliers déployés à pleine puissance.

Les croiseurs lourds ildirans rétractèrent leurs voiles solaires, et la force de frappe plongea à l'endroit où la pression photonique des étoiles centrales avait amoncelé de la poussière interstellaire. Ce passage se révéla quelque peu turbulent, mais la centaine de vaisseaux tint bon et franchit sans encombre cette mer diffuse.

Keah renifla.

— C'était franchement pipi-caca comme ondulations par rapport à notre fuite de la Terre la semaine dernière.

— Formulé comme ça, générale…, dit son officier en second.

Elle avait vu un diagramme des installations vagabondes à l'intérieur de la station Cœur-de-Feu, mais elle fut encore plus impressionnée lorsqu'elle aperçut les cadres flottants couverts de films énergétiques qui permettaient de fabriquer des blocs d'alimentation, les énormes écopes qui servaient à récolter des isotopes exotiques, ainsi que les unités scientifiques, d'administration et d'habitation.

— Les niveaux de radiation sont élevés, madame, dit Saliba, l'opératrice en chef des scanners, mais tolérables avec un blindage un peu plus conséquent.

— Les Vagabonds vivent ici en permanence, dit Keah. Si nous trouvons un moyen de faire face aux ombres, un peu de rayonnement ambiant sera le dernier de vos soucis.

Personne ne la contredit.

Les vaisseaux de guerre ildirans qui flanquaient la flotte des FDC naviguaient en parfaite formation. Keah fut surprise de voir qu'Adar Zan'nh ne frimait pas en effectuant des manœuvres de ballet sophistiquées. Elle avait participé à de nombreux combats au côté de l'adar ; elle le respectait et l'appréciait même. Ils étaient à la fois collègues et rivaux.

— Nous sommes sur le point d'entrer dans l'histoire, Z, transmit-elle alors qu'ils volaient vers le centre administratif. Vous pensez que je ferai partie de votre *Saga des Sept Soleils* ?

— Si quelqu'un survit pour la chroniquer, dit Zan'nh. Nous avons amené cinq remémorants, dont le remémorant Anton. J'espère que certains pourront relater l'événement au nom de l'histoire.

— D'accord… au nom de l'histoire, dit Keah. Sans compter qu'il serait agréable de survivre.

— Ça aussi, convint l'adar.

Certains des vaisseaux militaires s'approchèrent du centre administratif de Cœur-de-Feu tandis que l'*Okrun* de l'amiral Haroun patrouillait dans la nébuleuse et tournait autour de la gueule noire où les gaz disparaissaient. La générale Keah et Adar Zan'nh montèrent à bord de la station pour rencontrer le chef Alu et examiner les images que Kotto Okiah avait prises lors de son expédition de reconnaissance, au cours de laquelle il avait découvert des Shana Rei en torpeur qui se cachaient dans le néant.

Keah entra dans la salle de réunion que leur indiqua le chef Alu, puis Adar Zan'nh et l'historien humain Anton Colicos les rejoignirent. Ce dernier prit une photo de Keah et de Zan'nh.

— Pour la postérité. Vous savez que cette expédition pourrait être déterminante.

— J'espère qu'elle sera couronnée de succès, bon sang ! marmonna Keah.

Puis son regard parcourut la pièce. Tous deux manifestement nerveux, Howard Rohandas et Shareen Fitzkellum étaient assis là pour participer à la réunion. Keah se montra surprise.

— Ce ne sont que des gosses !

— Du genre intelligent et innovant, s'indigna Shareen. Croyez-moi, vous serez contents de nous avoir à vos côtés quand vous entrerez là-dedans.

— Nous avons étudié toutes les données sur ce néant plus que quiconque, ajouta Howard. Nous sommes vos meilleurs atouts.

Keah renifla.

— Jamais je n'ai accepté d'emmener deux adolescents à bord du *Kutuzov*.

— Mais vous le ferez, dit Shareen. Personne ne connaît mieux que nous cette autre dimension. Nous avons décortiqué jusqu'à la moindre donnée en provenance du module d'exploration de Kotto. Nous analysons l'appareil depuis lors.

— Kotto ne nous a pas laissés partir la dernière fois alors que nous aurions peut-être pu le sauver, expliqua Howard. Nous ne répéterons pas cette erreur.

— Avant que notre force de frappe pénètre dans cet espace dimensionnel, nous voudrions connaître les dangers que Kotto Okiah a découverts, dit Zan'nh. J'ai cru comprendre qu'il n'avait pas survécu ? Nous devrions être prêts.

Keah acquiesça.

— C'est vrai. Comment nous protéger contre ce que les ombres ont utilisé pour griller le cerveau de Kotto ?

— Les Shana Rei ne sont pas à l'origine de la surcharge qui l'a touché, expliqua Shareen. C'était tout autre chose, une présence différente… indépendante des ombres. Quelque chose qu'il a appelé l'Esprit de l'éternité.

— Les enregistrements de la mission le montrent clairement, ajouta Howard. Il l'a cherché intentionnellement.

— Super ! une nouvelle menace que l'on a hâte de voir débarquer, marmonna Keah.

Zan'nh la considéra.

— Avez-vous des doutes quant à cette mission, générale ? Ne devrions-nous pas envoyer un seul cuirassé dans ce néant et voir ce qui se passe ?

— Cela irait à l'encontre d'une attaque surprise totale. Ce n'est pas le moment de tremper seulement nos petits orteils dans l'eau.

— Je craignais que l'Esprit de l'éternité nous liquide tous, comme Kotto, mais il a survécu dans le néant pendant un long séjour sans être affecté, indiqua Shareen. Ce n'est que lorsqu'il s'est intentionnellement connecté à cette autre présence, qu'il s'est ouvert à un flot de connaissances, qu'il a été blessé.

— Si nous ne cherchons pas à entrer en contact avec l'Esprit de l'éternité, nous devrions être en sécurité, dit Howard.

— Je ne m'intéresse qu'aux Shana Rei, bon sang ! précisa Keah. Et pour une occasion comme celle-ci nous devons prendre le risque. C'est la meilleure chance que j'ai vue jusqu'à présent.

Elle déglutit, la gorge sèche, en pensant à son incapacité à protéger la Terre.

— Nous pouvons remercier Kotto pour cela, dit Shareen. Et Howard et moi vous *accompagnons*.

Keah les regarda tous les deux.

— D'accord, si vous pouvez, l'un et l'autre, contribuer à cette mission, je vous laisse venir. Mais il m'est impossible de garantir votre sécurité, pas plus que je ne peux promettre qu'un de mes soldats reviendra vivant.

Shareen acquiesça.

— Et nous voulons vous accompagner, même ainsi.

Keah se tourna vers l'adar.

— Eh bien, Z, rassemblons nos vaisseaux et élaborons notre plan. Prochain arrêt : le néant. (Elle lui adressa un rictus sévère.) Quel autre moyen aurions-nous de coincer les Shana Rei ?

93

Rlinda Kett

La *Curiosité Avide* et la *Gloire de Declan* se dirigèrent vers la nébuleuse Cœur-de-Feu pour remplir la mission que Jess et Cesca leur avaient confiée. Même si les deux astronefs volaient côte à côte, aucune communication directe entre eux ne fonctionnait lorsqu'ils utilisaient leurs moteurs interstellaires ildirans. En cas d'urgence, l'un ou l'autre des pilotes pouvait envoyer une pulsation d'alerte, et ils cesseraient de voyager à une vitesse supérieure à celle de la lumière afin de pouvoir se concerter.

Rlinda transportait l'eau wentale rayonnante qu'ils étaient censés livrer. Elle connaissait l'importance et la puissance de ce liquide et espérait que les prêtres Verts sauraient quoi en faire.

Volant seule dans la *Gloire de Declan*, elle se retrouva à caresser la capsule contenant les cendres de BeBob. Elle avait encore du mal à croire que son ex-mari préféré était tombé raide mort à cause d'un anévrisme en traversant la rue. *Une fin étrange après toutes les folles aventures auxquelles nous avons tous deux survécu, BeBob.* Elle secoua la tête, puis plaça la capsule sur la console devant elle.

Depuis, elle avait perdu du poids et beaucoup vieilli, mais elle savait que le capitaine Branson Roberts l'aurait toujours trouvée séduisante. Il était râblé, débraillé, voire gauche d'apparence, mais elle l'aimait quand même.

— Comme tu me manques aujourd'hui…

Seule dans son vaisseau, elle avait beaucoup de temps pour réfléchir et une plage de réflexion trop longue n'était pas forcément une bonne chose. Elle avait tant de souvenirs, tant de tâches à accomplir et peu de regrets – quelques-uns cependant. D'habitude, elle vivait dans le présent : elle aimait la vie et avait décidé d'en profiter au maximum. Elle s'y était tenue. Elle était une personne sociable, mais se trouvait à présent seule dans un grand vaisseau vide. Elle se renfonça dans son large fauteuil de pilotage et observa la capsule argentée.

— Je n'aime pas rester assise à m'apitoyer sur mon sort ou à trop réfléchir.

Elle se leva et se rendit à la cuisine du *Declan*, qui manquait cruellement d'équipements, puis regarda avec consternation les denrées qui y étaient entreposées.

— Comment peut-on survivre avec ça ?

Elle jeta un coup d'œil à la capsule, sachant que BeBob n'avait jamais prêté beaucoup d'attention à la nourriture malgré tous les efforts qu'elle avait déployés pour lui faire apprécier les mets les plus raffinés.

— Eh bien, je suis pleine de ressources et peux tirer mon meilleur parti de ça. Il y a certainement là de quoi concocter un repas pour une personne.

En définitive, elle décida d'ouvrir plusieurs plats préparés et d'en séparer les différents ingrédients pour pouvoir cuisiner quelque chose de comestible. Elle y parvint… de justesse.

Tout en mangeant, elle pensa au prince Reynald, qu'elle appelait affectueusement « Goutte-de-pluie ». Elle avait aidé le jeune homme à consulter les meilleurs spécialistes sur Terre, mais, d'après les rapports qu'elle avait entendus, son état s'aggravait et il n'y avait pas de remède en vue. Contrairement à la mort soudaine et inattendue de BeBob, les souffrances de ce pauvre Goutte-de-pluie étaient longues, interminables… et terriblement prématurées.

Elle soupira en pensant à ce cher garçon, puis tapota d'un doigt la capsule d'argent.

— Une fois que nous en aurons fini avec Cœur-de-Feu, BeBob, j'irai le voir sur Theroc, juste pour le serrer dans mes bras au moins. (Elle s'essuya la bouche avec une serviette et ramassa la vaisselle sale de son repas peu ragoûtant.) Et je dois aussi rendre visite à Xander et Terry. Nous devrions visiter leur nouveau pôle commercial à Rendez-Vous.

En réalité, elle avait besoin de se lancer dans un tas de tâches et décida de tenir une liste… Une liste de choses à faire, supposa-t-elle. Elle remit la capsule dans sa poche.

— On ne sait jamais combien de temps il nous reste à vivre. Une liste de choses à faire est un projet à prendre au sérieux.

Il y avait tant d'activités qu'elle aurait voulu effectuer avec BeBob.

C'était le problème d'être seule… d'avoir trop de temps pour réfléchir.

À deux jours de la station Cœur-de-Feu, elle détecta devant elle quelque chose d'assez étrange pour retenir son attention. Les « anomalies » se révélaient souvent dangereuses et elle envisagea de dépasser celle-ci à toute vitesse sans se faire remarquer. Mais elle souhaitait aussi savoir de quoi il retournait.

Non loin de là, Tasia et Robb naviguaient à bord de la *Curiosité Avide*. Rlinda ne doutait pas qu'ils passaient d'agréables moments ensemble. Elle envoya un « bip » pour indiquer à la *Curiosité* de revenir dans l'espace normal afin qu'ils jettent un rapide coup d'œil à ce qui avait perturbé leurs capteurs. Elle coupa son propre moteur interstellaire et la *Curiosité* s'arrêta immédiatement après. Robb et Tasia avaient eux aussi repéré l'anomalie.

Lorsque leurs vaisseaux se retrouvèrent à dériver près d'une nébuleuse sombre qui n'apparaissait sur aucune carte, le nuage d'ombre tourbillonnant sema la peur dans le cœur de Rlinda.

— J'aurais jamais dû m'arrêter, dit-elle. Mieux vaut dégager d'ici avant qu'ils nous détectent !

— Attendez, l'interrompit Tasia. Il se passe quelque chose. Observez les bordures, utilisez vos scanners Doppler.

— Il s'agit d'un effondrement et non d'une expansion, ajouta Robb. La vitesse d'implosion est hors norme.

Rlinda se rendit compte que la grande nébuleuse noire était effectivement en train de se condenser ; ses bordures extérieures se repliaient vers l'intérieur, comme si elle était entourée d'un poing géant qui se refermait. Rlinda distingua un – et un seul – des longs cylindres d'ébène à l'intérieur. Les interminables flancs cristallins du redoutable vaisseau shana rei brisé étaient fissurés, fracassés.

Une braise rougeoyante rayonnait au milieu du nuage de gaz qui s'effondrait tandis que des réactions nucléaires explosaient à l'intérieur d'une protoétoile qui s'illuminait à mesure que de plus en plus de matière noire tombait au centre de la masse, y ajoutant du combustible. Le nouvel astre se mit à brûler.

— Merdre, regardez-moi ça ! dit Tasia. Une centaine de bombes solaires ne détruiraient pas autant de nuages d'ombre.

— Il ne s'agit pas de bombes solaires, fit remarquer Rlinda. Une autre force écrase cette nébuleuse noire.

— Quoi que ce soit, je l'encourage, dit Robb. Tout ce qui écrase les Shana Rei fait partie de mes amis.

Les deux vaisseaux prirent de nombreuses images du spectacle afin de les montrer aux Vagabonds de la station Cœur-de-Feu, mais Rlinda montra des signes d'impatience.

— Nous ne pouvons rien faire de plus ici. Allez, nous avons une mission à finir.

— D'accord, dit Tasia.

Ils mirent fin à la communication et réactivèrent leurs moteurs interstellaires. La *Gloire de Declan* et la *Curiosité Avide* s'éloignèrent du nuage d'ombre à l'agonie et se dirigèrent vers Cœur-de-Feu.

94

Arita

La fascination d'Arita pour les espèces végétales et animales exotiques – ou autres – avait commencé dès son plus jeune âge. Elle avait tout étudié de la forêt-monde de Theroc, des insectes les plus minuscules aux énormes arbremondes. Les merveilleuses possibilités de la biologie l'obnubilaient… et elle savait désormais que quelque part, dans l'un de ces innombrables spécimens, se trouvait un remède pour son frère.

Au cours de ces deux dernières années, elle avait voyagé pour découvrir d'autres formes de vie particulières que le Bras spiral avait à offrir. Elle avait étudié les Siffleurs sur Eljiid et s'était rendue dans les jardins suspendus de vigne-varech sur Atoa ; elle avait vu des montagnes-ruches vieilles de plusieurs siècles que des myriades de minuscules arachnides avaient construites. Chaque nouvelle découverte la subjuguait.

Mais, les gonflotteurs, c'était tout autre chose.

Garrison Reeves pilota le *Fils Prodigue* jusqu'à des installations d'extraction à proximité d'Ikbir, que le clan Kellum dirigeait.

— Ils seront disposés à accueillir des visiteurs inattendus, dit-il.

— Contrairement aux champs d'Iswander, où Elisa a failli nous tuer, répondit Orli.

Pendant leur trajet, Arita, qui ressentait de profondes affinités avec Orli, avait passé beaucoup de temps à faire connaissance avec elle. Elles avaient toutes deux perçu cette puissante présence en train de s'éveiller dans le cosmos ; elles avaient toutes deux entendu sa voix palpitante à l'intérieur de leurs esprits. L'entité semblait menaçante, mais coopérative, infiniment sage, mais perdue également…

et dégageait du désespoir autant que de la souffrance. Arita ignorait quoi faire.

Lorsque le *Fils Prodigue* débarqua sur le site d'extraction des Kellum, Collin prit son arbre en pot entre ses bras serrés afin de transmettre ses observations à ses condisciples. Il n'avait jamais été loin de Theroc avant et tout l'étonnait, mais il tâchait d'effectuer son travail en maintenant la communication avec les autres prêtres Verts.

Seth et DD se pressèrent contre les baies, tous deux impatients d'admirer la vue. Près d'une centaine d'astronefs du clan Kellum flottaient au milieu des nodules à la dérive. Des appareils de pompage, semblables à d'énormes moustiques métalliques, perçaient les membranes des gonflotteurs pour récolter le carburant pour moteur interstellaire qui s'y trouvait. Arita distingua des batteries d'éclairage brillant et les lumières virevoltantes de remorqueurs et de cargos en mouvement, des réservoirs regroupés en rangées, un vaisseau de commandement.

Garrison activa le système de transmission.

— Message aux installations des Kellum. Ici Garrison Reeves à bord du *Fils Prodigue* avec Orli Covitz et Arita, la fille du roi et de la reine, ainsi qu'un prêtre Vert et quelques autres visiteurs. Nous sommes là pour jeter un coup d'œil aux gonflotteurs si vous le voulez bien.

— Garrison et Orli, bon sang ! dit un homme barbu et bourru sur l'écran de communication. Sans vous, nous n'aurions pas trouvé cet amas. Venez nous tenir compagnie. Nous serions heureux de faire visiter le coin à la princesse si elle souhaite voir quelque chose.

Alors que le *Fils Prodigue* se dirigeait vers le vaisseau mère des Kellum, Orli et Arita se montrèrent bien plus intéressées par les gonflotteurs. Orli se frotta les tempes.

— Vous l'entendez ?

Collin ferma les yeux et se concentra, puis secoua la tête.

— Rien.

Arita n'eut pas besoin de faire beaucoup d'efforts.

— C'est là… Pas exactement des mots, mais des pensées et des images.

— Je ressens une majesté formidable, mais aussi de la peur, ajouta Orli avec précipitation. Et même de la souffrance.

— Quelque chose les blesse, dit Arita.

— Ce sont les Shana Rei ? demanda Seth. (Il se tourna vers DD.) Y a-t-il des nuages d'ombre dans les environs ? Je veux entendre la même chose qu'eux.

— Le *Fils Prodigue* n'a que des capteurs de base, Seth Reeves, lui indiqua le comper. Je ne parviens pas à saisir ce qu'Orli et Arita perçoivent.

Arita fixa le regard sur les centaines de nodules silencieux et à la dérive, des sacs informes dans un amas principal, avec des anomalies qui s'étendaient comme des miettes de pain dans l'espace. Orli s'approcha de la baie centrale et se tint près d'elle.

— Ces anomalies finissent par se connecter à d'autres grappes de gonflotteurs dans l'espace interstellaire. Pas moyen de savoir combien il peut y en avoir ni à quel point elles sont liées entre elles.

— Comme les arbres dans l'esprit de la forêt-monde, dit Collin.

Arita regarda fixement son ami.

— Tout à fait comme ça... mais en plus grand.

Une fois leur équipement en place, les opérations des Kellum s'étaient développées avec une énergie insouciante. Zhett Kellum et Patrick Fitzpatrick avaient déployé toutes les machines possibles pour extraire l'ekti-X des sacs des gonflotteurs. En peu de temps, ils avaient déjà récolté près de la moitié de l'amas.

Le visage d'Orli afficha une profonde inquiétude. Elle chuchota aux étranges nodules silencieux à travers la baie :

— Qu'essayez-vous de nous dire ? Nous sommes ici. Que voulez-vous ?

Arita serra les dents et tenta de se concentrer, épaule contre épaule avec Orli. Elle ressentait un besoin impérieux... ainsi qu'une colère et une connaissance qu'elle ne parvenait pas à saisir.

— Ces gonflotteurs sont plus que des sacs remplis de carburant pour moteurs interstellaires.

Des nacelles d'éclaireurs vagabonds virevoltaient autour d'eux. Plusieurs petits astronefs escortèrent le *Fils Prodigue* jusqu'à l'endroit où les opérations étaient les plus actives.

Soudain, l'un des nodules produisit des étincelles et des éclairs, déclenchant une éruption adjacente. Puis, à travers ce groupe élargi, plusieurs autres se mirent à clignoter en libérant des flashs lumineux. À chaque flamboiement, Arita sentait la connexion dans son crâne s'intensifier.

Tout en observant le spectacle et en restant profondément concentrée, Arita repensa à ce que Collin avait raconté à propos des arbres interconnectés dans l'esprit verdani, des grappes de sacs protoplasmiques, des signaux scintillants… et retint son souffle.

—Je sais ce qu'ils sont ! Les gonflotteurs ne sont pas du simple plancton à la dérive. Ce sont… des *cellules* géantes, comme des neurones. Des millions d'entre eux connectés en réseau à travers l'espace.

La bouche d'Orli s'ouvrit sous le coup de cette révélation.

—C'est ça ! Ce sont des cellules, toutes interconnectées en un grand…

Elle chercha ses mots. Arita répondit à sa place. :

—C'est un *esprit.* Un immense esprit qui s'est répandu dans la galaxie… et qui s'éveille enfin.

95

Exxos

Les ombres s'abattirent sur Pergamus et sa collection de maladies, mais elles laissèrent Exxos s'occuper des opérations dangereuses.

La flotte de robots noirs, avec des milliers de vaisseaux, bien plus que nécessaire pour une si petite cible, se rapprocha pour capturer les spécimens virulents conservés à l'intérieur des dômes. Exxos avait promis aux Shana Rei que cette sortie relativement mineure leur permettrait de disposer d'un arsenal biologique létal qui emporterait plus de victimes que des dizaines de massacres planétaires du type de ceux de Relleker, de Wythira et de la Terre ne le feraient jamais. Même si ses homologues et lui savouraient la sensation du sang sur leurs pinces et les concerts des hurlements, le simple fait d'infliger la mort était une récompense suffisante en soi.

Pour atteindre leur objectif, les robots devaient conserver intacts les spécimens de maladies, mais les membres du personnel humain de ces installations constituaient des proies rêvées. Exxos ne comptait en laisser aucun en vie – à l'exception de Tamo'l, qui était déjà liée aux Shana Rei. Elle serait récupérée vivante, puis emprisonnée dans une bulle d'entropie comme Rod'h, où elle serait analysée, testée… disséquée si nécessaire.

Les autres victimes, en revanche, serviraient de simples divertissements sportifs.

Pour un monde contenant autant de spécimens dangereux, Pergamus disposait d'une sécurité risible et insignifiante. Les robots klikiss allaient facilement anéantir l'ensemble. Les vaisseaux noirs s'approchèrent en piqué et ouvrirent le feu. Les astronefs mercenaires patrouillaient là pour effrayer les intrus occasionnels et ne constituaient pas une flotte militaire à part entière. Certains défenseurs tirèrent à l'aveuglette sur les assaillants, mais les cuirassés des robots les submergèrent et les réduisirent en miettes. Le reste des mercenaires s'enfuirent sans même essayer de se battre.

Exxos savait que son objectif premier était de récupérer les spécimens biologiques dans les dômes laboratoires. Son objectif secondaire consistait à tuer les chercheurs et, en dernier, à traquer les quelques mercenaires traînards. Il se rendit toutefois compte qu'il avait plus qu'assez de robots de combat pour atteindre ces trois objectifs. C'est pourquoi une centaine de ses homologues se précipitèrent à la poursuite des vaisseaux de sécurité en fuite et les prirent en chasse un par un.

Le nuage d'ombre enfla dans l'espace, telle une éclipse au-dessus de Pergamus. Les cylindres hexagonaux attendaient là, vibrant d'entropie. Les Shana Rei palpitèrent en appelant Tamo'l, qui se trouvait piégée dans l'un des dômes en contrebas. Elle luttait pour les repousser, mais Exxos la retrouverait. Autrement, les ombres viendraient tout bonnement l'engloutir, de la même façon qu'elles avaient capturé Rod'h.

Cette planète isolée ne disposait d'aucune force militaire permanente. Les créatures des ténèbres auraient pu prendre leur temps et englober le monde entier au moyen de plaques hexagonales, comme elles l'avaient fait pour Kuivahr. Mais ce n'était pas nécessaire. Exxos et ses robots atteindraient leur objectif par un simple assaut terrestre. Des centaines de vaisseaux anguleux descendirent en piqué vers la surface.

L'atmosphère toxique de Pergamus ne les dérangerait pas. Les appareils anguleux se posèrent au milieu du paysage désolé, et les robots, semblables à des scarabées, sortirent de leurs cuirassés et avancèrent sur des grappes de pattes qui ressemblaient à des doigts. Les humains mous et fragiles qui se blottissaient à l'intérieur de leurs dômes n'avaient nulle part où aller, nulle part où fuir. Leurs capteurs optiques cramoisis s'illuminèrent vivement alors que des centaines d'Exxos convergeaient vers le complexe.

Tandis qu'il se dirigeait vers les dômes en surface, Exxos intercepta des messages sur différents canaux de communication, entendit les appels à l'aide, les signaux de détresse frénétiques, tous vains. Il filtra les conversations qui se chevauchaient, les employa pour identifier des cibles spécifiques – même si cela importait peu, puisqu'il avait l'intention de tout conquérir, de tous les exterminer.

Loin au-dessus de la planète, des vaisseaux de robots entourèrent les Sphères de recherche orbitale qui contenaient également des spécimens d'épidémies mortelles à récupérer. Rien ne serait gaspillé. Chacune de ces maladies aurait son utilité. Les experts enfermés à l'intérieur des structures hurlèrent au secours, mais les cuirassés noirs se refermèrent autour des sphères. Les robots éventreraient les labos satellites, tueraient les scientifiques par décompression explosive et s'empareraient de tout ce qu'ils pourraient dénicher.

Exxos se rendit alors compte que les transmissions paniquées en provenance des SRO traduisaient plus qu'une simple peur d'être capturé. L'un de ses homologues – un robot qui était en tout point *lui* –, qui se trouvait à l'extérieur d'une des sphères en orbite, s'employait à démonter l'écoutille du sas. D'autres copies déferlaient sur le laboratoire en forme de globe.

Ils comprirent alors simultanément que des procédures de stérilisation d'urgence avaient été lancées à l'intérieur des sphères. Le compte à rebours était presque terminé.

Une voix provenant de la surface se fit entendre sur le système de transmission et s'adressa aux occupants de l'ORS pris au piège :

— Ici Tom Rom. J'apprécie vos efforts. Il n'existe clairement pas d'échappatoire, mais nous ne devons pas laisser vos spécimens tomber entre les mains de l'ennemi. La vaporisation sera rapide.

Les scientifiques se mirent à hurler, puis les salves de stérilisation ondulèrent comme de puissantes fleurs d'énergie qui allaient s'épanouissant l'une après l'autre. Des vagues de rayons gamma de haute intensité inondèrent les laboratoires en orbite, vaporisèrent les humains à l'intérieur, détruisirent l'équipement et anéantirent jusqu'au dernier micro-organisme. Lorsque les robots eurent fini de percer leurs coques, les sphères des laboratoires étaient dépourvues de toute vie et complètement inutiles. Exxos était furieux.

À présent, à la surface, alors qu'il se tenait à l'extérieur du dôme le plus proche, il déployait ses outils de coupe et ses puissantes pinces afin de déchirer les parois métalliques et d'atteindre les chambres fortes abritant des spécimens avant que ces trophées soient tous désintégrés.

Quatre humains vêtus d'exocombinaisons argentées émergèrent du dôme. Munis de longs fusils à impulsions jazer, ils ouvrirent le feu sur les envahisseurs noirs. Exxos sentit trois copies de lui-même mourir, tous leurs circuits en surcharge ; même leurs composants cybernétiques blindés n'avaient pas résisté aux jazers. Mais de nombreux autres de ses congénères bondirent en avant et les défenseurs humains désespérés reculèrent et tirèrent de plus belle. Ils abattirent quatre robots supplémentaires avant d'être eux-mêmes réduits en lambeaux de chair et de tissu protecteur.

Exxos continua à découper le mur blindé du dôme laboratoire, déchirant les plaques de métal, tranchant les poutres structurelles. Il ne prit pas la peine d'emprunter les portes scellées, qui auraient pu être piégées. Au lieu de cela, les robots traversèrent directement le mur, et, dès qu'ils eurent franchi cette barrière, l'atmosphère empoisonnée de la planète se répandit à l'intérieur.

Exxos et ses homologues s'enfoncèrent dans le bâtiment, où ils trouveraient toutes les armes biologiques dont ils avaient besoin pour éradiquer la race humaine.

96

Tom Rom

La force d'invasion des robots déferlait sur les dômes de Pergamus, et Tom Rom ne pouvait rien faire pour l'arrêter. Avec un tel nombre et un tel armement, ils se fraieraient facilement un chemin à travers n'importe quel mur blindé. Les experts médicaux pris au piège cherchaient désespérément un moyen d'évacuer, mais ils n'avaient nulle part où aller. Les sauver n'était pas la priorité de Tom Rom.

Mais il sauverait Zoe… à n'importe quel prix.

Barricadée derrière dix-sept couches de quarantaine, des portes d'isolement et des barrières hermétiques, elle aurait dû être la personne la plus en sécurité sur Pergamus, mais Tom Rom avait suivi la marche implacable des robots, observé comment ils avaient ouvert les dômes de recherche tels des fruits mûrs. Non, même le dôme d'isolation central de Zoe ne la protégerait pas. Il devait la sauver. Il n'avait pas beaucoup de temps.

Comme il avait participé à l'élaboration et à l'installation des systèmes de verrouillage, il pouvait au moins forcer les procédures de stérilisation éclair conçues pour purger toute vie à l'intérieur de chaque dôme en cas de brèche. Sentant un besoin urgent de rejoindre Zoe, il désactiva les capteurs pour ne pas déclencher une autodestruction complète lorsqu'il traverserait les murs à coups d'explosifs.

Il appuya une charge creuse sur le dispositif de verrouillage suivant, glissa des protections auditives dans ses oreilles, puis se mit à l'abri. Après avoir entendu le bruit sourd de la déflagration et le gémissement du métal qui s'effondrait, il se précipita à l'intérieur avant que la fumée se dissipe. À l'aide d'un pied-de-biche de fortune, il enleva la barrière éventrée. Puis il courut jusqu'au mur suivant et y appliqua une nouvelle charge.

Il restait quinze couches.

Très haut, le nuage d'ombre éclipsait le ciel, bien différent de la menace des Shana Rei qu'il avait connue sur Kuivahr. Ici, à Pergamus, les créatures des ténèbres ne cherchaient pas à enclaver la planète. Au lieu de cela, la nébuleuse noire se contentait de stationner à leur aplomb pendant que les robots maraudeurs opéraient.

Des hordes de machines ressemblant à des coléoptères sillonnaient le paysage. Tom Rom écarta toute panique paralysante qui aurait pu nuire à son efficacité. Il n'y avait pas de temps pour cela. Il restait tellement d'étapes – tellement d'étapes impossibles – à franchir pour atteindre Zoe.

Il perça trois autres murs, s'enfonçant toujours plus profondément.

Et, même après avoir dépassé toutes ces barrières de protection, il devait encore la sortir de là, rejoindre son vaisseau, puis s'échapper de Pergamus au milieu d'une attaque massive.

Il fit exploser mur après mur, se rapprochant de plus en plus du centre.

— Encore cinq niveaux, Zoe, dit-il dans son interphone. Tenez-vous prête.

Il se fraya systématiquement un chemin à travers d'autres couches.

Zoe n'était sortie de son dôme qu'en deux occasions depuis qu'elle s'y était enfermée : la première fois quand elle s'était envolée vers une Sphère de recherche orbitale pour aller à son chevet tandis qu'il agonisait, frappé par le fléau onthos, et la seconde fois lorsqu'elle s'était rendue sur Theroc pour négocier avec le roi Peter et la reine Estarra les données d'Iswander sur cette épidémie.

Cette fois-ci, le choix ne venait pas d'elle. Tom Rom la forcerait à partir si nécessaire. Il devait l'exfiltrer.

Il franchit la prochaine barrière, puis la suivante. La fumée, les résidus d'explosifs et le métal chaud l'empêchaient de bien voir ou de se déplacer. Il se brûla les mains en dégageant un pan de mur, mais n'éprouva aucune douleur. Il continua à avancer en marmonnant dans sa barbe :

— J'arrive, Zoe.

Il se rendit compte que les robots noirs auraient pu simplement vaporiser l'ensemble de l'installation depuis les airs, mais qu'ils avaient préféré mener un assaut au sol. Il en conclut alors qu'ils étaient venus ici pour voler les maladies mortelles à des fins personnelles. Il savait à quel point les spécimens étaient létaux et prit conscience que ces ennemis de l'humanité s'en serviraient probablement pour tuer des milliards d'individus. Il se sentait obligé de les arrêter, si possible… mais seulement après avoir sauvé Zoe. Elle était sa priorité, et il n'envisageait même pas d'en justifier la raison.

Lorsque l'attaque des robots avait commencé, il avait utilisé la console d'administration pour préparer les défenses de Pergamus. Il avait déclenché les routines de stérilisation pour toutes les Sphères de recherche orbitale, car il savait qu'elles étaient vulnérables. Il était resté sourd aux appels des experts médicaux isolés dans l'espace : ils étaient condamnés dès l'instant où le nuage d'ombre était apparu, aussi ne perdit-il pas de temps à culpabiliser. Il avait décidé qu'ils préféreraient un bombardement de rayons gamma plutôt que de finir déchiquetés entre les pinces des robots klikiss. Lorsque les laboratoires en orbite détonèrent, les spécimens les plus mortels de Pergamus furent éradiqués.

Ici, à la surface, des centaines de robots noirs avaient déjà pénétré dans le premier dôme blindé, une section consacrée aux recherches sur le cancer. Le cancer était une maladie mortelle pour l'humanité, mais non contagieuse, que les robots ou les Shana Rei ne pouvaient en aucun cas transformer en arme… mais ils ne le savaient pas encore. Les robots seraient distraits pendant qu'il sauverait Zoe.

Après avoir franchi la séquence de niveau suivante, il utilisa son interphone, criant pour qu'elle l'entende par-dessus les alarmes qui retentissaient en continu.

— Zoe, ne vous approchez pas de l'écoutille, je vais la faire exploser. Trouvez-vous un abri quel qu'il soit.

Il lui laissa quelques secondes, mais ne pouvait pas se permettre de perdre plus de temps.

Lorsque la déflagration éventra le dernier mur, il fonça en se baissant à travers la fumée. Auparavant, pour rejoindre Zoe, il lui fallait subir des heures de procédures de décontamination. Aujourd'hui, en moins de vingt minutes, il avait franchi les dix-sept barrières.

Pendant que la fumée se dissipait, Zoe se leva de derrière son bureau, s'efforçant de mettre un masque respiratoire sur son visage. Elle avait l'air pâle.

— Je ne veux pas partir d'ici.

— Je sais. (Il lui attrapa le bras.) Mais tu dois le faire. Je ne laisserai pas ces choses te tuer.

Elle ne résista pas. Elle avait simplement besoin de l'entendre lui dire que c'était leur meilleur, leur seul choix. Elle saisit une petite sacoche qu'elle avait remplie de quelques affaires qu'elle tenait à emporter.

— Eh bien, je suis prête. (Elle tremblait.) Je pensais que cet endroit resterait protégé et sûr.

— Désormais, ça n'est ni l'un ni l'autre, dit Tom Rom. Nous devrons nous débrouiller seuls. Toi et moi avons déjà survécu de cette façon. Nous pouvons le refaire.

Elle gémit.

— Mais Pergamus... toutes ces années, tous ces spécimens. Nous ne pouvons pas abandonner ma collection comme ça !

Tom Rom la poussa vers le trou dans le mur.

— Nous le ferons pourtant. Nous devons rejoindre mon vaisseau.

Ils manquaient probablement déjà de temps. Cependant, en comprenant pourquoi les robots devaient avoir débarqué ici, une lourde responsabilité le fit hésiter.

— Attends-moi, Zoe, dit-il avant de se précipiter vers les commandes principales dans la chambre centrale.

L'heure était venue de mettre en place les routines de stérilisation dans toutes les infrastructures.

Il savait comment accéder à l'interface d'urgence et déclencher ces routines, et il ne pouvait pas laisser les spécimens tomber entre les griffes de cet ennemi inhumain. Il lança les mécanismes d'autodestruction, des explosions de vaporisation programmées qui effaceraient chaque cellule, chaque virus et chaque ensemble de données conservés dans les dômes.

Lors de la conception de ce système, il avait exigé que la destruction de chaque dôme soit enclenchée séparément afin qu'un terroriste isolé ne puisse pas raser l'ensemble de l'installation en une seule attaque. Aujourd'hui, cependant, ces dispositifs de sécurité se retournaient contre lui et provoquaient d'exaspérants contretemps. Ses doigts tremblaient, mais il se ragaillardit. Il n'avait pas le temps de paniquer. La panique entraînait des erreurs.

Lorsque chacun des quinze dômes fut prêt, il ajusta le compte à rebours afin de se donner assez de temps pour atteindre son vaisseau – à peine assez de temps.

Au-dessus de sa tête, le nuage d'ombre des Shana Rei se profilait dans le ciel comme s'il avait l'intention d'étouffer la planète. Des vrilles noires descendirent vers la surface.

Il rejoignit Zoe dans le couloir et l'entraîna de force à sa suite. En courant, ils traversèrent en se baissant les murs détruits les uns après les autres. Sa sacoche en main, elle était désorientée, mais pas seulement à cause de la terreur et du chaos qui les entouraient. Elle n'était tout simplement pas sortie assez souvent de sa chambre pour connaître l'agencement de son propre dôme de recherche.

— Les moteurs de mon vaisseau sont puissants et je suis un bon pilote. J'ai la motivation nécessaire. (Il lui lança un regard dur.) Je dois t'avertir, toutefois, précisa-t-il, que nous pourrions tout aussi bien mourir en nous échappant d'ici.

Zoe se remit à courir.

— Tu me sauveras.

Il s'arma de courage et jura silencieusement qu'il ne la laisserait pas tomber.

97

Xander Brindle

Le champ de récupération autour de Relleker constituait déjà une scène de désolation, mais l'arrivée d'Elisa Enturi ne fit qu'empirer la situation. Xander sentit un grand frisson lui parcourir l'échine. Il se tourna vers Terry.

— Qu'est-ce qu'elle fout ici ?

Terry était atterré.

— Les Transports Kett ont rompu tout lien avec les Industries Iswander à cause d'elle, et maintenant elle veut… un boulot ? Nous sommes censés oublier tout ce qu'elle a fait, juste comme ça ?

Les vaisseaux de récupération vagabonds se rapprochaient de la navette d'Elisa, qui restait là, à attendre. Xander ne parvenait pas à imaginer ce à quoi elle pouvait bien penser.

— Nos problèmes de chômage ne sont pas si désespérés que ça, grommela Xander. (Il prit son courage à deux mains et ouvrit le système de transmission.) Elisa, je ne sais pas ce que vous aviez en tête, mais vous êtes une hors-la-loi et une meurtrière. Il n'y a pas de place pour vous ici.

Annie D, une vieille femme grisonnante au visage taillé à la serpe, maugréa sur l'écran de communication :

— Mettez-la en garde à vue et ramenez son cul sur Nouvelle-Station où elle pourra répondre de ses actes devant la justice. Nous avons assez de vaisseaux.

Annie D portait un cache-œil sur son orbite droite, qu'elle avait perdu à la suite d'un mélanome de la choroïde. Les techniciens médicaux auraient pu remplacer son globe oculaire, mais elle semblait préférer l'affectation liée à ce bout de tissu. À présent, son visage paraissait féroce.

— Repos, Enturi… Nous sommes vingt fois plus forts que vous et nous n'avons aucune raison de faire preuve de retenue, aboya le vieil Omar Selise depuis son vaisseau cabossé. Les Duquesne étaient mes amis.

Alors que d'autres astronefs encerclaient Elisa, celle-ci activa ses propres armes défensives. Xander fut surpris de voir à quel point elle semblait étrangère à la notion de remords.

— Vous pouvez essayer de me capturer, mais la façon dont cela se passera ne vous réjouira pas. Je ne suis pas venu ici pour me battre. J'ai proposé mes services pour travailler.

Xander rouvrit son micro et utilisa sa voix la plus raisonnable, laquelle ne suffirait sans doute pas, pensa-t-il.

— Elisa, nous vous escorterons jusqu'à Rendez-Vous et veillerons à ce que vous bénéficiez d'une audience équitable. Pas besoin de tirer.

— Préférez-vous purger une peine de prison ou voir votre vaisseau rejoindre le champ de shrapnels autour de Relleker ? ajouta Terry. Ces gens-là sont prêts à tirer.

En réponse, Elisa ouvrit le feu… sur le *Verne.*

— Waouh ! dit Terry en s'accrochant.

Relié aux commandes de pilotage en état de veille, OK réagit encore plus rapidement que Terry ou Xander. Il fit effectuer un tonneau en tire-bouchon au *Verne* puis accéléra vers le haut, de sorte que les salves mortelles d'Elisa fusèrent à côté de lui. Un rayon jazer frôla leurs boucliers, tandis que les autres les manquèrent complètement.

— Excellent travail, OK.

Le teint de Terry était devenu cendreux. Xander se montra impressionné.

— C'est une bonne chose que nous ayons payé pour tous ces nouveaux systèmes.

Les autres Vagabonds se mirent à ouvrir le feu tandis qu'Elisa s'éloignait en accélérant.

— Je dois vous informer que les armes d'Elisa Enturi n'étaient pas réglées sur des rafales de faible intensité ou n'infligeant que des dégâts matériels, fit remarquer le comper. Ce tir était destiné à tuer. Nous aurions été pulvérisés si je n'avais pas esquivé.

— Eh bien, merci beaucoup, marmonna Xander.

Vrillant sur elle-même, la navette d'Elisa fonça à travers le champ de débris de Relleker, se dirigeant hors de l'orbite planétaire. Sept vaisseaux vagabonds la poursuivirent, prêts à la tuer.

— J'aurais été un bon atout pour vos opérations, lança-t-elle au *Verne* d'une voix glaciale. Je vous aurais aidés à réaliser de grands bénéfices. Je vous ai *déjà* fait gagner de gros bénéfices.

Elle esquiva l'épave d'un cuirassé de robot qui ressemblait à un requin, puis effectua un piqué et ouvrit le feu de manière à neutraliser l'appareil d'Annie D. Les deux bâtiments des Selise se rapprochèrent, tirant des salves à l'aveuglette, sans doute pour endommager les propulseurs d'Elisa et arrêter sa navette, mais ils visaient comme des manches. Elisa esquiva et fila, s'élançant vers la zone de l'orbite extérieure où les débris étaient plus rares, ce qui lui permettrait d'accélérer davantage.

Xander regarda Terry.

— Nous avons investi dans les meilleurs moteurs disponibles sur le marché. Voyons ce que le *Verne* a dans le ventre.

— Ça marche ! dit Terry.

— Dois-je piloter ? demanda OK.

Xander et Terry secouèrent tous deux la tête.

— Jamais de la vie.

L'accélération du *Verne* était puissante, mais douce, comme un gant de velours qui, d'une légère poussée, les ramènerait dans leurs sièges. Rapidement, ils rattrapèrent les autres poursuivants et les dépassèrent à pleine vitesse. Xander consacrait toute sa concentration au pilotage. Heureusement, les systèmes de réaction délicats et la maniabilité améliorée du *Verne* étaient tout aussi efficaces que sa vitesse accrue.

Terry s'activait sur la console de leurs armes, inquiet.

— J'avais l'intention de tester tous ces appareils, mais en situation contrôlée. (Il expira vivement.) Je suppose qu'il n'y a pas de temps à perdre.

OK étudia également tous les affichages des systèmes.

— Modules optimaux. Nos jazers devraient suffire à neutraliser ses moteurs. Nos systèmes de ciblage sont extrêmement bien calibrés.

— Bien, alors tout devrait être terminé dans quelques minutes, dit Xander.

Le *Verne* bondit comme un lévrier atteignant la fin d'une course et se rapprocha de sa proie. Le vaisseau d'Elisa sortit en flèche du système planétaire, évita les tirs des Vagabonds et s'éloigna de ses poursuivants. Xander fut surpris de voir à quel point elle se débrouillait bien. Il doutait que les moteurs de la hors-la-loi soient supérieurs à ceux de ces vaisseaux, mais une chose jouait en sa faveur : elle n'avait plus rien à perdre. Elle était prête à griller tous ses systèmes rien que pour s'enfuir.

Xander ne comptait pas la laisser faire. Ils se rapprochèrent de sa navette, puis OK et Terry agrandirent leur système de visée.

— Dernière chance de vous rendre, Elisa, cria-t-il.

— Vous m'êtes redevables, répondit-elle, alors que je ne vous dois rien. Que les choses soient claires entre nous.

Derrière eux, l'un des téméraires Vagabonds en chasse lança un cri de détresse.

— Merde ! des débris de vaisseau spatial viennent de percuter une de nos ailes. Nous sommes touchés, nous avons une fuite d'air ! Les systèmes de survie nous lâchent.

Xander serra les dents. L'instinct lui commandait de faire demi-tour pour aider l'astronef en détresse, mais il garda les yeux braqués vers l'avant, concentré sur Elisa. Des tas d'autres vaisseaux étaient en mesure de secourir l'engin endommagé, mais, si Elisa s'échappait, elle pourrait ne jamais être traduite en justice.

— Prêt à ouvrir le feu, dit Terry en déglutissant avec difficulté. Tu es sûr de ça, Xander ?

— Oui, je suis sûr, mais essayons de ne pas la faire exploser dans l'espace. Je préfère de loin la voir chercher des excuses devant un jury de clans de Vagabonds.

Xander poussa les moteurs du *Verne*. Le vaisseau d'Elisa atteignit l'espace interstellaire, suffisamment loin de tout à l'exception des dernières carcasses d'astronefs en provenance de Relleker. L'espace d'une fraction de seconde, Xander se rappela comment Elisa les avait abordés à la station Ulio en proposant à deux jeunes commerçants l'affaire du siècle : les droits de distribution exclusifs de l'ekti-X. Cela avait permis aux Transports Kett d'amasser une fortune, mais en fin de compte, exactement comme Rlinda l'avait craint, cet argent était souillé de sang.

Ensemble, Terry et lui activèrent les commandes de tir.

Elisa semblait sentir le tir de barrage qui s'annonçait et changea de cap au dernier moment. Au lieu de toucher directement ses moteurs, les faisceaux jazer du *Verne* frappèrent ses boucliers de plein fouet, les faisant tomber, puis entaillèrent la partie inférieure de sa coque.

Mais elle déclencha impétueusement ses propulseurs interstellaires et les moteurs flamboyèrent alors même que le *Verne* se rapprochait.

Cabossée, endommagée, mais toujours fonctionnelle, la navette d'Elisa s'éloigna à la vitesse de la lumière et s'enfuit dans un infini dépourvu de traces.

L'instant d'après, le *Verne* trouva l'espace vide là où s'était trouvé son vaisseau. Frustré, Xander écrasa son poing sur le panneau de contrôle.

— Elle s'est échappée, annonça inutilement OK.

— Elle n'a pas eu le temps d'établir une trajectoire, dit Terry. Qui sait où elle est allée.

— Nous aurons peut-être de la chance, marmonna Xander. Peut-être a-t-elle accidentellement échoué dans un trou noir.

Secouant la tête, il ralentit le régime de ses moteurs, fit demi-tour et se dirigea vers l'orbite de Relleker au cas où des vaisseaux de Vagabonds endommagés auraient encore besoin d'aide.

98

Orli Covitz

Forte de leur nouvelle compréhension des amas de gonflotteurs et de l'énorme esprit conscient qu'ils formaient, Orli était impatiente de rencontrer l'équipe de production des Kellum. Ils se dirigèrent vers la passerelle du grand vaisseau qui servait de centre opérationnel pour le champ d'extraction des Kellum.

Dès qu'ils atteignirent le vieux pont, un Del Kellum fanfaron vint les accueillir.

—Avant, nous avions une station d'écopage géante sur Golgen, avec un vaste ciel et tout l'espace que nous voulions pour bouger. Mais nous sommes bien plus confortablement installés à bord d'un tas de vaisseaux mis au rancart et, bon sang! il est bien plus facile de récolter de l'ekti-X sur des gonflotteurs que dans les nuages d'une géante gazeuse.

—Mais vous ignorez quelque chose! éclata Orli. Ces gonflotteurs sont plus importants que vous le pensez.

Arita acquiesça vivement.

—Orli et moi venons de saisir ce qu'ils sont vraiment.

Zhett regarda par la baie du pont et fit un geste large de la main.

—Les gonflotteurs surgissent de partout, comme des réservoirs de carburant apparaissant naturellement. Ces amas ne sont même pas difficiles à trouver. L'ekti bon marché sera bientôt monnaie courante.

Patrick fut plus sérieux.

—C'est pourquoi nous ferions mieux d'engranger rapidement un bénéfice décent.

—Tout le monde a besoin de combustible pour moteurs interstellaires. Nous pouvons encore faire en sorte que nos opérations soient économiquement viables si nous sommes efficaces, dit Del.

Il ajouta, avec un reniflement :

— N'oubliez pas que nous ne gagnions pas beaucoup d'argent dans notre distillerie de Kuivahr non plus.

À l'extérieur, alors que les vaisseaux et les extracteurs voltigeaient parmi les gonflotteurs, une nouvelle séquence de flamboiements lumineux embrasa les noyaux des nodules. Orli tressaillit, puis sourit avec émerveillement tandis qu'Arita sursautait à côté d'elle et lui attrapait le bras pour partager cette connexion. Collin, les yeux écarquillés, serra son surgeon et marmonna des rapports à tous les prêtres Verts connectés.

Orli indiqua la baie.

— Avez-vous vu cela ? Les gonflotteurs font partie de quelque chose de plus vaste que ce que nous pouvons imaginer. Ce sont de gigantesques cellules avec des noyaux, des portions d'un esprit en train de fusionner.

Arita acquiesça.

— Ces décharges lumineuses sont comme des impulsions neuronales, une séquence de pensées qui se propagent au fur et à mesure que ce grand esprit s'éveille. Il s'agit d'une conscience cosmique émergente… J'ignore comment l'expliquer autrement. Ces chaînes dispersées et ces grappes de gonflotteurs s'apparentent à des ganglions.

Zhett rit à gorge déployée à cette idée tandis que Patrick demeurait sceptique. Del se contenta de cligner des yeux, comme s'il essayait de s'assurer qu'il avait bien entendu.

DD intervint, s'exprimant comme un petit comper Maître de conférences :

— Les nuages d'ombre des Shana Rei ont spontanément surgi à travers tout le Bras spiral. Nous savons que de nouveaux gonflotteurs apparaissent aussi et qu'ils sont manifestement reliés entre eux dans l'espace interstellaire par d'énormes structures diffuses. Nous avons également appris, grâce à de récents comptes-rendus, que certains nuages d'ombre des Shana Rei s'effondraient spontanément, comme sous l'effet d'une force extérieure. Il y a peut-être un lien.

— Il y a incontestablement un lien entre les deux, convint Orli. C'est l'Esprit de l'éternité, et il s'éveille. Cela nous a permis, à toutes les deux, de comprendre la situation. Tout comme les Shana Rei, cette conscience cosmique est revenue… et c'est la seule chose assez puissante pour combattre les ombres.

Un grondement sourd s'éleva de la gorge de Del Kellum.

— Bon sang ! êtes-vous en train de me dire que ces gonflotteurs sont… l'esprit de Dieu ? et que nous le réveillons ?

La voix d'Orli était ferme.

— Nous essayons de vous dire qu'il est énorme, qu'il est conscient… et qu'il a également conscience de notre existence et de celle des Shana Rei.

— Et il est de notre côté, ajouta Arita.

Comme si le grand esprit diffus entendait leur conversation, les gonflotteurs à proximité étincelèrent les uns après les autres, plus brillants qu'auparavant. Des lumières stroboscopiques coururent autour de l'amas, semblables à un tourbillon de pensées. Tandis que ces flashs se propageaient, Orli sentit un frisson lui traverser l'esprit et le corps comme un éclair connecté à son cerveau. Elle vacilla, presque submergée.

Garrison se précipita pour la soutenir. En cet instant, elle était si remplie d'énergie et de merveilles qu'elle était incapable de parler. Les dents serrées et les paupières closes, elle percevait toujours toutes ces couleurs et ces flamboiements inonder son crâne. Derrière ses yeux fermés, elle vit un cramoisi profond et un écarlate vif tourbillonnant avec des touches de noir et de gris, puis des étincelles d'une intensité brillante. Elle sentit une connexion. Une communication.

Un an plus tôt, affaiblie, délirante, elle avait failli mourir du fléau onthos, et elle n'avait survécu qu'en s'immergeant dans le protoplasme d'un gonflotteur. Elle se souvenait encore de ce baptême enivrant et mystérieux. À présent, elle retrouvait ce même flot sensoriel. Lorsqu'elle avait été engloutie dans cette étreinte, elle avait touché une partie de cet immense esprit assoupi. Aujourd'hui, cette conscience continuait d'entrer en contact avec elle.

Arita semblait tout aussi envoûtée et les deux femmes se connectèrent à elle également, même si elles ne saisissaient pas comment elles y parvenaient. Mais toutes deux se rendirent compte que cet esprit de l'espace se montrait extraordinairement prudent dans sa manière de les contacter, essayant de se contrôler pour ne pas les blesser.

Sans que cette révélation passe par des mots, Orli comprit que Kotto Okiah avait été confronté à une situation similaire, qu'il avait ouvert sa psyché à tout ce que l'Esprit de l'éternité voulait partager… mais l'énormité des connaissances transmises avait anéanti son cerveau. Les gonflotteurs et leur conscience connectée s'efforçaient à présent de faire preuve de retenue afin de communiquer avec elle et Arita. Elle compris que l'entité tentait aussi de toucher le réseau ildiran du thisme, ainsi que l'esprit verdani qui luttait contre la flétrissure onthos – une autre des manifestations des ombres.

À présent qu'elle avait une perception plus claire de la menace qui pesait sur le cosmos, elle saisissait l'ampleur de l'infiltration des Shana Rei dans l'univers réel – et ce qu'elle vit la terrifia. L'esprit de l'espace ripostait avec des défenses d'une puissance inconcevable, écrasant les nuages d'ombre naissants et brûlant les ténèbres.

Mais les Shana Rei se trouvaient partout… *partout.*

Orli prit conscience d'un autre point : alors que l'Esprit de l'éternité s'éveillait et aurait dû gagner en puissance, il éprouvait de constantes souffrances, un atroce martyr le frappait par vagues et l'affaiblissait. Quelque chose endommageait les éléments qui le constituaient alors même qu'il tentait de sauver le cosmos.

Un nouveau grand éclair se propagea en provenance des noyaux des gonflotteurs et la connexion d'Orli se rompit soudain. Elle cligna des yeux et s'effondra sur son siège dans le vaisseau amiral des Kellum. Elle était couverte de transpiration. À côté d'elle, sur le pont de l'astronef vagabond, Arita était également sous le choc. Elles partagèrent leurs pensées, se connectèrent à la souffrance des gonflotteurs, à cet esprit en pleine expansion.

DD, préoccupé, bredouilla à sa maîtresse :

— Voulez-vous un verre d'eau, Orli Covitz ?

Mais elle secoua la tête. Arita eut la même réaction. Très inquiet, Collin lui caressa le front.

— Peux-tu nous expliquer ? la pressa-t-il. Que viens-tu de vivre ?

Arita regarda Orli et lui demanda :

— Pourquoi l'esprit de l'espace souffre-t-il ? Il s'efforce de combattre les Shana Rei, mais toute cette souffrance…

En observant les activités d'extraction à travers la baie du centre opérationnel des Kellum, Orli comprit.

— L'Esprit de l'éternité souffre parce qu'il est systématiquement massacré.

À l'extérieur, les vaisseaux vagabonds finissaient de vider un autre gonflotteur, de remplir leurs réservoirs d'ekti, puis de remorquer l'enveloppe flasque pour la jeter au rebut.

— Cellule par cellule, dit-elle. Et c'est nous qui le tuons.

99

Zoe Alakis

D'une manière ou d'une autre, ils parvinrent à rejoindre le vaisseau de Tom Rom.

L'assaut des robots contre les installations de Pergamus se poursuivait, à la manière d'un essaim meurtrier d'insectes mécaniques déchiquetant une ruche rivale. Ils s'introduisirent dans un troisième dôme de recherche, et, à l'intérieur, les hurlements des scientifiques et des techniciens experts en maladies atteignirent un crescendo, puis se turent lorsque l'afflux soudain d'une atmosphère irrespirable tua la plupart d'entre eux tandis que les autres succombaient sous les coups des robots en maraude.

— Dépêche-toi !

Tom Rom tira le bras de Zoe alors qu'ils se précipitaient à bord de son vaisseau.

Elle faillit laisser tomber la sacoche contenant les affaires qu'elle avait sauvées, la seule chose qu'elle avait emportée de Pergamus. Tout le reste serait détruit, elle le savait.

— J'ai réglé la minuterie. Les explosions de stérilisation se déclencheront dans quelques minutes, dit-il, et je dois t'emmener à distance de sécurité.

Zoe aperçut le chaos derrière eux : des milliers de robots qui trottinaient en tous sens et le nuage d'ombre qui se profilait dans le ciel.

— Qu'est-ce qui *serait* une distance de sécurité ? Et où ?

Elle n'avait pas eu l'intention de paraître sarcastique.

— Laisse-moi m'en charger.

Il l'incita à trouver un endroit sûr dans le compartiment arrière tandis qu'il s'emparait des commandes de pilotage.

Zoe se sentait désorientée et engourdie. Peut-être était-ce le choc, non seulement en raison de la violence qui l'entourait, mais aussi de l'idée singulièrement horrible qu'elle avait quitté son sanctuaire stérile, qu'elle avait déjà été exposée aux innombrables organismes mortels qui pullulaient à l'extérieur. Même après tous ces combats, même si Tom Rom réussissait à échapper aux robots qui les assaillaient, l'univers lui-même restait hostile à la vie humaine. Les plus petits micro-organismes l'attaqueraient, invisibles. Tout voulait la tuer.

Mais elle ne pouvait pas critiquer la décision de Tom Rom. En s'enfuyant, ils vivraient au moins un jour de plus. C'était le mantra auquel Tom Rom et elle s'étaient fiés lorsqu'ils avaient quitté les ruines de Vaconda vingt ans plus tôt, lorsque son existence avait totalement changé.

Des robots noirs se mirent à se regrouper à l'extérieur du hangar tandis que Tom Rom abaissait les barrières énergétiques et lançait les commandes de décollage. Son vaisseau fit une embardée et les moteurs à forte poussée se réveillèrent, mais les robots grouillaient dans leur direction. Même si ces machines à l'apparence de coléoptères semblaient à première vue massives et lentes, elles se déplaçaient avec une agilité surprenante.

La navette de Tom Rom en écrasa des dizaines tandis qu'il se frayait un chemin hors du hangar. Il brisa leurs corps métalliques et dispersa leurs parties segmentées, puis s'éleva dans le ciel saturé d'émanations de Pergamus. Zoe vit qu'ils n'étaient pas encore libres cependant.

Plusieurs ennemis au sol ouvrirent leurs carapaces, déployèrent des ailes métalliques et s'élancèrent dans les airs à la poursuite du vaisseau qui s'enfuyait. Mais Tom Rom était capable d'esquiver et d'utiliser ses armes en même temps, et il élimina les robots les plus proches, qui menaçaient leur échappée, puis se concentra sur leur fuite.

Les cieux de Pergamus étaient remplis de cuirassés noirs et anguleux qui se rapprochèrent, voyant en lui une proie. Les robots n'avaient laissé s'enfuir aucun autre vaisseau et n'avaient pas l'intention de laisser celui-ci les semer non plus.

Zoe fut projetée sur le pont tandis que Tom Rom effectuait un tonneau pour éviter les tirs ennemis. Elle glissa contre la cloison arrière et s'écorcha le genou.

— Attache-toi ! cria-t-il par-dessus son épaule. Je ne veux pas avoir à m'inquiéter pour toi en ce moment.

Zoe se releva et tenta de garder l'équilibre sur ses jambes instables.

— Tu t'inquiètes toujours pour moi.

Elle se précipita vers le compartiment arrière en récupérant sa sacoche avec ses spécimens emballés. Elle la rangea près de la paroi du moteur et l'attacha au pont à l'aide d'une sangle, puis se fraya un chemin jusqu'au cockpit. Elle se laissa tomber dans un siège à côté de Tom Rom, luttant contre l'accélération et ses manœuvres d'évitement brutales alors qu'il tentait de s'enfuir. Son corps lui semblait plus léger et son cœur battait la chamade ; l'adrénaline pulsait dans son système circulatoire. Elle était terrifiée, mais la situation était également très excitante. Elle se sentait étonnamment vivante !

Elle se demanda si c'était pour cette raison que Tom Rom appréciait la tâche périlleuse que représentait la collecte de spécimens pour elle. Mais, avec la destruction de Pergamus, ses échantillons, ses données, sa collection seraient effacés. Elle devrait soit bâtir de nouvelles installations à partir de zéro, soit abandonner, tout simplement. Tom Rom ne la laisserait pas abandonner. Au moins avait-elle réussi à sauver le plus rare et le plus mortel des micro-organismes : le fléau onthos.

Un essaim métallique de vaisseaux de robots se rapprocha. Tom Rom choisit ses cibles avec une grande précision et ouvrit le feu – non pas pour vaincre leurs adversaires, mais pour créer une brèche dans leur cordon afin de voler à travers. Même ainsi, les astronefs ennemis se lancèrent à leur poursuite.

Le premier compte à rebours s'acheva. L'un des dômes de recherche situés en contrebas flamboya intensément lorsque les salves de rayons gamma utilisées pour la stérilisation des lieux oblitérèrent tout ce qui se trouvait à l'intérieur et anéantirent les robots noirs dans un rayon d'une centaine de mètres. Tom Rom ne broncha même pas sous l'effet de l'explosion, mais ses poursuivants robotiques furent pris d'une surprise identique, comme si tous leurs esprits cybernétiques étaient connectés d'une manière ou d'une autre. Tom Rom profita du désarroi qui frappait les rangs de ses ennemis, changea de cap et accéléra, cherchant une occasion de s'élancer vers les étoiles.

Puis le protocole de stérilisation balaya le deuxième dôme avec un bruit sourd. Le nuage des Shana Rei ne cessait de grossir dans le ciel. Les pseudopodes s'étiraient vers Pergamus comme pour engloutir les dômes de recherche dans un brouillard noir.

Tom Rom fit foncer sa navette au-dessus de la surface avec un rugissement et mit de la distance entre la station de recherche et lui. Des centaines de cuirassés de robots les talonnaient, telles des bêtes écumant à l'odeur du sang.

Le troisième dôme de recherche s'effondra, balayé par une salve de stérilisation.

—Tous les spécimens ont dû être détruits, expliqua Tom Rom. Nous ne pouvons pas laisser les robots noirs et les Shana Rei les utiliser contre la race humaine.

—C'est une telle perte ! dit Zoe.

—Mais c'est pour cela que nous avons conçu les protocoles d'urgence.

Elle avait une confiance absolue en lui, mais son cœur était lourd. Elle avait l'impression de laisser derrière elle une partie conséquente de son âme.

Alors qu'il s'éloignait à toute allure, les traits de Tom Rom étaient tirés, ses mâchoires serrées, son attention extrêmement concentrée. Il pilotait leur vaisseau comme elle n'avait jamais vu quelqu'un piloter auparavant. Après s'être éloigné de plus d'une centaine de kilomètres de l'avant-poste de Pergamus, survolant en rase-mottes et à pleins gaz le paysage morne et accidenté, il s'engagea dans une ascension abrupte. Il lâcha des mots hachés par les G subis dans les virages.

—J'espère que nous sommes assez loin de ce nuage d'ombre pour que notre vaisseau puisse atteindre l'orbite. De là, j'activerai les moteurs interstellaires et je te sortirai d'ici.

Au cours de cette poursuite, il avait esquivé de nombreux robots, mais d'autres le suivirent, s'accrochant à eux avec une détermination mécanique impitoyable. Cinquante autres cuirassés de robots plongèrent à travers le ciel, se rapprochant de leur insignifiante navette. Zoe se demanda pourquoi Tom Rom et elle étaient si importants à leurs yeux… ou peut-être refusaient-ils de laisser une seule cible leur échapper.

Tom Rom tenta sa chance, ajusta l'alimentation en carburant de leurs moteurs, puis déversa une partie de leur réserve dans la chambre du réacteur, ce qui donna à son appareil un coup de turbo inattendu. Il s'élança au-devant des vaisseaux de robots, ce qui les désorienta. Leurs salves énergétiques se déchaînèrent, mais des robots supplémentaires fondirent devant eux au moment où leur navette atteignait la limite de l'atmosphère. Leurs ennemis ouvrirent le feu et Tom Rom ne parvint pas à les esquiver tous. Un tir frappa le moteur tribord et une explosion secoua le compartiment. Des éclats de ferraille et des débris du pont volèrent dans toutes les directions. Zoe hurla en s'accrochant à son siège.

Tom Rom s'efforça de garder le contrôle de son appareil. Ses mains coururent sur les commandes, activant les systèmes d'urgence.

— C'est juste une brèche mineure dans la coque, dit-il. Je l'ai scellée de l'extérieur avec une plaque coulissante automatisée, mais nous avons perdu un moteur. Ma vitesse va chuter à moins que nous puissions atteindre l'orbite haute.

— Ils arrivent trop vite pour cela, répondit-elle.

Les vaisseaux des robots se rapprochaient avec une ardeur redoublée, sentant la mort prochaine de leurs proies. Zoe se dit qu'ils ne laisseraient pas Tom Rom agir comme il l'entendait.

Derrière eux, elle aperçut le nuage d'ombre qui se répandait dans l'atmosphère de Pergamus comme s'il se nourrissait de ses gaz toxiques. La nébuleuse ressemblait à une créature marine léthargique, une étoile de mer d'ébène se repliant sur les dômes restants de Pergamus comme si elle voulait les absorber.

Une autre salve de stérilisation termina son compte à rebours et fit un trou incandescent dans le nuage d'ombre, mais les Shana Rei comblèrent rapidement cette déchirure et poursuivirent leur progression.

Des robots supplémentaires se rapprochèrent de leur vaisseau en fuite tandis que Tom Rom s'élevait à grande vitesse jusqu'à la limite de l'espace. Avec étonnement, Zoe aperçut les larmes qui coulaient sur son visage et sut qu'il avait le cœur brisé, convaincu qu'il l'avait déçue. Elle voulut tendre la main et lui serrer l'épaule, ou peut-être simplement le prendre dans ses bras s'ils allaient tous les deux être vaporisés.

Mais il n'avait pas encore abandonné… pas plus qu'elle.

Il cligna des yeux, regarda devant lui et changea brusquement de cap.

— C'est quoi ce bordel ?

L'espace devant eux s'était soudain rempli d'objets volants, d'énormes nodules organiques gris-vert dotés de larges ailes. Des mantas d'une taille à couper le souffle et pourvues d'immenses ailes singulières qui semblaient capter la lumière ou les rayons cosmiques surgissaient du vide interplanétaire, plongeant en piqué ou naviguant simplement sur des ondulations de gravité qu'elles manipulaient grâce à leurs forces internes.

— Des gonflotteurs ! dit Tom Rom. J'avais entendu parler de cette métamorphose, mais…

Comme un troupeau d'étranges planctons volants, les nodules transformés se rapprochèrent pour attaquer le nuage d'ombre.

100

Adar Zan'nh

Les croiseurs lourds de la Marine Solaire et les vaisseaux des FDC se rassemblèrent au bord de l'ouverture dimensionnelle où les gaz colorés de la nébuleuse se déversaient dans la trappe la plus noire de l'univers.

Alors que la flotte attendait au bord de ce gouffre, Adar Zan'nh se dressait devant la rampe du noyau de commandement. Son équipage trahissait de l'anxiété et de la tension, mais il fournit un effort physique pour tirer les fils les plus puissants de son propre thisme afin de renforcer la confiance de ses combattants.

— Vous êtes prêt, Z ? transmit la générale Keah depuis le *Kutuzov.*

Elle lui adressa un sourire arrogant et déterminé, mais il la vit déglutir avec difficulté.

— Encore une fois sur la brèche, marmonna Anton Colicos dans le noyau de commandement.

Zan'nh ne reconnut pas là une citation de *La Saga des Sept Soleils.*

Il se rappela le massacre de Wythira, les batailles que Keah et lui avaient livrées dans le système onthos, l'attaque surprise des Shana Rei sur Plumas, la destruction du sanctuaire de la Source de Clarté sur Hiltos, les soulèvements de foules décérébrées sur Mijistra… toutes les choses terribles que ces ombres vénéneuses avaient infligées à la race ildirane.

Il était suffisamment en colère. Il était fort.

— Il faut le faire.

La Marine Solaire et les FDC allaient porter un coup pour se venger – un coup conséquent, espérait-il.

—En avant! lança-t-il à sa maniple tout entière. À tous les timoniers, maintenez une même vitesse dans le néant et gardez nos forces groupées. Générale Keah, vous joindrez-vous à nous?

—Je veux, mon neveu!

Il fronça les sourcils.

—Je ne vois pas bien ce que votre famille vient faire là-dedans, mais je crois comprendre où vous voulez en venir.

Les vaisseaux pénétrèrent dans le néant. Zan'nh se contracta et son équipage se tut, retenant son souffle. Les yeux du remémorant Anton brillaient, emplis de fascination. Même le journal de l'expédition de Kotto Okiah ne livrait que des informations sommaires sur ce qui se trouvait à l'intérieur de ce vaste vide. Mais, si les Shana Rei s'y terraient, c'était l'occasion pour la Marine Solaire et les FDC de leur porter un coup mortel…

Une fois qu'ils eurent franchi le seuil de cet univers plus sombre, Zan'nh perçut le changement immédiat autour de lui. Ce n'était pas que la force de frappe soit perdue, mais, après que les croiseurs lourds s'étaient enfoncés dans le néant, il ne s'était plus senti connecté au réseau global du thisme. Le Mage Imperator était toujours là, avec une force et une confiance que tout Ildiran était capable de ressentir. Ici, dans le néant, Adar Zan'nh et les membres de l'équipage de la Marine Solaire devinrent soudain sourds au reste de leur race. Ils ne parvenaient à sentir que le groupe de soldats qui les accompagnait.

Il faudrait que cela suffise.

Il transmit à travers les lignes de communication ouvertes à tous les vaisseaux de la Marine Solaire:

—Soyez rassurés. Nous sommes là et nous sommes intacts. Bien que nous soyons coupés du thisme à l'extérieur, nous avons nos propres pensées et notre propre force. Nous sommes plus qu'assez à partager notre énergie commune. Nous nous soutiendrons mutuellement. *Je* ferai en sorte que vous restiez forts. (Il éleva la voix.) Nous devons avancer et détruire les ténèbres.

—Nous sommes là aussi, Z. « Tous pour un et un pour tous », transmit la générale Keah depuis le *Kutuzov*.

Leurs capteurs se retrouvèrent étrangement déboussolés, car ils ne reposaient plus sur le moindre point d'ancrage ou la moindre référence spatiale. Les techniciens qui en étaient chargés se dépêchèrent de s'adapter, mais leur désarroi était évident.

— Nos vaisseaux peuvent s'utiliser mutuellement comme points de référence, indiqua Zan'nh. Nous établirons notre propre système d'orientation. C'est tout ce que nous avons besoin de savoir.

— Il nous faut des images externes pour les archives historiques, dit le remémorant Anton.

Sur la passerelle du Mastodonte, les deux jeunes laborantins de Kotto Okiah se tenaient près de la générale.

— Même sans points de référence fiables, nous pouvons maintenir nos positions relatives, dit Howard. Tant que nos systèmes de navigation gardent la trace de nos trajectoires, nous devrions être en mesure de retrouver notre chemin de retour.

— Nous larguerons également des bouées qui feront office de miettes de pain, ajouta Shareen.

— C'est ce que Kotto a fait.

Les bâtiments de la Marine Solaire et des FDC s'engouffrèrent dans le néant déroutant. L'absence de lumière repoussait et terrifiait les Ildirans à un niveau viscéral, mais cette tactique était peut-être le seul moyen de frapper au cœur des ténèbres… le seul moyen d'atteindre directement les Shana Rei.

— Alignez notre trajectoire sur les relevés que le vaisseau de Kotto Okiah a effectués, dit Zan'nh. Gardez nos armes prêtes.

— Et vos yeux ouverts, ajouta Keah.

Il ignorait ce qui se passerait si un échange de tirs se produisait dans cette étrange antidimension. Si leur force de frappe devait battre en retraite, serait-elle en mesure de revenir rapidement vers le seuil et de s'échapper dans la nébuleuse Cœur-de-Feu ?

Le prêtre Vert du *Kutuzov* secoua la tête.

— Je ne peux pas utiliser le télien. Mon surgeon n'arrive pas à trouver le reste de l'esprit verdani. Je n'aime pas être ici.

Nadd renifla.

Le vide qui les entourait était époustouflant et oppressant. L'homogénéité totale de ce néant se révélait troublante. Ils continuèrent à voler sur une distance non mesurable… jusqu'à ce qu'ils finissent par rencontrer un changement dans cette noirceur lisse : des nœuds et des fissures d'une obscurité plus profonde se superposaient au néant. C'était ce que Kotto avait trouvé.

— Attention, je pense que c'est ce que nous recherchons, annonça la générale Keah. Cela semble suspect, à n'en pas douter.

Zan'nh étudia les données affichées sur les écrans des capteurs et distingua une autre sorte de ténèbres gravée sur le cœur de la nuit. Il était sûr de repérer des objets sombres, des formes géométriques. À mesure que la flotte combinée s'approchait, la résolution devint plus claire.

Des cylindres hexagonaux de Shana Rei.

Il respira profondément.

— Oui, je crois que c'est ça.

Devant lui, dans cet étrange champ déformé du néant, l'adar discernait les longues manifestations aux bords tranchants des créatures des ténèbres, pareilles à des lignes noires brisées contre la membrane du néant, éparpillées en un nombre difficile à appréhender.

— On dirait des corps d'araignées écrasées, dit Keah. Et je n'aime pas les araignées.

Zan'nh les compara aux ombres des ombres, des empreintes dans le néant d'une présence beaucoup plus puissante dans l'espace réel. La force d'attaque arrivait désormais sur le flanc non protégé des Shana Rei.

— Je crains que notre présence les alerte, en particulier les communications électromagnétiques, fit remarquer Zan'nh.

Keah ralliait également les vaisseaux des FDC.

— Vous avez raison, Z. Nous avons de la chance, ils ne nous ont pas encore remarqués. Je pense que nous devons frapper ces bâtards de Shana Rei avec tout ce que nous avons. C'est censé être une attaque surprise après tout.

Zan'nh ne marqua aucune hésitation. C'était la raison pour laquelle ils étaient venus.

— Je suis d'accord.

Il transmit à tous ses croiseurs lourds :

— Préparez les canons laser et les bombes solaires. Nous allons noyer leurs vaisseaux sous les tirs en espérant que cela les fasse souffrir.

— Merde ! espérons que ça les *tuera*, dit Keah et elle appela ses vaisseaux : Commandants, larguez vos bombes.

Les appareils des FDC et les quarante-neuf croiseurs lourds ouvrirent le feu sur les Shana Rei, qui ne se doutaient de rien. Les canons laser s'embrasèrent en crépitant, tissant une tapisserie de lumière cohérente à l'intérieur du néant. Les canons crachaient bombe solaire après bombe solaire, et des centaines se déployaient avant même que les premières explosent, toutes visant l'amas mal défini de ces artefacts qui évoquaient des araignées broyées. La clarté purificatrice flamboya en un hurlement qui se propagea en cascade : un brasier sur un brasier.

Les vaisseaux de la Marine Solaire roulaient sur eux-mêmes tandis que les détonations des bombes solaires ravageaient le néant de leur feu incandescent.

— Générale, je suggère que nous nous retirions à une distance sûre afin d'évaluer la situation, dit Zan'nh. Nous ne connaissons pas les conséquences de ce que nous venons de faire.

Ses croiseurs lourds s'éloignèrent aussi vite que possible afin qu'ils puissent observer le théâtre des opérations.

Les vaisseaux des FDC filèrent à la suite des croiseurs lourds qui se retiraient et la générale Keah poussa un long et bruyant cri de joie.

101

Tamo'l

Alors que l'attaque sur Pergamus se poursuivait et que les robots noirs détruisaient les dômes de recherche, Tamo'l restait seule dans son installation isolée. Les assaillants ne l'avaient pas encore trouvée… ou peut-être l'ignoraient-ils intentionnellement puisque les Shana Rei l'avaient déjà contaminée.

Tamo'l se sentit mal, certaine que cet obscur lien mental qui occupait son esprit avait attiré l'attention des ombres. Elles s'étaient glissées dans ses pensées, l'avaient forcée à leur dévoiler des informations sur les innombrables spécimens de maladies conservés sur Pergamus. Voilà pourquoi ils avaient envahi cette planète. Elle le sentait.

Au-dessus de sa tête, le nuage d'ombre verrouilla le ciel empoisonné et des vrilles de ténèbres s'étendirent vers la surface pour étouffer ce qui restait de l'établissement médical. Tamo'l sentit un vide glacial dans son cœur alors qu'elle prenait conscience qu'elle ne survivrait pas à cet assaut. Même avec sa génétique d'hybride prétendument imperméable, les Shana Rei avaient découvert un moyen de s'insinuer en elle. Ils avaient regardé à travers ses yeux. Ils avaient utilisé ses mains et son esprit pour trouver le stock secret des spécimens mortels.

À proximité, un dôme de recherche s'autodétruisit en un éclair lumineux et silencieux de rayons gamma brûlants qui anéantirent tout ce qui occupait le champ de l'explosion : les échantillons de maladies, le personnel et tous les robots noirs qui se trouvaient dans cette zone de mise à mort. Dans son propre dôme, elle voyait le compte à rebours qui s'approchait de zéro. D'ici à quelques minutes, son laboratoire serait également vaporisé.

Au moins, elle ne serait plus en mesure de causer de dégâts supplémentaires.

Juste avant que le nuage d'ombre recouvre les dômes à la manière d'une main géante, elle aperçut les cieux emplis de vaisseaux de robots tourbillonnants et de tirs aveuglants alors qu'une navette solitaire tentait de s'échapper... *Tom Rom ?* se demanda-t-elle. *Probablement.*

Elle traversa alors un moment de confusion et de surprise quand d'autres créatures – rapides et boursouflées – apparurent haut dans la voûte céleste, des gonflotteurs dans leur phase de vol, leurs ailes plates déployées. Ils s'élancèrent parmi les créatures des ténèbres et tout autour d'elles, tels des oiseaux de proie harcelant la nébuleuse noire envahisseuse. Les Shana Rei reculèrent et se défendirent, mais les gonflotteurs se révélèrent implacables. Les étranges créatures volantes semblaient intimider jusqu'aux ombres.

Tamo'l jeta un coup d'œil au compte à rebours. Dans moins d'une minute, elle serait anéantie en un instant de lumière purificatrice.

Elle était née hybride, un cobaye développé dans le cadre du programme de reproduction de Dobro. Pour se racheter des horreurs dont elle avait été témoin, elle avait consacré sa vie à aider les mal-nés survivants, persuadée qu'ils possédaient une étincelle que le reste de la race ildirane ne percevait pas. Elle avait beaucoup fait pour eux... mais pas assez. Jamais elle n'avait imaginé qu'elle deviendrait un jour un pion des Shana Rei.

Elle brûlait de savoir ce qui était arrivé à Mungl'eh, Gor'ka, Har'lc, Alaa'kh, Pol'ux et tous les autres. S'étaient-ils tous échappés de Kuivahr, comme Tom Rom l'avait promis ? ou bien avaient-ils, eux aussi, été absorbés par les ombres qui s'y trouvaient ?

Il restait trente secondes au compte à rebours. Elle serra les dents et inspira profondément, se préparant.

Un quatrième dôme laboratoire s'effondra en flamboyant dans un bruit sourd. Tous les spécimens mortels seraient éradiqués au cours de cette annihilation impitoyable mais nécessaire. Elle savait que les robots et les Shana Rei ne captureraient pas les maladies pour les lâcher sur le Bras spiral. Tout ce qui se trouvait à Pergamus disparaîtrait... avec elle.

Mais le nuage d'ombre avait une volonté propre. Des membres noirs et informes s'étirèrent jusqu'au dernier des dômes laboratoires – son dôme. Tamo'l sentait les Shana Rei qui formaient comme des pointes d'obsidienne dans son crâne alors qu'ils avançaient avec une rapidité sinistre. Elle perçut leur approche comment ils pénétraient dans le dôme... et venaient pour elle.

Elle prit son envol, désorientée, engloutie dans une bulle protectrice. Elle hurla et essaya de s'échapper, mais elle n'avait nulle part où aller. Il ne restait plus que quelques secondes au compte à rebours... mais les ombres la tenaient à présent. Elles détenaient son esprit, ses brins de thisme, son lien télépathique avec Rod'h.

Elle entendit le cri mental de son frère, qui maudissait les Shana Rei en hurlant de douleur et de désespoir.

Puis le pseudopode d'encre l'emporta, la ravissant pour qu'elle rejoigne le nuage ténébreux alors même que les systèmes de stérilisation vaporisaient le dôme où elle avait effectué ses recherches. Mais elle n'était plus là. Elle savait que toute la station de recherche et la bibliothèque de maladies avaient été détruites, qu'il ne restait plus que des décombres radioactifs et des déchets contaminés qui ne serviraient à rien à l'ennemi.

Même s'il se rétractait, le nuage d'ombre continuait de combattre le harcèlement impitoyable des gonflotteurs volants. La nébuleuse noire s'effondra, puis l'ensemble du nuage d'ombre se retira dans son propre univers.

Où il subissait, là aussi, une attaque !

Tamo'l se retrouva dans un désert sensoriel, une bulle d'entropie noire où elle dériva sans aucun contexte. Elle était désespérée... puis elle aperçut son frère.

Rod'h gémit.

— Non, pas toi ! Ils auraient dû te laisser tranquille.

Tamo'l était heureuse de le voir, mais sa joie fut soufflée comme une petite flamme dans le vent.

— Au moins, à présent, nous sommes ensemble, dit-elle, et sains et saufs.

Les gigantesques lumières d'une autre bataille proche tailladèrent les ombres protectrices, une attaque puissante... ici, dans le néant.

— « Sains et saufs » ? (La voix de son frère lui parvenait de très loin.) Je suis désolé que tu te retrouves ici avec moi, dit-il, mais peut-être pouvons-nous nous battre d'une manière différente. Ensemble.

102

Le Mage Imperator Jora'h

Même à l'intérieur du Palais des Prismes, sous les sept soleils, Jora'h était perdu dans les rêves d'une obscurité qui émergeait dans son esprit. Il ne se souvenait même pas qu'il s'était endormi. Nira et lui avaient présidé un somptueux déjeuner, entourés de kiths nobles, de fonctionnaires de la cour et d'assisteurs. La lumière vive des soleils avait semblé excessivement dure, granuleuse, comme si des molécules de noirceur tachetaient l'air autour d'eux.

Le Mage Imperator se rappela avoir regardé Nira. Elle lui avait souri, avait dit quelque chose à propos de Gale'nh, son fils… puis il l'avait perdue. Il s'était perdu. Il s'était retrouvé seul dans son esprit, à nager à travers une crise, empêtré et étranglé par les lignes du thisme qui auraient dû constituer un filet de sécurité. Au lieu de cela, ces cordes s'étaient obscurcies, comme des fils de rasoir qui se seraient enroulés autour de lui, lui emprisonnant les bras et les jambes, et lui entourant étroitement le torse. D'autres fils lui enserraient le cou à la manière d'un garrot.

Jora'h savait qu'il rêvait, mais cela ne l'aidait pas à s'échapper de cette situation.

Dans l'espace lointain, il sentait la force palpitante de l'esprit cosmique qui s'éveillait. Il percevait comment les Shana Rei se tordaient de douleur alors que leurs nébuleuses sombres s'effondraient et qu'ils se retiraient dans la sécurité douteuse d'un néant irréel. Les créatures des ténèbres se battaient de toutes les manières possibles cependant.

Tandis que leurs nuages d'ombre finissaient écrasés pour donner naissance à de nouvelles étoiles, les Shana Rei frappaient par d'autres moyens. Ils cherchaient à déceler la moindre faiblesse, la moindre faille dans l'armure mentale de la race ildirane. D'une manière ou d'une autre, ils savaient comment remonter jusqu'à lui.

Les ténèbres s'étendirent et l'engloutirent de l'intérieur. Il se noyait dans une soupe de parasites noirs peuplée d'ombres. Il pensa au fils de Nira, Rod'h. Les Shana Rei l'avaient capturé et l'avaient isolé, lui infligeant ainsi un martyre interminable. Il n'était pas censé pouvoir supporter ce supplice, mais il y était arrivé, d'une manière ou d'une autre. Il capta l'écho des cris de Rod'h, ainsi que ceux de Tamo'l, mais, tandis qu'il répondait par des cris de frustration qui traduisaient plus sa propre impuissance qu'une douleur réelle, il sut que Rod'h n'était pas en mesure de l'aider.

Au lieu de cela, il s'efforça de trouver Gale'nh, qui avait déjà réussi à résister aux ombres et était probablement immunisé contre leur influence. Mais il était démuni et les ombres le tenaient...

Des hurlements et des cris de surprise l'arrachèrent à sa transe. La noirceur se dissipa de son champ de vision comme un voile obscur qui se déchirait, l'exposant à une lumière aveuglante. Il sentit des mains faibles s'agiter contre lui, battre contre ses bras et vit qu'il se dressait au-dessus de Nira. Ses mains étaient verrouillées autour de la gorge de son amante. Il la serrait avec force, l'étranglait. Ses yeux sortaient de leurs orbites, ses lèvres étaient sombres et décolorées. Elle tressaillait, désormais incapable de lutter.

Il recula, arracha ses doigts du cou de la prêtresse Verte pour la libérer, chancela en arrière et tituba contre le mur. Nira se laissa tomber par terre comme si ses articulations s'étaient liquéfiées. Elle haletait et sanglotait, aspirant de grandes bouffées d'air tandis qu'elle rampait hors de sa portée.

Jora'h vit du sang sur ses mains, du sang sur ses habits... et il leva les yeux pour découvrir Muree'n et Yazra'h, qui tenaient toutes deux des katanas à pointe de cristal, eux aussi dégoulinants de sang. Elles dirigeaient leurs armes effilées vers lui et l'incertitude comme la peur figeaient leurs traits.

Elles étaient prêtes à le tuer !

Jora'h s'affala en arrière sur les carreaux polis, puis se souleva sur les coudes pour leur faire face. Il respira à pleins poumons.

Yazra'h empêcha Muree'n de lui porter un coup mortel.

—Attends.

Les deux guerrières empoignèrent leurs armes, prêtes à le frapper s'il bronchait. Trois autres kiths gardes avaient tiré un Premier Attitré

Daro'h paniqué dans une alcôve et l'entouraient d'armes dégainées, prêts à se battre contre quiconque tenterait de le tuer – à savoir lui-même, le Mage Imperator Jora'h, s'il devenait fou et meurtrier... de nouveau.

Jora'h vit que les courtisans, les assisteurs et les kiths nobles à l'intérieur de la salle du Palais des Prismes gisaient morts, massacrés. Une arme cassée, un long couteau de table, traînait à côté de lui.

Il haleta. Un poids écrasant emplissait sa poitrine et il arrivait à peine à respirer. Avait-il fait cela... tout seul ? Une seule arme avait-elle tué tant de gens ? ou peut-être les Shana Rei avaient-ils possédé d'autres Ildirans, car il s'agissait là d'un massacre.

Nira se redressa en position assise, tremblant et sanglotant, et respira à pleins poumons. Lorsqu'elle le regarda avec une peur abjecte, Jora'h se sentit vide et froid. Jamais il n'aurait imaginé que cette femme, qu'il aimait plus que n'importe qui ou n'importe quoi d'autre dans le Bras spiral, le voie un jour de cette façon. Il avait essayé de la tuer ! Comment sa vulnérabilité vis-à-vis des ombres avait-elle pu être à ce point profonde qu'il avait tenté d'assassiner sa bien-aimée ?

Le Mage Imperator recula et se détourna, pris de haut-le-cœur.

Le soulagement, ou le désespoir peut-être, avait affaibli Nira. Elle s'effondra jusqu'à perdre connaissance.

Yazra'h hurla pour réclamer des kiths médecins, et des pas de course se mirent à tonner dans les couloirs comme des docteurs et des gardes supplémentaires affluaient.

Daro'h avait lui aussi le regard fixé sur lui, manifestement terrifié par l'effusion de sang à laquelle il avait assisté et par l'ombre proéminente visible de façon évidente dans les yeux de son père. Le Premier Attitré devait également se rendre compte que, s'ils devaient le tuer parce qu'il était irrémédiablement contaminé, il deviendrait alors le prochain Mage Imperator. Daro'h serait-il plus fort que lui face aux créatures des ténèbres ?

Jora'h se hissa sur ses pieds. Muree'n tenait toujours son katana, mais elle recula en l'observant avec méfiance. Il savait que la noirceur empoisonnée était à l'intérieur de lui, du thisme et de tous les Ildirans. Il devait la faire *sortir*, d'une manière ou d'une autre. Il devait se purger. Il n'osait pas laisser la contamination se poursuivre, sous peine de voir sa race entière mourir.

Alors que Nira était inconsciente et que tous ceux qui se trouvaient dans la salle de banquet sanglante le craignaient, Jora'h réfléchit aux anciennes histoires sur les Shana Rei. Pendant longtemps, l'Attitré fou Rusa'h avait insisté pour qu'ils suivent un vieux récit à propos du Mage Imperator Xiba'h, qui s'était immolé par le feu pour invoquer les faeros.

Mais il y avait une autre chronique qu'il aurait dû écouter plus attentivement. Il se souvint de la sombre histoire d'un possédé, l'Attitré Ahlar, et de la façon dont il s'était libéré après avoir tenté d'assassiner tous ses enfants.

Sans explications, il sortit précipitamment de la salle de réception, ignorant les questions et les cris derrière lui. Il se réfugia dans ses quartiers privés, où il s'enferma. Il savait ce qu'il lui restait à faire.

103

Arita

Arita n'avait jamais été aussi convaincue et déterminée de toute sa vie. L'Esprit de l'éternité lui avait parlé et avait transmis le même message à Orli Covitz.

Maintenant, tout s'expliquait : de l'enchevêtrement confus d'images et de chuchotements au reflux de la douleur et de l'incertitude. Les gonflotteurs qui dérivaient à travers l'espace s'unissaient, se manifestaient en quelque sorte à partir de la trame du cosmos alors que les Shana Rei, dans le même temps, s'efforçaient de *défaire* la création. Mais les moissonneurs humains d'ekti décimaient ce vaste esprit spatial, un organisme de cellules interconnectées aussi grand que la galaxie elle-même. En drainant le carburant du moteur interstellaire et en tuant ces nodules – ces « cellules cérébrales » –, les opérations d'extraction attaquaient lentement mais sûrement l'Esprit de l'éternité à la manière d'une maladie.

Et cette conscience pourrait être la seule entité assez puissante pour empêcher les Shana Rei d'incréer le cosmos.

Arita frissonna en scrutant les Kellum.

— Il faut que vous arrêtiez de récolter les gonflotteurs. Arrêtez de les ponctionner. Vous blessez notre plus grand allié potentiel !

La voix d'Orli avait elle aussi un caractère urgent.

— Elle a raison. Chaque gonflotteur que vous videz affaiblit le réseau de neurones, endommage les cellules connectées.

— Cet esprit ne sauvera pas que *nous*, mais l'univers lui-même, dit Garrison. Pensez à ce que les Shana Rei ont infligé à la Terre, à Relleker, aux planètes ildiranes. Ce n'est qu'un début. Nous savons ce que les ombres comptent infliger à… tout.

Orli paraissait écœurée.

— Une fois que Tasia, Robb et moi avons révélé aux Vagabonds la source de l'ekti-X, nous avons déclenché une avalanche de récoltes de gonflotteurs (Elle cligna des yeux, consternée.) *C'est nous* qui avons provoqué ce nouveau massacre d'amas.

— Ça n'était pas votre faute, dit Garrison.

Arita se tourna vers son ami prêtre Vert, qui serrait son surgeon.

— Collin, tu dois diffuser largement le message à travers le réseau télien pour que tous les prêtres Verts soient mis au courant. Nous devons les convaincre et convaincre tous les collecteurs d'ekti !

Elle savait qu'il serait difficile de faire avaler cette pilule aux plus importantes installations commerciales vagabondes, mais elle avait une autre option. Il était rare qu'elle doive tirer parti de sa filiation avec ses parents, mais l'heure était venue de le faire.

— Et, surtout, informe le roi et la reine de la situation. L'extraction de gonflotteurs doit cesser dans toute la Confédération, immédiatement ! Ils doivent au moins ordonner un moratoire temporaire jusqu'à ce que nous prouvions à tout le monde ce dont il retourne.

Collin respirait difficilement tandis qu'il éprouvait une forme d'émerveillement vis-à-vis d'Arita, heureux qu'après avoir passé de nombreuses années à se sentir rejetée et inadéquate elle parvienne à présent à se connecter à une immense nouvelle conscience. Aujourd'hui, ils comprenaient tous les deux ce que cela signifiait.

— Je leur dirai. Je veillerai à ce que le roi et la reine sachent à quel point c'est urgent. (Il prit une profonde inspiration.) J'étais persuadé que l'esprit verdani était la plus grande conscience que l'univers ait jamais connue, mais cette entité est bien plus que cela.

Avec un froncement de sourcils prononcé, les mains sur les hanches, Zhett contempla les installations des Kellum.

— Donc, vous êtes en train de me dire que nous réveillons et tuons Dieu simultanément.

— *Nous disons* que vous devez arrêter la récolte de gonflotteurs, répondit Orli. Chaque opération de ce type sabote une arme puissante contre les créatures des ténèbres. Nous le savons. Arita et moi le savons toutes les deux.

— Mais c'est une fortune qui nous attend là-bas, et nous avons dépensé nos derniers centimes dans ce coup risqué ! dit Del. Bon sang ! nous commencions juste à tourner à plein régime…

En observant l'expression d'Arita et celle, similaire, sur le visage d'Orli, il lutta pour prendre une décision.

Zhett poussa un soupir et tapa du poing sur le communicateur.

—À tous les travailleurs des Kellum ! Retirez-vous des champs de gonflotteurs et prenez une pause. Cessez immédiatement toute extraction d'ekti jusqu'à nouvel ordre. (Elle balaya du regard les autres personnes présentes sur le pont principal.) Respirons un peu pendant que nous réfléchissons à tout cela.

Un déluge de réponses confuses leur parvint, dont certaines étaient chargées de colère. Marius Denva se montrait assez insistant : il voulait terminer son service et remplir une dernière rangée de réservoirs. Patrick répondit aux questions.

—Cela ne nous réjouit pas, nous non plus, mais nous devons le faire. Moratoire temporaire... Faites avec.

—Tous ces éclairs dans les noyaux... sont-ils plus dangereux qu'on le pensait ? demanda Denva.

—Nous savons que les gonflotteurs sont extrêmement volatils et qu'une explosion pourrait se propager dans l'amas et anéantir toutes les installations, intervint DD.

—Ces flamboiements rendent les champs d'extraction plus dangereux, ajouta Orli. Nous avons affaire à une conscience qui se répand dans le réseau de neurones de l'Esprit de l'éternité au fur et à mesure qu'il s'éveille, et ces flashs vont augmenter... si nous ne tuons pas toutes ces cellules cérébrales d'abord.

Arita réfléchit, puis sourit à Zhett.

—S'ils ont besoin d'entendre une bonne raison, alors dites-leur que c'est trop dangereux... trop dangereux pour l'univers tout entier.

Seth déglutit avec difficulté.

—Ma mère a déclenché la première réaction en chaîne lorsqu'elle nous poursuivait. Cela a anéanti tout un groupe de gonflotteurs.

—Et elle a détruit un autre amas en frappant les installations du clan Duquesne, souligna Orli. (Elle avait elle-même assisté aux conséquences de cet assaut.) Chacune de ces explosions à grande échelle a éradiqué des centaines de gonflotteurs... Quel genre de dégâts cela a-t-il causé ?

Arita haleta.

—C'était comme une... une attaque dans l'esprit de l'espace. Nous ne pouvons pas laisser cela se reproduire.

Collin relâcha son surgeon, et un espoir hésitant emplit son visage.

—J'ai informé le couple royal à travers le réseau verdani. Les prêtres Verts font passer le mot de toute urgence. J'ai souligné à quel point tu souhaitais qu'on le fasse, Arita. Tes parents n'ont pas perdu de temps : ils ont émis un décret à effet immédiat qui suspend toutes les opérations de récolte de gonflotteurs sous peine des sanctions les plus sévères.

Del, Zhett et Patrick faisaient les cent pas sur le pont du QG.

—Nous devons interrompre notre activité pour l'instant. Bon sang ! si nous refusons un ordre du roi et de la reine, cela pourrait provoquer un conflit entre les Vagabonds et la Confédération.

—Les Shana Rei nous ont également malmenés, et, si cette espèce de cerveau de l'espace se bat contre eux, je ne ferai rien pour aider les ombres, ajouta Zhett.

—Si nous sommes les seuls à arrêter de moissonner des gonflotteurs, cela ne servira à rien, dit Patrick. La plupart des infrastructures de clans sont dépourvues de prêtre Vert. *Nous* n'en avons pas. Il faudra beaucoup de temps pour que la nouvelle se répande.

L'expression de Garrison se durcit.

—Ce sont toujours les Industries Iswander qui gèrent les installations les plus importantes. Il extrait des gonflotteurs par centaines.

Arita se tourna vers Collin.

—Iswander a-t-il un prêtre Vert ? Aelin n'était-il pas avec lui ?

—Aelin est mort sur la station Ulio, répliqua Collin. Je n'ai aucun contact avec le complexe Iswander. Nous n'avons aucun moyen de lui envoyer un message, et il continuera à récolter et à tuer les cellules de gonflotteurs aussi vite qu'il le pourra.

Orli se redressa et les regarda tous.

—*Nous* savons exactement où se trouve le champ d'extraction d'Iswander.

Garrison s'était déjà levé de son siège dans le vaisseau amiral. Zhett Kellum avait elle aussi pris sa décision.

—J'ai vu ces satanées ombres à Golgen et encore à Kuivahr, et je ferai tout mon possible pour les combattre. Nous savons où se situent beaucoup d'autres installations de clans. Nous pouvons emprunter des navettes rapides et leur dire qu'ils sont peut-être en train de détruire notre seule chance contre les Shana Rei. Nous transmettrons l'ordre de la Confédération… et nous leur forcerons la main s'ils n'écoutent pas. (Elle regarda son père barbu et bourru.) Papa, tu viens avec nous. Tu es un ancien Orateur des clans et les Vagabonds t'écouteront.

— Bien vu, ma douce.

Garrison se tourna vers Orli et Seth.

— Nous prendrons le *Fils Prodigue* pour filer directement aux installations d'Iswander. (Arita et Collin s'empressèrent de le suivre jusqu'au vaisseau.) D'une façon ou d'une autre, nous l'obligerons à arrêter son activité.

104

Générale Nalani Keah

Les détonations semblaient magnifiques dans le néant noir et infini alors que les bombes solaires recouvraient, l'une après l'autre, les ombres cristallines. Même avec les filtres protecteurs du *Kutuzov*, leurs flamboiements brûlaient toujours les yeux de Keah.

Et c'était sacrément bon.

Elle sourit.

— Même si vous essayez de vous cacher dans un autre univers, il n'existe aucun endroit où le soleil ne brille pas.

Ses soldats applaudissaient et sifflaient. Saliba, l'opératrice en chef des scanners, se contentait de secouer la tête.

— Comment puis-je travailler dans de telles conditions ? Ces relevés n'ont aucun sens !

Le néant lui-même semblait réverbérer, ricocher et renforcer les explosions des bombes solaires en envoyant la lumière de la nova dans les ombres les plus profondes, là où même les coins n'avaient pas de coins. Sur la passerelle du Mastodonte, Howard et Shareen débordaient de joie.

— Ce coup-ci est en l'honneur de Kotto ! s'écria Shareen. J'aurais aimé qu'il l'ait vu.

— On dirait que ces frappes se sont avérées très efficaces, dit Howard.

— Bien sûr que c'est efficace. (Keah se tourna vers le timonier.) Repartons vers la station Cœur-de-Feu. (Elle se rencogna confortablement dans son fauteuil de commandement.) Où en est notre arsenal, monsieur Patton ?

L'officier d'artillerie recevait les rapports des autres vaisseaux de la force d'intervention.

— Nous avons utilisé environ la moitié du réassort de notre stock de bombes solaires, générale. Les batteries de nos canons laser sont largement épuisées, mais elles se rechargeront en quelques heures.

— Alors frappons-les de nouveau, dit-elle. Il n'y a pas de mal à se montrer un peu trop zélés. Ne prenez rien pour acquis.

Adar Zan'nh l'interrompit sur le canal de transmission, la voix brouillée par des parasites :

— Générale, vos capteurs enregistrent-ils les mêmes données que nous ? (Les sourcils de l'adar étaient froncés, sa voix sinistre.) Nous devrions peut-être nous tenir prêts.

Elle jeta un coup d'œil à ses techniciens, puis revint à l'écran.

— Nos capteurs subissent de telles surcharges que nous ne voyons plus grand-chose, Z.

— Générale, le vide se replie et se cristallise... Ce sont les Shana Rei ! s'écria la lieutenante Saliba.

Sur l'écran principal, la noirceur se consolida tandis que de longues lignes formaient des cylindres hexagonaux. Des plaques d'obsidienne apparurent alors que les créatures des ténèbres retournaient dans le néant depuis les points de l'espace réel qu'elles occupaient jusqu'alors.

Keah sentit un frisson lui parcourir l'échine.

— En fin de compte, il vaudrait mieux lancer quelques bombes solaires supplémentaires, monsieur Patton. (Elle déglutit avec difficulté.) Et, après ça, on ramène nos culs à la maison.

Une nouvelle série d'explosions réduisit en pièces les cylindres hexagonaux qui émergeaient, mais ils se reconstituèrent tandis que les vaisseaux des FDC battaient précipitamment en retraite. Les croiseurs lourds de la Marine Solaire firent parler leurs canons laser arrière, traçant des lignes destructrices dans les ombres, mais d'autres hexagones noirs surgirent à leur suite.

— Demi-tour toute et dégageons d'ici, dit Keah. Pouvons-nous retrouver le chemin jusqu'à l'ouverture, lieutenant Tait ?

— Il nous suffit de remonter les bouées miettes de pain.

— Alors, ramenez-nous à cette porte.

L'*Okrun* largua deux bombes solaires supplémentaires tandis que les cylindres hexagonaux se lançaient à leur poursuite.

— Je peux rester me battre si vous en avez besoin, générale, dit l'amiral Haroun. Cela vous donnera le temps de vous retirer à l'abri.

— Si nous ne trouvons pas un moyen d'arrêter ces choses, il n'y aura plus de sécurité à Cœur-de-Feu non plus, répondit Keah. Suivez-nous, nous sommes tous dans le même bateau.

Les Shana Rei paraissaient plus noirs et plus maléfiques dans le néant, qui constituait leur habitat naturel. Shareen regarda Howard d'un air stupéfait.

— Cette attaque aurait dû les annihiler. Cela aurait dû les blesser jusqu'à la moelle !

— Je pense que ça l'a fait, mais peut-être pas assez, répondit Howard.

Des cylindres hexagonaux géants se lancèrent à leur poursuite. Keah grommela tandis qu'ils s'élançaient hors du néant furieux et se dirigeaient vers la porte qui se découpait dans l'espace.

— Un peu plus de vitesse s'il vous plaît, monsieur Tait.

Le timonier força les systèmes de sécurité, et Keah sentit l'accélération supplémentaire. Les croiseurs lourds de la Marine Solaire fonçaient en rythme à leurs côtés. Les Shana Rei à leurs trousses, enragés, réduisaient les distances.

— Ils nous rattrapent, générale, l'avertit Tait.

— Peut-être pouvons-nous les enfermer dans ce néant d'une manière ou d'une autre, suggéra Shareen. Si nous fermons la porte menant à Cœur-de-Feu, ils seront piégés ici.

Keah ne semblait pas convaincue que cela ait une quelconque importance.

— Les ombres peuvent surgir dans l'espace réel et en disparaître quand elles le souhaitent. Je ne suis pas sûre qu'on puisse les retenir longtemps.

— Et elles sont juste derrière nous, générale, dit l'officier en second.

Adar Zan'nh et ses croiseurs lourds continuaient à tirer avec leurs canons laser, tenant à peine les Shana Rei en respect.

— Nos batteries sont presque épuisées, générale. Nous devrons partir d'ici bientôt.

Des parasites infestaient sa transmission alors que l'entropie les talonnait.

Les répercussions de leur simple présence pénétraient par ondes jusqu'aux boucliers des FDC, et les membres de l'équipage à leurs postes sur la passerelle du *Kutuzov* hurlèrent lorsque la moitié de leurs systèmes défaillirent. Keah pria pour que son vaisseau amiral n'essuie pas une suite confuse de dysfonctionnements avant qu'ils puissent retourner dans l'espace réel.

— Gardez le rythme, Z! Poursuivons un peu plus loin. Une surprise les attend juste sur le pas de la porte. Shareen vient de me le rappeler.

Les Shana Rei se rapprochaient, mais au moins ils ne lançaient pas leurs robots noirs dans le néant. Les cylindres hexagonaux étaient entourés d'un nuage d'ombre de plus en plus épais qui, après s'être replié dans le vide, s'étirait désormais vers la force de frappe. L'un des croiseurs lourds à la traîne se mit à chuter, désorienté, et ses lumières commencèrent à s'éteindre. Un chaos brouillé de transmissions engloutit les signaux de détresse des Ildirans.

Devant le *Kutuzov*, dans le néant obscur et sans relief, le navigateur de Keah aperçut soudain un trait de clarté flottant dans l'espace, un éclat coloré de gaz de nébuleuse diffus qui suscita une nouvelle acclamation de la part de l'équipage. Mais les cylindres hexagonaux noirs qui fonçaient à leurs trousses, furieux, ne semblèrent pas intimidés.

— Nous devrions peut-être bloquer la porte et utiliser les dernières armes améliorées pour empêcher les ombres d'attaquer la station Cœur-de-Feu, dit Adar Zan'nh.

Keah s'assit sur le bord de son fauteuil de commandement et joignit les doigts en clocher.

— J'ai une autre idée, Z. Faites-moi confiance... Si ça ne marche pas, on pourra toujours se battre à mort plus tard.

— Je serais heureux d'avoir une alternative, générale.

— Il reste douze bombes solaires sur le *Kutuzov*, général, dit l'officier d'artillerie, et ce sont les seuls dont nous disposerons.

Les installations du docteur Krieger n'allaient sûrement pas en fabriquer davantage, et il faudrait un certain temps avant que les usines d'armement situées ailleurs dans la Confédération prennent le relais.

— Nous avons deux autres ogives en réserve, dit Keah, et je veux les utiliser en premier. Gardez le reste pour les mauvais jours. (Elle afficha un sourire dur.) Kotto Okiah les a laissées ici pour nous.

Les vaisseaux des FDC s'engouffrèrent dans la porte ouverte qui les ramènerait à Cœur-de-Feu, suivis de près par les bâtiments de guerre de la Marine Solaire. Les ondulations de l'entropie noire entraînèrent la défaillance de l'une des Mantas, dont les systèmes s'éteignirent, mais, grâce à son élan, elle parvint à poursuivre sa route à travers le trou.

Le *Kutuzov* évaluait la situation et, quand les derniers appareils des FDC et de la Marine Solaire se furent précipités hors du vide, il activa les systèmes de secours des deux bombes solaires que Kotto avait laissées sur le seuil. Alors que les vaisseaux hexagonaux fonçaient vers l'ouverture, Keah déclencha des explosions puissantes comme des novae, dont les retombées se propagèrent dans les profondeurs du néant en ondulant et en résonnant, se nourrissant d'elles-mêmes. Leur flamboiement était encore plus intense que ce qu'elle avait vu auparavant, comme si les déflagrations se trouvaient renforcées à la frontière entre la réalité et le néant.

Le bord du vide était déjà instable et, tandis que les bâtiments des FDC et les croiseurs lourds de la Marine Solaire s'élançaient dans l'univers connu, Keah regarda le trou dans l'espace s'effondrer comme une gueule qui se referme, une plaie qui se cicatrise… laissant les Shana Rei piégés dans leur néant.

Les autres astronefs des FDC et de la Marine Solaire filèrent à toute allure dans la vaste nébuleuse.

Keah était en sueur, et son cœur battait la chamade. Prenant une grande inspiration, elle se força à laisser transparaître dans sa voix une pointe d'humour irréaliste.

— Eh bien, pour sûr, cela a retenu leur attention !

105

Elisa Enturi

Elisa survécut au transfert… de justesse. Ses moteurs interstellaires s'activèrent et la propulsèrent à la vitesse de la lumière au moment où le *Verne* ouvrait le feu. Son vaisseau subit d'énormes dommages, et elle sut tout de suite que c'était grave. L'un de ses propulseurs intrasystèmes tomba en panne et elle sentit l'explosion résonner à travers la navette.

— Tiens bon ! hurla-t-elle, comme si, en menaçant la coque, cette dernière allait conserver son intégrité.

En cas de défaillance catastrophique des plaques structurelles, elle n'aurait pas le temps de s'en apercevoir.

Elle écrasa sa main sur les commandes. Brindle et Handon avaient essayé de la tuer ! Elle était tellement en colère qu'elle tremblait et ne prit pas la peine d'établir une trajectoire. Pas encore. Son vaisseau filait vers nulle part.

Elle n'avait jamais été une personne chaleureuse, elle le savait, mais elle était fiable et digne de confiance. Elle comptait sur les autres de la même manière qu'ils comptaient sur elle et elle s'était laissé bercer par une fausse confiance. Elle était venue dans le système de Relleker pour offrir ses services… et Brindle et Handon avaient essayé de la tuer. La seule chose qui lui paraissait pire que la trahison était le sentiment de sa propre stupidité. Qu'avait-elle imaginé ?

À présent, elle ressentait un élancement pulser dans son crâne tandis qu'elle se rappelait la dernière transmission menaçante de Xander Brindle, la façon dont le *Verne* avait ouvert le feu. Salauds ! Traîtres et assassins. Elle aurait pu les aider à assurer le succès de leur nouvelle entreprise.

— Salauds…, murmura-t-elle encore.

Il n'y avait personne pour l'écouter. Tous ceux qui comptaient à ses yeux lui avaient été enlevés.

Tandis que son vaisseau poursuivait sa route, elle effectua des diagnostics et évalua les dégâts. Sa coque avait tenu bon, de justesse, mais elle ne résisterait pas à d'autres contraintes. Une partie de son carburant fuyait, mais l'astronef en avait encore assez pour atteindre de nombreuses destinations… si seulement elle se résolvait à déterminer où aller. Elle n'osait pas retourner à Nouvelle-Station.

Elle voulait remettre les pendules à l'heure, remettre sa vie à zéro. Tout ce qui comptait auparavant pour elle avait été incinéré. Elle avait déjà changé son nom de Reeves en Enturi, récupérant ainsi son nom de famille d'origine et effaçant tout lien avec Garrison. Toutefois, à présent, alors qu'elle s'enfuyait, le nom d'Enturi lui évoquait également son ancienne famille sur Terre : des perdants, des ratés, des parasites. Sa vie aurait été différente si elle n'avait pas été obligée de passer tant d'années à les traîner comme des fardeaux. Ils lui en voulaient probablement de les avoir abandonnés, d'avoir refusé de leur donner un coup de main quand ils en avaient besoin.

Eh bien, la planète bleue était désormais détruite, et elle les imaginait très bien crier son prénom à la fin, lui demandant de les sauver alors que les robots et les Shana Rei se rapprochaient d'eux. Leur disparition ne posait pas de problème majeur à l'univers.

Elle avait autrefois pensé que surmonter les difficultés constituait un trait de son caractère, que l'adversité la rendait plus forte. Si c'était le cas, elle devait vraiment être très forte.

Elle afficha des images de Seth dans le cockpit. Elle conservait une bibliothèque de photos de son fils, même si elle les avait retouchées pour supprimer toutes traces de Garrison dessus, qu'elle ne voulait plus voir comme faisant partie de leur famille. En vérité, elle avait aussi perdu Seth. Les employés et les enseignants d'Academ l'avaient privée de ses droits sur son propre enfant, et Seth s'était battu contre elle, tout comme le fils de Lee Iswander… et même les wentals ! Tout le Bras spiral réclamait sa tête.

Bon débarras à tous.

Après avoir réfléchi pendant plus d'une journée tandis qu'elle dérivait entre les systèmes stellaires, Elisa décida qu'elle *prendrait* ce dont elle avait besoin. C'était son dû. Elle pouvait s'apitoyer sur son sort et se laisser marcher sur les pieds encore et encore, ou bien rebrousser chemin pour jouer la seule carte qui lui restait.

Lee Iswander lui devait bien plus que Xander Brindle et Terry Handon. C'était sa dernière chance. Avant d'abandonner complètement, elle retournerait vers lui pour voir s'il pouvait changer les choses, s'il pouvait lui prouver une fois encore ce qu'elle était pour lui.

Les larmes aux yeux, elle ajusta sa trajectoire et effectua une ultime vérification de l'état de ses moteurs interstellaires et de la quantité d'ekti restante dans les chambres du réacteur. Elle décida que ce vaisseau la mènerait à bon port. Elle alluma les propulseurs, examina l'intégrité de la coque endommagée, puis lança sa navette…

En moins d'une journée, elle était retournée aux installations d'extraction des gonflotteurs, où des travailleurs peu enthousiastes remplissaient des rangées de réservoirs. Cette agitation lui paraissait sans intérêt à présent, ou peut-être la voyait-elle simplement sans l'excitation illusoire qu'elle avait ressentie lorsqu'elle était dans les bonnes grâces de Lee Iswander. L'activité industrielle semblait plus calme, le nombre de vaisseaux et d'employés moins important qu'auparavant. Certains ouvriers vagabonds peu fiables avaient dû abandonner Iswander quand les temps étaient devenus durs. Elisa s'indigna en se mettant à sa place – elle ne l'aurait jamais abandonné… s'il ne l'avait pas chassée en premier.

Elle s'engagea dans la zone et observa des enveloppes de gonflotteurs vidées et jetées au rebut qui dérivaient comme s'il n'y avait plus assez de personnel pour les parquer. Les opérations de pompage se poursuivaient à plein régime, mais les réservoirs d'ekti-X s'accumulaient en vue de leur distribution. Trois rangées complètes étaient prêtes à être expédiées et d'autres réservoirs, regroupés, contenaient du stock. Iswander n'était probablement pas parvenu à le vendre. Elisa avait vu comment on l'avait blackboulé à Nouvelle-Station. À présent, il devait y avoir un si grand nombre de producteurs d'ekti que n'importe quel acheteur pouvait l'écarter sans problème.

Une fois de plus, le baron d'industrie finirait ruiné. Elle aurait pu l'aider…

C'était un battant, toutefois, et elle voulait se battre à son côté… s'il souhaitait la récupérer. Ils étaient faits l'un pour l'autre. Elle avait sa fierté et détestait le fait que ce soit sa meilleure option, mais elle fit ce qu'il lui fallait faire.

Même si la sécurité s'était relâchée, son arrivée fut vite remarquée. Elle ignora les appels sur le système de transmission et s'adressa directement à Lee Iswander :

— Je dois vous parler en personne, monsieur.

Lorsque son visage apparut sur l'écran, elle fut choquée de voir à quel point ses traits étaient tirés. Il avait des cernes sous les yeux. Il ne paraissait plus fort et confiant ; au contraire, il semblait brisé, du moins en partie.

— Elisa, je vous ai dit de partir. Vous n'êtes pas la bienvenue ici. Je ne peux plus vous accepter dans nos installations.

Le voir ainsi lui faisait vraiment mal au cœur. Elle avait eu l'intention de crier et de revendiquer ses droits, mais à présent il lui semblait tout simplement faible.

Ce n'était toutefois pas son propre cas.

— Vous devez me reprendre, dit-elle, mais sa détermination ne dura qu'un instant et sa vue se brouilla. Vous devez me reprendre ! répéta-t-elle. Je n'ai nulle part où aller.

106

Xander Brindle

Après leurs « désagréments » avec Elisa Enturi, Xander et Terry décidèrent qu'il serait bon de retourner à Rendez-Vous en remorquant leur prochain lot d'épaves récupérées. L'arrivée de cette femme rappelait à Xander que, même si les Shana Rei et les robots noirs étaient déterminés à éradiquer la race humaine, nombre d'individus sombres et maléfiques peuplaient le Bras spiral.

Ce n'était pas seulement Elisa qui l'avait éloigné de Relleker cependant. La planète en contrebas était complètement morte, et cela le rendait malade de voir tant de vaisseaux civils réduits à l'état de débris, anéantis en orbite.

— Je pense que notre place est sur la station Handon afin de nous assurer que tout se passe bien, dit-il. (Il fit un geste en direction de la baie du *Verne*.) Nous sommes des cadres. Nous avons des gens pour faire ce genre de travail.

Terry acquiesça.

— C'est là-bas que nous devrions être.

OK s'assit aux commandes pour attendre les ordres.

— Je serais heureux de contrôler les vaisseaux à répartir sur le site de Rendez-Vous. Dois-je dresser un inventaire des épaves de Relleker les plus viables, prêtes à être livrées ? Avec les filins qui les maintiennent ensemble, nous devrions pouvoir transporter tout le lot.

— Fais donc cela, OK, dit Xander.

— Après toutes les modifications coûteuses que nous lui avons apportées, nous utilisons désormais le *Verne* comme remorqueur spatial ! ajouta Terry.

Le comper effectua son travail avec diligence tandis que Xander contactait Annie D, Omar Selise et les autres récupérateurs.

—Vous deux, retournez à Rendez-Vous et assurez-vous que le chantier de réparation est prêt à rassembler les morceaux, répondit Omar. Nous continuerons à regrouper des fragments d'épaves exploitables.

—Nous devrions avoir déjà assez de composants pour construire au moins dix nouveaux astronefs à mettre sur le marché, ajouta Annie D.

—Si mon estimation est correcte, les éléments actuellement récupérés peuvent être réassemblés en au moins neuf vaisseaux cargos standard, intervint OK. Je suis en train d'évaluer différents modèles d'appareils afin d'utiliser au mieux nos ressources.

Sur l'écran, Omar fixa le regard droit sur Xander.

—Et vous me direz ce que vous trouverez d'autre, compris ? Je compte sur vous pour mon petit-fils.

—Je vous le dirai, lui répondit Xander, pressé de mettre fin à la conversation.

Dans le vaisseau en apesanteur, Terry se hissa sur le pont de pilotage, ses jambes dérivant derrière lui. Il s'enfonça dans son fauteuil.

—De quoi s'agissait-il ?

Xander déclara rapidement :

—Nous devons répartir les responsabilités si nous voulons gérer une grande opération. Tu n'as pas besoin de connaître tous les détails administratifs.

Terry gloussa.

—Je n'en ai pas envie non plus.

Alors qu'ils se préparaient à repartir, les dernières coques récupérées furent solidement attachées les unes aux autres. Grâce à ses moteurs améliorés, le *Verne* pourrait les remorquer à l'aide d'accélérateurs et transporter tous les débris jusqu'à l'amas d'astéroïdes de Rendez-Vous. Leur installation lui rappela la vieille coutume qui consistait à attacher des boîtes de conserve à des ficelles derrière la voiture de jeunes mariés. Lorsque le chargement fut prêt, le *Verne* hâta la collecte des épaves de vaisseaux.

Au cours des jours précédents, Xander avait étudié les rapports médicaux qu'OK avait repérés. Terry avait été si occupé à surveiller le champ de débris qu'il avait eu l'occasion de travailler sur ce projet sans attirer l'attention de son partenaire. Il n'était pas un expert médical, mais, à l'aune de ses connaissances, les recherches sur la restauration de la colonne vertébrale s'avéraient prometteuses. De son point de vue, le traitement expérimental pourrait valoir le coup, bien qu'il y ait une faible possibilité d'effets secondaires néfastes, mais il n'en avait pas encore parlé à Terry. Il savait que son partenaire réagirait instinctivement contre, mais il n'écouterait pas ses excuses. Il avait plutôt l'intention de rassembler toutes les données, de compiler ses arguments et de présenter son dossier... puis de voir ce qui se passerait.

À quatre reprises au moins pendant le vol de retour vers Rendez-Vous, il essaya de soulever l'idée, mais, chaque fois, il battit en retraite, convaincu qu'il devait revérifier quelques détails supplémentaires.

Terry sentit que quelque chose n'allait pas, mais il n'insista pas pour en savoir plus, le laissant prendre son temps. Xander n'avait jamais connu Terry quand il pouvait utiliser ses jambes, car cette dégénérescence s'était installée alors qu'il n'était qu'un adolescent. À présent, Terry était tellement habitué à sa vie qu'il ne s'embarrassait pas de rêves merveilleux de course à travers des champs verdoyants. Mais si lui-même pouvait lui donner cela...

Le *Verne* retrouva le complexe d'astéroïdes, et, lorsqu'ils arrivèrent, Xander fut heureux de voir le trafic. Au moins cinq autres vaisseaux s'étaient joints aux activités de la station Handon.

— Nous sommes en passe de devenir la nouvelle station de ravitaillement et le nouveau chantier de réparation par excellence, dit-il avec enthousiasme.

Rajesh Clinton répondit dès leur arrivée.

— Je suis content de vous voir tous les deux ! J'ai accepté de prendre la relève lorsque Garrison a dû partir, mais je n'ai jamais eu l'intention de diriger tout le cirque. Aurai-je au moins une augmentation de salaire ? ou une participation aux bénéfices, peut-être ?

— Une augmentation, dit Xander. Nous discuterons des conditions plus tard.

L'argent ne représentait pas grand-chose pour eux compte tenu de la fortune de Terry, mais, même ainsi, Xander hésitait à le dilapider. Il devait surveiller les intérêts commerciaux de son partenaire.

Au-dessus de l'amas principal de Rendez-Vous, le *Verne* détacha les coques et les composants récupérés qu'ils venaient de remorquer, et Xander demanda aux équipes de Vagabonds d'enfiler leurs combinaisons pour aider à séparer, nettoyer et inventorier les épaves. Terry se trouvait déjà dans le compartiment arrière en train de préparer son exocombinaison.

— Je vais surveiller les opérations. Je m'assurerai que tous les morceaux d'épave sont bien répartis et ferai en sorte que les équipes techniques s'en chargent sur-le-champ. Nous avons une réputation à construire.

— Je vais amarrer le *Verne* et rejoindre l'astéroïde principal pour effectuer du travail administratif, dit Xander.

Terry gloussa.

— Tu ne t'es jamais porté volontaire pour t'occuper de la paperasserie avant !

Xander se força à sourire.

— Je vois bien que tu as envie de sortir. Tu sais ce que tu fais.

Équipé de sa combinaison, son compagnon traversa le sas et glissa dans l'espace, où ses jambes inutiles ne le gênaient pas du tout. Il se propulsait ici et là à la manière d'un poisson argenté, passant d'une épave à un composant de moteur, les poussant et se servant de lourdes turbines pour bouger des objets massifs afin qu'ils rejoignent la place qui leur avait été assignée.

Xander l'observait, étudiait la facilité avec laquelle il évoluait, la grâce dont il faisait preuve en apesanteur, et il aurait souhaité avoir la moitié de cette finesse en travaillant dans l'espace. Une fois de plus, il essaya de se convaincre que Terry voudrait vraiment le remède risqué proposé.

107

Celli

Depuis l'intérieur du dôme terrarium sous pression, les deux prêtres Verts avaient une vue parfaite pour observer la force de frappe des FDC et de la Marine Solaire qui se précipitaient hors du néant.

— Est-ce qu'ils viennent bien de ramener les ombres jusqu'à nous ? chuchota Celli à Solimar, les yeux écarquillés.

Solimar s'approcha des plaques cristallines du dôme-serre en appuyant une main contre son dos, qui le faisait souffrir à cause de la douleur sympathique provenant des arbres agonisants. La longue fissure épaisse comme un cheveu avait été colmatée et fortifiée, mais d'autres faiblesses ne tarderaient pas à se manifester ; même les poutres d'origine étaient à la limite de leur résistance matérielle. Les nouveaux arcs du dôme élargi avaient été achevés, mais les usines de Cœur-de-Feu ne produisaient pas assez rapidement de feuilles de cristal renforcé. Seule une partie de l'agrandissement du dôme avait été terminée.

Lorsque la générale Keah fit exploser les bombes solaires sur le seuil de Cœur-de-Feu, l'éruption de lumière cautérisa en quelque sorte la blessure qui déchirait l'univers. À l'intérieur du terrarium, les arbremondes courbés frémissaient. La douleur qu'ils éprouvaient résonnait à travers le télien et dans l'esprit verdani. Celli ressentait cette souffrance dans tous ses os et ses muscles.

Les équipes de Vagabonds qui s'activaient sur la nouvelle structure du dôme détalèrent vers les principaux modules administratifs. Celli les regarda filer en espérant qu'ils reviendraient.

— Continuez à travailler, murmura-t-elle. Ne nous abandonnez pas.

Il leur restait au moins une semaine de travail pour achever le projet et offrir un peu plus d'espace aux arbres pris au piège.

Dans le même temps, le *Kutuzov*, l'*Okrun* et les Mantas cabossés se dirigeaient vers le centre administratif principal de Cœur-de-Feu. Les vaisseaux de la Marine Solaire tournèrent autour du cœur de la nébuleuse en déployant leurs voiles solaires. Les étoiles supergéantes du noyau semblaient intensément brillantes, comme si elles défiaient les ombres.

À l'intérieur du terrarium, les deux arbremondes se tendirent et gémirent. Celli sursauta lorsqu'elle entendit au-dessus de leur tête un craquement sonore annonciateur d'une fissure. Une autre lézarde en forme d'éclair s'étendit à travers le dôme cristallin principal.

— Le nouveau dôme ne sera peut-être pas terminé assez tôt, dit Solimar d'une voix grave et inquiète. Quelqu'un va nous forcer à partir… très bientôt, Celli.

— Non ! Les arbres font partie de nous, et nous faisons partie d'eux.

— Mais je ne te laisserai pas mourir pour eux. Le dôme va éclater.

Les arbres frémirent de nouveau et Celli entoura de ses bras le tronc le plus proche, comme pour le réconforter tout en cherchant du soutien dans l'esprit de la forêt-monde. Pendant quelques heures, elle s'y perdit, se contentant de rester là à regarder à travers des millions de feuilles sur des douzaines de planètes…

Puis un ricochet sombre et froid traversa ses pensées. Soudain, d'autres alarmes retentirent sur les communicateurs de Cœur-de-Feu, et elle gémit d'effroi.

Trois vaisseaux éclaireurs vagabonds franchirent la lisière de la nébuleuse à toute allure en transmettant des signaux urgents. Loin dans l'espace, deux nouveaux nuages d'ombre s'étaient déployés dans le vide, énormes taches ténébreuses qui convergeaient vers leur cible à partir de deux directions différentes. Même si la brèche du Grand Anneau donnant sur le néant était scellée, les Shana Rei étaient en train de créer leur propre point d'accès. Les inquiétantes nuées obscures s'étendirent dans l'espace réel… puis se déversèrent vers la nébuleuse Cœur-de-Feu comme un orage de fumée d'une noirceur incomparable.

Le chef de station Alu transmit un ordre d'évacuation préventive à tout le personnel :

— Cœur-de-Feu n'est pas un endroit où vous aurez envie de vous trouver dans les prochaines heures… Suivez votre Guide Lumineux et décampez. Nous ne pouvons pas combattre les Shana Rei ou leurs robots.

Une tempête d'activité agita les vaisseaux et les installations industrielles ; les ouvriers et les nacelles de transport se mirent en mouvement, laissant derrière eux les fermes de films énergétiques et les écopes qui permettaient de collecter des isotopes. Solimar saisit le bras fin de Celli.

— C'est fini, nous ne pouvons pas rester. On ne peut pas déplacer les arbres et les ombres arrivent. Tu sais ce que les Shana Rei feront ici.

— Je sais, dit Celli, mais nous ne pouvons pas les abandonner !

— Nous le devons, répondit Solimar.

Elle savait qu'il avait raison. Pendant longtemps, elle avait escompté trouver quelque solution désespérée, et le nouveau dôme était en cours de construction. Elle se raccrochait à ces derniers instants.

— Si nous restons ici, nous mourrons avec eux, dit Solimar.

Les prêtres Verts pouvaient s'immerger dans les arbremondes, relier leurs pensées et leurs âmes à l'esprit interconnecté des verdanis. Au moment de la mort, ils pouvaient se plonger dans les pensées et les expériences emmagasinées, puis atteindre une sorte d'immortalité. Beneto, le frère de Celli, lui aussi prêtre Vert, l'avait fait.

Mais elle était encore jeune, tout comme Solimar. Une grande partie de leur vie se trouvait toujours devant eux.

— Même si nous voulions partir, nous n'y parviendrions pas à temps, glissa-t-elle en un murmure sourd. Nous devons rester ici.

— Nous avons notre navette, répondit Solimar. Si nous atteignons le centre d'administration ou l'un des vaisseaux de guerre des FDC, ils nous embarqueront avec eux. (Il déglutit avec force.) Si tu veux partir ?

— Si je veux partir…, répéta Celli. Cela semble injuste. Les arbres sont piégés ici, même si nous ne le sommes pas.

Alors que les deux nuages d'ombre se déversaient dans le lagon flamboyant que constituaient les gaz de Cœur-de-Feu, les arbremondes frémirent de nouveau et fléchirent leurs troncs déjà courbés comme s'ils se préparaient à mener une dernière bataille.

Deux autres plaques de cristal au-dessus de leurs cimes se brisèrent tandis que des fissures se formaient autour d'eux.

108

Générale Nalani Keah

Après toutes les destructions qu'ils venaient d'infliger aux Shana Rei dans le néant, la générale Keah aurait dû danser de triomphe. Elle avait vu les cylindres hexagonaux s'effondrer sous les tirs de barrage de leurs bombes solaires, qui avaient fait mouche les unes après les autres, et ils avaient même fermé la porte dimensionnelle pour que les ombres ne puissent pas les poursuivre – du moins, pas depuis cette direction.

Les vaisseaux de la Marine Solaire et des FDC se trouvaient dans la nébuleuse Cœur-de-Feu, temporairement en sécurité, mais Keah ne se sentait pas à l'aise avec cette situation. Elle savait que ça n'était pas encore fini... pas même pour aujourd'hui.

Shareen Fitzkellum et Howard Rohandas semblaient tous deux stupéfaits d'avoir échappé de justesse aux Shana Rei. Ils tentaient de dissimuler leur excitation, mais Keah voyait comment la bataille les avait choqués, la prise de conscience qui les avait frappés alors qu'ils avaient tous deux failli mourir dans l'espace. Ces enfants n'avaient pas leur place sur le pont d'un cuirassé dans une zone de guerre. Sur les instructions de Keah, le *Kutuzov* se dirigea tout droit vers le centre administratif de Cœur-de-Feu.

— Déposons les civils et continuons notre patrouille.

— Mais nous devrions rester avec vous, insista Shareen. Nous souhaitons combattre les ombres.

Keah ne voulut pas en entendre parler.

— Je suis responsable de suffisamment de personnes. J'ai atteint ma limite. Je ne peux pas en gérer deux de plus.

Lorsque le *Kutuzov* s'amarra au centre administratif de Cœur-de-Feu, elle les poussa vers le pont de débarquement et les escorta personnellement à bord de la station.

Moins d'une heure après que le *Kutuzov* était retourné patrouiller avec les autres vaisseaux des FDC et de la Marine Solaire, de nouveaux nuages d'ombre apparurent à l'extérieur de la nébuleuse. Le duo d'amas en forme d'amibe menaçait Cœur-de-Feu depuis deux directions maintenant que la porte principale donnant sur le néant avait été refermée.

Keah avait à peine eu le temps de rejoindre ses quartiers, aspirant à une douche et à un changement d'uniforme, que son officier en second criait sur son communicateur personnel :

— Générale, *deux* nuages shana rei en approche ! Nous avons besoin de vous sur le pont.

— Oh, merde ! répondit Keah, puis elle se mit à courir. À vos postes de combat ! Contactez la Marine Solaire pour coordonner notre défense de la station.

La générale arriva sur la passerelle en un temps record et sauta dans son fauteuil de commandement. Les Vagabonds étaient déjà en train d'évacuer.

— Pendant que nous laissons à ces gens le temps de s'enfuir, nous allons affronter ces ombres de front. (Elle inspira profondément, une expression froide plaquée sur ses traits.) Monsieur Patton, j'espère que vous avez trouvé d'autres bombes solaires que nous pouvons utiliser.

— Quelques-unes seulement, générale... quelques-unes.

L'amiral Haroun la contacta en arborant un air sombre.

— La situation semble désastreuse, générale. Merci pour les nombreuses occasions que vous m'avez offertes. Si cela ne se passe pas bien, ce fut un plaisir de servir sous vos ordres.

— Arrêtez de tirer des conclusions hâtives, amiral. Il nous reste encore une certaine combativité.

— Oui... et c'est aussi le cas des Shana Rei.

Lorsque Keah regarda l'écran, sa gorge s'assécha.

— Et il en va de même pour les robots.

Au fur et à mesure que les deux nuages d'ombre envahissaient la nébuleuse, des dizaines de milliers de vaisseaux d'attaque de robots s'y déversaient également.

Elle haussa le ton.

— Très bien, nous savons ce que nous devons faire. Nous avons une sacrée expérience dans ce domaine. (Elle jeta un coup d'œil à l'écran tactique et contacta les croiseurs lourds de la Marine Solaire.) Je ne pense pas que les ombres aient retenu la leçon, Z.

Le *Kutuzov* laissa derrière lui la station principale de Cœur-de-Feu tandis que les vaisseaux d'évacuation vagabonds se dispersaient dans la nébuleuse, volant aussi loin que possible des Shana Rei.

Keah s'installa dans son fauteuil et ses doigts se nouèrent étroitement.

— Inutile d'attendre, monsieur Patton. Lancez notre première volée de bombes solaires.

Les Mastodontes et les Mantas crachèrent des boules de feu flamboyantes vers les nuages d'ombre en approche. Les croiseurs lourds de la Marine Solaire se déployèrent en formation.

L'amas central d'étoiles chaudes de Cœur-de-Feu brûlait intensément, mais les nuages d'ombre étaient impénétrables. Même l'explosion des bombes solaires ne les élimina pas.

Les robots maraudeurs fondirent en essaim sur les fermes de films électriques et les détruisirent, mais les ouvriers avaient déjà abandonné ces installations. Une autre salve d'explosions fit sauter les réservoirs de stockage d'isotopes.

— Je pense qu'on les a fait chier, dit Keah.

— Il ne nous reste plus que vingt bombes solaires dans tout le groupe de combat, générale.

Keah regarda fixement les milliers de cuirassés des robots et les énormes bâtiments hexagonaux qui saillaient des nuages d'ombre.

— Faisons en sorte que ces dernières bombes comptent, dans ce cas.

Les mots sonnaient faux, même à ses propres oreilles, mais son équipage marmonna une acclamation consciencieuse.

Faisant parler leurs canons laser, les croiseurs lourds de la Marine Solaire avançaient en formation parfaite, comme d'habitude… puis, soudain, les vaisseaux ildirans se désagrégèrent en une cohue désordonnée, comme s'ils avaient tous été secoués. Ils rompirent la formation, ce que Keah ne les avait jamais vus faire. Les bâtiments de guerre extraterrestres se mirent à voler de manière erratique, incontrôlables, et tous leurs tirs cessèrent.

Keah activa son micro.

— Z ! que se passe-t-il, bon sang ! J'ai besoin de vous à mon côté. C'est notre seule façon de survivre encore dix minutes.

Elle voyait toutefois Adar Zan'nh sur l'écran. Il avait les traits tirés, les lèvres retroussées en un rictus, les yeux écarquillés. Dans son noyau de commandement, l'équipage ildiran se mit à crier et à gémir, affolé. Plusieurs soldats s'effondrèrent sur le pont, comme s'ils avaient reçu des blessures mortelles.

— Pas le Mage Imperator ! hurla Zan'nh.

Sa main était parcourue de spasmes et son corps tout entier convulsait tandis qu'il s'écroulait. Sur l'écran, Anton Colicos paraissait stupéfait, et toute couleur avait quitté son visage. L'adar réussit de justesse à se redresser et à mettre fin à la communication. La maniple de la Marine Solaire se disloqua.

En proie à une consternation oppressante, Keah s'affaissa dans son fauteuil.

— Nous sommes tout seuls.

Se battant jusqu'au dernier, ses vaisseaux survivants plongèrent dans la vague de cuirassés de robots en approche.

109

Le Mage Imperator Jora'h

Les ténèbres qui habitaient le Mage Imperator Jora'h l'étouffaient à la manière d'un poison noir. Si elle pouvait se cacher en lui, alors cette toxine létale pouvait s'infiltrer dans tous les Ildirans – en se manifestant par la violence, la haine et la mort. Il était censé être le plus fort de sa race. Si les créatures des ténèbres étaient parvenues à le posséder et à le corrompre, alors le reste des Ildirans n'avait aucun espoir.

Fort. Il devait être fort. Pour lui-même, pour son peuple, pour Nira. Mais comment ? Il existait un moyen…

Tandis qu'il titubait dans ses quartiers du Palais des Prismes, Jora'h se sentit violemment malade, mais il se força à se contrôler. Ses mains lui faisaient mal. Il sentait ses doigts trembler – des doigts qui avaient récemment entouré la gorge de sa bien-aimée Nira. Les Shana Rei l'avaient possédé si profondément qu'il ne se rappelait même pas avoir perpétré un tel acte. Il était resté sourd aux cris de Nira, à ses suppliques. Il n'avait pas eu conscience de lui-même alors qu'il avait assassiné les autres kiths nobles au cours de ce qui aurait dû être un repas tranquille dans la salle de banquet.

Il ferma les yeux, mais ne put oublier le dégoût qu'il avait lu sur le visage de Muree'n lorsqu'elle avait vu ce qu'il avait commis. Cette souillure noire était en lui… et il devait la faire sortir.

Il entendit les assisteurs et les gardes se précipiter dans le couloir et l'appeler, mais il ferma les portes de ses appartements. Il avait besoin d'être seul pour officier. Il n'osait laisser personne s'approcher de lui, non pas parce qu'ils pourraient lui faire du mal, mais parce qu'ils pourraient l'*arrêter*. Il avait un type de devoir particulier à accomplir pour son peuple.

Le thisme était enchevêtré en lui. Il sentait des ombres pareilles à des anguilles froides nager dans son système sanguin. Des parasites noirs flottaient de-ci de-là, à la limite de son champ de vision, et, comme il était le centre du thisme, toutes ces ténèbres passaient par lui. Il n'existait aucun moyen d'éviter cela. Les Ildirans étaient impuissants, à moins que lui-même soit en mesure d'agir.

À moins qu'il soit assez fort pour faire ce qui devait l'être.

Il entendit des martèlements et des cris à l'extérieur, mais il avait fermé la porte à l'aide de gros verrous. Jusqu'à ce jour, il ne s'était même pas rendu compte de la présence de ces serrures sur sa porte. En tant que Mage Imperator, il avait toujours eu des kiths gardes pour le protéger et n'avait jamais eu besoin de s'enfermer. Puis il se souvint que ces loquets n'avaient été installés que récemment par Rod'h – une mesure défensive que le fils de Nira avait prise lorsque la foule avait attaqué le Premier Attitré Daro'h. En pensant à cela, son cœur se serra sous le coup de la culpabilité : Rod'h avait contemplé la triste réalité avant que lui-même l'admette. Et Rod'h en avait fait les frais et avait été englouti par les Shana Rei.

Les portes étouffaient les paroles des kiths assisteurs et des gardes. Jora'h les ignora et alla se placer au centre de sa chambre, où une lumière vive se déversait à travers les murs cristallins incurvés. Il avait passé de nombreux moments chaleureux et heureux avec Nira en ces lieux. Cette chambre était le cœur du Palais des Prismes reconstruit, où il avait appris à croire de nouveau que l'Empire ildiran se développerait et resterait fort.

Mais, à présent, les ombres étaient en lui et il avait essayé de tuer Nira. Il fallait que cela cesse.

Ses mouvements étaient saccadés, comme si des fils noirs empêtraient ses muscles, l'empêchant de mouvoir son corps avec fluidité, mais il se força à avancer. Pendant très longtemps, il avait étudié de près *La Saga des Sept Soleils*, écouté le remémorant Anton, tenté de trouver une révélation cachée sur la façon d'affronter cet ennemi insidieux.

En s'appuyant sur de vieilles chroniques, l'Attitré fou Rusa'h avait tout sacrifié pour appeler les faeros. Les élémentaux de feu avaient effectivement rejoint le combat contre les Shana Rei sur Terre, mais, même ainsi, ce monde avait été détruit, et les créatures des ténèbres demeuraient plus fortes que jamais. L'alliance avec les élémentaux de feu avait conduit à de faux espoirs. Oui, les boules incandescentes avaient aidé à lutter contre les Shana Rei au cours de leur précédente rencontre, lorsqu'elles étaient plus puissantes et les ombres plus faibles. Aujourd'hui, les créatures des ténèbres semblaient invincibles.

Il avait perdu beaucoup trop de temps à étudier l'histoire du Mage Imperator Xiba'h alors que la véritable clé pour se sauver de cette noirceur intérieure se trouvait dans la chronique de l'Attitré Ahlar. C'était cet exemple qu'il devait imiter à présent.

Dans la plus vive des lumières solaires, il prit un mince cadre, une plaque de cristal plate qui abritait un portrait de Nira. Il brisa le cadre en éclats, laissant l'image gravée s'échapper.

— Je suis désolé, Nira, mon amour.

Il exprima ensuite des excuses silencieuses et plus profondes à l'égard de son peuple avant de brandir un tesson déchiqueté. Ses mains tremblaient, mais il ne craignait pas sa décision. C'étaient les Shana Rei qu'il craignait. Il devait les évacuer de son organisme.

Lorsqu'il saisit l'éclat brisé au bord effilé comme un rasoir, les rayons dorés des soleils brillèrent à la surface, ce qui le réconforta, même si le cristal paraissait refléter la lumière radieuse loin de lui.

— Je suis désolé, Nira, répéta-t-il.

Puis il fit glisser le tranchant irrégulier le long de l'intérieur de son bras, découpant la peau et le muscle, entaillant ses artères principales. Le sang afflua plus vite que la douleur. Avant de perdre sa détermination, il transféra l'éclat de cristal dans son autre main. Ses doigts étaient ensanglantés et le fragment glissant. Il se coupa une nouvelle fois, plongeant profondément l'éclat dans son autre bras pour y labourer une longue estafilade et s'ouvrir largement les veines.

Une fois cela fait, il serra les poings et tint ses bras devant lui. Alors que son cœur continuait à battre, il pouvait voir les pulsations du sang qui s'écoulait, comme des marées rapides qui allaient et venaient. Un liquide rouge se répandit depuis ses bras, dégoulina le long de ses mains et s'accumula sur le sol, y formant une flaque de plus en plus étendue.

Mais il n'était pas que rouge. Des vrilles noires tournoyaient dans cet écarlate familier. De plus en plus, sa vie se répandait hors de lui, attirant les ténèbres comme des sangsues. De sombres tourbillons s'échappaient de son corps. Ils se tordaient et se contractaient, et Jora'h serra plus fort les poings pour faire sortir plus de sang.

Au bout de quelques minutes, sa vision s'obscurcit. Il ignorait que son organisme contenait autant de sang, mais il continuait à se répandre… toujours entaché par ces ténèbres dans le thisme. Mais il devait tout purger. Tout ce sang. Toute cette vie.

Elle s'écoulait, encore et encore, par ses entailles. Les soleils l'éclairaient, mettant en évidence la contamination qui le frappait. Tout ce sang empoisonné devait disparaître… tout.

Le flux sanguin diminua, désormais plus faible. Son cœur battait à peine, mais il n'appela pas à l'aide – il n'était pas en mesure de le faire.

Daro'h sera un bon Mage Imperator.

Sa vision et son âme s'assombrissaient de plus en plus à mesure que la lumière s'estompait, se répandant hors de lui comme son sang l'avait fait. Cependant, les ténèbres qui suivirent n'étaient pas une ombre empoisonnée que les Shana Rei avaient apportée, mais une ombre provenant d'un autre type de fin, d'un autre type de ténèbres.

Jora'h poussa un long soupir, certain que la dernière des ombres avait disparu de lui, de la race ildirane. Le thisme était enfin purifié… et il lâcha prise.

110

Lee Iswander

Alors qu'il faisait de nouveau face à Elisa, Iswander se sentit excessivement mal à l'aise. Après s'être amarrée au complexe administratif, elle était sortie de son vaisseau – un vaisseau qu'elle lui avait volé – et avait ordonné aux techniciens d'effectuer les réparations nécessaires sur son appareil comme si elle était toujours leur superviseuse. Puis elle s'était présentée à l'intérieur du centre de contrôle. Le personnel d'exploitation l'avait dévisagée avec une expression horrifiée, puis avait lancé des regards de côté, attendant de voir la réaction de leur chef.

Il semblait ne plus avoir d'options.

— Ça n'est pas avec plaisir que je vous reçois, Elisa. Je vous ai donné l'occasion de prendre la fuite. En revenant ici, vous nous mettez tous en danger.

— Ma place se trouve ici, monsieur, quoi qu'il arrive. Vous avez besoin de moi et j'ai besoin de vous.

— Je ne sais pas de quoi j'ai besoin, mis à part le fait d'être traité correctement dans le monde des affaires et d'obtenir une juste récompense pour mon travail acharné et mon sens de l'innovation. (Il semblait vaincu.) Ce qui n'est plus le cas.

Alec Pannebaker fit irruption dans le centre de contrôle.

— Vous avez tué tous ces gens. Qu'est-ce qui vous a pris, bon sang !? Pourquoi ne partez-vous pas et ne nous laissez-vous pas tranquilles afin que nous nettoyions le bazar que vous avez semé ?

Elle lui lança un regard féroce.

— Les gonflotteurs étaient ma découverte, que j'ai confiée gratuitement aux Industries Iswander, Alec. Pour le meilleur et pour le pire, il n'y aurait pas d'opérations d'exploitation d'ekti-X sans moi… et, à présent, je suis rentrée à la maison.

Iswander soupira.

— Elle peut rester ici, monsieur Pannebaker… provisoirement. Elle connaît les risques et les conséquences de ses actes. (Ses yeux s'étrécirent et sa voix se durcit.) Mais je ne vous protégerai pas si la Confédération vient vous arrêter.

— Je n'ai jamais eu besoin de votre protection. Je peux prendre soin de moi-même. Ce dont j'ai besoin, c'est de votre foi en moi.

Il ne répondit rien pendant un long moment.

— C'est quelque chose que vous devrez regagner, finit-il par dire à voix basse. Et je ne sais même pas si c'est possible.

— Je vous prouverai que vous vous trompez dans ce cas-là. Donnez-moi du travail. Affectez-moi à une équipe et je vous démontrerai ma valeur quant à vos opérations.

Même s'il se sentait acculé, Iswander ne pouvait lui refuser cela. Elle le mettait mal à l'aise, voire lui faisait peur, mais c'était *Elisa*. Il ne voulait pas le reconnaître, mais il lui était vraiment redevable et, si elle choisissait de jouer sur ce tableau-là, elle ne lui laissait pas d'alternative. Il refusait d'admettre qu'une part de lui était heureuse qu'elle soit revenue. Il était conscient que cette décision était risquée, mais, dans ces circonstances, il n'en voyait pas de meilleure à sa portée.

— Monsieur Pannebaker, chargez-vous-en. Elisa sait ce qu'il faut faire. Si elle doit rester ici, qu'elle se rende utile, au moins.

Pannebaker, d'habitude si présomptueux et bon enfant, était clairement mécontent, mais il partit d'une démarche bourrue, emmenant Elisa avec lui.

La plupart du temps silencieux, Iswander surveilla ses opérations pendant des heures, se sentant seul à l'intérieur du centre de contrôle, même avec son personnel administratif autour de lui. Ils effectuaient leur travail, mais paraissaient sombres. Il parcourut le rapport quotidien et remarqua que sept nouveaux ouvriers s'étaient éclipsés, tous membres du clan Tavish. Il ne pouvait pas les retenir contre leur gré, mais il aurait apprécié qu'ils aient au moins eu la courtoisie de l'informer de leur départ. Il n'avait pas besoin d'entendre leurs raisons, car il les connaissait toutes. Il n'y aurait pas moyen de les faire revenir sur leur décision et il n'était même pas sûr de devoir essayer. Qu'avait-il à leur offrir de toute façon ? Comment les convaincre de ne pas partir ? Il ne savait même pas combien de temps il allait rester en activité ici, ni même s'il y avait un intérêt à le faire.

Mais il n'abandonnerait pas. C'était l'idée.

Il trouverait une solution quelconque, une nouvelle façon de ressusciter ses récoltes de carburant pour moteurs interstellaires, ou bien il se dénicherait un nouveau projet à entreprendre. C'était toujours ce qu'il faisait. Et, bien que ces activités de production d'ekti-X menacent de faire faillite, il demeurait à leur tête. En mettant l'accent sur l'innovation et le développement, il avait réussi à faire de l'exploitation de ces gonflotteurs errants une opération extrêmement lucrative. Il ne voulait pas s'en détourner… même si elle semblait péricliter toute seule.

Malgré la diminution des équipes de travail, l'extraction de l'ekti se poursuivait à plein régime, même si le fait de continuer à récolter les gonflotteurs ne lui rapporterait rien s'il n'avait aucun moyen d'écouler le carburant sur le marché. Comment pourrait-il se débarrasser de tous les bidons qu'ils avaient déjà stockés ? Il espérait ne pas avoir à les jeter tout simplement dans l'espace comme s'ils ne valaient rien.

La colère monta en lui à cette pensée. Jamais il ne ferait cela ! Les clans de Vagabonds pouvaient l'insulter tout leur soûl, refuser de faire des affaires avec lui, mais ils ne pourraient pas effacer ce qu'il avait accompli. Aujourd'hui encore, ils l'imitaient et faisaient fortune tout en détruisant la sienne. Même s'ils investissaient massivement dans leurs propres opérations, ils savaient – ne serait-ce qu'au fond d'eux-mêmes – qu'ils lui étaient redevables.

Puis le *Fils Prodigue* débarqua, avec Garrison Reeves aux commandes – un de *ses* vaisseaux, un cargo des Industries Iswander que Garrison avait volé en fuyant Sheol. Il pourrait exiger qu'il le lui rende, supposa-t-il… mais il ne se montrerait pas aussi mesquin. Il était choqué néanmoins que Garrison soit revenu.

Dès qu'ils s'identifièrent sur le réseau de transmission et dirigèrent leur navette vers le centre de contrôle, Elisa reparut à grands pas dans l'aile administrative, furieuse.

— Seth est avec lui. C'est mon fils !

Son comportement agaça Iswander.

— Vos problèmes domestiques ne sont pas ma priorité, Elisa. Vous avez déjà causé assez de soucis. Pourquoi ces gens débarquent-ils ici ?

Elle cligna des yeux.

— Je ne les ai pas fait venir. Je les cherche depuis qu'ils ont enlevé mon fils à Academ, qu'ils me l'ont arraché. Je suis surprise qu'ils montrent le bout de leurs nez.

Iswander se rendit au poste de transmission alors que le *Fils Prodigue* s'aventurait à travers les gonflotteurs. Il demanda d'un ton tranchant et haché :

— Que faites-vous ici ?

Garrison répondit d'une voix calme et professionnelle :

— Sur ordre du roi Peter et de la reine Estarra, des vaisseaux se rendent dans tous les champs d'extraction d'ekti connus avec un message urgent. Nous savions où vous trouver, aussi sommes-nous venus ici.

Iswander se redressa, surpris. Qu'est-ce qu'un homme tel que Reeves avait à voir avec le couple royal ?

Orli Covitz apparut à l'écran et Seth les rejoignit. Elisa tressaillit, mais Iswander lui attrapa le bras, la forçant à garder le silence avant qu'elle laisse échapper une remarque stupide.

— Les gonflotteurs ne sont pas ce que vous pensez, dit Orli. Ils sont précieux, conscients, et se battent contre les Shana Rei.

Une autre jeune femme apparut au côté d'un prêtre Vert de son âge.

— Je suis la princesse Arita. L'ordre du roi et de la reine a été transmis à travers l'esprit de la forêt-monde, mais, comme vous n'avez pas de prêtre Vert chargé de vos communications, nous avons dû venir en personne. Vos opérations d'extraction de gonflotteurs endommagent l'Esprit de l'éternité. Il faut que cela cesse ou les Shana Rei nous détruiront tous.

Pannebaker revint au centre de contrôle.

— Bon sang, que se passe-t-il, chef !? Pour qui se prennent-ils ?

— Sur ordre du roi et de la reine, vous devez immédiatement arrêter de récolter des gonflotteurs, poursuivit Arita. Vos activités sont interrompues par la présente.

111

Rlinda Kett

Lorsque leurs deux navettes finirent par atteindre Cœur-de-Feu, l'enfer se déchaîna. Des nuages de ténèbres avaient ouvert leurs gueules sur le chaudron flamboyant de la nébuleuse… et ils devaient rejoindre les prêtres Verts et le terrarium à l'intérieur de cette dernière. Des bâtiments hexagonaux géants des Shana Rei émergèrent des deux nuées d'ombre qui enflaient, et des milliers de cuirassés de robots fondirent pour harceler les vaisseaux humains et les installations.

— Bon sang ! j'ai déjà assisté à ce spectacle, transmit Rlinda. J'aurais aimé ne jamais le revoir.

La réponse de Tasia depuis la *Curiosité* était encombrée de parasites, en partie à cause de l'ionisation de la nébuleuse et en partie à cause du contrecoup entropique lié à la présence des Shana Rei.

— Cela ne ressemble pas à un endroit où nous aurions envie d'être.

— Nous serions fous d'entrer là-dedans, commenta Robb.

— Je suis d'accord, répliqua Tasia. Je mets le cap maintenant.

Rlinda tenait le récipient d'eau wentale.

— Je ferai ce qu'il faut ici. Vous deux, gardez ma *Curiosité* intacte, allez rejoindre Xander et Terry, et faites quelque chose de votre côté. Mais Jess et Cesca m'ont demandé de délivrer les wentals, alors ça doit être important.

Tasia répondit avec un reniflement grossier.

— Moi aussi, j'ai le droit de m'amuser.

Des vaisseaux de Vagabonds en fuite plongèrent à travers la zone concentrant la poussière à la lisière de la nébuleuse et détalèrent de façon désordonnée vers l'espace interstellaire. Des vaisseaux de robots en poursuivirent un grand nombre, mais les pilotes virevoltèrent de manière suffisamment erratique pour éviter la destruction.

D'urgents appels de détresse envahirent les canaux de communication. Alors qu'elle volait vers les gaz lumineux, Rlinda aperçut des cuirassés des FDC à l'intérieur de la nébuleuse, ainsi que des bâtiments de guerre de la Marine Solaire qui tanguaient, incontrôlables. Concentrée sur sa mission, elle distingua l'éclat du dôme terrarium. Le temps pressait : la bataille faisait rage tout autour d'elle.

— J'espère qu'ils savent quoi faire de cette eau wentale, marmonna Rlinda dans sa barbe.

— Dans l'immédiat, les prêtres Verts ont peut-être juste besoin d'être secourus, répondit Tasia.

— Dans ce cas, je suis à leur service. J'arrive.

Au cœur de la bataille spatiale qui se déroulait dans la nébuleuse, les Mantas des FDC, en grande infériorité numérique, s'écrasaient sur les vaisseaux de robots. Des déluges de tirs de jazer réduisirent à l'état de ferraille des astronefs noirs anguleux, mais quatre Mantas explosèrent sous le barrage de tirs de riposte. Les croiseurs ildirans tournoyaient comme des ivrognes, essuyant des salves nourries… auxquelles ils n'arrivaient pas à répondre.

Des appels de détresse urgents leur parvinrent depuis le centre administratif de Cœur-de-Feu. Des navettes et des nacelles d'inspection blindées quittaient la zone, cherchant désespérément à s'enfuir, mais il s'agissait de vaisseaux conçus pour faire de courtes distances, bien trop lents pour s'échapper. Les robots noirs les éliminèrent.

— Merdre ! regardez autour de la nébuleuse, transmit Tasia. Qu'est-il arrivé au trou géant provenant du Grand Anneau ? Il a disparu !

Sur l'écran, Robb l'observait avec surprise.

— Avec tout ce qui se passe, c'est *ça* que tu te poses comme question ?

Depuis le centre administratif, Howard Rohandas envoya une transmission prioritaire :

— Nous sommes dans le module du laboratoire. Nous avons toutes les données de Kotto Okiah ainsi que les résultats de sa mission d'exploration du néant.

— Et tout cela gratuitement pour tout sauvetage, l'interrompit Shareen. Y a-t-il des preneurs ? S'il vous plaît ?

— Si vous y allez, nous y allons aussi, annonça Tasia à Rlinda. Après tout, nous avons échappé à la bataille de la Terre. Ça ne doit pas être si difficile…

— Je ne vous le fais pas dire, répondit Rlinda. Les Transports Kett effectuent toujours leur travail. Je me dirige vers le dôme-serre et je secourrai ces prêtres, d'une manière ou d'une autre.

La Gloire de Declan se détacha de la Curiosité Avide. Alors que les deux navettes plongeaient dans la nébuleuse, théâtre des affrontements, les éclairs des bombes solaires qui explosaient illuminèrent les gaz tourbillonnants, momentanément plus brillants que les supergéantes centrales. De nombreuses installations de Vagabonds avaient déjà été ravagées. Les vaisseaux des robots noirs opérèrent un demi-tour pour détruire le reste.

Tandis que les nuages d'ombre envahisseurs tranchaient la nébuleuse comme des lames de bourreau, la *Gloire de Declan* et la *Curiosité Avide* s'y enfonçaient de plus en plus vite et de plus en plus profondément. Rlinda serra la capsule argentée dans sa paume comme s'il s'agissait d'un talisman.

— Allez, BeBob. Donne-moi la force.

Elle se dirigea directement vers le dôme terrarium, qui était entouré de poutres de construction et d'une extension partiellement terminée. Au fur et à mesure qu'elle réduisait la distance entre la *Gloire de Declan* et la structure, elle distinguait les arbres à l'étroit qui se pressaient contre les plaques cristallines. De toute évidence, le dôme extérieur n'allait pas être achevé au bout du compte. Elle espérait que Celli et Solimar se trouvaient toujours dans la serre, sinon elle aurait fait tous ces efforts pour rien. D'un autre côté, les deux prêtres Verts auraient été bien inspirés d'évacuer les lieux depuis longtemps.

Mais pourquoi avaient-ils besoin de cette eau wentale rayonnante ? Rlinda avait eu suffisamment d'expériences avec les élémentaux d'eau lors de la guerre précédente pour ne pas essayer de le deviner.

La Gloire de Declan s'amarra à la serre. Elle dut effectuer elle-même le protocole d'atterrissage, car personne ne répondait à ses appels. Elle bondit hors de son vaisseau, se réjouissant de la faible gravité alors qu'elle transportait le cylindre scellé.

— Celli, Solimar ! j'ai quelque chose pour vous. (L'eau wentale était chaude et pétillait d'énergie.) Celli ! (Elle éleva la voix.) Allez, ma chérie.

Tout l'espace de la salle principale de la serre était occupé par des arbremondes agités qui venaient cogner contre les parois. Les troncs à l'écorce dorée s'étaient dilatés et partiellement fendus. Certaines branches épaisses étaient cassées et pendaient. Au-dessus de sa tête, le dôme de cristal présentait des fissures évidentes en forme de toile d'araignée. Rlinda ressentit une crainte soudaine. Elle s'était engagée tout droit dans un lieu qui allait sûrement subir une décompression explosive.

Les deux prêtres Verts gisaient au sol, étalés contre leurs arbres. Ils se levèrent d'un bond et fixèrent des yeux stupéfaits sur elle. Tous deux se mouvaient comme s'ils enduraient, eux aussi, une terrible souffrance.

— Pourquoi êtes-vous ici, Rlinda ? s'écria Celli. Vous devez partir !

— Vous devez venir avec moi tous les deux. (Elle saisit le bras de la jeune femme.) Allez, on peut s'enfuir à temps.

— Nous ne quitterons pas les arbres, dit Solimar d'une voix dure et résignée. Nous resterons dans l'esprit verdani jusqu'au bout.

Celli gémit.

— Vous devriez être en train d'évacuer tous les autres ! Laissez-nous… C'est fini pour nous.

Rlinda brandit son récipient rempli d'eau palpitante.

— Je devais vous apporter ceci. Jess et Cesca m'ont dit que vous en aviez besoin. Les wentals ont insisté.

— Mais que…, demanda Solimar.

Les yeux de Celli s'illuminèrent.

— L'eau wentale… et les arbres ! Oui, Rlinda… *oui !* (Elle arracha le récipient des mains de la commerçante.) C'est exactement ce dont nous avions besoin.

Solimar regarda Celli comme s'ils partageaient tous deux un profond secret.

— Oui, ça pourrait marcher. C'est bien mieux que de mourir ici.

— Ravie que vous soyez d'accord, dit Rlinda. Maintenant, prenons l'eau et partons. Je ne peux pas vous garantir que mon vaisseau soit plus performant que ces robots, mais je ferai tout mon possible… et c'est généralement suffisant.

— Non. Aujourd'hui plus que jamais, nous restons ici, dit Solimar. Laissez-nous. Ça va aller.

— L'eau de wentale ne vous aidera pas, Rlinda, l'exhorta Celli, vous devez repartir. (Elle leva les yeux vers les immenses arbres rabougris.) Mais nous avons ce qu'il nous fallait.

112

Tom Rom

Harcelé par les gonflotteurs en forme de mantas, le nuage d'ombre se retira de Pergamus et se replia dans le néant, sans rien laisser derrière lui. Les gonflotteurs tournoyèrent dans le vide, détruisant quelques cuirassés de robots que les Shana Rei avaient abandonnés, puis les étranges créatures volantes partirent elles aussi, comme si elles avaient accompli leur mission.

Tom Rom et Zoe se trouvaient seuls, à proximité d'une planète morte. Leur vaisseau endommagé dérivait à la limite du système stellaire, sans être détecté – ils n'avaient pas été aussi en sécurité depuis longtemps. Zoe et lui avaient survécu. Il l'avait sauvée. Encore une fois. Comme il avait toujours eu l'intention de le faire.

Tandis que son corps tremblait sous l'effet de l'adrénaline, il se tourna pour lui jeter un coup d'œil. Zoe semblait pâle et tendue, mais elle était trop forte pour être terrifiée. Il l'avait élevée pour qu'elle soit forte alors qu'elle était en butte à une terrible adversité, mais, en cet instant, elle avait l'air infiniment vulnérable, assise dans le compartiment arrière. Traînée hors de son dôme stérile sans combinaison de protection, elle paraissait nue et exposée, mais elle se réjouissait d'être à son côté.

— J'ai promis de te protéger, lui dit-il. Je t'avais dit que l'on s'enfuirait de Pergamus, que je te sauverais des Shana Rei et des robots.

Elle déglutit et acquiesça.

— Je peux toujours compter sur toi, Tom Rom. Où irons-nous à présent ?

— Nous trouverons un endroit… Nous l'avons toujours fait auparavant. Nous allons tout recommencer.

Les épaules de Zoe tremblèrent et son corps fut secoué de sanglots.

— Mais tout a disparu. Mon merveilleux Pergamus… toutes mes données, les recherches que j'ai mis des années à compiler. Ma collection !

— Nous sommes encore en vie. (Il se montra ferme.) Nos moteurs ont été endommagés, mais je peux probablement me lancer dans des réparations. J'en connais assez sur les fonctionnalités des propulseurs interstellaires. Je vais rafistoler notre appareil et nous atteindrons un avant-poste commercial. Nous trouverons un endroit.

Il ne lui rappela pas que la station Ulio avait disparu. La Terre avait disparu. D'autres colonies subissaient des attaques des Shana Rei. Il savait que les ombres avaient l'intention d'anéantir la civilisation humaine et que, où qu'ils aillent, Zoe et lui risquaient d'être traqués et pris pour cibles.

Il l'emmènerait dans un endroit isolé et sûr où ils pourraient se ressaisir. Il observa le vide de l'espace, et la planète meurtrie ne fut plus qu'un point dans le lointain tandis que la navette s'éloignait cahin-caha. Au cours de leur fuite, il était demeuré extrêmement concentré, ses réflexes aiguisés réagissant avec une vitesse et une précision étonnantes. Ses pensées n'avaient laissé aucune place à la panique, et il ne s'était préoccupé que de la prochaine demi-seconde de survie. Son dévouement à Zoe l'avait consumé, et, comme elle se trouvait avec lui, il avait dû survivre, ainsi que le vaisseau – pour elle. Et c'est ce qu'il avait fait.

Mais il avait aussi affronté l'horrible nuage noir, des essaims de cuirassés de robots mortels. Il n'arrivait pas à croire qu'ils s'étaient échappés, et, à présent, ce moment de calme le paralysait.

Zoe lui secoua l'épaule.

— Tom, tu vas bien ? Qu'est-ce qui se passe ?

Non sans embarras, il constata qu'il avait sombré dans une inconscience épuisée et que leur vaisseau endommagé avait continué à dériver dans l'espace. Il secoua la tête pour sortir de sa torpeur.

— Je vais bien.

Il referma la main sur la sienne, qui reposait sur son épaule… et prit conscience, avec un sursaut, qu'elle le *touchait*.

Zoe s'en rendit compte elle aussi, mais ne se retira pas. Elle garda sa main là.

— Devrions-nous faire demi-tour pour voir s'il reste quelque chose de Pergamus ?

Tom Rom était certain que la planète se résumerait à un désert noirci, mais elle l'avait demandé. Il fit donc ce qu'elle réclamait.

Comme son vaisseau avait subi de graves dommages, il ne s'aventura pas dans l'atmosphère. Au lieu de cela, ils effectuèrent des scanners détaillés depuis l'orbite, de sorte que Zoe voie de ses propres yeux les dômes de recherche brisés, le paysage calciné. En observant ces images, elle secoua la tête, ses yeux sombres étincelant de larmes.

— Tout a donc disparu. Mes spécimens, mes données... ma raison de bâtir ce site...

— Pas tout. (Il s'autorisa un sourire soulagé.) Je ne suis pas du genre à tolérer la moindre défaillance. Nous avons déjà été menacés et je t'ai toujours protégée. Lorsque la Confédération a appris l'existence de Pergamus, j'ai compris que nous devrions peut-être abandonner cette planète et j'ai donc pris des précautions. J'ai conservé une sauvegarde exhaustive de nos données. Pas les spécimens proprement dits, mais tous tes remèdes et traitements, tes études, tes analyses... tout. J'ai les dossiers complets de la bibliothèque à bord de ce vaisseau.

Les yeux de Zoe s'écarquillèrent, puis se remplirent de larmes.

— Tu as fait ça ? (Elle fronça les sourcils.) Mais si tu avais perdu le vaisseau ? Et si quelqu'un l'avait capturé ? Toutes ces données auraient pu tomber...

— Je les ai protégés, et, à présent, elles sont toujours à toi.

Zoe se mit à trembler et s'effondra sur son siège. En les guidant loin de Pergamus, Tom Rom savait qu'ils seraient livrés à eux-mêmes – comme toujours – et qu'il trouverait une solution. Parce qu'il avait toujours trouvé des solutions.

— Je ne laisse pas les choses au hasard.

— J'ai quelque chose, moi aussi. (Elle hocha la tête.) J'aurais dû savoir que je n'avais pas besoin d'emporter en douce ce flacon d'échantillon avec moi.

Il fut immédiatement sur ses gardes.

— Quel flacon d'échantillon ?

Elle se leva en tremblant et quitta le pont de pilotage. Elle retourna dans le compartiment moteur endommagé où elle avait rangé le paquet d'affaires qu'elle avait sauvées. Il ne lui avait pas demandé pourquoi elle insistait pour prendre avec elle une sacoche de souvenirs. Malgré le fait qu'il la connaissait fort bien, il n'arrivait pas à imaginer ce qu'elle considérait si important, et à présent il la suivait à l'arrière du vaisseau avec un sentiment d'effroi de plus en plus prégnant. *Un échantillon ?*

La consternation s'empara du visage de Zoe quand ils atteignirent le compartiment où s'était produite l'explosion. Alors qu'ils étaient sous le feu des robots noirs, leur bouclier intérieur s'était rompu, provoquant la surcharge d'un bloc d'alimentation. La déflagration avait fracassé la sacoche de Zoe, déchiré son tissu et éparpillé son contenu sur le pont. Elle avança lentement, inquiète.

Tom Rom prit une longue et pénible inspiration. Qu'avait-elle perdu ? Quel type de spécimen ?

Elle sembla étrangement stoïque lorsqu'elle ramassa une fiole brisée. Il vit du sang… mais il s'agissait d'un ancien échantillon, et il ne venait pas d'elle.

— C'est ton sang, dit-elle. Le fléau onthos… Je ne voulais pas l'abandonner.

Un profond effroi envahit Tom Rom. Le sang maculait les doigts de sa pupille, mais l'air recyclé avait déjà suffi à l'infecter. Et il avait été exposé, lui aussi.

— Oh ! Zoe…

— Je suppose que je l'étudierai de plus près que je l'aurais jamais imaginé, dit-elle.

Soudain, Tom Rom se sentit terriblement impuissant.

— Je… J'ai toujours les données sur le fléau onthos.

Mais tous les traitements que l'on avait utilisés sur lui avaient fini vaporisés sur Pergamus… et même ceux à base de gelée royale n'étaient plus efficaces, car l'organisme de l'épidémie avait muté. La nouvelle souche était désormais insensible au remède que les chercheurs de Pergamus avaient mis tant d'efforts à élaborer.

Comme il avait déjà survécu à la maladie, il pouvait être immunisé. Il espéra rester en bonne santé assez longtemps pour pouvoir s'occuper de Zoe.

Il essuya le sang sur les doigts de la jeune femme. Elle semblait en état de choc. Il l'entoura de ses bras et la ramena sur le pont de pilotage.

— Tout ira bien, dit-il. Tu vas t'en sortir. Je prendrai soin de toi.

Elle lui adressa un sourire blême.

— Je sais que tu le feras.

113

Tal Gale'nh

Gale'nh chancela quand il vit le massacre qui s'était déroulé dans la salle de réception. Le Mage Imperator avait tué de ses propres mains tous ces courtisans et kiths nobles et avait même tenté d'étouffer sa bien-aimée Nira, la propre mère de Gale'nh !

La voix de Yazra'h était froide.

— Si le Mage Imperator est tombé aux mains des créatures des ténèbres, alors nous sommes tous tombés. Les Ildirans sont désormais une race d'ombres.

Après que Jora'h se fut enfui dans ses appartements, Nira se mit à tousser et s'étrangla. Elle se frotta la gorge, car elle avait du mal à se remettre de l'attaque qu'elle avait subie. Sa voix était rauque.

— Ne perdez pas espoir ! Nous devons le sauver.

Gale'nh eut l'impression que de l'eau glacée coulait dans ses veines.

— Il m'a supplié de lui apprendre à combattre les Shana Rei, mais je n'ai pas pu lui donner ce dont il avait besoin. J'ignorais comment faire. (Il serra les poings.) Je l'ignorais !

— Il est affligé et désespéré, dit Nira en forçant les mots à sortir de son larynx meurtri. Sauvez-le !

Elle fut saisie d'une longue quinte de toux.

— Nous le sentons tous, dit Yazra'h.

Elle frappa le bout de son katana sur le carrelage taché de sang, mais elle ne voyait pas comment combattre un ennemi aussi intangible.

Nira finit par reprendre le contrôle de sa voix.

— Je crains que Jora'h fasse quelque chose de stupide. Nous ne devons pas le laisser seul.

— Allez ! Si le Mage Imperator a besoin de nous, rétorqua Gale'nh, comment pouvons-nous répondre autrement qu'en lui offrant tout ce que nous avons ?

— Si nous devons mourir, je préfère que ce soit en combattant les ombres plutôt qu'en étant paralysée par la souffrance, dit Yazra'h.

Bien qu'affaiblie, Nira se força à se relever.

— Je dois être au côté de Jora'h.

Des kiths assisteurs et des gardes les suivirent, et Muree'n et Yazra'h bondirent en tête de la colonne tandis que Gale'nh aidait sa mère à se dépêcher. Comme il était un hybride comme Muree'n, il ne ressentait pas le thisme avec la même clarté que les autres Ildirans, mais il perçut l'effroi et la violence – puis les douloureuses taillades. Il chancela.

Alors qu'ils atteignaient les chambres privées du Mage Imperator, Yazra'h tituba contre le mur cristallin. Les autres Ildirans vacillèrent avant de se figer, comme si des ondes de choc avaient ricoché à travers le thisme. Nira ne sentait rien de tout cela, et pourtant elle savait ce qui se tramait.

— Non… Jora'h !

— Appelez les kiths médecins, hurla Gale'nh dans le couloir.

Au fond de lui, cependant, il se doutait bien que la contamination des ombres n'était pas un problème qu'un docteur pouvait traiter.

Le Mage Imperator avait barricadé les portes. Les kiths assisteurs et les ouvriers avaient beau les avoir martelées, il n'avait pas répondu. Yazra'h écarta les assisteurs et commença à tambouriner contre la porte verrouillée.

— Père, laissez-nous entrer.

— Jora'h, s'il te plaît ! cria Nira.

Sa voix était rauque et douloureuse. Son cri la fit se plier en deux alors qu'une nouvelle quinte de toux la secouait.

De soudaines vagues de souffrance ondoyèrent à travers le thisme, puis un nouvel éclair télépathique les fit tous tressaillir.

— Il est en train de se blesser, hurla Yazra'h.

Muree'n et elle redoublèrent d'efforts pour abattre l'épaisse porte.

Gale'nh se joignit à elles pour tenter de l'enfoncer. Il avait lui-même trouvé la force de survivre aux Shana Rei, et le Mage Imperator était sûrement plus puissant qu'un simple officier militaire hybride.

En fin de compte, le cristal trouble se fissura et le mécanisme de verrouillage se brisa. Yazra'h s'écrasa contre la porte et Muree'n écarta les fragments à coups de pied. Gale'nh et les autres s'engouffrèrent dans la chambre lumineuse.

Nira poussa un cri en voyant Jora'h, et Yazra'h se figea, Muree'n à son côté.

Le Mage Imperator s'était effondré au centre de la pièce, dans une mare de vifs soleils et de sang cramoisi. Il serrait un éclat de cristal brisé dans sa main abîmée, à côté d'une image encadrée de Nira. Ses avant-bras tailladés laissaient s'écouler sa force vitale en un lac rouge de plus en plus large sur le sol. Sa peau avait un aspect crayeux, d'une pâleur fantomatique. Il ne bougeait pas, ne semblait pas respirer.

Gale'nh se pencha pour lui entourer les épaules avec ses bras. Nira se tenait près de lui.

— Jora'h ! geignit-elle en touchant son visage. Jora'h, ne m'abandonne pas.

Du sang suintait de ses bras mutilés, mais il n'en restait presque plus dans ses veines. Gale'nh se souvint de la terrible histoire de l'Attitré Ahlar, qui s'était vidé de son sang afin d'éliminer les ombres qui infestaient son système circulatoire. Il se rendit compte que c'était ce que Jora'h avait essayé de faire.

Un filet de mots s'échappa de la bouche du Mage Imperator :

— C'était nécessaire.

Pris de panique, les Ildirans frôlèrent la catatonie tandis que le Mage Imperator agonisait. Des kiths médecins s'avancèrent en titubant dans la pièce, mais ils étaient tout aussi paralysés, tout aussi terrifiés que le reste de leurs congénères.

— Est-ce que ça marche vraiment ? chuchota Jora'h d'une voix de plus en plus ténue. Mon sang est-il… ?

Sur le sol, Gale'nh remarqua qu'une partie du liquide répandu présentait des flux noirs tourbillonnants, des fils d'ombre qui assombrissaient le cramoisi… mais les dernières gouttes qui s'échappaient des blessures sur les bras du Mage Imperator étaient rouges et pures.

— Il a perdu trop de sang, dit l'un des kiths médecins, qui observait la scène, l'air choqué. Trop pour que nous le sauvions.

— Vous le sauverez, car vous devez le faire, rétorqua sèchement Yazra'h.

— Mais nous n'avons rien. S'il est souillé…

Gale'nh leva les yeux.

— Prenez le mien ! Utilisez mon sang pour le sauver.

Nira se retourna brusquement pour faire face à Gale'nh.

— Cela fonctionnera-t-il ? Peut-il recevoir ton sang ?

— Le Mage Imperator peut accepter celui de tous les Ildirans, dit le kith médecin. Mais s'il est lui aussi souillé…

— Ça n'est pas le cas, répliqua Gale'nh. J'ai survécu aux ombres. J'ai été suffisamment fort et il lui faut mon sang. Il m'a demandé de l'aide. J'ignorais comment l'aider à l'époque, mais *mon* sang lui donnera ce dont il a besoin. Je pense qu'il peut l'immuniser.

Jora'h paraissait très calme, mais Gale'nh savait que le dirigeant ildiran s'accrochait à la vie, car, lorsqu'un Mage Imperator mourait, tout son peuple sombrait dans des paroxysmes de chagrin et d'impuissance.

— Nous n'avons pas beaucoup de temps.

Muree'n empoigna les médecins et arracha le fragment tranchant de la main de Jora'h.

— Prenez le sang de mon frère. Faites-le maintenant… ou dois-je lui ouvrir les veines moi-même ?

Gale'nh dénuda son bras.

— Sauvez-le. Mon sang devrait l'immuniser. S'il s'est débarrassé des ombres qui l'habitaient, c'est peut-être le seul moyen pour la race ildirane de survivre.

Les médecins se mirent à grouiller autour de Jora'h et du tal. Ils extirpèrent le Mage Imperator de la mare de sang au sol, comme s'ils craignaient que le liquide souillé les contamine.

Gale'nh sentit la piqûre pénétrante d'aiguilles lui transpercer le bras, mais il ferma les paupières et pensa à la lumière, à la façon dont il avait lui-même repoussé les ombres. Alors que son sang s'écoulait en Jora'h, il décida de tout donner, chaque goutte de sa vie, si c'était ce dont le Mage Imperator avait besoin.

114

Rod'h

La noirceur à l'intérieur de la bulle d'entropie semblait plus sombre et plus douloureuse qu'auparavant. Rod'h craignait plus pour Tamo'l que pour lui-même. Il avait enduré ces supplices pendant très longtemps et avait toujours refusé de donner aux Shana Rei et à Exxos les informations qu'ils exigeaient. Il avait voulu périr tant de fois, mais ils l'avaient gardé en vie, le recréant sans diminuer les tourments qu'ils infligeaient à sa psyché.

La mort aurait été une reddition, et il avait essayé de se rendre… mais il était toujours là. Et, à présent, ils avaient également piégé Tamo'l.

Il n'avait pas pu empêcher les robots noirs de dévaster les dômes de recherche de Pergamus. Exxos s'était réjoui de leur plan auprès de lui alors qu'ils s'approchaient de la bibliothèque d'épidémies, lui révélant comment ils allaient s'emparer de tous les organismes mortels et les répandre dans le Bras spiral. Mais des procédures de sécurité protégeaient le stock de maladies, et cela empêcha les robots de récupérer des échantillons. Ces procédures n'avaient toutefois pas protégé Tamo'l. Les ombres l'avaient saisie au dernier moment et l'avaient emportée loin des explosions stérilisatrices. Ils l'avaient capturée, tout comme ils le détenaient.

Rod'h espérait tourner cette situation à son avantage. Peut-être parviendraient-ils à faire quelque chose ensemble. Maintenant que sa sœur l'avait rejoint, ils trouveraient éventuellement un moyen d'unir leurs capacités pour riposter. Ils étaient tous deux des hybrides. Ils avaient des manières inattendues de résister. Les Shana Rei n'étaient pas omnipotents. Rod'h avait commencé à remarquer des failles dans leur invincibilité, des échecs, de petites défaites.

Il distingua une faible tache de lumière dans l'obscurité implacable. Il avait aperçu les ombres se tordre, avait senti le poing d'un vaste esprit se serrer alors que des pensées gigantesques comprimaient les nuages d'ombre et repoussaient de nombreux Shana Rei dans le néant, en faisaient imploser d'autres, enflammaient des étoiles et forçaient les créatures des ténèbres à fuir.

La Marine Solaire et l'armée humaine les avaient attaquées depuis l'intérieur du néant, déchaînant une féroce tempête de bombes solaires directement dans le repaire des ombres, qui avaient été gravement blessées.

Oui, il pouvait encore éprouver de l'espoir.

Tamo'l flottait ici avec lui à présent, les bras tendus, son visage pâle rempli d'une horreur vide.

— Où sommes-nous ? (Sa voix venait de très loin.) Que vont-ils faire de nous ?

Rod'h aurait aimé avoir une meilleure réponse à lui offrir :

— Nous ne sommes nulle part... Aucune définition n'a de sens. Et ils ne nous laisseront pas partir. (Il marqua une longue pause.) Nous sommes désormais leurs cobayes, mais nous pouvons également apprendre d'eux.

— « Apprendre » ? Que pouvons-nous savoir sur les Shana Rei ? lui demanda-t-elle. (Elle semblait perdue.) Ils étaient en moi, Rod'h. Et à présent je... suis à l'intérieur d'eux.

— Toi et moi pouvons les voir comme personne d'autre ne le peut. (Il sentit l'énergie trembler en lui, un changement par rapport à son sentiment d'impuissance paralysante.) Ils craignent quelque chose... Un esprit redoutable les a combattus, les a blessés de l'extérieur, expliqua-t-il.

Tamo'l laissa échapper un long gémissement.

— Je ne suis pas aussi forte que toi, et pas aussi forte que Gale'nh non plus. Les ombres ont trouvé un chemin en moi. Elles ont utilisé mon esprit. Elles ont vu clair dans mes pensées.

— Mais elles sont à présent battues, répondit Rod'h. Beaucoup de leurs nuages s'effondrent.

Tamo'l secoua la tête alors qu'elle dérivait dans la prison vide.

— Ça ne sera pas suffisant. Je les ai vus attaquer Pergamus. Il y a des millions de robots...

Soudain, ils perçurent des ondulations dans le néant, un supplice qui semblait déchirer les Shana Rei. Même ici, loin du cœur de la bataille, Rod'h sentait des défenses exotiques se dresser dans l'univers. Il souhaitait plus que tout trouver un moyen d'aider à combattre les ombres.

—Approche-toi. Tente de joindre ton esprit au mien, comme lorsque nous étions enfants.

Elle essaya et il parvint à étendre ses propres pensées pour se connecter aux siennes, pour partager sa force avec sa sœur. Et tandis qu'il se tendait, se concentrant si fort que sa tête l'élançait, il sentit aussi Osira'h… et Gale'nh, ainsi que Muree'n. Tous trois très isolés. Et même Nira, leur mère, qui n'était pas arrivée à se lier à eux auparavant.

Tous comprirent que Tamo'l et lui étaient ici, perdus.

—Nous sommes tous les deux piégés, n'est-ce pas, Rod'h? demanda Tamo'l, si proche de lui, si infiniment lointaine.

Lorsqu'elle le regarda, ses yeux semblèrent briller dans l'obscurité.

Il ne lui mentirait pas.

—Je ne connais aucun moyen de nous échapper, mais j'ai plutôt l'intention de trouver un moyen pour que toi et moi puissions nous battre. Nous sommes au cœur des nuages d'ombre ici. (Il éleva la voix.) Ils doivent être vulnérables d'une manière ou d'une autre. Nous devons découvrir comment faire la différence… les frapper de l'intérieur.

Tamo'l dériva pour se rapprocher de son frère, mais les caprices physiques de la bulle d'entropie firent qu'ils restèrent séparés, même s'ils avaient beau être très proches. Rod'h tendit la main et vit ses doigts étirés. Elle voulut s'agripper à lui, mais ils ne parvinrent pas à se rejoindre. Ils demeuraient chacun de leur côté, comme si un pli cruel dans l'espace dimensionnel les avait divisés.

—Nous sommes toujours ensemble, quoi qu'il en soit. (Rod'h refusait de se laisser abattre.) Tu es ma sœur. Je peux sentir notre fratrie hybride au-dehors. Ils savent que nous pensons à eux.

—Et les mal-nés… je les perçois aussi, dit Tamo'l avec une pointe d'émerveillement dans la voix.

En cet instant même, Rod'h savait que les nuages d'ombre plongeaient dans la nébuleuse Cœur-de-Feu. L'attaque surprise menée à l'intérieur du néant avait blessé les créatures des ténèbres, et à présent elles se vengeaient.

Aux prises avec une impression d'éloignement ouaté, il observa les vaisseaux de la Marine Solaire et les forces de défense de la Confédération. Il distingua les installations de Vagabonds, les étoiles supergéantes flamboyantes… et les nuages d'ombre envahisseurs qui ne cessaient de croître, prêts à tout engloutir. Mais Tamo'l et lui étaient piégés ici.

Contre les murs noirs de leur prison, il aperçut une multitude de taches d'encre, de formes noires et indistinctes : les Shana Rei. Les parties de leurs êtres qu'ils développaient pour représenter des yeux se fixèrent sur Tamo'l et lui. Lorsque sa sœur se tassa, Rod'h comprit que c'était la première fois qu'elle voyait les créatures des ténèbres se manifester.

Tandis que les taches d'ombre palpitaient, d'autres formes apparurent, des robots anguleux identiques, quatre copies d'Exxos. Ils s'avancèrent et s'approchèrent de Tamo'l. Rod'h se débattit et essaya d'atteindre sa sœur, mais ils l'ignorèrent. Ils étaient venus pour elle, pas pour lui.

Tamo'l ne pouvait ni bouger ni s'échapper. Il savait exactement ce qu'Exxos avait l'intention de lui infliger, car ils avaient déchiré son corps et son esprit suffisamment de fois, puis les avaient rassemblés en lui permettant de garder tous les souvenirs de cette souffrance.

Tamo'l hurla, et même si Rod'h la voyait, juste là, elle aurait pu se trouver dans un autre univers. Les robots se jetèrent sur elle de quatre côtés.

Mais quelque chose changea soudainement. Les Shana Rei les scrutèrent un instant, puis s'évanouirent en un clin d'œil. Un moment plus tard, alors même que les robots tendaient des pinces coupantes vers Tamo'l, ils furent eux aussi arrachés à la bulle d'entropie.

Les Shana Rei et leurs alliés poursuivirent leur attaque dans la nébuleuse Cœur-de-Feu, laissant Rod'h et Tamo'l seuls dans l'obscurité tandis que la bataille faisait rage dans l'univers réel, hors de leur portée.

115

Tasia Tamblyn

Après toutes ces années passées à se battre pendant la Guerre des Élémentaux et à voler désormais pour les Transports Kett, Robb et elle agissaient de concert comme une machine parfaitement réglée. Après avoir laissé la *Gloire de Declan* filer vers le dôme terrarium, Tasia plongea vers le complexe central de Cœur-de-Feu, suivant l'un des nombreux appels de détresse.

Sur le champ de bataille de la nébuleuse, des éclats d'étoiles scintillantes marquaient les détonations des astronefs en fuite, les éclairs des canons laser et des jazers qui éradiquaient les robots attaquants, et même les bombes solaires qui creusaient des fossés dans les nuages d'ombre en train d'envahir le champ de bataille.

— Rappelle-moi pourquoi nous sommes venus ici ? demanda Robb.

— Rlinda devait faire une livraison, répondit Tasia.

Elle réussit à amarrer la *Curiosité* au centre administratif au milieu de vaisseaux de robots, d'explosions de bombes solaires et de tirs de cuirassés des FDC. Elle et Robb récupérèrent les retardataires de Cœur-de-Feu, dont Shareen Fitzkellum, Howard Rohandas, le chef de station Alu et la dernière douzaine de Vagabonds qui avaient besoin d'un transport d'évacuation.

Alu se précipita à bord.

— Merci, merci à tous ! Sortons d'ici maintenant. Protégez-nous !

— Ça n'est pas une mince affaire, répliqua Tasia, mais nous ferons de notre mieux.

— Nous avons sonné l'évacuation, haleta Alu alors qu'il grimpait dans la navette, mais les nuages d'ombre sont arrivés si vite. Ils nous poursuivent pour se venger.

— Nous nous sommes rendus dans le néant avec des forces d'assaut et avons frappé les Shana Rei là où ils étaient le plus vulnérables, en les pilonnant avec des bombes solaires, continua à expliquer Shareen. Nous avons détruit beaucoup de cylindres hexagonaux.

— Juste assez pour les énerver ? dit Tasia.

Howard parut penaud.

— C'est indéniable.

Désemparés et privés de cap, les bâtiments de guerre de la Marine Solaire se faisaient décimer. Tasia aperçut quatre vaisseaux ildirans tomber sous les coups des robots noirs, qui les déchiquetèrent. Beaucoup ne prenaient même pas la peine de se défendre.

— Les Ildirans semblent abasourdis, dit Robb. Qu'est-ce qu'il leur arrive ?

La générale Keah n'était toutefois pas prête à abandonner. Ses vaisseaux des FDC continuaient à tirer comme s'ils ne se rendaient pas compte de leur infériorité en termes de puissance de feu ou qu'ils s'en moquaient.

La *Curiosité* trembla tandis que des rafales d'énergie jaillissaient autour d'eux. Robb et Tasia œuvrèrent ensemble en douceur, sans se parler. Ils réagirent avec des gestes parfaitement synchronisés, esquivant un cuirassé de robot qui fonçait vers eux, effréné, et ouvrait le feu avec beaucoup de brio mais une précision minimale.

Tasia activa le communicateur.

— Rlinda, êtes-vous là ? Êtes-vous en sécurité ?

Elle sentit la tristesse l'envahir alors que la *Gloire de Declan* ne répondait pas. Une grosse minute plus tard, la corpulente commerçante dit :

— Qu'entendez-vous par « sécurité » ?

Une explosion à proximité bousilla la moitié de leurs boucliers. Ils perdirent le contrôle de la *Curiosité*. Les rescapés poussèrent des cris de panique. Howard et Shareen valdinguèrent ensemble sur la passerelle. Comme Robb et Tasia étaient attachés, ils parvinrent à stabiliser la navette.

— Je crois qu'il est temps de partir, dit le premier.

Alors que le vaisseau s'élançait hors de la nébuleuse en suivant une trajectoire éloignée des deux nuages d'ombre, Howard et Shareen se relevèrent sur le pont et rejoignirent le compartiment de pilotage. Plusieurs panneaux de contrôle de la *Curiosité* s'étaient éteints et une pluie d'étincelles jaillissait d'un autre, mais Tasia contourna nonchalamment les circuits, puis éteignit les composants qui n'étaient pas essentiels. Robb continuait de piloter.

Avec un hoquet de surprise, Shareen montra la baie centrale.

— Regardez le premier nuage d'ombre !

L'une des masses noires se contracta et se convulsa, comme si elle reculait. Plongeant à l'extérieur de la nébuleuse, un essaim inattendu de nodules volants se dirigea vers le nuage d'ombre le plus proche à la manière d'oiseaux de proie.

— Des gonflotteurs, cria Tasia. Ce sont des gonflotteurs !

Elle se souvenait d'en avoir vu un amas au champ d'extraction d'Iswander, mais ces gonflotteurs-ci s'étaient transformés, avaient pris vie… et ils envoyaient des ondes gravitationnelles qui agitaient les gaz de Cœur-de-Feu. Dirigée vers le nuage d'ombre en forme d'amibe, cette force invisible écrasait les ténèbres comme un poing.

— On dirait que nous ne sommes pas les seuls à nous battre, dit Robb.

Le nuage noir tourbillonnant s'effondra en s'affaissant vers l'intérieur. Lorsqu'il implosa sous sa propre masse, les gonflotteurs volants le suivirent et disparurent dans les derniers vestiges de l'obscurité comme des papillons de nuit dans une flamme.

— Attendez ! s'écria Tasia.

Une gigantesque nuée d'ombre subsistait encore.

Comme les moteurs de la *Curiosité* n'avaient pas été endommagés jusqu'alors, elle tira profit de la moindre accélération pour virevolter et esquiver tandis que la nébuleuse lumineuse se déchirait autour d'eux.

116

Celli

La fissure s'élargit dans le verre du dôme terrarium au-dessus de leurs têtes, se fendant latéralement et se divisant en plusieurs branches. Le bruit de ses craquèlements était encore plus fort que le grondement des ondes de choc des explosions voisines.

À l'extérieur, une palette d'éclairs marquait la bataille spatiale en cours, mais Celli ne pouvait se concentrer que sur les arbres qui gémissaient. Elle partageait leurs sensations dans ses muscles et ses os, redoutant la catastrophe imminente lorsque le dôme s'effondrerait.

Un sentiment impérieux d'urgence galvanisait Rlinda Kett.

— Nous devons tous sortir d'ici. Maintenant, bon sang!

De plus en plus émerveillée, Celli avait laissé la chaleur et les pulsations de l'eau wentale la baigner.

— Non, *vous* devez partir.

Solimar croisa ses mains avec celles de sa compagne sur le conteneur qui abritait l'eau wentale et leva les yeux vers la commerçante, plein d'espoir à présent.

— Croyez-moi, Rlinda… c'est pour cela que vous êtes venue ici. Vous avez fait votre part. Courez rejoindre votre vaisseau maintenant. Celli et moi ne pouvons pas agir librement si vous restez là.

Avec un grognement de frustration, Rlinda leva le regard sur les fissures qui s'agrandissaient dans le dôme au-dessus de leurs têtes, puis tourna les talons et se mit à courir.

Maintenant qu'elle n'avait plus à se soucier de la commerçante, Celli sentit son cœur se gonfler d'allégresse, et aussi de terreur… mais elle avait vécu avec la terreur pendant longtemps. L'eau wentale leur donnait à tous deux l'occasion de sauver les arbres, de se sauver eux-mêmes… et de changer pour toujours.

Prenant le cylindre, ils s'agenouillèrent devant la paire d'arbres en souffrance. Une fois le dôme terrarium brisé, les arbres mourraient, mais les wentals leur offraient désormais une autre option.

— Nous serons magnifiques, dit Solimar.

Submergée par l'émerveillement, Celli avait du mal à respirer.

— Nous nous élancerons à travers l'univers. Ce sera parfait.

La métamorphose détruirait la serre, mais elle permettrait aux arbres transformés de s'envoler librement. Leur symbiose avec ces derniers allait marquer un avant et un après. Celli et Solimar ne pourraient plus jamais se toucher, faire l'amour, s'asseoir côte à côte, peau contre peau, en contemplant la nébuleuse tourbillonnante.

Mais ils seraient plus… tellement plus.

Au-dessus d'eux, la fissure sur le plafond cristallin se fit beaucoup plus longue, suffisante pour que l'air s'échappe en sifflant et en hurlant à travers la brèche. Il viendrait à manquer en quelques secondes.

Celli versa l'eau wentale autour de la base des deux arbremondes. Le liquide élémentaire s'infiltra dans le sol et dans les racines, puis se répandit dans le tronc tel un éclair. Solimar et elle échangèrent un baiser, ignorant l'atmosphère qui fuyait par la lézarde du dôme toujours plus large. Un vent puissant rugit dans la serre.

Ils se touchèrent une dernière fois, laissant le bout de leurs doigts s'attarder, puis se retournèrent, chacun face à l'énorme tronc d'un arbremonde. Engageant et chaleureux, le tronc à l'écorce dorée se fendit, formant une ouverture pour qu'ils rejoignent le duramen.

L'air qui s'échappait s'engouffrait et virevoltait à l'intérieur du terrarium. Le paillis et les débris des champs de culture s'envolèrent en petits tourbillons pour disparaître à travers les fissures du dôme.

Celli grimpa à l'intérieur de l'arbre qui l'attendait, tel un cocon parfait. En s'y enfonçant, elle jeta un dernier regard à Solimar, qui avait lui aussi trouvé sa place dans le duramen. Ses yeux rencontrèrent les siens… puis la fente de l'arbre se referma et son bois immaculé se replia sur elle.

Elle sentit les fibres s'enrouler autour d'elle comme un maillage qui devenait une partie de sa peau verte, puis s'insinuait dans son tissu musculaire, son système nerveux et son flux sanguin. Les wentals se reproduisaient et s'élançaient à travers l'eau à l'intérieur de l'arbremonde, s'y enfonçant par capillarité afin de dynamiser le duramen.

Celli sentit que sa vision diminuait, mais qu'elle s'élargissait également. En tant que prêtresse Verte, elle avait pu observer l'univers à travers l'esprit verdani, mais à présent elle faisait partie de ce dernier d'une manière plus intime.

Elle avait toujours été un petit bout de femme, sèche et athlétique, capable de pratiquer la danse-des-arbres sur les frondaisons. Elle sautait dans les airs et Solimar le costaud était toujours là pour la rattraper sans le moindre effort. Il la balançait vers le haut, la jetait sur un autre rameau et elle tournoyait autour avant de revenir vers lui.

À présent, elle se sentait énorme et puissante. Elle avait de nombreux bras, d'innombrables branches et feuilles : une forme hybride d'arbremonde qui englobait non seulement sa petite silhouette, mais aussi l'arbre géant. Son nouveau corps lui faisait encore mal, car il était resté trop longtemps courbé, presque brisé. Aujourd'hui, cependant, elle était libre.

En définitive, alors que Solimar et elles se transformaient tous deux en vaisseaux-arbres verdanis, Celli sut que le moment était venu. Elle était wentale, verdani… et très humaine aussi. Cette déferlante de puissance s'accompagna d'une bouffée de joie. Elle redressa son corps qui était longtemps resté recroquevillé et étira sa magnifique silhouette d'arbre pour se tenir enfin debout.

Elle tendit ses bras en bois aux innombrables doigts composés de feuilles vertes. Il suffisait de presque rien pour faire voler en éclats le dôme terrarium en cristal, briser les poutres de soutien et écarter le futur dôme partiellement construit. Solimar suivit son exemple.

Les deux vaisseaux verdanis nouveau-nés, avec pour pilotes intégrés Celli et Solimar, se libérèrent. Sous eux, leurs racines franchirent le pont inférieur et la base du terrarium, et les rameaux massifs poussèrent vers le haut, vers l'extérieur. Ils s'affranchissaient des chaînes qui les entravaient depuis trop longtemps.

Ce fut glorieux ! Dans le flot de lumière nourrissante de la nébuleuse Cœur-de-Feu, les membres et les branches de l'arbremonde grandirent, encore et encore. La prêtresse Verte sentait la force se déverser dans le duramen de l'arbre et ce qui restait de ses cellules mortelles, mais aussi le rayonnement énergisant des soleils provenant des étoiles chaudes de la nébuleuse.

Les deux nouveaux vaisseaux verdanis s'élancèrent dans le champ de bataille chaotique de Cœur-de-Feu. Celli se sentait euphorique et libre.

117

Elisa Enturi

Le vaisseau de Garrison était offensif à bien des égards. À l'origine, le *Fils Prodigue* était une navette d'Iswander qu'il avait volée sur Sheol et utilisée afin de kidnapper son fils. Elisa savait qu'il ne possédait pas assez d'armes pour mettre réellement la pression à Lee Iswander, et pourtant il était venu jusque-là pour faire des demandes prétentieuses.

Elle observa le visage d'Iswander lorsque les compagnons de Garrison lui ordonnèrent allégrement de cesser toutes les opérations d'extraction d'ekti-X. Quelle arrogance ! Comme si Lee Iswander n'avait pas déjà été assez malmené ? La rage de la jeune femme allait au-delà de ce qu'elle lisait dans l'expression d'Iswander, mais elle savait qu'il l'éprouvait lui aussi au fond de son cœur. Elle était au diapason avec lui. Elle le comprenait et avait souvent pris les décisions difficiles, accompli les tâches obscures dont il n'admettait pas avoir besoin.

Dans le centre de contrôle, Iswander se tenait devant l'écran de communication. Il lança à Garrison d'un air renfrogné :

— Je veux être sûr de bien vous comprendre, monsieur Reeves. Vous êtes venu ici pour exiger que je mette fin à mes activités et que je cesse toute opération d'extraction d'ekti ? Et tous les autres membres de la Confédération ont reçu la même demande, ce qui a pour effet d'interrompre l'approvisionnement en carburant pour moteurs interstellaires dans tout le Bras spiral ? C'est ridicule… Comment la civilisation est-elle censée survivre ?

— Pour l'instant, nous nous concentrons sur la survie de l'*univers*, rétorqua Garrison d'une voix froide. Nous devons voir plus grand qu'un simple secteur industriel. Les gonflotteurs constituent les cellules cérébrales d'un esprit cosmique assez puissant pour combattre les Shana Rei.

—Absurde! dit Elisa.

—C'est vrai, mère, répondit Seth. Nous l'avons vu de nos propres yeux.

Lorsqu'il apparut à l'écran, le cœur d'Elisa battit la chamade. Garrison avait amené son fils pour l'utiliser comme moyen de chantage affectif, le mettant ainsi en danger. Cet homme ne s'arrêterait devant aucune bassesse.

Alors que le *Fils Prodigue* flottait au milieu des gonflotteurs, les opérations d'extraction s'étaient interrompues et les ouvriers attendaient une réponse. Alec Pannebaker allait et venait dans le centre de contrôle, l'air troublé et confus.

La princesse Arita transmit un avertissement plus sévère:

—Vous faites toujours partie de la Confédération, monsieur Iswander. Toutes les installations ont reçu le même ordre. Si vous souhaitez déposer une plainte auprès du roi et de la reine, vous pouvez vous rendre sur Theroc.

—Et emmenez Elisa quand vous le ferez, ajouta Orli avec une pointe d'ironie dans la voix. Les tribunaux de la Confédération veulent lui dire un mot.

Celle-ci se tourna vers Iswander.

—Vous ne pouvez pas les laisser vous marcher dessus, monsieur.

—Non, Elisa, non, je ne peux pas. Ils se sont suffisamment acharnés contre moi. (Il frappa du poing la console de transmissions et ouvrit un canal réservé à ses équipes.) Au personnel des Industries Iswander. Ceci est une directive claire afin que vous continuiez votre travail. Ignorez les menaces de ces intrus. Nous sommes ici dans un établissement privé, hors de la juridiction de la Confédération, et mes affaires ne regardent que moi. Vous êtes restés avec moi tout ce temps. Merci de m'accorder votre confiance encore un peu plus longtemps.

Bien que visiblement mal à l'aise, Pannebaker acquiesça:

—Nous sommes de votre côté, chef.

—Monsieur Iswander, les gonflotteurs doivent être protégés, transmit Garrison à son tour. Nous ne pouvons pas vous laisser en blesser d'autres: vous endommagez l'Esprit de l'éternité.

—C'est mon entreprise, cria Iswander en réponse, et Elisa fut fière de voir les émotions qui montaient en lui. J'essaie de subvenir aux besoins de mes hommes... et j'en ai *assez*. Les clans de Vagabonds m'ont manqué de respect à maintes reprises. Je suis tombé, mais je me suis relevé. J'ai plié les règles. Je me suis battu et j'ai réussi… tout ça pour que quelqu'un vienne m'arracher une nouvelle fois mes succès. C'est fini ! hurla-t-il à l'écran. Quelle que soit l'entreprise dans laquelle je me lance, quelqu'un trouve le moyen de la retourner contre moi. Vous ne pouvez pas tout me prendre. M'entendez-vous ? vous ne pouvez pas tout me prendre.

De la sueur apparut sur son front.

Elisa s'alarma alors de l'intensité de la situation. Iswander tremblait vraiment et elle craignait qu'il fasse une crise de nerfs.

— Vous ne pouvez pas tout me prendre, répéta-t-il d'une voix plus calme.

Elisa saisit ce dont il avait besoin qu'elle fasse pour lui. Elle l'avait toujours compris. Il n'avait pas seulement besoin d'elle en qualité de conseillère et d'adjointe, mais aussi de sa force personnelle, qu'elle adopte les mesures nécessaires – ç'avait toujours été le cas, même s'il ne l'admettrait pas. Elle devait faire ce qu'il ne ferait pas. Voilà pourquoi elle était si importante pour lui. Pourquoi elle appartenait aux Industries Iswander d'une manière plus intime que n'importe quel autre employé.

Ça n'était pas ce qu'il avait voulu dire quand il avait déclaré qu'il ne savait pas de quoi elle était capable, quand il avait prétendu qu'il ne s'était pas rendu compte de ce que ses instructions impliquaient, alors qu'elles avaient été parfaitement claires pour elle.

Elle entendait ce qu'il disait à présent, et elle savait ce que le cœur du baron d'industrie désirait. Lee Iswander exigeait d'être le seul à contrôler son propre destin après avoir été malmené en tous sens par tant de caprices cosmiques. Il en avait marre qu'on le descende en flammes. Elisa avait vu cela se produire à maintes reprises. Elle devait le sauver. Personne d'autre ne le pouvait.

Elle s'éclipsa du centre administratif alors que Garrison et ses compagnons continuaient à argumenter sur le système de transmission en essayant de faire « entendre raison » à Iswander. Mais ils n'allaient pas entendre raison. Elle leur ferait comprendre à quel point Lee Iswander était déterminé. Elle *lui* ferait comprendre à quel point il devait se montrer déterminé. Certaines situations ne s'accommodaient pas de demi-mesures.

Se précipitant vers la baie de lancement et sa navette qui l'attendait, Elisa bouscula les travailleurs sans prêter la moindre attention à leurs cris et à leurs questions. Elle prépara les moteurs en quelques instants.

Elle ne demanda pas la permission de décoller, ne se soucia pas des contrôles de sécurité ou des verrouillages.

Elle utilisa le système de largage d'urgence pour ouvrir les portes de la baie de lancement, fit descendre son vaisseau et s'éloigna. Elle se retrouva bientôt au milieu du champ de gonflotteurs en exploitation : des amas de nodules protégés, des stations de pompage et des rangées de réservoirs remplis de carburant pour propulseurs interstellaires bien qu'Iswander n'ait pas de marché actuellement pour le vendre.

Elle vit le *Fils Prodigue* et se dirigea tout droit vers lui.

Garrison avait conduit le vaisseau jusque-là pour remuer le couteau dans la plaie. Il avait amené Seth pour l'afficher sous son nez… mais l'action qu'elle comptait entreprendre s'avérait nécessaire, et ce serait sa faute. Il avait entraîné l'enfant dans une situation périlleuse et serait donc responsable de la façon dont se dérouleraient les prochaines minutes.

Ils pouvaient prétendre que ces nodules étaient des cellules vivantes au sein d'un cerveau spatial bizarre, mais elle savait aussi à quel point les gonflotteurs étaient dangereusement volatils. Garrison ne l'ignorait pas non plus.

Elle activa ses armes et positionna son vaisseau parmi les sacs d'ekti les plus proches, à portée de vue du *Fils Prodigue.* Garrison devait déjà l'avoir remarquée, peut-être même avait-il deviné ses intentions. Elle dictait les règles de cet affrontement.

— Elisa, que fais-tu ? transmit Garrison.

— Ce que je dois. Vous nous y avez obligés. Personne n'humiliera Lee Iswander de nouveau. Personne n'entravera ses activités. Il les sacrifiera toutes, et vous au passage, avant que cela arrive.

Orli se mit à crier sur le système de communication. Même Seth s'écria :

— Mère, qu'est-ce que tu fais ?

Se ressaisissant, Elisa émit sur les canaux ouverts afin que tout le monde dans le champ d'extraction, y compris Lee Iswander, l'entende :

— Vous devez vous éloigner, Garrison. Retirez-vous et laissez-nous tranquilles. Un seul tir de mes jazers enflammera les gonflotteurs. Tout cet amas, tous ces vaisseaux, le vôtre, le mien et le centre administratif disparaîtront en un clin d'œil. Tu sais ce qui va se passer.

— Vous ne pouvez pas, s'exclama Orli. Vous nous anéantiriez, y compris vous-même.

— Et vous tueriez toute une partie de l'Esprit de l'éternité, dit Arita. Vous ne pouvez pas faire ça !

— Pas plus que je ne peux vous laisser écraser M. Iswander de nouveau. Je sais ce qu'il veut.

— Mais nous essayons d'arrêter les Shana Rei, dit Garrison.

— J'ai des préoccupations plus personnelles que cela. Un seul coup, c'est tout ce dont j'ai besoin. (Sa voix était râpeuse.) Je le ferai, Garrison. Tu sais que je le ferai.

Lee Iswander intervint :

— Elisa, vous devez arrêter cela. Ce n'est pas ce que je veux.

Elle se contenta de sourire et de couper le son de sa transmission. Elle savait qu'il ne le pensait pas et posa les doigts sur les commandes de tir.

118

Rlinda Kett

Abandonner Celli et Solimar lui déchirait le cœur, mais, dès que les deux prêtres Verts eurent récupéré l'eau wentale, Rlinda sembla ne plus exister pour eux. Ils étaient absolument certains quant à ce qu'ils comptaient faire.

Rlinda n'eut d'autre choix que de leur accorder sa confiance. Elle devait foutre le camp de là.

Estimant que les deux mystiques étaient pour ainsi dire morts, elle décolla en se plaignant de la léthargie des moteurs du *Declan* et en souhaitant être de retour dans sa *Curiosité Avide* bien-aimée. Elle s'éloigna en accélérant de toutes ses forces.

En regardant derrière elle, elle distingua la serre lumineuse sous le feu d'une escadrille de vaisseaux de robots noirs. Il se passa alors quelque chose d'extraordinaire.

Le dôme terrarium se brisa comme un œuf en train d'éclore et deux énormes vaisseaux-arbres verdanis en sortirent : des arbremondes infusés d'eau wentale qui, devenus des titans, déployèrent largement leurs rameaux. D'immenses branches épineuses s'étendirent pour embrasser l'univers.

Trois vaisseaux de robots noirs tirèrent sur la *Gloire de Declan* et Rlinda fut projetée sur le côté. Ses boucliers vibrèrent tandis qu'elle effectuait une manœuvre d'évitement et que les maraudeurs descendaient en piqué à sa poursuite. Alors qu'elle tentait de s'enfuir, les nouveaux cuirassés verdanis, énormes et exubérants, écrasèrent les attaquants robotiques d'un seul coup de leurs rameaux hérissés. Désormais délivrée de cette menace, Rlinda s'élança en accélérant avec un cri de joie sonore.

Pendant la Guerre des Élémentaux, elle avait vu des vaisseaux-arbres hybrides, dont certains étaient aujourd'hui encore des gardiens en orbite autour de Theroc. Son cœur se gonfla d'émerveillement lorsqu'elle se rendit compte que Celli et Solimar devaient se trouver à l'intérieur de ces arbres. C'était ainsi qu'ils avaient pu s'enfuir ! Voilà pourquoi Jess et Cesca leur avaient envoyé l'eau wentale.

Sous leurs formes verdanis, les prêtres Verts transformés décollèrent d'entre les débris du terrarium. Rlinda sentit leur joie, leur énergie retrouvée. Les arbres rabougris qui étaient restés confinés pendant de trop nombreuses années étaient à présent libérés. Ils pouvaient voler librement, et leurs pilotes prêtres Verts, qui n'étaient plus humains, imaginaient sans doute les endroits où ils pourraient se rendre. Ils auraient dû s'élancer comme des flèches à travers le Bras spiral en explorant des espaces vides et des systèmes stellaires inconnus, mais en cet instant, au moment de leur naissance et de leur création, les vaisseaux-arbres n'avaient que très peu de chances de s'échapper de la nébuleuse Cœur-de-Feu.

Les cuirassés verdanis se déployèrent en volant dans cet océan de gaz, doublant, puis triplant de taille grâce à l'énergie vivifiante des étoiles centrales. Les vaisseaux de robots tournoyaient autour des cuirassés verdanis et les attaquaient stupidement, mais leurs rameaux épineux ripostaient, écrasant des centaines d'entre eux à la fois.

Devant eux, l'autre nuage des Shana Rei suintait à travers le gaz ionisé et d'implacables vrilles s'approchaient des vaisseaux-arbres.

Une nouvelle explosion frappa les boucliers de Rlinda, et les panneaux de contrôle du *Declan* crachèrent des étincelles. Plusieurs systèmes s'éteignirent. Elle s'escrima à reconfigurer ses sauvegardes en augmentant la puissance des boucliers avant, car c'était là que le bombardement se révélait le plus intense.

Elle se concentra sur le vol au lieu de contempler, bouche bée, les arbres géants, mais ne parvint pas à faire fi de son effroi lorsque le dernier nuage d'ombre se gonfla et envahit la zone pour bloquer la fuite des vaisseaux-arbres.

Soudain, des robots maraudeurs se rapprochèrent d'elle, ouvrant le feu de tous les côtés. Avec un juron, elle esquiva encore et encore, mais ils continuèrent à la viser. Ses boucliers commencèrent à défaillir. Sa navette solitaire était insignifiante au sein de cette nébuleuse transformée en champ de bataille, mais il y avait tellement de robots chasseurs qu'un essaim la remarqua… et la prit pour cible.

Elle utilisa toutes les astuces qu'elle connaissait, poussa chacun de ses systèmes au-delà de ses limites, mais les robots se montraient implacables. Une centaine d'autres vaisseaux noirs et anguleux se rapprochèrent. Rlinda déglutit avec difficulté. Ses boucliers ne tiendraient pas longtemps.

— Vous ne savez fichtrement pas à qui vous avez affaire, cafarobots, dit-elle.

Sa provocation était ridicule, mais cela lui faisait du bien. Sa main gauche s'égara sur la capsule qu'elle gardait dans sa poche, en quête de consolation et de réconfort.

— On va s'en tirer, BeBob.

Elle avait toujours voulu que ses cendres voyagent à travers l'espace avec les siennes lorsqu'elle mourrait… et cela pourrait bien arriver là.

BeBob était lui-même un sacré bon pilote, un as de l'esquive, mais Rlinda était seule.

— J'aimerais que tu sois là.

Son vaisseau longeait les imposants vaisseaux-arbres verdanis. Ils pouvaient s'enfuir ensemble ou finir tous vaporisés ici même, dans la nébuleuse.

119

Muree'n

Alors que le Mage Imperator s'était presque entièrement vidé de son sang, les kiths médecins tentèrent de le sauver en prenant Gale'nh comme donneur pour une transfusion de la dernière chance. Yazra'h, Nira et le Premier Attitré Daro'h tournaient au-dessus du dirigeant à l'agonie en espérant que Jora'h s'accroche à sa force, que le thisme le sauve – et, plus que tout, qu'il ait purgé les ombres qu'il sentait en lui.

Mais Muree'n sentait que le danger et les ténèbres s'étendaient bien plus loin. Dans l'immédiat, toute leur attention portait sur le Mage Imperator, mais elle percevait d'autres points de vulnérabilité. Des menaces supplémentaires ne demandaient qu'à frapper. Oui, les Shana Rei cherchaient à contaminer et posséder Jora'h, mais il leur fallait aussi détruire tout ce qui pourrait les blesser.

D'autres étaient vulnérables.

Muree'n savait qu'elle ne devait pas baisser la garde. Les ombres avaient déjà transformé de nombreux Ildirans en tueurs décervelés. Elle avait vu ce qu'ils étaient capables de commettre. La foule avait tenté de tuer Nira, le prince Reynald, Anton Colicos et bien d'autres encore. À plusieurs reprises, ils avaient tenté d'abattre les métis dégénérés, qui étaient sans protection.

Mungl'eh avait entonné son chant enchanteur et, quand les mal-nés avaient joint leur thisme inhabituel au sien, ils s'étaient métamorphosés en une arme formidable. Muree'n s'était rendu compte que les métis étaient plus que ce qu'ils semblaient être – non pas des déconvenues, mais des soutiens inattendus. Et, lorsque la voix déchirante de Mungl'eh avait résonné à travers le cosmos, ce pouvoir avait éveillé quelque chose… quelque chose de puissant et de merveilleux.

Muree'n n'abandonnerait pas les mal-nés. Ils pourraient bien être en danger, même en cet instant.

Alors que le Mage Imperator recevait sa transfusion vitale et que les kith gardes, les bureaucrates et les docteurs se concentraient sur lui, Muree'n le laissa entre de bonnes mains et courut protéger les mal-nés – au cas où le besoin s'en ferait sentir.

Shawn Fennis et Chiar'h se trouvaient avec eux, tous deux désemparés et tendus. Le visage et les bras de Chiar'h étaient recouverts d'attaches médicales en raison des taillades qu'elle avait récoltées lors de l'attaque précédente. Sur leurs gardes, Fennis et elle tenaient des armes de fortune, juste au cas où. Muree'n doutait qu'ils sachent s'en servir, mais les deux chercheurs étaient manifestement prêts à se battre jusqu'à la mort.

Les mal-nés survivants se blottissaient dans une salle de réveil sécurisée, équipée de lits moelleux ainsi que d'un éclairage lumineux et réparateur. Des kiths gardes stationnaient à l'extérieur de la pièce, mais Fennis avait refusé de les laisser s'approcher.

Muree'n, cependant, était différente.

— Je ferai de mon mieux pour vous protéger, dit-elle en entrant dans la chambre.

— Cela suffira-t-il ? demanda Fennis.

Elle saisit son katana de cristal.

— C'est tout ce que j'ai à offrir.

Chiar'h acquiesça avec un soulagement visible.

— Cela pourrait bien suffire.

Mungl'eh gisait sur le dos, ses bras en forme de nageoires levés. Sa bouche s'ouvrit et son torse se gonfla tandis qu'elle prenait une grande inspiration pour chanter. Elle produisit une autre belle mélodie qui fit vibrer les murs et rapprocha les métis dégénérés, resserrant leurs liens, les unissant. Et raffermissant leurs forces.

Gor'ka et Har'lc ajoutèrent leur synergie, et le chant de Mungl'eh gagna en force.

Le cœur de Muree'n se sentit plus léger. Son pouls s'accéléra et elle éprouva une nouvelle émotion en plus de la sombre détermination qui l'habitait depuis très longtemps. C'était l'espoir. La mélodie des possibilités. La chanson pleine d'énergie d'un avenir sans frontières. Quand la mélodie fut terminée, les métis dégénérés poussèrent un soupir et se rassirent.

Muree'n s'efforçait de rester vigilante, protectrice.

Les mal-nés clignèrent des paupières et, à l'unisson, se tournèrent vers Fennis et Chiar'h, puis vers Muree'n.

— Nous aimerions que Tamo'l soit avec nous, mais elle est partie à présent.

— Nous avions perçu sa présence sur une planète lointaine, dit Gor'ka, mais les Shana Rei la détiennent désormais.

— Elle est engloutie dans un cauchemar noir, prise au piège et en train de se noyer, ajouta Har'lc.

— J'ai moi aussi senti ma sœur, intervint Muree'n. Et Rod'h. Ils sont ensemble. Peut-être pouvons-nous trouver un moyen de les sauver.

— Non, personne ne le peut, répondit Gor'ka. Nous l'avons appelée en nous aidant de toutes nos capacités et nous avons touché son esprit. Elle et Rod'h sont toujours en vie.

— Ils luttent ensemble, cherchant comment se libérer, indiqua Har'lc. Même ici, à une telle distance, nous pouvons mettre nos pensées en commun pour leur conférer de la force, de l'espoir, pour les supplier de nous rejoindre.

— Je me battrai à leurs côtés, dit Muree'n. Et aux vôtres. Puis-je vous aider ?

— Vous pouvez vous joindre à nous, répondit Mungl'eh. Nous ne savons pas s'il existe un moyen de les soutenir, mais nous essayons de le faire.

— Nous essayons tous, confirma Gor'ka.

Muree'n avança d'un pas parmi les métis dégénérés et ferma les paupières. Elle déploya son esprit, non seulement à travers son thisme, mais aussi à travers le lien étroit qui l'unissait à ses frères et sœurs.

— S'il existe pour moi une façon d'aider Tamo'l et Rod'h, je le ferai.

— Aucun d'entre nous ne sait comment s'y prendre, dit Har'lc, mais nous essayons tous.

120

Le Mage Imperator Jora'h

À son réveil, le Mage Imperator se sentit désorienté… mais fort. Étonnamment fort ! Son cœur battait, ses pensées s'emballaient et son pouls avait une puissance qu'il n'avait pas ressentie depuis longtemps. Une énergie déferlait dans son système sanguin, une vitalité limpide dont il avait à peine conservé le souvenir – et, en inspirant brusquement, il se rendit compte qu'il ne percevait plus les ombres en lui, plus maintenant. Son sang était propre, le thisme était pur. Tous les brins enchevêtrés se trouvaient de nouveau sous son contrôle.

Une douleur aiguë lui lancinait les bras aux endroits où il s'était tailladé les veines, mais il ne s'agissait que de simples blessures physiques, comme l'était cette douleur.

Quelque chose avait désormais définitivement changé en lui. Il avait été purgé et, tandis que les pensées se bousculaient dans sa tête, il se souvenait de son désespoir. Il avait attaqué Nira et tant d'autres lorsqu'il était tombé sous l'influence des Shana Rei. En désespoir de cause, il s'était vidé de son sang, tout comme l'avait fait l'Attitré Ahlar. Il avait eu l'intention de déverser toute la noirceur, de drainer la souillure hors de lui et hors du thisme. Il avait compté mourir.

Lorsqu'il reprit connaissance, il cligna des paupières et centra sa vision sur son environnement immédiat. Des kiths médecins l'entouraient… mais, plus important, il vit Nira, ses beaux traits, sa peau verte et lisse, ses yeux étincelants.

—Jora'h ! (Elle laissa échapper son nom avec un soupir de soulagement.) Oh ! Jora'h.

Il leva une main pour saisir la sienne, mais il pouvait à peine bouger avec tous les bandages et les tubes qui l'entouraient. Il tourna la tête et vit un jeune homme familier dans le lit à côté de lui. Gale'nh !

— Que s'est-il passé ? Pourquoi suis-je ici ?

— Nous t'avons sauvé, Jora'h, dit Nira. Le peuple d'Ildira a besoin de toi, besoin de ton thisme et de ton leadership. Et j'ai besoin de toi.

Le Premier Attitré Daro'h se rapprocha, lui aussi. Il agrippa l'épaule de son père.

— Vous avez réussi à vous purger des ombres qui vous souillaient, et vous êtes toujours en vie.

— Mais comment ? demanda Jora'h. Comment suis-je encore en vie ?

Sur le lit voisin, Gale'nh paraissait aussi froid et immobile qu'une statue. Sa peau déjà pâle semblait même plus grise qu'avant, vidée de toute vitalité. Des appareils médicaux étaient également branchés sur le jeune homme, et Jora'h remarqua que des tubes le reliaient directement à l'hybride. Leurs sangs s'étaient mélangés. L'officier de la Marine Solaire s'était délesté de son sang, de son essence, de son immunité qui avait été assez forte pour résister autrefois aux Shana Rei. Gale'nh lui avait fait don de lui-même et l'avait sauvé, mais en payant apparemment un prix énorme.

Jora'h tenta de se mettre sur son séant et eut le vertige.

Nira se rapprocha.

— Gale'nh t'a donné son sang. Tu avais purgé presque tout le tien et lui-même s'est offert. Il pensait qu'avec son immunité tu pourrais maintenir ta pureté face aux Shana Rei.

Sentant l'énergie pulser en lui, Jora'h se redressa.

— Mais qu'en est-il de lui ? Vivra-t-il ?

— Il est fort, dit le Premier Attitré Daro'h.

Jora'h plissa les yeux comme si ce n'était pas la réponse qu'il attendait.

— Mais survivra-t-il ?

— Il est fort, répéta Nira. Et nous pensons qu'il l'est assez pour survivre. Et tu vivras, toi aussi. Sens-tu la différence en toi ?

Il la sentait, définitivement. Les fils du thisme ne se résumaient plus à des toiles d'araignées effilochées, mais étaient désormais des câbles raides et incassables, tissés ensemble et reliant tous les Ildirans, tous les kiths à travers toutes les planètes de l'Empire.

Il serra les poings et ses tendons blessés hurlèrent de douleur. Les sutures de sa peau entaillée se tendirent, et une douleur atroce lui foudroya les bras, les épaules et la poitrine. Mais, au moins, cette décharge lancinante l'avait fait se sentir vivant. Il regarda Gale'nh.

—Combien de sang a-t-il… ?

—Autant que tu en avais besoin, répliqua Nira. Et à présent tu as expulsé toutes les ombres. Tu es de nouveau pur.

—Vous êtes le Mage Imperator, père, dit Daro'h. Vous êtes la force dont nous avons besoin.

—Oui, répondit Jora'h en serrant les dents et en invoquant son propre feu intérieur. Je suis la force dont nous avons besoin. Je suis la force dont Ildira a besoin.

Il se sentait plein d'énergie, même s'il était faible et épuisé. Il possédait désormais un autre type de pouvoir. Le réseau du thisme avait été reconnecté et il était à présent en mesure de résister aux créatures des ténèbres. Les ombres ne pouvaient plus le pénétrer. Avec son immunité supplémentaire, elles ne pouvaient pas non plus s'emparer d'autres Ildirans, ni les posséder pour les transformer en une foule meurtrière. Les gens lui appartenaient désormais. Le thisme constituait son bouclier et lui servait aussi d'arme.

Il sentait le sang de Gale'nh affluer dans son système circulatoire. Sa tête l'élançait, mais les pulsations étaient revigorantes. Il pourrait concrétiser ses plans. Il maîtrisait le thisme et se déploya pour toucher les membres de tous les kiths, et, en retour, son peuple lui conféra une force qu'il avait toujours possédée, mais qu'il n'avait pas su exploiter auparavant. C'était une sensation joyeuse. Il ne s'était pas attendu à éprouver une telle excitation et un tel espoir, mais c'était là, en lui, tous les brins sous son contrôle.

À travers les liens du thisme, il voyait sa race et son Empire, voyait les nuages d'ombre qui s'étendaient ; certains s'effondraient pour former de nouvelles étoiles tandis que d'autres se rapprochaient de mondes habités. Dans la nébuleuse Cœur-de-Feu, il se connecta avec Adar Zan'nh, et le spectacle des vaisseaux de la Marine Solaire aux prises avec des épreuves insurmontables le choqua. Plus de la moitié de la maniple de l'adar avait été anéantie… lorsqu'*il* les avait quittés.

Mais il était en mesure de les secourir à présent. Il sentait que toute la race ildirane se réveillait, se rassemblait et c'était *lui* qui accomplissait cela. Cependant, il pouvait faire plus, tellement plus.

Aussi le fit-il.

Il fit appel à ses alliés et présenta ses requêtes. Auparavant, il les avait suppliés, mais de façon anarchique et molle. Le Mage Imperator n'était plus faible désormais. Il avait besoin d'aide au nom de l'univers lui-même, et il avait des alliés capables de se battre comme aucun Ildiran n'aurait pu l'imaginer. Il avait besoin d'eux tout de suite. Il étira son esprit et se souvint du bref contact qu'il avait ressenti, du feu brûlant qui avait parcouru les brins du thisme.

Dans le lit voisin, Gale'nh tressaillit. Le jeune hybride releva la tête. Ses yeux étaient ternes et faibles, mais il était ravi de ce qu'il apercevait. Il poussa un long soupir avant d'acquiescer.

Jora'h se déploya avec encore plus d'ardeur. Il lança son appel : une *exigence* urgente à laquelle il savait que rien ne pourrait résister.

Remontant jusqu'à leurs cachettes, le Mage Imperator Jora'h convoqua les faeros.

121

Lee Iswander

Iswander n'avait pas l'intention de tout perdre – ni par malchance, ni du fait de ses mauvaises décisions, et encore moins à cause de la stupidité irréfléchie d'Elisa Enturi. Quoi qu'il fasse, quels que soient les efforts qu'il déployait, les plans ingénieux qu'il élaborait, il était confronté à des revers successifs.

Dans le passé, ce qu'Elisa avait commis en son nom l'avait atterré. Un désastre qu'une loyauté malavisée avait provoqué demeurait un désastre.

Il ne lui restait plus que ces opérations d'extraction de gonflotteurs et il s'y accrochait avec une possessivité désespérée. Il avait perdu le respect qu'il s'était forgé au fil des années en tant que brillant investisseur, talentueux baron d'industrie, quelqu'un dont les innovations avaient changé la Confédération. Il aurait dû être un Vagabond de Vagabond, mais aujourd'hui, au bord du gouffre, il ne tenait plus qu'en se raccrochant avec les ongles. Il refusait toutefois de lâcher prise et de plonger dans l'abîme peuplé de ténèbres.

Et pourtant Elisa l'entraînait dans ce trou noir avec le boulet de ses bonnes intentions. Lorsqu'il la vit décoller et se lancer dans son bluff scandaleux – en espérant qu'il s'agissait bien d'un bluff –, menaçant de faire exploser tous les gonflotteurs volatils, il serra le poing si fort qu'il entendit ses jointures craquer.

— Qu'elle aille au diable ! (Il se tourna vers Alec Pannebaker.) Restez ici et surveillez les opérations, mais ne prenez aucune mesure préventive. Il y a peut-être encore un moyen de sauver la situation.

Ses employés avaient besoin d'entendre qu'il demeurait une chance, mais son esprit tournait le problème dans tous les sens alors qu'il tentait de trouver une issue. Lee Iswander était un homme aux rêves impossibles et aux solutions improbables. Peut-être pourrait-il arriver à régler la situation une fois de plus.

Il courut jusqu'à la baie de lancement en espérant qu'un vaisseau serait prêt à l'accueillir. Les équipes étaient à pied d'œuvre et de nombreux véhicules de l'entreprise avaient été déployés. La majeure partie du hangar était vide, mais il repéra une nacelle d'inspection stationnée et disponible. C'était un petit astronef, lent, sans bouclier, un appareil construit pour contenir une ou deux personnes. Il volait rarement lui-même, mais c'était juste ce dont il avait besoin en cet instant.

Le vaisseau d'Elisa était suspendu au milieu des gonflotteurs, menaçant de les faire tous exploser – ce qui détruirait ses installations industrielles en même temps que les sacs d'ekti et tout le reste. Il devait l'arrêter. Son module d'inspection semblait ridiculement insignifiant à mesure qu'il s'éloignait du complexe administratif, et il le savait.

C'était avec ce même type de vaisseau qu'Aelin avait décollé pour s'émerveiller devant les mystérieux gonflotteurs. Excentrique, écorché, le prêtre Vert avait cru que son contact avec les nodules lui permettrait de se connecter à une vaste conscience. Iswander trouvait absurde l'idée qu'il puisse exister une intelligence palpitante à l'intérieur de ces sacs de combustible, mais, compte tenu de ce que Garrison Reeves et son équipe affirmaient, peut-être qu'Aelin avait raison.

Ou ils étaient tous déments, plus probablement. Elisa était certainement au bord de la folie elle-même, et il devait l'arrêter avant qu'elle commette un acte encore plus destructeur.

Il fit décoller la nacelle d'inspection en direction des gonflotteurs. Elisa avait cessé de répondre à ses transmissions, mais, s'il se laissait tomber juste devant son vaisseau, elle serait forcée de réagir. Il était sûr de pouvoir la convaincre de faire marche arrière. Elle devait l'écouter – il l'obligerait à l'écouter.

Il se sentait sans protection et vulnérable dans la petite nacelle… mais c'était ce dont il avait besoin. Il devait exploiter les sentiments d'Elisa à son égard, l'amener à comprendre qu'il comptait sur sa protection. Si elle faisait exploser les gonflotteurs et mettait le feu à tout ce carburant pour moteurs interstellaires pur, ils mourraient tous. Mais, s'il s'approchait d'elle dans une petite nacelle d'inspection inoffensive, elle hésiterait peut-être. Peut-être se retirerait-elle.

Ou peut-être pas.

Alors qu'il filait vers les lieux de la confrontation entre Elisa et son ex-mari, il transmit de nouveau son message, que sa subalterne soit ou non en train de l'écouter. Le vaisseau de cette dernière faisait face au *Fils Prodigue* et ses sabords rougeoyèrent. L'appareil de Garrison se tenait là, immobile, comme prêt à se rendre, mais ne reculait pas.

Les gonflotteurs dérivaient autour d'eux comme des bombes silencieuses. Iswander vola dans leur direction en diffusant son message sur tous les canaux. Il espérait qu'Elisa écoutait toujours. Il doutait qu'elle l'exclue complètement.

Il imaginait son raisonnement : elle croyait que ses propres actions étaient encore ce qu'il y avait de mieux à faire, pensait prendre une décision délicate qu'il n'avait pas le courage de prendre. Elle pensait faire ce qu'il fallait pour lui.

Et elle s'était déjà trompée tant de fois.

Iswander savait qu'il était un homme difficile, qu'il aiguillonnait les gens et insistait pour obtenir ce qu'il désirait. Il avait investi des fortunes considérables, avait pris des risques, car il avait des nerfs et des espoirs solides.

— Vous devez arrêter ça, Elisa. C'est un ordre direct. Ça n'est pas ce que je veux. J'ai besoin que vous m'entendiez.

Il se rapprocha en volant. La nacelle n'était qu'un minuscule point parmi les énormes gonflotteurs tachetés. Nombre d'entre eux étaient déjà drainés, et leurs enveloppes ratatinées avaient été remorquées jusqu'au bord de l'amas. Des lumières vives signalaient les stations de pompage et les rangées de réservoirs, mais tout le site serait anéanti si les sacs d'ekti explosaient. Il se trouvait désormais au cœur du champ d'extraction.

Une lueur scintilla à l'intérieur d'un gonflotteur lointain, comme une brève étoile naissante, puis la poche de combustible redevint sombre. Tous les nodules semblaient silencieux, comme s'ils attendaient de voir ce qui allait se passer.

— Elisa, si tu ouvres le feu sur les gonflotteurs, tu nous tueras tous, tu tueras Seth… et tu blesseras la seule chose qui peut sauver la race humaine des Shana Rei, transmit Garrison. Même toi, tu ne ferais pas ça. Je te connais, Elisa.

— Tu ne me connais pas du tout, rétorqua-t-elle. Tu le pensais et je croyais te connaître, mais tu m'as trompée. M. Iswander a besoin de moi, et je vais sauver ses opérations.

Iswander intervint :

— Vous ne les sauverez pas, pas de cette façon ! Je mourrai et ma mémoire sera honnie dans toute la Confédération. Même si nous nous en sortons, je serai puni. Je serai encore plus considéré comme un hors-la-loi qu'aujourd'hui.

— Uniquement si j'échoue, monsieur, dit Elisa.

Au moins, il savait à présent qu'elle entendait le canal de son supérieur hiérarchique.

— Je l'interdis ! On en a assez fait en mon nom. Oui, j'ai commis des erreurs, mais je les ai commises tout seul. Je n'ai pas besoin que d'autres personnes les fassent pour moi… et vous êtes en train de faire une erreur, Elisa.

— Je ne vous laisserai pas être faible, monsieur.

Iswander fit appel à toute l'autorité qu'il pouvait mettre dans sa voix et planta les yeux sur l'écran de communication.

— Comment osez-vous suggérer que je suis faible ? Vous avez été loyale et vous avez suivi mes ordres, mais vous ne comprenez pas tous les aspects de mon activité ni tous mes projets. Vos agissements en cet instant nuisent à mon avenir.

Il prit une inspiration et chaque mot qu'il lâcha fusa comme une balle :

— J'ai besoin que vous fassiez marche arrière !

— Non ! Nous perdrions dans ce cas-là.

— Vous nous avez déjà fait perdre, Elisa. Maintenant, j'essaie juste de sauver ce que je peux.

Elle resta silencieuse, son vaisseau immobile, ses sabords d'armement rougeoyants. Même s'il avait son attention, même s'il savait qu'elle l'écoutait, une part de lui prenait conscience qu'il vivait le moment le plus dangereux de son existence. Un simple geste et elle ferait feu. Si elle se sentait désespérée, si elle refusait de se rendre, ils disparaîtraient tous dans une boule enflammée et en expansion de carburant pour moteurs interstellaires.

— Mais… monsieur ! le supplia-t-elle.

Deux gonflotteurs proches scintillèrent et des éclairs lumineux jaillirent de leurs noyaux. Iswander laissa échapper une nouvelle expiration lente.

Garrison Reeves et Orli Covitz restèrent judicieusement silencieux, se contentant d'attendre.

L'angoisse saturait la voix d'Elisa.

— Monsieur !

Alors que la nacelle d'Iswander s'approchait de l'un des nodules, les motifs qui s'étiraient sur sa membrane extérieure se plièrent à la manière d'une carte étrange et incompréhensible. Ses entrailles s'illuminèrent, pareilles à une minuscule nova. Un éclair de lumière intense semblable à une chaîne de pensées cascada le long des ganglions de l'esprit cosmique.

Le noyau du gonflotteur voisin flamboya et s'emplit d'un éclat aveuglant. L'éclair frappa de plein fouet le module d'exploration d'Iswander. L'énergie inonda le vaisseau, grilla tous les circuits de contrôle et continua à palpiter, à le submerger.

Iswander hurla lorsque ses cellules, ses pensées et sa psyché explosèrent, balayées par une insoutenable déferlante de puissance, mais, comme ses systèmes de communication avaient été désintégrés, personne ne l'entendit crier.

122

Shareen Fitzkellum

Les manœuvres projetaient Shareen d'un bout à l'autre du pont de commandement tandis que Tasia et Robb fonçaient comme des fous pour s'éloigner du complexe central de Cœur-de-Feu. Les robots attaquants pouvaient à tout moment transformer la *Curiosité* en débris en fusion.

Le champ de bataille de la nébuleuse étincelait et s'embrasait sous l'effet de la puissance de feu qui s'y déchaînait en continu. Les vaisseaux de la Marine Solaire se reprirent soudain, comme si les Ildirans s'étaient arrachés à leur stupeur, et les croiseurs lourds restants volèrent alors tous ensemble, en parfaite coordination. Ils se déchaînèrent avec leurs canons laser et déployèrent leurs dernières bombes solaires. Les Mastodontes et les Mantas de la générale Keah épuisèrent le plus gros de leur arsenal, mais continuèrent d'utiliser des jazers conventionnels tout en se retirant de la nébuleuse.

— De toute évidence, ils ne voient pas l'intérêt de rester ici, dit Robb à voix haute.

— Moi non plus, répondit Tasia.

Sur l'écran, quelques instants après que Shareen avait observé la *Gloire de Declan* s'envoler du terrarium, le dôme s'ouvrit pour libérer deux énormes cuirassés verdanis qui s'élancèrent dans l'océan de gaz, les branches tendues. Mais le nuage d'ombre restant s'étendit comme une couverture étouffante et devint de plus en plus épais et noir à mesure que les Shana Rei remplissaient l'océan de gaz ionisés.

— Où allons-nous maintenant ? dit Howard en s'accrochant à une console pour garder l'équilibre.

— Aussi loin que possible, répondit Robb en s'efforçant de soutirer à ses moteurs une puissance d'accélération plus grande encore. On en prend le chemin.

Plus d'une centaine de vaisseaux de robots klikiss se rapprochaient d'eux de tous les côtés. Tasia avait beau essayer de manœuvrer, les maraudeurs lui barraient le passage et ouvraient le feu. Leurs boucliers étaient sur le point de céder.

Avec un pincement au cœur, Shareen se souvint comment son grand-père avait insisté pour l'envoyer ici afin qu'elle étudie sous la direction de Kotto Okiah. *« C'est une grande occasion »*, avait déclaré Del Kellum. Et elle avait assurément beaucoup appris.

— Je suis heureuse que nous ayons pu être ensemble, Howard, murmura Shareen.

— Cette école n'était certainement pas ennuyeuse, répondit-il. Même si j'aurais préféré une fin différente.

— Ne me distrayez pas, tous les deux, lâcha Tasia d'un ton sec. Ça n'est pas encore fini.

Les supergéantes bleues au centre de Cœur-de-Feu se mirent à pulser et à flamboyer.

— Regardez les étoiles centrales ! dit Shareen. Il leur arrive quelque chose.

Leur fuite face aux Shana Rei et aux robots avait tellement monopolisé leur concentration qu'ils n'avaient pas prêté attention au cœur de la nébuleuse. Shareen prit en main le panel de capteurs de *Curiosité* et utilisa leurs commandes pour agrandir la vue et zoomer. À l'arrière, les autres passagers hurlaient tandis que Tasia se lançait dans une brutale manœuvre d'évitement pour esquiver une rafale de tirs de robots, plongeant et vrillant avec un doigté qui soulevait le cœur.

Luttant pour garder son équilibre et faire la mise au point de l'image, Shareen eut le souffle coupé par ce que les capteurs révélèrent lorsqu'elle agrandit la vue.

— Regardez ça !

Sur l'écran, les étoiles centrales de la nébuleuse grouillaient de faeros ! Des dizaines de milliers de boules de feu ellipsoïdales émergeaient de l'intérieur des supergéantes chaudes.

Howard se tenait à son côté.

— Tous ces faeros… que font-ils ?

— La question principale est de savoir si c'est une bonne ou une mauvaise chose, dit Robb.

— Ils doivent essayer de nous aider, avança Shareen.

Tasia eut à peine le temps de jeter un coup d'œil à l'écran.

— Qu'est-ce qui vous fait dire ça ?

Shareen la regarda en déglutissant avec difficulté.

— Parce que, s'ils n'essaient *pas* de nous aider, nous pourrions tout aussi bien appuyer sur la commande d'autodestruction de notre navette sur-le-champ.

Le nuage d'ombre continuait d'envahir les gaz raréfiés, mais les étoiles supergéantes s'illuminèrent comme si les innombrables élémentaux de feu leur apportaient du combustible, rendant les réactions nucléaires centrales instables. Les astres, déjà fluctuants, flamboyèrent avec plus d'éclat, augmentant sensiblement leur magnitude. Les faeros plongèrent dans les soleils comme des frelons autour d'une grande ruche. Puis ils nagèrent autour en déclenchant des réactions nucléaires. Ils manipulaient la gravité.

Sur une distance et à une vitesse incompréhensibles, ils rapprochèrent plus encore les étoiles déjà tassées. Puis les boules de feu entraînèrent deux petites étoiles compagnes dans l'une des supergéantes. Les étoiles, plus petites, se mirent à tournoyer en suivant des orbites de plus en plus serrées jusqu'à ce qu'elles tombent dans le puits de gravité de la supergéante. Les voiles extérieurs de leurs chromosphères se déchirèrent, et de grandes quantités de combustible alimentèrent l'astre monstrueux. Les faeros poussèrent, tirèrent et entraînèrent plus de matériel stellaire en son cœur. L'étoile gigantesque et brûlante gonfla et flamboya.

— Ils le font exprès, chuchota Shareen.

— Essaient-ils de créer une supergéante ? demanda Tasia. Pour quoi faire ?

— Non, pas ça, dit Howard.

Shareen reprit soudain son souffle.

— Une fois qu'ils auront augmenté la quantité de matière, lorsque l'étoile principale aura une masse supérieure à ce que ses réactions nucléaires sont capables de supporter, le noyau s'effondrera de manière catastrophique.

— Et ensuite ? demanda Robb.

— Nous ferions mieux de dégager d'ici ! hurla Howard.

— Quoi ? s'écria Tasia en volant tout droit vers les vaisseaux de robots qui convergeaient devant eux. *Quoi ?*

— Supernova ! dit Shareen.

— Le noyau s'effondrera et rejettera toutes les couches extérieures en une réaction explosive... la plus vaste explosion de l'univers connu, dit Howard. Lorsque cette étoile géante se transformera en supernova, elle amènera les autres étoiles du noyau à faire de même et déclenchera une réaction en chaîne de supernovae. Voilà ce que trament les faeros. Cela rayera de la carte toute la nébuleuse Cœur-de-Feu, et nous avec!

— Et très probablement les Shana Rei, dit Shareen d'une voix dure. Bien plus qu'un million de bombes solaires d'un seul coup... c'est ce qu'ils essaient de faire. Et j'espère que cela va marcher.

Les deux vaisseaux verdanis nouveau-nés s'enfuyaient, rattrapant la *Gloire de Declan* alors qu'ils s'élançaient vers la bordure de la nébuleuse Cœur-de-Feu. La navette de Rlinda était beaucoup trop proche du noyau et des faeros. L'étoile bleue palpitait, atteignant manifestement son niveau critique d'instabilité.

— Foncez! dit Shareen. La situation vient juste de devenir mille fois pire.

— Ce n'est pas comme si nous avions traîné.

Poussant leur avantage avec encore plus d'impétuosité, Tasia et Robb déboulèrent entre plusieurs des vaisseaux des robots noirs, en manquèrent un de peu, puis s'enfuirent à pleins gaz.

Au cœur de la nébuleuse, les faeros finirent par atteindre leur objectif. La supergéante bleue avala les étoiles compagnes et attira à elle encore plus de matériel stellaire volé. Tout se passa à une vitesse fulgurante. L'étoile gigantesque palpita en projetant de grandes ondes de choc au rayonnement croissant. Les faeros semblaient s'en délecter.

Puis tout changea. Lorsque le cœur de la nébuleuse détona, l'étoile explosa avec un coup de tonnerre assez puissant pour réveiller l'univers tout entier.

Les cuirassés des FDC et les croiseurs lourds de la Marine Solaire battaient déjà en retraite et s'approchaient de la bordure de la nébuleuse.

La *Curiosité Avide* s'enfuit en accélérant aussi vite que ce que leurs os pouvaient tolérer – et, même ainsi, le claquement violent de l'onde de choc les rattrapa. Tous leurs systèmes crépitèrent, à la limite de la surcharge. Les boucliers étaient au maximum, mais affaiblis par le martèlement constant de l'arsenal des robots. Leur navette fut ballottée comme un fragment de pollen au milieu d'un ouragan.

Sous cet impossible déluge de photons et de radiations, le nuage d'ombre des Shana Rei se recroquevilla et se déchira en lambeaux noirs alors que l'onde de choc des multiples supernovae s'étendait, encore et encore, déroulant des murs de radiations extrêmement puissants.

Juste avant que leurs écrans tombent en panne, Shareen vit le *Gloire de Declan* tenter de suivre les énormes vaisseaux-arbres verdanis, mais le flamboiement de lumière engloutit l'appareil de Rlinda.

Tasia hurla.

— Non ! Rlinda !

Puis le front de choc secondaire s'abattit sur eux lorsque d'autres supergéantes centrales explosèrent en creusant un trou gigantesque dans la nébuleuse. Les systèmes de la *Curiosité* se surchargèrent d'électricité statique. L'éclairage intérieur du vaisseau s'éteignit, puis reparut sous la forme de systèmes d'urgence d'un rouge terne.

La *Curiosité Avide* vrilla sur elle-même, et Shareen se sentit près de vomir, confuse et perdue, à la limite de la perte de connaissance. Puis même l'éclairage de secours s'éteignit.

123

Rod'h

Piégés dans la bulle d'entropie au sein du néant, Rod'h et Tamo'l regardèrent les faeros infliger un coup terrible aux Shana Rei en les bombardant de plus de lumière et de radiations purificatrices que ce que même ces sombres entités pouvaient supporter.

Mais il leur en fallait encore plus.

Par le passé, lorsque les faeros avaient attaqué les nuages d'ombre, ils n'avaient pu blesser les ténèbres qu'en se sacrifiant… Ces multiples supernovae avaient toutefois causé bien plus de dégâts. Les élémentaux ignés avaient combiné leurs pouvoirs pour augmenter l'instabilité de certains astres au-delà du point critique. Ils ripostaient désormais aux Shana Rei en utilisant les armes de la physique et les secrets que renfermaient les réactions nucléaires de l'univers lui-même.

À l'intérieur des étoiles centrales, les boules de feu avaient modifié la chimie nucléaire et déclenché une réaction de supernova semblable à un cri de défi lancé à la face des Shana Rei – aussi dévastatrice que l'esprit cosmique qui écrasait leurs nuages, aussi dommageable que les bombes solaires lâchées dans le néant obscur contre leur flanc vulnérable.

Dans la prison de leur bulle d'entropie, des taches d'encre sombres et furieuses apparurent devant Rod'h et Tamo'l, semblant rendre leurs captifs responsables de ces dégâts. Rod'h aurait aimé pouvoir s'attribuer le mérite d'un tel coup. Il n'en avait pas le pouvoir, mais il pouvait désormais s'en inspirer. Et il avait Tamo'l.

Les yeux flamboyants à l'intérieur des taches d'encre s'embrasèrent.

— La lumière ! rugirent les voix des Shana Rei. La lumière brûlante !

— Eh bien, brûlez plus encore, grogna Rod'h. Tamo'l, ils sont affaiblis !

Dans la nébuleuse, les faeros ne craignaient plus les créatures des ténèbres et plongeaient dans l'éruption de la supernova en expansion, comme au comble du ravissement. Bombardées par les dommages intenses qui provenaient de l'univers réel, les parois de la bulle d'entropie se mirent à onduler.

— La bulle s'effondre, dit Tamo'l. Pouvons-nous nous échapper ?

— Non, répondit Rod'h, car il ne voulait pas lui mentir, mais nous pouvons peut-être les aider dans cette bataille. Et peut-être que les faeros nous aideront en retour.

Un léger tremblement troublait la voix de Tamo'l.

— Comment ?

Rod'h se souvint de l'époque où Osira'h et lui avaient cherché des élémentaux autour de l'étoile instable de Wulfton en les suppliant de les soutenir. Ils s'étaient servis de leurs pouvoirs télépathiques pour se lier aux faeros. Rod'h avait mis à l'épreuve ses capacités innées et utilisé son esprit pour faire pression sur eux, pour les implorer d'intervenir, ainsi qu'il était *né* pour le faire.

Il avait toujours essayé de rivaliser avec Osira'h, s'était efforcé d'être aussi fort qu'elle, persuadé qu'avec sa génétique supérieure d'hybride il devrait être capable de mobiliser les mêmes forces que sa sœur. Ensemble, ils avaient touché les faeros, ouvert un canal… et les élémentaux de feu s'étaient enfuis, effrayés, en refusant de les aider.

Mais la situation avait désormais changé. Osira'h n'était pas à leurs côtés et la décision de la marche à suivre lui revenait entièrement. Non, il avait Tamo'l, sa sœur – tous deux métis, tous deux dotés d'un potentiel incroyable grâce au programme d'hybridation. Elle pouvait l'aider.

— J'ai besoin de toi, Tamo'l, dit-il.

Dans leur nuage d'ombre, les Shana Rei se tortillaient et tremblotaient. Leurs yeux symboliques s'élargirent, flamboyèrent, puis devinrent rouges comme si une douleur atroce les déchirait. Rod'h constata que les créatures des ténèbres étaient soudain vulnérables et sut comment les détruire – si seulement il parvenait à établir la connexion, si seulement il arrivait à prouver sa valeur une fois de plus.

Si seulement les faeros écoutaient et prenaient conscience de ce qu'il leur offrait.

— Nous ne pouvons pas laisser les ombres nous contrôler, Tamo'l.

Il se tendit vers elle, mais, à cause des replis dimensionnels, elle dériva juste à un cheveu de lui, et pourtant à un univers de distance.

Cela n'avait pas d'importance, ils étaient ensemble de la manière qui comptait. Il pouvait la regarder dans les yeux et, d'une façon ou d'une autre, elle le comprenait.

— Je te sens, et c'est suffisant, dit Tamo'l. Et je sens que les mal-nés nous observent et partagent leur force avec nous également. Ils nous donneront ce dont nous avons besoin.

Rod'h savait ce dont ils avaient besoin.

— Les faeros sont là, au-dehors, mais nous devons les attirer ici. Notre nature fait que nous avons, toi et moi, un lien avec eux. C'est pour cela que nous avons été élevés au départ, et, aujourd'hui, les faeros peuvent mettre fin à cette guerre. S'ils parvenaient à entrer ici… s'ils pénétraient le nuage d'ombre. (Il se permit un rictus amer.) Les Shana Rei se croient en sécurité et protégés dans leur néant, mais ils seront la cause de leur propre chute.

Tamo'l acquiesça, acceptant de faire tout ce qui était en son pouvoir.

— Appuie-toi sur moi. Utilise les ressources en moi dont tu as besoin. Nous devons agir.

Rod'h ouvrit son esprit. Un désir ardent l'animait et il s'y connecta. Il chercha les faeros. Les élémentaux incandescents, tout proches, tourbillonnaient dans la bulle apocalyptique de supernovae en expansion qu'ils avaient créée.

Soudain, une cinquantaine de robots noirs apparurent à leurs côtés à l'intérieur de la bulle d'entropie. Leurs carapaces s'ouvrirent et leurs ailes solaires dentelées se déployèrent ainsi que des pinces griffues, les instruments tranchants qu'ils avaient utilisés pour torturer Rod'h et s'adonner à des expériences sur lui. Ils s'approchaient avec des intentions meurtrières. D'une manière ou d'une autre, ils savaient ce que lui et Tamo'l essayaient de faire.

Mais la peur ne l'atteignait plus. Ses ravisseurs lui avaient infligé les pires tourments possibles. Il ne lui restait plus rien à craindre. Désormais, il ne craignait plus que l'échec.

Les homologues d'Exxos bourdonnèrent à l'unisson. De nombreux robots s'alarmèrent soudain, redoutant ce que les deux hybrides étaient sur le point d'accomplir. Rod'h déploya son esprit et Tamo'l suivit son exemple près de lui. Elle lui glissa avec un murmure d'émerveillement :

— L'entends-tu ? Au fond de mon esprit, c'est Mungl'eh… qui chante.

Là, dans ce vaste océan vide d'irréalité, ils se connectèrent aux faeros. Les élémentaux les reconnurent, captèrent leurs pensées… et comprirent où ils se trouvaient, ce qu'ils leur offraient.

De tout son être, abandonnant jusqu'à la dernière parcelle de son cœur et de sa psyché, de son thisme, de ses pensées, de son âme, Rod'h invita les faeros en lui. Il attira les élémentaux enflammés à travers lui, à travers Tamo'l, et dans cette bulle du nuage d'ombre, caverneuse et abritée.

Il ressentit un feu purificateur, une chaleur qui ne contenait en vérité aucune douleur, mais le soulagement et la victoire, tout simplement. Tamo'l était avec lui et il sentait ses pensées aussi. Son esprit cria à la face du monde leur victoire et leur exaltation en déluge qui, à travers le thisme ildiran, se déversa sur leur fratrie… et même sur leur mère, dans la lointaine Mijistra.

Les faeros surgirent à travers eux comme une tempête de météores. En un éclair brûlant, les boules incandescentes dévastèrent l'intérieur du nuage d'ombre par l'entremise de Rod'h. Celui-ci ouvrit un canal et devint un transportail vivant qui désintégra instantanément son corps, et, grâce à sa connexion avec Tamo'l, elle fut en mesure de l'imiter.

Ce faisant, ils laissèrent une conflagration d'élémentaux ravager le noyau entropique des Shana Rei. Pour la première fois, les faeros purent pénétrer directement *dans* le cœur le plus vulnérable des ombres, faisant entrer en éruption feu et lumière. Incandescents et de plus en plus forts, ils flamboyèrent à travers les derniers vestiges de Rod'h et de Tamo'l pour détruire de l'intérieur les créatures des ténèbres et leurs monstrueux vaisseaux.

124

Osira'h

Alors que le prince Reynald gisait toujours dans le coma et s'éteignait, succombant aux derniers stades de sa mystérieuse maladie, Osira'h s'efforçait de trouver une solution… quelque chose qu'ils n'avaient pas encore essayé. Mais n'avaient-ils pas tout essayé ? Ni les prêtres Verts, ni les meilleurs médecins de la Confédération ne savaient quoi faire. Ce n'était pas faute de redoubler d'efforts. Reyn était en train de mourir.

Osira'h avait passé des jours au chevet du prince, mais jamais il n'ouvrit les yeux, jamais il ne murmura un mot à son intention. Son pouls restait stable mais faible, et presque toute couleur avait déserté sa peau. Elle était demeurée à son côté, car elle pensait que sa présence lui donnait de la force. Reyn l'avait toujours dit.

— Nous sommes censés voir les geysers de glace sur Edilyn, lui rappela-t-elle, et les canyons fossiles sur Fornu.

Sur Ildira, des kiths médecins avaient effectué tous les tests possibles et consacré d'énormes ressources à la recherche d'un remède. Les laboratoires pharmaceutiques de la Confédération avaient synthétisé des médicaments similaires aux extraits de varech de Kuivahr, mais ils n'étaient plus efficaces contre la maladie. Grâce aux données de Pergamus, les équipes de recherche avaient partiellement progressé et découvert un modèle chimique capable de bloquer le microchampignon dégénératif… mais elles devaient le trouver parmi des millions de spécimens indigènes de Theroc.

C'était insuffisant.

Osira'h ne voyait qu'un seul autre endroit où elle pourrait exiger des avancées. Il restait un espoir très mince, mais, pour l'instant, c'était le seul qu'elle avait. Même si cela signifiait s'éloigner de Reyn, elle devait prendre ce risque.

Le roi Peter et la reine Estarra vinrent au chevet du prince. En toute autre circonstance, leur fils mourant aurait dû être leur unique préoccupation, mais la crise qui balayait le Bras spiral réclamait également leur attention. Les prêtres Verts les tenaient informés de la bataille qui se déroulait dans la nébuleuse Cœur-de-Feu, au gré de sinistres mises à jour, mais leurs descriptions des événements étaient erratiques, désorganisées, comme si aucun de leurs homologues à bord des cuirassés n'avait une compréhension claire de ce qui se passait réellement.

Les Shana Rei réduisaient en lambeaux la Confédération et l'Empire ildiran, et rien ne pouvait les arrêter. La Terre avait été détruite, les FDC et la Marine Solaire décimés. Et son frère Rod'h était piégé dans les ombres, sans aucun espoir de secours… désormais rejoint par Tamo'l. Osira'h retournait la situation dans tous les sens, mais elle ne pouvait pas les aider, quoi qu'elle tente.

Pour Reyn, cependant, elle avait une idée, entrevoyait une autre possibilité désespérée…

— Je dois faire cette tentative, dit-elle à Peter et à Estarra. Même si cela échoue, je dois essayer. J'y vais… toute seule. Je pense que les Onthos peuvent nous aider, peut-être. Leur maladie, la sienne… elles sont différentes, mais toutes deux liées aux arbres.

Estarra se renfrogna.

— Ils ont assassiné ma sœur et ils tuent les arbres. Ils ne seront pas enclins à nous aider.

Osira'h ne parvenait pas à mettre des mots sur son raisonnement ou son espoir.

— J'ai demandé à tout le monde, arriva-t-elle seulement à dire. Vos prêtres Verts insistent pour préserver les Jardiniers, et les verdanis ne les laisseront pas mourir. Ils doivent avoir quelque chose à offrir.

Elle se sentit seule et isolée alors que son glisseur privé traversait l'étroite mer pour rejoindre l'autre continent. Bien qu'elle se trouve loin du gigantesque affrontement en cours, elle perçut une grande agitation secouer tout l'Empire ildiran. Le Mage Imperator Jora'h était soumis à une pression impossible et son angoisse irritait l'esprit de sa fille comme une plainte aiguë. En raison de ses liens plus intimes avec ses frères et sœurs, elle ressentit un désespoir similaire de la part de Gale'nh, ainsi que de Muree'n.

L'intensité de l'attaque augmentait, et elle percevait qu'une lutte étouffante se jouait, tempérée par un espoir désespéré : Tamo'l et Rod'h faisaient de leur mieux pour résister aux Shana Rei dans leur prison de néant. Tant de crises incendiaires qui se développaient jusqu'à devenir d'incontrôlables embrasements, tant de personnes qui puisaient dans leurs ultimes forces pour faire face à l'adversité. Tant de…

Osira'h sut qu'elle serait seule pour aider Reynald. Elle était coupée des autres batailles menées contre les ténèbres, mais elle se battrait pour *lui*.

Elle posa son glisseur à l'extérieur de la bande d'arbres morts qui s'étendaient sur des kilomètres. Jusqu'à la lisière de cette flétrissure, la dense forêt-monde semblait luxuriante et paisible, mais Osira'h était consciente de la sombre maladie qui s'agitait sous sa surface. La garde theronienne et les prêtres Verts avaient combattu les Jardiniers. Ils avaient commencé à abattre les arbres déjà morts au milieu desquels les Onthos avaient construit leur forteresse. Mais, lorsque la générale Keah avait débarqué en annonçant la destruction de la Terre, le roi Peter était précipitamment rentré à la capitale, ne laissant qu'un contingent pour contenir les Onthos. Les Jardiniers n'avaient pas entrepris la moindre manœuvre.

En sortant de son vaisseau, Osira'h rencontra un commandant à l'air hagard et la prêtresse Verte Zaquel, tous deux mal à l'aise face à cette impasse.

— Ils n'ont pas essayé d'attaquer, mais nous savons qu'ils se reproduisent à l'intérieur de leur périmètre, dit le militaire. Ils vont infester toute la forêt-monde.

— Les mères spores des Onthos ont besoin d'arbremondes sains pour se reproduire, expliqua Zaquel. En les enfermant dans ce secteur dépourvu de vie, nous pouvons les empêcher de se multiplier… pour l'instant. (Elle soupira.) Mais la forêt-monde est toujours en train de mourir. Le fléau qui touche les arbres et les Jardiniers frappe l'univers tout entier.

— Et aussi le prince Reynald. Nous devons guérir un élément à la fois, dit Osira'h. Si nous le pouvons.

Elle franchit la ligne des barricades et personne n'essaya de l'arrêter. Elle s'avança parmi les arbres bruns tombés, les branches cassées et les éclats de bois, se frayant avec précaution un chemin dans cette désolation. Elle entendit un bruissement dans les rameaux et vit que les Onthos la cernaient. Les extraterrestres à la peau lisse la scrutaient depuis les hauteurs, apparemment effrayés et en colère.

— Il y a une maladie en vous, cria-t-elle. Vous le savez. Vous le sentez. Pourquoi choisissez-vous de ne pas vous soigner ?

Les Jardiniers pépièrent. D'autres affluèrent alors qu'elle attendait une réponse. L'un des extraterrestres finit par s'avancer.

— Les ténèbres sont en nous et font partie intégrante de nous.

— Mon ami est en train de mourir d'un mal similaire, dit-elle. Mais vous n'êtes pas à l'agonie. Comment continuez-vous à vivre ? Comment puis-je le sauver ?

Le porte-parole – Ohro, supposa-t-elle, ou un autre qui lui ressemblait – dit :

— Sauveriez-vous votre ami si le laisser succomber aux ombres était le prix à payer ?

Osira'h n'était pas sûre de savoir comment se placer face à ce terrible choix.

— D'autres se battent. Vous vous êtes rendus, mais le peuple de Theroc, la Confédération humaine, l'Empire ildiran, les prêtres Verts, les verdanis, les faeros...

Elle ressentit intérieurement une bouffée de chaleur, une urgence brûlante. Elle se connecta étroitement à ses frères et sœurs : Gale'nh et Muree'n ajoutaient tous deux leur force dans cette entreprise, établissant un lien clair... avec Rod'h... et Tamo'l !

Au plus profond de l'obscurité étouffante, elle sentit soudain un feu, un flamboiement de lumière bienvenu. Rod'h y était parvenu. Il avait appelé les faeros. Osira'h sursauta. L'éclat torride parcourut comme une flèche le lien mental qu'elle partageait avec sa fratrie. Tamo'l et Rod'h ouvrirent les vannes et utilisèrent leurs propres capacités spéciales pour laisser entrer les élémentaux de feu.

Osira'h ressentit comment une vague de triomphe grandissante les portait tous deux. Elle sentit ce que son frère et sa sœur avaient accompli et sut qu'ils étaient partis en un instant. Elle éprouvait le feu, l'exaltation, la souffrance... et mesura le coup incroyable qu'ils avaient assené aux Shana Rei. Elle était fière de leurs exploits et affligée de savoir qu'ils n'étaient plus.

Alors que la douleur incandescente brûlait et rompait la connexion télépathique entre eux, le corps d'Osira'h se recroquevilla, comme si une crise d'épilepsie avait secoué tout son être.

Les Onthos réagirent eux aussi, mais leur supplice sembla différent et plus profond – et il dura bien plus longtemps. Tamo'l et Rod'h avaient été consumés en un instant, et leur cri psychique s'était tu dans l'esprit d'Osira'h, mais les Onthos continuaient à haleter et à siffler. Quelque chose de fondamental leur avait été arraché.

Ils commencèrent à dégringoler depuis les hautes branches comme des fruits pourris, tombant des rameaux bruns des arbremondes qu'ils avaient tués. L'un d'entre eux frappa le sol à côté d'elle avec un bruit sourd et un craquement d'os. Beaucoup s'écrasèrent de très haut, alors que d'autres s'empalaient sur les éclats de bois qu'ils avaient laissés éparpillés. Des dizaines d'Onthos moururent dans leurs chutes tandis que d'autres glissaient des arbres, s'écorchaient jusqu'au sang, épuisés. Brisés.

Tout en essayant de comprendre ce qui s'était tout juste passé, Osira'h écoutait comment les tourments des Jardiniers allaient en déclinant. Leurs cris devinrent des geignements.

L'une des créatures finit par se relever, sonnée, à peine capable de garder l'équilibre.

— Je ne pensais pas que nous pouvions être guéris ou sauvés, mais les flammes viennent de dévorer les ombres en nous. Cette flétrissure intérieure s'est éteinte.

D'autres Onthos s'avancèrent, tremblants et confus, comme s'ils venaient de se réveiller d'un profond sommeil.

— Nous nous rendons, annonça Ohro. Ramenez-nous à Père Peter et à Mère Estarra. Nous avons beaucoup de choses à leur dire.

Même si elle sentait la blessure à vif en elle après ce que Rod'h et Tamo'l avaient accompli, un autre besoin urgent accaparait Osira'h.

— Et le prince Reynald ?

Ohro la regarda en réfléchissant un instant.

— Sa maladie est différente, mais nous allons voir ce que nous pouvons faire, dit-il.

125

Elisa Enturi

Les gonflotteurs de l'amas étincelaient comme des feux d'artifice alors que leurs noyaux s'illuminaient de manière aléatoire, mais Elisa ne se souciait que des dommages qu'ils avaient causés à la nacelle de Lee Iswander. Elle l'avait observé sur l'écran de son communicateur, l'avait entendu la supplier… puis l'explosion d'énergie avait frappé de plein fouet son engin vulnérable. Tous ses systèmes étaient tombés en panne. Son module dérivait maintenant dans l'obscurité et le silence, ne montrant aucune signature énergétique quelle qu'elle soit, aucune trace d'activité des moteurs, aucune transmission, aucun relevé de ses systèmes de survie.

Elisa passa à l'action. Elle oublia l'ultimatum qu'elle avait lancé à Garrison, car rien de tout cela n'avait d'importance. Iswander était en difficulté ! Elle activa ses moteurs et fonça vers la nacelle qui faisait des tonneaux en espérant qu'il n'était pas mort. Ses systèmes de survie avaient été mis hors service, mais il devrait être en mesure de tenir pendant un certain temps au moins… assez longtemps pour qu'elle le secoure. Elle devait le sauver.

Même si son propre vaisseau n'était pas un grand astronef, sa soute était suffisante pour recevoir la petite navette d'exploration. Dès qu'elle eut verrouillé les portes et rétabli l'atmosphère, elle se précipita pour extraire Iswander du minuscule appareil. Les systèmes électroniques de la nacelle étaient en panne. Si elle ne parvenait pas à activer l'écoutille, elle découperait la coque elle-même, ouvrirait le module et le libérerait. Elle le trouverait à l'intérieur, heureux de la voir, exubérant et indulgent. À eux deux, ils s'opposeraient aux imbéciles arrogants qui lui avaient ordonné de fermer ses installations.

Elle avait consacré tant d'énergie à cet homme, s'accrochant à la bonne étoile du baron d'industrie. S'il échouait, elle échouerait elle aussi. Il était sa dernière chance.

L'écoutille de la capsule ne s'ouvrait pas, peu importait comment elle s'y prenait. Elle la martela, mais ne perçut aucune réponse en provenance de l'intérieur. Il aurait dû être en mesure de se servir d'un déverrouillage manuel, à moins qu'il soit blessé ou inconscient.

Depuis le pont de pilotage, elle entendait des voix sur le système de transmission de sa navette, des gens qui exigeaient de savoir ce qui se passait, mais elle n'avait pas le temps de leur répondre. Elle avait d'autres priorités.

Elle courut chercher un jeu de découpeurs au laser et tailla dans le circuit de contrôle pour pouvoir utiliser la serrure externe. Lorsqu'elle réussit enfin à percer la fermeture de la nacelle et à accéder au déverrouillage manuel, elle parvint à ouvrir l'écoutille, qui s'écarta avec un soupir.

— Monsieur ! vous m'entendez ?

Elle voulait qu'il l'aide à l'extraire de là, mais elle ne reçut aucune réponse. Il ne bougeait pas.

Elle trouva Iswander à l'intérieur, affaissé et inerte. Il ne portait pas de combinaison de protection, ni même de masque à oxygène – rien que sa tenue de ville, comme s'il avait été prêt à assister à une réunion. Il avait dû se précipiter pour la convaincre. Elle se souvenait à présent de tout ce qu'il lui avait dit, de la façon dont il lui avait ordonné de reconsidérer sa ligne de conduite.

Elle avait seulement voulu faire ce qui était nécessaire en supposant que sa provocation énergique ferait reculer Garrison, car Garrison Reeves, entre tous, aurait su qu'elle ne bluffait pas.

Qu'avait-elle fait ?

Elle secoua Iswander par les épaules, mais ne reçut aucune réponse. La peau du capitaine d'industrie était pâle, ses paupières fermées, sa bouche molle. Elle plaça son oreille contre sa poitrine, toucha son cou et trouva le pouls. Il respirait, était encore en vie… mais ne réagissait pas.

Elle se souvint de la fois où Aelin avait été pris dans l'une des déferlantes d'énergie des gonflotteurs. La surcharge neuronale l'avait rendu temporairement catatonique, mais le prêtre Vert était connecté à son surgeon à ce moment-là, d'où la poussée destructrice qui avait frappé sa psyché. Après cela, quelque chose s'était brisé en lui, il était devenu un peu fou, la tête remplie de visions délirantes. Des pensées égarées de l'Esprit de l'éternité ?

Elle ne devait pas laisser cela arriver à Iswander.

— Monsieur !

Elle toucha son visage, le secoua. Avec son pouce, elle écarta une de ses paupières, mais il avait les yeux révulsés. Elle l'extirpa du module d'exploration et le traîna jusqu'à la cabine de son vaisseau. Elle l'étendit sur la couchette et essaya de l'installer confortablement. Son cœur battait la chamade comme elle voulait à tout prix faire plus pour l'aider.

Déterminée, elle rentra avec sa navette au centre administratif et lança un appel de détresse.

— Prévenez les médecins ! J'ai besoin de soins médicaux sur-le-champ. M. Iswander est blessé. (Elle déglutit avec difficulté.) Il a besoin d'un traitement... maintenant.

Dès qu'elle s'amarra et éteignit ses systèmes, les docteurs se ruèrent dans la baie de lancement pour prendre en charge leur patient. Quand Aelin était revenu, catatonique, ils avaient tout essayé, mais aucun de leurs efforts n'avait porté ses fruits. Elisa sur leurs talons, ils se précipitèrent avec un brancard tout en fixant des systèmes de surveillance et des électrodes sur la tête d'Iswander.

Pannebaker surgit à son tour, très inquiet, mais Elisa comprit, à l'éclat dans ses yeux plissés, que l'adjoint la tenait pour responsable de ce qui s'était passé.

— Il est sorti pour vous arrêter, Elisa. Si vous n'aviez pas été si stupide, si vous aviez tout simplement écouté quand il...

— La ferme ! Pendant que vous restiez les bras croisés, prêts à vous rendre, j'ai tenté de tous nous sauver. M. Iswander a été frappé par une surcharge de gonflotteur, et je n'ai rien pu faire pour l'empêcher, mais au moins ai-je essayé de lui éviter de tout perdre. (Elle serra les dents et prit une profonde inspiration.) Et nous allons continuer à essayer de protéger les installations.

Pour couronner le tout, le *Fils Prodigue* avait également filé vers le centre administratif. Garrison et Orli amenaient Seth avec eux. L'ami prêtre Vert de la princesse Arita portait son surgeon et envoyait des rapports sur ce qui se passait.

Elisa serra les dents à la vue du mystique. À cause de lui, tout le monde dans la Confédération était à présent au courant de leur face-à-face, savait que le grand industriel avait résisté à leurs exigences capricieuses et gisait désormais impuissant. La rage enflait en elle et tant de cibles se présentaient pour l'assouvir.

—C'est fini, Elisa, dit Garrison. Il est temps de faire amende honorable et d'essayer de sauver ta vie et tes relations. Tu dois te confronter à ce que tu as fait… au clan Duquesne, à Seth, à tous ceux que tu as blessés.

Elle se raidit.

—Ce que j'ai fait à *Seth*? Je n'ai jamais voulu que le meilleur pour lui.

Son propre fils la regardait avec déception. Elle se rendit compte qu'à peine quelques heures plus tôt il l'avait vue prête à le faire exploser avec tous les autres, juste pour marquer un point. Et, avant cela, il l'avait vue menacer Jess et Cesca à Academ lorsqu'elle avait essayé de l'enlever de son école.

Elisa lutta contre les assauts d'une culpabilité peu familière et se tourna vers le garçon.

—Je n'ai pas agi correctement avec toi. Je le sais et je m'en excuse. (Puis elle fit face à Garrison et sa voix se durcit.) Mais pour toi et pour tout le reste j'avais mes raisons. Si tu étais parvenu à garder la tête sur les épaules dès le départ, nous aurions pu aller loin, toi et moi. Nous aurions pu être importants. Mais tu m'as forcée à agir seule. Vois ce que j'ai accompli et imagine ce que j'aurais pu faire si tout le monde n'était pas intervenu.

—Nous voyons ce que tu as accompli, répliqua Garrison, l'air sombre. Il n'y a pas de quoi être fière.

Elle voulut lui répondre, mais les médecins l'interrompirent :

—Nous avons terminé nos analyses.

Ils émirent leur rapport sans s'adresser à personne en particulier, faisant en sorte que tous les présents l'entendent :

—Son esprit ne réagit pas. C'est pire que ce que nous avons vu avec le prêtre Vert. Il n'y a que très peu de chances que M. Iswander se rétablisse un jour.

—C'est comme ce qui est arrivé à Kotto Okiah à la station Cœur-de-Feu, intervint Collin. Quand il s'est connecté avec l'Esprit de l'éternité, ça a été trop pour lui. (Il secoua la tête.) Il n'a jamais quitté cet état et son corps est mort quelques jours plus tard.

Elisa afficha sa déception face aux médecins, se rendant compte qu'elle avait toujours su qu'ils seraient impuissants face à ce cas. Dès qu'elle avait vu la silhouette inconsciente d'Iswander à l'intérieur de la nacelle endommagée, elle avait saisi les perspectives qui s'offraient à lui.

— Le prêtre Vert s'est cependant rétabli, dit-elle. Même après qu'Aelin a été blessé, il a décollé et s'est immergé à l'intérieur d'un gonflotteur. Ça l'a changé, l'a ramené à la vie. (Elle fixa le regard sur Orli Covitz.) Et vous aussi ! Vous avez débarqué à l'article de la mort dans nos installations. Vous auriez dû succomber au fléau onthos, mais vous êtes entrée dans un gonflotteur et vous en êtes ressortie guérie.

— La situation était désespérée, fit remarquer Orli. Et les gonflotteurs sont désormais différents, plus conscients…

— Quelle alternative nous reste-t-il ? demanda Elisa. (Elle se tourna vers les médecins.) Je vais prendre une exocombinaison. Je l'emmènerai jusqu'au gonflotteur le plus proche.

— Ce serait imprudent, la prévint le docteur.

— Vous l'avez dit vous-même, il n'y a guère d'autre espoir.

Elle se tourna pour lancer des regards noirs à Pannebaker, Garrison et Orli. Elle se moquait de ce qu'ils pensaient tous, et Arita ou leurs avertissements pompeux ne l'intéressaient certainement pas.

— Dois-je vous menacer ?

Elle attendit que quelqu'un argumente, mais Iswander était complètement catatonique. Ils voyaient tous qu'il y avait très peu de chances qu'il quitte cet état.

— Je l'emmène.

Pannebaker fit un bref signe de tête.

— Entre-temps, comme je suis responsable des opérations, je demande l'arrêt total des activités, conformément au moratoire que le roi et la reine ont imposé. Les gonflotteurs sont manifestement dangereux et nous réévaluerons les risques qu'ils représentent. Il n'y aura plus d'extraction d'ekti pour le moment.

— Merci, dit Arita à voix basse.

Elisa ne pouvait pas se préoccuper de ce dossier. Elle récupéra un Iswander inerte et le ramena à son vaisseau sans presque aucune aide de la part des autres. Elle ne prit pas la peine de se tourner vers eux, l'installa dans le second siège du poste de pilotage, activa les moteurs et s'envola vers l'amas de gonflotteurs.

Les nodules à la dérive scintillaient d'impulsions lumineuses erratiques, comme si le cerveau spatial était rempli de pensées furieuses. L'une de ces éruptions avait endommagé l'esprit d'Iswander et elle espérait que le prétendu sang du cosmos le sauverait également.

Dans le complexe qui les entourait, elle observa les opérations industrielles qui sombraient dans l'obscurité, en attente. Les travailleurs en exocombinaison, les extracteurs d'ekti, les cargos ne faisaient rien, paralysés par l'absence d'un chef audacieux et déterminé tel qu'Iswander. Elle aurait aimé qu'ils fassent tous preuve du même dévouement qu'elle. Comment s'imaginaient-ils avancer dans leurs vies et dans leurs carrières ? Comment comptaient-ils progresser sans faire d'efforts, sans prendre de risques ? Iswander lui avait appris cette leçon-là dès le début. Elle comprenait parfaitement qu'il fallait être prêt à échouer de façon spectaculaire pour espérer réussir.

Bien entendu, elle prendrait le risque.

Elle vola directement vers le gonflotteur le plus proche en misant sur le fait qu'aucune nouvelle décharge ne viendrait frapper sa navette et n'endommagerait son cerveau de la même manière que celui d'Iswander. Elle ne pouvait compter sur personne d'autre pour faire le nécessaire, et elle savait exactement comment agir.

Elle rapprocha son vaisseau du nodule, dont la membrane extérieure tachetée présentait d'indéchiffrables motifs. Elle distingua des scintillements d'énergie palpitante au plus profond de la brume tourbillonnante. Le fluide à l'intérieur du gonflotteur était plus qu'un simple carburant pour moteurs interstellaires, il s'agissait de protoplasme dans une cellule cérébrale géante. C'était un *espoir*, peut-être même un miracle.

Elle stabilisa son engin, puis passa une demi-heure fastidieuse à revêtir Lee Iswander d'une exocombinaison. Ses bras étaient ballants, ses jambes flasques, ses yeux toujours fermés. Elle scella le casque, puis enfila sa propre combinaison. Ils entreraient ensemble dans le gonflotteur et s'y immergeraient. C'était leur seule chance.

Attachée à lui et serrant son bras mou, elle ouvrit l'écoutille du sas et tous deux dérivèrent dans l'espace. Elle tenait Iswander entre ses bras et lui parla par l'intermédiaire du système de transmission, mais il ne répondit pas, bien entendu. Pas encore. Mais elle se raccrochait à l'espoir. Le gonflotteur le sauverait, elle en était sûre.

Ils atteignirent la membrane géante et souple, et elle dut faire preuve de foi et de détermination.

Le découpage de la pellicule fut facile et ils grimpèrent à l'intérieur du nodule tandis que le protoplasme se répandait dans l'espace autour d'eux. Aelin l'avait fait. Orli Covitz également. Elle pourrait certainement faire mieux.

Les deux silhouettes en combinaison se retrouvèrent aspirées dans la cellule du cerveau spatial en éveil et s'enfoncèrent dans le sang du cosmos. Elisa s'immergea complètement dans le sac qui crépitait et pulsait d'énergie. Elle entraîna Lee Iswander plus profondément à l'intérieur avec elle, et la membrane se referma rapidement.

Jamais ils ne reparurent.

Quelques heures plus tard, le vaisseau silencieux et vide d'Elisa s'éloigna en dérivant tandis que les gonflotteurs continuaient de scintiller et de clignoter. Les pensées de l'Esprit de l'éternité continuaient d'imposer de l'ordre à l'univers et de renforcer les lois de la physique contre les Shana Rei.

Mais Lee Iswander et Elisa Enturi ne faisaient plus partie de l'équation.

126

Exxos

Les contre-attaques titanesques qui frappaient les Shana Rei depuis la nébuleuse Cœur-de-Feu et au milieu du néant lui-même les foudroyaient et les martelaient. Alors même qu'Exxos se reprenait, d'innombrables robots noirs avaient été anéantis. Pire encore, il voyait les créatures des ténèbres estropiées et brisées, incapables de riposter et de fuir.

Les ombres avaient voulu incréer le cosmos, éliminer toute vie qui les faisait souffrir, mais les flottes humaine et ildirane les avaient attaqués et blessés dans leur dimension obscure, lâchant une si grande quantité de bombes solaires qu'elles leur avaient causé des dégâts considérables.

Dans l'intervalle, à travers le Bras spiral, l'Esprit de l'éternité qui s'éveillait renforçait la trame de l'univers, construisant des cages invisibles dont la structure et la vie émergente étaient en mesure de résister au chaos tumultueux des Shana Rei. Leurs nuages d'ombre s'effondraient pour former de nouvelles étoiles, poussées par les amas de ganglions gigantesques.

Alors que les actions de l'Esprit de l'éternité ébranlaient les entités ténébreuses, la chaîne de supernovae en éruption à l'intérieur de la nébuleuse avait été bien plus dévastatrice pour elles, et les faeros avaient désormais trouvé un canal donnant directement sur les recoins les plus noirs du néant, les inondant sous un déluge de flammes pour éradiquer une quantité incalculable de Shana Rei en les incinérant de l'intérieur.

Exxos et tous ses homologues seraient annihilés avec les créatures des ténèbres, et il ne pouvait pas permettre l'avènement d'un tel scénario.

Les Shana Rei avaient laissé les derniers robots klikiss au pied du mur et les avaient traités comme des captifs aussi bien que comme des alliés, détruisant de nombreux robots originaux par caprice, mais engendrant dans le même temps des millions de doubles grâce à la matière noire qu'elles avaient délivrée.

Alors qu'Exxos les avait considérés par le passé comme un ennemi invincible, ses robots avaient couplé la puissance de calcul de leurs millions de processeurs pour développer secrètement une arme capable de vaincre les ombres monstrueuses. Toutefois, il n'avait pas l'intention de s'en servir… Pas encore. Il avait espéré que, s'ils coopéraient et aidaient à éliminer les humains et les Ildirans, tout comme ils avaient jadis éliminé la race progénitrice des Klikiss, les ombres leur accorderaient la récompense promise. Cependant, il n'avait jamais vraiment cru à leurs promesses.

D'un autre côté, jamais il n'aurait cru que des forces extérieures puissent vaincre les Shana Rei. Et, aujourd'hui, ils étaient manifestement blessés et ébranlés.

Il était temps. Une ultime chance.

Le mal que les ombres avaient déjà subi était incommensurable. Plus de la moitié des Shana Rei avaient disparu, sans seulement comprendre comment ils avaient pu être mortellement frappés. En cet instant, les créatures des ténèbres n'avaient jamais été aussi faibles depuis leur résurgence dans l'univers. Les dernières d'entre elles se retiraient à présent dans le sanctuaire de leur espace protégé. Elles étaient désorientées, confuses… et vulnérables.

Exxos et tous ses robots noirs identiques arrivèrent instantanément à la même conclusion. Au cours de leurs millénaires d'existence, ils s'étaient toujours montrés prêts à faire volte-face au pied levé, à trouver une faille et à attaquer. Là, c'était l'occasion rêvée.

Exxos tenta le coup. Il conjectura que les Shana Rei pourraient se rétablir et redevenir forts. Si les robots se battaient aux côtés des créatures des ténèbres, les aidaient à s'échapper, à se reconstruire et à revenir, alors ils pourraient éventuellement frapper de nouveau le Bras spiral. C'était une possibilité… et ô combien il souhaitait qu'elle se concrétise !

Mais, si les Shana Rei regagnaient leur force, lui et ses robots se retrouveraient une nouvelle fois réduits au rang de jouets et d'esclaves. Il n'accorderait jamais sa confiance aux ombres, et les robots ne s'échapperaient jamais.

Oui, c'était leur meilleure chance.

Pendant des mois, la puissance de traitement combinée de millions d'esprits robotiques avait développé des annuleurs d'entropie peu orthodoxes, fondés sur une cristallisation de la réalité qui nécessitait les calculs les plus complexes d'une physique pour le moins exotique. Comme ils ne pouvaient pas garantir le succès de leur invention, les robots n'auraient qu'une seule chance, qu'un seul test.

À présent que les Shana Rei étaient vaincus, Exxos ne pouvait ignorer cette occasion. Les robots mirent simultanément en œuvre le plan. Ils anéantiraient les ombres, puis s'échapperaient tous.

Les taches d'encre palpitantes aux yeux rougeoyants de colère les entouraient, mais ces entités en proie au désespoir ne prêtaient guère attention aux nombreuses répliques d'Exxos qui subsistaient. Il savait que les Shana Rei sacrifieraient ses robots jusqu'au dernier si un tel massacre leur permettait de continuer à exister un instant de plus.

Il avait l'intention de leur enlever cette possibilité.

Tandis que les créatures des ténèbres se retiraient dans le néant vide, les essaims de copies de robots manipulèrent la physique, activèrent les algorithmes qu'ils avaient calculés et générèrent le réseau permettant de changer la réalité autour des Shana Rei. Le processus annula l'entropie qui constituait leur être même.

Les souillures noires, gonflées et informes, frémirent, se tortillèrent. Les symboles qu'ils arboraient en guise d'yeux flamboyèrent, puis s'obscurcirent à mesure que les taches d'encre se fossilisaient. Les structures de leur existence se cristallisèrent de manière ordonnée… et ils volèrent en éclats.

Dans le vide entre les dimensions, tous les Shana Rei cessèrent d'exister… exactement de la même façon qu'ils avaient voulu défaire l'univers réel.

Exxos observait ce qui se passait, incapable de croire en sa réussite parfaite et absolue alors que les créatures des ténèbres s'évaporaient simplement, comme si elles n'avaient jamais existé. Il vécut un moment de victoire totale.

Mais, lorsque les Shana Rei s'évanouirent, toute la nouvelle matière noire qu'ils avaient engendrée à partir du chaos fut également effacée. Les atomes qu'ils avaient formés à force de volonté pure commencèrent à se dissoudre et à rejoindre l'énergie du néant.

Aussi tous les robots klikiss qu'ils avaient assemblés avec cette matière noire se dissipèrent de la même façon. Des centaines de milliers de copies d'Exxos s'évaporèrent tout simplement – toutes celles que les Shana Rei avaient engendrées.

Après tant de batailles dévastatrices, tant de sacrifices dans de grandes zones de combat au milieu de l'espace, il ne restait plus que l'unique Exxos original…

… qui demeura seul à flotter dans le vide infini, une impossible tache dans un univers de néant…

127

Tom Rom

Les symptômes du fléau onthos se manifestèrent chez Zoe avec une rapidité dévastatrice. Tom Rom ne connaissait que trop bien l'évolution de la maladie.

Après tout ce qu'il avait fait pour les sauver tous les deux des robots noirs et des Shana Rei, après avoir sacrifié les chercheurs sur Pergamus et développer des trésors d'ingéniosité rien que pour s'enfuir, rien que pour garder Zoe en vie… désormais, ça.

— Te souviens-tu quand j'ai contracté la fièvre de Conden ? dit Zoe en essayant manifestement de conserver une voix forte, ce qui, Tom Rom le savait, traduisait un effort qu'elle faisait pour lui plus que pour elle-même. Jusqu'où tu as parcouru le Bras spiral en quête d'un médicament, tout ce que tu as fait pour moi ? Tu m'avais emmené à Rakkem et tu m'avais donné le traitement dont j'avais besoin.

— Je le referais, répondit-il. Mais Rakkem est vide, et tout remède potentiel a été détruit sur Pergamus.

— Ce remède n'aurait de toute façon pas fonctionné sur la nouvelle souche, dit Zoe. J'ai effectué le test moi-même. La gelée royale klikiss n'est plus efficace. Je suis heureuse que cela t'ait sauvé cependant.

Elle leva les yeux de son lit dans le compartiment arrière. Elle transpirait, sa peau était grisâtre, sauf aux endroits où elle était tachetée de points plus foncés.

— Et toi ? Toujours aucun symptôme ?

— Rien, dit-il. Je me sens bien. Je suis capable de prendre soin de toi.

— Tu prendrais soin de moi qu'importe comment tu te sentirais, répliqua-t-elle avec un léger sourire. Je suis heureuse que tu sois encore immunisé. C'était une erreur stupide de ma part. Toute ma vie, j'ai su que, si je baissais la garde, une maladie m'emporterait. C'est comme si les virus cherchaient à se venger de tout ce que j'ai fait pour les éradiquer.

Elle tenta de se redresser sur la couchette.

Alors que le vaisseau en pilotage automatique s'enfonçait dans le vide au milieu de nulle part, Tom Rom s'agenouilla à côté d'elle.

— Veux-tu quelque chose ?

— Reste ici. À la réflexion, je pense que j'aimerais bien revoir les archives de l'ancien fléau. Je ne me suis jamais beaucoup soucié des derniers messages larmoyants du clan Reeves, mais les regarderais-tu avec moi maintenant ? Je veux étudier comment ces gens ont fait leurs adieux alors qu'ils étaient confrontés à cette maladie.

— Je ne crois pas que cela soit judicieux, dit Tom Rom. Tu es différente d'eux. Plus forte qu'eux tous. Ils n'étaient que des Vagabonds, que leurs propres ombres effrayaient. Ils se sont cachés parce qu'ils ne pouvaient pas se confronter à la société. Tu n'es pas du tout comme ça.

Zoe haussa les sourcils.

— Vraiment ? Nous nous sommes cachés sur Pergamus. Nous nous sommes tenus à l'écart du reste de la Confédération.

— Tu ne te cachais pas. Tu t'isolais. Tu protégeais tes spécimens et tes recherches. Il y a une différence.

— Tu rationalises, c'est tout, rétorqua-t-elle. Je gardais mon travail loin de tous les autres membres de la Confédération. Je pensais qu'ils ne méritaient rien après ce qu'ils m'avaient fait.

Tom Rom acquiesça.

— C'est toi qui as pris cette décision. C'étaient tes recherches, tes découvertes.

Il pensa à la façon dont tous deux avaient soigné Adam Alakis pendant sa lente agonie, tandis qu'il succombait au syndrome de Heidegger, à la façon dont ils s'étaient rendus chez les biomarchands de Rakkem, à l'affreuse rentabilité de leurs remèdes et de leurs vaccins ainsi que leurs traitements délirants.

Même avec son énorme centre de recherche, Zoe ne s'était jamais attaquée à d'autres personnes, n'avait jamais profité des malades et des mourants. Elle souhaitait simplement constituer sa propre collection. Était-ce si terrible ? Un homme riche qui collectionnait des antiquités n'était pas obligé de les partager avec tous ceux qui auraient voulu les avoir. Pourquoi la collection de spécimens de maladies et de remèdes de Zoe serait-elle différente ? Elle avait payé pour la composer. Elle avait dirigé ses scientifiques, qui avaient produit un travail magnifique, et Tom Rom était fier d'avoir contribué aux efforts de Pergamus. Il avait obtenu tant de ces spécimens. Pour elle.

Même si Zoe ne le lui avait pas demandé, il lui apporta de l'eau et une infusion énergisante, dont elle avait besoin bien qu'elle ait prétendu ne pas en vouloir.

— Prends-la pour moi, dit-il. J'ai besoin que tu sois forte, besoin que tu te battes. Nous trouverons un moyen de traiter ce fléau, tout comme tu m'as sauvé. Tu as tout fait pour me guérir alors qu'il était évident que j'allais mourir. Nous trouverons un miracle pour toi aussi.

Elle tendit la main pour lui toucher le bras.

— Ce n'est pas mieux que les platitudes que les potards de Rakkem servaient aux moribonds désespérés. Ces patients croyaient n'importe quoi, mais je ne suis pas aussi crédule. Nous savons à quel point le fléau onthos est dangereux. Nous savons que nous ne pouvons pas le laisser entrer en contact avec un autre être humain. Même si tu es encore immunisé, tu y es exposé. (Son regard était dur et intense.) Un porteur sain.

— Je sais que je ne peux aller nulle part, dit-il. Je resterai ici avec toi… mais je n'arrêterai pas d'essayer de découvrir un remède. J'ai toutes les archives de Pergamus. Je peux passer les recherches au peigne fin. Je trouverai peut-être quelque chose.

— Ce ne sont que des données, répondit Zoe. Peu importe ce que tu trouves, tu ne disposes pas des installations nécessaires pour produire un quelconque traitement. Et j'ai lu tous les dossiers moi-même. J'en sais plus que tu ne pourras jamais en apprendre en temps voulu, Tom Rom. Crois-moi, cette souche est pire que celle qui vous a contaminés, Orli Covitz et toi.

Tom Rom fut surpris qu'elle connaisse tous ces détails. Il avait fait attention à ne pas lui en révéler trop sur ce dossier. Il ne lui avait jamais raconté ce qu'il avait fait pour obtenir le spécimen d'Orli Covitz, comment il l'avait traquée et avait accidentellement contracté le fléau.

Aujourd'hui, malgré toutes les précautions qu'elle avait prises, Zoe se retrouvait dans la même situation. Cette nouvelle souche était encore plus virulente que la première et la progression de la maladie semblait plus rapide. D'après la façon dont ses symptômes se manifestaient, il pouvait voir qu'elle avait quatre jours d'avance sur lui à ce stade de l'infection.

Elle n'allait pas tenir longtemps, mais il ne pouvait pas le lui dire. Dans ses yeux, il lisait néanmoins qu'elle le comprenait elle-même.

Il avait envie de l'invectiver avec une frustration déplacée, de lui demander pourquoi elle avait jugé si important de sortir ce spécimen de son lieu de stockage alors qu'il avait de toute façon mis les données à sa disposition. Ses autres échantillons de maladies avaient été détruits sur Pergamus. Elle aurait dû laisser celui-ci derrière elle aussi.

Ce spécimen était celui qui avait failli le tuer. Il savait que c'était ce qui l'avait tant fascinée.

Mais il ne servirait à rien de la gronder. Elle s'en voulait déjà et il ne souhaitait pas gâcher un seul instant des quelques jours qu'il leur restait. Elle le surprit en lui disant :

— J'ai encore une mission pour toi, Tom Rom. Tu as préservé toute la bibliothèque de données de Pergamus. Pendant tout ce temps, j'ai refusé de la partager avec qui que ce soit, mais à présent... cela n'a plus d'importance. Ces remèdes pourraient sauver d'innombrables vies. Après ma mort, je veux que tu transfères nos données. Confie toute la bibliothèque à un centre de recherche... En fait, remets-la au roi Peter et à la reine Estarra. Ils ont fait du bon travail en éradiquant le marché noir de Rakkem, n'est-ce pas ?

— Oui, en effet, dit Tom Rom. Mais en es-tu sûre ? Cela va à l'encontre de tout ce que tu as ordonné pendant tant d'années.

Le visage de sa pupille était déterminé.

— Envisage cela comme une autre manière de lutter contre tous les biomarchands et les potards qui ne manqueront pas d'apparaître. Si tu peux offrir les vrais remèdes, alors nous mettrons des bâtons dans les roues de ces charlatans. (Elle laissa échapper un rire rapide et douloureux.) Oui, ce sera une autre forme de vengeance, et cela me réjouit. Je m'en contenterai. (Elle leva les yeux vers lui.) Promets-moi de le faire.

— Je te le promets.

Elle savait qu'elle pouvait compter sur ses promesses. Il transmettrait l'ensemble de la bibliothèque médicale à un destinataire digne de ce nom, puis s'évaporerait. Lorsqu'elle mourrait, il perdrait de toute façon sa raison d'exister. Il avait juste besoin de passer enfin du temps en paix avec elle, afin qu'ils puissent être proches, se parler, se faire face sans murs de décontamination et écrans de communication entre eux.

— Je suis désolé que l'on ne puisse pas faire plus, dit-il. J'ai échoué en te laissant mourir ici, toute seule dans ce vaisseau.

Elle se redressa et lui serra la main si fort qu'il eut mal.

— Non, Tom Rom, pas toute seule. Je suis avec toi. Toujours toi.

Elle le regarda avec une intensité brûlante et pleine d'énergie alors même qu'elle consumait ses dernières forces.

— Et après ma mort, Tom Rom, je veux que tu fasses une autre chose pour moi.

— Tu sais que je le ferai.

— Tes antigènes antérieurs semblent te protéger, ce qui signifie que tu as du temps devant toi même si tu es porteur de cette maladie. Je veux que tu trouves un centre de recherche médicale et que tu les fasses travailler sur un remède capable de te guérir afin que ton organisme soit nettoyé de ce fléau et que tu aies une vraie vie. Paie-les jusqu'au dernier prisdiamant prélevé sur Vaconda. Fais l'impossible ! Tu es doué pour cela. (Elle laissa échapper un long souffle tremblant.) Je veux que tu vives, Tom Rom. Trouve un moyen de te sauver.

Il lui serra de nouveau la main et s'assit au bord de son lit.

— Je ferai de mon mieux, Zoe.

— Ça n'est pas suffisant. Promets-le moi !

— Bien entendu, je te le promets.

Mais il savait que l'épidémie était restée en sommeil dans la cité spatiale abandonnée des Onthos pendant des milliers d'années, avant de redevenir virulente dès que les humains étaient tombés dessus. Même si sa nouvelle exposition à la maladie ne l'avait pas tué, celle-ci demeurait présente dans ses cellules, qu'il présente ou non des symptômes. Il ne pourrait jamais garantir qu'une personne qu'il rencontrerait ne se retrouverait pas infectée et ne la transmettrait pas à un autre individu, puis à un autre. Il ne pourrait jamais prendre ce risque.

Tout le vaisseau était contaminé, tout comme le corps de Zoe et le sien. Il ne pourrait jamais certifier que les routines de nettoyage les plus rigoureuses parviendraient à stériliser son organisme. Il avait déjà décidé qu'après avoir partagé les données de Pergamus il choisirait son lieu – peut-être un endroit calme et solitaire, ou un endroit spectaculaire tel que la nébuleuse Cœur-de-Feu ou un trou noir. Puis il lancerait l'autodestruction de son vaisseau.

Zoe avait beau insister, il n'avait aucune certitude quant à sa contagiosité. Il ferait le nécessaire, comme toujours.

C'était la seule promesse faite à Zoe qu'il ne tiendrait jamais.

Tandis que la navette dérivait, elle devint de plus en plus malade, délirant dans son agonie. Sa fièvre monta en flèche et des taches couvrirent sa peau comme le fléau la rongeait. Mais elle s'accrocha et Tom Rom ne se sentait pas le moins du monde souffrant. C'était là le pire, se rendit-il compte : il était immunisé et vivant alors qu'elle mourait à son côté.

Il lui prit la main et s'assit à son chevet, caressa son front moite et brûlant et serra ses doigts jusqu'à ce qu'ils finissent par retomber mollement.

Puis il se retrouva seul à bord du vaisseau, volant au milieu de nulle part.

128

Osira'h

Un espoir inconfortable habitait Osira'h alors qu'elle conduisait les Jardiniers vers le récif de fongus. Elle souffrait toujours d'avoir perdu Rod'h et Tamo'l, mais elle mesurait aussi les dommages qu'ils avaient infligés aux Shana Rei, comment ils avaient affaibli et peut-être même détruit les créatures des ténèbres.

Les extraterrestres, vaincus et désespérés, se rendaient eux aussi compte de façon précise de ce qu'ils avaient commis. Ils étaient pleinement conscients pour la première fois depuis de nombreuses générations, et la culpabilité les tenaillait, aussi apparente que les ombres insidieuses qui avaient résidé en eux durant si longtemps.

Elle se souvenait comment les membres de la foule d'Ildirans possédés à Mijistra étaient morts d'effroi lorsqu'ils s'étaient réveillés et avaient vu ce qu'ils avaient été forcés de commettre. Les Onthos, eux, vivaient avec leurs ombres intérieures depuis bien plus longtemps – depuis des générations, en réalité. À présent, ils étaient comme des coquilles vides, mais les crimes qu'ils avaient perpétrés les angoissaient toujours.

Ohro se prosterna devant le trône, mais Osira'h n'en tira aucune satisfaction. Dans l'immédiat, elle voulait voir Reynald, lui tenir la main et lui donner de la force. Elle ne s'était pas absentée longtemps… mais elle ignorait combien de temps il lui restait à vivre. À moins que les extraterrestres soient en mesure de lui proposer une solution.

— Nous avons causé de graves dommages à la forêt-monde, dit le représentant des Onthos. Nous aurions dû être les gardiens de l'esprit verdani, mais nous avons perdu nos propres arbres et avons erré pendant des millénaires jusqu'à ce que nous trouvions Theroc.

Nous avons apporté la flétrissure ici. Nous avons fait souffrir les arbres alors que nous aurions dû prendre soin d'eux. (Ohro leva les yeux et dirigea son regard véhément vers la reine Estarra.) Nous avons tué votre sœur, Sarein. (Ils se regroupèrent tous en se balançant et en marmonnant.) Nous avons absorbé Kennebar et ses prêtres Verts. Nous avons causé des dommages irréparables.

Zaquel et cinq autres mystiques, tendus, se tenaient dans les coins de la salle du trône tandis que le roi et la reine fixaient le regard sur les extraterrestres en train de se prosterner. Les prêtres ne se lancèrent pas dans des accusations, mais écoutèrent avec attention.

Ohro baissa la tête.

— Nous avons trahi l'esprit verdani. Ceux d'entre nous qui ont survécu quitteront à présent Theroc. Nous n'aurons plus aucun contact avec les arbres. Nous n'en sommes pas dignes.

— Et cela sera-t-il une punition suffisante ? demanda Estarra d'une voix froide. Pour tout le mal que vous avez causé ?

Les prêtres Verts marmonnèrent entre eux et les mots de Zaquel surprirent Osira'h.

— Vous ne devez pas partir. Les arbres désirent que vous restiez. Ils disent que vous êtes une partie intégrante de l'esprit verdani... une partie manquante. Ils ont besoin de vous pour aider Theroc à se rétablir. Ils disent que vous pouvez faire plus.

En colère, le roi Peter se leva de son trône, mais Zaquel continua avant que quiconque lui coupe la parole :

— Vous pouvez aider le prince Reynald.

Les Jardiniers, fondamentalement altérés de l'intérieur depuis l'élimination des Shana Rei, se rassemblèrent au chevet du prince Reyn dans le récif de fongus. Aux yeux d'Osira'h, la couche de son bien-aimé n'était pas son lit de mort, même si cela semblait être le consensus tacite parmi ceux qui s'occupaient de lui, y compris ses parents.

Elle s'était précipitée ici pour rester près de Reyn. Après avoir constaté comment les extraterrestres se remettaient de leur flétrissure interne, une partie d'elle avait naïvement espéré que Reyn s'améliorerait lui aussi, mais il n'y avait pas de remède miraculeux. Il gisait, pareil à lui-même, en s'accrochant à un fil de vie ; on aurait même dit que son coma s'était aggravé. Il était décharné au point de paraître squelettique. On lui injectait des fluides nutritifs, car il n'était plus en état de se réveiller pour manger.

Mais Osira'h refusait toujours de croire qu'il n'existait aucun moyen de le sauver.

Les représentants des Onthos entourèrent le lit en pépiant discrètement.

—La maladie qui l'affecte nous était connue dans les temps anciens, dit Ohro, mais, lorsque notre forêt-monde est morte, nous avons perdu tous ces souvenirs… ou du moins c'était ce que nous pensions.

Zaquel acquiesça.

—Les prêtres Verts sentent ce vide dans l'esprit verdani. Tout ce savoir a disparu, a été perdu lorsque les arbres des Onthos ont été éradiqués.

—Mais notre race se reproduit en utilisant les arbres. Nous en faisons partie intégrante, jusque dans nos cellules, jusque dans nos chromosomes, déclara Ohro. Les Jardiniers sont différents des prêtres Verts humains. Nos mères spores pénètrent dans un arbre mourant et, suivant une réaction symbiotique, les arbres donnent naissance à d'autres Onthos.

Son regard balaya l'assistance comme il attendait qu'elle intègre ce qu'il venait de leur expliquer.

—Nos propres *cellules* se sont développées à partir des anciens arbremondes, avant que nous fuyions notre planète d'origine. Nos corps contiennent de l'ADN de cette antique forêt-monde. Les arbremondes originaux que nous avons entretenus et fait pousser font *partie de nous*. Tout comme la flétrissure de l'ombre nous était inhérente, ces connaissances verdanis perdues le sont aussi. (L'extraterrestre regarda Zaquel.) Les Jardiniers savent comment recouvrer cette mémoire oubliée depuis longtemps. Il y a une cérémonie que nous pouvons pratiquer.

Osira'h sursauta à l'évocation de cette éventualité. Elle se pencha et serra la main de Reyn en se demandant si ces anciens souvenirs ne contenaient pas un secret qui pourrait l'aider. Si les Onthos avaient déjà eu connaissance d'une maladie comme celle de Reynald, s'ils en avaient déjà fait l'expérience…

Le roi Peter et la reine Estarra se redressèrent, la tête pleine de questions.

—Et qu'avez-vous besoin de faire ?

Ohro balaya ses compagnons du regard.

—Nous devons sortir sous les arbres, au milieu des feuilles et des racines. (Il marqua une pause, et Osira'h se dit qu'il avait l'air tendu et effrayé.) Et ce doit être moi.

Les Jardiniers pépièrent et acceptèrent sa proposition.

Sur le sol de la forêt-monde, le groupe de Jardiniers s'éloigna du récif de fongus, accompagné d'un cortège de prêtres Verts, du roi, de la reine et d'Osira'h.

Ohro touchait les feuilles éparses sur son chemin et laissait le bout de ses doigts pâles effleurer l'écorce aux squames dorées des arbres. Il semblait chercher le bon endroit et finit par choisir une clairière appropriée. Lorsqu'il s'arrêta, ses pâles compagnons extraterrestres encerclèrent la zone. Les feuilles des arbremondes tombaient presque jusqu'au sol. Les branches étaient denses tout autour d'eux, et des racines dépassaient du sol. Ses congénères ramassèrent de petits bâtons pointus qu'ils trouvèrent parmi les débris de la forêt.

Ohro s'agenouilla et caressa les racines qui faisaient saillie pour établir le contact. Après une longue pause, il adressa un signe de tête aux autres Jardiniers.

Zaquel semblait préoccupé par la tension qui régnait chez les extraterrestres. Le reste des prêtres Verts ignoraient ce que les Onthos comptaient faire.

— Les souvenirs de l'ancienne forêt-monde sont profondément ancrés en moi, dit Ohro. Et à l'intérieur de tous les membres de ma race. En tant qu'alliés symbiotiques des arbres, nous avons puisé des forces dans les verdanis, et maintenant nous leur rendons la pareille. J'abandonnerai tout ce que je possède à l'esprit de la forêt.

Le dirigeant des Onthos se leva, écarta les bras et ferma ses grands yeux noirs.

Les autres Jardiniers s'avancèrent en masse et s'abattirent sur lui avec leurs bâtons pointus, le poignardant rapidement et à plusieurs reprises.

Osira'h sursauta. Peter et Estarra crièrent, mais ne purent rien faire pour arrêter ce meurtre.

Le chef des extraterrestres n'émit aucun bruit. Tout fut vite terminé. Leur chair pâle désormais maculée, les autres Onthos versèrent le sang d'Ohro sur les racines à l'air libre, l'étalèrent sur l'écorce squameuse de l'arbre, humidifièrent le sol, où il fut prestement absorbé. Les mains des extraterrestres étaient barbouillées de rouge. Le corps d'Ohro gisait, vidé, déchiqueté et immobile sur le sol de la forêt.

— C'était nécessaire ? cria Estarra. Vous l'avez tué !

Les Jardiniers acquiescent.

— De cette façon, nous avons extrait ce dont nous avions besoin. Ce dont la forêt-monde avait besoin.

— À présent, l'esprit verdani peut récupérer tous les secrets verrouillés directement de son sang, de son ADN.

— Les souvenirs perdus des verdanis sont restaurés.

Tremblante et hésitante, Zaquel se dirigea vers l'arbre le plus proche et appuya ses paumes sur les squames de l'écorce. Le bois ne montrait plus aucune trace du fluide vital qui avait été versé sur lui ; il l'avait absorbé dans ses propres cellules. D'autres prêtres Verts s'avancèrent et suivirent l'exemple de Zaquel. Leurs yeux s'écarquillèrent d'émerveillement en s'imprégnant de ces nouvelles connaissances.

— Les arbres contiennent tellement plus de choses à présent, dit Zaquel. Avant, l'esprit verdani était incroyablement vaste, mais, désormais, on y découvre une toute nouvelle ère historique, comme si une immense bibliothèque supplémentaire s'était ouverte. (Elle regarda autour d'elle, essayant de partager sa stupéfaction avec le reste de l'assistance.) Ces arbres plus anciens se comprennent désormais eux-mêmes et ont réintégré ce qu'ils savaient, et maintenant notre propre forêt-monde a une compréhension plus vaste que jamais.

D'autres prêtres Verts se rassemblèrent et se précipitèrent pour se plaquer contre les arbres voisins, plongeant leur psyché avide de connaissances dans les profondeurs de la forêt-monde. Ils méditèrent et se concentrèrent tandis qu'Osira'h attendait leur réponse avec impatience. Le simple fait d'avoir plus de savoir à disposition ne lui suffisait pas.

Lorsque Zaquel émergea, son visage était empli d'un émerveillement indescriptible. Elle respirait rapidement tandis qu'elle fixait le regard sur Osira'h, le roi et la reine.

— Oui, c'est ici. La connaissance est là ! Les arbres comprennent exactement ce qui affecte le prince Reynald. Et savent comment le soigner.

129

Générale Nalani Keah

Bien que la moitié des systèmes de communication du *Kutuzov* soient hors service après l'explosion de la supernova, l'équipage de Keah parvint à bricoler un signal suffisamment fort pour transmettre aux autres vaisseaux des FDC et leur indiquer un point de rendez-vous à l'extérieur de la nébuleuse. Les deux Mastodontes et les Mantas restantes s'éloignèrent cahin-caha.

Adar Zan'nh intercepta le message et ordonna à ses croiseurs lourds de rejoindre la générale Keah au même endroit. Les bâtiments de guerre convergèrent au-delà de la zone où se concentrait la poussière tandis qu'à l'intérieur de la nébuleuse les nouvelles supernovae déversaient leur lumière comme une fontaine de radiations.

Les éruptions stellaires étaient en train de dissoudre et de réduire en lambeaux le dernier nuage d'ombre. Au fur et à mesure que le voile sombre qui les entourait disparaissait, les cylindres hexagonaux commençaient eux aussi à s'effriter, se transformant en un cristal fragile qui se brisait et se dispersait comme des cendres.

— C'est bien plus qu'un « revers », dit Keah.

Son équipage applaudit, confus mais exubérant. Keah n'était pas sûre de pouvoir décrire ce qu'elle voyait, mais elle n'allait pas s'en plaindre.

Elle se tenait sur la passerelle du *Kutuzov*, les bras croisés sur la poitrine, et faisait les cent pas devant son fauteuil de commandement. On ne pouvait pas attendre d'elle qu'elle demeure assise. Ses longs cheveux noirs s'étaient détachés et pendaient en un enchevêtrement qui n'avait définitivement rien de réglementaire, mais elle s'en fichait. Même si les événements le justifiaient à coup sûr, elle ne posait pas pour les livres d'histoire.

Puis, tout aussi miraculeusement, dès que les cylindres hexagonaux se brisèrent et se dissipèrent, les milliers de vaisseaux de combat des cafarobots restants disparurent eux aussi, comme s'ils n'avaient jamais existé. Tous, même ceux déjà réduits à l'état d'épaves.

Nadd tremblait toujours. Comment un homme imberbe vêtu d'un pagne arrivait-il à avoir l'air hirsute ?

— Monsieur Nadd, avez-vous informé le réseau que nous sommes encore en vie ? demanda Keah.

— Oui, générale, dit-il en frissonnant. J'ai essayé de transmettre un compte-rendu en direct à travers mon surgeon pendant la bataille, mais j'ai parfois été distrait.

— Ça a été le cas de beaucoup d'entre nous, mais à présent vous pouvez rattraper votre retard. Informez-les et dites-leur qu'à notre connaissance les Shana Rei sont vaincus. (Elle scruta les images, se délectant de l'embrasement de la supernova.) N'est-ce pas là un spectacle glorieux ?

Les croiseurs lourds ildirans restants se rassemblèrent autour d'eux. Les ailerons de leurs voiles solaires avaient été réduits en lambeaux, et des impacts énergétiques tachaient et striaient leurs coques.

— Il semblerait que nous ayons survécu, dit Adar Zan'nh.

— Vous enfoncez des portes ouvertes, Z. (Puis la voix de Keah se fit plus grave.) Beaucoup d'entre nous n'ont pas survécu cependant. Il faudra un certain temps avant que nous puissions évaluer nos pertes, à la fois parmi les FDC et à la station Cœur-de-Feu. Pour l'instant, donnez-moi juste dix minutes pour digérer le fait que nous avons gagné. Je veux dire, vraiment gagné !

— C'était notre objectif, générale, dit Zan'nh.

— Si je ne vous connaissais pas mieux, Z, je vous accuserais d'être sarcastique.

— Loin de moi l'intention de me montrer tel, répondit-il.

Les bâtiments du groupe de combat de Keah transmirent leurs balises d'identification et ses officiers effectuèrent un inventaire, entreprenant la sinistre tâche de dresser la liste des pertes pour chaque vaisseau. Après l'anéantissement de Relleker et de la Terre, les pertes, même énormes, n'avaient plus aucun sens. Il était impossible d'appréhender le mal que les Shana Rei avaient infligé à la Confédération et à l'Empire ildiran.

Tout en regardant la mer de gaz grondante, Keah acquiesça lentement :

— Cœur-de-Feu va devenir une nébuleuse encore plus impressionnante… un mémorial digne de tous ceux que les ombres ont tués. En fait, j'oserais dire que c'est le cimetière le plus spectaculaire du Bras spiral.

— C'est mieux que des médailles ou des rubans, dit Zan'nh.

Anton, l'historien humain, apparut sur l'écran à côté de l'adar.

— J'ai tout chroniqué… et cette bataille entrera définitivement dans les livres d'histoire.

Il secoua la tête avant de poursuivre :

— Ç'a été une période difficile quand vous étiez tous hors service parce que vous pensiez que le Mage Imperator était mort. J'étais le seul à garder mes esprits !

— Avant la prochaine expédition, il faudra que je vous apprenne à piloter un croiseur lourd, répliqua Zan'nh à son compagnon humain. Juste pour être sûr.

Keah était désormais convaincue d'avoir entendu un sarcasme. Une fois qu'ils seraient revenus à une situation sécurisée et calme, elle se promit d'inviter l'adar à un dîner raffiné à bord de son Mastodonte, quel que soit le tour de chacun.

— Je ne suis pas certaine que nous comprendrons un jour tous les facteurs qui se sont conjugués au bon moment, dit Keah, mais nous avons botté les fesses de cet ennemi invincible… et ça me suffit. Voudriez-vous rejoindre le *Kutuzov* pour célébrer cette victoire, Z ?

L'adar considéra sa proposition et lui adressa une révérence attentionnée tandis qu'il lui faisait face sur l'écran.

— J'aimerais beaucoup, mais je dois retourner sur Ildira. Trop de choses restent en suspens, et j'ai besoin de savoir ce qui s'est passé exactement. Le Mage Imperator est toujours en vie et votre prêtre Vert nous a fourni suffisamment d'informations basiques pour nous rassurer, mais beaucoup de questions cruciales demandent encore des réponses.

Elle sourit.

— Nous aurons tout le temps nécessaire plus tard, Z. Faites vos propres célébrations, de la manière que les Ildirans préfèrent. Les ombres ont disparu, les robots ont disparu… Dans l'ensemble, je dirais que c'est une bonne journée.

— Oui, convint l'adar. Dans l'ensemble, c'est une bonne journée.

130

Tasia Tamblyn

Ils perdirent le contrôle de la *Curiosité Avide*, qui se mit à partir en vrille. Combien de vaisseaux des FDC, de la Marine Solaire ou de Vagabonds n'avaient pas réussi à échapper à l'explosion ? Robb tenta de stabiliser leur vol et augmenta leurs boucliers pour se protéger contre le torrent de radiations. Tasia tenait bon, mais son cœur se brisa quand elle saisit que Rlinda Kett et la *Gloire de Declan* faisaient partie des disparus.

Les multiples nouvelles supernovae avaient libéré des millions de fois plus de lumière stellaire que le noyau original abritant les supergéantes. Les vestiges de la station Cœur-de-Feu et des installations vagabondes avaient été vaporisés en un instant. Un rayonnement cosmique intense frappa le secteur où se concentrait la poussière en lisière de nébuleuse, labourant les gaz et créant une zone de choc soutenu.

Poursuivant leur fuite glorieuse, les deux vaisseaux-arbres nouveau-nés étendirent plus largement leurs branches. La lumière furieuse des supernovae leur fournit toute la substance dont ils avaient besoin. Tasia comprit que l'eau wentale que Rlinda avait livrée avait permis aux vaisseaux-arbres verdanis de voir le jour, sauvant ainsi Celli et Solimar. Jess et Cesca avaient su d'une manière ou d'une autre qu'elle avait cette capacité et Rlinda avait donné sa vie pour faire en sorte cela se produise…

— Au moins, Rlinda a-t-elle pu assister à ce qu'elle a accompli, dit Robb, qui pensait la même chose que Tasia. À présent, ses cendres et celles du capitaine Roberts sont mélangées et dérivent dans l'univers, comme elle le souhaitait.

Le cœur de Tasia était trop lourd pour qu'elle parvienne à répondre.

Alors que les supernovae lâchaient un hurlement de lumière victorieux dans la nébuleuse, ils regardèrent les nuages d'ombre se désintégrer, les cylindres hexagonaux s'effondrer dans le néant et les vaisseaux des robots noirs se volatiliser.

Traumatisé, le chef de station Alu continuait à scruter la nébuleuse à travers les hublots aux filtres puissamment renforcés pendant que Robb s'affairait à réparer en urgence les systèmes surchargés de la *Curiosité.* Alu secoua la tête.

— Tout mon établissement a disparu.

— J'espère que vous aviez une assurance, dit Tasia.

— Les Vagabonds resteront unis, répondit-il dans un long soupir. Cette destruction m'attriste, mais nous pouvons repartir de zéro et construire ailleurs… Ce sera beaucoup plus facile à présent que le Bras spiral est débarrassé des Shana Rei.

— Vous n'aurez peut-être pas besoin d'aller bien loin, suggéra Howard. Il existe encore des possibilités ici même. Nous n'avons jamais eu l'occasion d'étudier une supernova flambant neuve si peu de temps après son explosion.

Le visage de Shareen s'illumina également.

— C'est un laboratoire géant. Pensez aux tests que nous pourrons effectuer, aux informations que nous pourrons recueillir.

Alu pinça les lèvres tandis qu'il mesurait les possibilités qui s'offraient à lui.

— Pas seulement un laboratoire, mais une *usine.* Vous imaginez le nombre d'isotopes et d'ions exotiques créés rien qu'au cours de l'heure écoulée ? Tous ces trésors jetés là n'attendent qu'à être ramassés. Nous pouvons construire une autre station Cœur-de-Feu pour les récolter.

Howard et Shareen affichaient tous les deux un large sourire.

— Kotto Okiah aurait été fier, dit Shareen.

Alors que Tasia accélérait pour éloigner la *Curiosité* de la zone, elle effectua soudain une embardée en poussant un glapissement tandis que ses détecteurs d'évitement des collisions émettaient de fortes alarmes. Comme leurs capteurs étaient surchargés, ils avaient failli s'écraser sur un autre vaisseau qui se traînait, cabossé et en grande partie plongé dans l'obscurité. En un instant, Tasia le reconnut.

Un déluge de parasites se déversa sur le réseau de communication, accompagnée d'une faible transmission, de mots à peine discernables… et d'une voix familière.

— Heureuse que vous m'ayez trouvée ! Je suis occupée à tenter d'effectuer des réparations, mais c'est difficile avec juste de la colle, du grillage et du ruban adhésif.

L'écran clignota, et Rlinda Kett apparut au milieu d'une image de mauvaise résolution.

— J'aurais besoin d'aide si vous n'êtes pas trop occupés à essayer de m'écraser.

— Nous pensions que vous aviez été tuée dans l'explosion de la supernova ! s'écria Tasia.

— Gagner la course contre une étoile qui explose est certainement dans mes cordes. La *Curiosité* aurait fait mieux, sans le moindre doute, mais la *Gloire de Declan* est un vaisseau décent. (Elle gloussa.) En réalité, reprit-elle, les vaisseaux-arbres m'ont protégée. Celli et Solimar m'ont enveloppée dans leurs immenses branches au dernier moment et ont bloqué le plus gros de l'explosion de radiations.

Tasia se sentait comblée lorsqu'elle s'amarra contre la *Gloire de Declan*. De nombreux systèmes avaient été détruits et la coque était gravement endommagée. La corpulente commerçante rejoignit Tasia et Robb au sas et leur donna une énorme accolade. Les deux gestionnaires des Transports Kett avaient enfilé des exocombinaisons pour se protéger, mais Rlinda portait une combinaison de vaisseau normale.

— Je suis sûr que vous avez reçu une dose substantielle de radiations avec des boucliers aussi mauvais que ceux-là, dit Robb.

— Probablement, répondit Rlinda, mais je suis en vie et je peux suivre un traitement contre cette exposition. Maintenant, venez ici, vous deux.

— Vous devriez porter votre propre combinaison à présent, la réprimanda Tasia. Votre exposition s'aggrave.

— Vous avez raison, je devrais... mais, quand nous nous sommes échappés de la Terre, nous avons fui si vite que je n'ai pas eu le temps de revérifier le casier d'urgence. Je n'avais que deux combinaisons à bord, une moyenne et une petite. (Elle esquissa un sourire en coin.) Je doute qu'elles m'aillent même si je parvenais à les combiner tous les deux.

Robb transportait la vaste trousse de réparation de la *Curiosité*, prêt à contrôler l'état dans du vaisseau. Il regarda autour de lui, consterné, les lumières intérieures clignotantes. Plusieurs consoles de systèmes crachaient encore des geysers d'étincelles.

— Rejoignez la *Curiosité* pendant que nous vérifions les réparations à entreprendre, dit-il. Vous serez plus à l'abri là-bas.

— Merdre, pourquoi s'embêter !? fit remarquer Tasia. Il ne reste plus grand-chose de la *Gloire de Declan*. La retaper prendrait un mois et il faudrait que nous dégagions fissa d'ici. Laissez-la derrière vous avec toutes les autres épaves de la nébuleuse.

— Même pas en rêve. Je me suis prise d'affection pour ce vaisseau après tout ce que nous avons traversé ensemble, dit Rlinda. Et j'ai besoin d'une navette à moi, à moins que vous ne vouliez me rendre la *Curiosité* ? Je m'en doutais. (Elle les conduisit vers le compartiment moteur.) Passons au moins une journée à réparer mon système de propulsion et à réinstaller mes boucliers. Si nous redonnons sa mobilité au *Declan*, je pourrai embarquer quelques-uns de vos rescapés et vous alléger. (Elle fronça les sourcils.) Et ne me dites pas que vous avez assez d'espace et de système de survie pour les garder très longtemps avec vous.

— Pas vraiment, admit Tasia.

Robb revint à la charge.

— Même ainsi… Rlinda, *vous* devez vous protéger. Tout de suite. Vous avez déjà reçu une dose importante de radiations, et nous trouverons des passagers pour porter vos deux exocombinaisons de rechange et nous aider à retaper la *Gloire de Declan*.

Tasia accepta à contrecœur ce programme.

— Mais je ne vous accorderai que huit heures. Si nous ne parvenons pas à faire fonctionner votre vaisseau d'ici là, nous l'abandonnerons. Ces personnes doivent se rendre à Nouvelle-Station.

Rlinda balaya du regard l'appareil presque détruit.

— Huit heures, c'est bien en deçà de mon estimation de réparation.

Tasia laissa échapper un rire léger, puis manqua soudain de s'étouffer. Les larmes lui montèrent aux yeux et elle serra vigoureusement Rlinda dans ses bras.

— Nous avons vu l'onde de choc déferler sur votre vaisseau. Nous pensions que vous étiez morte !

Rlinda lui donna une tape dans le dos, puis minimisa la situation désastreuse qu'elle venait de traverser.

— Les morts héroïques, c'est bien, ma chère enfant, mais je préférerais mourir de vieillesse dans un lit avec un bon dessert devant moi.

131

Arita

Les colons humains vivaient dans la forêt-monde depuis quelques siècles seulement et, compte tenu de l'extrême rareté du microchampignon qui infectait Reyn, les Theroniens n'avaient tout simplement pas assez d'expérience pour savoir comment le traiter. Mais les vieux verdanis connaissaient cette maladie dégénérative.

Les Jardiniers avaient entretenu leur propre forêt-monde pendant d'innombrables générations et un fléau similaire les avait frappés par intermittence au cours de tous ces millénaires. Les anciennes réminiscences récupérées de l'esprit verdani perdu contenaient la clé : une plante rare et éphémère qui se cachait dans l'écosystème de la forêt-monde. Avec le flot de vieux souvenirs que le sang d'Ohro avait libérés, les prêtres Verts theroniens pouvaient désormais voir la plante, partager les images de la mémoire des Onthos. Ils savaient ce qu'il fallait chercher.

Loin dans l'espace, Collin accompagnait Arita dans le *Fils Prodigue* alors qu'ils quittaient le champ de récolte des Industries Iswander. Ravi de recevoir ce message par télien, le jeune prêtre Vert saisit Arita.

— Ils savent comment soigner Reynald ! Les souvenirs des Onthos nous ont montré la bonne plante : un extrait à utiliser comme brique moléculaire contre le microchampignon dans l'organisme de ton frère.

Il afficha un large sourire. Arita était si heureuse qu'elle jeta ses bras autour de lui.

— De quoi s'agit-il ? Qu'avons-nous raté avant ?

— Nous ne l'avons pas ratée. Elle était juste devant nous, une plante insaisissable, mais les chercheurs avaient tant de possibilités à tester. À présent, il ne leur reste plus qu'à trouver un échantillon. Où sont tes registres botaniques ?

Arita afficha des images de ses archives, tous les spécimens qu'elle avait catalogués au cours de ses nombreuses années d'étude de la forêt-monde. Collin et elle firent défiler une quantité incroyable de plantes. Arita le guida à travers son organigramme personnel, à la recherche de la bonne fleur blanche. Collin pointa vigoureusement l'écran du doigt.

— Celle-là. Voilà ce que nous devons trouver pour Reyn d'après les Jardiniers.

Il s'agissait d'une orchidée grimpante d'un blanc crémeux que les premiers colons avaient baptisée fleur d'étoile. Elle était éthérée et éphémère, n'éclosant qu'un jour pour disparaître ensuite, mais son système racinaire demeurait caché pendant des années.

— Je connais cette fleur.

Toutes les informations que Zoe Alakis leur avait transmises depuis Pergamus avaient mis les experts médicaux sur la bonne voie, mais c'était le savoir restauré des Jardiniers qui avaient apporté cette réponse singulière.

— Les chercheurs doivent extraire le remède d'une racine de fleur d'étoile, expliqua Collin en répétant ce qu'il avait appris à travers le télien. Mais, à moins que la plante soit en floraison, il est impossible de trouver une fleur d'étoile. (Il fronça les sourcils.) Et elles éclosent rarement...

Le visage d'Arita s'illumina.

— Attends, à l'enterrement de Père Idriss, il y a un an, des fleurs d'étoiles ont éclos sur sa tombe fraîche. Elles ont disparu depuis longtemps, mais les racines seront toujours là jusqu'à la prochaine floraison. Les prêtres Verts savent où elle se trouve, et mes parents aussi ! Ils peuvent déterrer ces racines et sauver Reyn.

Elle rayonnait.

— Envoie un message, dis-leur comment le guérir. (Elle leva les yeux et appela Garrison qui se trouvait dans le cockpit.) Pouvons-nous retourner à Theroc ? Je veux être là pour aider mon frère à se rétablir.

Garrison sourit.

— Nous vous ramenons à la maison.

Le *Fils Prodigue* se posa sur la cime des arbres, et Osira'h se précipita pour accueillir le vaisseau, quittant le chevet de Reynald pour la première fois depuis des jours. Arita serra l'hybride ildirane dans ses bras. Apprendre comment ils avaient découvert l'Esprit de l'éternité et comment les ombres avaient finalement été vaincues l'avait galvanisée.

Mais d'autres affaires l'occupaient en premier lieu.

— Laisse-moi voir Reyn. Comment se rétablit-il ?

— Suis-moi, lui dit Osira'h. Il voulait venir te voir lui-même, mais il n'a pas encore récupéré toutes ses forces. Je ne l'autoriserai pas à sortir du lit. (Elle esquissa un petit sourire.) J'ai tendance à être très protectrice en ce moment, mais les médecins affirment que le nouveau traitement l'a débarrassé de sa contamination. Si tu ne nous avais pas dit où trouver la fleur d'étoile... (Elle paraissait fatiguée, mais heureuse.) Je ne me suis pas sentie aussi joyeuse ni aussi épuisée mentalement depuis la fin de la Guerre des Élémentaux.

Osira'h les conduisit à la salle de réveil qu'occupait Reyn dans le récif de fongus. Le prince s'était levé de son lit pour aller s'asseoir à son bureau. Arita se précipita pour l'attirer à lui et l'étreignit alors qu'il se mettait debout.

Osira'h saisit l'épaule de son bien-aimé.

— Pas si vite. Ne te fatigue pas.

Arita se sentit tout aussi concernée.

— Tu devrais te reposer dans ton lit.

— J'ai déjà passé trop de temps allongé, répondit Reyn. Je me sens plus fort que je l'ai été depuis un an. Laissez-moi me réjouir de ma santé retrouvée.

Osira'h l'entoura de ses bras.

— J'ai l'intention de m'attribuer la majeure partie du mérite de ton rétablissement.

— Beaucoup de gens peuvent partager ce mérite.

Un homme mince à l'air pincé apparut dans l'embrasure de la porte ; il portait un plateau de nourriture et dégageait une aura de zèle intrusif. Les arômes des plats l'entouraient comme une musique alléchante et appétissante.

— Excusez-moi, j'ai une livraison de victuailles pour le prince... et ses compagnons.

Le nouveau venu parcourut la pièce du regard, comme si le nombre de bouches à nourrir le décevait.

— Je suis Zachary Wisskoff du restaurant *Arbor*.

— Nous n'avons pas commandé de nourriture, dit Reyn. Mais ça sent délicieusement bon.

— Le fumet est censé être *revigorant*, indiqua Wisskoff. J'ai choisi les mets après mûre réflexion. Rlinda Kett m'a envoyé un message m'informant que je devais m'occuper de vous jusqu'à ce qu'elle arrive.

Reyn rayonna.

— Rlinda est en route ?

— Oui, apparemment, elle compte jouer un rôle plus actif dans la gestion du restaurant. Elle vient de survivre aux Shana Rei dans la nébuleuse Cœur-de-Feu, mais à présent, pour une raison que j'ignore, elle s'inquiète pour l'*Arbor*. Son vaisseau est en chemin vers la station Handon pour effectuer des réparations, mais elle sera bientôt ici pour surveiller mes moindres faits et gestes.

Il ajouta d'une voix froide et pince-sans-rire :

— Comme vous pouvez vous en douter, cette perspective me ravit. (Il prit une profonde et bruyante inspiration, puis relâcha son souffle.) Elle m'a demandé de vous préparer le meilleur repas possible afin que vous puissiez recouvrer des forces.

Osira'h, Arita et Collin débarrassèrent le bureau pour poser les mets que Wisskoff avait apportés. L'homme s'activa avec un souci du détail inutile pour s'assurer que tous les plats étaient servis avec la perfection qui s'imposait. Une fois le repas dressé, il se tint en retrait et observa les convives manger avec appétit. Les odeurs étaient merveilleuses.

Wisskoff semblait attendre quelque chose.

— Bien que Rlinda ne l'ait pas précisé, je pense qu'elle n'a pas l'intention de vous facturer ces repas.

Reyn leva les yeux.

— Merci beaucoup.

Le sourire de l'homme était aussi fin que du papier à cigarette.

— Je ne manquerai pas de transmettre ces paroles à Rlinda afin qu'elle puisse ajouter votre gratitude à l'addition. Si vous n'avez besoin de rien d'autre…

Osira'h se régalait d'un plat d'étamines de lys remplies de pollen, tandis qu'Arita et Collin dégustaient des scarabées rôtis à même leurs coquilles. Tous firent remarquer combien les saveurs des mets étaient délicieuses.

— Merci encore, dit Reyn. Nous ne manquerons pas de le dire à Rlinda lorsqu'elle arrivera.

— Je suis sûr qu'elle appréciera.

Wisskoff s'en alla.

Lorsqu'il eut fini de manger, Reyn reprit les documents qu'il était en train de lire.

— Synthèses des événements récents dans le Bras spiral. Si je veux être le prochain roi, je dois apprendre à diriger les gens.

Osira'h l'enlaça de nouveau.

— L'une des choses les plus importantes que tu puisses faire en tant que souverain est de t'assurer que tu as une alliance solide avec l'Empire ildiran. C'est pourquoi tu devrais rester à mon côté.

Reyn lui rendit son étreinte… puis Arita voulut se joindre aux réjouissances et Collin *la* serra alors dans ses bras. Osira'h n'avait pas besoin de la lumière des sept soleils pour savoir à quel point l'avenir serait radieux.

132

Xander Brindle

Sur le site de Rendez-Vous – *de la station Handon*, se corrigea Xander – chaque jour de nouveaux vaisseaux arrivaient. Enfin, l'un d'eux apporta les rapports d'analyse médicale tant attendus que Xander avait demandés en secret.

Il compila un dossier complet pour Terry, voulant s'assurer qu'il connaîtrait ainsi toutes les options et tous les risques. Il devait se montrer le plus convaincant possible, mais il n'était pas certain que Terry souhaite qu'on le convainque.

Après leur voyage sur Theroc pour ramener Arita et Collin, le *Fils Prodigue* était retourné à Rendez-Vous et Garrison avait repris ses fonctions d'administrateur. Il se mit au travail pour coordonner toutes les nouvelles arrivées et classer les réparations nécessaires, affectant des équipes aux astronefs qui pouvaient être remis en service au plus vite. Même avec l'arrêt de la récolte de gonflotteurs, le marché des vaisseaux neufs et réparés allait être énorme. Xander ne doutait pas que la station Handon prospérerait et que lui et Terry tripleraient leur fortune.

Orli installa son atelier pour la maintenance des compers et l'actualisation de leurs programmes. Elle était ravie d'être avec Garrison. DD était son fidèle compagnon de toujours, et Seth Reeves semblait être lui-même un génie en herbe, désireux de l'aider à réparer des compers. Xander était heureux que la station Handon lui en donne l'occasion.

Il regardait les écrans sur les murs du centre de contrôle. Le *Verne*, survitaminé, était amarré au beau milieu du va-et-vient constant d'astronefs. Omar Selise revint avec une nouvelle cargaison de pièces de récupération de Relleker, manifestement impatient.

— Vous l'avez enfin, Brindle ? dit-il sur un canal ouvert alors qu'ils se trouvaient à l'intérieur du centre de contrôle principal. Je dois savoir.

Xander prit une inspiration et répondit au vieux chef de clan sur le système de transmission :

— J'ai rédigé un rapport complet à l'intention de Terry. Vous pouvez y jeter un coup d'œil et arrêter votre propre décision.

— Je veux en être sûr, bon sang ! C'est de mon petit-fils qu'il s'agit.

— Je comprends parfaitement. Le voilà.

Xander transmit les données à Selise tandis que Terry fixait sur lui des yeux écarquillés.

— De quoi parle-t-il ? Qu'est-ce que vous manigancez tous les deux ? Omar et toi n'êtes même pas amis.

— Certains points communs nous rapprochent.

Xander se redressa, tandis qu'OK demeurait silencieux à leurs côtés. Il avait mis beaucoup de temps à convaincre le comper de garder le secret, mais OK avait admirablement tu cette confidence. À présent, elle sortait au grand jour.

— D'accord, explique-moi ça ! dit Terry sur un ton exaspéré. Si c'est une bonne nouvelle, poursuis donc et gâche-moi la surprise. Si c'est une mauvaise, je peux l'encaisser.

— Et si c'est simplement quelque chose de sérieux que je veux que tu considères ?

— Je le considérerai, bien entendu. Nous sommes partenaires. Toi et moi avons traversé suffisamment d'épreuves. J'aimerais juste revenir à la normale et retrouver une certaine stabilité afin de ne plus avoir comme seule source de maux de tête que la gestion de notre nouvelle station.

Xander déglutit avec difficulté et se lança dans les explications :

— Omar a un petit-fils atteint d'une maladie dégénérative de la colonne vertébrale très similaire à la tienne. C'est de cela qu'il s'agit. J'ai quelque chose à te demander. Viens avec moi à la coquerie… J'espère que tu garderas l'esprit ouvert.

Terry manœuvra très bien sans ses jambes dans la faible gravité de l'astéroïde. Les rapports d'analyse que Xander avait reçus comportaient du bon et du mauvais : certains vantaient des succès avec enthousiasme, d'autres reportaient des échecs, d'autres encore présentaient des clients extrêmement satisfaits (qui avaient peut-être falsifié leurs témoignages ou avaient été démarchés) et certains parlaient de déceptions. Il existait clairement des risques. Il revenait à Terry de prendre la décision.

—Je vous souhaite bonne chance, Xander Brindle, dit OK.

Terry s'assit à la table de la coquerie en remuant nerveusement les doigts. Xander activa un écran, afficha ses fichiers et se lança. Il avait reporté cela depuis trop longtemps.

—Je vais te présenter une solution thérapeutique qui permettrait de restaurer tes jambes. C'est cher et c'est risqué, et il y a des effets secondaires possibles. (Xander se tourna vers son partenaire pour le regarder.) Et je pense que ça pourrait fonctionner.

Terry fronça les sourcils.

—Il n'existe pas de remède pour ma maladie. Je suis passé par tout cela, j'ai subi tous les tests. Et j'ai tourné la page il y a longtemps.

—Mais quelque chose a changé... Deux choses, en vérité. Les recherches se sont poursuivies sur une nouvelle méthode de traitement qui semble prometteuse. L'autre changement, c'est que nous pouvons aujourd'hui nous le *payer*, quel qu'en soit le coût.

—Comment se fait-il que je n'aie jamais entendu parler de ces études auparavant ? demanda Terry.

—Ça n'est pas vraiment orthodoxe. Je ne te cache pas que le chercheur principal entretenait des liens avec Rakkem.

—*« Rakkem » ?* La réponse est non alors.

—Tout ce qui gravitait autour de Rakkem n'était pas corrompu ou inutile. (Xander afficha le rapport.) J'ai retrouvé plusieurs patients qui ont été traités, des personnes qui souffraient d'une maladie similaire... la même que celle qui frappe le petit-fils d'Omar Selise. La thérapie n'a pas toujours fonctionné – je ne te mentirai pas –, mais le taux de réussite est supérieur à cinquante pour cent. En ce qui concerne la douleur et le rétablissement, je veux que tu sois réaliste.

—Et si ce traitement échoue ? dit Terry.

—Tu resteras dans le même état que maintenant, dans ce cas, et au moins je saurai que nous avons tout essayé.

—Des effets secondaires ?

—Des spasmes sévères peut-être. Perte de vision dans quelques rares cas. Ça n'est pas une promenade de santé.

Xander grimaça en se rendant compte de l'insouciance avec laquelle il avait parlé de « promenade ».

Terry survola les dossiers, mais ne sembla pas intéressé. Au lieu de cela, il se sentit frustré.

— Nous avons évoqué le sujet à maintes reprises. Je me réjouis de ces avancées médicales, mais je ne comprends pas ton obsession à vouloir me soigner. T'ai-je fait croire que j'étais malheureux ? que, quelque part, j'étais assez désespéré pour prendre de tels risques ?

— J'ai juste cru que tu le souhaiterais, répliqua Xander. Je continue à essayer de penser à quelque chose que je pourrais faire pour toi, quelque chose que tu pourrais faire pour toi-même avec tout l'argent de Maria.

— Je suis heureux comme je suis. (Terry fit un geste vague en direction des murs de la pièce.) Et lorsque je suis sur le terrain, au milieu du chantier de récupération et dans les ateliers de réparation, je suis tout aussi capable que n'importe qui d'autre. Cela *te* dérange-t-il que je ne puisse pas marcher ?

— Non ! (Xander sentit combien sa gorge était nouée et il se rendit compte qu'il pleurait.) Je faisais juste ça pour toi.

— Je vais bien, vraiment. (Terry tendit la main pour lui serrer l'avant-bras.) Je n'ai pas l'impression de ne pas être une personne à part entière. Je ne prendrais pas le risque de souffrir, de passer du temps en rééducation loin de toi… Et qu'arriverait-il si ça tournait mal pendant le traitement ? Spasmes ou cécité ? Honnêtement, je suis heureux comme je suis. (Il leva les yeux.) Et toi ?

— Oui, je suis parfaitement heureux. Et je suis heureux avec toi.

Xander enlaça son compagnon et ils restèrent un long moment dans les bras l'un de l'autre.

Xander lui expliqua la situation du petit-fils d'Omar, qui envisageait de subir le même traitement en attendant une étude plus approfondie compte tenu des dépenses considérables que cela impliquait.

— Je paierai, dans ce cas-là, répondit Terry. Si c'est ce qu'Omar et son petit-fils veulent vraiment faire – une fois qu'ils auront examiné toutes les solutions et tous les inconvénients –, nous leur donnerons les fonds nécessaires.

Xander éprouva une bouffée de bonheur.

— Ce serait merveilleux. Mais c'est à eux de décider.

— Ce sera le cas, dit Terry, qui répondit avec un drôle de sourire inattendu. Tu seras peut-être surpris d'apprendre que je n'ai pas non plus fait complètement semblant de ne pas considérer mon état de santé. J'ai moi-même réfléchi à d'autres options. (Il demanda à OK de venir dans la coquerie.) J'ai quelques nouvelles de mon côté, Xander. (Il sourit de toutes ses dents.) Je suppose que cela montre à quel point nous nous comprenons, toi et moi. J'ai trouvé une solution alternative.

OK entra en portant un long appareil cybernétique dans ses bras tendus. Xander pouvait voir les sangles adhésives attachées aux jambières, les tendons et les poulies intégrés en mailles flexibles.

— Comme Orli Covitz est très douée avec les compers, expliqua Terry, je lui ai demandé de développer ça pour moi. Je pense qu'ils pourraient bien fonctionner.

Xander tendit la main et prit l'appareil des bras d'OK.

— Qu'est-ce que c'est ?

— Des renforts de jambes de comper. Je peux les attacher et marcher tout comme le ferait l'un d'eux. Je ne les porterai pas tout le temps, parce que je peux quand même me déplacer plus vite que toi. (Il afficha un large sourire.) Mais, dans d'autres circonstances, je n'aurai plus besoin de tenir l'épaule d'OK et pourrai me mouvoir comme tout le monde dans des environnements à pesanteur normale.

Xander se tourna vers le comper.

— Tu étais au courant ?

— Oui, Xander Brindle, répondit OK. Il m'a fait promettre de ne rien dire. C'est vous-même qui m'avez appris à garder des secrets.

— Mais je croyais..., dit Xander, avant d'éclater de rire, tout comme Terry.

— Je pense qu'ils fonctionneront exactement comme prévu, dit son compagnon.

133

Le Mage Imperator Jora'h

Cela faisait des jours que Jora'h n'avait pas vu d'ombres dans ses rêves. Il savait que les Shana Rei avaient bel et bien disparu de l'univers. Il se sentait encore incroyablement faible d'avoir failli se vider de son sang, mais il s'en était sorti grâce au sacrifice de Gale'nh. Au moment critique, il s'était montré assez fort pour appeler les faeros afin qu'ils participent à la dernière bataille.

Et ils avaient gagné.

Pour la première fois depuis des jours, il se sentait suffisamment en forme pour se rendre dans la salle d'audience de la hautesphère. Prenant la place qui lui revenait, il s'assit dans le chrysalit sous la projection de son propre visage souriant dans les brumes au-dessus de leurs têtes. À côté de lui, Nira posa une main sur son bras.

Le peuple ildiran avait senti que son Mage Imperator était à l'article de la mort et avait à présent besoin qu'on le rassure. Pendant très longtemps, ils avaient vécu avec une ombre à l'intérieur du chiisme et n'avaient pas remarqué son pouvoir invalidant jusqu'à ce qu'elle disparaisse. Aujourd'hui, toute la race ildirane paraissait revitalisée. Des milliers de gens de tous les kiths se rendaient en pèlerinage à Mijistra, gravissant la colline ellipsoïdale jusqu'au Palais des Prismes. Rien que pour le voir. L'un après l'autre, ils s'avançaient pour lui présenter leurs vœux, lui réaffirmer leur loyauté, ou peut-être simplement pour constater de leurs propres yeux qu'il était toujours en vie et en bonne santé.

Gale'nh s'était également rétabli et se tenait fièrement dans son bel uniforme de la Marine Solaire aux côtés de Muree'n et de Yazra'h. Le fils de Nira était aussi fort qu'elle l'avait prétendu. Il s'était accroché à la vie et avait aidé Jora'h à revenir. Osira'h restait sur Theroc avec le prince Reynald en convalescence, mais elle avait contacté sa mère par l'intermédiaire des prêtres Verts.

Après la bataille dans la nébuleuse Cœur-de-Feu, Nira n'avait plus que trois enfants, mais Jora'h honorerait Rod'h et Tamo'l, sachant ce qu'ils avaient accompli, comment leur sacrifice avait été l'un des plus importants coups mortels portés aux créatures des ténèbres.

Le choc avait transpercé Gale'nh, manquant de le tuer alors qu'il se remettait d'avoir transfusé une si grande partie de son sang. Tandis que les médecins s'efforçaient de le sauver de ce terrible revers, Muree'n était entrée en titubant dans le centre médical, visiblement faible et ébranlée. Elle avait agrippé les kiths médecins présents en leur disant :

— Prenez mon sang, donnez-le à mon frère. Nous devons partager nos forces.

Et les docteurs lui en avaient prélevé autant qu'ils en avaient eu besoin pour stabiliser Gale'nh, lui rendre des forces, le sauver.

Dans la salle d'audience, Nira posa sa main sur le bras de Jora'h. Elle se pencha vers lui pour murmurer :

— Merci d'avoir contribué à nous sauver tous. Rod'h et Tamo'l savent à quel point nous apprécions ce qu'ils ont fait… je le sens.

Lorsque Rod'h avait poussé son dernier cri mental, elle était connectée à l'esprit verdani et écoutait des comptes-rendus. Bien que le télien ne lui permette que rarement d'entrer en contact avec ses enfants hybrides, cette fois elle les avait perçus, Tamo'l et lui. Ils étaient ses enfants après tout. Cette expérience l'avait grandement secoué, mais elle avait également été heureuse d'avoir partagé ce dernier contact avec eux. Elle pensait que Rod'h et Tamo'l l'avaient sentie lors de cette minuscule fraction de seconde avant que les faeros les engloutissent…

Désormais, les ombres avaient disparu. Les représentants du peuple ildiran ne se transformeraient plus en tueurs sans cervelle – et Jora'h n'aurait pas non plus à s'inquiéter de la corruption qui s'était emparée de lui. Il frémit en se rappelant les actes qu'il avait commis dans la salle de banquet.

Mais cette noirceur était derrière lui à présent. Les sept soleils brillaient avec éclat dans le ciel d'Ildira.

De nombreux pèlerins avaient insisté pour fournir un petit échantillon de leur sang à ajouter à la prochaine transfusion du Mage Imperator. En tant que noyau de l'ensemble de la race, Jora'h pouvait recevoir du sang de n'importe quel Ildiran, de n'importe quel kith.

Tous voulaient lui apporter leur aide. En guise de geste symbolique, il ordonna que tous les échantillons – après que l'on eut testé leur pureté – soient mélangés, mélange qu'il se ferait injecter dans les veines pour réaffirmer sa position auprès de son peuple. Son sang coulait à travers toute la race ildirane, et à présent ils sauraient que leur sang coulait aussi en lui.

L'Empire ildiran était fort, tout comme lui.

Un pèlerin lentil fit une révérence devant l'estrade.

— Merci, seigneur. Merci !

Puis il s'éloigna et une mineuse prit sa place. Elle s'inclina elle aussi et exprima sa gratitude. Ils avaient besoin de la manifester et il ne leur demanda pas de s'expliquer.

Des murmures d'alarme et d'excitation se répandirent alors à travers la cour, puis Jora'h sentit une vibration inquiétante dans le thisme. Levant les yeux, il aperçut une lumière flamboyante au-dessus de leurs têtes à travers le dôme de la hautesphère.

Prenant une rapide inspiration, le Premier Attitré Daro'h pointa le doigt vers le haut.

— Les faeros ! Les faeros sont revenus.

Mais, cette fois, Jora'h n'éprouva ni panique ni désarroi. Il sentait que les élémentaux ignés n'étaient pas venus pour détruire quoi que ce soit.

— Allons sur le toit. Nous devons les remercier.

Arrivés au sommet du Palais, ils contemplèrent un défilé de boules de feu qui descendaient comme des étoiles filantes. Les faeros tourbillonnaient au-dessus de leurs têtes, tournoyant autour du Palais des Prismes comme des comètes incandescentes. Les Ildirans sursautèrent et Jora'h leva les mains en signe de reconnaissance. Les ellipsoïdes enflammés ondulaient au-dessus d'eux, faisant scintiller l'air de leur chaleur. Leurs motifs imprévisibles semblaient saluer le Mage Imperator.

Jora'h ne pouvait plus les contrôler, il en était certain. Les faeros ne souhaitaient pas demeurer liés à l'Empire ildiran. Ils retourneraient vivre à l'intérieur de leurs soleils, sans jamais avoir besoin d'en sortir. Maintenant que les Shana Rei étaient résolument vaincus, les créatures ardentes étaient en sécurité, tout comme le reste du Bras spiral.

Les gens regardaient avec stupéfaction le ciel se remplir de boules de feu. Les remémorants s'abreuvaient de ce spectacle, comme s'ils cherchaient à trouver les mots qu'ils utiliseraient pour chroniquer cet événement dans *La Saga des Sept Soleils*. Les yeux d'Anton Colicos, qui se trouvait dans leurs rangs, étincelèrent.

— Cela fera une excellente histoire, dit-il, avant de marquer une pause pour réfléchir. En fait, ce sera le cas de tout ce que nous venons de vivre. Beaucoup d'écriture m'attend encore.

Les faeros planaient en silence, comme s'ils communiquaient entre eux, puis ils s'éloignèrent vivement, laissant des traînées de vapeur fumeuse sillonner le ciel derrière eux.

Dehors, à l'air libre, Jora'h prit la main de Nira.

— Nous devrions tenir nos audiences ici, où l'univers tout entier peut nous voir.

Bientôt, avec le soutien important d'escortes médicales, Chiar'h et Shawn Fennis vinrent rejoindre le Mage Imperator à la tête des métis dégénérés – aux aspects et formes si variés – qui avaient été sauvés de Kuivahr.

— Nous savons ce que Tamo'l a accompli à la fin, dit Chiar'h.

De nombreux bandages lui couvraient le visage et les bras.

— Nous savons tous ce que Rod'h et elle ont accompli, et je sais aussi ce que les métis ont fait, répondit Jora'h. Vous serez tous honorés pour le rôle que vous avez joué afin de nous offrir la victoire que nous avons arrachée dans cette guerre. Vous avez éveillé l'Esprit de l'éternité et cette force a permis de vaincre les Shana Rei. Soyez-en remercié également. Tous.

— Si vous avez besoin de quoi que ce soit, ajouta Nira, si vous voulez présenter une requête au Mage Imperator, il vous l'accordera.

— Nous avons déjà ce dont nous avons besoin, répondit Shawn Fennis.

— Dans ce cas, il y a une chose que je vous demanderai, dit Jora'h en regardant le groupe de métis dégénérés.

Il observa leurs gènes mal assortis, leurs adaptations bizarres… Même si le programme d'hybridation qui les avait créés demeurait une source de tristesse pour lui, leur existence ne le décevait pas. Ils avaient beaucoup à partager.

— En quoi pouvons-nous vous aider, seigneur ? demanda Har'lc, l'un des mal-nés les plus hideusement déformés. (Sa peau formait une toile d'éruptions cutanées et de plaques qui pelaient.) Nous vous servirons si nous en sommes capables.

— Je sais que vous en êtes capables, répondit Jora'h avec un sourire. Je demanderai à Mungl'eh de chanter, et à vous tous de l'accompagner.

Je sais déjà à quel point son chant est beau, mais le reste de notre peuple devrait l'entendre. (Il regarda Nira.) Cela va t'émouvoir.

— Avec grand plaisir, dit Mungl'eh.

Les autres mal-nés la rejoignirent.

Le visage difforme de la femme se transforma en ce qui était clairement un large sourire. Avec sa voix qui pouvait tout changer – et l'avait fait –, elle et le reste des métis entonnèrent une chanson pleine d'allégresse à l'intention du Mage Imperator.

134

Zhett Kellum

C'était exaltant de sentir le vent lui caresser le visage et agiter ses longs cheveux noirs. Zhett prit une inspiration, inhalant les odeurs de mélanges chimiques étranges qui émanaient des couches de nuages en contrebas. Elle étendit les bras de part et d'autre et écarta les doigts pour se délecter du ciel infini.

— Je vois que tu profites, dit Patrick.

Elle ferma les paupières et se retourna lentement.

— Tout à fait.

Le vent enfla, sifflant autour des antennes qui parsemaient le dôme du moissonneur d'ekti. Sur la partie inférieure de la structure, des sondes de plusieurs kilomètres de long s'enfonçaient dans les différentes strates de la couche nuageuse, analysant et envoyant des signaux pour guider la station d'écopage vers l'endroit où la concentration d'ekti était la plus forte.

Patrick s'approcha par-derrière et passa les bras autour de la taille de Zhett. Ils demeurèrent serrés l'un contre l'autre.

— J'ai peur que tu tombes.

— Je ne pense pas que j'étais en danger, dit-elle en se blottissant contre lui, mais tu es le bienvenu si tu veux continuer à me tenir fermement.

Un bruyant écumeur virevoltait à pleins gaz autour du moissonneur d'ekti, une moto aérienne qui effectuaient des tonneaux et des loopings dans le ciel. Zhett reconnut Kristof aux commandes de l'engin.

— Ces cascades sont totalement inutiles.

— Et dangereuses, ajouta Patrick. Mais tu dois admettre qu'il est doué pour cela.

Kristof s'approcha en piqué, puis plongea brutalement dans les nuages, où il disparut dans la brume.

— J'étais meilleure à son âge, dit-elle. Nous devrions le pousser à continuer de s'entraîner.

— Ça ne sera pas difficile.

Un cargo arriva avec des marchandises qu'ils avaient commandées aux différents clans de Vagabonds, puis expédiées ici vers la géante gazeuse Qhardin, où les Kellum avaient installé leur nouveau moissonneur d'ekti.

Del Kellum monta sur le toit, interrompant leur moment de tranquillité comme Zhett savait qu'il le ferait. Elle voulait savourer chaque instant de paix avec son mari, mais il y avait aussi des dossiers à traiter.

— Bon sang ! il dit qu'il ne prolongera pas notre crédit, dit Del. Pour qui se prend-il ?

— Un homme d'affaires conservateur, probablement, supposa Patrick.

— Notre crédit a été amené jusqu'au point de rupture, puis il a été noué et renoué pour éviter ladite rupture, commenta Zhett. (Elle se retourna pour suivre son père.) Je lui parlerai. Il nous faut encore un mois avant que cette station d'écopage récolte un surplus d'ekti.

Del poussa un grognement.

— Ce monsieur dit qu'avec un ekti si bon marché il nous faudra cinq générations pour produire assez de carburant et rembourser les dettes que nous avons déjà contractées !

— Il devrait retourner à Academ voir si Jess et Cesca enseignent toujours les mathématiques. N'importe quel imbécile sait que les stocks de la Confédération seront bientôt épuisés à présent que nous avons cessé de récolter des gonflotteurs. La moitié des clans ont déjà abandonné l'écopage des nuages, et à présent ils vont de nouveau devoir redoubler d'efforts. (Zhett commençait à se sentir agacée.) Mais *nous avons* une longueur d'avance. Cette station d'écopage sera l'une des premières à fournir régulièrement de l'ekti au marché.

Del poussa un grognement.

— Je suis disposé à lui dire de prendre sa cargaison et de partir ailleurs.

— Laisse-moi d'abord lui parler avant que tu piques une crise, papa.

Patrick eut un sourire en coin.

— Eh bien, c'est réglé. Comment pourrait-on dire non à Zhett ?

Del compatit.

— Vous connaissez ma fille aussi bien que moi. Vous feriez mieux d'y aller également, Patrick, juste au cas où elle aurait besoin de renfort.

Zhett renifla.

— Tu penses que je ne peux pas m'en occuper moi-même ?

Del haussa les épaules.

— Non, je voulais simplement que ton mari pense qu'il servait à quelque chose.

Après avoir contribué à faire connaître les gonflotteurs et l'Esprit de l'éternité, Del avait supervisé le démantèlement des opérations d'extraction d'ekti des Kellum situées à la limite du système Ikbir, mais ils avaient déjà récolté suffisamment de carburant pour moteurs interstellaires pour que Zhett et Patrick le vendent à Nouvelle-Station à un prix décent. Puis ils avaient retrouvé la trace des membres survivants du clan Duquesne.

Quelques mois plus tôt, Aaron Duquesne s'était présenté à la distillerie de Kuivahr pour céder les moissonneuses d'ekti de sa famille sous prétexte qu'ils voulaient se retirer du domaine de l'écopage. À l'époque, les Kellum se contentaient de leurs activités de brassage tranquilles mais modestement fructueuses, mais Zhett avait vu comment les Industries Iswander étaient en mesure de produire du combustible pour propulseurs interstellaires bien moins cher que n'importe quelle entreprise traditionnelle de Vagabonds. La station d'écopage qu'ils avaient exploitée sur Golgen lui manquait et elle avait été très tentée de conclure l'affaire avec Duquesne, mais le fait de devoir rivaliser avec Iswander semblait conduire tout droit à la faillite.

Peu de temps après, cependant, ils avaient également perdu leur distillerie sur Kuivahr, ce qui n'avait pas amélioré leur sort. *Circonstances indépendantes de notre volonté.* Lorsque la famille avait pris la décision commune de se relancer dans l'écopage traditionnel, Del s'était souvenu que les stations du clan Duquesne, mises au rebut, étaient encore sur le marché. Ils avaient réuni suffisamment d'investisseurs et un acompte pour acheter le vieux moissonneur d'ekti. Les Kellum étaient désormais établis sur une nouvelle planète gazeuse.

Zhett savait que sa place était là. Les Kellum étaient destinés à pratiquer l'écopage. C'est là qu'elle se sentait le plus chez elle.

Alors que Patrick et elles descendaient avec son père du pont d'observation supérieur, des questions d'ordre professionnel préoccupaient son esprit. Prête à débattre avec l'intraitable négociant, elle envisagea différents arguments : l'augmentation du prix de l'ekti, les investissements conséquents qu'elle avait réalisés ici, la fiabilité historique du clan Kellum… *Non, oublie ça*, se dit-elle. Elle ne voulait pas attirer l'attention sur le nombre d'affaires qu'ils avaient gérées et sur les échecs désastreux qu'ils avaient essuyés – même si ça n'avait pas été leur faute.

Quand les trois écopeurs atteignirent enfin la baie d'atterrissage, elle avait en tête tous les points importants et s'était mise dans l'état d'esprit qui lui permettrait de remporter n'importe quelle discussion. C'est alors qu'elle se rendit compte que son père souriait à pleines dents.

— Qu'est-ce qui ne va pas, papa ? Tu souris.

— Oh ! rien, ma douce. Je suis content d'avoir réussi à cacher ça aussi longtemps.

D'un grand geste, il ouvrit la porte coulissante et ils franchirent l'accès du personnel donnant sur la vaste baie d'atterrissage.

Shareen et Howard les attendaient là.

Zhett fut complètement prise au dépourvu. Patrick lâcha un rire sonore.

— Vous étiez au courant depuis le début, Del !

— Oui, en effet, putain ! Je voulais voir la tête que vous feriez.

Zhett le laissa profiter de sa blague pendant qu'elle se précipitait vers leur fille.

— Quand êtes-vous rentrés ?

— Nous sommes passés par Nouvelle-Station et avons été pris en stop par un cargo.

Del fronça les sourcils, manifestement embarrassé.

— Je me sens terriblement coupable de vous avoir envoyés tous les deux à la station Cœur-de-Feu. Je pensais que ce serait une bonne expérience. Je pensais que vous apprendriez beaucoup de choses… mais quel désastre !

— Un désastre peut-être, monsieur, répondit Howard, mais nous avons beaucoup appris, à n'en pas douter. Ainsi que vous nous l'aviez promis.

— Il semblerait que nous aurions été confrontés à une catastrophe du même genre si nous étions restés avec vous sur Kuivahr, fit remarquer Shareen. Et, de cette façon, nous avons été les derniers à travailler avec Kotto Okiah.

— Ce fut un grand honneur, dit Howard.

Zhett entoura de ses bras les épaules des deux adolescents.

— Vous êtes de retour ici et maintenant, dans une station d'écopage au milieu des nuages. À mon avis, c'est ainsi que les choses doivent se passer.

— Howard et moi resterons pour nous assurer que votre nouvelle station d'écopage fonctionne correctement, réfléchit Shareen, mais il est question de reconstruire un complexe de recherche à Cœur-de-Feu pour étudier les supernovae.

— Cela ouvre un grand nombre de possibilités scientifiques et industrielles, ajouta Howard. Nous aimerions participer à ce projet dès le début.

— Donc, Howard reste avec toi ? demanda Patrick. Ne devrions-nous pas le ramener à sa famille ?

— Attendez, ne se trouvaient-ils pas sur Terre ? s'enquit Zhett avec une inquiétude soudaine.

Howard secoua la tête.

— Ils n'y ont vécu que provisoirement, le temps d'un contrat de travail que ma mère avait accepté. Ils sont retournés sur Nouveau-Portugal une semaine après que j'ai rejoint Shareen la première fois.

— Nous leur avons envoyé un message pour leur faire savoir qu'il allait bien, précisa Shareen. Howard est assez grand pour prendre ses propres décisions, et nous avons décidé qu'il resterait ici avec moi.

Lorsqu'elle lui attrapa le bras, Howard piqua un énorme fard. Zhett sourit aux deux adolescents.

— Comme je le disais, c'est ainsi que tout devrait se passer.

135

Rlinda Kett

Volant avec précaution pour ne pas mettre à rude épreuve les systèmes défaillants du vaisseau, Rlinda amena la *Gloire de Declan* à l'amas d'astéroïdes de Rendez-Vous.

— Si la station Handon est ouverte aux affaires, transmit-elle, j'ai du travail pour vous.

Tous deux ravis de la voir, Xander et Terry s'empressèrent d'accueillir le vaisseau balafré et cabossé dans la baie principale. Rlinda en émergea et les attira à elle pour les gratifier de grandes accolades d'ours. Terry portait aux jambes des appareils qui lui permettaient de mieux marcher, même dans des environnements à faible gravité.

Promenant son regard sur la coque, Xander émit un reniflement méprisant.

— Je ne sais pas combien nous pouvons vous payer pour cette épave, Rlinda… s'il y a seulement quelque chose de récupérable dessus.

— « Épave » ? Jamais de la vie, mon cher garçon. Vous allez retaper la *Gloire de Declan* pour la rendre encore mieux que neuve. Ne lésinez pas sur les moyens : je veux que le *Declan* soit aussi luxueux que le *Verne*.

— Ça n'est pas une mince affaire, dit Terry.

— Et nous allons le faire, intervint Xander en se frottant vivement les paumes l'une contre l'autre. Nous ferons des prises de vues « avant » et « après », que nous utiliserons dans notre publicité : « La station Handon peut réaliser l'impossible ! »

Rlinda lâcha un grognement pour toute réponse.

— Gardez de la place pour nous dans la baie, demanda Tasia sur le système de transmission alors que la *Curiosité Avide* croisait dans le centre vagabond quelques instants plus tard.

Les deux astronefs déposèrent les réfugiés de Cœur-de-Feu à Nouvelle-Station. Nombre d'entre eux – dont Rlinda – durent subir un traitement pour une forte exposition aux radiations, mais, même si les médicaments provoquaient une nausée constante et (pire) une perte d'appétit, c'était mieux que de mourir d'un syndrome d'irradiation aiguë. Et c'était bien mieux que d'être massacré par les cafarobots ou les Shana Rei.

Pendant que Tasia et Robb s'installaient, Rlinda choisit les meilleurs quartiers disponibles dans l'astéroïde principal de Rendez-Vous, car il faudrait un moment avant que la *Gloire de Declan* soit réparée. Elle prit le temps d'évaluer les nombreuses tâches qui devait l'occuper : ses restaurants de Relleker et de la Terre avaient été anéantis, mais il lui restait son établissement préféré, l'*Arbor*, sur Theroc. Elle avait déjà décidé que l'heure était venue de partir en expédition sur Theroc, surtout depuis qu'elle avait appris que les Onthos avaient trouvé un traitement inattendu pour le prince Reynald.

Elle avait envoyé des instructions à Zachary Wisskoff pour qu'il veille à ce que Goutte-de-pluie soit correctement nourri, mais, avant de décoller, elle avait d'autres affaires importantes à régler. Le siège des Transports Kett avait été détruit sur Terre, mais une grande partie de leur flotte était demeurée intacte, car elle effectuait des courses commerciales à travers le Bras spiral. Ses pilotes étaient de braves gens et ses appareils très demandés, mais elle n'osait pas laisser ses vaisseaux se gérer eux-mêmes toutefois… Cela reviendrait à rassembler un troupeau de chats. Rlinda aimait bien ces félins, mais elle devait se montrer réaliste quant à ses attentes en vue de leur coopération.

Terry et Xander envoyèrent des équipes de réparation de Vagabonds travailler sur la *Gloire de Declan*, donnant la priorité à sa navette. La station Handon était déjà très animée, avec de nombreux astronefs récupérés et plus d'éléments d'épaves exploitables qu'ils ne pourraient en utiliser en dix ans. Rlinda était persuadée que, très bientôt, cet endroit serait aussi vital et rentable que l'avait été la station Ulio. Compte tenu des liens que Tasia et Robb entretenaient déjà avec les lieux par l'intermédiaire de leur fils, elle décida que c'était là qu'elle voulait poser ses bagages.

Plus tard dans la journée, elle présenta son projet à Xander et Terry ; Tasia et Robb assistaient à la réunion. Comme il ne saurait y avoir de réunion digne de ce nom sans rafraîchissements, elle avait pris soin de préparer un napoléon fourré à la crème pâtissière et des baklavas extrêmement collants.

Elle posa ses coudes sur la table.

—Je veux acheter un de ces astéroïdes et y installer le nouveau siège des Transports Kett. Ça se tient. La station Handon va devenir un pôle commercial, un chantier de réparation et un poste de ravitaillement, tout ce dont mes vaisseaux pourraient avoir besoin. Alors pourquoi ne pas faire affaire avec vous.

Xander rit.

—Terry et moi en avons parlé hier. Nous sommes totalement d'accord. Par le Guide Lumineux, c'est ici que devraient se trouver les Transports Kett !

—Mais nous ne vous laisserons pas *acheter* un de ces astéroïdes, dit Terry. Vous l'avez mérité. Il vous suffit de vous établir ici, de revendiquer la propriété de l'un des complexes abandonnés et d'en faire votre nouveau quartier général.

—Je ne profiterai pas de votre gentillesse, mon cher garçon, dit-elle en tapotant d'un doigt sévère le plateau de la table. Nous sommes sur la station Handon. Vous êtes les responsables. J'apprécie le geste, mais je veux vous payer… à un juste prix.

—Nous étions préparés à cela aussi. (Terry fit un signe à OK, qui afficha des chiffres sur l'écran de la table.) Après avoir convenu d'un montant, nous vous vendrons l'astéroïde à crédit. Nous attendons de vous que vous nous remboursiez au fil du temps.

—Oui, dit Xander en souriant à pleines dents. Terry et moi avons déjà décidé des conditions. À prendre ou à laisser.

Jamais Rlinda ne s'était attendu à ce que ces deux-là soient des négociateurs acharnés.

—Et quelles sont les conditions ?

—Nous voulons que vous nous remboursiez à raison de dix crédits par an, dit Terry, au cours du prochain million d'années environ. Cela devrait suffire.

Rlinda cligna des yeux. Tasia et Robb éclatèrent tous deux de rire et elle leur tendit une de ses larges mains.

—Marché conclu.

—Nous avons beaucoup de bonnes nouvelles à fêter, dit Tasia.

—Alors commençons à le faire, proposa Rlinda. Je vais cuisiner.

Elle retourna à ses quartiers privés, des quartiers qu'elle avait décidé de transformer et d'agrandir à sa guise pour en faire sa résidence permanente. Pour l'instant, ils étaient suffisamment confortables.

Elle sortit de sa poche la capsule d'argent contenant les cendres de BeBob, la tint entre ses doigts et sourit avec nostalgie. Elle posa l'objet sur un support à l'intérieur d'une des alcôves rocheuses du mur. Elle rêvait encore d'une fin romantique un jour, de l'envoi de ses propres cendres avec celles de son ex-mari préféré dans l'espace, mais, pour le moment, la capsule resterait là, sur cette étagère.

— Je n'aurai pas besoin de te déplacer avant longtemps, BeBob. Habitue-toi aux lieux.

136

Arita

Sous leur nouvel aspect de vaisseaux-arbres, Celli et Solimar débarquèrent à Theroc, plus intimidants encore que les cuirassés verdanis qui demeuraient en sentinelle dans l'orbite de la planète. Collin conduisit Arita jusqu'à la canopée pour qu'ils contemplent leur arrivée ensemble.

— Je veux être avec toi pour voir ça.

Ils grimpèrent à l'air libre et s'assirent parmi les frondaisons frémissantes. Bien qu'Arita se soit préparée, elle resta bouche bée lorsque les immenses formes dérivèrent dans le ciel bleu tels des chardons, chacun de la taille d'une station spatiale.

— Celli et Solimar sont à l'intérieur ? murmura-t-elle.

Collin tourna son visage vers la voûte céleste et tendit la main pour désigner les arbres et leur souhaiter la bienvenue.

— Ils ne sont pas *dans* ces arbres. Ils *sont* les arbres, une seule et même chose. Celli et Solimar font partie du duramen.

Arita remarqua l'émerveillement pur qui illuminait les traits de Collin.

— Tu ne ferais jamais ça, n'est-ce pas ?

Il se pencha sérieusement sur la question.

— Non, parce qu'alors je devrais t'abandonner.

Il poursuivit :

— Grâce au télien, je sais tout ce que Celli et Solimar éprouvent, ce qu'ils ont vécu, comment ils ont grandi ensemble avec les arbres. Je suis désolé que tu ne puisses pas le ressentir de la même manière que moi.

— Jadis, cela m'aurait déçue, dit Arita, et j'aimerais encore devenir une prêtresse Verte, mais j'ai quelque chose d'autre pour compenser.

Bien que l'Esprit de l'éternité se soit calmé depuis l'éradication des Shana Rei, elle entendait toujours les immenses pensées qui palpitaient dans l'univers, chuchotant au fond de son crâne. Elle savait qu'elle touchait quelque chose d'incompréhensible et qu'elle en faisait partie.

— Ne sois pas désolé pour moi. Je ne manque pas d'occasions de m'émerveiller.

De nombreuses autres personnes, dont le roi et la reine, montèrent jusqu'à la canopée pour contempler les nouveaux vaisseaux-arbres et les saluer. La foule se rassembla : des représentants de diverses planètes de la Confédération, des commerçants vagabonds qui s'étaient retirés de la récolte de gonflotteurs.

Collin se redressa.

— Nous pouvons rejoindre les autres maintenant. Regarde, Reynald est plus fort que jamais.

Le frère d'Arita avait grimpé seul jusqu'à la canopée, même s'il s'appuyait souvent sur le bras d'Osira'h. Curieusement, il ne semblait jamais avoir besoin de l'aide de quelqu'un d'autre, pensa Arita avec un sourire. Collin et elle les rejoignirent, et tous contemplèrent les arbres conscients qui flottaient dans l'atmosphère.

Les traits de la reine Estarra revêtaient une expression mélancolique. Elle s'exprima à voix haute, comme si les vaisseaux-arbres pouvaient l'entendre – et c'était peut-être le cas.

— Petite sœur, je me souviens quand tu attrapais des lucanes géants et que tu passais tes journées à grimper aux arbres. Regarde-toi, à présent. J'espère que tu es heureuse.

En un étrange unisson, les dix prêtres Verts qui se trouvaient à proximité répondirent :

— Elle l'est.

Arita ne put s'empêcher de rire à gorge déployée.

— Bien sûr qu'elle l'est.

Collin lui adressa un signe de tête.

— Et tous les prêtres Verts sont heureux pour elle.

Reyn s'accrochait toujours au bras d'Osira'h, même s'il semblait parfaitement stable.

— Ma mère, mon frère et ma sœur me manquent, dit cette dernière. (Elle poussa un soupir.) Gale'nh et Muree'n sont les deux seuls qui restent.

— Tu devrais rentrer chez toi, lui répondit Reyn, du moins pour un moment. Ils ont besoin de toi là-bas.

— J'attends que tu te rétablisses suffisamment pour pouvoir m'accompagner.

— J'irai bientôt assez bien pour partir, dit-il, tant que tu prendras soin de moi.

— Ce sera une responsabilité dont je m'acquitterai avec sérieux, promit-elle.

Estarra avait l'air préoccupée, mais Peter semblait beaucoup plus compréhensif.

— J'estime que tu es en assez bonne forme pour nous représenter auprès du Mage Imperator.

Osira'h sourit.

— Mon père enverra toute une septe de la Marine Solaire pour nous escorter jusqu'à la maison.

Arita voyait qu'elle pensait ce qu'elle disait.

Maintenant que la flétrissure au sein des Onthos avait disparu, les Jardiniers survivants s'étaient rendus dans la Sylve, où ils travaillaient avec des équipes de Theroniens pour débarrasser le secteur dépourvu de vie des arbres qui s'y étaient effondrés. Pendant ce temps, leurs acolytes prêtres Verts grimpaient dans les arbremondes en bonne santé de la forêt principale, récoltant des graines dans les interstices des squames de l'écorce. Des groupes de volontaires replanteraient l'ensemble de la zone morte avec un nouveau bosquet afin que la forêt-monde prospère de nouveau.

Collin et elle avaient l'intention de se rendre sur place pour apporter leur aide. La princesse poursuivrait également ses études de la biologie theronienne. C'était ce qu'elle avait toujours voulu faire, et à présent elle aurait l'occasion de s'y adonner sans autres obligations ou distractions. Son travail avait aidé à trouver le bon remède pour son frère.

Au-dessus d'eux, plusieurs engins spatiaux débarquaient, des cargos remplis de marchandises à distribuer et à vendre. Tous arboraient le logo des Transports Kett. Arita leva les yeux tandis que les navettes commerciales contournaient vivement les énormes vaisseaux-arbres verdanis. Même si la Terre et Relleker avaient disparu, le reste de la Confédération continuait de prospérer. La race humaine poursuivrait sa croissance et son extension.

L'Esprit de l'éternité paraissait rêver, heureux. Arita le sentait au fond de ses pensées. Elle inspira profondément l'air humide de la forêt et s'appuya contre Collin. Le soleil et les étoiles semblaient vraiment très brillants.

Lexique

ACADEM – École vagabonde construite à l'intérieur d'une comète évidée, près du complexe vagabond de Nouvelle-Station. Jess Tamblyn et Cesca Peroni dirigent cette école.
ADAR – Le plus haut rang militaire dans la Marine Solaire ildirane.
AELIN – L'ancien prêtre Vert d'Iswander, qui entretenait un lien particulier avec les gonflotteurs. Tué sur la station Ulio.
ALAA'KH – Un des mal-nés du dôme sanctuaire de Kuivahr.
ALAKIS, ADAM – Chercheur sur Vaconda, père de Zoe Alakis, mort du syndrome de Heidegger.
ALAKIS, ZOE – Riche dirigeante du centre de recherche médicale Pergamus.
ALU, BEREN – Chef de la station Cœur-de-Feu.
ANNIE D – Ouvrière vagabonde affectée à la récupération d'épaves sur Relleker.
ARAGAO, OCTAVIO – Officier de transmissions à bord du *Kutuzov*.
ARBREMONDE – Arbre appartenant à la forêt interconnectée et semi-consciente de Theroc.
ARITA, PRINCESSE – Fille du roi Peter et de la reine Estarra, naturaliste en herbe.
ASSISTEURS – Kith ildiran de serviteurs.
ATOA – Monde de la Confédération, connu pour ses jardins suspendus de vigne-varech.
AURIDIA – Planète faiblement peuplée. Nouvelle-Station et Academ se trouvent dans son orbite. Auridia abritait un transportail klikiss, que Tom Rom a détruit.
BEBOB – Petit nom que Rlinda Kett donnait à Branson Roberts.

BLOC D'ALIMENTATION – Source d'énergie constituée d'un film chargé, plié et emballé dans une coque.
BRAS SPIRAL – Section de la Voie lactée colonisée par l'Empire ildiran et les colonies terriennes.
BRINDLE, ROBB – Administrateur des Transports Kett, marié à Tasia Tamblyn et père de Xander.
BRINDLE, XANDER – Un des pilotes du *Verne*, vaisseau des Transports Kett, fils de Robb Brindle et Tasia Tamblyn.
CAFAROBOT – Terme argotique et péjoratif désignant un robot klikiss.
CAIN, ADJOINT ELDRED – Ancien adjoint de la Ligue Hanséatique terrienne, désormais administrateur de la Terre, loyal à la Confédération.
CELLI – Prêtresse Verte, mariée à Solimar, qui s'occupe d'un dôme terrarium dans la station Cœur-de-Feu. Celli est la sœur d'Estarra et de Sarein.
CHIAR'H – Ildirane du kith noble, travailleuse bénévole aux dômes sanctuaires de Kuivahr, où elle s'occupe des mal-nés. Elle est mariée à un humain, Shawn Fennis.
CHRYSALIT – Trône déformable du Mage Imperator.
CLEE – Boisson chaude faite à partir de graines d'arbremondes moulues, une spécialité de Theroc.
CLINTON, RAJESH – Superviseur temporaire sur la station Handon.
COLICOS, ANTON – Historien, connu pour son travail sur les archives ildiranes, premier humain à traduire des parties de *La Saga des Sept Soleils.*
COLLIN – Jeune prêtre Vert, ami d'Arita.
COMPAGNON ÉLECTRO-ROBOTIQUE – Serviteur robot doué d'intelligence, également appelé comper, existant en différents modèles : Amical, Précepteur, Institutrice, Confident, Ouvrier, etc.
COMPER – Surnom pour compagnon électro-robotique.
COMPLEXE ORBITAL LUNAIRE, abrév. COL – Base militaire et civile établie dans les décombres de la Lune de la Terre.
CONFÉDÉRATION – Nouveau gouvernement humain remplaçant la Ligue Hanséatique terrienne, alliance libre entre les clans vagabonds, les planètes indépendantes et les vestiges de la Hanse. Dirigée par le roi Peter et la reine Estarra, avec Theroc pour capitale.

COVITZ, ORLI – Fervente défenseuse des compers, ancienne pilote des Transports Kett. Elle s'est remise du fléau onthos. Propriétaire de DD, elle est en couple avec Garrison Reeves.

CROISEUR LOURD – Classe des plus gros cuirassés ildirans.

CURIOSITÉ AVIDE – Vaisseau privé de Rlinda Kett, désormais piloté principalement par Tasia Tamblyn et Robb Brindle.

DARO'H, PREMIER ATTITRÉ – Fils aîné du kith noble et successeur du Mage Imperator Jora'h.

DD – Comper Amical appartenant à Orli Covitz.

DENVA, MARIUS – Directeur de produit à la distillerie de Del Kellum sur Kuivahr, présumé disparu lors de l'attaque des Shana Rei sur cette planète.

DOBRO – Scission ildirane. Cette colonie est l'ancien siège du programme secret d'hybridation où de nombreux humains étaient retenus en captivité.

DOMINIC, KELLIDEE – Étudiante sur Academ, fille d'un clan de moissonneurs d'ekti.

DOMINIC, SEYMOUR – Chef d'un clan de Vagabonds moissonneurs d'ekti, père de Kellidee.

DRE'NH, SEPTAR – Commandant d'une septe de la Marine Solaire.

DREMEN – Planète nuageuse de la Confédération, principalement connue pour ses récoltes de champignons.

DUQUESNE – Clan de Vagabonds, victimes de l'attaque d'Elisa Enturi contre leurs exploitations de gonflotteurs.

DURRIS-B – Un des sept soleils d'Ildira.

EDILYN – Planète ildirane connue pour ses magnifiques geysers de glace.

EKTI – Allotrope exotique d'hydrogène utilisé dans les propulseurs interstellaires ildirans.

EKTI-X – Carburant pour propulseurs interstellaires avec un potentiel énergétique plus élevé que l'ekti traditionnel, récolté sur les gonflotteurs.

ELJIID – Monde klikiss abandonné où Tom Rom a obtenu ses premiers échantillons de gelée royale klikiss. Une attaque vicieuse des Shana Rei et des robots noirs a décimé Eljiid et sa petite colonie de recherche.

EMPIRE ILDIRAN – Vaste empire extraterrestre, la seule autre civilisation majeure dans le Bras spiral.

ENTURI, ELISA – Ancienne épouse de Garrison Reeves et mère de Seth, adjointe de Lee Iswander aux mines de lave de Sheol. Autrefois connue sous son nom de femme mariée, Elisa Reeves.
ESTARRA, REINE – Souveraine de la Confédération, mariée au roi Peter, mère de deux enfants, Reynald et Arita.
EXXOS – Dirigeant des robots klikiss survivants.
FAEROS – Entités intelligentes et ignées.
FENNIS, SHAWN – Humain né sur Dobro, travailleur bénévole aux dômes sanctuaires de Kuivahr, où il s'occupe de soigner les mal-nés. Marié à une Ildirane, Chiar'h.
FIÈVRE DE CONDEN – Maladie humaine mortelle.
FILS PRODIGUE – Vaisseau de Garrison Reeves, anciennement un appareil des Industries Iswander.
FITZKELLUM, KRISTOF – Fils de Zhett Kellum et Patrick Fitzpatrick III, aussi appelé Toff, âgé de treize ans.
FITZKELLUM, REX – Fils de Zhett Kellum et Patrick Fitzpatrick III, âgé de deux ans.
FITZKELLUM, SHAREEN – Fille de Zhett Kellum et Patrick Fitzpatrick III, âgée de dix-sept ans.
FITZPATRICK III, PATRICK – Mari de Zhett Kellum et l'un des gérants de la station d'écopage Kellum sur Golgen.
FLEUR D'ÉTOILE – Orchidée grimpante blanche, rare et éphémère, poussant sur Theroc.
FORCES DE DÉFENSE DE LA CONFÉDÉRATION, abrév. FDC – Armée au service de la Confédération dont le siège se trouve sur Terre et la base principale, le Complexe orbital lunaire, dans les décombres de la Lune. Commandée par la générale Nalani Keah.
FORCES TERRIENNES DE DÉFENSE, abrév. FTD – Ancienne armée de la Ligue Hanséatique terrienne, qui préfigure les Forces de Défense de la Confédération.
FORÊT-MONDE – Forêt interconnectée et semi-consciente basée sur Theroc.
FORNU – Planète ildirane connue pour ses canyons fossiles colorés.
GALE'NH, TAL – Fils hybride de la prêtresse Verte Nira et du héros de guerre ildiran Adar Kori'nh, un tal de la Marine Solaire ildirane. Capitaine du vaisseau d'exploration *Kolpraxa*, Gale'nh avait été capturé par les Shana Rei.
GLOIRE DE DECLAN – Vaisseau des Transports Kett souvent piloté par Rlinda Kett.

GOLGEN – Planète géante gazeuse, ancien foyer de la station d'écopage Kellum avant que les Shana Rei la détruisent.
GONFLOTTEURS – Étranges nodules organiques que l'on trouve dans l'espace vide et profond, source d'ekti-X.
GOR'KA – Un des métis dégénérés des dômes sanctuaires de Kuivahr.
GORHUM – Nœud du réseau de transportails près de Theroc.
GOUTTE-DE-PLUIE – Petit nom que Rlinda Kett réserve au prince Reynald.
GRAND ANNEAU – Grand accélérateur expérimental de Kotto Okiah à la station Cœur-de-Feu. Le premier test a échoué et créé un trou dans l'espace.
GUERRE DES ÉLÉMENTAUX – Conflit à travers le Bras spiral impliquant la race humaine, l'Empire ildiran, les hydrogues, les faeros, les wentals, les verdanis, ainsi que les Klikiss et leurs robots noirs.
GUIDE LUMINEUX – Philosophie et religion des Vagabonds, force guidant leur vie personnelle.
GUPTA – Clan de Vagabonds.
GWENDINE, LYNNE – Directrice adjointe des usines de fabrication de bombes solaires dirigées par le docteur Krieger.
HANDIES, AMIRAL EDGAR – Amiral des FDC, un des « Trois H ».
HANDON, TERRY – Un des pilotes du *Verne*, vaisseau des Transports Kett, et partenaire de Xander Brindle.
HANSA – Ligue Hanséatique terrienne.
HAR'LC – Un des métis dégénérés des dômes sanctuaires de Kuivahr, issu d'un croisement entre les kiths nageur et écailleux.
HAROUN, AMIRAL SHIMAL – Amiral des FDC, un des « Trois H ».
HARVARD, AMIRAL PETROV – Amiral des FDC, un des « Trois H ».
HAUTESPHÈRE – Salle d'audience du Palais des Prismes.
HILTOS – Sanctuaire ildiran de la Source de Clarté, détruit par les Shana Rei.
HYDROGUES – Race extraterrestre qui demeure au cœur de géantes gazeuses, ce sont les principaux antagonistes destructeurs de la Guerre des Élémentaux.
IKBIR – Monde colonisé par la Confédération.
ILDIRA – Planète mère de l'Empire ildiran, illuminée par sept soleils.

ILDIRANS – Race extraterrestre humanoïde comptant de nombreuses sous-espèces différentes, ou kiths.
INDUSTRIES ISWANDER – Entreprise appartenant à Lee Iswander, importante productrice d'ekti-X.
ISWANDER, ARDEN – Fils de Lee Iswander, âgé de treize ans.
ISWANDER, LEE – Industriel vagabond possédant de nombreuses exploitations dont les mines de lave de Sheol et, désormais, l'extraction d'ekti-X des gonflotteurs.
ISWANDER, LONDA – Épouse de Lee Iswander.
JARDINIERS – Anciens et originels gardiens de la forêt-monde, également appelés les Onthos.
JAZER – Arme énergétique utilisée par les Forces de Défense de la Confédération.
JORA'H – Mage Imperator de l'Empire ildiran. Il est le père de nombreux Ildirans de premier plan, dont Adar Zan'nh et l'hybride Osira'h. Son consort est la prêtresse Verte Nira.
KEAH, GÉNÉRALE NALANI – Commandante des Forces de Défense de la Confédération.
KELLUM, DEL – Ancien Orateur des clans de Vagabonds, successeur de Cesca Peroni. Père de Zhett Kellum. Il dirigeait une distillerie sur Kuivahr, une planète océanique ildirane, avant que cette dernière soit détruite.
KELLUM, ZHETT – Fille de Del Kellum, mariée à Patrick Fitzpatrick III. Elle a dirigé une grande station d'écopage sur Golgen, puis a aidé à la gestion de la distillerie de Kuivahr, qui ont toutes deux été détruites par les Shana Rei. Patrick et elle ont trois enfants, Shareen, Kristof et Rex.
KENNEBAR – Dirigeant d'une faction isolationniste de prêtres Verts sur Theroc, possédé par les ombres.
KETT, RLINDA – Négociante et ancienne ministre du Commerce de la Confédération, aujourd'hui propriétaire des Transports Kett. Elle possède également plusieurs restaurants haut de gamme.
KLANEK, TONY – Employé du centre des opérations sur Nouvelle-Station.
KLIKISS – Ancienne race insectoïde, longtemps disparue du Bras spiral, qui avait laissé derrière elle des cités désertes. Après leur résurgence lors de la Guerre des Élémentaux, ils ont quitté leur réseau de transportails et sont considérés comme perdus ou éteints.
KOLPRAXA – Vaisseau d'exploration ildiran qui s'est aventuré au-delà du Bras spiral, dirigé par Tal Gale'nh. Les Shana Rei l'ont détruit.

KRIEGER, JOCKO – Humain expert en armement qui a modifié la conception de la bombe solaire ildirane.
KUIVAHR – Planète ildirane présentant des océans peu profonds et de fortes marées, site des dômes sanctuaires de Tamo'l qui accueillent des métis dégénérés, ainsi que de la distillerie de Del Kellum. Les Shana Rei l'ont entièrement mise sous cloche et détruite.
KUTUZOV – Vaisseau amiral Mastodonte des Forces de Défense de la Confédération.
LENTILS – Une des sous-espèces ildiranes, philosophes religieux.
LIGUE HANSÉATIQUE TERRIENNE – Ancien gouvernement de type commercial en vigueur sur Terre et dans ses colonies, dissous après la mort du président Basil Wenceslas à la fin de la Guerre des Élémentaux.
LIMON PRIMORDIAL – Nom commercial d'une des distillations de Del Kellum élaborées sur Kuivahr.
MAGE IMPERATOR – Dieu-Empereur de l'Empire ildiran.
MANTA – Cuirassé de classe croiseur dans les Forces de Défense de la Confédération.
MARINE SOLAIRE ILDIRANE – Flotte militaire spatiale de l'Empire ildiran, commandée par Adar Zan'nh.
MASTODONTE – La plus grande classe de vaisseaux de guerre faisant partie des Forces de Défense de la Confédération.
MERDRE – Juron vagabond.
MIJISTRA – Capitale de l'Empire ildiran.
MUNGL'EH – Une des mal-nées des dômes sanctuaires de Kuivahr, talentueuse chanteuse.
MUREE'N – Fille hybride de Nira et d'un kith guerrier, combattante émérite, élève de Yazra'h.
NADD – Prêtre Vert servant à bord du *Kutuzov*.
NAGEUR – Kith ildiran ressemblant à une loutre qui passe le plus clair de son temps dans l'océan.
NIRA – Prêtresse Verte consort du Mage Imperator Jora'h, mère de cinq enfants hybrides : Osira'h, Rod'h, Gale'nh, Tamo'l et Muree'n.
NOUVEAU-PORTUGAL – Planète de la Confédération, siège d'une université, également connue pour ses vins.
NOUVELLE-STATION – Grande station en orbite autour de la planète Auridia, le nouveau centre du gouvernement vagabond. L'école vagabonde Academ se situe également à proximité.
OHRO – Porte-parole des Onthos sur Theroc.

OK – Comper appartenant à Xander Brindle.
OKIAH, KOTTO – Scientifique vagabond renommé mais excentrique, concepteur de l'expérience ratée du Grand Anneau, qui a créé un trou dans l'espace.
OKRUN – Mastodonte des FDC commandé par l'amiral Haroun.
ONTHOS – Race extraterrestre, également appelée les Jardiniers.
ORATEUR – Dirigeant des clans de Vagabonds.
ORBE DE GUERRE – Sphère cristalline utilisée par les hydrogues.
OSIRA'H – Fille de Nira et Jora'h, élevée pour avoir des capacités télépathiques inhabituelles.
OSQUIVEL – Géante gazeuse dotée d'anneaux, ancien site des chantiers spationavals Kellum.
PALAIS DES PRISMES – Palais cristallin du Mage Imperator ildiran.
PANNEBAKER, ALEC – Un des adjoints de Lee Iswander dans les champs d'exploitation de gonflotteurs.
PATTON, DILLON – Officier d'artillerie à bord du *Kutuzov.*
PERGAMUS – Centre de recherche médicale sécurisé appartenant à Zoe Alakis.
PERONI, CESCA – Ancienne Oratrice vagabonde, épouse de Jess Tamblyn. Ensemble, ils gèrent le complexe scolaire Academ pour les enfants de Vagabonds.
PETER, ROI – Souverain de la Confédération, marié à la reine Estarra et père de deux enfants, Reynald et Arita.
PLACE DE L'INCURSION – Zone de rassemblement devant le Palais des Prismes.
PLUMAS – Lune gelée dotée de profonds océans liquides où se trouvaient les installations de puisage d'eau du clan Tamblyn, détruite par les Shana Rei.
POL'UX – Un des mal-nés de Kuivahr.
PREMIER ATTITRÉ – Fils aîné du Mage Imperator issu du kith noble et son successeur.
PRÉSIDENT – Dirigeant de l'ancienne Ligue Hanséatique terrienne.
PRÊTRE VERT – Serviteur de la forêt-monde capable d'utiliser les arbremondes comme moyen de communication instantané.
PRÊTRES VIDES – Prêtres Verts isolationnistes de Kennebar, possédés par les ombres.
PRISDIAMANT – Gemme précieuse rare trouvée sur plusieurs planètes de la Confédération. Une grande veine de prisdiamants sur Vaconda constitue toute la richesse de Zoe Alakis.

QHARDIN – Géante gazeuse de la Confédération, site de nouvelles activités de moissonnage d'ekti.

RAFANI – Mastodonte des FDC, commandé par l'amiral Handies.

RAKKEM – Planète connue pour ses services médicaux non réglementés relevant du marché noir. Les FDC ont mis fin à ses activités dans le cadre d'un accord avec Zoe Alakis.

RÉCIF DE FONGUS – Grande croissance fongique habitée sur les arbremondes de Theroc.

REEVES, ELISA – Épouse de Garrison et mère de Seth, adjointe de Lee Iswander. Elle est également connue sous son nom de jeune fille, Elisa Enturi.

REEVES, GARRISON – Ouvrier vagabond travaillant anciennement à l'installation de traitement de la lave de Sheol. Marié à Elisa, il est le père de Seth. Il est également le fils du chef de clan Olaf Reeves. Aujourd'hui en couple avec Orli Covitz.

REEVES, OLAF – Chef bourru d'un clan de Vagabonds isolationnistes emportés par une épidémie sur une cité onthos abandonnée. Père de Garrison.

REEVES, SETH – Fils de Garrison Reeves, âgé de dix ans.

RELLEKER – Colonie planétaire terrienne, autrefois le siège du laboratoire de compers d'Orli Covitz.

RÉMORA – Petit vaisseau d'attaque des Forces de Défense de la Confédération.

RENDEZ-VOUS – Grappe d'astéroïdes, ancien centre du gouvernement des Vagabonds. Il a été détruit par les Forces de Défense de la Terre, mais le clan Reeves a tenté de le reconstruire pendant des années.

REYNALD, LE PRINCE – Fils du roi Peter et de la reine Estarra, destiné à être le prochain roi de la Confédération. Il souffre d'une maladie dégénérative mortelle que lui a transmise un rare microchampignon theronien.

RICKS, SAM – Actuel Orateur des clans de Vagabonds.

ROBERTS, BRANSON – L'ex-mari préféré de Rlinda Kett, affectueusement surnommé BeBob.

ROBOTS KLIKISS – Robots intelligents et maléfiques ressemblant à des coléoptères, construits par la race des Klikiss. La plupart d'entre eux ont été éliminés lors de la Guerre des Élémentaux. Également appelés robots noirs.

ROBOTS NOIRS – Robots intelligents et maléfiques construits par la race des Klikiss. La plupart d'entre eux ont été éliminés lors

de la Guerre des Élémentaux, mais ils ont été ressuscités par les Shana Rei.
ROD'H – Fils hybride aîné de Nira et de l'Attitré de Dobro dans le cadre du programme d'hybridation secret. Les Shana Rei l'ont capturé dans le système d'origine des Onthos.
ROHANDAS, HOWARD – Camarade étudiant de Shareen Fitzkellum qui travaille avec elle en tant qu'assistant de laboratoire de Kotto Okiah.
RUSKIN, BOWMAN – Ouvrier travaillant à la station Cœur-de-Feu.
SAGA DES SEPT SOLEILS, LA – Épopée historique et légendaire de la civilisation ildirane.
SALIBA, SHARON – Technicienne chargée des capteurs à bord du *Kutuzov*.
SAREIN – Sœur d'Estarra et de Celli. Elle vivait dans la Sylve après avoir choisi de s'exiler, mais a été tuée par les Onthos.
SELISE – Clan de Vagabonds.
SELISE, OMAR – Chef de clan travaillant à la récupération d'épaves dans l'orbite de Relleker.
SEPTE – Petit groupe de combat composé de sept vaisseaux de la Marine Solaire ildirane.
SHANA REI – Redoutables créatures des ténèbres, incarnations du chaos, qui souhaitent détruire toute vie.
SHEOL – Planète binaire soumise à de fortes contraintes de marées, site des opérations de traitement de lave dirigées par Lee Iswander.
SOLIMAR – Prêtre Vert, marié à Celli, il s'occupe d'un dôme terrarium dans la station Cœur-de-Feu.
SOURCE DE CLARTÉ – Plan d'existence supérieur à la vie normale, une version ildirane du paradis.
SPHÈRE DE RECHERCHE ORBITALE, abrév. SRO – Satellite isolé de recherche médicale en orbite autour de Pergamus où des échantillons des maladies les plus mortelles sont étudiés.
STATION CŒUR-DE-FEU – Station de recherche et d'industrie vagabonde située au cœur d'une nébuleuse et spécialisée dans les films énergisés. Site de l'expérience du Grand Anneau de Kotto Okiah.
STATION D'ÉCOPAGE – Installation de récolte d'ekti située dans les nuages d'une géante gazeuse, généralement exploitée par des Vagabonds.
STATION HANDON – Nouveau complexe de réparation établi par Terry Handon et Xander Brindle sur l'ancien site de Rendez-Vous.

STATION ULIO – Grand complexe commercial situé dans le vide spatial et fréquenté par des marchands de toutes sortes. Les Shana Rei l'ont détruite.
SYLVE, LA – Continent inexploré de Theroc.
SYNDROME DE HEIDEGGER – Maladie neurologique dégénérative mortelle considérée comme incurable. Adam Alakis est mort de ce syndrome.
TAIT, MATTHEW – Officier tactique à bord du *Kutuzov*.
TAL – Grade militaire dans la Marine Solaire ildirane, commandant de cohorte.
TAMBLYN, JESS – Un des directeurs de l'école Academ, marié à Cesca Peroni.
TAMBLYN, TASIA – Administratrice des Transports Kett, mariée à Robb Brindle, le père de Xander.
TAMO'L – Une des enfants hybrides de Nira, fille d'un lentil. Elle dirigeait des dômes sanctuaires pour venir en aide aux métis dégénérés sur la planète Kuivahr.
TAVISH – Clan de Vagabonds.
TÉLIEN – Forme de communication instantanée pratiquée par les prêtres Verts à travers les arbremondes.
THEROC – Planète forestière, foyer des arbremondes conscients.
THERONIEN – Habitant de Theroc.
THISME – Réseau télépathique racial ténu, centré sur le Mage Imperator, qui lie tous les Ildirans.
TOM ROM – Tuteur et majordome de Zoe Alakis.
TRANSPORTAIL – Réseau de transport instantané des Klikiss.
TRANSPORTS KETT – Compagnie de transports de Rlinda Kett, gérée par Robb Brindle et Tasia Tamblyn.
TROIS H – Désigne les amiraux Handies, Harvard et Haroun des FDC.
UGRU – Bête de combat léthargique ildirane.
ULIO, MARIA – Fondatrice de la station Ulio, qu'elle a quittée pour vagabonder seule dans l'espace après avoir donné toute sa fortune à Terry Handon.
VACONDA – Planète sauvage où Zoe Alakis a vécu pendant des années avant de partir avec Tom Rom.
VAGABONDS – Confédération informelle d'humains indépendants, principaux producteurs d'ekti, le carburant pour moteurs interstellaires.

VERDANIS – Conscience organique se manifestant par la forêt-monde de Theroc.
VERNE – Vaisseau cargo piloté par Xander Brindle et Terry Handon.
WENCESLAS, PRÉSIDENT BASIL – Ancien dirigeant de la Ligue Hanséatique terrienne.
WENTALS – Entités intelligentes, fondées sur le cycle de l'eau, aujourd'hui pour la plupart en sommeil.
WINGO, MERCER – Officier en second à bord du *Kutuzov*.
WISSKOFF, ZACHARY – Gérant et maître d'hôtel du restaurant *Arbor* de Rlinda Kett.
YAZRA'H – Fille du Mage Imperator, guerrière et garde du corps expérimentée. Elle est le mentor de Muree'n.
YODER, DANDO – Pilote de vaisseau de commerce travaillant pour les Transports Kett.
ZAN'NH, ADAR – Officier militaire ildiran, fils aîné du Mage Imperator Jora'h, adar de la Marine Solaire ildirane.

Remerciements

Lorsque j'écris un livre aussi gros que celui-ci, je dicte les chapitres à un rythme effréné, parfois jusqu'à quatre par jour, au point de surcharger de travail ma dactylo, Karen Haag. Mais elle tient le coup et je la remercie tout particulièrement. Je tiens également à exprimer ma gratitude à mon éditeur, Pat LoBrutto, à mon agent, John Silbersack, à ma bêta-lectrice, Diane Jones et, comme toujours, à ma femme, Rebecca Moesta.

Achevé d'imprimer en octobre 2024
Par CPI Firmin-Didot à Mesnil-sur-l'Estrée
N° d'impression : 180877
Dépôt légal : novembre 2024
Imprimé en France
2812062-1